W0000517

BASTEI
LÜBBE

Foto: © René Durand

Von Elizabeth Haran sind bei Bastei Lübbe Taschenbücher lieferbar:

14568 Im Land des Eukalyptusbaums
14727 Der Ruf des Abendvogels
14928 Im Glanz der roten Sonne

Über die Autorin:

Elizabeth Haran wurde in Simbabwe geboren. Schließlich zog ihre Familie nach England und wanderte von dort nach Australien aus. Heute lebt sie mit ihrem Mann und ihren zwei Söhnen in Südaustralien, nahe dem Barossa Valley. Ihre Leidenschaft für das Schreiben entdeckte sie mit Anfang dreißig; zuvor arbeitete sie als Model, besaß eine Gärtnerei und betreute lernbehinderte Kinder.
Ihre fesselnden Australienromane erfreuen einen immer größer werdenden Kreis von Leserinnen und Lesern. Weitere Romane der Autorin in der Verlagsgruppe Lübbe sind in Vorbereitung.

Elizabeth Haran

Ein Hoffnungsstern am Himmel

Aus dem Englischen von
Monika Ohletz

BASTEI LÜBBE TASCHENBUCH
Band 15 159

1. Auflage: Juli 2004

Vollständige Taschenbuchausgabe

Bastei Lübbe Taschenbücher ist ein Imprint
der Verlagsgruppe Lübbe

Deutsche Erstveröffentlichung
Titel der englischen Originalausgabe:
STARS IN THE SOUTHERN SKY

Lektorat: Melanie Blank
Textredaktion: Wolfgang Neuhaus
Einbandgestaltung: Gisela Kullowatz
Titelbild: Alamy Images/Strandperle Hamburg
Satz: hanseatenSatz-bremen, Bremen
Druck und Verarbeitung: Ebner & Spiegel, Ulm
Printed in Germany
ISBN 3-404-15159-3

Ich widme dieses Buch den Frauen in meinem Leben, die mir stets zur Seite stehen und mich unterstützen.

Meiner Mutter, May Eeles, die mich durch all die Höhen und Tiefen meines Lebens hindurch begleitet.

Meiner Schwester, Kate Mezera, deren Freundschaft ich so hoch schätze.

Meiner Agentin Franka Schmid und meiner Lektorin Melanie Blank, die mich mit viel Feingefühl unterstützen und beraten. Mit ihnen ist das Schreiben eines Romans wirklich einfach.

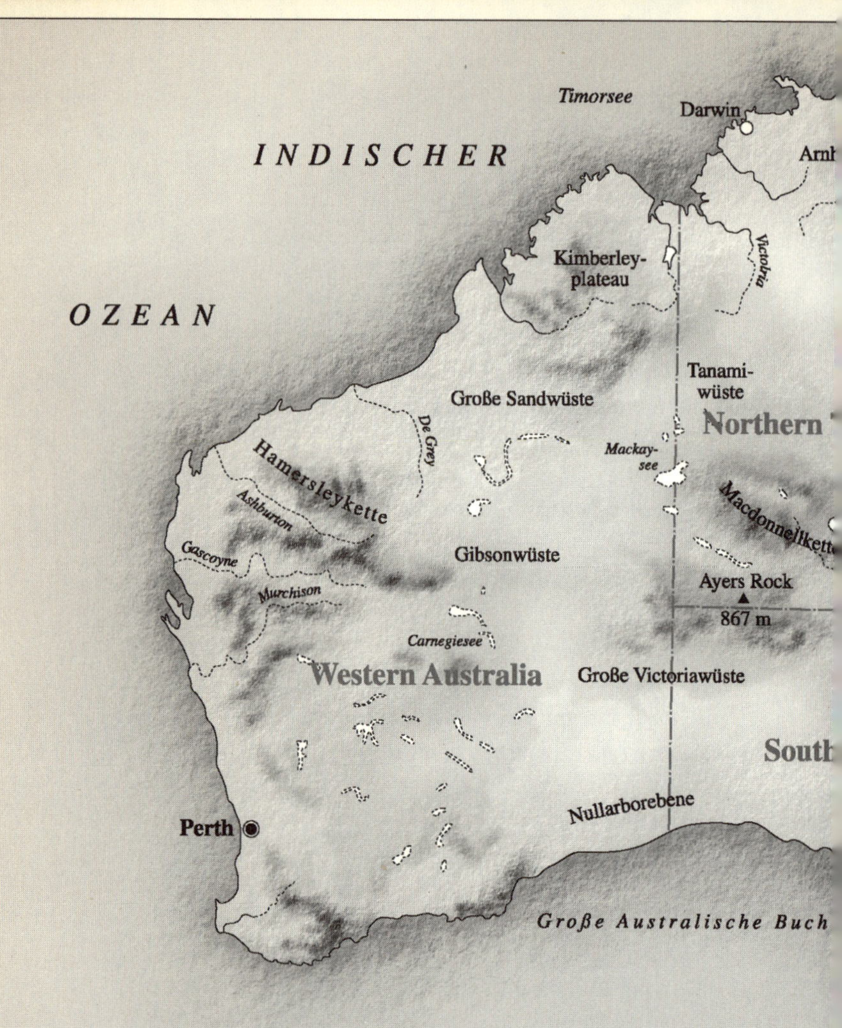
Timorsee
Darwin
INDISCHER
OZEAN
Kimberley-
plateau
Victoria
Tanami-
wüste
Große Sandwüste
De Grey
Northern
Mackay-
see
Hamersleykette
Ashburton
Gascoyne
Gibsonwüste
Ayers Rock
867 m
Murchison
Carnegiesee
Western Australia
Große Victoriawüste
Nullarborebene
Perth
INDISCHER
0
300 km

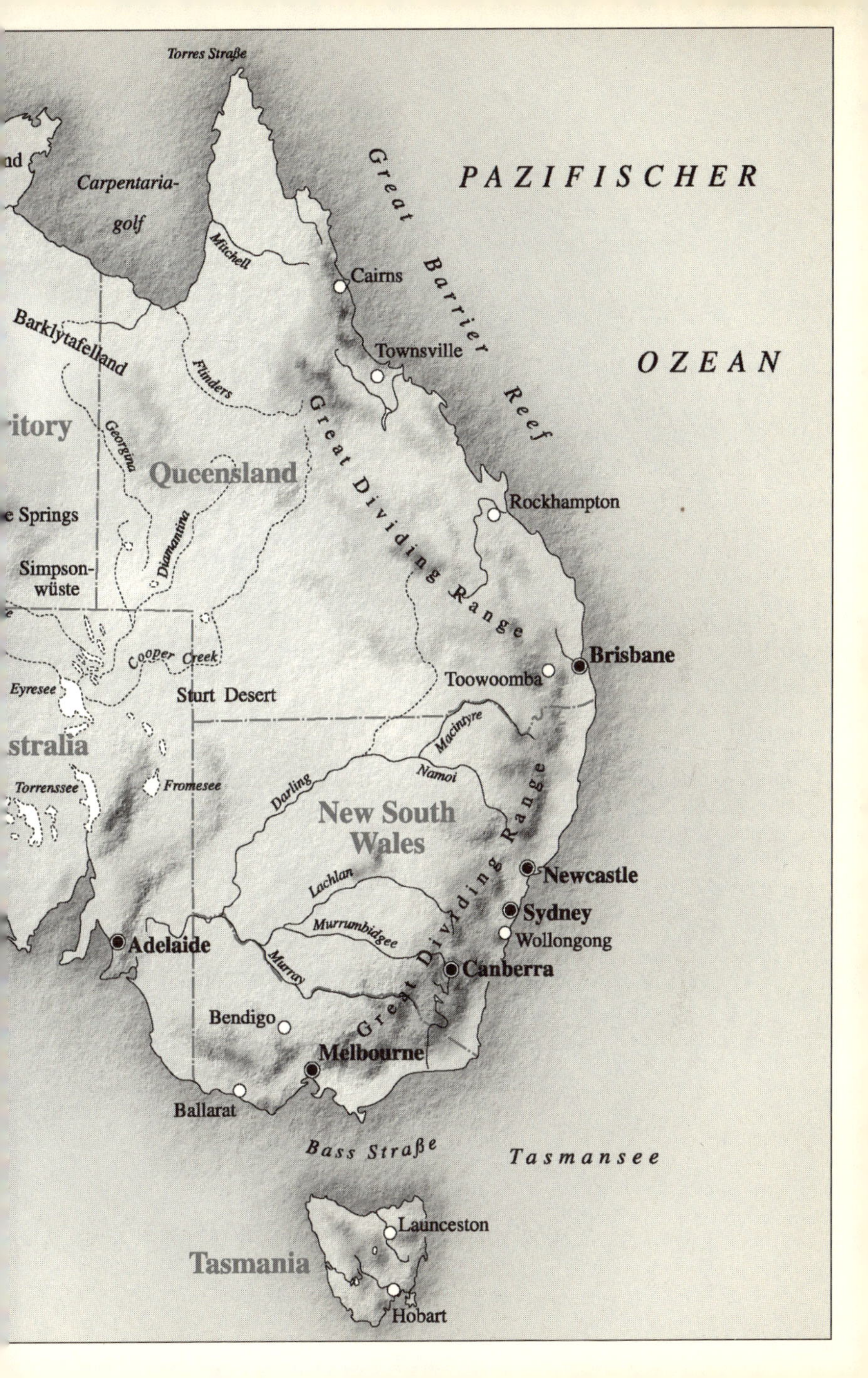
Torres Straße
Carpentaria-golf
Mitchell
PAZIFISCHER
OZEAN
Great Barrier Reef
Cairns
Townsville
Barklytafelland
Flinders
itory
Georgina
Queensland
Great Dividing Range
Rockhampton
Springs
Diamantina
Simpson-wüste
Cooper Creek
Brisbane
Toowoomba
Eyresee
Sturt Desert
stralia
Macintyre
Namoi
Torrenssee
Fromesee
Darling
New South Wales
Newcastle
Lachlan
Sydney
Wollongong
Murrumbidgee
Adelaide
Murray
Canberra
Bendigo
Melbourne
Ballarat
Bass Straße
Tasmansee
Launceston
Tasmania
Hobart

1

London, 1954

»Tut mir Leid, dass Sie warten mussten, Estella«, sagte Dr. Blake, als er wieder ins Sprechzimmer kam. »Die Untersuchung hat etwas länger gedauert als üblich. Meine neue Assistentin ist noch ein bisschen unsicher. Ein Glück, dass sie nicht bei jeder Spritze in Ohnmacht fällt ...«

»Bitte, Dr. Blake, wie lautet das Ergebnis?«

Arthur Blake spürte Estellas Ungeduld, und so teilte er ihr die Neuigkeit sofort mit.

»Ihre Vermutung war richtig, Estella. Sie sind schwanger. Ich gratuliere!«

Zu Dr. Blakes Erstaunen schien Estella alles andere als glücklich zu sein. Über seinen unordentlichen Schreibtisch hinweg sah er, dass sie auf der vordersten Kante des Stuhles saß, die unruhigen Finger im Schoß ineinander verschlungen. Sie hielt den Kopf gesenkt. Als sie ihn wieder hob, sah er Tränen in ihren großen grünen Augen und auf ihren blassen Wangen glitzern.

»Ich weiß nicht, ob die Neuigkeit wirklich ein Grund für Glückwünsche ist, Dr. Blake.«

Der Arzt war ein älterer Herr und schon vor Estellas Geburt Hausarzt ihrer Familie gewesen. Er hatte sie auf die Welt geholt, und es brach ihm fast das Herz, sie nun so unglücklich zu sehen.

»Was ist denn, Estella? Möchten Sie das Kind nicht?«

Sie nickte, schüttelte dann jedoch den Kopf, um Dr. Blake gleich darauf durch ein erneutes Nicken zu verwirren.

»Es tut mir Leid, dass ich so sentimental reagiere, Dr. Blake.

Ich weiß auch nicht, was mit mir los ist. Normalerweise bin ich eine ruhige, sachliche Frau, aber zurzeit breche ich beim geringsten Anlass in Tränen aus und widerspreche dem armen James in fast allem, was er sagt.«

Der Arzt kam um den Tisch herum und nahm ihre Hand. »Das ist unter diesen Umständen ganz normal, Estella. Ihr Körper macht dramatische Veränderungen durch.«

»Wollen Sie damit sagen, dass diese Empfindlichkeit die ganze Schwangerschaft hindurch anhält?«

»Nein, Ihre Gefühlswelt beruhigt sich schon wieder. Und machen Sie sich keine Sorgen, wenn Sie ab und zu ein bisschen vergesslich sind – das ist völlig normal. Leiden Sie unter morgendlicher Übelkeit?«

»Manchmal fühle ich mich unwohl, ja, aber zu ganz unterschiedlichen Zeiten.«

»Diese Übelkeit muss nicht unbedingt nur am Morgen auftreten. Zu allen Tageszeiten kann Ihnen vorübergehend schlecht sein. Außerdem kann Ihr Geschmacksempfinden sich verändern. Es ist möglich, dass Sie den Geruch von Speisen, die Sie sonst gern gegessen haben, plötzlich nicht mehr ertragen, oder Sie entwickeln eine Vorliebe für Dinge, die Sie vorher nie mochten ...«

»Du liebe Zeit, das hört sich ja schrecklich an!«

»Ob Sie's mir glauben oder nicht, Estella, es wird im Gegenteil wunderschön!«

Die junge Frau schluchzte. »Ich habe Biologie, Anatomie und Physiologie studiert. Da sollte man doch meinen, ich wüsste über alle körperlichen und seelischen Veränderungen in der Schwangerschaft Bescheid ...«

Dr. Blake ließ sich auf der Ecke seines Schreibtisches nieder und erwiderte lachend: »Sie haben *Tiermedizin* studiert, Estella, und alles über Hunde und Katzen, Pferde und Kühe gelernt – aber nicht über Menschen. Deren Gefühlswelt ist schon ein wenig komplizierter als die der Tiere.« Er runzelte die Stirn.

»Oder macht Ihnen der Gedanke Sorgen, was James zu der Schwangerschaft sagen wird?«

Estella nickte, und ihre Augen schimmerten schon wieder verdächtig. »Er ist noch nicht bereit, die Rolle eines Vaters zu übernehmen.«

»Ob er bereit ist oder nicht, jetzt *muss* er sich damit abfinden. Und Sie dürfen sich nicht aufregen, das bekommt weder Ihnen noch dem Kind. Ich bin überzeugt, James wird begeistert sein, wenn er sich erst einmal an den Gedanken gewöhnt hat.« Dr. Blake reichte ihr ein sauberes Taschentuch.

»Da bin ich nicht so sicher«, sagte sie. »Wann immer ich dieses Thema angesprochen habe, wollte er gar nicht erst darüber reden.«

»Aber Ihre Ehe ist doch glücklich?«

»Ja. Nur ... James ist im Grunde seines Herzens noch ein großer Junge.«

Arthur Blake lächelte und zwinkerte ihr beruhigend zu. »Ich fürchte, daran wird sich auch nichts ändern, bis er wirklich Verantwortung tragen muss. Ein ganzes Jahr lang waren Sie zu zweit und mussten an niemand anderen denken – also gab es für James keinen zwingenden Grund, erwachsen zu werden. Sicher ist seine Arbeit als Anwalt sehr anstrengend, aber Sie haben zusammen alles genießen können, was London an gesellschaftlichen Ereignissen zu bieten hat.«

»Ja, das stimmt. Und James schätzt das gesellschaftliche Leben sehr. Ich glaube nicht, dass er darauf verzichten will. Aber als Mutter werde ich nicht so viele Partys und Bälle besuchen können, wie wir es jetzt tun, nicht einmal, wenn wir jemanden einstellen.«

»Es ist ein sehr schöner Tag, Estella. Sie sollten einen Picknickkorb packen und James im Büro mit der Nachricht überraschen. Gehen Sie mit ihm in den Hyde Park, und erzählen Sie ihm die große Neuigkeit. Dann werden Sie sehen, dass Ihre Sorgen völlig unbegründet waren.«

Estella stand auf. »Ich nehme an, früher oder später werde ich es ihm sagen müssen.«

»Allerdings. Und was fühlen Sie selbst in dieser Sache? Freuen Sie sich auf Ihr erstes Kind?«

Estella legte eine Hand auf ihren Leib und versuchte sich das Leben vorzustellen, das in ihr heranwuchs. Ein zaghaftes Lächeln legte sich auf ihre schönen Züge, gepaart mit einem Ausdruck des Erstaunens. Dr. Blake liebte diesen Ausdruck auf den Gesichtern von Frauen, die ein Kind erwarteten. Es waren die Momente, in denen er seine Arbeit am liebsten tat.

In Gedanken verloren schlenderte Estella unter dem Glasdach der Burlington-Arkaden entlang. Irgendwann blieb sie stehen, um ein hübsches Tweedkostüm zu bewundern, das ihr ins Auge fiel. Der wadenlange graue Rock und die passende hüftlange Jacke hätten ihre schlanke Figur gut zur Geltung gebracht. Der Gedanke, dass ihre Körperformen sich bald verändern würden, zauberte ein nachdenkliches Lächeln um ihre Mundwinkel. Sie fragte sich, ob sie wirklich bereit war für alles, was mit ihr geschehen würde.

Als sie sich umwandte, sah sie ihr Spiegelbild in der Schaufensterscheibe. Sie trug ein cremefarbenes wadenlanges Kleid, dessen weit schwingender Rock mit roten Rosen bedruckt war; dazu rote Schuhe und einen passenden Hut mit breiter Krempe. Sie versuchte, sich ihren schwangeren Leib vorzustellen, die geschwollenen Füße ... Würde James sie unattraktiv finden?

»So ein Unsinn!«, murmelte sie ärgerlich. »James liebt dich, und er wird auch unser Kind lieben.« Obwohl James dazu neigte, seinen Schwächen und Leidenschaften nachzugeben, war Estella sicher, dass er ein wunderbarer Vater sein würde. Sie hoffte, einen Sohn zu bekommen, mit dem James im Park Fußball spielen konnte. Er war immer sehr sportlich gewesen, besonders während seines Studiums; deshalb zweifelte sie nicht daran, dass auch er gern einen Sohn hätte.

Estella öffnete die Tür zu James' Büro, das er in einem Gebäude am Grosvenor Square gemietet hatte – und blieb verwundert stehen: Statt wie erwartet Miss Frobisher zu sehen, die Sekretärin ihres Mannes, stand sie vor einer Frau mit breiten Schultern, kräftigen Armen und einschüchterndem Blick, die eher für den Posten der Leiterin des Obdachlosenasyls in Ealing geeignet schien. Nach einem Blick auf den Berg von Sandwiches und Kuchen auf dem Tisch, der Estella seltsam fremd vorkam, wurde ihr klar, dass sie die Frau beim Mittagessen störte. »Entschuldigen Sie, wo ist Miss ... Frobisher?«

»Wer ist Miss Frobisher?«, fragte die Frau, die eben in ein dickes Sandwich hatte beißen wollen, unfreundlich zurück.

»Die Sekretärin meines Mannes. Ist sie krank?«

»Ich arbeite für Mr. Cook, und Sie sind ganz sicher nicht seine Frau.«

Estella wurde von einem eisblauen Augenpaar mit durchdringendem Blick gemustert. Normalerweise hätte sie sich jetzt kerzengerade aufgerichtet, doch so, wie sie sich im Moment fühlte, hätte sie sich am liebsten umgedreht und die Flucht ergriffen. »Ich bin Mrs. Lawford«, sagte sie leise. »Und ich kenne keinen Mr. Cook.«

»Und ich kenne keinen Mr. Lawford.« Die eisigen blauen Augen wurden schmal, als die Frau ihr Sandwich widerstrebend auf den Tisch legte. Sie erhob sich und kam auf Estella zu. Ihre ganze Haltung drückte aus, dass sie die Besucherin am liebsten auf nicht eben freundliche Art hinauskomplimentiert hätte. »Sind Sie sicher, dass Sie im richtigen Büro sind, Mrs. Lawford?«, fragte sie mit kaum verhohlener Ungeduld.

»Ich weiß doch, wo mein Mann arbeitet!«, entgegnete Estella mit einem Blick auf die Mattglasscheibe in der Tür. Alarmiert stellte sie fest, dass das Schild mit der Aufschrift *JAMES LAWFORD RECHTSANWALT* verschwunden war, und brach mit einem Mal in Tränen aus. Sie kam sich albern vor, konnte aber nichts dagegen tun. Wie war es möglich, dass sie das Büro ihres Mannes nicht fand?

Sofort entdeckte Edwina McDonald ihre mütterliche Ader. »O je, was ist mit Ihnen, meine Liebe?«

»Ich weiß es selbst nicht«, erwiderte Estella kläglich. »Ich wollte doch nur meinen Mann zu einem Picknick einladen und ihm sagen, dass ich ... wir erwarten unser erstes Kind, und ... und nun kann ich sein Büro nicht finden. Es tut mir Leid ...«

»Schon gut. Mir ist es bei jedem meiner fünf Sprösslinge genauso gegangen. Zum Glück sind sie inzwischen erwachsen!«

Estella versuchte vergeblich, sich ihr Gegenüber als zärtliche Mutter vorzustellen.

In diesem Moment betrat ein Mann in mittleren Jahren das Büro und zog seine Jacke aus. »Ist schon ziemlich warm draußen«, meinte er und wandte sich dem Schreibtisch zu. Als er die schluchzende Estella sah, fragte er seine Sekretärin mit einem verwunderten Blick: »Ist etwas passiert, Edwina?«

»Nein, Mr. Cook. Mrs. Lawford geht es sicher gleich wieder besser. Sie sucht ihren Mann und hat sich in der Tür geirrt.«

»Aber ich war sicher, dass es hier ist«, beharrte Estella. »Ich bin hier doch im Edmund-Foley-Gebäude, nicht wahr?«

»Ja, allerdings.«

»Und an der Tür steht die Nummer sechs, also muss das hier das Büro meines Mannes sein.«

»Wir sind jetzt seit ungefähr einem Monat hier, Mrs. ... Lawford, nicht wahr?«, fragte Mr. Cook.

Estella nickte.

»Ah, dann ist Ihr Mann sicher James Lawford, der Anwalt?«

»Genau.« Estellas Miene hellte sich auf. Also war sie doch nicht dabei, den Verstand zu verlieren!

»Das hier war früher sein Büro. Ich hatte meines direkt gegenüber, bevor ich hier eingezogen bin.«

»Oh. Und wo ist mein Mann jetzt, Mr. Cook? Haben Sie die Büros getauscht?«

Mr. Cook schien sich plötzlich nicht mehr wohl in seiner Haut zu fühlen. »Nein, Mrs. Lawford. Ihr Mann hat hier kein Büro mehr.«

Verwirrt fragte Estella: »Wollen Sie damit sagen, er hat sein Büro in ein anderes Gebäude verlegt?«

»Das nehme ich an.«

»Aber warum?«

Brian Cook fühlte sich immer unbehaglicher; außerdem tat Estella ihm Leid. »Ich glaube, es war eine ... nun ja, geschäftliche Entscheidung.«

»Oh.« Estella nahm an, dass James ein größeres, besseres Büro gefunden hatte. Er hatte des Öfteren davon gesprochen, dass er gern in größeren und moderneren Räumen arbeiten würde. »Sie wissen nicht zufällig, wo sich sein neues Büro befindet, Mr. Cook?«

»Ich fürchte, er hat keine Adresse hinterlassen, Mrs. Lawford.« Nur unbezahlte Rechnungen, fügte er in Gedanken hinzu. Brian Cook sah Estella ihr Befremden deutlich an. Er warf einen Blick auf den Picknickkorb in ihrer Hand, und seine Haltung wurde freundlicher. »Vielleicht hat er es Ihnen ja erzählt, und Sie haben es bloß vergessen? Auch ich vergesse ständig irgendetwas.«

»Ich glaube kaum, dass ich etwas so Wichtiges vergessen würde, aber Sie haben Recht ... mein Arzt hat mir eben erst gesagt, dass so etwas in meinem Zustand normal ist.«

Brian Cook warf Edwina einen fragenden Blick zu, und diese sagte leise: »Sie erwartet ein Kind!«

Estella blickte Mr. Cook an und begriff allmählich, dass er sich bemühte, ihr weitere Peinlichkeiten zu ersparen. Doch es war zu spät – sie hatte sich in ihrem Leben noch nie so gedemütigt gefühlt. »Ich komme mir schrecklich albern vor. Tut mir Leid, dass ich Sie gestört habe.«

»Sie haben uns nicht gestört, Mrs. Lawford«, sagte Mr. Cook und geleitete sie bis auf den Korridor.

»Wann haben Sie dieses Büro übernommen, sagten Sie?«, fragte Estella leise und versuchte fieberhaft, den Aussagen Mr. Cooks einen Sinn zu entnehmen.

Cook steckte den Kopf ins Büro, um seine Sekretärin zu fragen. »Es ist sogar schon mehr als einen Monat her, nicht wahr, Edwina?«

»Morgen sind es fünf Wochen«, erwiderte die Sekretärin ein wenig ungehalten, da sie sich gerade einen Bissen Cornedbeef-Sandwich in den Mund geschoben hatte.

Verwirrt und ratlos wandte Estella sich zum Gehen.

Draußen, im hellen Sonnenlicht, blieb sie stehen und las die in Stein gemeißelte Inschrift über dem Hauptportal des Gebäudes: *EDMUND FOLEY 1785*. Sie hatte zwar nicht an den Worten Mr. Cooks gezweifelt, musste sich trotzdem aber noch einmal vergewissern, dass sie keinen Fehler gemacht hatte. James schien wirklich das Büro gewechselt zu haben, aber warum hatte er ihr nichts davon gesagt? Jeden Morgen machte er sich um die gleiche Zeit auf den Weg zur Arbeit, und jeden Abend kam er zwischen sechs und sieben Uhr zurück, je nachdem, wie viele Mandanten er gehabt hatte. Meist war er dann müde und ging nach dem Abendessen schlafen. Estella wusste nicht, was sie denken sollte. Sie konnte unmöglich vergessen haben, dass ihr Mann in ein anderes Büro umgezogen war! Andererseits war sie in letzter Zeit tatsächlich ungewöhnlich erschöpft und vergesslich gewesen und hatte erst an diesem Vormittag den Grund dafür erfahren. Der Gedanke an das Baby zauberte den Hauch eines Lächelns auf ihr Gesicht, das jedoch rasch wieder verblasste.

Estella seufzte tief, als sie daran dachte, dass sie James nun erst am Abend von ihrer Schwangerschaft erzählen konnte. Sie wusste, dass es albern war, doch sie fühlte sich deprimiert und sehr allein, und in ihrem Kopf herrschte ein heilloses Durcheinander. Wieder begann Estella zu weinen.

»Verflixt!«, rief sie sich dann selbst zur Ordnung und wischte die Tränen mit einer ungeduldigen, zornigen Bewegung fort. »Es geht nicht an, dass du als heulendes Nervenbündel durch die Gegend läufst!« Nach einem Blick auf den Picknickkorb beschloss sie, allein im Park zu Mittag zu essen. Dort würden ihr wenigstens die Tauben Gesellschaft leisten.

Entschlossen ging Estella über die Straße. Sie hörte nicht, wie der Fahrer eines Austin bewundernd hinter ihr her pfiff, noch vernahm sie das Mittagsläuten des Big Ben. Als sie sich dem Grosvenor Hotel näherte, grübelte sie immer noch darüber nach, wie sie wohl vergessen konnte, dass James ein anderes Büro bezogen hatte. Konnte das wirklich sein? Estella musste sich eingestehen, dass sie sehr mit sich selbst beschäftigt gewesen war, seit sie vermutete, schwanger zu sein. James hatte sogar Bemerkungen über ihre Vergesslichkeit gemacht, doch sie hatte ihm nichts von ihrem Verdacht erzählt. Ihre Angst vor seiner Reaktion war zu groß gewesen.

Estella erschrak, als sie mit einer hochschwangeren Frau zusammenstieß. Sie entschuldigte sich, aber die Frau lächelte ihr freundlich zu, bevor sie weiterging. Plötzlich sah Estella ihren Mann aus dem Grosvenor Hotel kommen. Erstaunt beobachtete sie, wie er ein Taxi heranwinkte. Sie wunderte sich über sein Äußeres, das nicht so makellos war wie üblich, und fragte sich, wohin er wohl fahren wollte. In dem Moment entdeckte sie ihre Cousine Davinia.

»Na, so was«, murmelte Estella. »James muss ihr zufällig begegnet sein.«

Es musste sich tatsächlich um einen Zufall handeln, denn James hatte nicht erwähnt, dass er sich mit Davinia treffen wollte – oder doch? Wie dem auch war, Estella hatte Mitleid mit James, denn Davinia war ausgesprochen exaltiert. Seit dem Tod ihres dritten Ehemannes zogen sich selbst geduldige und verständnisvolle Menschen von Davinia zurück. Unter dem

Vorwand, einen Rat oder Unterstützung zu suchen, nahm sie jeden sofort ganz in Beschlag. Wegen seiner Hilfsbereitschaft war James sicher eine leichte Beute. Er war galant, aufmerksam und sanft, und viele Frauen schwärmten von seinem Charme. Estella vertraute ihm vorbehaltlos; niemals würde James sie betrügen.

Sie ging auf die beiden zu, froh und dankbar, dass sie nie Anlass zur Eifersucht hatte, als James Davinia plötzlich in die Arme schloss.

Estella blieb stehen. Fassungslos beobachtete sie, wie ihr Mann ihre Cousine leidenschaftlich küsste – vor allen Leuten, die um diese Mittagsstunde auf dem Grosvenor Square unterwegs waren. Sie merkte, wie ihr die Knie zitterten. Mit dem Gefühl tiefster Demütigung sah sie die glühenden Blicke, die James und Davinia tauschten, während er sie zärtlich an sich zog und mit dem Handrücken sanft ihre Wange berührte. Offensichtlich waren sie sich der Blicke und des Getuschels der Vorübergehenden nicht bewusst, und keiner von beiden sah Estella, die nicht mehr als zehn Schritte von ihnen entfernt stehen geblieben war. James und Davinia befanden sich in ihrer eigenen Welt – einer Welt, von der Estella bisher geglaubt hatte, sie gehöre ihr ganz allein.

Das Herz klopfte ihr bis zum Hals, als sie Davinia ins Taxi steigen sah. Durch das hintere Fenster lächelte sie James liebevoll zu. Ihre blonden, kunstvoll frisierten Haare umrahmten ihr hübsches Gesicht. Tränen stiegen Estella in die Augen, als James dem davonfahrenden Wagen hinterherblickte, als könne er sich nicht von der Frau losreißen, die darin saß. Estella wäre am liebsten geflohen, doch ihre Beine fühlten sich so schwer an, als wären sie aus Blei. Sie wünschte sich sehnlichst, die letzten Minuten aus ihrem Gedächtnis löschen und zu jenen Tagen zurückkehren zu können, als sie noch nichts vom Betrug ihres Mannes geahnt hatte. Es brach ihr fast das Herz, als sie an das Baby dachte. »Wie kannst du mir so etwas antun, James«, flüsterte sie und legte unwillkürlich eine Hand auf ihren Leib. Tränen strömten ihr über die Wangen. »Warum?«, sagte sie leise. »Ich brauche dich doch ... Ich brauche dich jetzt mehr als je zuvor.« In diesem Augenblick verwandelte ihre Verzweiflung sich in Wut.

Mit der selbstzufriedenen Miene eines von der Liebe gesättigten Mannes beobachtete James, wie Davinias Taxi sich hinter einem roten Doppeldeckerbus in den Verkehr einfädelte und in Richtung Park Lane fuhr.

Estella ging zu ihm hinüber, zitternd vor Zorn.

Als James spürte, dass jemand neben ihm stand, wandte er sich um. »Estella!« Alle Farbe wich aus seinem Gesicht. Estellas Blick sagte ihm deutlich, dass sie Zeuge des rührenden Abschieds von seiner Geliebten geworden war.

»Du erinnerst dich also noch an mich – Estella Lawford, die seit kaum einem Jahr deine Frau ist?« Sie starrte ihn finster an. »Und bis vor einer Minute habe ich nicht mal geahnt, dass mein geliebter Mann in aller Öffentlichkeit einer Affäre mit meiner lebenslustigen Cousine frönt, die nicht viel intelligenter ist als ein Regenwurm und deren Mann gerade erst unter der Erde liegt!«

James geriet in Panik, denn Estella hatte so laut gesprochen, dass sie die Aufmerksamkeit anderer, ebenfalls auf Taxis wartender Hotelgäste erregte. Er nahm ihren Arm und versuchte sie fortzuziehen, doch Estella rührte sich nicht von der Stelle.

»Können wir nicht irgendwohin gehen und wie zivilisierte Menschen über diese Sache sprechen, Estella?«

»Wieso? Gerade eben hat es dir nichts ausgemacht, deine Affäre öffentlich zur Schau zu stellen.« Sie schüttelte den Kopf. »Wie konntest du mich so demütigen? Ich komme gerade von deinem Büro und habe mich dort schon schrecklich blamiert, als ich erfahren musste, dass du gar nicht mehr dort arbeitest – und das schon seit fast fünf Wochen!«

Verlegen und schuldbewusst senkte James den Kopf und starrte zu Boden. »Ich hätte es dir ja erzählt ...«

»Ach, wirklich? Und ich habe mir schon Vorwürfe gemacht, weil ich glaubte, ich hätte es vergessen! Wolltest du mir vielleicht auch von der Affäre mit meiner Cousine erzählen?«

»Estella, bitte, sprich leiser!«, beschwor James sie.

»Warum sollte ich?«

»Lass uns nach Hause gehen und dort reden!«

»Jetzt sag bitte nicht, dass da noch mehr ist ...« Estella bemühte sich verzweifelt, ein Schluchzen zu unterdrücken. Sie war wütend auf sich selbst, dass sie ihre Gefühle nicht unter Kontrolle hatte, denn sie wollte James nicht zeigen, wie es in ihrem Innern aussah; das ließ ihr Stolz nicht zu. Plötzlich fiel ihr ein heller Fleck Lippenstift an James' Mundwinkel auf, der die Affäre umso wirklicher erscheinen ließ. Estella wurde so zornig, dass sie ihm eine schallende Ohrfeige versetzte. »Hättest du deine leidenschaftlichen Küsse und Umarmungen nicht wenigstens auf das Hotelzimmer beschränken können, in dem du den Vormittag mit diesem Weib verbracht hast? Musstet ihr euch auch noch vor allen Leuten zeigen?« Fast blind vor Tränen wandte Estella sich ab – keinen Augenblick zu früh für James, denn der hatte auf der anderen Seite des Platzes einige ihrer Freunde entdeckt.

Er folgte Estella und ergriff ihren Arm. Sie aber schüttelte James' Hand ab und starrte ihn feindselig an. »Rühr mich nicht an!«, rief sie und erregte dadurch noch mehr Aufmerksamkeit. »Wage es ja nicht, mich jemals wieder anzufassen!« Sie ging weiter, und James hielt es für das Beste, ein wenig Abstand zu halten. Zwar wusste er, dass es feige war, doch für einen Anwalt – selbst wenn er vorübergehend nicht arbeitete – waren ein guter Ruf und das Ansehen sehr wichtige Dinge.

James folgte Estella in den Hyde Park. Er war besorgt wegen ihres seelischen Zustands, doch Estella war eine kluge und vernünftige Frau. Bestimmt würde sie sich nicht gleich in den

See stürzen – hoffte er zumindest. Er hatte kein Verlangen danach, in seinem besten Anzug ins Wasser zu springen, um sie herauszuholen. Aber er musste jetzt über alles mit ihr sprechen; so wie bisher konnte es nicht weitergehen, sonst hatte er weiße Haare, noch bevor er dreißig war.

Kurz nachdem Estella den Park betreten hatte, glaubte sie, sich übergeben zu müssen. Sie wusste nicht, ob es an der morgendlichen Übelkeit lag oder daran, dass James eine Affäre mit ihrer Cousine hatte, und für den Augenblick spielte es auch keine Rolle für sie: Ihr einziger Gedanke galt dem Baby, das sie schützen musste. Sie ging in südlicher Richtung, zur Statue des Achilles, und blieb kurz stehen, um einem Obdachlosen den Picknickkorb zu reichen, den sie mit so viel Liebe gepackt hatte.

Als der alte Mann in den Korb blickte und ein Strahlen auf seinem schmutzigen Gesicht erschien, empfand Estella das als bittere Ironie: Diesen glücklichen Ausdruck hatte sie eigentlich bei ihrem Mann zu sehen erwartet, während sie ihn mit dem Picknick und der Neuigkeit über ihr Baby überraschte. Stattdessen hatte sie nun selbst eine Überraschung erlebt – und die war alles andere als erfreulich.

Estella ließ sich erschöpft auf eine Bank direkt am Seeufer fallen. Um des Babys willen zwang sie sich, einige Male tief ein- und auszuatmen, um sich zu beruhigen. Immer wieder sagte sie sich, dass das Kind jetzt das Wichtigste in ihrem Leben war. Sie war schnell gegangen, und ihr Herz klopfte wie rasend. Doch ihr schlimmster Zorn hatte sich durch die körperliche Anstrengung ein wenig gelegt und war einem Gefühl der Betäubung gewichen. Estella hatte gar nicht bemerkt, wie sehr ihre Beine zitterten; jetzt fühlten sie sich wie Gummi an. Trotz der wärmenden Sonnenstrahlen fröstelte sie und legte die Arme um ihren Körper.

»Estella«, hörte sie James hinter sich sagen. »Ich weiß, dass du jetzt wütend und schockiert bist, aber wir müssen reden.« Er legte ihr sein Jackett um die schmalen Schultern.

Einen Augenblick starrte Estella ihn stumm an, und es brach ihm fast das Herz, als er den verletzten Ausdruck in ihren Augen sah. James mochte zwar selbstsüchtig sein, doch er war nicht herzlos.

»Reden? Ich sollte mich von dir scheiden lassen!«, meinte Estella, deren Herz erneut rasend schnell zu pochen begann. Wieder strömten ihr Tränen über die Wangen. James ließ sich am äußersten Ende der Bank nieder. Als er ihr sein Taschentuch reichte, nahm sie es. Wie jung er aussah für einen Mann von achtundzwanzig Jahren! Und genauso benahm er sich: Wie ein Junge, der bei einer Dummheit ertappt worden war. Da nützte es auch nichts, dass er der attraktivste Mann war, den Estella kannte.

»Ja, eine Scheidung wäre wahrscheinlich das Beste«, sagte er ruhig und fuhr sich mit den Fingern durch die dunklen Haare.

Seine Worte kamen für Estella völlig überraschend. Sie konnte nicht fassen, dass James nicht einmal um ihre Ehe kämpfen wollte! Kurz fragte sie sich, ob er vielleicht anders darüber denken würde, wenn er von dem Baby wüsste, doch sie wollte nicht, dass er nur aus Pflichtgefühl bei ihr blieb. Sie wollte sicher sein, dass er sie liebte.

»Ich gehe gleich morgen früh zu einem Anwalt«, sagte sie in der Hoffnung, ihn auf diese Weise zur Vernunft zu bringen oder zumindest seine Reue zu wecken.

Doch zu ihrer Verwirrung erwiderte er: »Ja, eine Scheidung ist eine reine Formsache.«

»Was geht hier eigentlich vor sich, James? Du willst doch nicht behaupten, dass du Davinia wirklich *liebst!* Sie gehört zur Familie, deshalb bin ich verpflichtet, mich um sie zu kümmern. Aber diese Frau macht einen schwindlig wie ein Karussell! Sie ist neurotisch – und davon abgesehen fast zehn Jahre älter als du!«

»Der Altersunterschied spielt für uns keine Rolle«, erwiderte James trotzig.

»Für *uns?*«, stieß Estella hervor. »Du sprichst von dir und Davinia als *uns?*« Verzweifelt schüttelte sie den Kopf. Dass James überhaupt mit ihrer Cousine ein Verhältnis hatte, war schon schlimm genug, aber dass er anscheinend echte Gefühle für sie hegte, brach ihr fast das Herz. »Muss ich dich wirklich daran erinnern, dass Warwick schon ihr dritter Mann war? Ich bin sicher, dass er sich mittlerweile auch von ihr hätte scheiden lassen, wäre er nicht vorher an Herzversagen gestorben!« Die ersten beiden Ehemänner Davinias waren ältere Herren gewesen, sodass ihr Ableben nicht allzu unerwartet gekommen war, doch Warwick war erst in den späten Vierzigern gewesen. Anscheinend hatte Davinia eine Vorliebe für wohlhabende Männer mit schwachen Herzen. Wenn es stimmte, was James sagte, passte er nicht in dieses Schema.

»Warwick hat Davinia viel Geld hinterlassen«, sagte James.

»Das mag sein, aber ...«

James blickte sie an, und zum ersten Mal bemerkte Estella den kühlen, fast berechnenden Ausdruck auf seinem Gesicht. Er war ihr vorher nicht aufgefallen. Ihre Augen weiteten sich, als ihr klar wurde, was seine Anspielung bedeuten musste.

»Ich bin ruiniert, Estella«, sagte James, als könne er ihre Gedanken lesen.

Sie starrte ihn offenen Mundes an. James war finanziell am Ende und warf sich deshalb Davinia an den Hals? Damit hätte Estella am allerwenigsten gerechnet. Das konnte nicht wahr sein! Verblüfft fragte sie sich, was James vorhaben mochte.

»Du glaubst mir nicht, aber es stimmt. Wir haben kein Geld mehr. Wenn du mit dem Gedanken spielst, dir einen teuren Anwalt zu nehmen – das würde uns nur noch tiefer in Schulden stürzen, und davon haben wir weiß Gott schon genug.«

»Du erwartest doch nicht, dass ich dir diesen Unsinn glaube! Du arbeitest lange und viel, und deine Kanzlei läuft sehr gut!«

»Warum bin ich dann aus dem Foley-Gebäude ausgezogen?«

»Weil du ein größeres und schöneres Büro haben wolltest ...«

James' Wangen überzogen sich mit dunklem Rot. »Ich bin ausgezogen, weil ich mir die hohe Miete fürs Büro nicht mehr leisten konnte. Und ich verdiene ganz sicher nicht genug, um ein Haus in Mayfair zu bezahlen und für das Leben aufzukommen, das wir führen. Es kostet viel Geld, reiche Freunde zu bewirten.«

»Warum hast du das nicht schon eher gesagt? Ich brauche nicht wie die Wexford-Smiths oder die Wynstan-Powers zu leben. Ich kann auf die bessere Gesellschaft verzichten. Ich wäre auch mit einem ruhigen Leben zufrieden.«

»Aber *ich* brauche diesen Luxus, Estella.« James senkte den Kopf. Er wirkte plötzlich wieder sehr verlegen. »Und ich könnte das Leben führen, von dem ich träume ... an Davinias Seite.«

Estella starrte ihn sprachlos an. Wie hatte sie ein ganzes Jahr mit ihm verheiratet sein können, ohne ihn richtig zu kennen? »Willst du damit sagen, du möchtest dich scheiden lassen, um Davinia zu heiraten?« Sie war sicher, dass James' Antwort Nein lauten würde; allein der Gedanke war absurd. Aber sie sollte sich gründlich irren.

»Ja. Das wird das Beste sein«, sagte er völlig emotionslos.

Estella zuckte zusammen. »Das Beste für wen? Ich liebe dich, James! Wir haben sogar darüber gesprochen, ein Kind zu bekommen!« Es lag ihr auf der Zunge, ihm zu sagen, dass sie bald ein Baby haben würden.

»*Du* hast darüber gesprochen, Estella. Ein Kind würde aber nicht in das Leben passen, das ich mir vorstelle. Deshalb bin ich immer vorsichtig gewesen.«

Für einen Moment verschlug es Estella die Sprache. James wollte das Kind nicht, das sie unter dem Herzen trug! Sie konnte es kaum glauben. Am liebsten hätte sie ihn angeschrien: »Du warst nicht vorsichtig genug!« Ihr Beschützerinstinkt war geweckt, und sie legte eine Hand auf ihren Leib.

»Warum hast du mich dann geheiratet, James?«

»Weil ich dich geliebt habe.«

»Geliebt *habe*?«

»Ich liebe dich immer noch, aber nicht so sehr, dass ich dafür ein Leben ohne Glanz und Luxus in Kauf nehmen würde. Du weißt, wie sehr ich die gesellschaftlichen Empfänge mag. Dort knüpft man die wichtigsten beruflichen Kontakte. Es tut mir Leid, aber so bin ich nun mal, und Davinia kennt die richtigen Leute ...«

Estella konnte ihm nicht folgen. Nichts von dem, was er sagte, ergab einen Sinn. James war immer noch ihr Ehemann und der Vater des Kindes, das sie erwartete, auch wenn ihm weder an ihr noch an dem Baby etwas zu liegen schien. »Warum hast du mir nicht gesagt, dass wir in finanziellen Schwierigkeiten sind? Du hättest Davinia nicht deine Seele verkaufen müssen. Ich hätte arbeiten können. Hast du vergessen, dass ich Tierärztin bin?« Zwar hatte Estella diesen Beruf seit ihrem Examen an der Universität von Edinburgh keinen Tag ausgeübt, aber nur, weil James es so gewollt hatte.

»Das würde nicht viel helfen. Du würdest nicht genug verdienen. Und wenn du gearbeitet hättest, Estella, wären unsere Freunde zu der Ansicht gelangt, dass ich nicht erfolgreich bin.«

Plötzlich hatte Estella genug von seiner Eitelkeit. »Das wäre sicherlich besser gewesen, als sich zu ruinieren. Was werden deine so genannten Freunde denn jetzt von dir halten?«

James antwortete nicht. Er musste an sich selbst und seine Zukunft denken und konnte keine Rücksicht auf Estellas Meinung nehmen.

Estella war klar gewesen, warum er nicht gewollt hatte, dass sie arbeitete – es hätte so ausgesehen, als könne er nicht allein für eine Frau aufkommen. Geblendet durch seinen Charme hatte sie seinen Hunger nach Ansehen zu verstehen versucht und ihren eigenen Ehrgeiz begraben, in der stillen Hoffnung, bald ein Kind zu haben. Doch das meiste von dem, was James sagte, blieb ihr ein Rätsel. »Was ist mit deinem Erbe?«

»Es ist fort.«

Estella starrte ihn an. »Was? Das ganze Geld?«

»Ich habe die Aktien, die mein Vater mir hinterlassen hat, zu Bargeld gemacht und das Haus belastet. Jetzt kann ich mir die Rückzahlung nicht mehr leisten. Deshalb wird die Bank das Haus bekommen.«

Estella tupfte die Tränen mit seinem Taschentuch ab. Ihre ganze Welt fiel in Trümmer, und in ihrem verletzlichen Zustand konnte sie das alles kaum verkraften.

»Bitte, nicht weinen, Estella. Ich dachte, ich könnte genug verdienen, um das Haus und ein Leben in Luxus zu bezahlen, aber um meine Ansprüche erfüllen zu können, habe ich zu wenig Mandanten.«

»*Deine* Ansprüche! Ich höre immer nur, was *du* willst. Findest du das nicht selbstsüchtig?« Plötzlich konnte Estella sich James nicht mehr als Vater vorstellen. Er war zu unreif. »Ich nehme an, es würde auch nichts nützen, wenn wir in ein kleineres Haus in einem preiswerteren Viertel umzögen?«

»Ich fürchte, nein.«

Estella schüttelte den Kopf. Sie konnte es nicht fassen. »Und was soll ich nun tun? Oder interessiert dich auch das nicht mehr, jetzt, wo ich nicht in deine sorgfältig geplante Zukunft passe?«

»Natürlich interessiert es mich, Estella, und ich habe eingehend darüber nachgedacht. Du könntest zu deinen Eltern nach Südrhodesien gehen. Sie behaupten doch, das Leben dort sei wundervoll. Oder du könntest bei deiner Tante Flo in Chelsea wohnen. Ich bin sicher, als Tierärztin würdest du dein Auskommen haben.«

Aber ich müsste nicht nur für mich allein sorgen, James, sondern auch für unser Baby, ging es Estella durch den Kopf. Und ohne dich bin ich allein und mittellos.

»Und wo wirst du wohnen und arbeiten?« Sie fragte es nicht, weil es sie allzu sehr interessierte – dazu war es zu spät. Sie wollte nur wissen, wie weit seine Zukunftspläne für das Leben mit ihrer Cousine bereits gediehen waren.

»Warwick hat ihr einen modernen Bürokomplex am Belgrave Square hinterlassen, in sehr guter Lage und erst nach dem Krieg gebaut. Außerdem hat sie das große Haus am Eaton Square.«

Estellas Unterlippe zitterte vor unterdrückter Wut. »Ich hätte dich nie für einen solchen Mistkerl gehalten!«

»Jetzt weißt du's. Ich bin oberflächlich und selbstsüchtig, und ich gebe es zu. Außerdem hat Davinia mir schon seit Wochen Geld geliehen. Sie will nichts davon zurückhaben – falls ich sie heirate, sobald ich frei bin. Deshalb, fürchte ich, müssen wir sofort die Scheidung einreichen. Ich hoffe, du siehst es ein und machst es mir leicht, Estella. Es gibt keinen Grund, die Sache auf die lange Bank zu schieben, nicht wahr?«

Estella blickte ihn an. Nur unser Baby, James. Aber du bist ohnehin nicht gut genug, sein Vater zu sein. Langsam schüttelte sie den Kopf.

Es gab nichts mehr zu sagen. Sie wandte sich von James ab und blickte über den See nach Rotten Row hinüber, wo Reiter den wunderschönen Tag nutzten und in vollem Galopp dahinritten. In England konnte man die Tage im Jahr, an denen der Himmel blau und wolkenlos war, an einer Hand abzählen. Und ausgerechnet dieser Tag, an dem Estellas Leben in Trümmer fiel, war wunderschön. Es hätte regenverhangen sein müssen, passend zu ihrer trüben Stimmung und ihrer verzweifelten Lage. Wieder musste sie an das Kind denken. Der heutige Tag hätte einer der glücklichsten ihrer Ehe sein sollen ...

Durch einen Schleier aus Tränen sah sie den See im Sonnenlicht funkeln. Kindermädchen und junge Mütter schoben Babys in ihren Kinderwagen spazieren. Hundebesitzer oder deren Bedienstete führten die gepflegten Tiere an der Leine. Verliebte Paare schlenderten Hand in Hand über den Rasen; Enten und Schwäne glitten übers Wasser. Für einen so schönen Tag eine ganz normale Szene – doch Estella kam es vor, als wäre in ihrer scheinbar so hellen und behüteten Welt plötzlich die Nacht hereingebrochen. Wieder dachte sie an das Kind, das in ihrem Leib heranwuchs ... vielleicht ein süßes kleines Mädchen.

Jetzt sind wir zwei allein, mein Kleines, ging es ihr durch den Kopf. Aber ich verspreche dir, alles wird gut!

Sie stand auf und reichte James sein Jackett, ohne ihn anzusehen. »Ich gehe nach Hause und packe zusammen. Wenn ich irgendwelche Papiere unterschreiben muss, schick sie an Tante Flos Adresse.« Tapfer schluckte sie den Kloß hinunter, der in ihrer Kehle saß, und bedachte ihren Mann mit einem kühlen Blick. »Lebwohl«, sagte sie, wandte sich um und ging davon.

James war bewusst, dass er sich kalt, gefühllos und berechnend verhalten hatte, meinte jedoch, die richtige Entscheidung getroffen zu haben. Womit er nicht gerechnet hatte, war sein schlechtes Gewissen. »Bitte, warte noch, Estella!«

Sie blieb stehen und wandte sich zu dem Fremden um, in den ihr Mann sich plötzlich verwandelt zu haben schien.

»Ich weiß, dass ich dich sehr verletzt habe«, sagte James. »Es tut mir ehrlich Leid.«

Seine Entschuldigung erschien Estella unpassend und klang obendrein unecht. »Mir tut es auch Leid, James. Es tut mir Leid, dass du so kurzsichtig bist und so wenig Charakter besitzt. Ich weiß nicht, wie ich je denken konnte, du hättest menschliche Qualitäten.« Sie hegte beinahe Mitgefühl für ihn, denn sein Egoismus würde ihn um etwas sehr viel Wertvolleres als Geld und gesellschaftliches Ansehen bringen.

Ohne einen Blick zurück ging Estella davon. Es kostete sie

ihre ganze Willenskraft, nicht erneut in Tränen auszubrechen. Stattdessen richtete sie sich kerzengerade auf und hob stolz den Kopf. Sie war überzeugt, dass sie James Lawford nie wiedersehen würde – und dass es ihrem Kind ohne diesen Mann besser ging.

2

Als Estella bei ihrer Tante in Chelsea eintraf, war es mit ihrer Selbstbeherrschung vorbei; sie brach in haltloses Schluchzen aus. Sie war zum letzten Mal in ihrem Haus gewesen, einer stilvollen Villa aus dem neunzehnten Jahrhundert in Belgravia, um ihre Sachen zu packen. Dabei hatten die Erinnerungen an das vergangene Jahr mit James sie überwältigt, und sie hatte um ihre enttäuschten Hoffnungen und Träume getrauert. Die anfängliche Benommenheit war gewichen, und nun erkannte sie voller Bitterkeit, dass ihre persönliche Lage nicht viel schlechter hätte sein können: Sie war heimatlos, mittellos – und erwartete ein Kind.

Als das Taxi vorfuhr, saß Tante Florence am Erkerfenster und war damit beschäftigt, ein Spitzendeckchen zu häkeln, während sie den Klängen aus ihrem alten Grammofon lauschte, das sie den modernen Plattenspielern vorzog. Sie genoss ihre nachmittägliche Ruhestunde, wenn sie ihr Korsett lockerte und die Beine hochlegte. Ihre Hausarbeit hatte sie erledigt, das Abendessen war vorbereitet. Früher hatte Flo diese Stunde meist mit ihrer Mutter verbracht und über vergangene Zeiten geplaudert, doch die alte Dame war im vergangenen Winter an einer schweren Lungenentzündung gestorben. Jetzt gab es nur noch drei Pensionsgäste, um die sie sich kümmern musste, zwei Studenten der Londoner Schauspielschule und einen pensionierten Schornsteinfeger.

Als sie Estella aus dem Taxi steigen sah, ging sie hinaus, um sie auf den Stufen vor der Haustür zu erwarten. Estella wischte sich die Tränen ab. Der verwirrte Taxifahrer folgte ihr mit ihrem Koffer und einer Reisetasche, die er im Vestibül abstellte, bevor er wieder davoneilte.

»Estella, um Himmels willen. Was ist geschehen?«, fragte Flo mit einem Blick auf das Gepäck und nahm ihre Nichte in den Arm.

»Meine Ehe ist in die Brüche gegangen«, stieß Estella hervor und versuchte vergeblich, sich gegen die Tränen zu wehren.

Flo traute ihren Ohren nicht. »Komm erst mal in die Küche«, sagte sie. »Ich mache uns einen Kakao.«

Nach zwei Tassen heißer Schokolade mit Marshmallows hatte Estella sich so weit beruhigt, dass sie ihrer Tante berichten konnte, was geschehen war. Sie erzählte, wie sie James und Davinia zusammen gesehen hatte, und wie James ihr anschließend eröffnet hatte, dass er die Scheidung wolle, um ihre reiche Cousine zu heiraten.

»Das ist nicht zu fassen!«, meinte Tante Flo. »Ich habe Davinia nie gemocht, aber das passt zu ihr! Ihre Mutter Anthea ist Marcus gar nicht ähnlich!«

Anthea und Marcus waren Geschwister, und Marcus war Estellas Stiefvater. Dass die Geschwister so verschieden waren, erklärte nach Florences Meinung auch, warum den Cousinen – Estella und Davinia – so völlig unterschiedliche Werte vermittelt worden waren.

Flo blickte ihre verzweifelte Nichte an. »Es tut mir Leid, dass gerade dir das passieren musste, Estella – aber besser jetzt als in zehn Jahren, wenn du dir vielleicht noch Sorgen um Kinder hättest machen müssen. James ist ein Trottel, der nicht mit dem bisschen Hirn denkt, das der Herrgott ihm gegeben hat, sondern mit seinen unteren Körperteilen. Aber du bist jung und schön und kannst einen neuen Anfang machen.«

»Ich erwarte ein Kind, Tante Flo.«

Florence erschrak. »Gütiger Himmel!« Sie beugte sich über

den Tisch und blickte auf Estellas schmale Taille. »Bist du sicher?«

Estella nickte. »Ich war heute Morgen beim Arzt. Anschließend bin ich zu James' Büro gegangen und habe dabei festgestellt, dass er gar nicht mehr dort ist. In meiner Verwirrung wollte ich zum Hyde Park, um dort mein Picknick zu essen, das ich für James und mich zur Feier des Tages vorbereitet hatte, als ich ihn plötzlich sah, wie er Davinia küsste ...«

»*Was?*«, stieß Tante Flo empört hervor. »Und was hat er gesagt, als du ihm von dem Baby erzählt hast?«

»Ich habe es ihm nicht erzählt. Und das werde ich auch nicht – niemals!«

Eine Geschichte, die sich wiederholt, dachte Flo. Sechsundzwanzig Jahre zuvor hatte sie genau dasselbe Gespräch mit Estellas Mutter geführt, als diese aus Australien zurückgekehrt war – schwanger mit Estella. Sie hatte es Ross auch nicht erzählen wollen, erst recht nicht, nachdem sie Marcus Wordsworth begegnet war. Doch Ross war Flos Bruder, und damals hatte Flo darauf bestanden, dass er es erfuhr. Nicht dass sich dadurch viel geändert hätte: Marcus hatte Estella wie ein eigenes Kind aufgezogen, und Ross hatte seine schöne Tochter nie kennen gelernt.

Flo richtete sich auf. »Estella, du kannst dich nicht vor James verstecken. London ist zwar eine Großstadt, aber er wird es trotzdem früher oder später erfahren.«

»Nicht unbedingt.«

»Willst du nach Rhodesien gehen?«

»Nein. Mutter und Vater kommen ja schon bald her, um Barnaby an der Universität einzuschreiben.«

»Stimmt, das hatte ich ganz vergessen. Caroline schrieb mir, dass dein Bruder mit der Highschool fertig ist und Ingenieurwissenschaften studieren will. Er wird Marcus immer ähnlicher. Aber gerade jetzt, wo das Baugewerbe in Rhodesien boomt, wundert es mich, dass Marcus herkommen will.«

»Sie wollen nur so lange bleiben, bis Barnaby einen Studienplatz gefunden hat. Dann gehen sie zurück nach Rhodesien.«

»Du solltest in deinem Zustand bei deiner Mutter sein, Estella – warum gehst du nicht einfach mit ihnen?«

»Sie kommen erst in einigen Wochen und bleiben dann mindestens zwei Monate. So lange kann ich nicht warten. Bis dahin wird man mir die Schwangerschaft ansehen. Wenn James die Scheidung so schnell hinter sich bringen will, wie ich annehme, wird er bis dahin entweder mit Davinia verheiratet sein oder zumindest die Hochzeit planen. Und ich habe nicht vor, zum Gespött der Londoner Gesellschaft zu werden.«

»Ich glaube, eines Morgens wird James die Augen aufschlagen und sich beim Anblick dessen, was neben ihm liegt, selbst zur Hölle wünschen!«

»Tja, dann wird es zu spät sein. Ich habe seinen wahren Charakter kennen gelernt, und deshalb muss ich fort von hier, Tante Flo, und zwar schnell. James darf niemals etwas von unserem Kind erfahren!« Sie sah den Kummer im Blick ihrer Tante und fügte hinzu: »Schau mich nicht so an, Tante Flo. James hat mir gesagt, dass ein Kind nicht in sein Leben passen würde – also verdient er es auch nicht, von der Existenz des Babys zu erfahren.«

»Er ist selbstsüchtig!«, schimpfte Tante Flo und nahm sich noch eines von den Plätzchen mit Sahne und Marmelade, die Estella gar nicht erst probierte. Auch den köstlichen Duft gebratenen Fleisches, der die Küche erfüllte, nahm sie nicht wahr. »Wo soll ich hin, Tante Flo? Wie soll ich für mein Kind sorgen?« Wieder liefen ihr Tränen über die Wangen.

»Na, na, Liebes. Du hast gesagt, James sei nicht mehr in seinem Büro, also nehme ich an, dass er in ein größeres, standesgemäßeres Bürohaus umgezogen ist. Er muss also gut verdienen, Estella, und er ist verpflichtet, für deinen Unterhalt zu sorgen. Also brauchst du dir über Geld doch keine Sorgen zu machen.«

»Aber James sagt, er ist aus seinem alten Büro ausgezogen, weil er sich die Miete nicht mehr leisten kann, und wenn ich ihn recht verstanden habe, übernimmt die Bank unsere Villa. Wir sind finanziell am Ende, Tante Flo. James hat sogar behauptet, er habe sich schon große Summen bei Davinia geliehen.«

Flo starrte ihre Nichte entsetzt an. Dann sagte sie: »Du weißt doch, dass du hier bleiben kannst, solange du willst. Ich habe Mutters Zimmer nie vermietet ...« Estellas Großmutter hatte bis zu ihrem Tod bei Flo gelebt. Danach hatte Flo mit dem Gedanken gespielt, ihr Haus zu verkaufen und in Devon oder anderswo eine kleine Pension zu eröffnen. Doch sie hatte diesen Plan erst einmal aufgeschoben für den Fall, dass Estella ihre Hilfe brauchte.

»Ich kann nicht bleiben, Tante Flo. James' Großeltern wohnen gleich um die Ecke, in der Fulham Road, und seine jüngste Schwester lebt in der Oakley Street.«

»Vielleicht könntest du irgendwo auf dem Land eine Anstellung als Tierärztin finden.«

»Ich glaube nicht, dass es auf den Britischen Inseln irgendeinen Ort gibt, an dem ich sicher wäre. James' Familie ist weit verzweigt. Er hat Vettern in Liverpool, Leeds, Newcastle ... sogar in Schottland. Ich muss weiter fort, aber wohin? Wo könnte ich mit meinem Kind ein neues Leben beginnen?« Estella senkte den Kopf.

Flo stand auf und trug die schmutzigen Tassen zum Spülstein. Sie verfluchte die Schmerzen in ihren Ellbogen und Knien. Stets war sie von einem leichten Geruch nach Paraffin umgeben, mit dem sie ihre Gelenke gegen das Rheuma einrieb. Im Sommer war es nicht ganz so schlimm, doch wenn der Herbst kam, kam auch der Schmerz, und in diesem Jahr kündigte er sich früh an. Flo blickte zum Himmel, an dem im Westen Wolken aufzogen. Wenigstens wusste sie immer, wann es regnete: sobald die Schmerzen stärker wurden.

Während sie auf ihren Garten und das Gemüsebeet blickte, dachte Flo an Estellas Mutter Caroline. Sie waren seit ihrer Kindheit Freundinnen, und Flo hatte Caroline schrecklich vermisst, als sie mit Marcus nach Afrika gegangen war. Die beiden hatten England nach dem Krieg verlassen, als Estella an der Universität von Edinburgh studierte. Zu ihrer Examensfeier im Jahr zuvor waren sie für kurze Zeit nach England gekommen und eine Weile geblieben, um Estellas Hochzeit mitzuerleben. Flo dachte an das Versprechen, das sie Caroline nach Estellas Geburt gegeben hatte. All diese Jahre hatte sie Wort gehalten, doch jetzt ...

»Estella«, begann sie behutsam und setzte sich der jungen Frau gegenüber an den Tisch, »hör mir jetzt bitte mal gut zu.«

Estella hob den Kopf. Ihre Wangen glänzten von Tränen, und ihre Augen waren vom Weinen gerötet. Ihr Anblick erinnerte Flo an das kleine Mädchen, das sie einst gewesen war. Estella hatte Flo immer schon »Tante« genannt, noch bevor sie gewusst hatte, dass Flo ihre richtige Tante war. Keine andere Freundin ihrer Mutter hatte dieses Privileg genossen. Und Flo, die nie geheiratet hatte und kinderlos war, liebte Estella wie eine Tochter.

»Was ist?«, fragte Estella. Sie fand, dass ihre Tante bekümmert wirkte.

»Vor langer Zeit ... du warst noch ein Baby ... habe ich deiner Mutter ein feierliches Versprechen gegeben. Wie du weißt, sind wir von Kindheit an Freundinnen gewesen, und ich habe ihr damals versprochen, nie über deinen Vater mit dir zu sprechen.«

Estella blickte sie verwirrt an.

»Ich spreche von deinem richtigen Vater, von meinem Bruder Ross. Ich musste deiner Mutter schwören, darüber zu schweigen, wenn ich weiter an ihrem Leben – und damit auch an deinem – teilhaben wollte.«

Estella konnte kaum glauben, dass ihre Mutter so etwas verlangt haben sollte. Sie hatte mit ungefähr zehn Jahren erfahren, dass Marcus Woodsworth nicht ihr richtiger Vater war. Damals hatte sie die Heiratsurkunde ihrer Eltern entdeckt und gesehen, dass diese nur wenige Wochen vor ihrer Geburt getraut worden waren. Caroline hatte daraufhin zugegeben, schon einmal verheiratet gewesen zu sein, doch über Estellas richtigen Vater hatte sie nie sprechen wollen, und auch Flo hatte ihn selten erwähnt. Nun kannte Estella den Grund dafür.

»Ich begreife nicht, warum Mutter dir diesen Schwur abgenommen hat, Tante Flo.«

»Ich kann es dir erklären, Estella. Sie befürchtete, du könntest neugierig genug sein, deinen richtigen Vater kennen lernen zu wollen, und hatte Angst, Marcus würde sich dadurch verletzt fühlen. Sie war schwanger mit dir, als sie Marcus begegnete, und überwältigt von seinem Versprechen, dich wie sein eigenes Kind aufzuziehen. Und das hat er getan. Doch ich finde, es war ein großer Fehler von Marcus, dass er dir die Möglichkeit nahm, deinen richtigen Vater kennen zu lernen, und so wunderbar Marcus sein mag – auch Ross war ein Mann, der es wert gewesen wäre, ihn kennen zu lernen. Ich weiß, dass es ihm sehr wehgetan hat, dich nie gesehen zu haben.«

»Warum ist er nie gekommen, um mich zu sehen?«

Florences gutmütige Züge spiegelten tiefe Traurigkeit wider. »Das hätte er gern getan, aber er wollte dich nicht verunsichern oder deine Mutter verletzen. Um ehrlich zu sein – er hat nie verwunden, dass Caroline ihm fortgelaufen ist. Er glaubte, sie würde zu ihm zurückkehren. Als sie ihn stattdessen um die Scheidung bat, damit sie Marcus heiraten konnte, hat es ihm das Herz gebrochen. Ich mache deiner Mutter keinen Vorwurf, Estella. Sie *konnte* nicht in Australien leben. Die Einsamkeit und Abgeschiedenheit im Outback ist nicht jedermanns Sache. Aber ich werde jetzt den Schwur brechen, den ich bei deiner Geburt geleistet habe. Du bist eine erwachsene

Frau, und es gibt Dinge, die du wissen solltest, weil sie dir in deiner Lage eine Hilfe sein könnten.«

»Was für Dinge, Tante Flo?«

»Am besten, ich fang ganz von vorne an und erzähle dir, wie deine Eltern sich begegnet sind. Wie schon gesagt, bin ich mein Leben lang mit deiner Mutter befreundet. Wir wohnten in benachbarten Häusern in der Whitehall Street, nicht weit von hier, und gingen in dieselbe Schule. Ross war ein paar Jahre älter als ich, aber als Kinder haben deine Mutter und er sich überhaupt nicht verstanden. Daran hat sich bis zum ersten Weltkrieg nichts geändert. Ross war gerade mit der Schule fertig, als der Krieg ausbrach. Er war ein intelligenter Bursche, und Vater wollte, dass er studierte, aber daraus wurde nichts. Zuerst hat er in einer Munitionsfabrik gearbeitet, dann meldete er sich zur Armee, wo er sein wahres Alter verschwieg, weil sie ihn sonst nicht genommen hätten. Er wurde nach Frankreich geschickt. Als Ross wiederkam, war er zu einem sehr gut aussehenden jungen Mann herangewachsen, und deine Mutter und er verliebten sich ineinander. Ross hatte bei der Armee viel mit Pferden zu tun gehabt; deshalb beschloss er, Tiermedizin zu studieren. Gleich nach seinem Examen 1924 haben er und Caroline dann geheiratet. Bald darauf bewarb er sich um eine Stelle in Australien. Wusstest du, dass er Tierarzt gewesen ist?«

»Ich wusste es erst, als Mutter eine Bemerkung darüber machte, nachdem ich selbst gerade meinen Abschluss in Tiermedizin gemacht hatte. Sie hat sonst nie über ihn gesprochen, deshalb ist es mir so aufgefallen.«

»Deine Mutter hat sich sehr gefreut, dass du Medizin studieren wolltest«, meinte Flo.

»Aber nur, bis sie herausfand, dass ich Tiermedizin belegt hatte«, erwiderte Estella.

»Das hätte sie nicht überraschen dürfen. Im Krieg hast du alle streunenden Tiere, die dir über den Weg liefen, mit in den Bunker genommen.«

Estella lächelte zum ersten Mal, seit sie gekommen war.

Stockend fuhr Flo fort: »Es tut mir Leid, dir sagen zu müssen, dass dein Vater ... Ross ... vor ein paar Monaten gestorben ist.«

Estella blickte ihre Tante verwirrt an. Sie wusste nicht, was sie denken und empfinden sollte. »Er ... ist tot?«

»Ja. Ein Wildpferd hat ihn gegen einen Zaun gedrückt. Dabei hat er sich schwer an Armen und Schulter verletzt, aber gestorben ist er an einer Embolie, einem Blutgerinnsel im Herzen.«

Estella ergriff die Hand ihrer Tante. »Ich habe ihn ja nicht gekannt, Tante Flo, aber für dich tut es mir sehr Leid.«

»Danke, Liebes. Er hat nicht oft geschrieben, weißt du, und wir hatten uns schon seit Jahren nicht mehr gesehen, aber ich vermisse ihn trotzdem, seit ich weiß, dass er nicht mehr da ist. Er war ein kluger, netter Mensch, der gern lachte. Und er besaß einen besonderen Sinn für Humor, der ihn allerdings immer wieder in Schwierigkeiten brachte.«

»Weiß Mutter schon, dass er tot ist?«

»Nein. Ich wollte warten, bis sie zurückkommt, und den geeigneten Zeitpunkt abpassen, um es ihr unter vier Augen zu sagen.«

Estella war nie sonderlich neugierig auf ihren richtigen Vater gewesen, doch sie sah, dass es Flo gut tat, über ihren Verlust zu sprechen. »Du hast doch noch einen zweiten Bruder, nicht wahr, Tante Flo?«

»Ja, meinen jüngsten Bruder, deinen Onkel Charlie. Er ist so verrückt wie ein Känguru im Schnee.« Flo musste daran denken, dass Charlie als junger Mann dem Alkohol und den Frauen verfallen gewesen war. Jetzt war er fast fünfzig Jahre alt, anscheinend aber immer noch nicht gefestigt genug, um zu heiraten. Charlie hatte zwar von einer Frau in seinem Leben gesprochen, doch es musste sich um eine Eingeborene handeln, denn er hatte sie als »Abo« bezeichnet.

»Wo wohnt er?«

»Er lebt noch immer in Kangaroo Crossing, wo auch dein Vater zu Hause war.«

»Ja, Mutter hat mir erzählt, dass mein ... dass Ross in Australien lebte. Sie sprach davon wie von einem schrecklichen Ort am Ende der Welt.«

Florence verstand sehr gut, dass es ihrer Nichte schwer fiel, Ross ihren Vater zu nennen. »Deine Mutter hat es dort nicht ausgehalten. Wahrscheinlich nannte sie es deshalb einen *schrecklichen Ort.* Der Sprung in die Einsamkeit des Outback war für sie als junge Braut, die sich in der Londoner Gesellschaft zu Hause fühlte, viel zu groß. Charlie ist dort glücklich, und ich weiß, dass auch Ross die Gegend sehr geliebt hat – also kann es nicht allzu schlimm sein.«

»Wie kommt es, dass Onkel Charlie auch dort lebt?«

»Er hat in England viel Pech mit seiner Arbeit gehabt und ist deshalb Ross und Caroline nach Australien gefolgt. Ich glaube, er hat dort zuerst eine Zeit lang in dem Hotel gearbeitet, das er später selbst übernommen hat. Nach dem, was Ross und Charlie mir erzählt haben, muss Kangaroo Crossing mitten in Australien liegen, zwölftausend Meilen von hier entfernt. Genau deshalb habe ich überhaupt davon angefangen.«

»Wie meinst du das?«, fragte Estella und blickte ihre Tante verständnislos an.

»Wie ich schon sagte, ist dein Vater vor ein paar Monaten gestorben. Nach seinem Tod hat dein Onkel Charlie mir geschrieben und gefragt, ob du dir vorstellen könntest, die Stelle deines Vaters als Tierarzt zu übernehmen.«

Estella riss verwundert die Augen auf.

»Ich hatte Charlie und Ross erzählt, dass du Tiermedizin studiert hast. Dein Vater war sehr stolz auf dich, genau wie Charlie. Ross besaß ein Haus, das jetzt leer steht, und Charlie hat bestimmt keine Verwendung dafür und für all die ärztlichen Instrumente, die auch noch da sein müssen. Unter diesen Umständen wäre das eine große Chance für dich.«

»Du sagtest, Ross sei schon einige Monate tot. Warum hast du mir nicht eher davon erzählt, Tante Flo?«

»Ich hab daran gedacht, aber ich hatte deiner Mutter ein Versprechen gegeben und es all die Jahre gehalten. Außerdem wusste ich, dass James seine Kanzlei niemals aufgegeben hätte. Vor allem dachte ich, du und James wärt glücklich miteinander.«

Estella brach wieder in Tränen aus. »Das dachte ich auch ...«

Florence reichte ihr ein Taschentuch. »Was hältst du davon, nach Australien zu gehen?«

Estella schnäuzte sich und tupfte sich die Tränen von den Wangen. »Ich weiß nicht, Tante Flo. Du sagtest, der Brief sei schon vor Monaten gekommen. Vielleicht haben die Einwohner von Kangaroo Crossing jetzt längst einen anderen Tierarzt.«

»Die Möglichkeit besteht natürlich.« Flo hielt inne und schien nachzudenken; dann sagte sie: »Warum legst du dich nicht ein wenig hin? Du siehst müde aus.«

Estella nickte. »Ich bin so müde, dass ich kaum noch klar denken kann.«

»Dann geh nach oben. Wenn du in ein paar Stunden nicht von selbst wach wirst, rufe ich dich.«

Florence hatte den Entschluss gefasst, Charlie anzurufen, sobald Estella schlief. In Kangaroo Crossing war es jetzt früher Abend, und Charlie stand wahrscheinlich in der Bar hinter der Theke.

Als Estella zwei Stunden später die Treppe herunterkam, schnitt ihre Tante gerade den Braten auf.

»Da bist du ja wieder! Ich habe Charlie angerufen«, sagte sie und schob sich ein kleines Stück Fleisch in den Mund.

»Wirklich?«

»Ja, und er sagte, sie haben noch keinen Ersatz für deinen Vater gefunden. Er würde sich sehr freuen, wenn du die Stelle übernehmen würdest!«

Die Verbindung nach Australien war so schlecht gewesen, dass Flo ihren Bruder kaum verstanden hatte – und das Lachen und Grölen seiner Gäste hatte die Verständigung noch schwieriger gemacht. Doch Flo war sicher, das Wichtigste mitbekommen zu haben, und nahm sich die Freiheit, hier und da Fehlendes zu ergänzen.

»Hast du ihm auch erzählt, dass ich schwanger bin?«

»Ja. Er meinte, das sei wahrscheinlich kein Problem.« In Wirklichkeit hatte Charlie erklärt, er würde es bis zu Estellas Ankunft niemandem sagen. Flo wusste von Charlie, dass die Leute in der Stadt es Caroline sehr übel genommen hatten, als sie Ross damals verließ, und dass sie ihren Zorn vermutlich auf Estella übertragen würden.

»Du hättest ein vollständig eingerichtetes Haus mit einem Praxisraum«, fuhr Flo fort, verschwieg jedoch, dass Charlie erklärt hatte, das Haus müsse erst gründlich in Stand gesetzt werden, und dass er sich darum kümmern wollte. »Du brauchst nur dorthin zu fahren.«

Estella sah ihre Tante verzweifelt an. »Ich ... ich habe kein Geld für die Reise ...«

»Ich habe eine kleine Summe beiseite gelegt«, sagte Flo. »Genug, um deine Überfahrt zu bezahlen.«

»Ich könnte niemals Geld von dir annehmen, Tante Flo ...«

»Mach dir deswegen keine Gedanken. Charlie sagte, er werde es mir zurückerstatten«, schwindelte Flo.

Benommen von all dem, was auf sie einstürmte, ließ Estella sich auf einen der Stühle am Küchentisch sinken.

»Und? Was meinst du?«, fragte ihre Tante. »Klingt doch ideal, nicht wahr?« Florence hatte immer gehofft, Estella werde ihren richtigen Vater eines Tages kennen lernen. Dazu war es nun zu spät, doch wenn Estella in dem Haus wohnte, das

Ross so sehr geliebt hatte, und mit den Menschen arbeitete, die ihm so viel bedeutet hatten, würde sie zumindest erfahren, wie ihr Vater gewesen war. Flo hoffte nur, dass Caroline ihr verzieh.

»Das hört sich wirklich sehr verlockend an, Tante Flo, aber ich habe meinen Beruf seit meiner Prüfung nicht einen Tag ausgeübt. Ich müsste sehr viel lesen, um mein Wissen aufzufrischen.«

»Du warst eine hervorragende Studentin, Estella, und hast dein Examen mit Auszeichnung bestanden, wenn ich mich recht entsinne. Ich bin sicher, das alles wird dir keine Mühe machen!«

»Vielleicht hast du Recht. Und wenn Kangaroo Crossing keine so große Stadt ist, würde ich wahrscheinlich nicht von Anfang an hart gefordert.« Estella stellte sich vor, dass die Kinder des Ortes ihre Kuscheltiere zu ihr bringen würden, und dass man sie ab und zu vielleicht zu einem kranken Pferd oder Rind rief.

»Ja, so wird es sein.« Auch Flo hatte keine Vorstellung, wie Ross' Arbeit ausgesehen hatte, denn er hatte selten darüber berichtet. In seinen wenigen Briefen hatte er eher von der Stadt, von ihren Menschen und von den Tieren im Busch erzählt und immer wieder geschrieben, wie sehr er die weite Landschaft Australiens liebte.

»Und wenn mein Baby kommt, hätte ich wahrscheinlich alles schon ganz gut im Griff und könnte das Kind später während der Arbeit bei mir behalten, weil die Praxis ja im Haus ist.« Estella blickte in die strahlenden Augen ihrer Tante. »Das alles hört sich beinahe perfekt an. Also gut, ich werde es versuchen!«

3

Michael Murphy blinzelte ins gleißend helle Sonnenlicht. Er stand neben seinem Flugzeug auf dem Rollfeld des Flughafens Parafield in Südaustralien und beobachtete, wie in ungefähr fünfzig Metern Entfernung Passagiere aus einer anderen Maschine ausstiegen. Es war Hochsommer, und die Temperaturen lagen schon seit mehr als einer Woche bei über vierzig Grad Celsius. Trotz der frühen Morgenstunde flimmerte die Luft über dem Asphalt bereits vor Hitze, und der Wind, der am Nachmittag die Gegend in einen Glutofen verwandeln würde, wehte in Böen über die trockenen Felder ringsum und wirbelte Staubfontänen auf.

Michael war von dem abgelegenen Ort Kangaroo Crossing, etwa sieben Meilen jenseits der Grenze zu Queensland, nach Parafield geflogen, um die neue Tierärztin abzuholen. Charlie Cooper war ungewöhnlich wortkarg gewesen, was Ross' Nachfolgerin betraf, sodass Michael nicht genau wusste, was er zu erwarten hatte. Er kannte bloß den Namen und hatte eine ungefähre Beschreibung: eine Frau Mitte zwanzig mit dunklen Haaren. Er wusste außerdem, dass sie den langen Weg von London nach Australien gekommen war, und dass sie ihren Abschluss genau wie Ross Cooper an der Universität von Edinburgh erworben hatte. Aber darüber hinaus lag alles, was diese Frau betraf, im Dunkeln.

Der Flug von Kangaroo Crossing hatte bei Gegenwind und mit einer Zwischenlandung zum Tanken etwas mehr als acht Stunden gedauert. Michael war in der Abenddämmerung des vergangenen Tages in Parafield eingetroffen, hatte ein paar Sandwiches gegessen, die er mitgenommen hatte, und hatte sich dann in seinem Flugzeug zum Schlafen ausgestreckt. Bei Tagesanbruch war er aufgestanden, hatte getankt und die Maschine startklar gemacht. Jetzt musste er nur noch seine Passagierin aufnehmen, doch ihr Flugzeug hatte mehr als eine Stunde Verspätung.

Als die meisten Insassen der gerade gelandeten Maschine über das Rollfeld zum Empfangsraum gegangen waren und keiner unter ihnen der Frau glich, auf die er wartete, stieß Michael einen leisen Fluch aus. Gerade wollte er zum Ticketschalter gehen, um die Passagierliste mit den Daten auf dem zerknitterten Zettel zu vergleichen, den Charlie ihm gegeben hatte, als eine Stewardess mit einer jungen Frau erschien, auf die Charlies vage Beschreibung von Estella Lawford am ehesten zu passen schien.

Michael fand, dass die Frau krank aussah. Sie stützte sich schwer auf das Geländer, als sie die Treppe hinunterstieg, und die Stewardess wirkte besorgt. Michael beobachtete sie, während er zu der großen Passagiermaschine ging. Die junge Frau bemühte sich, die Sorgen der Stewardess zu zerstreuen. Hastig griff sie nach ihrem Hut, den ihr ein plötzlicher Windstoß beinahe vom Kopf gerissen hätte.

»Ich brauche nur ein bisschen Ruhe, dann geht es mir wieder gut«, hörte Michael die junge Frau sagen. Er erwartete sie unten am Fuß der Treppe und starrte auf das von der langen Reise zerknitterte Leinenkostüm, wahrscheinlich die neueste Mode in London. Die junge Frau war schlank und sehr attraktiv – viel zu hübsch für eine kleine Stadt am Ende der Welt! Die wenigen Frauen, die dort lebten, waren viel zu sehr mit dem täglichen Kampf ums Überleben beschäftigt, als dass sie sich Gedanken um Mode und Frisuren machen konnten. Michael versuchte sich vorzustellen, wie diese zierliche Person die Arbeit tat, die Ross getan hatte, doch es war unmöglich. Er gab ihr höchstens sechs Wochen.

»Sind Sie Estella Lawford?«, fragte er, denn er hatte es eilig, den Rückflug anzutreten.

»Ja«, erwiderte Estella mit einem Blick auf den großen, schlanken Mann am Fuß der Treppe. Man hatte ihr gesagt, dass jemand sie abholen würde, hatte ihr jedoch keinen Namen genannt. Der Mann lüftete seinen abgetragenen Hut. Darunter kamen lockige blonde Haare und sehr dunkle Augen zum Vorschein. Sein fremder, australischer Akzent hatte einen irischen Einschlag, doch sein Tonfall war eher geschäftsmäßig als freundlich. Er sah aus, als hätte er in seiner Kleidung geschlafen. »In diesem Fall können Sie leider nicht mehr als ein paar Minuten ausruhen«, sagte er mit einem Blick auf die Uhr. »Wir müssen starten, sobald Sie Ihr Gepäck haben, damit wir vor Einbruch der Dunkelheit in Kangaroo Crossing sind.«

Estella stöhnte. »Es wäre doch keine Katastrophe, wenn wir erst im Dunkeln ankämen, oder?«

Michael starrte sie an, als hätte sie soeben behauptet, ohne Flugzeug fliegen zu können. »Ohne Beleuchtung auf der Rollbahn könnte es leicht in einer Katastrophe enden, besonders, wenn wir mit einem Känguru zusammenstoßen.« Estella verzog das Gesicht, und Michael blickte sie eindringlich an. »Was ist mit Ihnen? Sie sind ja ganz blass!«

Estellas Teint hatte allein bei dem Gedanken, schon so bald wieder fliegen zu müssen, alle Farbe verloren. Sie brachte kein Wort hervor, sodass die Stewardess schließlich für sie antwortete: »Ihr war furchtbar schlecht.«

Estella hatte der Stewardess anvertraut, dass sie schwanger war, als diese ihr Medikamente gegen die Übelkeit anbot, von denen Estella befürchtete, sie könnten dem Kind schaden. Damit die Stewardess jetzt nicht zu viel sagte, erklärte Estella rasch: »Es geht mir gut ... es gibt wirklich keinen Grund zur Aufregung.«

Michael Murphy stöhnte innerlich auf. Im Outback war ein Tierarzt, der nicht fliegen konnte, ungefähr so nützlich wie ein

Kanu auf dem Lake Eyre – eine Salzmulde, die sich im Durchschnitt ungefähr alle fünfzig Jahre einmal mit Regenwasser füllte. Und das sagte er ihr jetzt auch. Estella fand Michaels Bemerkung wenig schmeichelhaft und sagte verlegen: »Es war das erste Mal, dass ich geflogen bin, wissen Sie ...«

»Dann sollten Sie sich lieber schnell daran gewöhnen«, gab Michael ungeduldig zurück.

Seine Worte kränkten Estella, und sie befürchtete, in Tränen auszubrechen. Deshalb senkte sie den Blick auf die Stufen, die vor ihr lagen, und stieg vorsichtig die Treppe hinunter auf die Rollbahn. Sie würde vor diesem unfreundlichen Kerl nicht weinen, egal, wie elend sie sich fühlte.

Michael blickte auf Estellas hohe Absätze und schüttelte wieder den Kopf. Offensichtlich hatte diese Frau keine Vorstellung davon, wohin sie reiste.

»Ich glaube, ich habe noch ein paar Eukalyptusblätter im Flugzeug«, sagte der Mann. »Sie helfen ziemlich gut bei Übelkeit. Man zerdrückt die Blätter einfach in der Hand und atmet ihren Duft ein. Übrigens – ich bin Michael Murphy.« Er streckte eine tief gebräunte Hand aus.

»Estella ...« Sie verstummte, starrte auf Michaels ölverschmierte Finger und konnte sich nicht überwinden, ihm die Hand zu schütteln.

»Nun, wer Sie sind, hatten wir ja schon festgestellt«, meinte Michael, blickte auf seine Hand und erkannte, warum Estella sie nicht nehmen wollte. »Na, großartig«, sagte er und warf lachend den Kopf zurück. »Eine Tierärztin, die sich nicht gern die Hände schmutzig macht. Ich sehe schon, Sie werden uns sehr von Nutzen sein!« Er setzte seinen Hut wieder auf und zog einen Lappen aus der Tasche, mit dem er versuchte, das Öl abzuwischen. Gleichzeitig versuchte er, sich Estella auf einer Wiese voller Kuhfladen vorzustellen.

Sie hätte ihm liebend gern gesagt, dass sie nur ihres Zustands wegen so empfindlich war, aber das durfte sie auf keinen Fall!

»Ich lasse Ihnen Ihr Gepäck hinausschicken«, sagte die Stewardess und eilte davon.

»Vielen Dank«, rief Estella ihr nach und stellte fest, dass Michael Murphy schon ohne sie das Rollfeld entlanggging. »Wo ist denn Ihr Flugzeug?«, erkundigte sie sich, während sie versuchte, zu ihm aufzuschließen.

Michael blieb stehen und deutete auf eine kleine, einmotorige Maschine, die ein Stück abseits von den anderen stand. Sie war über und über mit Staub bedeckt.

Auch Estella hielt inne und starrte entsetzt auf das, was da vor ihr stand: Das traurigste Exemplar eines Flugzeugs, das sie je gesehen hatte. »Das kann nicht Ihr Ernst sein!«

»Wie meinen Sie das?« Michaels Blick ruhte mit Stolz auf seiner Maschine, die in der Morgenhitze flimmerte.

»Ist das ein ... Mähdrescher?« Estella war sicher, dass er sich nur einen Scherz mit ihr erlaubte.

»Natürlich *nicht*!«

»Ich weiß nicht viel über Flugzeuge, Mr. Murphy, aber offen gesagt sieht dieses ... dieses Gerät mir nicht sehr flugtauglich aus.« Sie deutete in Richtung der Maschine.

»Ich kann Ihnen versichern, dass es mehr als flugtauglich ist. Ich bin gerade über siebenhundert Meilen geflogen, um herzukommen, und sie hat nicht einmal gemuckt!«

Wenig überzeugt trat Estella näher an die staubbedeckte Maschine heran, um sie einer genaueren Inspektion zu unterziehen. »Sind Sie ganz sicher, dass sie nicht nur vom Staub zusammengehalten wird?«

»Sie erwarten doch wohl nicht von einem Flugzeug aus dem Outback, dass es vor Sauberkeit blitzt und funkelt?« Insgeheim fragte er sich, was für andere unrealistische Erwartungen Estella sonst noch hegte. Wahrscheinlich würde der Anblick von Kangaroo Crossing der Schock ihres Lebens sein.

Estella spürte, dass ihre Bemerkung ihn gekränkt hatte, doch sie verstand nicht, warum.

»Glauben Sie mir – wichtig ist nur, was sich *unter* dem Staub befindet. Und das ist eine Cessna 195, Baujahr 1947. Sie verfügt über einen Sternmotor mit 300 PS und hat eine Höchstgeschwindigkeit von mehr als hundertsechzig Sachen. Der Tank fasst dreihundert Liter Treibstoff, genug für tausend Flugkilometer. Glauben Sie mir, sie ist so verlässlich wie ein Kutschengaul.«

Estellas Miene drückte Erstaunen und Skepsis zugleich aus.

»Wenn Sie mir die Bemerkung erlauben«, fuhr Murphy fort, »Sie sind sehr jung und attraktiv, wie ich meine, zu attraktiv, um Ihren Arm in den Hintern einer Kuh zu stecken.«

Estella zuckte zusammen und fühlte, wie ihr die Röte ins Gesicht stieg. »Solche Untersuchungen sind erforderlich, um festzustellen, ob eine Kuh trächtig ist, und um gewisse Krankheiten zu diagnostizieren.«

»Das weiß ich, ich hab Ross oft dabei zugesehen. Ich kann mir nur nicht vorstellen, dass *Sie* so was schaffen.«

Estella schnappte nach Luft. Sie konnte kaum glauben, wie direkt und vulgär er sich ausdrückte. »Ich kann Ihnen versichern, dass ich es schon sehr oft getan habe!« Das war leicht übertrieben, denn sie hatte eine solche Untersuchung während des praktischen Teils ihres Studiums genau zwei Mal vorgenommen und sich beide Male sehr unwohl dabei gefühlt.

»Wenn meine Offenheit sie erschreckt, gewöhnen Sie sich besser daran«, meinte Michael Murphy. »Im Outback sagen die Leute, was sie denken. Da ist kein Platz für Diplomatie und übertriebene Rücksicht.«

Estella schluckte schwer. »Ich nehme es mir zu Herzen, Mr. Murphy. Aber ich bin durchaus an Männer mit schlechten Manieren gewöhnt. Um Tierärztin zu werden, habe ich sechs Jahre an der Universität verbracht und war eine von nur zwei Frauen in einem Kurs von zwanzig Personen. Das allerdings war schnell vergessen. Ich habe jeden Fluch und jedes schmutzige Wort gehört, das Sie sich vorstellen können. Wahrscheinlich könnte ich sogar Sie verlegen machen. Und nun, Mr. Murphy«, sie stemmte eine Hand in die Hüfte, »wüsste ich gern, wie weit es bis nach Kangaroo Crossing ist.« Sie hatte kaum ausgesprochen, als ihr einfiel, was er gesagt hatte: Er war mehr als siebenhundert Meilen geflogen, um nach Parafield zu kommen. Und der Gedanke, während des Fluges stundenlang in seiner Gesellschaft zu sein, gefiel Estella mit jeder Minute weniger. »Himmel, nun hören Sie schon mit dem ›Mister‹ auf. Hier in Australien gehen wir nicht so förmlich miteinander um. Ich heiße einfach ›Murphy‹, es sei denn, Ihnen fällt was Lustigeres ein. Mit Rückenwind brauchen wir acht Stunden bis Kangaroo Crossing. Wir werden nur einmal zwischenlanden, um an der Versorgungsstation Mungerannie zu tanken. Wenn Sie vorher noch einmal verschwinden müssen ... Sie wissen schon ... schlage ich vor, dass Sie es jetzt tun. Aber beeilen Sie sich.«

Dankbar für die Gelegenheit, Michael Murphy für ein paar Minuten zu entkommen, ging Estella in Richtung des Hauptgebäudes davon.

Michael sah ihr nach, ohne einen Blick für ihre wohl geformten Beine und ihre schlanke, weibliche Figur zu haben. Er schüttelte den Kopf. »Was hat Charlie sich nur dabei gedacht, eine Londoner Modepuppe als Nachfolger für einen Mann wie Ross Cooper einzustellen?«, murmelte er vor sich hin und wandte sich wieder seiner Maschine zu.

Erleichtert stellte Estella fest, dass ihr in der kleinen Cessna nicht übel wurde. Trotz Michaels Gesellschaft begann sie den Flug sogar zu genießen, obwohl die Landschaft unter ihnen öde und braun war und die Sonne heiß in die Fenster schien. Zuerst war sie sehr nervös gewesen, doch nach ungefähr einer Stunde entspannte sie sich, während die Maschine am weiten, tiefblauen Himmel ihre Bahn zog.

»Südaustralien ist der trockenste Teil des Kontinents«, sagte Michael, als Estella das fehlende Grün ansprach. »England würde größenmäßig viele Male hier hineinpassen.«

»Wirklich?« Estella konnte kaum fassen, wie gewaltig dieses einsame Land war.

Nach einigen Stunden sah man am Boden statt der flachen Ebene die Flinders Ranges, eine Hügelkette. Michael zeigte Estella die Blinmann-Kupfermine und den Wilpena Pound, eine riesige kraterähnliche Vertiefung in der Landschaft. »Der Krater hat eine Fläche von fast neuntausend Hektar«, erklärte er. »Früher hat man Pferde darin gezüchtet.«

Estella musste zugeben, dass der Anblick von oben beeindruckend war.

»Einige Hügel in den Flinders Ranges sind mehr als dreihundert Meter hoch«, fügte Michael hinzu. »Sie sind nach einem Landsmann von Ihnen benannt, Matthew Flinders. Er war ein englischer Entdeckungsreisender und hat diese Hügel im Jahre 1802 entdeckt.«

Als sie um die Gipfel herum flogen, sah Michael Estella an, wie beeindruckt sie war.

Hinter den Ranges wurde das Land eben; meilenweit erstreckte sich flaches Weideland. Estella hätte am liebsten einfach nur die Aussicht genossen, doch Michael wollte mehr über sie erfahren.

»Sie hatten nicht viel Gepäck. Lassen Sie sich Ihre ärztlichen Instrumente auf dem Seeweg nachschicken?«

»Man sagte mir, ich könne Ross Coopers Instrumente benutzen.«

Michael Murphy bedachte sie mit einem tadelnden Seitenblick.

»Er kann schließlich nichts mehr damit anfangen!«, sagte sie.

»Oh, wir sind heute ja so schrecklich zart fühlend«, meinte Michael spöttisch.

Estella war gekränkt, konnte es sich aber nicht leisten, empfindlich zu sein. »Es gibt Dinge, da bin auch ich zart fühlend, aber manchmal muss man praktisch denken.« Zumal ihre verzweifelte Situation sie dazu zwang, doch das verschwieg sie natürlich.

Murphy sagte nichts, doch insgeheim fragte er sich, wer oder was sie so hart hatte werden lassen.

»Was für ein Mensch war Ross Cooper eigentlich?«, wollte Estella wissen.

»Er war ein großartiger Bursche.«

»Ein guter Tierarzt?«

»Ja, und ein guter Freund.«

Estella spürte deutlich, was Michael Murphy ihr damit zu verstehen geben wollte: Dass sie niemals an Ross Cooper heranreichen würde.

»Dann vermissen Sie ihn wohl sehr?« Ein Fluggast, mit dem sie sich in der großen Passagiermaschine unterhalten hatte, hatte ihr erklärt, dass in Australien Männerfreundschaften sehr wichtig genommen wurden.

»Alle in Kangaroo Crossing vermissen ihn sehr.« Michael wandte sich ab, die Lippen zusammengepresst. Estella erkannte, dass es besser war, das Thema zu wechseln. Sie schaute aus dem Fenster zu ihrer Rechten.

Ein wenig später überraschte Michael sie wieder mit einer sehr direkten Frage. »Warum wollten Sie ausgerechnet im Outback arbeiten?«

Estella musste sofort an James und seine Affäre mit ihrer Cousine denken, und ihr wurde übel. Stattdessen dachte sie an das Kind, das in ihr heranwuchs, und den neuen Anfang, den sie sich für sie beide erhoffte. »Ich brauchte ... nun ja, Luftveränderung, und als Florence Cooper erwähnte, dass in Kangaroo Crossing ein Tierarzt gesucht wird, hielt ich es für eine gute Möglichkeit. Ich freue mich auf die Arbeit in einem kleinen Ort.« Solange niemand in meiner Vergangenheit herumschnüffelt, fügte sie in Gedanken hinzu. Während des langen Fluges von England hatte sie Antworten auf all die Fragen geübt, von denen sie wusste, dass man sie ihr stellen würde. Und sie hatte beschlossen, niemandem zu sagen, dass sie Ross Coopers Tochter war – zumindest vorerst nicht. Ross war für sie ein Fremder, und es wäre ihr unrecht erschienen, sich auf ihn zu berufen.

Michael fragte sich, ob Estella wohl wusste, wie klein Kangaroo Crossing wirklich war. »Aber dann wäre eine Praxis in einem englischen Dorf doch genau das Richtige für Sie gewesen.«

»Nein. Ich wollte eine grundlegende Veränderung. Außerdem interessiere ich mich sehr für die australische Tierwelt.«

Estella hatte noch nie so viel gelesen wie während der Vorbereitungen auf diese Reise. Sie hatte sämtliche Bücher aus ihrer Studienzeit wieder ausgegraben und sich in der Bücherei Literatur über Rinder- und Schafzucht in Australien ausgeliehen, außerdem Bände über das Tierleben generell auf diesem Kontinent – alles, was sie bekommen konnte.

»Sie hatten also genug von Igeln und Eichhörnchen?«

Zum ersten Mal lächelte Estella. »Ja, und ich würde gern mehr über dieses seltsame Wesen erfahren, das es nur in Australien gibt – den Platypus.«

»Dann werden Sie leider enttäuscht sein.«

»Warum?«

»Weil es in Kangaroo Crossing für den Platypus zu trocken ist. Diese Tiere leben in Bächen und Flüssen, die stets Wasser führen, und haben ganz bestimmte Ansprüche an ihre Umgebung. – Wie viel Erfahrung haben Sie in Ihrem Beruf?«

»Ich habe viel Erfahrung mit Tieren, aber das hier wird meine erste richtige Stelle sein.« Eine Spur von Trotz schwang in Estellas Worten mit.

Wie sie erwartet hatte, wirkte Michael nicht sehr beeindruckt. »Ich hoffe, Sie meinen damit nicht, dass Sie als Kind ein Kaninchen, eine Katze oder ein Hündchen als Haustier gehalten haben?«

Zorn stieg in Estella auf. »Hören Sie, Mr. Murphy ...«

Er stöhnte, als er das Wort »Mister« hörte.

»Hören Sie, *Murphy,* Ross Cooper ist schon seit Monaten nicht mehr am Leben, und mir scheint, dass sich nicht gerade Scharen von Tierärzten um seine Stelle bei Ihnen beworben haben. Es sieht eher so aus, als wären Sie und die Einwohner von Kangaroo Crossing auf mich angewiesen. Also sollten Sie sich langsam an den Gedanken gewöhnen.«

Murphy warf ihr einen Seitenblick zu und murmelte kopfschüttelnd: »Sie werden mich in vier Wochen auf Knien anflehen, Sie zurückzufliegen!«

»Das werde ich nicht«, gab Estella zuversichtlich zurück.

Es war nicht der Glaube an sich selbst, der ihr diese Sicherheit gab; es war das Wissen, dass sie niemals nach England würde zurückkehren können. Der Abschied von Tante Flo – in dem Bewusstsein, sie wahrscheinlich nie mehr wiederzusehen – war sehr schwer gewesen, doch Estella hatte versprochen, Briefe und Fotos zu schicken. Allein der Gedanke an diesen traurigen Abschied ließ ihr die Tränen in die Augen steigen. Rasch wandte sie sich zum Fenster und wischte sie mit einem Handrücken ab.

Michael Murphy sah sie an und spürte, wie aufgewühlt sie war. Sicher hatte sie jemanden zurückgelassen, der ihr viel bedeutete. Er wäre jede Wette eingegangen, dass entweder Estella selbst ein Herz gebrochen oder jemand sie tief verletzt hatte. Die meisten Menschen, die sich in das Outback zurückzogen, liefen vor irgendetwas davon. Michael selbst machte da keine Ausnahme.

Als sie schon sechs Stunden geflogen waren, ging Michael mit der Maschine in eine Linkskurve und ließ sie einige hundert Meter sinken.

»Die kleine Stadt da unten ist Marree«, erklärte er Estella.

»Sie hieß früher Hergot Springs und war ein Verpflegungsposten für Kamelkarawanen, die Waren vom Ende der Eisenbahnstrecke nach Alice Springs transportierten. Alice ist die größte Stadt im Outback. Seit der Ghan durch die Stadt und weiter nach Alice Springs fährt, werden Kamele nur noch selten eingesetzt.«

»Der Ghan?«

»Der Afghan Express, der Zug aus Adelaide.«

»Fährt er auch durch Kangaroo Crossing?«

Michael entging nicht der Beiklang von Hoffnung, der in ihrer Stimme mitschwang. »Nein. Von Marree aus führt die Strecke nach Westen, den Oodnadatta-Track entlang. Wir fliegen in nordöstliche Richtung.«

»Es scheint keine große Stadt zu sein«, meinte Estella, als sie Marree hinter sich ließen.

»Es gibt dort immerhin ein Hotel, ein paar Läden, ein kleines Krankenhaus, ein Postamt, eine Polizeistation und eine kleine Gemeinschaft ständiger Einwohner, darunter auch Afghanen und Aborigines.« Er sah Estella an. »Kangaroo Crossing ist nur halb so groß wie Marree.«

Estella bemühte sich, ihren Schrecken nicht zu deutlich zu zeigen.

»Soll ich umkehren?«, fragte Michael mit spöttischem Lächeln.

»Nein.«

»Ganz sicher nicht?«

»Ganz sicher nicht.«

Murphy lachte. »Man soll den Tag nicht vor dem Abend loben!«

Zwanzig Meilen nördlich von Marree deutete Michael auf den Lake Harry, der nicht viel mehr war als ein Wasserloch.

»Am Lake Harry hat die Regierung den ersten Brunnen für die Viehtriebe gebohrt. Die Siedlung ist seit 1951 verlassen.

Aber früher war der Lake Harry ein geschäftiger Handelsplatz für die Kamelkarawanen.«

»Sind das Palmen, was ich da sehe?«

»Ja, Dattelpalmen. Baron von Mueller, ein berühmter Botaniker, erkannte in diesen Palmen eine gute Futterquelle und obendrein einen Schattenspender für die Wasserlöcher im Outback. Deshalb wurden sie an vielen Wasserstellen angepflanzt.«

Am Boden sahen sie eine Rinderherde inmitten einer riesigen Staubwolke. Berittene Treiber hielten die Tiere mithilfe von Hütehunden zusammen und trieben sie voran. Estella hatte noch nie eine so große Herde gesehen – sie schätzte sie auf mindestens tausend Stück. »Sie sind sicher unterwegs nach Marree, wo die Tiere in den Zug verladen und zu den Märkten im Süden transportiert werden«, erklärte Michael. »Die Herden sind hier so groß, dass sie aus der Luft überwacht werden müssen.«

»Und das tun Sie?«

»Ja – wenn ich nicht gerade den Tierarzt oder den Doktor zu irgendwelchen Farmen fliege.«

»Den Tierarzt? Sie meinen ... mich?«

Er hob eine Braue. »Genau.«

Estella war verwirrt, bemühte sich jedoch, es zu verbergen. Sie hatte nicht gewusst, dass sie so gewaltige Entfernungen würde zurücklegen müssen, um zu den Tieren zu gelangen, die sie behandeln sollte. Wie sollte sie das in hochschwangerem Zustand schaffen? Wenn es erst so weit war, waren weite Flugreisen unmöglich.

Etwas weiter nördlich passierten sie den so genannten »Dog Fence«, den Michael ihr ebenfalls zeigte. »Er ist fast sechstausend Meilen lang und erstreckt sich von der Grenze zu New South Wales bis zur Great Australian Bight. Man hat ihn gebaut, um wandernde Dingos daran zu hindern, an seiner Südseite grasende Schafe zu reißen.«

»Und hat es funktioniert?«

»Die Dingos versuchen immer wieder, sich unter dem Zaun durchzugraben. Aber alles in allem funktioniert es so gut wie erhofft. Allerdings muss alles gut in Stand gehalten werden. Wir überfliegen gerade den Clayton River. Dieser Punkt dort unten ist die kleine Siedlung an der *Clayton Station.* Übrigens ist eine *station* eine Riesenfarm, auf der Schafe oder Rinder gezüchtet werden. Manche *stations* sind so groß wie ein europäischer Kleinstaat.«

Estella sah nur ein von nichts als rotem Staub umgebenes Haus. Sie fragte sich, was für Menschen an einem so einsamen Ort leben mochten und wie die Herden von Rindern und Schafen hier überlebten.

Zwanzig Meilen weiter deutete Michael auf den Dulkannina Creek. »Die *Dulkannina Station* wurde Ende des neunzehnten Jahrhunderts gegründet«, sagte er.

Estella versuchte ohne Erfolg, den Namen auszusprechen.

»Viele Bezeichnungen im Outback stammen von den Aborigines«, sagte Michael als Erklärung für die Fremdartigkeit des Namens.

»Das Flussbett sieht trocken aus«, stellte Estella fest.

»Das Vieh trinkt an einem artesischen Brunnen«, erwiderte Michael. »Hier draußen würde ohne unterirdische Wasservorkommen niemand überleben. Die jährliche Regenmenge liegt bei weniger als drei Zentimetern. Wenn es im südwestlichen Queensland regnet, schießt das Wasser den Warburton hinunter und in den Cooper Creek, aber es muss schon regelrecht schütten, bevor in diesem Teil des Landes noch etwas von dem Wasser ankommt.«

»Ist das Wasser aus dem Untergrund nicht heiß, wenn es an die Oberfläche dringt?«

»Ja, sehr sogar. Am Cannuwaukannina-Brunnen muss es erst zwei Kilometer durch offene Leitungen fließen, bis es sich so weit abgekühlt hat, dass die Tiere es trinken können. Wir fliegen bald über die Etadunna-Siedlung. Dort gibt es eine Gedenktafel für die lutherischen Missionare, die fünfzehn Meilen weiter nördlich die Aborigine-Siedlung in Killalpannina gegründet und geleitet haben. Sie wurde 1866 gebaut und bot Platz für ungefähr zweihundert einheimische Siedler, bis sie wegen einer schlimmen Dürre 1915 aufgegeben werden musste.«

»Ist das da vorn ein Fluss?«, fragte Estella, die beeindruckt auf eine gewundene braune Schlucht in der Landschaft starrte.

»Ja, das ist der Cooper River. Wenn es in Queensland heftig regnet, führt er Wasser und speist den Lake Eyre, der, wie ich schon erwähnte, aber die meiste Zeit des Jahres bloß eine riesige trockene Salzmulde ist.«

»Ja, ich habe Ihre Bemerkung, ich sei so nützlich wie ein Kanu auf dem Lake Eyre, nicht vergessen.«

Murphy wirkte nicht im Mindesten schuldbewusst. »Wir werden sehen«, sagte er.

Die kleine Cessna flog weiter, scheinbar ins Unendliche, und Estellas Mut sank. Sie fragte sich, wohin sie ihr ungeborenes Kind mitnahm und ob es nicht unverantwortlich war, es so weit entfernt von jeder Zivilisation zur Welt zu bringen. Schreckensvisionen geisterten durch ihren Kopf, und sie schauderte.

Das hier wird entweder das Schlimmste, was ich je getan habe – oder das Beste, dachte sie und legte, wie so oft in den letzten Tagen, eine Hand schützend auf ihren Leib. Und ich hoffe um deinetwillen, mein Kleines, dass es das Beste wird.

4

Die Cessna begann den Landeanflug. »Das da unten ist die Versorgungsstation Mungerannie«, erklärte Murphy. »Sie liegt genau in der Mitte zwischen vier verschiedenen Wüsten: der Tirari, der Strzelecki, der Simpson und der Sturt's Stony Desert. Wir landen in ein paar Minuten.«

Estella blickte aus dem Fenster. »Es hört sich vielleicht dumm an, aber ... wo wollen Sie landen? Ich sehe keine Spur von einer Rollbahn.« Sie erblickte nur ein Gebäude, das in der weiten, von rotem Staub bedeckten Landschaft nicht viel größer aussah als ein Kieselstein. Als sie tiefer hinuntergingen, erkannte sie auf dem Dach des Hauses das in riesigen weißen Lettern gemalte Wort *Mungerannie.* Estella nahm an, dass es den Flugzeugen die Orientierung erleichtern sollte, denn die Versorgungsstation war in dieser unendlichen Wüste, wo alles mit der Umgebung zu verschmelzen schien, leicht zu verfehlen. Hinter dem Haus erkannte sie ein altersschwaches Vehikel, das aussah, als würde es bis zu den Achsen im Staub stehen; es erschien Estella irgendwie symbolisch für alles Fremde in der lebensfeindlichen Umgebung des Outback. Das Herz schlug ihr bis zum Hals, als sie versuchte, sich die Landung vorzustellen, und bei dem Gedanken daran, die Räder von Murphys Maschine könnten im Staub versinken, geriet sie regelrecht in Panik.

Murphy sah es ihr an und grinste schadenfroh. »Hier draußen braucht man keine richtige Landebahn, die Straße tut's auch!«

Estella starrte ihn an. »Welche *Straße*?«

»Für Londoner Begriffe ist sie wahrscheinlich ein bisschen dürftig, aber für uns hier erfüllt sie ihren Zweck.« Seine dunklen Augen funkelten, doch Estella war zu verschreckt, um seinen seltsamen Sinn für Humor zu würdigen.

»Halten Sie sich fest!«, befahl er.

»O Gott!«, stieß sie hervor und barg ihr Gesicht in den Händen, während sie auf den Moment des Aufsetzens wartete.

Sie fühlte, wie die Räder des Fahrwerks die so genannte Straße berührten und wie die Maschine über Unebenheiten und durch Schlaglöcher holperte, bis sie schließlich vor dem Gebäude inmitten einer Wolke aus rotem Staub zum Stehen kam, der vom Wind rasch davongetragen wurde.

Von ein paar heftigen Stößen abgesehen, war die Landung gar nicht so schlimm gewesen, wie Estella befürchtet hatte; trotzdem schlug ihr Herz rasend schnell, und sie fühlte, dass ihre Handflächen feucht vor Schweiß waren. Sie gab Murphy die Hauptschuld an ihrer Angst, denn er hatte absichtlich darauf verzichtet, sie zu beruhigen.

Als er den Motor abstellte, warf er ihr einen herausfordernden Blick zu, der ausdrückte: Na, was habe ich Ihnen gesagt? Estella beschloss, ihn zu ignorieren, und stieg aus der Maschine.

Es tat ihr gut, sich die Beine zu vertreten, doch die Hitze machte ihr das Atmen schwer. Und was noch schlimmer war: Als der Staub sich langsam verzog, wurde sie von unzähligen Buschfliegen überfallen.

»O Gott«, rief sie und wedelte heftig mit den Armen, um die Fliegen zu vertreiben.

»Sie gewöhnen sich schnell daran«, meinte Michael Murphy. »Ich weiß nicht, wie es Ihnen geht, aber ich bin kurz vorm Verhungern. Wenn wir mehr Zeit hätten, würde ich Hattie bitten, mir ein paar Kängurusteaks zu braten.«

Estella war entsetzt. Sie hatte die Tiere aus dem Flugzeugfenster gesehen und es possierlich gefunden, wie sie durch die weite Landschaft hüpften. »Kängurusteaks? Das kann nicht Ihr Ernst sein!«

»O doch, so wahr ich hier stehe! Da draußen sind sie die reinste Plage, aber ihr Fleisch ist sehr gut.«

»Ich habe keinen Hunger, aber ich könnte etwas zu trinken gebrauchen«, meinte Estella und verbannte den Gedanken an Kängurufleisch, damit die Übelkeit sie nicht übermannte.

Michael wandte sich in Richtung der Versorgungsstation. »Ich hätte auch nichts gegen ein Bier, aber das muss warten, bis wir in Kangaroo Crossing sind.« Dann blieb er stehen und drehte sich zu Estella um, als wäre ihm gerade ein Gedanke gekommen. »Sie sind doch wohl keiner von diesen seltsamen Menschen, die kein Fleisch essen, oder?«

»Ein Vegetarier? Nein, aber ich esse kein Wild ...«

»Kängurufleisch ist eine nette Abwechslung von Rind und Lamm. Es ist erstaunlich, wie schnell man es satt haben kann, immer das Gleiche zu essen.«

»Ich mag gern Gemüse.«

Murphy lachte. »Hier draußen gibt es leider nicht allzu viel davon. Aber Grog ist immer genug da.«

»Grog?«

»Bier. So nennen wir das hier bei uns.«

»Ich habe kein Bier gemeint, als ich sagte, dass ich Durst habe ...« Estella verstummte, denn Michael strebte bereits eilig der Versorgungsstation zu. Sie folgte ihm, so schnell sie es auf ihren hohen Absätzen vermochte. Der staubige Boden war steinig, und sie dachte mit Schrecken daran, wie die Sohlen ihrer teuren Schuhe bald aussehen würden. Um die Mietrückstände für sein Büro im Edmund-Foley-Gebäude bezahlen zu können, hatte James die Pelzmäntel und den Schmuck versetzt, den er ihr gekauft hatte. Wenigstens hatte sie einige gute Schuhe und etwas Kleidung behalten können.

Die Versorgungsstation Mungerannie war nicht viel mehr als

eine baufällige Hütte mit einer Veranda, die die ganze Vorderseite einnahm und auf der drei Mischlingshunde ihren Mittagsschlaf hielten. Die Tiere hoben nicht einmal den Kopf, um zu sehen, wer da kam, und die Fliegenschwärme, die auf ihnen herumkrabbelten, schienen sie nicht im Mindesten zu stören. Das große Fenster, das fast die gesamte Vorderfront einnahm, sah aus, als wäre es seit Jahren nicht geputzt worden, und auf der Scheibe klebten unzählige verschiedene Werbeschilder: Nestlé-Milchpulver, Rosella-Tomatensoße, Amscol-Eiscreme, Carters Lebertabletten und Bushell-Tee.

In einem Zeitungsständer sah Estella ein völlig vergilbtes Don-Bradman-Cricket-Poster – ein weiterer Beweis dafür, wie selten Neuigkeiten ihren Weg in diese Versorgungsstation am Ende der Welt fanden. Es gab auch Werbung für Touren ins Outback und zu den Picknick-Pferderennen in Kangaroo Crossing. Estella fragte sich ängstlich, ob sie sich je daran gewöhnen würde, so weitab von jeder Zivilisation zu leben.

Als Michael gerade die Fliegengittertür öffnen wollte, hörten sie schrille Schreie. Gleich darauf stürmten ein etwa fünfjähriges Mädchen und ein ungefähr sieben Jahre alter Junge aus dem Haus. Augenblicke später sah Estella, warum das kleine Mädchen so schrie: Der Junge hatte eine Schlange in der Hand, und ebenso entsetzt wie erleichtert sah Estella, dass die Schlange keinen Kopf mehr hatte. Die Kinder rannten über die Veranda, wo sie eine Spur aus Blutstropfen hinterließen, und verschwanden um die Ecke des Gebäudes.

»Vorsicht, ihr zwei!«, rief Michael, weil die Kinder beinahe Estella umgerannt hätten.

»Wer mag die Schlange getötet haben?«, fragte Estella.

»Nun, die Hunde schlafen, also nehme ich an, dass es der kleine Errol war«, erklärte Michael. »Für ihn ist das nichts Besonderes – er hat schon als kleines Kind Tigerschlangen und King Browns getötet.«

Estella erschrak. Sie hatte gelesen, dass diese Schlangen tödlich giftig waren.

»Machen Sie sich keine Gedanken wegen der Watson-Kinder«, meinte Michael. »Sie sind ziemlich wild.«

»Das habe ich gehört«, erklang plötzlich eine Frauenstimme aus dem Innern des Hauses.

Estella errötete vor Verlegenheit, doch Michael lachte nur.

»Tag, Hattie!«, sagte er, wobei er Estella durch die Tür schob. »Du hast nicht zufällig etwas auf dem Herd stehen?«

»Nicht einen einzigen verdammten Topf! Der verflixte Generator ist nicht in Ordnung.« Hattie kam mit einem sehr kleinen Baby auf dem Arm um eine Ecke. Es war nackt bis auf eine Windel, und Estella sah rote Pusteln auf dem kleinen Gesicht und dem zarten Körper.

In der freien Hand hielt Hattie einen Besen. Sie sah sehr müde und zerzaust aus. Zwischen ihren schlaffen Brüsten liefen Schweißtropfen hinunter, ein Kleinkind klammerte sich daumenlutschend an ihre Röcke. Hattie starrte Estella an, als käme diese vom Mars, und wollte gerade etwas sagen, als ein ungefähr zehnjähriger Junge mit sommersprossigem Gesicht an ihr vorbei zur Tür flitzte. Auch er trug kein Hemd, nur eine kurze Hose, und rief im Vorübereilen: »Tag, Murphy!«

Michael wollte ihm antworten, doch Hattie war schneller. »Ich hab dir doch gesagt, du sollst deine Hausaufgaben fertig machen, Barry! Und zieh dir gefälligst ein Hemd an!« Zu Estellas Verwunderung wurde das Baby von dem Geschrei nicht wach.

»Bin schon fertig, Ma!«, rief Barry zurück und folgte seinen Geschwistern.

»Du kannst noch gar nicht fertig sein«, rief Hattie hinter ihm her, doch er war längst über alle Berge. Sie schüttelte den Kopf. »Er weiß genau, dass er ohne Hemd wie ein Holzscheit im Feuer verbrennt, aber er will nicht hören«, murmelte sie.

»Du hast Recht, Murphy – meine Kinder sind wild. Und ihr Vater, dieser Faulpelz, ist keine große Hilfe.«

»Wo ist Bluey eigentlich?«

»Was für eine Frage. Da, wo er immer ist! Hält hinten im Schaukelstuhl sein Schläfchen, während ich mich um fünf Kinder und alles andere kümmere. Gott weiß, woher er überhaupt die Energie nimmt, mich zu schwängern!«

Murphy lachte, doch Estella wurde rot.

»Hattie, das hier ist Estella Lawford, die neue Tierärztin.« Seiner Stimme war deutlich anzuhören, dass sie nicht ganz das war, was er erwartet hatte. Hattie musterte Estella von oben bis unten, von der langärmligen Bluse über den teuren, mit Seide gesäumten Rock bis zu den hohen Absätzen. »Himmel, solche Sachen hab ich seit Ewigkeiten nicht mehr gesehen. Sie sehen nicht gerade wie 'ne Tierärztin aus, Lady!«, fügte Hattie wenig taktvoll hinzu.

»Nun, ich trage im Moment nicht meine Arbeitskleidung – aber glauben Sie mir, ich verstehe mein Fach«, erwiderte Estella verlegen.

Hattie schwieg, doch ihre Miene sagte: Das glaube ich erst, wenn ich es sehe.

»Ich nehme an, du willst was essen?«, fragte sie Murphy.

»Ja, aber die Zeit reicht nicht. Es langt gerade, um die Maschine aufzutanken – ich werde also Bluey wecken müssen. Aber ein paar Gläser kaltes Bier würden mir sicher gut tun.« Er ging eilig zur Hintertür.

»Vielleicht hätten Sie gern eine Tasse Tee, wo Sie doch gerade aus England kommen?«, wandte Hattie sich an Estella und stellte den Besen in eine Ecke.

Estella war nicht sicher, ob sie es ernst meinte oder ob es ein Scherz sein sollte. Ihr fiel die Werbung für Milchpulver am vorderen Fenster ein, und alles in ihr sträubte sich gegen den Gedanken an Tee ohne frische Milch. Während des Krieges hatten sie Milchpulver genommen, und sie hatte es stets gehasst. »Normalerweise würde ich gern eine Tasse trinken, aber es ist zu heiß für Tee. Ich hätte auch gern etwas Kaltes.«

»Haben Sie gesehen, wie die junge Queen Elizabeth gekrönt wurde?«

Diese Frage überraschte Estella, doch Hattie schien wirklich an einer Antwort interessiert zu sein. »Ich habe sie in ihrer Kutsche vorbeifahren sehen.«

»Ist sie wirklich so hübsch? Was hätte ich dafür gegeben, sie zu sehen! Könnten Sie Lily einen Augenblick halten, während ich versuche, den Generator anzuwerfen? Murphy braucht mindestens zehn Minuten, um Bluey wach zu bekommen – der hat sich gestern betrunken. Das ist so ziemlich das Einzige, wofür er Energie aufbringt.«

Bevor Estella protestieren konnte, lag die kleine Lily in ihren Armen. Hattie nahm den Kleinen, der sich an ihre Röcke klammerte, und verschwand durch die Hintertür.

Estella blickte auf das schlafende Baby hinunter, das sich jetzt zu regen begann. Es kam ihr seltsam vor, den kleinen, warmen, weichen Körper in den Armen zu halten, doch Lily schien ganz zufrieden. Sie schlug die Augen auf und sah Estella an. Diese erschrak und fürchtete, das Baby werde seine Mutter vermissen und zu weinen anfangen. »Hallo, kleine Lily«, flüsterte Estella und wiegte sie hin und her. Lily sah sie nur an. »Was für ein liebes Kind du bist«, sagte Estella und entspannte sich allmählich. Sanft fuhr sie mit dem Finger über einen der harten roten Pusteln auf dem Ärmchen, der wie ein Stich aussah. Dann nahm sie eines der winzigen Händchen und bewunderte die perfekt geformten kleinen Finger. Lilys Wimpern waren lang und dunkel und passten zu ihren feuchten dunklen Locken, die das hübsche Köpfchen bedeckten. Ihre Nase war wie ein kleiner Knopf, ihre rosafarbenen Lippen schienen zu einem Schmollmund verzogen. Ihr Anblick ließ Estella an ihr eigenes Baby denken und weckte ihre Neugier und ihre mütterlichen Instinkte. Trotz ihrer unsicheren Zukunft wusste sie schon jetzt, dass sie gern Mutter sein würde.

Draußen sprang der Generator mit lautem Knattern an, und Estella hörte jemanden sehr undamenhaft fluchen, doch ihre Aufmerksamkeit gehörte dem Kind in ihren Armen.

Hattie kam durch den alten, ausgefransten Fliegenvorhang, der im Rahmen der Hintertür hing. Der kleine Junge folgte ihr schluchzend.

»Himmel nochmal, Henry«, schimpfte Hattie, »du machst jetzt sofort deinen Mittagsschlaf, bevor du mich noch in den Wahnsinn treibst!« Sie nahm den Jungen auf den Arm – er konnte nicht viel älter als ein Jahr sein. »Kommen Sie noch einen Moment mit dem Baby zurecht, Estella? Ich leg Lily hin, sobald Henry versorgt ist.«

»Ich komme sehr gut zurecht. Sie ist ein sehr zufriedenes Baby, nicht wahr?«

»Sie ist ein Prachtexemplar. Ich stille sie, und dann schläft sie stundenlang, falls die verdammten Mücken sie in Ruhe lassen.«

Mücken! Natürlich – die Stiche stammten von den Moskitos! Ob Hattie wohl ein Netz über die Wiege gehängt hatte? Estella blickte sich in der Versorgungsstation um und sah die Stühle mit dem verblichenen Polster, die Salz- und Pfefferstreuer aus Plastik auf den alten Tischen und die Zuckerschälchen, die Fliegen anlockten. Hinter der Theke stand ein großer Herd, über dem Kellen und andere Kochwerkzeuge hingen. Alles war voller Staub. Der einzige Wandschmuck bestand aus zwei eintönigen Landschaftsgemälden und einigen klebrigen Streifen Fliegenpapier, die aussahen, als hingen sie schon seit Monaten dort.

Estella stellte fest, dass sie den ganzen Tag über noch nichts gegessen hatte, doch sie war nicht hungrig. Es war einfach zu heiß, um an Essen zu denken.

Als Hattie zurückkam, reichte Estella ihr das Baby, dem die

Augen wieder zugefallen waren. »Haben Sie die Versorgungsstation auch geführt, während Sie schwanger waren, Hattie?«

»Darauf können Sie Ihren Hintern verwetten, verdammt«, gab Hattie zurück.

Estella war entsetzt über ihre Ausdrucksweise, doch Hattie bemerkte es nicht. »Als Lily sich sagte, dass es Zeit ist, auf die Welt zu kommen, hab ich gerade Steaks für eine Horde Schafscherer gebraten. Ich bin nach hinten ins Schlafzimmer gegangen, hab sie zur Welt gebracht und kam gerade noch rechtzeitig zurück, um die Steaks umzudrehen. Die waren zwar etwas angebrannt, aber die Scherer haben auf das Baby getrunken, und es hat sie nicht besonders gestört.«

Obwohl Hattie in mancher Hinsicht ein Schock für sie war, bewunderte Estella ihre Unverwüstlichkeit. »Sie sind großartig!«, sagte sie.

»Ach was«, erwiderte Hattie. »Natürlich wär's nett gewesen, sich im Wochenbett umsorgen zu lassen – aber wer sollte das hier draußen tun? Ganz sicher nicht dieser Faulpelz, der mein Mann ist!«

»Die Versorgungsstation zu übernehmen war sehr mutig von Ihnen«, meinte Estella, »besonders, wenn Ihr Mann Ihnen keine große Hilfe ist.«

»Wir haben sie gemeinsam mit Blueys Bruder und dessen Frau gekauft. Aber irgendwann langweilte es Bazza – nach ihm ist unser Barry benannt –, und er ging zur Armee und wurde nach Korea geschickt, um dort zu kämpfen. Also mussten wir, mit anderen Worten *ich*, hier alles allein weiterführen.«

»Warum verkaufen Sie die Versorgungsstation nicht, wenn es Ihnen hier nicht gefällt?«

Hattie lachte trocken auf. »Sie steht schon seit Jahren zum Verkauf. Ich glaube, das Schild ist vor zwei Jahren runtergefallen, und ich hab mir nicht die Mühe gemacht, es wieder aufzuhängen. Wer das hier übernehmen würde, wäre dumm wie Bohnenstroh.«

Hattie schenkte Estella ein großes Glas Wasser ein, das ein wenig bräunlich aussah. »Ich hab nur Brunnenwasser, und leider heute auch kein Eis, weil der Generator nicht richtig läuft.«

»Das macht doch nichts«, erwiderte Estella, die so durstig war, dass sie sogar schlammiges Flusswasser getrunken hätte.

»Wenn Sie flache Schuhe haben, würde ich vorschlagen, dass Sie sie anziehen«, sagte Hattie und starrte mit einer Mischung aus Neid und Missbilligung auf Estellas Füße. Ihre eigenen waren etwa so breit wie Tischtennisschläger, und sie hatte sie in abgetragene Sandalen gezwängt, die ihr mindestens eine Größe zu klein waren. »Und tragen Sie möglichst Baumwolle – sie klebt nicht so am Körper wie andere Stoffe, wenn Sie schwitzen.«

Estella hatte ihre Jacke schon im Flugzeug ausgezogen, doch ihre weiße Bluse fühlte sich tatsächlich so an, als klebte sie auf der Haut. Sie sehnte sich danach, ihre Nylonstrümpfe auszuziehen.

»Ich glaube, ich ziehe mir am besten gleich andere Schuhe an«, sagte sie und wandte sich um.

»Dann nehmen Sie Murphy bitte was zu trinken mit, ja?«, bat Hattie und goss noch ein Glas voll. »Ich lege inzwischen Lily schlafen.«

Michael Murphy stand mit einem anderen Mann – wahrscheinlich Hatties Ehemann – neben dem Flugzeug. Es überraschte Estella nicht sonderlich, dass Bluey an einem Zweihundert-Liter-Fass lehnte, während Michael schwitzend Benzin aus dem Fass in den Tank des Flugzeugs pumpte.

Bluey war ein hagerer Mann mit lockigen roten Haaren und unzähligen Sommersprossen auf seiner fleckigen, rötlichen Haut. Er trug schmutzige Shorts und ein Unterhemd, das so aussah, als habe er es seit Monaten nicht gewechselt. An den Füßen trug er gar nichts; sie hatten dieselbe Farbe wie der sie umgebende Staub. Als er sich zu Estella umdrehte, um sie zu begrüßen, sah sie, dass ihm ein Schneidezahn fehlte.

»Verdammt, Sie sind also die neue Tierärztin?«, stieß Bluey lispelnd hervor und musterte sie mit einem Blick, der sie verlegen werden ließ.

»Ja, ich bin Estella Lawford.«

»Du hast gar nicht erzählt, dass sie so ein guter Schuss ist!«, sagte Bluey zu Michael, der ihn jedoch nicht beachtete. Angewidert sah Estella, wie Speichel durch Blueys Zahnlücke spritzte. Sie reichte Michael sein Glas. Dann stieg sie ins Flugzeug und öffnete ihren Koffer, aus dem sie flache, vorn offene Schuhe und eine kurzärmlige Baumwollbluse nahm. Als sie aus der Maschine stieg, warteten die beiden älteren Kinder auf sie.

»Willst du meine Eidechsen sehen?«, fragte das Mädchen.

»Deine hässlichen Echsen will keiner sehen!«, meinte Errol, um sie zu ärgern.

»Das reicht, Errol«, sagte Bluey. »Und du lässt die Lady in Ruhe, Jane!« Wieder spuckte er beim Sprechen.

»Ist schon gut!« Estella ergriff dankbar die Gelegenheit, von Bluey fortzukommen, der unangenehm nach Schweiß und Bier roch. Sie war empfindlich wie nie gegen solche Ausdünstungen, die ihr den Magen umzudrehen drohten. »Ich würde deine Eidechsen sehr gern sehen, Jane!«

Jane bedachte Errol, der ihr die Zunge herausstreckte, mit einem triumphierenden Blick und lief davon.

»Bleiben Sie nicht zu lange, Estella – wir müssen in ein paar Minuten abfliegen!«, sagte Murphy.

Estella, der Murphys Ungeduld allmählich auf die Nerven ging, verzichtete auf eine Antwort.

Sie folgte der Kleinen zu einem Käfig an einer Seite des Hauses, der unter dem einzigen Schatten spendenden Baum im Umkreis von drei Meilen stand. Auch Blueys Schaukelstuhl stand dort, und Estella meinte den deutlichen Abdruck seines Körpers darin zu erkennen. Das bedeutete, dass er wahrscheinlich die meiste Zeit seines Lebens unter diesem

Baum verbrachte. Der Boden darum herum war mit leeren Bierflaschen übersät.

»Was für Eidechsen hast du denn, Jane?«, fragte Estella.

Das kleine blonde Mädchen senkte den Kopf. »Mein Sleepy ist weggelaufen, aber ich hab eine Blauzunge und ein paar Skinks. Errol macht sich immer über meine Blauzunge lustig, weil die keine Zehen mehr hat. Ich glaub, er hat auch meinen Sleepy mit Absicht freigelassen.« Jane sah zutiefst bekümmert aus. Estella schloss aus ihren Worten, dass die Kleine oft unter ihrem älteren Bruder zu leiden hatte.

»Weißt du, ich habe noch nie eine richtige australische Eidechse gesehen.« Sie hatte zwar Abbildungen in einem ihrer Bücher studiert und an der Universität viele andere Eidechsen untersucht, doch keine aus Australien.

»Wirklich nicht?«

»Nein. Hat deine Blauzunge einen Namen?«

»Ich hab mir noch keinen ausgedacht.«

»Wie wäre es mit ›Aussie‹?«

»Aussie?«

»Ja. Er ist doch Australier, nicht wahr? Ich glaube nicht, dass es sonst irgendwo auf der Welt Eidechsen mit blauen Zungen gibt.«

»Wirklich nicht?« Jane lächelte glücklich. »Dann nenne ich ihn Aussie!« Sie schob eine kleine Klappe im Käfig zur Seite und nahm die Blauzunge vorsichtig am Nacken hoch. Wie um zu protestieren ließ diese blitzartig ihre Zunge herausschnellen. »Errol hat mir gezeigt, wie man sie halten muss, als ich noch klein war«, erklärte Jane stolz. Estella hatte nicht das Herz, ihr zu sagen, dass sie noch immer nicht groß war. Lächelnd untersuchte sie die Füße der Eidechse. »Anscheinend sind seine Zehen verbrannt – er muss in ein Buschfeuer geraten sein!«

Jane blickte sie erstaunt an.

»Wo hast du ihn gefunden?«

»Ein Jackaroo hat ihn mir gegeben.«

»Ein ... was?«

»Ein Viehzüchter aus Pandi Pandi. Das ist eine *station*.«

»Oh.«

»Woher weißt du, was mit seinen Zehen passiert ist?«

»Weil die Haut schmilzt, wenn sie verbrennt. Seine Zehen sind buchstäblich weggeschmolzen, und es ist nur Narbengewebe übrig geblieben.« Estella deutete auf die vernarbte Haut.

»Ob ihm das wehgetan hat?«

»Ich fürchte, ja.«

»Wachsen die Zehen wieder nach?«

»Nein, Jane. Aber er hat großes Glück, überhaupt noch am Leben zu sein. Er muss versucht haben, vor dem Buschbrand davonzulaufen, und ist dabei entweder über brennenden Boden gelaufen, oder er hat in einem schwelenden Baumstamm Schutz gesucht.«

»Was ist ›schwelen‹?«

»Wenn keine Flammen mehr da sind, aber der Boden noch glühend heiß ist.«

»Armer Aussie! Er muss sehr tapfer sein!« Jane setzte die Eidechse wieder in den Käfig und strich ihr über den Rücken, bevor sie eilig wieder in ihr Versteck zurückkroch.

»Aussie ist bestimmt sehr tapfer. Aber jetzt hat er ja bei dir ein Zuhause gefunden und braucht keine Angst mehr vor Buschfeuern zu haben.«

Jane lächelte wieder und blickte dann mit großen Augen zu Estella auf. »Du bist sehr klug!«

»Ich weiß nicht, ob ich klug bin, aber ich bin lange zur Schule gegangen, um alles über Tiere zu lernen. Bist du schon alt genug, um zur Schule zu gehen?«

»Von hier ist es zu weit zur Schule. Wir kriegen unsere Stunden über Funk. Möchtest du unser Funkgerät sehen? Wir reden über Funk mit Miss Simms. Sie ist in Marree.«

»Ich muss mir eine andere Bluse anziehen und die Schuhe

wechseln, bevor Murphy böse wird«, meinte Estella, und das kleine Mädchen kicherte. »Aber wenn ich danach noch Zeit habe, kannst du mir das Funkgerät zeigen.«

Estella hatte in dem kleinen Badezimmer im hinteren Teil der Versorgungsstation gerade ihre Nylonstrümpfe ausgezogen, ihre flachen Schuhe übergestreift und die Bluse gewechselt, als sie Michael Murphy nach ihr rufen hörte. Seine Stimme klang ungeduldig. Als sie aus dem Badezimmer kam, wartete das kleine Mädchen auf sie.

»Murphy ruft schon lange nach dir. Ich glaube, er ist richtig böse«, sagte sie mit einem verschwörerischen Augenzwinkern.

Estella verzichtete darauf, sie zu fragen, warum sie nicht an die Tür geklopft hatte, um ihr Bescheid zu sagen. »Du liebe Zeit, dann gehe ich wohl besser. Beim nächsten Mal, wenn ich hier bin, zeigst du mir dann euer Funkgerät und deine Schulsachen, einverstanden?«

Hattie geleitete Estella zum Flugzeug, und drei ihrer Kinder folgten ihnen. »Bevor ich's vergesse«, sagte sie, »Sie haben nicht zufällig etwas gegen Hautflechten bei sich, Estella? Jane hat eine entzündete Stelle am Bein, und Errol kratzt sich im Schritt ...«

»Ma!«, rief Errol, entsetzt, dass seine Mutter mit einer Fremden über seine intimen Körperregionen sprach.

»Ich bin Tierärztin, Hattie, ich behandle keine Kinder.«

Hattie starrte sie offenen Mundes an, doch Estella sah es nicht, weil sie bereits ins Flugzeug kletterte. Als sie sich anschnallte und startbereit machte, fing sie einen finsteren Blick von Michael Murphy auf.

»Stimmt was nicht?«, fragte sie, als sie dann die Piste entlangrollten. Sie glaubte, er sei verstimmt, weil sie ihn hatte warten lassen.

»Sie hätten ihr doch sicher ein Mittel gegen diese Flechte empfehlen können, nicht wahr?«

Estella starrte ihn überrascht an. »Ich bin Tierärztin. Ich kann doch nicht einfach Kinder behandeln. Man würde mir die Lizenz entziehen!«

»Sie müssen noch viel lernen, wenn Sie mit den Menschen im Outback zurechtkommen wollen, Estella!«

»Was meinen Sie damit?«

»Dass jeder alles tut, um dem anderen zu helfen. Regeln haben hier draußen wenig Bedeutung. Hattie muss den Flugrettungsarzt rufen, wenn eines ihrer Kinder krank ist. Und das tut sie nur, wenn es etwas ganz Ernstes ist. Diese Hautgeschichten können zwar eine ziemliche Plage sein, aber sie sind nicht lebensgefährlich.«

Estella wusste nicht, ob es richtig war, gegen die Regeln zu verstoßen, ehe sie überhaupt angefangen hatte, als Tierärztin zu praktizieren. Trotzdem sagte sie: »Halten Sie an«, kletterte von ihrem Sitz und stieß die Tür auf. Über den Motorenlärm hinweg rief sie Hattie zu: »Nehmen Sie Schwefelpuder gegen den Juckreiz im Schritt, Hattie. Und wenn Sie Lavendelöl haben, reiben Sie damit Janes Bein ein. Ich werde nachsehen, was Ross Cooper an Medikamenten zurückgelassen hat, und Ihnen etwas herschicken!«

»Danke«, rief Hattie und winkte, als Estella die Tür wieder schloss und der Propeller Staubwolken aufwirbelte.

Es dämmerte bereits, als die Cessna sich Kangaroo Crossing näherte. Während der vergangenen halben Stunde hatte Estella bemerkt, dass Michaels Stimmung immer schlechter wurde. Sie hörte ihn leise fluchen, während sie zweimal über dem Ort kreisten.

»Was ist?«, erkundigte sie sich.

»Schauen Sie sich mal die Rollbahn an«, stieß er hervor.

Estella blickte aus dem Fenster. Sie konnte einige Gebäude ausmachen, aber nichts, das einer Rollbahn ähnlich gesehen hätte. Die Stadt lag bis auf einige seltsame Gestalten im Dämmerlicht verlassen da.

»Was ist das da unten?«

»Die verdammten Kängurus! Sie kommen um diese Zeit in Scharen her, um zu fressen. Darum wollte ich heute Morgen beim Start keine Zeit verlieren!«

Estella hörte den Vorwurf deutlich heraus. »Aber der Motorenlärm wird sie vertreiben, nicht wahr?«

Murphy schüttelte den Kopf. »Selbst wenn es so wäre, würden andere ihren Platz einnehmen, bevor Sie auch nur mit den Augen zwinkern können, und wenn wir die Landung noch länger hinauszögern, ist es zu dunkel, um irgendwas zu sehen!«

»Was werden wir tun?«

»Wir müssen landen und beten, dass wir mit keinem Känguru zusammenstoßen.«

Murphy ging noch einmal in die Kurve und überflog die Landebahn, so tief er konnte, in der Hoffnung, die Tiere auf diese Weise zu vertreiben. Estella sah sie davonlaufen, doch als Murphy gewendet hatte, waren es mehr als zuvor.

»Es wird schnell dunkel«, murmelte er. »Ich muss landen.«

Obwohl Estella vor Angst fast verrückt wurde, bewunderte sie seinen Mut. Der Mund wurde ihr trocken, und ihr Magen drückte, doch sie konnte nichts tun, als ihr Leben in seine Hand zu legen. Sie warf ihm einen Seitenblick zu und betrachtete sein scharfes Profil im dämmrigen Cockpit. Obwohl er zuversichtlich wirkte, war ihm die innere Spannung deutlich anzusehen. »Beugen Sie sich nach vorn und halten Sie den Kopf unten!«, sagte er.

Estella wurde blass. »Warum?«

»Tun Sie, was ich sage!«

Estella schnallte sich an und beugte sich vor, den Kopf gesenkt, wie Michael es ihr gezeigt hatte, als sie morgens ins Flugzeug gestiegen war. Sie hatte nicht damit gerechnet, diese Haltung schon so bald wegen eines echten Notfalls einnehmen zu müssen.

»Halten Sie sich fest!«, rief Murphy.

Als die Maschine parallel zur Landepiste flog und hinunterging, hüpften die Kängurus in sämtliche Richtungen davon. Murphy fluchte laut vor sich hin. Estella richtete sich neugierig auf. Sie verrenkte sich fast den Hals, um die Piste zu sehen, als die Räder auch schon den Boden berührten. Wieder hörte sie Murphy schimpfen, als die Cessna erst nach links, dann nach rechts auszubrechen drohte. Estella fühlte die Stöße und Erschütterungen, als das Flugzeug auf und ab hüpfte. Bewegliche Schatten sausten an den Scheiben vorüber, und Estella schrie auf, als irgendetwas gegen das Seitenfenster prallte und es mit Blut beschmierte. Die folgenden Sekunden dehnten sich wie Stunden, bis die Maschine endlich zum Stehen kam.

Murphy sah Estella an. »Ich hatte Ihnen doch gesagt, Sie sollen den Kopf unten lassen! Wenn ein großes Känguru den Propeller zerschlagen hätte und durch die Frontscheibe gebrochen wäre, wären Sie jetzt ...« Er wurde aschfahl.

Mit zitternden Händen schnallte Estella sich mühsam los. »Aber es ist nichts geschehen, nicht wahr? Also hören Sie auf, sich auszumalen, was alles hätte passieren können.« Sie wollte das Ganze einfach vergessen. Soweit es sie betraf, war die Reise eine einzige Katastrophe gewesen. Falls es in ihrem Leben nach diesem Zwischenfall so weiterging, wusste sie nicht, was sie tun würde.

Murphys Schrecken verwandelte sich in Verlegenheit. »Es ist ein verdammtes Wunder, dass nichts weiter passiert ist. Ich hoffe nur, dass meine Maschine keine ernsthaften Schäden hat, sonst sitzen wir hier alle monatelang fest!« Er stieg aus, und Estella folgte ihm, während er das Fahrgestell und den Benzintank untersuchte, wobei er immer wieder Teile von Tierkadavern entfernte, die einen grausigen Anblick boten. Im Benzintank befanden sich ein oder zwei kleine Löcher, doch Murphy schien erleichtert, weil es nicht allzu schlimm aussah.

Als sie zum hinteren Teil der Maschine kamen, blickten

Estella und Michael die staubige Piste hinunter, die als Rollbahn diente. Es war fast schon dunkel, doch sie sahen, dass überall auf der Piste Kadaver lagen. Es war ein schrecklicher Anblick.

»O Gott!«, stieß Estella hervor und presste entsetzt eine Hand auf den Mund. Dann wandte sie sich ab, um sich zu übergeben. Ihr Magen war leer, und sie würgte qualvoll.

Murphy wartete, bis das Schlimmste vorbei war. Nun war er sicher, dass sie mit einem so schwachen Magen nie eine gute Tierärztin abgeben würde. »Willkommen in Kangaroo Crossing«, sagte er. »Jetzt wissen Sie, woher der Ort seinen Namen hat.«

Estella richtete sich auf, und alles Blut schien aus ihrem Kopf zu weichen. Es war unklug gewesen, den ganzen Tag nichts zu essen, und sie hätte mehr trinken müssen. Jetzt war sie von der Hitze wie ausgetrocknet.

»Ich sollte ... mich setzen«, versuchte sie zu sagen.

»Wie bitte?«, fragte Murphy.

Estella fühlte, dass sie ohnmächtig wurde. Sie wandte sich um und streckte Murphy die Hände entgegen. Er fing sie gerade noch rechtzeitig auf.

»Na, toll«, sagte er. »Die Tierärztin braucht einen Arzt.«

5

Estella schlug die Augen auf und sah, dass sie sich in einem spärlich möblierten Raum befand, der vom Schein einer Petroleumlampe erhellt wurde. Links von ihr war ein offenes Fenster; dahinter strahlten Myriaden funkelnder Sterne an einem tiefschwarzen Himmel. Sie hatte noch nie einen so spektakulären Ausblick genossen, doch die Sterne sagten ihr, dass es spät sein musste. Erschrocken stellte sie fest, dass sie keine Erinnerung an die Stunden hatte, die seit ihrer Landung in Kangaroo Crossing vergangen waren.

Trotz der Dunkelheit war es nicht kühler geworden, und keine noch so leichte Brise bewegte die Vorhänge am Fenster. Estella lag auf der bezogenen Matratze einer eisernen Pritsche. Sie trug nichts als ein ärmelloses Nachthemd, das ihr kaum bis zu den Knien reichte. Sie versuchte, sich aufzurichten und mit dem Laken zuzudecken, doch sie fiel sofort wieder in die Kissen zurück, weil alles um sie herum sich zu drehen begann.

Sie blickte sich in dem beinahe klinisch nüchternen Raum um und versuchte sich zu erinnern, wie sie hierher gekommen war. Doch ihre letzte Erinnerung schien der Moment zu sein, als sie auf einer von Kadavern übersäten Landepiste aus Murphys Flugzeug geklettert war. Allein der Gedanke an die Hitze, die Fliegen und die gefährliche Landung ließ sie schaudern, und sie erinnerte sich wieder, wie schwach sie sich gefühlt hatte und wie übel ihr gewesen war. Das hier musste Ross Coopers Haus sein, und wahrscheinlich hatte Michael Murphy sie ausgezogen.

»O Gott ...«, stöhnte sie.

Ein Geräusch zu ihrer Rechten ließ sie zusammenfahren. Als sie sich umwandte, schwang die Tür auf, und eine lächelnde junge Frau kam auf sie zu.

»Endlich sind Sie wieder bei uns, Missus. Ich dachte schon, Sie wachen nie mehr auf.«

Estella blickte die andere verwirrt an.

Das Mädchen war eine Aborigine, die erste, die Estella in ihrem Leben sah. Sie wirkte nicht älter als achtzehn oder neunzehn Jahre und war in eine zwar nicht makellos weiße, jedoch vollständige Schwesterntracht gekleidet. Ihre ebenholzfarbene Haut glänzte, und in ihren dunklen Augen spiegelte sich das schwache Deckenlicht. Estella starrte die Frau verwundert an, während diese das feuchte Kissen aufschüttelte.

Schließlich brachte Estella mühsam hervor: »Sind Sie ... wirklich Krankenschwester?« Sie ahnte nicht, dass das Mädchen an solche Reaktionen gewöhnt war; alle Patienten hielten sie anfangs für eine Helferin, die niedere Arbeiten verrichtete. »Ja, Missus. Ich heiße Kylie.«

»Oh, das tut mir Leid, Kylie ... ich bin nur überrascht, hier eine Krankenschwester zu sehen. Ich dachte, ich sei an einem anderen Ort ...«

Kylie schenkte Estella einen mitfühlenden Blick. Sie nahm an, dass diese noch nicht wieder ganz klar war.

»Und ich habe den Namen Kylie noch nie gehört«, fügte Estella hinzu.

»In meiner Sprache heißt Kylie ›Bumerang‹. Meine Mutter sagt, sie hat mich Kylie genannt, damit ich immer zurückkomme, wie ein Bumerang.« Sie lachte. »Fühlen Sie sich besser, Missus?«

»Mir geht es gut«, log Estella, die so wenig Aufmerksamkeit wie möglich auf sich und ihren Zustand lenken wollte.

»Können Sie sich erinnern, dass Sie auf der Adelaide Street zusammengebrochen sind, Missus?« Kylie nahm ihr Handgelenk, um den Puls zu messen.

»War es nicht eher auf der Landepiste?«

»Ist dasselbe«, meinte Kylie schulterzuckend. Estella schüttelte den Kopf. Es würde lange dauern, bis sie sich an das Fehlen von so grundlegenden Dingen wie Straßen, Bürgersteigen und Geschäften gewöhnt haben würde, die ihr in London selbstverständlich erschienen waren. Dass in diesem Ort staubige Wege Straßennamen trugen, war schlichtweg unglaublich.

»Ich erinnere mich nur noch schwach daran, dass mir schwindelig wurde. Aber ich bin sicher, es lag an der Hitze. Wo genau bin ich hier?«

»Im Inland Mission Hospital.«

»Ein richtiges Krankenhaus ... in Kangaroo Crossing?«

»Ja, Missus. Das Gebäude steht schon seit 1882, doch damals war es das Royal Hotel.«

»Ein Hotel?« Das klang sehr eigenartig, doch Estella wurde von dem unbehaglichen Gefühl beschlichen, dass solche Dinge in Kangaroo Crossing als völlig normal erachtet wurden.

»Ja, Missus. Das Kangaroo Crossing Hotel gab es schon seit 1845, und 1923 hat die Inland Mission das Royal gekauft und eine Zentrale für die flugärztliche Versorgung daraus gemacht.«

»Wie bin ich hierher gekommen, und wer ... hat mich ausgezogen?«

»Murphy hat Sie hergebracht.« Kylie kicherte. »Aber ich habe Sie ausgezogen.«

»Hoffentlich nicht in seiner Anwesenheit?«

Kylic, dic diese Worte für einen Scherz hielt, schüttelte immer noch lachend den Kopf.

Estella blickte an ihrem Nachthemd hinunter. Als die junge Schwester ihr Handgelenk losließ, um ihre Daten auf eine Karteikarte zu schreiben, zupfte und zog sie verlegen daran herum.

»Ich weiß, das Hemd ist nicht gerade das eleganteste und außerdem etwas zu kurz für Sie, aber ich konnte nichts anderes finden. Wir sind von Spenden abhängig. Ich weiß gar nicht mehr, wann wir das letzte Mal etwas bekommen haben.« Aus dem Krug auf dem Fensterbrett schenkte sie ein großes Glas Wasser ein und reichte es Estella. »Sie brauchen viel Flüssigkeit, also müssen Sie viel trinken. Ich hole Ihnen etwas zu essen.« Sie ging zum Fenster und zog die Vorhänge zu, doch Estella wünschte, sie hätte es nicht getan. »Könnten Sie die Vorhänge bitte offen lassen?«, bat sie. »Hier drin ist es sehr stickig, und ich sehe mir gern die Sterne an.«

»Das würde ich gern tun, Missus, aber die verdammten Mücken würden Sie bei lebendigem Leib fressen!«

Estella seufzte. »Wie viele Einwohner gibt es in Kangaroo Crossing?«

»Ich habe die ständigen Bewohner nie gezählt, aber ich würde sagen, es müssten ungefähr ... dreizehn sein.«

»Dreizehn!«

»Wenn die Aborigine-Mütter mit ihren Kindern hier sind, mindestens zwanzig, und wenn Sie die verschiedenen einheimischen Stämme mitzählen, sind es sogar noch mehr.«

Estella war ebenso verblüfft wie erschrocken. Sie wusste nichts über die Stämme, hatte aber nicht damit gerechnet, dass so wenig Menschen in der Ansiedlung lebten. Das hatte ihr niemand gesagt.

Kylie sah ihr an, was sie dachte. »Haben Sie gedacht, hier wohnen mehr Leute?«

»Ja, weit mehr – besonders, wo es hier ein Hotel und ein Krankenhaus gibt und ein hauptamtlicher Tierarzt gebraucht wird.«

Kylie lächelte. »Früher gab es hier zwei Geschäfte, drei Pubs, einen Billard-Salon, eine Polizeiwache, eine Zollstation, einen Schmied, einen Bäcker, einen Sattler, einen Schuhmacher und sogar einen Jockey-Club. Damals hieß es, der Ort würde an die Eisenbahnstrecke angeschlossen. Jetzt herrscht allerdings noch immer viel Betrieb, weil viele Menschen von den umliegenden *stations* oder Farmen hier einkaufen und die anderen Möglichkeiten nutzen, die die Stadt ihnen bietet. Aber Kangaroo Crossing ist die abgelegenste Stadt Australiens. Das erste Geschäft hat hier 1878 eröffnet, für die Treiber auf der Diamantine-Route.«

Estella schloss die Augen und musste an sich halten, um nicht laut zu schreien. Wie konnte man einen Ort, an dem dreizehn Menschen lebten, eine Stadt nennen? Als sie wieder fähig war, normal zu sprechen, fragte sie: »Ist Michael Murphy zufällig noch draußen? Ich würde mich gern bei ihm bedanken, dass er mich hergebracht hat.« Vor allem wollte sie ihn zur Rede stellen, warum er ihr nicht erzählt hatte, wie abgelegen Kangaroo Crossing war und wie gering die Bevölkerung, die kaum größer war als eine Großfamilie. Offensichtlich hatte ihr Onkel ihrer Tante gegenüber auch nichts davon erwähnt. Oder vielleicht hatte er es doch getan, und diese hatte es nicht für wichtig erachtet, es ihr zu erzählen.

»Nein, Missus Estella«, erklärte Kylie mit verlegenem Lachen. »Murphy ist in der Bar und trinkt Coldie.«

»Coldie? Was ist das?«

»Ein Bier. Nachdem er Sie hierher gebracht hatte, ist er sofort in die Bar gegangen.«

Estella schüttelte den Kopf bei dem Gedanken, dass Murphy sie im Krankenhaus abgeladen hatte wie eine Fuhre Müll, die niemand wollte, und dann sofort in die Bar geeilt war. Plötzlich war sie ihm gar nicht mehr so dankbar. Unglaublich, dass er nicht einmal so lange gewartet hatte, bis er wusste, wie es ihr ging!

Als Kylie den Raum verließ, trank Estella das Wasser, das die junge Schwester ihr eingeschenkt hatte, und zog dann ihre eigenen Sachen über, die zerknittert und schmutzig waren. Wie gern sie jetzt ein Bad genommen und frische Sachen angezogen hätte! Bei diesem Gedanken fragte sie sich, was Michael Murphy mit ihrem Koffer gemacht hatte. Dann kam Kylie mit einem Tablett zurück und erschrak, als sie Estella angezogen auf dem Bett sitzen und ihre Schuhe anziehen sah.

»Was tun Sie da, Missus? Sie sollten sich lieber noch eine Weile ausruhen!« Besorgt runzelte sie die Stirn. »Morgen Früh kommt Dr. Dan. Es wäre am besten, wenn er Sie untersucht, bevor Sie gehen!«

Estella erschrak. Sie wollte auf keinen Fall, dass ein Arzt oder jemand anders herausfand, dass sie schwanger war. »Mir geht es gut, Kylie. Ich bin nur ohnmächtig geworden, weil ich eine solche Hitze nicht gewohnt bin und den ganzen Tag nichts gegessen hatte. Das war dumm von mir.« Sie richtete sich auf, und einen Augenblick lang drehte sich alles um sie. Zum Glück war Kylie damit beschäftigt, das Tablett auf dem Bett abzustellen, und hatte nichts bemerkt. Estella nahm sich die eine Hälfte des nicht allzu appetitlich aussehenden Sandwiches und biss hinein. »Gibt es hier sonst kein Personal, Kylie?«, fragte sie mit vollem Mund.

»Nein. Aber das macht nichts, weil ja keine anderen Patienten da sind.« Die junge Schwester lachte wieder, doch Estella fand die Bemerkung nicht sonderlich komisch. Sie dachte daran, was geschehen wäre, wäre bei ihr oder dem Baby etwas nicht in Ordnung. »Aber man wird Sie doch sicher nicht mit allem hier allein lassen? Wo ist der Arzt?«

»Wahrscheinlich in der Bar, Missus.«

Estella war entsetzt. Sie konnte kaum fassen, was sie da hörte.

»Ich bin oft allein hier im Krankenhaus, Missus. Dr. Dan fliegt regelmäßig auf die *stations* und Farmen. Wenn er eine Schwester mitnehmen muss, fliegt Schwester Betty mit ihm, weil ich keine Flugzeuge mag.«

»Schwester Betty? Also gibt es doch noch andere Schwestern und Ärzte?«

»Nein.« Kylie war sichtlich verwirrt. »Nur Schwester Betty, Dr. Dan und mich. Betty hätte längst in den Ruhestand gehen müssen, aber das kann sie nicht, weil ich in kein Flugzeug steige. Ich versuche immer, die einheimischen Mädchen zu bewegen, sich ausbilden zu lassen; aber sie alle wissen, dass ich es in der Stadt nicht leicht hatte, deshalb ist es schwierig.«

Estella verblüffte diese Bemerkung, war aber zu sehr mit ihren eigenen Problemen beschäftigt, um sich danach zu erkundigen. »Wie komme ich zur Bar, Kylie?«, fragte sie.

Die junge Schwester blickte sie verblüfft an; dann lachte sie auf. »Sie werden sich in Kangaroo Crossing bestimmt nicht verlaufen, Missus!«

Estella wusste nicht genau, was Kylie meinte, doch sie stand auf und ging zur Tür.

»Kommen Sie später wieder?«, wollte Kylie wissen, die ihr folgte. »Ich bin die ganze Nacht hier.«

»Vielleicht«, gab Estella zurück, um das Mädchen zu beruhigen, das sehr besorgt wirkte. Als sie über den Flur ging, stellte sie fest, dass das Krankenhaus tatsächlich verlassen war. Sämtliche Räume außer dem kleinen Büro in der Nähe der Tür waren dunkel; es herrschte eine seltsame Atmosphäre. Ihr kam der Verdacht, dass Kylie vielleicht nur ein wenig Gesellschaft haben wollte.

Estella trat hinaus in die Dunkelheit. Der klare Nachthimmel war voller Sterne, doch die schmale Mondsichel spendete kaum Licht, und Straßenlaternen gab es nicht. Als Estella sich in der »Stadt« umblickte, wurde ihr klar, was Kylie gemeint hatte: Die Bar war leicht auszumachen. Aus den hell erleuchteten Fenstern und der weit offenen Tür erklangen dumpfes Stimmengewirr und Gelächter, die einzigen Laute, die in der Stille der Nacht zu hören waren. Im Vergleich dazu wirkte der Rest des Ortes, der aus nicht mehr als einem halben Dutzend Häusern bestand, wie eine Geisterstadt. Er lag verlassen da, unfreundlich und in eigenartigem Schweigen, und von einigen schwachen Lichtern abgesehen konnte Estella nichts erkennen.

Auch von der Umgebung des Ortes war nichts zu sehen, doch Estella wusste nun, dass es dort auch nichts zu sehen gab – oder doch? Kylie hatte von Aborigine-Stämmen gesprochen. Sie mussten irgendwo dort draußen sein. Mit einem Anflug von Erschrecken fragte sich Estella, ob die Aborigines wohl feindselig waren.

Um die Schwäche zu überwinden, nahm sie einen Bissen von dem nicht sehr frischen Käsesandwich, das sie noch immer in der Hand hielt und das sich in ihrem Mund so trocken anfühlte wie der Staub unter ihren Füßen. Als sie dann zur Bar ging, starrte sie verwundert auf die davor geparkten Wagen, die entfernte Ähnlichkeit mit den Modellen in England besaßen, doch waren sie offensichtlich so umgebaut worden, dass sie im Wüstengelände gefahren werden konnten. Bei einigen fehlten die vorderen Stoßstangen, was sie eher wie Buggys aussehen ließ; bei anderen waren Eisenstangen auf den Kühlergrill geschweißt worden. Über die Frontscheibe eines Wagens war sogar ein Drahtnetz gespannt, in dem eine Sammlung teils Furcht erregend großer toter Insekten hing.

Als Estella zwischen den Fahrzeugen hindurchging, knurrte plötzlich auf einem der Vordersitze ein Hund und fletschte die Zähne. Erschrocken ließ Estella ihr Sandwich fallen und lehnte sich ängstlich gegen den Wagen hinter ihr. Sie spürte, wie ihr Herz rasend schnell gegen die Rippen pochte. Wahrscheinlich hatte sie den Hund im Schlaf gestört, und das Tier war ebenso erschrocken wie sie selbst.

»Ist ja schon gut, Junge«, sagte sie begütigend, doch das Herz schlug ihr noch immer bis zum Hals. Schließlich schien der Hund zu der Einsicht zu gelangen, dass die Frau keine Gefahr darstellte; er wedelte mit dem Schwanz und kauerte sich auf den Boden des Wagens.

Estella tat einen tiefen, beruhigenden Atemzug, bevor sie weiter zum Eingang der Bar, die gleichzeitig als Hotel diente, ging. Es war ein langes, einstöckiges Gebäude aus Bruchstein. An der Decke des großen Schankraums drehte sich ein Ventilator, konnte den Geruch nach Zigarettenrauch und abgestandenem Bier aber nicht vertreiben. Estella wusste, dass sie keinen Alkohol trinken durfte, doch nie im Leben hatte sie ein stärkeres Bedürfnis nach einem Brandy verspürt als jetzt. Die letzten vierundzwanzig Stunden waren die Hölle für sie gewesen.

Estella sah Michael Murphy, der mit drei anderen Männern am Tresen stand und ihr den Rücken zuwandte. Sie nahm an, dass der Wirt, der dem Gespräch interessiert lauschte und ab und zu mit den Männern lachte, ihr Onkel war, Charlie Cooper. Seine äußere Erscheinung schockierte sie. Er musste um die fünfzig sein, doch seine grauen Haare, die rötliche Gesichtshaut und sein beachtlicher Leibesumfang ließen ihn älter erscheinen. Außerdem trug er nur ein Unterhemd, das beinahe dieselbe Färbung angenommen hatte wie seine tief gebräunte, fast ledrige Haut.

Estella stellte sich nur ungern vor, dass ihr Vater vielleicht ebenfalls so ausgesehen hatte wie Charlie Cooper. Trotzdem suchte sie nach einer Ähnlichkeit mit dem Foto, das ihre Tante ihr gegeben hatte. Doch ihre Aufmerksamkeit wurde abgelenkt, als sie hörte, dass die Männer über sie sprachen. Sie malten sich Situationen aus, die Estella unangenehm sein würden, und übertrumpften sich dabei gegenseitig. Estella wurde zornig, weil sie den Männern nicht sagen durfte, dass sie normalerweise keinen so schwachen Magen hatte und dass ihr selbst dies am allerwenigsten gefiel. Sie hörte Michael Murphy spotten, dass sie, die zukünftige Tierärztin im Outback, Flugangst habe. Heiße Wut packte Estella, als Murphy sich vor Lachen schüttelte und auch die anderen vor Vergnügen grölten.

Estella wandte sich ab. Es kränkte und demütigte sie, dass diese Fremden sich über sie lustig machten. Nun würde sie ihre Fähigkeiten erst recht beweisen müssen – doch im Augenblick hatte sie weder die Kraft noch den Willen dazu. Falls sie einen Weg fand, würde sie Kangaroo Crossing so schnell wie möglich wieder verlassen.

Sie wollte gerade gehen, als einer der Männer sie entdeckte und Murphy anstieß, der sich umwandte und nach ihr rief. Alle Blicke richteten sich auf Estella, in der Bar wurde es still. Sie war noch immer entschlossen, einfach zu gehen, doch Murphys nächste Worte ließen ihren Zorn neu aufflammen. Mit unverschämtem Grinsen sagte er: »Ich hatte nicht erwartet, Sie so schnell wieder auf den Beinen zu sehen!«

Estella erstarrte. Sicher hatte sie sich das leise Schuldbewusstsein nur eingebildet, dass sie aus seiner Stimme herauszuhören glaubte. »Und warum nicht?« Sie trug den Kopf hoch erhoben, während sie auf ihn zuging.

»Vor ein paar Stunden haben Sie nicht gerade wie das blühende Leben ausgesehen«, erwiderte er mit einem schadenfrohen Seitenblick zu einem der Männer und wandte sich ab, damit sie sein Grinsen nicht sah, doch sie ahnte es trotzdem. Sie fühlte die Blicke der anderen und wusste, was sie dachten: Sie war zu jung, zu unerfahren und – was am schlimmsten war – eine Frau aus der Stadt!

Estella wappnete sich innerlich. »Wirklich? Sie haben sich doch nicht etwa Sorgen um mich gemacht?«

Die Frage schien Michael zu überraschen. »Doch, natürlich«, gab er zurück.

Schwindler, dachte Estella. »Und da konnten Sie nicht mal ein paar Minuten erübrigen, um über die Straße zu gehen und sich zu erkundigen, wie ich mich fühle?«

Murphy wirkte vollkommen verblüfft. Die anderen Männer starrten ihn an, als glaubten sie, zwischen ihm und Estella habe sich etwas angebahnt, von dem sie nichts wussten.

»Sie sind bloß ohnmächtig geworden«, sagte Murphy. »Das ist ja nicht lebensgefährlich.«

Estella schäumte innerlich vor Wut, doch Murphy verschränkte die Arme vor der Brust und zog eine Augenbraue hoch. Dann sah er die anderen Männer an. Estella fragte sich, warum er sie ihnen nicht vorstellte, doch sie wollte verdammt sein, wenn sie es selbst tat. Sie war die einzige Dame im Raum und musste sich zumindest ein wenig von ihrer Würde bewahren.

»Sieht so aus, als könnte unsere neue Tierärztin den Anblick von Blut nicht ertragen«, meinte Michael Murphy.

Dieses Mal lachten die Männer laut, und Estellas grüne Augen sprühten Blitze. Doch sie war entschlossen, sich ihre Gefühle nicht anmerken zu lassen. »Das stimmt nicht. Ich bin ohnmächtig geworden, weil ich den ganzen Tag nichts gegessen hatte und außerdem die Hitze nicht gewohnt bin.«

»Wie wollen Sie dann hier draußen leben?«, fragte ein Mann, der weiter unten an der Theke saß. »Es wird verdammt heiß hier!«

Die Männer hatten zwar über Estellas Schwäche gelacht, doch sie machten sich bestimmt auch ernsthafte Gedanken darüber, ob sie im Stande war, ihr Vieh zu behandeln. Was das betraf, war Estella sich ihres Könnens sicher. »Ich werde mich schon daran gewöhnen«, gab sie zurück. Zum ersten Mal fragte sie sich, ob Frauen in dieser Bar überhaupt Zutritt hatten, doch ihr schien nicht der richtige Zeitpunkt zu sein, danach zu fragen.

»Sie sind sehr jung für eine Tierärztin«, sagte der gleiche Mann. »Und nicht gerade kräftig!« Dabei musterte er sie so prüfend, wie er es wohl auch bei einem Stück Vieh getan hätte. Estella hatte damit gerechnet, dass ihr Alter und ihr Mangel an Erfahrung kritisiert würden, doch es verwunderte sie, dass jemand Anstoß an ihrer Statur nahm und dies auch aussprach. Die Offenheit des Mannes ging ihr etwas zu weit.

»Ich habe jahrelang studiert, um meinen Titel zu bekommen«, sagte sie, entschlossen, sich nicht einschüchtern zu lassen. »Und ich bin kräftiger als ich aussehe – jedenfalls unter normalen Umständen.«

Die Männer wirkten wenig beeindruckt, und Estella fühlte sich plötzlich wieder sehr müde. Der Tag war endlos gewesen, und sie hatte wenig Lust, sich noch länger beleidigen zu lassen. »Wo ist mein Koffer, Mr. Murphy?«

»Ich habe ihn hier«, erklärte Charlie Cooper und zog das Gepäckstück hinter der Bar hervor.

»Vielen Dank«, sagte Estella. Michael Murphy griff danach, doch Estella bestand darauf, den Koffer selbst zu nehmen. Dieser Zeitpunkt war so gut wie jeder andere, den Männern zu beweisen, dass sie kein Schwächling war. Zwar war ihr schon wieder schwindelig, doch sie zwang das aufkommende Unwohlsein durch schiere Willenskraft nieder.

Als sie gehen wollte, fiel ihr Blick auf einen Mann weiter hinten am Schanktisch. Er verlangte laut nach einem weiteren Bier, obwohl er schon so betrunken war, dass er kaum mehr aufrecht sitzen konnte. Estella fühlte sich abgestoßen, als Charlie das Wort an den Mann richtete.

»Ich glaube, du hast genug, Dan«, sagte er leise, doch Estella verstand es trotzdem und starrte den Betrunkenen entsetzt an.

»Sie sind doch wohl nicht Dr. Dan, der Arzt?«

Der Mann wandte sich ihr zu. »Doch, der ... bin ich«, lallte er. Er versuchte, Estella anzublicken, war jedoch viel zu betrunken. Er stützte einen Ellbogen auf die Theke, um seinem Kopf Halt zu geben, doch der Ellbogen rutschte weg, und sein Kopf schlug mit einem hässlichen Geräusch auf die Holzplatte. Charlie verzog vor Schmerz das Gesicht, als wäre ihm dieses Missgeschick passiert. Nach einer Weile richtete der Arzt sich mühsam wieder auf, stützte sich auf beide Arme und fluchte leise vor sich hin.

»O Gott«, stieß Estella hervor und dachte an ihre gefährliche Landung. »Wir wären heute beinahe verunglückt – und dann hätte unser Leben in *Ihren* Händen gelegen!« Sie hatte nur laut gedacht, doch die Männer verstanden ihre Worte.

»Das hast du uns ja gar nicht erzählt, Murphy!«, stellte einer von ihnen fest.

»Es war fast schon dunkel, und unsere Landung ist wegen der Kängurus ziemlich unsanft ausgefallen.« Murphy warf Estella einen finsteren Blick zu.

Sie begriff nicht, weshalb er ihr schreckliches Erlebnis herunterzuspielen versuchte und sie ansah, als hätte sie irgendetwas Unanständiges gesagt. »Wenn Sie mich fragen, hatten wir sehr viel Glück, dass wir ohne ernste Verletzungen davongekommen sind. Ich bin nur ohnmächtig geworden – aber wenn ich nun ernsthaft krank wäre?« Estella hörte eine warnende Stimme in ihrem Kopf, die ihr riet, nicht zu emotional zu werden und es nicht zu übertreiben, doch sie beachtete die Warnung nicht.

»Wenn Sie in einer anderen Stadt ernsthaft krank würden, hätten Sie vielleicht Grund zur Sorge. Zu Ihrem Glück gibt es hier in Kangaroo Crossing eine gute medizinische Versorgung.« Als Estella den Arzt mit einem spöttischen Blick bedachte, fügte Michael rasch hinzu: »Dr. Dan ist außer Dienst, und jeder hier gönnt ihm seinen Drink!«

»Und ich hätte gern noch einen«, warf Dan ein, doch niemand beachtete ihn.

»Er hat sicher mehr gehabt als nur ein Glas«, meinte Estella. »Er sieht eher so aus, als hätte er ein ganzes Fass allein getrunken. Für ihn als einzigen Arzt in der Stadt finde ich ein solches Verhalten unverantwortlich!«

»Wir können uns glücklich schätzen, dass überhaupt ein Arzt im Ort ist«, warf ein kleiner, bärtiger Mann ein. »Hier gibt's auf Hunderte von Meilen im Umkreis keinen anderen.«

»Sie sollten Ihre Vorstellung von Glück mal gründlich überdenken«, meinte Estella nach einem missbilligenden Seitenblick auf den Arzt. »Sie trauen Kylie doch nicht im Ernst zu, dass sie im Notfall weiß, was zu tun ist. Sie ist fast noch ein Kind!«

Die Männer starrten Estella feindselig an, Michael Murphy eingeschlossen. »Sie ist eine voll ausgebildete Buschkrankenschwester und sehr tüchtig«, erklärte der Mann, der Estella am nächsten stand. »Und zu Dr. Dan haben die Patienten vollstes Vertrauen. Viele verdanken ihm sogar ihr Leben.«

Estella war noch immer skeptisch.

»Für wen halten Sie sich eigentlich, dass Sie hierher kommen und kritisieren, wie wir hier die Dinge regeln?«, meinte ein älterer Mann.

»Sie haben doch sicher alle Frauen und Kinder?«, fragte Estella mit einem Blick auf den Arzt, der zu Boden gerutscht und dort eingeschlafen war. »Würden Sie deren Leben in die Hände dieses Mannes legen?«

»Ich habe Enkel. Und ich würde sie sofort zu Dr. Dan in Behandlung geben!«

»Ich persönlich würde ihm nicht einmal eine kranke Katze anvertrauen«, erwiderte Estella. Wie um ihren Worten mehr Gewicht zu verleihen, begann der Arzt laut zu schnarchen.

»Und ich bin nicht sicher, ob ich *Ihnen* eine kranke Katze anvertrauen würde«, meinte Teddy Hall, der Jüngste in der Runde. »Außerdem hasse ich Katzen. Dr. Dan hat meine drei Kleinen auf die Welt gebracht, und meine Annie wollte keinen anderen dabeihaben.« Er dachte daran, dass Dr. Dan jedes Mal leicht angetrunken gewesen war und dass Schwester Betty die meiste Arbeit getan hatte – aber das hätte er dieser hochnäsigen jungen Frau gegenüber niemals zugegeben.

»Sie sind doch selbst nicht viel mehr als ein Kind«, sagte ein anderer Mann. »Und da erwarten Sie, dass wir Ihnen unser Vieh anvertrauen. Unser ganzes Kapital?«

»Ich kann Ihnen versichern, wenn ich bei Ihren Tieren bin, werde ich meine fünf Sinne beisammen haben!«, erwiderte Estella.

Die Männer wirkten ein wenig verunsichert, doch sie würden Estella nicht mit offenen Armen empfangen, das war offensichtlich.

»Gut, dass Ihre Stelle befristet ist, bis wir einen geeigneten Ersatz für Ross Cooper gefunden haben«, erklärte Teddy Hall.

Estella fühlte sich, als habe man ihr einen Schlag ins Gesicht versetzt, und das sah man ihr auch deutlich an. Sie warf dem Mann hinter dem Tresen einen Hilfe suchenden Blick zu. Der sah, dass ihre Unterlippe zitterte, und geriet in Panik.

»Ich bin Charlie ... Charlie Cooper«, sagte er hastig. Er warf Estella einen eindringlichen Blick zu, der ihr sagte, dass Charlie sich nicht als ihr Onkel zu erkennen geben würde – und wohl auch Teddys Worte nicht zu erklären gedachte. »Sie müssen sehr müde sein.« Er sah die Männer an, in der Hoffnung, sie würden einsehen, dass Estella zu erschöpft war, um genau zu wissen, was sie sagte. »Ich werde Ihnen Ihre Unterkunft zeigen ...«, fügte er hinzu und kam hinter dem Schanktisch hervor. Eigentlich hatte er ihr für diese Nacht ein Hotelzimmer anbieten wollen, überlegte es sich aber anders, weil er nicht wollte, dass Estella mitbekam, was an diesem Abend bestimmt noch über sie gesprochen wurde. Und nach ihren Bemerkungen bestand wenig Aussicht, dass es sich um Schmeichelhaftes handelte.

»Wie galant von dir, Charlie!«, spottete einer der Männer.

»Ich brauche ein bisschen frische Luft«, gab Charlie verlegen zurück. Er wollte Estella aus der Bar haben, bevor am Ende noch die ganze Wahrheit ans Licht kam.

Estellas Müdigkeit kehrte zurück. Zusätzlich hatte sie das deprimierende Gefühl, nirgendwohin zu gehören. Wenn die Menschen in Kangaroo Crossing sie nicht wollten und ihr nicht vertrauten, hatte sie wenig Aussicht, eine Anstellung in der Stadt zu finden, selbst wenn Sie das Geld gehabt hätte, dorthin zu fahren. Nie zuvor hatte sie sich einsamer und verlassener gefühlt. Sie wandte sich zur Tür. Charlie holte sie ein und nahm ihren Koffer, den sie ihm dankbar überließ, weil sie sich zu schwach fühlte, um ihn weit zu tragen.

Kaum waren sie auf der Veranda angelangt, fiel Estella auch schon über Charlie her. »Warum hat mir niemand gesagt, dass diese Stelle befristet ist?«

Charlie führte sie einige Schritte vom Hotel fort, dorthin, wo niemand ihr Gespräch mit anhören konnte.

»Ich hätte die Reise niemals gemacht, wenn ich das gewusst hätte«, fügte Estella hinzu, deren Augen jetzt verdächtig glänzten.

»Ich habe es nur vorgeschlagen, damit die Leute überhaupt eine Frau als Tierarzt akzeptieren. Die Menschen hier denken in manchen Dingen etwas rückständig. Das hatte ich Flo auch erklärt.«

»Sie hat mir nichts davon gesagt.«

»Die Verbindung war sehr schlecht, als wir miteinander gesprochen haben. Vielleicht hat sie mich nicht verstanden.«

»Oh, großartig. Gibt es vielleicht noch etwas, das sie nicht verstanden hat?«

»Es wird schon alles gut – du musst nur ein bisschen Geduld haben.« Charlie sah sie verlegen an. »Estella, in dieser Stadt machst du dir keine Freunde, indem du von Anfang an alles kritisierst!« Er nahm ihren Arm, als sie sich auf den Weg machten, und sie stolperte in die Dunkelheit. Es war so finster, dass sie sich fragte, wie Charlie sich zurechtfand. »Alles, was ich gesagt habe, entsprach der Wahrheit. Wenn ich nur daran denke, was mir oder meinem Baby hätte geschehen können, wäre unsere Landung nur ein wenig unsanfter ausgefallen, als sie es ohnehin schon war ...!« Ihre Augen füllten sich mit Tränen.

»Nun«, sagte Charlie, »ich glaube nicht, dass es klug wäre, wenn die Leute von deinem Zustand erfahren, zumindest jetzt noch nicht. Ich weiß, dass es auf die Dauer nicht zu vermeiden ist, aber lass uns erst mal sehen, wie die Dinge sich entwickeln!«

»Ich stimme dir zu, aber ich weiß ziemlich genau, wie die Dinge sich entwickeln werden. Es müsste schon ein Wunder geschehen, dass sie mich akzeptieren. Ich glaube nicht, dass es eine gute Idee war, hierher zu kommen, Charlie.«

»Wenn du auch nur ein bisschen Ähnlichkeit mit deinem ... mit Ross hast, bist du eine erstklassige Tierärztin. Du musst wissen, dass die Leute hier sehr an Ross gehangen haben. Es wäre für jeden schwer, in seine Fußstapfen zu treten!«

»Sogar für seine Tochter?« Estella fand, dass es sich seltsam anhörte. Sie konnte von Ross nur schwer als von ihrem Vater sprechen – er war für sie ein Fremder gewesen und würde es immer bleiben.

Charlie antwortete ihr nicht. Er dachte gerade daran, wie Caroline, Estellas Mutter, damals Ross verlassen hatte. Ross war am Boden zerstört gewesen, und ganz Kangaroo Crossing hatte Caroline dafür gehasst. Die Leute waren der Meinung gewesen, Caroline habe ihnen und Ross gegenüber unfair gehandelt – und zu Estellas Pech besaßen die meisten ein gutes Gedächtnis.

»Aber die Leute wissen doch, dass Ross eine Tochter hatte, nicht wahr?«

Charlie wusste nicht, was er sagen sollte.

»Charlie!«

»Nein, sie wissen es nicht, Estella. Ross hat es keinem außer mir erzählt. Als er erfuhr, dass deine Mutter sich scheiden lassen wollte, um einen anderen zu heiraten, war er beinahe ein gebrochener Mann. Und als sie ihm erklärte, dass du als Kind ihres neuen Ehemannes erzogen werden solltest, war ich sicher, dass es ihn umbringt. Wie konnte er sich darüber freuen, eine Tochter zu haben, wenn er wusste, dass du nie wirklich sein Kind sein würdest?«

Estella erschrak.

»Wir werden es allen sagen, Estella, aber ich dachte, wenn die Leute dich zuerst als Menschen kennen lernen, bevor sie erfahren, wer du bist, akzeptieren sie dich um deiner selbst willen.«

»Nun, der Anfang scheint schon einmal ein ziemlicher Misserfolg gewesen zu sein, nicht wahr?«

»Wenn du es dir leichter machen willst, Estella, dann musst du versuchen, die Dinge so zu nehmen, wie sie sind.«

Estella war nicht sicher, dass sie das konnte, doch sie wusste, dass sie es zumindest versuchen musste.

»Es hätte mir geholfen, hätte ich gleich gewusst, dass meine Anstellung befristet ist. Außerdem hat keiner mir gesagt, wie klein die Stadt ist. Offen gesagt, hatte ich mit einem größeren Ort gerechnet. Du kannst dir sicher vorstellen, wie überrascht und erschrocken ich war, als Kylie mir sagte, dass Kangaroo Crossing nur dreizehn Einwohner hat!«

»Sind es wirklich so wenige?« Charlie kratzte sich am Kopf. »Es kommen so viele Leute von den *stations* und Farmen her, dass ich es nicht einmal bemerkt habe – aber ich bin auch nicht besonders gut im Zählen. In unserer Familie war Ross immer der Klügste. Ich habe ständig die Schule geschwänzt und deshalb nicht viel gelernt.«

»Aber jetzt führst du das Hotel und die Bar?«

»Bier zapfen kann jeder!«

»Und die Buchhaltung?«

»Ich führe keine Bücher.«

»Wer dann?«

»Marty Edwards.«

»Ich wusste gar nicht, dass du einen Partner hast.«

»Habe ich auch nicht. Marty ist der Besitzer des einzigen Geschäfts in der Stadt.«

»Und du vertraust ihm deine Bücher an?«

»Natürlich – er ist ein Freund!«

»Wie kannst du so naiv sein, Charlie?«

»Was meinst du damit? Marty ist treu wie Gold und so ehrlich, wie der Tag lang ist!«

Estella seufzte ungeduldig. »Mein Mann war ... ist Rechtsanwalt, und viele seiner Mandanten sind Leute, die Freunden zu sehr vertraut haben.«

»Das sind Städter. Hier auf dem Land sind die Leute ehrlich.«

»Die Menschen sind überall gleich. Aber musst du nicht wenigstens das Geld für die Drinks zählen?«

Charlie lachte. »Das wird alles ins Buch geschrieben.«

Estella war nicht sicher, ob sie richtig gehört hatte. »Willst du damit sagen, deine Gäste bezahlen ihre Getränke gar nicht?«

»Doch, natürlich – ab und zu.«

»Du liebe Zeit! Wie kann man so ein Hotel und eine Bar führen?«

»Im Outback macht man es nur so. Sämtliche Läden, Betriebe und Unternehmen. Anders würden sie nicht überleben.«

»Ich begreife nicht, wie sie so überleben können!«

»Die Farmbesitzer bezahlen ihre Leute monatlich, es sei denn, wir haben eine schlimme Dürre. Dann bekommen sie ihr Geld, sobald das Vieh zu den Märkten getrieben wird, falls nach der Dürre überhaupt noch Vieh übrig ist. Und wenn sie dann mit mir abrechnen, hilft Marty mir dabei.«

Estella schüttelte den Kopf. Sie verstand nicht, wie man im Busch Geschäfte machte. »Also hast du keine Ahnung, ob dein Hotel gut oder schlecht läuft?«

»Marty hält mich auf dem Laufenden.«

Estella lachte spöttisch.

»Ich weiß genau, was über die Theke geht, Estella.«

Sie klopfte auf seinen Bauch. »Und ich weiß genau, wohin dein Gewinn geht«, sagte sie lächelnd.

Diesmal war es an Charlie, gekränkt zu sein.

Estella meinte seufzend: »Mir ist alles hier so fremd – aber ich sage lieber nichts mehr.«

Es war so dunkel, dass sie bei dem kleinen Cottage angelangt waren, bevor Estella es überhaupt bemerkt hatte. Charlie stieg die Treppe zur Veranda hinauf und öffnete die Vordertür, die nicht abgeschlossen war. Er griff um den Türpfosten herum und zog an der Lichtkordel. Als der Schein einer Lampe durch die offene Tür nach draußen fiel, meinte Estella verwundert: »Im Krankenhaus brannte eine Petroleumlampe! Ich dachte, die Stadt hätte gar keine Elektrizität.«

»O doch. Aber die Zuschüsse, die das Krankenhaus von der Regierung bekommt, reichen gerade für das Nötigste. Sie benutzen dort Petroleumlampen, um zu sparen.«

Estella stöhnte auf. »Sag mir jetzt bloß nicht, dass sie diesem Dr. Dan auch noch ein Gehalt bezahlen!«

Charlie runzelte die Stirn. »Dan mag seine Dämonen haben, Estella, aber er ist ein guter Arzt.«

Estella presste die Lippen zusammen und folgte ihm ins Haus. Sofort überfiel sie ein modriger Geruch, der ihren Magen rebellieren ließ. Sie blickte um sich und weigerte sich zu glauben, was sie sah.

»Ich habe noch niemanden gefunden, der es hätte reinigen können«, erklärte Charlie. »Normalerweise sind immer irgendwelche Aborigene-Frauen in der Nähe, aber sie sind auf Wanderschaft gegangen – und ich wusste nicht, wo ich anfangen sollte.« Charlie hatte tatsächlich mit einigen Aborigine-Frauen über die Reinigung des Hauses gesprochen, doch sie waren nicht interessiert gewesen. Als er ihnen schließlich eine bessere Bezahlung anbieten wollte, waren sie schon fort gewesen.

Estella war sprachlos. Der Raum war voller Schmutz, und als sie durch die anderen Zimmer ging, musste sie sich die Tränen aus den Augen wischen.

Während seine Nichte die Spinnennetze, den Staub und die

toten Insekten betrachtete, die sich nach mehreren Monaten angesammelt hatten, war Charlie unbehaglich zu Mute. Alles sah noch genauso aus, wie Ross es verlassen hatte, als er zu einem verletzten Fohlen gerufen worden war. Ross war stets sehr ordentlich gewesen, und es war aufgeräumt und sauber, doch jetzt sah es nicht mehr danach aus.

Charlie folgte Estella in die Küche, wo sie schaudernd die verschimmelten Essensreste auf dem Tisch und das schmutzige Geschirr im Spülstein betrachtete. Sie zuckte zusammen, als sie etwas in eine Ecke huschen sah. »Iiih!«, rief sie und bedeckte Mund und Nase mit einer Hand. »Ich nehme an, es ist seit Ross' Tod niemand mehr im Haus gewesen ...?«

»Um ehrlich zu sein, so ist es. Ich konnte mich noch nicht überwinden, seine Sachen durchzusehen, deshalb ist noch alles so, wie es war. Ich dachte ... ich hatte gehofft, du würdest es tun.«

Estella blickte ihn verwundert an. »Ich habe ihn doch nicht einmal gekannt. Warum sollte ich seine Sachen durchsehen?«

Charlie zuckte mit den Schultern. Er fand nicht die rechten Worte, um ihr zu erklären, dass er und Ross nicht nur Brüder gewesen waren, sondern auch die besten Freunde. Als Ross gestorben war, hatte Charlie das Gefühl gehabt, eine Hälfte von sich selbst zu verlieren; deshalb war er seit der Beerdigung nicht mehr zu diesem Haus gegangen. Er hatte befürchtet, es nicht durchzustehen.

Estella blickte sich entsetzt um und dachte an ihr gemütliches Heim in Mayfair und daran, was James ihr angetan hatte. Seine Untreue hatte ihr nicht nur das Herz gebrochen, sondern sie außerdem dazu verdammt, in Armut zu leben. Selbstmitleid und Erschöpfung überfielen sie, und heiße Tränen strömten ihr über die Wangen.

Charlie wusste nicht, was er tun sollte. »Vielleicht ... äh, möchtest du lieber allein sein«, sagte er und zog sich zurück. Er hatte seine Beziehungen zu weißen Frauen bisher auf reine

Freundschaften oder kurze Affären beschränkt und war echtem, tiefem Kummer gegenüber hilflos – besonders, da er nicht einmal mit seinem eigenen Schmerz fertig wurde. Die Aborigine-Frauen hingegen, die Charlie kannte, waren unkomplizierte Geschöpfe. Ihnen gegenüber brauchte er nicht so zu tun, als verstehe er ihre Kultur oder ihre religiösen Vorstellungen, denn sie erwarteten es nicht.

»Ja, ich möchte allein sein«, erwiderte Estella. »Bitte geh.«

Sie sehnte sich danach, sich an einer starken Schulter auszuweinen, doch Charlies hilfloser Blick sagte ihr, dass er dazu nicht der Richtige war – ebenso wenig wie Estella selbst imstande war, ihre Lage optimistisch zu sehen. In ihren Augen war sie eine einzige Katastrophe.

»Bist du sicher, dass ich gehen soll?«, fragte Charlie.

Sie nickte.

Er stellte ihr Gepäck hinter der Tür zum Schlafzimmer ab. »Wenn du irgendwas brauchst, ich bin in der Bar«, waren seine Abschiedsworte.

»Wenn ich irgendetwas brauche ...«, murmelte Estella voller Bitterkeit. Sie hatte kein Geld und keine Möglichkeit, diesen armseligen, verlorenen Ort zu verlassen, und diese schreckliche Erkenntnis traf sie mit furchtbarer Wucht. »Du lieber Himmel«, sagte sie leise. »Und dann noch all die Leute, die mich nicht hier haben wollen ... Schlimmer kann es kaum noch kommen.«

Sie weinte, bis sie keine Tränen mehr hatte.

Schließlich gelang es Estella, sich ein wenig zu fangen. Sie ging nach draußen und atmete tief durch. Der modrige Geruch des Hauses haftete ihr noch in der Nase, und sie sog in tiefen Zügen die Nachtluft ein, um den Brechreiz zu unterdrücken. Es war stockdunkel, sodass sie Charlie auch dann nicht gesehen hätte, wäre er noch in der Nähe gewesen – doch er war sicher so schnell wie möglich in die Bar zurückgekehrt. Als Estellas

Übelkeit ein wenig nachließ, blickte sie sich um. In der Ferne meinte sie die Lichter des Hotels zu erkennen und ging mit unsicheren Schritten darauf zu. Ihr Gepäck ließ sie im Haus zurück.

Nachdem sie einige Male an Sträuchern hängen geblieben war und sich den Fuß an einem Felsen gestoßen hatte, näherte sie sich langsam der so genannten »Hauptstraße«. Den ganzen Weg über war sie das Gefühl nicht losgeworden, beobachtet zu werden; einige Male war sie stehen geblieben, um sich umzusehen. Sie hatte gemeint, in der Dunkelheit die Augen eines Tieres leuchten zu sehen, wahrscheinlich die einer Katze oder eines Hundes, doch die geisterhaften Lichtblitze waren wieder verschwunden, und Estella hatte ihren Weg fortgesetzt.

Noch immer stand ein Wagen vor dem Hotel. Estella zögerte, hineinzugehen und ihren Onkel um ein Zimmer für die Nacht zu bitten. Als sie sich unschlüssig umschaute, sah sie das Krankenhaus – und plötzlich fiel ihr ein, dass Kylie sie gefragt hatte, ob sie wiederkommen würde.

Sie war so erschöpft, dass es sie alle Kraft kostete, sich auf den Beinen zu halten, als sie das Krankenhaus betrat. Die junge Schwester freute sich, Estella zu sehen, bis sie erkannte, in welcher Verfassung sie war. Kylie hatte auf einem Sessel in einem Büro in der Nähe des Eingangs gedöst. Die Nächte, in denen keine Patienten zu versorgen waren, erschienen ihr unendlich lang, doch Dr. Dan bestand darauf, dass stets jemand Dienst tat.

Kylie half Estella in eins der Zimmer. Binnen weniger Minuten war sie ausgezogen und lag in einem sauberen Bett. Estella war Kylie unendlich dankbar, nahm aber vor Erschöpfung und Müdigkeit kaum noch wahr, wie ihr Hände und Gesicht gewaschen wurden. Sie versank auf der Stelle in Schlaf.

Im nächsten Augenblick ließ ein markerschütterndes Krachen Estella aufschrecken. Halb benommen stieg sie aus dem Bett und schaute den Flur hinunter. Am anderen Ende, in einem Lichtkegel in der Nähe der Ausgangstür, sah sie Kylie, die sich über irgendetwas beugte. Ohne nachzudenken eilte Estella zu ihr, um ihr zu helfen.

»Was ist passiert?«, fragte sie atemlos und blickte der jungen Schwester über die Schulter. Aus einem der Büros ragten zwei Beine in den Flur; an einem der Füße war kein Schuh, und auf dem Boden lagen Bücher und Akten verstreut.

»Es ist nur Dr. Dan«, erwiderte Kylie, die gerade eine hässliche Schnittwunde über einem Auge des Arztes untersuchte.

»Was ist denn passiert?«, erkundigte sich Estella.

»Er ist gegen den Aktenschrank gefallen. Morgen Früh wird ihm ganz schön der Schädel brummen!«

Bei dem Gedanken, wie betrunken Dr. Dan gewesen war, wich Estella angewidert einen Schritt zurück und beobachtete, wie Kylie sich mühte, ihn hochzuheben.

»Sie sollten ihn lassen, wo er ist«, meinte sie.

Ohne Estella zu beachten, packte Kylie den Arzt unter den Armen und versuchte, ihn weiter ins Büro hineinzuziehen, in dem Estella in einer Ecke eine Matratze auf dem Boden liegen sah. Obwohl sie ihn lieber dort liegen gelassen hätte, wo er hingefallen war, beugte Estella sich schließlich doch hinunter, um Kylie zu helfen. Mit vereinten Kräften schafften sie es, Dr. Dan auf die Matratze zu ziehen, die genau zu diesem Zweck dort zu liegen schien. Kylie zog ihm den einen Schuh aus und stellte ihn auf die Seite.

»Sein Verhalten ist eine Schande«, sagte Estella.

Die junge Schwester wirkte traurig, während sie auf den Arzt hinunterblickte. »Urteilen Sie nicht zu hart über ihn, Missus«, erwiderte sie. »Er ist ein guter Arzt, und er hat ein Herz aus Gold.«

»Er ist Alkoholiker und nicht in der Lage, Patienten zu behandeln!«, schimpfte Estella. »Jemand sollte ihn anzeigen!«

Kylie blickte auf. Ihre großen braunen Augen schauten kummervoll. »Er ist wirklich ein sehr tüchtiger Arzt, Missus

Estella, sonst wäre ich nicht hier.« Sie blickte wieder auf Dr. Dan hinunter. »Er lebt mit seiner Einsamkeit, so gut er kann.«

Estella schüttelte den Kopf. »Aber hier draußen ist doch sicher jeder einsam.«

Kylie runzelte verständnislos die Stirn. »Nein, Missus«, sagte sie. »Man muss nur seine eigene Gesellschaft mögen.«

6

Das Brummen eines Lastwagenmotors und der Klang von Stimmen weckten Estella. Die Vorhänge waren noch zugezogen, doch an den Rändern fiel bereits gleißendes Sonnenlicht ins Zimmer und rahmte das Fenster golden ein. Es musste noch früh sein, doch es war jetzt schon erstickend heiß.

Estella erschrak, als sie einen Mann am Fußende ihres Bettes stehen sah, der aufmerksam ihr Krankenblatt studierte. Einen Augenblick lang wusste sie nicht, wer er war; erst als er den Kopf wandte und sie das Pflaster und die Schwellung dicht über seinem Auge bemerkte, wurde ihr klar, dass es Dr. Dan sein musste. Erstaunt stellte sie fest, dass er kaum noch Ähnlichkeit mit dem Betrunkenen besaß, den sie am Abend zuvor in der Bar des Crossing Hotel gesehen hatte.

In seinem braun karierten, kurzärmligen weiten Hemd und der beigen Freizeithose mit dem schwarzen Gürtel wirkte Dr. Dan wie ein vollkommen anderer Mensch. Glatt rasiert und mit frisch gekämmtem Haar erinnerte er in nichts an den ungepflegten, lallenden Alkoholiker, der inmitten von Zigarettenkippen auf dem Boden der Bar zusammengebrochen war.

Trotzdem überraschte Estella seine Kleidung. Sie hatte ein paar Wochen zuvor einige bebilderte Bücher über Rinderzucht gelesen, und Dr. Dan sah eher so aus wie einer der Viehtreiber auf den Fotos als wie ein Arzt. Sein gebräuntes Gesicht und die ebenfalls tief gebräunten Arme, die von goldblonden Härchen bedeckt waren, ließen erkennen, dass er mehr Zeit im Freien als im Krankenhaus verbrachte. Verlegen warf Estella einen Blick auf ihre weißen Arme. Sie sah aus, als wäre sie monatelang bettlägerig gewesen. Dabei hatte am Abend zuvor eher Dr. Dan den Eindruck gemacht, als habe er nicht viel mehr als einige Monate zu leben.

Nichts an ihm erinnerte an den Betrunkenen, der im Flur des Krankenhauses gelegen hatte. Der Mann gestern hätte ein Landstreicher sein können, eher sechzig als fünfzig Jahre alt, doch im Licht des neuen Tages wirkte Dr. Dan, jetzt sauber und nüchtern, nicht viel älter als Ende dreißig.

»Was für einen Unterschied ein Tag machen kann«, murmelte Estella.

Dr. Dan blickte auf und lächelte ihr zu. Estella bemerkte mehrere kleinere Narben in seinem Gesicht und auf der Stirn, zweifellos Verletzungen, die er sich bei anderen Gelegenheiten im Rausch zugezogen hatte.

»Guten Morgen«, sagte er mit einem Blick auf ihr Krankenblatt. »Tut mir Leid, aber hier steht nichts davon – Miss oder Mrs. Lawford?«

»Estella.«

»Oh.« Dr. Dan war die Bitterkeit in ihrer Stimme nicht entgangen, doch er war zu taktvoll, ihr persönliche Fragen zu stellen. »Also, Estella, ich bin Dan Dugan, der Arzt von Kangaroo Crossing – aber Dan reicht vollkommen. Wie fühlen Sie sich heute?« Seine Stimme klang sanft, und er sprach sehr deutlich.

Genau wie über seine äußere Erscheinung wunderte Estella sich auch über seinen Zustand. Sie hatte nicht erwartet, ihm überhaupt zu begegnen, und wenn, hätte sie darauf gewettet, dass er wegen eines schrecklichen Katers und des geschwollenen Auges schlecht gelaunt und einsilbig sein würde.

»Danke, mir geht es gut«, erwiderte sie zurückhaltend. Sie stellte fest, dass er sie mit Interesse musterte und sah, dass seine Augen von einem hellen Grün waren, was ihm etwas Liebenswertes verlieh und ihn gleichzeitig verletzlich wirken ließ.

Estella war sicher, dass er sich nicht mehr an ihr kurzes Zusammentreffen vom Abend zuvor erinnerte.

»Um ehrlich zu sein, ich bin halb verhungert«, gestand sie plötzlich zu ihrer eigenen Überraschung. Sie hatte mehr Hunger als jemals zuvor in den vergangenen Wochen, und ihr fiel auf, dass heute der erste Morgen seit langer Zeit war, an dem die Übelkeit sie nicht schon beim Aufwachen überfiel.

»Das ist ein gutes Zeichen. Sie scheinen recht gesund zu sein, vielleicht ein wenig müde nach ihrer langen Reise von England herüber – aber das war ja wohl nicht anders zu erwarten, nicht wahr?«

Es überraschte Estella, dass er einiges über sie zu wissen schien. »Ich nehme es an.« Sie fühlte sich wohl, und auch wenn sie Dan Dugans Urteil noch nicht recht vertraute, so tat es doch gut, ihn sagen zu hören, dass sie gesund zu sein schien.

Dan musterte sie eine Weile eingehend, und Estella wurde unbehaglich zumute. Ob er wusste, dass sie schwanger war? Dann aber sagte sie sich, dass er Stunden gebraucht haben musste, um wieder nüchtern zu werden; also konnte er sie unmöglich schon untersucht haben.

»Habe ich da vorhin einen Lastwagen gehört?«, fragte sie in der Hoffnung, ihn abzulenken.

»Ja. Das ist der Postbote, Wally Gee – oder ›Wags‹, wie die Leute ihn hier nennen.«

Verwundert erwiderte Estella: »Aber eine so kleine Stadt wie Kangaroo Crossing braucht doch sicher keinen Lastwagen, um die Post auszuliefern ...?«

Dan lachte. »Wally liefert alles aus, von Kleinvieh bis zu gebackenen Bohnen, und nicht nur hier im Ort, sondern auch an alle umliegenden Farmen.« Er legte die Akte aus der Hand. »Er beliefert ein Gebiet von Hunderten von Meilen.« Dan kam um das Bett herum und zog Estellas eines Unterlid ein wenig herunter. »Sie sind ein bisschen blass heute Morgen, aber ich sehe kein Anzeichen von Blutarmut.«

»In England scheint die Sonne nicht allzu häufig«, gab Estella zurück und versuchte verlegen, ihre Arme unter der Decke zu verstecken.

»Und trotzdem sind die englischen Damen viel vorsichtiger, wenn es darum geht, ihre empfindliche Haut zu schützen. Wahrscheinlich ist sie deshalb so wunderbar glatt.«

Seine Bemerkung irritierte Estella, denn sie erschien ihr unpassend, doch er wirkte völlig unbefangen.

»Sie werden verstehen, was ich meine, wenn Sie auf die Farmen und *stations* kommen und die Frauen dort sehen, deren Haut von der Sonne gegerbt ist. Aber was sollen diese Frauen machen? Einige sind gezwungen, an der Seite ihrer Männer mitzuarbeiten. Wir haben schwere Zeiten. Das Geheimnis besteht darin, die Haut zu bedecken, wenn man in der Sonne ist. Der Grund für Ihren Zusammenbruch war vermutlich, dass Sie zu lange im Flugzeug eingezwängt waren und zu wenig getrunken hatten.«

»Stimmt. Ich habe den Flug nicht vertragen und hatte den ganzen Tag nichts gegessen, was wahrscheinlich auch nicht gut war.«

»Nein, sicher nicht. Aber wenn Sie jetzt genug trinken und gut frühstücken, werden Sie sich rasch von der Reise erholen.« Er ging wieder zum Fußende des Bettes zurück. »Wo wir gerade von Frühstück sprechen – was hätten Sie gern?«

»Was steht denn auf der Karte?«

Er lächelte. »Was wir anzubieten haben, würde sich auf einer Karte nicht gut ausnehmen. Es gibt Porridge, Toast und Marmelade. Und Sie haben Glück: Heute Morgen haben mindestens drei Hühner Eier gelegt, also haben wir auch die, wenn Sie mögen. Und natürlich Tee.«

»Es ist zu heiß für Porridge, aber Toast und Marmelade hätte ich gern. Und dazu Tee, falls frische Milch da ist.«

»Es gibt sogar *sehr* frische Milch – dank Gertrude, die hinter dem Haus steht.«

»Sie haben eine Kuh?«, fragte Estella verwundert.

Dan lachte. »Gertrude ist eine Milchziege – ein sehr störrisches Exemplar. Aber sie frisst weniger als eine Kuh, und ihre Milch ist ebenso nahrhaft, leicht verdaulich und bleibt länger frisch.«

Estella wusste nicht, ob sie Ziegenmilch mochte, denn sie hatte noch nie welche getrunken.

»Ich bringe Ihnen Ihr Frühstück in einer Minute«, sagte Dan.

»Sie werden es doch wohl nicht selbst machen, oder?«

»Natürlich. Kylie ist seit mehr als zwölf Stunden im Dienst und todmüde, und sonst ist niemand da.«

Es überraschte Estella, dass es im Krankenhaus kein Personal für solche Aufgaben gab. Sie fühlte sich wie eine Betrügerin, weil sie ja nicht wirklich krank war. »Das kann ich doch selbst tun«, sagte sie und machte Anstalten, aufzustehen.

»Sie bleiben, wo Sie sind. Eher schneit es in Kangaroo Crossing, als dass wir zulassen, dass die Patienten sich selbst versorgen.«

»Aber ich bin doch ...«

»Kein Aber.«

Estella sah ein, dass sie sich geschlagen geben musste. »Wer säubert denn dann die Räume und kümmert sich um die Wäsche? Da fällt doch sicher sehr viel an!«

»Das erledigt eine Einheimische. Kylie und ich teilen uns meist die Arbeit in der Küche. Manchmal haben wir jemanden, der uns dabei hilft, heute aber leider nicht.«

»Und Schwester Betty?«

Dan lächelte. »Schwester Betty ist fast siebzig Jahre alt.«

Estella blickte ihn verwundert an. »Kylie hat mir erzählt, dass sie immer noch mit Ihnen zu den Farmen hinausfliegt.«

»Manchmal, aber nicht in offizieller Funktion. Die Frauen und Kinder dort draußen freuen sich immer, Betty zu sehen, auch wenn sie nur mit ihr plaudern und eine Tasse Tee trinken.

Oft ist das die einzige Medizin, die sie brauchen. Betty sollte eigentlich die Füße hochlegen und sich ausruhen, doch sie möchte noch zu etwas nutze sein, und ich kann ihr das nicht nehmen. Außerdem kümmert sie sich um die Buchhaltung und bedient das Funkgerät.« Er warf einen Blick auf seine Uhr. »Und sie ist sehr pünktlich. Wenn Sie in einer halben Stunde noch hier sind, werden Sie Betty kennen lernen. Normalerweise haben wir hier über Nacht keine Patienten. Schwerverletzte und ernsthaft Kranke werden nach Melbourne, Adelaide oder Alice Springs geflogen. Wir behandeln viele Aborigines, aber sie wollen nicht über Nacht bleiben, es sei denn, sie sind schlimm krank. Also haben wir es meist mit auswärtigen Patienten zu tun. Um ehrlich zu sein, steht unser Krankenhaus ständig kurz vor der Pleite. Wir bekommen nur sehr wenig Zuschüsse, und in diesem Jahr mussten wir das Geld wegen der Dürre für Wasser ausgeben.«

»O je. Dann wird mein Aufenthalt hier Ihre Probleme noch vergrößern.«

»Warum?«

»Weil ich vielleicht nicht genügend Geld habe, um meine Rechnung zu bezahlen, wenn ich nicht schnell etwas zu tun bekomme.«

Dan lachte. »Keine Angst«, sagte er. »Wie werden für unsere Dienste selten mit Geld bezahlt.«

Estella blickte ihn verwundert an.

»Kylie hat mir erzählt, dass Sie unsere neue Tierärztin sind«, fuhr Dan fort.

»Das stimmt.«

»Ich hoffe, Sie haben die Stelle nicht in der Hoffnung angenommen, Sie könnten hier viel Geld verdienen. Ich glaube, die Leute haben Ross bei seinem Tod ein kleines Vermögen geschuldet. Wahrscheinlicher ist, dass Sie als Bezahlung eine Lammkeule oder ein Dutzend Eier bekommen, was im Grunde sehr praktisch ist. Ich habe einen ganzen Schrank voller Bumerangs, Speere und Tierhäute. Eines Tages werde ich das alles mal in Adelaide verkaufen. Ich kann das Geld gut gebrauchen.«

»Ich hatte nicht erwartet, hier Reichtümer anzuhäufen«, sagte Estella, »aber ich hatte schon gehofft, genug zu verdienen, damit ich meine Rechnungen bezahlen und meinen Lebensunterhalt bestreiten kann.«

Dan zuckte lächelnd die Schultern. »Lassen Sie uns hoffen, dass es so ist.«

Estella konnte noch immer nicht glauben, dass sie den Mann vor sich hatte, den sie am Abend zuvor sturzbetrunken in der Bar des Hotels gesehen hatte. Jetzt wirkte er umsichtig und professionell. »Wie geht es Ihnen heute Morgen?«, erkundigte sie sich.

»Mir?« Dan blickte sie einen Moment verwirrt an, bevor er verlegen erwiderte: »Ach, Sie meinen das hier.« Er fuhr mit der Hand über das Pflaster an seinem Auge. »Es ist nichts. Ich bin manchmal ein wenig ungeschickt, besonders wenn ich müde bin – wie meistens.« Er lächelte steif und ging zum Fenster hinüber, um die Vorhänge aufzuziehen. Estella kniff geblendet die Augen zusammen, als helles Sonnenlicht in den Raum strömte. Gleichzeitig kamen mehrere große Schmeißfliegen hereingeflogen. Estella sah den Lastwagen draußen vor dem gegenüberliegenden Geschäft stehen, ein schrottreifes Vehikel, das nicht so aussah, als würde es noch lange die so genannte Hauptstraße hinunterschaffen. Mehrere Männer standen um den Laster herum, darunter Charlie Cooper und Michael Murphy. Sie luden Kartons mit Waren und Taschen voller Lebensmittel ab. Dann erschien auf der Ladefläche des Lasters eine junge Frau und rief den Männern Anweisungen zu.

»Es ist schön, ein neues Gesicht in der Stadt zu haben«, meinte Dan. »Erlauben Sie mir, Sie offiziell in Kangaroo Crossing willkommen zu heißen!« Er wandte sich um. »Auch wenn Sie hier nicht viel verdienen werden, so wird Ihre Arbeit sicher sehr geschätzt.«

Estella war dankbar, dass zumindest ein Mensch in dieser Stadt sie willkommen hieß. Dass es ausgerechnet Dan Dugan war, der Einzige, über den sie mit Verachtung gesprochen hatte, erfüllte sie mit Scham. »Vielen Dank«, sagte sie leise. »Aber ich glaube, die Stelle ist zeitlich befristet.«

Dan sah sie verwundert an. »Die Leute in der Stadt sind froh, Sie hier zu haben, und ich halte es für sehr optimistisch, damit zu rechnen, einen anderen Nachfolger für Ross Cooper zu finden, der hier schon schmerzlich vermisst wurde. Er war nicht nur ein hervorragender Tierarzt, sondern auch ein Mensch, der sehr gut hierher passte – und obendrein einer der besten Freunde, die ein Mann sich wünschen kann. Ich weiß, wie schwierig es ist, gut ausgebildete Spezialisten dazu zu bringen, im australischen Outback zu arbeiten. Ich suche schon seit Jahren einen Assistenten, bisher leider ohne Erfolg.«

»Nun ja, gut ausgebildete Kräfte sehen keine Zukunft in einer so kleinen Stadt.« Estella überlegte, ob das vielleicht Dans Problem war – ob er Kangaroo Crossing hasste und so viel trank, um sich zu betäuben. Falls das zutraf, war er ein schwacher Mensch, denn andere hatten sicher das gleiche Problem und kamen damit zurecht.

»Die Stadt mag klein sein, aber die Menschen in dieser Gegend könnten ohne sie nicht überleben. Und es muss sehr viel getan werden, um die Bedürfnisse der Leute zu erfüllen.«

Estella meinte Bitterkeit in seiner Stimme zu hören.

»Die Einsamkeit hier draußen fordert natürlich ihren Tribut.« Ein Anflug von Schmerz huschte über seine Züge, und Estella fühlte sich bestätigt.

»Es braucht eine bestimmte Art von Menschen, um damit zurechtzukommen«, sagte Dan und starrte aus dem Fenster.

»Und woher weiß man, dass man zu diesen Menschen gehört?«

»Das weiß man nicht. Man findet es erst im Lauf der Zeit heraus, und die vergeht hier draußen manchmal sehr langsam.«

Dr. Dan verließ den Raum. Estella blickte ihm nachdenklich hinterher. Ob er sich als Gefangener fühlte, weil er keinen Nachfolger fand? Sie selbst konnte nur hoffen, dass es ihr nicht ebenso erging. Was, wenn sie in ein paar Jahren tatsächlich genügend Geld gespart hatte, um mit ihrem Kind fortzugehen, dann aber ebenfalls hier gefangen war? Schaudernd zwang sie sich, an etwas anderes zu denken.

Estella wurde aus ihren Gedanken gerissen, als Kylie ins Zimmer kam. Um die Schultern trug sie das rote Cape der Schwesterntracht. Estella war ein wenig verwundert über diese Förmlichkeit. Immerhin gab es keine Oberschwester, die über die Einhaltung der Kleiderordnung wachte, und Dr. Dan selbst trug Freizeitkleidung.

»Ist Ihr Dienst jetzt zu Ende?«, erkundigte sich Estella.

»Ja, in ein paar Minuten. Wie lautet Dr. Dans Diagnose?«

Estella lächelte. »Ich bin kerngesund. Aber das hätte ich ihm auch gleich sagen können.«

»Trotzdem ist es immer beruhigend, wenn man es von einem Arzt hört, nicht wahr, Missus Estella?«

Estella nickte. »Wo haben Sie Ihre Ausbildung gemacht, Kylie?«

»In der Stadt, im Royal Adelaide Hospital. Ich war die erste Aborigine, die dort gelernt hat. Nach mir sind noch zwei andere dort gewesen. Phyllis Edwards, die mit ihrem Vater Marty zusammen das Geschäft hier im Ort führt, hat drei Aborigine-Mädchen das Lesen und Schreiben beigebracht, aber ich konnte noch keine von den dreien überreden, die Aufnahmeprüfung zu machen. Dabei könnten wir mehr Personal gut gebrauchen.«

Estella vermutete, dass es Phyllis gewesen war, die sie auf der Ladefläche des Lastwagens gesehen hatte.

»Dann können Sie nicht mehr so jung sein, wie Sie aussehen, Kylie – und Sie wirken keinen Tag älter als neunzehn!«, meinte sie.

»Ich bin dreiundzwanzig«, erwiderte die Schwester.

Estella war überrascht.

»Wenn ich noch bei meinen Leuten in der Nepabunna-Missionsstation wohnen würde, hätte ich jetzt schon fünf oder sechs Kinder.« Estella starrte Kylie erschrocken an. »In unserer Kultur«, erklärte Kylie, »wird ein Mädchen meist schon nach ihrer zweiten oder dritten Menstruation schwanger.«

»Aber die Gesetze erlauben doch sicher nicht, so früh zu heiraten?«

»Bei uns heiraten die Mädchen nur selten – jedenfalls nicht so, wie Sie es kennen, Missus Estella. Der Kindsvater kann einer von verschiedenen Liebhabern aus dem Stamm sein.«

Estella traute ihren Ohren nicht.

»In der Aborigine-Gesellschaft ist alles anders, als Sie es kennen, Missus Estella. Wir leben in einer großen Familie, in der sich alle gemeinsam um die Kinder kümmern, egal, zu wem sie gehören.«

Estella musste sich eingestehen, fast nichts über andere Kulturen zu wissen, und damit auch nichts über das Leben der australischen Ureinwohner. »Gestern Abend sprachen Sie von Aborigine-Frauen und Kindern hier in der Stadt. Dann gibt es also auch Ehen zwischen Weißen und Aborigines?«

»Ja, Missus. Hier im Busch leben nur wenige weiße Frauen, deshalb ist es nicht ungewöhnlich, dass weiße Männer *lubras* heiraten, Aborigine-Frauen. Aber die *lubras* gehen trotzdem mit ihrem Stamm *walkabout* und nehmen die Kinder mit. Ihre Kultur ist ihnen sehr wichtig.«

»Charlie hat auch schon davon gesprochen, dass die Aborigine-Frauen *walkabout* gegangen sind. Was genau bedeutet das?«

»*Walkabout* ist eine Sitte, manchmal auch eine religiöse Erfahrung – wie wenn die Weißen zur Kirche gehen.« Kylie lächelte. »Aborigines sind eigentlich Nomaden und ziehen von Ort zu Ort. Einige dieser Plätze haben eine besondere spirituelle Bedeutung.«

»Kommen sie hierher, wenn sie krank sind, oder haben sie ihre eigenen Medizinmänner?«

»Ich ermutige sie immer herzukommen, aber die Stämme haben einen *kadaicha,* der ihnen Angst vor der Medizin der Weißen macht. Seit die Weißen in dieses Land gekommen sind, gibt es mehr Krankheiten, und die Aborigines brauchen die Medikamente des weißes Mannes, um wieder gesund zu werden, und immer mehr Stammesangehörige halten sich nicht an die Anweisungen des *kadaicha.* Was werden Sie tun, wenn Sie das Krankenhaus verlassen, Missus Estella?«

Estella verzog das Gesicht. »Ich muss Ross Coopers Haus auf Vordermann bringen, bevor ich dort einziehen kann – aber das wird nicht einfach sein. Ich war gestern Abend dort. Es ist in einem schlimmen Zustand. Um ehrlich zu sein war das der Grund, warum ich wieder hergekommen bin. Das Haus war so schmutzig, dass ich einfach nicht darin bleiben konnte.«

Kylie nickte. »Ich bin froh, dass Sie zurückgekommen sind, Missus. Ich bin hier nachts nicht gern allein.«

Estella verstand das nur zu gut, fragte sich zugleich aber, ob Kylie sich vor Dr. Dan fürchtete, wenn dieser betrunken war.

»Charlie hat ein paar Aborigine-Frauen gebeten, in dem Haus zu putzen, aber sie scheuen sich, in ein Haus zu gehen, in dem ein Weißer gestorben ist. Sie haben Angst vor seinem Geist.«

»Ross Cooper ist in dem Haus gestorben?«

»Ja, Missus. Charlie war bei ihm, und es hat ihn ziemlich mitgenommen. Die Brüder waren sich sehr nahe.«

Jetzt verstand Estella, warum Charlie das Haus so lange nicht hatte betreten können, und es tat ihr Leid, dass sie so hart über ihn geurteilt hatte. »Warum war Ross nicht im Krankenhaus, wenn er so schwer verletzt war?«

»Dr. Dan war auf einer Farm bei einem Schwerkranken, und Ross hat keinem erlaubt, ihn ins Krankenhaus zu bringen. Er sagte, er hätte sich nur die Schulter geprellt. Niemand konnte wissen, dass ein Blutgerinnsel auf dem Weg zu seinem Herzen war. Es war eine sehr tragische Geschichte.«

»Er war zu jung, um zu sterben«, meinte Estella, die zum ersten Mal wirklich über Ross' Tod nachdachte.

»Ja, Missus, das war er«, sagte Kylie; dann wechselte sie das Thema. »Wollen Sie sich etwas zum Putzen ausleihen, Missus? Einen Eimer, einen Wischmopp, einen Besen und ein paar Lappen? Wir haben alles hier. Sie können es ruhig benutzen.«

»Danke, Kylie.«

»Schon gut, Missus Estella. Ich könnte Ihnen helfen, wenn Sie mich brauchen.«

»Vielen Dank, Kylie, aber das kann ich nicht von Ihnen verlangen. Sie haben schließlich die ganze Nacht gearbeitet.«

Kylie lächelte. »Sie haben mich doch gar nicht gebraucht, Missus Estella. Ich habe fast die ganze Nacht geschlafen. Um ehrlich zu sein, hätte ich mich allein nicht in das Haus getraut, aber wenn Sie dabei sind, geht es.«

»Trotzdem müssen Sie müde sein.«

»Ich brauche morgen nicht zu arbeiten und kann den ganzen Tag schlafen.«

Dan Dugan kam mit einem Tablett in den Raum. »Hier ist Ihr Frühstück«, sagte er. »Wenn Ihnen vom Essen wieder übel wird, sind Sie dieses Mal jedenfalls gleich am richtigen Ort. Aber ich glaube, Sie sind darüber hinweg. Deshalb habe ich schon Ihre Entlassungspapiere unterschrieben. Sie können gehen, wenn Sie gegessen haben.«

Estella warf Kylie einen Blick zu. »Ich muss Ross Coopers Haus putzen, aber ich werde es nicht übertreiben. Ich habe das Gefühl, dass allein schon die Hitze mich bremsen wird, bis ich mich daran gewöhnt habe.«

Mit melancholischem Lächeln erwiderte Dan: »Es ist ein

Märchen, dass man sich an die Hitze gewöhnen kann. Man akklimatisiert sich bis zu einem gewissen Grad, aber man gewöhnt sich niemals wirklich an die Hitze oder die Trockenheit. Alles hängt nur davon ab, ob man die Kraft hat, es zu ertragen. Machen Sie's gut.« Er hielt ihr seine Rechte entgegen, und Estella ergriff sie. Die beiden wechselten einen Blick – dann war Dan fort.

Estella konnte es immer noch kaum glauben, dass der Betrunkene vom Abend zuvor und Dr. Dan dieselbe Person waren. Sie wusste nicht, was sie von Dan halten sollte.

»Wo wohnen Sie, Kylie?«, erkundigte sie sich.

»Ich habe ein Zimmer im Anbau hinter dem Krankenhaus, Missus. Es ist nicht groß, aber ich habe einen Platz zum Schlafen und ein Badezimmer.«

»Und Dr. Dan?«

Kylies Miene verriet Verlegenheit. »Er schläft meistens in seinem Büro. Am besten frühstücken Sie jetzt. Ich gehe mich in der Zwischenzeit umziehen.«

Estella trank gerade den letzten Schluck Tee, als sie ein leises Klopfen an der Tür hörte, die nur angelehnt war. Sie blickte auf und sah Michael Murphy, der sie prüfend musterte. Hastig zog sie die Decke hoch. Sein belustigtes Grinsen ärgerte sie.

»Es überrascht mich, Sie hier zu sehen«, sagte er. »Ich dachte, Sie wären gestern Abend entlassen worden.«

Er trug ein frisches Hemd und eine saubere Hose. Den Hut hielt er in der Hand. Er musste sich die Haare gewaschen haben, denn sie wirkten heller als am Tag zuvor. Es überraschte Estella, wie lockig sie waren; irgendwie unterstrichen sie sein forsches, unbefangenes Auftreten.

»Wenn Sie sich nach meinem Befinden erkundigen wollen – dazu ist es reichlich spät«, meinte Estella und trank ihren Tee.

»Das wollte ich gar nicht. Ich bin gekommen, um Dan zu besuchen, und er sagte mir, dass Sie noch hier sind.«

Estella hob die Brauen und wandte sich zum Fenster, damit er nicht sah, wie sie errötete.

»Warum sind Sie wieder hier?«, wollte Murphy wissen.

»Hat Dr. Dan Ihnen das nicht auch verraten?«, erwiderte Estella spöttisch.

»Wegen der ärztlichen Schweigepflicht darf er mir nichts über Ihren Zustand sagen.«

»Wie schön, dass es offenbar noch Dinge gibt, die hier heilig sind!«

»Fühlen Sie sich immer noch nicht wohl?«, fragte Murphy und musterte sie prüfend.

»Es geht mir gut«, gab Estella zurück, ohne ihn anzusehen.

»Dann ist ja alles in Ordnung.« Murphy wandte sich zum Gehen, hielt jedoch noch einmal inne. »Ich wollte mich noch dafür entschuldigen, dass ich mich gestern Abend über Sie lustig gemacht habe. Es war schließlich Ihr erster Tag hier in Kangaroo Crossing, und Sie hatten eine anstrengende Reise hinter sich.«

Estella fand, dass seine Worte ehrlich klangen. »Vielen Dank. Und mir tut es Leid, dass ich so überreagiert habe und so empfindlich war. Um ehrlich zu sein, hab ich nicht gewusst, dass die Stelle des Tierarztes zeitlich befristet ist.«

Murphy schüttelte den Kopf. »Nach Kangaroo Crossing kommt anfangs jeder nur für eine bestimmte Zeit, aber aus verschiedenen Gründen bleiben dann doch alle hier hängen.«

Die Aussicht, in einem so kleinen Ort festzusitzen, erfüllte Estella mit gemischten Gefühlen. Es war eine Sache, einen sicheren Arbeitsplatz zu haben – doch eine ganz andere, wenn diese Stelle sich in eine Art lebenslängliche Strafe verwandelte.

»Ich habe noch ein Hühnchen mit Ihnen zu rupfen«, sagte sie. »Warum haben Sie mir nicht erzählt, dass diese so genannte Stadt nur überwältigende dreizehn Einwohner hat?«

Murphy dachte einen Moment nach. »Sind es wirklich nicht mehr?«, fragte er dann amüsiert.

»Was ist nur mit den Leuten hier los? Zuerst Charlie, und nun Sie! Wie ist es möglich, dass Sie das nicht wissen?«

»Vielleicht, weil hier so viele Leute kommen und gehen!«

Estella sah, wie Murphy jemandem auf dem Flur zulächelte. Sie fragte sich, ob es Schwester Betty sein konnte, verwarf diesen Gedanken jedoch, als er sagte: »Tag, Freunde!«

Drei Aborigines erschienen an der Tür. Sie starrten Estella mit weit aufgerissenen Augen an. Ihre dunklen Gesichter, die breiten Nasen und das krause Haar verliehen ihnen ein wildes Aussehen, doch was Estella am meisten schockierte, war ihre spärliche Bekleidung – kaum mehr als ein Lendentuch. Zwei der Männer gingen auf dem Flur weiter, doch einer betrat das Zimmer und sah sich neugierig um. Der Blick seiner dunklen Augen war wild und neugierig zugleich. Der Mann deutete auf Estella und sagte etwas in einer Folge von schnell hervorgestoßenen, unverständlichen Silben. Murphy grinste und antwortete etwas in der Sprache der Aborigines. Dann verließ der Mann den Raum und folgte seinen Kameraden den Flur hinunter.

Murphy sah Estella an und meinte: »Tja, dann gehe ich wohl besser.«

Estella starrte ihn an. »Warten Sie! Was hat dieser Mann zu Ihnen gesagt?«

»Wer? Budjita?«

»Dieser halb nackte Mann, der gerade hier war.«

»Oh, er sagte, Sie sähen ...«, Murphy tat, als suche er nach dem richtigen Wort, »... appetitlich aus.«

Estellas Augen weiteten sich. »Wie bitte?«

Murphy lachte unbekümmert. »Über Geschmack lässt sich bekanntlich streiten, aber er fand Sie offensichtlich sehr einladend.« Spöttisch blickte er sie an.

»Als Vorspeise oder als Hauptgericht?«

Murphy wollte sich ausschütten vor Lachen. Als er sich wieder gefangen hatte und Estella anschaute, erkannte er, dass sie ihre Worte ernst gemeint hatte. »Sie glauben doch nicht ...«, begann er und musste wieder lachen.

Estella wandte sich ab. »Verschwinden Sie, Murphy!«, stieß sie beschämt hervor.

»Gern, aber es gibt hier draußen wirklich keine Kannibalen.« Mit unverschämtem Grinsen fügte er hinzu: »Glaube ich jedenfalls.«

»Schließen Sie die Tür hinter sich, wenn Sie gehen!«, stieß Estella energisch hervor.

Sie hörte ihn noch lachen, als er schon längst das Zimmer verlassen hatte.

7

Der heiße Wind wehte durchs Fenster herein, blies die Vorhänge beiseite und gab Estella den Blick frei auf die ausgedörrte, rotbraune Landschaft zwischen dem Krankenhaus, dem einzigen Laden der Stadt und zwei Häuschen, die in einiger Entfernung lagen. Immer wieder nahm der aufwirbelnde Staub ihr die Sicht, und am Horizont sah sie als grausam-trügerische Fata Morgana eine spiegelnde Wasserfläche schimmern. Schon nach einem Tag in der Wüstenstadt Kangaroo Crossing sehnte Estella sich danach, einen See oder einen Fluss zu sehen, doch die einzige Feuchtigkeit, die sie spürte, war der eigene Schweiß, der ihr unaufhörlich aus jeder Pore zu dringen schien.

Estella wünschte sich nichts sehnlicher als ein kühles Bad. Sie war so eingesponnen in ihren Tagtraum, dass sie die leisen Schritte hinter sich nicht wahrnahm.

»Hallo, meine Liebe«, hörte sie plötzlich jemanden freundlich sagen.

Sie schreckte hoch, drehte sich um und sah eine ältere Frau an der Tür des Krankenzimmers stehen. Sie trug ein Baumwollkleid mit einem verblichenen Muster aus blauen Lilien. Ihre gebräunten Füße steckten in Sandalen, und ihren Kopf mit den kurzen grauen Haaren schmückte ein breitkrempiger, an den Rändern leicht ausgefranster Strohhut. Er war mit Seidenblumen besteckt, die genau die Farbe ihrer hellblauen Augen besaßen. Ihr Gesicht war zerfurcht wie eine Landkarte; jede Falte und jede Runzel zeugte von einem ereignisreichen Leben.

An der Selbstverständlichkeit, mit der die Frau sich im Krankenhaus bewegte, schloss Estella, dass es sich um Betty handeln musste. »Hallo«, gab sie lächelnd zurück.

»Ich bin Betty Wilson, der Dienst habende Wachhund hier.«

»Das dachte ich mir schon ... Ich meine, dass Sie Betty sind, nicht der Dienst habende Wachhund«, erwiderte Estella ein wenig verlegen, und beide Frauen lachten. »Ich bin Estella Lawford.«

»Dan hat mir schon erzählt, dass wir eine wichtige Persönlichkeit beherbergen. Er behandelt die meisten Patienten bei ihnen zu Hause, deshalb haben wir selten Kranke über Nacht hier – geschweige denn so besondere.« Betty strahlte vor Freude, wie Kleinstadtbewohner es tun, wenn sie jemand Neues kennen lernen. Estella musste daran denken, dass sie in London nur ein neues Gesicht unter vielen gewesen wäre. Es gefiel ihr, etwas »Besonderes« zu sein, vor allem in ihrer derzeit so düsteren Stimmung, und selbst wenn es nur das Krankenhauspersonal von Kangaroo Crossing war, das sie als so wichtig einstufte.

»Ich bin keine wichtige Persönlichkeit – und ich bin nur kurz in Ohnmacht gefallen. Jetzt fühle ich mich wie eine Betrügerin, weil ich gar nicht ernsthaft krank bin.«

»Sie sind unsere neue Tierärztin, nicht wahr?«

»Ja.«

»Dann werden Sie in der Stadt eine bedeutende Rolle spielen und für die Farmer draußen sehr wichtig sein, glauben Sie mir. Was die Gesundheit betrifft, sage ich immer: lieber Vorsicht als Reue!«

Estella war sprachlos. Bettys Worte standen in krassem Gegensatz zu dem, was sie am Abend zuvor in der Bar gehört hatte, als die Männer sie als Karikatur eines Tierarztes und als nutzlos für die Stadt bezeichnet hatten.

»Aber ich glaube, Dr. Dan hat Sie schon aus dem Krankenhaus entlassen«, fuhr Betty fort. »Schade. Wir hätten eine Tasse

Tee miteinander trinken und eine Süßkartoffel essen können, wenn ich mit meiner Buchhaltung fertig bin.«

»Dazu werden wir sicher noch genügend Gelegenheit haben«, meinte Estella, die sich sehr darauf freute, weil Betty sie irgendwie an Tante Flo erinnerte. Und egal, was Betty sagte – wahrscheinlich würden die Einwohner der Stadt und die Farmer ihre Dienste nicht oft in Anspruch nehmen, was bedeutete, dass sie viel Freizeit hatte.

»Ich glaube nicht, dass sich so bald eine Gelegenheit ergibt«, sagte Betty. »Die Leute werden bei Ihnen Schlange stehen, wenn Sie tüchtig sind – was ich nicht bezweifle. Brauchen Sie noch etwas? Ein paar Handtücher oder noch eine Tasse Tee, bevor ich mit der Buchhaltung anfange?« Betty blickte sich im Zimmer um.

»Ehrlich gesagt, ja«, erwiderte Estella, ebenso überrascht wie erfreut über Bettys nette Worte. »Wo Sie gerade von Handtüchern sprachen – ich musste vorhin daran denken, wie herrlich es wäre, jetzt ein kühles Bad zu nehmen. Aber ich habe schon gehört, dass Wasser hier sehr knapp ist.«

Betty streckte den Arm aus und strich Estella über die Schulter. Ihre Haut fühlte sich rau an, doch die Berührung war sehr tröstlich. »Das stimmt, aber wir haben einen großen Wassertank. Sie können gern ein Bad nehmen«, sagte sie. »Sie sollten die Wanne natürlich nicht bis obenhin füllen, aber nehmen Sie genug, dass Sie sich ordentlich sauber machen können.«

»Wirklich?« Estella strahlte. Sie fühlte sich schrecklich schmutzig und sehnte sich danach, sich das Haar zu waschen.

»Nur zu, das Bad ist direkt gegenüber. Und lassen Sie das Wasser bitte in der Wanne. Kev, mein Mann, holt es später für den Gemüsegarten.«

»Oh ... ja, natürlich.« Estella hatte nicht gewusst, dass das Wasser doppelt verwendet werden musste, und spürte Schuldgefühle, verdrängte sie aber rasch, denn sie hätte es nicht eine

Minute länger ohne ein Bad ausgehalten. Dann dachte sie daran, dass Budjita, der Aborigine, vorhin ohne zu zögern in ihr Zimmer gekommen war, und hoffte, dass die Badezimmertür sich von innen abschließen ließ.

»Kev ist hier der Hausmeister. Um die Wahrheit zu sagen, sind wir beide alt, aber man schätzt unsere Dienste, und wir brauchen Betätigung. Früher hatten wir eine eigene Schaffarm und haben immer viel gearbeitet, da kann man nicht einfach mit der Arbeit aufhören. – Im Schrank neben dem Bett müssten saubere Handtücher sein, wenn Sie noch mehr brauchen sollten, rufen Sie einfach.«

»Vielen Dank, Betty.« Als Estella aufstand, um sich Handtücher zu nehmen, erschien Kylie im Türrahmen. In ihren Shorts und der ärmellosen Bluse, die an ihrer Taille verknotet war, wirkte sie noch jünger als in ihrer Schwesterntracht.

»Hallo, Betty«, sagte sie. »Ich habe gerade Mary Wangajeri die Straße heraufkommen sehen.«

»Na endlich. Ich hoffe, sie hat das Baby mitgebracht. Bei ihm war schon vor einer Woche eine Ohrenkontrolle fällig!«

»Es sah aus, als hätte sie alle ihre Kinder bei sich, aber sie ging in Richtung Bar«, erklärte Kylie. »Sie wirkte ziemlich entschlossen. Wahrscheinlich sucht sie Willie.«

»Sind die Treiber von der *Gunneda Station* in der Stadt?«

»Ja – und Willie ist wahrscheinlich bei ihnen.«

»Ich gehe ihr rasch nach«, meinte Betty. »Würdest du ein paar Minuten auf das Funkgerät achten? Kev ist noch nicht da, und Sarah Thomas wollte sich noch einmal melden, wenn das Fieber beim kleinen Daniel nicht zurückgeht.«

»Natürlich«, erwiderte Kylie. »Aber sei vorsichtig. Du weißt ja, was beim letzten Mal passiert ist, als du zwischen Mary und Willie vermitteln wolltest!«

Betty strich ihr über die Wange. »Ich duck mich schon rechtzeitig. Bis später, Estella!« Damit verließ sie den Raum.

Kylie wandte sich Estella zu, die erschreckt wirkte bei dem Gedanken, dass Betty in einen handfesten Streit zwischen Eheleuten verwickelt werden könnte. »Mary und Willie streiten sich öfter«, sagte Kylie, »aber keine Angst, Charlie wird schon dafür sorgen, dass Betty nichts geschieht.« Ihr Blick fiel auf die Handtücher, und Estella erklärte: »Ich nehme ein Bad, bevor ich gehe.« Ihre Freude schwand, als ihr plötzlich etwas einfiel. »Woher bekomme ich Wasser, wenn ich in Ross Coopers Haus wohne?«

»Hier hat jeder einen Regenwassertank im Hinterhof.«

»Aber es ist doch seit Monaten kein Regen mehr gefallen, nicht wahr?«

»Nein, wir müssen unser Wasser schon seit längerem kaufen.«

»Und wo?«

»Wenn der Diamantina River trocken ist, holt ein Tankwagen das Wasser von Goyders Lagune, und wir füllen es in unsere Behälter um. Ich weiß nicht, wie viel noch in Ross' Tank ist, aber das werden wir gleich herausfinden.«

Eine halbe Stunde später gingen die beiden Frauen gemeinsam zum einstigen Heim Ross Coopers. Estella zählte die Häuser von Kangaroo Crossing. In der eigentlichen »Stadt« gab es genau fünf, jedes an seiner eigenen »Straße«, die in Wirklichkeit ein schmaler, staubiger Weg war. An jeder Abzweigung standen Straßenschilder, die von Gewehrkugeln durchsiebt waren.

Estella schloss aus dieser Bauweise, dass die Stadtgründer damit gerechnet hatten, dass Kangaroo Crossing noch um einiges wachsen würde.

Ross Coopers Haus stand an der Torrens Street, die nach dem Fluss benannt war, der durch Adelaide strömte, wie Kylie berichtete. Das aus Holz und Stein errichtete Haus war im Vergleich zu den anderen von ansehnlicher Größe, doch es wirkte im hellen Licht des Tages schrecklich heruntergekommen. Das Verandadach war teilweise eingebrochen, und der Lack an Dachrinnen, Fensterbrettern und dem Holz war abgeblättert und verblichen, sodass man die ursprüngliche Farbe nicht mehr erkennen konnte. Die rostigen Wellblechschindeln auf dem Dach waren teilweise hochgebogen und voller Löcher, und obwohl die Veranda aus Beton gegossen war, sah es aus, als hätten die weißen Ameisen sich an den senkrechten Trägerpfosten gütlich getan. Estella versuchte, sich das Haus als Heim für sich und ihr Baby vorzustellen, und ihr wurde das Herz schwer.

Bei dem Gedanken, dass Ross offenbar nicht die geringste Anstrengung unternommen hatte, das Gebäude instand zu halten, stieg Zorn in ihr auf. Der so genannte Garten bestand nur noch aus Staub und verdorrtem Unkraut; lediglich einige Termitenhügel unterbrachen die Monotonie dieser Ödnis.

»Hatten Sie dort, wo Sie herkommen, auch so ein Haus, Missus Estella?«, wollte Kylie wissen.

Zuerst war Estella irritiert über diese Frage, dann aber wurde ihr klar, dass Kylie ja nichts über England und die großzügigen Anwesen in Mayfair wissen konnte.

»Ich hatte ein sehr großes Haus und einen schönen Garten mit vielen Blumen ... Glockenblumen, Nelken, Narzissen und Rosen.«

Kylie runzelte die Stirn. »Es muss viel Arbeit sein, sich um ein so großes Haus und einen Garten zu kümmern, Missus.«

Estella verspürte Sehnsucht nach ihrem luxuriösen Heim, doch sie wusste, dass es für sie verloren war – verkauft, um James' Schulden zu begleichen. Wie sollte sie Kylie von Gärtnern und Hauspersonal berichten, ohne gleichzeitig zu erzählen, warum sie schwanger und ohne Haus, Ehemann und Geld dastand? Estella blickte auf Ross Coopers Heim: Sie würde niemanden bezahlen können, der ihr half, die Schäden zu beheben und das Gebäude in Schuss zu halten. Plötzlich wünschte sie sich, das Hause wäre kleiner.

»Das ist ein gutes Haus«, meinte Kylie, die auf der Veranda stand. »Allerdings gibt es immer was zu reparieren. Aber Ross hatte zu viel Arbeit und zu wenig Zeit dafür.«

Sie sah Estella an und las deren Gedanken. »Für Ross waren seine Freunde und die kranken Tiere stets am wichtigsten – ja, so war er«, sagte sie.

Estella musste an James denken und daran, wie oberflächlich und selbstsüchtig er war. Er hätte niemals die Bedürfnisse seiner Freunde und der Tierpatienten über seine eigenen gestellt – er hatte ja nicht einmal Rücksicht auf die seiner Frau genommen! Wäre Estella nicht so wütend auf ihn gewesen, hätte sie vielleicht zum Teil verstanden, was es für James bedeuten musste, alles zu verlieren. Doch es war das erste Mal in ihrem Leben, dass sie keine Sicherheiten mehr besaß, und das versetzte sie regelrecht in Panik.

»Ross hätte für jeden alles getan«, sagte Kylie. »Seine Missus hat ihn verlassen, kurz nachdem sie hierher gekommen waren. Sie wusste wohl nicht, was sie an ihm hatte.«

»Hat er Ihnen jemals von seiner Frau erzählt?«, erkundigte sich Estella, und ihr Herz schlug plötzlich schneller.

»Nein. Er hat nie über sich selbst gesprochen, aber in einer so kleinen Stadt wird viel getratscht. Ich weiß nicht, was aus Ross' Missus geworden ist, aber sie hätte froh sein sollen, einen Mann wie ihn zu haben. Er war still und sanft, nicht wie die schwarzen Männer von den Stämmen. Seit die Weißen ins Land kamen, schlagen sie ihre Frauen ständig.«

»O Gott!«, stieß Estella hervor. »Kann man sie dafür nicht verhaften lassen?«

Kylie schüttelte den Kopf. »Nach dem Gesetz der Aborigines ist es erlaubt, eine Frau zu schlagen, und die Weißen halten sich aus solchen Dingen heraus.«

Estella versuchte, sich ihre Mutter in Ross Coopers Haus

vorzustellen. »Vielleicht hat Ross' Frau das Leben hier draußen einfach nicht ertragen, Kylie. Es ist ganz anders als das Leben in London.«

»Ja, vielleicht, Missus.«

Estella setzte eine tapfere Miene auf und öffnete die Haustür. Sofort wurde sie von dem gleichen Gestank überfallen, der ihr am Abend zuvor schon den Magen umgedreht hatte. Doch an diesem Morgen fühlte sie sich stärker und schaffte es, ins Haus zu gehen, ohne würgen zu müssen. Kylie, die einen Eimer, einen Besen, einen Mopp und ein paar Lappen mitgebracht hatte, folgte ihr.

Bei Tag sah alles noch schmutziger aus als am Abend zuvor. Doch Estella war entschlossen, sich ein Heim zu schaffen, selbst wenn es nur für begrenzte Zeit war. Sie hatte keine andere Wahl; zu diesem traurigen Schluss war sie am Morgen in den ersten Minuten nach dem Aufwachen gekommen.

Kylie warf ihr einen Blick zu. »Sie öffnen am besten die Fenster, Missus Estella, und ich fange in der Küche an.«

»Das kann ich Ihnen nicht zumuten, Kylie!« Während sie sprach, sah sie die Ameisen, die im Spülstein krabbelten, und die Schmeißfliegen, die über dem Tisch summten. Wieder musste sie gegen die aufsteigende Übelkeit ankämpfen.

Kylie entging nicht, wie blass sie geworden war. »Machen Sie die Fenster auf«, beharrte sie. Estella gab schließlich nach, doch sie hasste sich selbst für ihre Unfähigkeit, den Anblick des verschimmelten Essens, die Fliegen und die Ameisen zu ertragen. Sie hätte Kylie gern erklärt, weshalb sie so empfindlich auf Gerüche und Insekten reagierte, die sie sonst nicht gestört hätten, hielt sich jedoch zurück. Schließlich hatte Kylie ihr eben erst erzählt, dass in so winzigen Orten wie Kangaroo Crossing viel getratscht wurde, und damit wäre Estella nicht fertig geworden.

Ohne Zögern machte Kylie sich daran, die Essensreste vom

Tisch in eine mitgebrachte Tüte zu schieben. Sie kratzte auch das schmutzige Geschirr ab und stapelte es auf der Spüle, wobei sie so viele Ameisen totschlug wie möglich. Nachdem sie den Boden gefegt hatte, packte sie sämtlichen Müll in eine große Tüte, die sie dann durch die Hintertür in den Garten trug, wo sie ein Loch grub. Estella trat aus der Tür, gerade als Kylie den Inhalt der Tüte in das Loch kippte. Während sie die Müllgrube wieder zuschüttete, hob sie den Kopf und sah Estellas fragenden Blick. »Die Aborigines geben alles der Erde zurück«, sagte sie ernst, um dann lachend hinzuzufügen: »Dann stinkt es nicht mehr!«

Estella war schon aufgefallen, dass Kylie gern lachte, und sie war ihr dankbar für ihre fröhliche Gesellschaft.

»Lassen Sie uns den Wassertank inspizieren«, schlug sie vor.

Der Regenwassertank befand sich auf der anderen Seite des Hauses, in der Nähe einiger Tierpferche, die offensichtlich für Ross Coopers Patienten gebaut worden waren. Kylie drehte den Deckel an der Seite des Tanks ab, doch es kam kein Tropfen heraus. Das Ablaufrohr war voller Spinnweben, weil es sehr lange nicht benutzt worden war.

»O nein.« Estella seufzte mutlos, während Kylie an verschiedenen Stellen gegen den Tank klopfte. Estella hörte die dumpfen Schläge. »Er ist leer, nicht wahr?« Sie nahm an, dass der Tank ebenso undicht war wie das Dach des Hauses.

»Nein, er scheint halb voll zu sein«, meinte Kylie.

»Wie ist das möglich, wenn nichts aus dem Abfluss kommt?«, fragte Estella. Sie war überzeugt, dass Kylie sich irren musste.

Kylie suchte ein Stück Holz und schlug damit gegen das Abflussrohr. Zuerst geschah gar nichts, und Kylie verstärkte ihre Anstrengungen.

»Es ist kein Wasser darin!«, rief Estella über das Dröhnen der Schläge hinweg. »Ross kann kein Wasser gekauft haben, und falls doch, ist wahrscheinlich alles durch ein Leck gesickert. Bestimmt ist der Tank genauso löchrig wie dieses verdammte Dach und fällt bald auseinander wie alles andere hier.« Sie wusste, dass sie hysterisch war, doch sie konnte nichts dagegen tun. Seit sie erfahren hatte, dass sie schwanger war, und James sie um die Scheidung gebeten hatte, war in ihrem Leben nichts mehr so, wie es sein sollte.

»Ross hat bestimmt Wasser gekauft, als der Tankwagen das letzte Mal in der Stadt war, Missus«, meinte Kylie, ein wenig verwundert über Estellas Mutlosigkeit. So kräftig sie konnte schlug sie auf das Rohr – aus dem plötzlich eine dunkle, undurchsichtige Schlammbrühe schoss.

»Igitt!«, stieß Estella hervor und schüttelte sich. Doch nach dem Schlamm kam Wasser, das rasch klarer wurde.

»Auf dem Boden des Tanks ist es immer schlammig«, meinte Kylie lächelnd.

Estellas Stimmung hob sich, und sie eilte ins Haus, um gleich darauf mit einem Topf zurückzukehren, den sie füllte, um eine Kanne Tee aufzugießen. Nie hätte sie sich träumen lassen, dass sie sich einmal so sehr über den Anblick von Wasser freuen würde. Doch schon im nächsten Moment verwandelte sich ihre Freude in Entsetzen, als sie winzige schwarze Dinge im Topf schwimmen sah.

»Mückenlarven«, sagte Kylie gelassen. »Keine Angst, das haben wir gleich.«

Sie ging ins Haus, und Estella folgte ihr. Als Kylie in sämtlich Küchenschränke schaute, fragte Estella, was sie suche.

»Petroleum«, erwiderte Kylie. »Wenn man einen Tropfen davon auf die Wasseroberfläche gibt, tötet es alle Tierchen ab.«

»Aber schmeckt das Wasser dann nicht schrecklich?«

»Nein. Das Petroleum schwimmt auf der Oberfläche und vermischt sich nicht mit dem Wasser. Wenn die Larven zum Luftholen nach oben kommen, sterben sie. Zugleich ist es die einzige Möglichkeit, die Moskitos daran zu hindern, ihre Eier ins Wasser zu legen.« Stirnrunzelnd sah sie Estella an. »Haben Sie dort, wo Sie herkommen, denn keine Regenwassertanks, Missus?«

»Nein. Wir sind froh, wenn es mal einen Tag lang trocken bleibt.«

Verwundert schüttelte Kylie den Kopf. »Es muss wunderbar sein, immer genügend Wasser zu haben«, sagte sie mit einer Miene, die Entzücken widerspiegelte – beinahe so, als hätte Estella vom Paradies gesprochen.

Diese versuchte sich vorzustellen, wie die Aborigines in der Wüste nach Wasser suchten, doch es gelang ihr nicht. »Ja, wahrscheinlich ist es in der Hinsicht wirklich ein Paradies«, erwiderte sie. Genügend Wasser zu haben, war ihr immer ganz selbstverständlich vorgekommen, doch jetzt überfiel sie die dunkle Vorahnung, dass diese Zeiten vorüber waren.

»Das hier reicht«, meinte Kylie und förderte aus dem Schrank unter der Spüle ein kleines Kännchen Paraffinöl zu Tage.

Das Schlafzimmer und der Behandlungsraum befanden sich in dem aus Stein gebauten Teil des Hauses, in dem es deutlich kühler war als in dem hölzernen Anbau. Estella stand im Türrahmen zum Schlafzimmer ihres Vaters, konnte sich jedoch nicht überwinden, den Raum zu betreten. Das Bett war sorgfältig gemacht, und das Zimmer wirkte ordentlich – wahrscheinlich genau so, wie ihr Vater es am Unglücksmorgen verlassen hatte. Auf dem Bett bemerkte sie eine kleine Mulde. Ob er dort gelegen hatte, als er gestorben war? Estella schauderte. Auf dem Nachttisch lagen mehrere Bücher und Ross' Lesebrille. Estella fand, dass diese persönlichen Dinge ihn in ihrer Vorstellung wirklicher werden ließen, als er es bisher für sie gewesen war.

Plötzlich fühlte sie sich wie ein Eindringling. Ratlos schloss sie die Tür und wandte sich ab.

Der Behandlungsraum dagegen interessierte Estella sehr. Überall lag Staub, doch sämtliche Instrumente, die sie brauchte, waren vorhanden, und in einem Vorratsschrank entdeckte sie Regale voller Medikamente, Impfstoffe und Narkotika. Während Kylie Wasser heiß machte und das Geschirr abwusch, sah Estella den Vorratsschrank durch. Einige Medikamente waren abgelaufen; sonst aber fand sie fast alles, was sie brauchte, einschließlich einiger noch ungeöffneter Kisten, die offenbar nach Ross' Tod geliefert worden waren. Estella musste zugeben, dass ihr Vater in allen Dingen, die seine Arbeit betrafen, gründlich und ordentlich gewesen war – genau wie sie selbst. Zum ersten Mal fragte sie sich ernsthaft, was für ein Mensch Ross gewesen sein mochte, und ob es noch andere Ähnlichkeiten zwischen ihnen gab. Wie im Schlafzimmer fühlte sie auch im Behandlungsraum seine Gegenwart, doch hier war das Gefühl ganz anders, seltsam tröstlich und beruhigend.

Bevor Estella es merkte, waren mehr als zwei Stunden vergangen. Als ihr plötzlich Kylie einfiel, überkamen sie Schuldgefühle, und sie machte sich auf die Suche nach dem Mädchen. Kylie arbeitete noch immer in der Küche, die jetzt makellos sauber war.

»Oh, Kylie, Sie haben ein wahres Wunder vollbracht«, sagte Estella gerührt. Der Spülstein blitzte, der Boden war gewischt, der Herd gescheuert und poliert, und nirgends war auch nur das kleinste bisschen Staub zu sehen. Sogar das Fenster hatte Kylie geputzt. Jetzt wirkte sie ziemlich erschöpft.

»Ich weiß nicht, wie ich Ihnen danken soll«, sagte Estella.

»Der Gestank und die Ameisen sind jedenfalls fort, Missus.« Kylie ließ sich auf einen der Küchenstühle fallen. Sie war schweißüberströmt. »Aber mit den Fliegen werden Sie leben müssen.«

»Dann werde ich sehr viel Insektenspray kaufen«, erwiderte Estella. »Sie gehen jetzt nach Hause und ruhen sich aus. Sie haben genug getan, und ich kann Ihnen gar nicht sagen, wie dankbar ich Ihnen bin.«

»Ja, ich bin wirklich müde, Missus Estella. Aber ich kann morgen wiederkommen, wenn Sie möchten.«

»Danke, aber ich komme schon zurecht. Morgen ist Ihr freier Tag.«

Kylie lächelte. »Ich wollte für ein paar Stunden nach Hause, falls Murphy mich mitnehmen kann.«

»Wie weit ist Ihr Zuhause von hier entfernt?«

»Fünfzig Meilen. Meine Mutter und meine Familie wohnen immer noch in der Nepabunna-Mission.«

»Sie werden sich bestimmt freuen, Sie zu sehen!«, meinte Estella. Sicher vermissten sie Kylies fröhliche Art. »Ach, noch etwas. Bekommt man bei Charlie Cooper im Hotel mittags und abends etwas zu essen?«

Kylie lachte. »Ja, aber seine Karte ist nicht sehr abwechslungsreich – so ähnlich wie bei uns im Krankenhaus. Mittags gibt es nur Sandwiches, Steak oder Corned Beef, abends an Wochentagen entweder Steak oder Lammkotelett mit Bratkartoffeln.«

»Keine Salate oder Gemüse?«

Kylie schüttelte den Kopf. »An den Wochenenden helfen Phyllis Edwards und Marjorie Waitman aus. Während der Pferderennen sind viele Frauen von den Farmen hier, und dann ist das Menü viel reichhaltiger, weil sie ihr selbst gezogenes Gemüse mitbringen.«

»Und wann findet das nächste Rennen statt?«

»In ein paar Monaten.«

Estella freute sich schon jetzt darauf, die Bewohner der umliegenden *stations* und Farmen kennen zu lernen. »Weshalb baut denn in der Stadt niemand Gemüse an, um es zu verkaufen?«

»Weil es sehr schwierig ist, auch nur ein wenig für den Hausgebrauch zu ziehen, wenn man ohnehin nicht genügend

Wasser hat. Die meisten Farmen haben ihre eigenen Brunnen und können deshalb mehr Gemüse anbauen.«

Estella tat, was sie bisher noch nie hatte tun müssen: Sie krempelte die Ärmel hoch und machte sich an die Arbeit. Im Wohnzimmer nahm sie die Vorhänge ab und wusch sie, um sie anschließend, noch feucht, wieder aufzuhängen, weil die Wäscheleine nicht lang genug war. Außerdem hatte sie nicht genügend Wasser zum Ausspülen gehabt, sodass der Fußboden voller Schmutzwasser war, doch in der Hitze und dank des Luftzugs, der vom Fenster hereinwehte, würden die Vorhänge binnen einer Stunde trocken sein. Die Laken und Decken von einem Bett im Abstellraum wusch Estella ebenfalls und nahm dann das schmutzige Wasser, um den Boden zu wischen. Das leinene Bettlaken war in der Mittagssonne in zwanzig Minuten trocken, sodass sie das Bett gleich wieder beziehen konnte.

Estella freute sich, dass alles so rasch voranging. Das Haus wurde zwar nicht unbedingt gemütlich, doch man konnte es schon gut darin aushalten. Als sie wieder auf die Uhr blickte, war es bereits Mittag. Sie hatte solchen Hunger, dass sie fürchtete, wieder ohnmächtig zu werden. Rasch machte sie sich auf den Weg zum Hotel.

Erstaunt stellte sie fest, dass kein einziger Gast in der Bar saß, als sie hereinkam. Die Viehtreiber von der *Gunneda Station* mussten also schon gegangen sein. Charlie spülte Gläser und fluchte dabei auf den allgegenwärtigen Staub.

»Ich dachte, du hättest dich allmählich daran gewöhnt«, sagte sie so laut, dass Charlie erschrak und sie überrascht ansah. Erleichtert stellte er fest, dass sie fröhlicher wirkte als zuvor.

»Ich bin halb verhungert«, sagte sie. »Was gibt es heute zu essen?«

»Ich kann dir ein Steak und ein paar Eier braten«, schlug er entgegen ihren Erwartungen vor.

Estella war so hungrig, dass sie in Versuchung geriet, sein Angebot anzunehmen. »Ist das Steak Rindfleisch?«

»Hättest du lieber Känguru oder Emu? Schmeckt beides sehr gut.«

Estella sah, dass er es ernst meinte. »Danke, ein Sandwich mit Corned-Beef reicht mir vollkommen. Oder gib mir lieber gleich zwei! Ich hab das Haus deines Bruders geputzt und mich dabei hungrig gearbeitet.«

»Das ist gut. Du bist ein bisschen mager für eine Frau, die ...«, er senkte die Stimme, »in Umständen ist.«

»Ich hatte in den ersten Wochen sehr unter morgendlicher Übelkeit zu leiden, aber das scheint zum Glück vorüber zu sein, obwohl ich in einigen Dingen immer noch empfindlich bin. Ich weiß gar nicht, warum es Morgenübelkeit genannt wird – mir war den ganzen Tag schlecht, und das *jeden* Tag, sodass ich ziemlich abgenommen habe. Aber das ist ganz gut so, denn ich möchte noch nicht, dass die Leute von meinem Zustand erfahren.«

»Tut mir Leid, dass du Ross' Haus allein putzen musstest, Estella.«

»Kylie hat mir heute Morgen geholfen. Sie hat die Küche sauber gemacht – blitzsauber!«

»Das war sehr nett von ihr.« Charlie senkte den Kopf, und Estella erriet seine Gedanken.

»Charlie ...«

»Ich habe versucht, zum Haus zu gehen, Estella. Ich bin bis zur Eingangstür gekommen, aber dann konnte ich nicht weiter. Die Stille machte mir Angst. Ross war ein so fröhlicher Mensch. Seine Arbeit hat er sehr ernst genommen, er war immer gut gelaunt und – trotz seines eigenen Kummers.«

Sein Blick sagte Estella, wovon er sprach.

»Wir haben schöne Zeiten miteinander verlebt«, fuhr Charlie fort. »Ross hat nicht so viel getrunken wie ich, aber wenn er ein paar Gläser intus hatte, konnte man verdammt viel Spaß mit ihm haben. Du kannst dir nicht vorstellen, wie sehr ich ihn vermisse.«

»Nein, das kann ich nicht. Aber es tut mir Leid, dass ich gestern Abend so hart über dich geurteilt habe. Inzwischen habe ich begriffen, wie nahe ihr einander gestanden habt ... und in einer so kleinen Stadt verliert man sehr viel, wenn jemand stirbt, mit dem man sich gut versteht.«

Charlie nickte und deutete auf ein Regal mit gerahmten Fotos. »Das da ist Ross, kurz vor seinem Tod.«

Estella blickte auf das Bild. Es war in der Bar aufgenommen und zeigte eine Gruppe Männer, die ihre Gläser erhoben hatten. Estella erkannte Ross auf Anhieb wieder, denn Tante Flo hatte ihr ein Foto von ihm gegeben. Er stand in der Mitte, sah jedoch älter aus als auf dem Foto von Flo. Er schien kleiner gewesen zu sein als Charlie, und seine Haare waren offenbar nicht ganz so grau gewesen. Sein Gesicht war tief gebräunt, und er lächelte ein wenig traurig. Estella stellte fest, dass seine Augen den ihren glichen, auch wenn sie die Farbe nicht erkennen konnte. »Waren seine Augen auch grün, so wie meine?«, fragte sie.

»Ja«, erwiderte Charlie. »Du hast die gleichen Augen wie Ross.« Beide schwiegen verlegen, und Charlie wandte sich zur Seite, als ein verdächtiger Glanz in seine Augen trat.

Plötzlich hörten sie hinter dem Hotel jemanden rufen. Estella war sicher, dass es ein Aborigine war. Sie warf Charlie einen ängstlichen Blick zu, doch seine Miene hellte sich auf, bevor er durch die Hintertür verschwand und Estella allein zurückließ. Kurz darauf kam er mit einer Aborigine-Frau zurück, die er hinter sich herzog. Sie war klein und kräftig, hatte lockiges dunkles Haar und dünne Arme. Die Frau lächelte Estella freundlich an. Estella konnte ihren Unterkörper nicht sehen, weil sie hinter der Bar stand, doch sie hatte schwere, volle Brüste, die von dem staubigen, orangefarbenen Stoff ihres Oberteils nur mit Mühe gehalten wurden.

»Estella, das ist Edna«, sagte Charlie und bedachte die Aborigine mit einem Blick voller Zuneigung. »Edna, das hier ist unsere neue Tierärztin, Estella Lawford.«

»Hallo, Missus«, sagte Edna und musterte Estella ohne Scheu, bevor sie Charlie anlächelte und dabei eine Zahnlücke an jener Stelle entblößte, an der einst ihre vorderen Schneidezähne gewesen waren.

»Freut mich, Sie kennen zu lernen«, gab Estella zurück, fasziniert von der Aborigine, die offensichtlich gerade von einem Streifzug mit anderen Angehörigen ihres Volkes zurückgekommen war. Estella war froh, dass Charlie so freundlich mit ihr umging, denn das konnte nur bedeuten, dass diese Aborigines nicht feindselig waren.

»Mein Mann!«, sagte Edna und legte Charlie eine Hand auf die Brust, als wäre er ihr Eigentum.

Estella war sicher, sich verhört zu haben.

»Sie hat Recht«, bestätigte Charlie mit einem verlegenen Blick. »Edna ist ... meine Frau.« Dabei beobachtete er gespannt Estellas Reaktion.

»Oh!« Estella war so verblüfft, dass ihr für einen Moment die Worte fehlten. »Ich wusste gar nicht, dass du verheiratet bist.«

»Verheiratet? Himmel, nein! Ich verstehe mich großartig mit Edna. Wenn sie *walkabout* geht, komme ich gut allein zurecht, und wir lassen einander unsere Freiheit. Sie stellt keine Ansprüche, wir gehen uns nicht auf die Nerven, und es gibt kein amtliches Stück Papier, das uns aneinander bindet, was mir ganz recht ist.«

»Willst du damit sagen, sie ist deine ... Geliebte?«, fragte Estella entsetzt.

»Sprich nicht so abfällig davon, Estella. Edna ist eine gute Gefährtin. Sie ist unkompliziert. Ich brauche ihr keine Blumen zu schenken oder Pralinen zu kaufen ... ich kann mir all dieses lächerliche Getue sparen, mit dem man sonst Frauen umwirbt.«

»Jede Frau lässt sich gern umwerben«, meinte Estella trotzig.

»Edna braucht solche Schmeicheleien nicht«, gab Charlie zurück.

Edna spürte, dass Estella keine Konkurrenz darstellte, da diese und Charlie sich offensichtlich nicht verstanden. Kichernd ging sie wieder hinaus, wo Estella sie mit anderen Aborigines sprechen hörte.

Charlies Logik – oder gerade das Gegenteil davon – machte Estella sprachlos. Ihr fiel die Andeutung von Tante Flo wieder ein, dass Charlie eigenwillig und unkonventionell sei; jetzt erkannte sie, was Flo damit gemeint hatte. Dann aber sagte sie sich, dass es am besten sei, das Thema zu wechseln. »In Ross' Haus ist noch so viel zu tun, Charlie, und ich weiß nicht, woher ich das Geld für Farbe, neues Wellblech und Holzpfeiler für die Veranda nehmen soll.«

»Marty Edwards hat alles, was du brauchst, in seinem Laden. Und wenn nicht, bestellt er's für dich.«

»Das ist ja alles schön und gut, aber wie ich schon sagte, habe ich ein Geldproblem. Ich muss arbeiten, um die Mittel zusammenzukriegen, die ich brauche. Ich möchte, dass das Haus wohnlich ist, wenn das Baby kommt.«

»Ich habe dir doch gestern schon gesagt, Estella, dass du einfach alles anschreiben lässt und bezahlst, wenn du das Geld hast. Das tun hier alle. Ich würde dir gern helfen, aber ich habe die gleichen Probleme wie du und warte oft Monate auf Bezahlung.«

»Ich würde mich nur sehr ungern verschulden.« Estella wollte ihm nicht sagen, dass Schulden der Hauptgrund für das Scheitern ihrer Ehe gewesen waren – das hatte James zumindest behauptet.

»Aber das ist hier draußen die einzige Möglichkeit. Wenn du tatsächlich eine Arbeit bekommst, dann erwarte nicht, mit Bargeld entlohnt zu werden. Hier hat niemand einen Penny –

erst wenn er Getreide oder Vieh verkaufen kann. Hier ist man monatelang arm, dann ein paar Tage lang reich, und dann bezahlt man seine Schulden und ist wieder arm. So geht's hier jedem.«

Estella sagte betrübt: »Ich weiß ja nicht einmal, ob es bei mir mit der Arbeit gut geht. Niemand hier wird mich akzeptieren, geschweige denn, mich dafür bezahlen, dass ich für ihn arbeite.«

»Die Leute glauben nicht, dass du tatsächlich hier bleibst, Estella.« Charlie verschwieg ihr wohlweislich, dass die Männer bereits Wetten abschlossen, wie lange sie durchhielt. Er war froh, dass sie die Tafel hinter ihm noch nicht entdeckt hatte, auf der die Daten und Wetteinsätze notiert waren.

»Wirklich? Wie lange hat Murphy mir denn gegeben? Eine Woche – oder sogar zwei?«

Unwillkürlich wandte Charlie sich um und blickte auf die Tafel. »Zwei Wochen«, sagte er und hätte sich im selben Moment ohrfeigen können, denn Estella war seinem Blick gefolgt.

Während sie mit zusammengekniffenen Augen auf die Tafel starrte, meinte sie: »Du musst mir erlauben, die Wetten eigenhändig abzuwischen, wenn ich bleibe, einverstanden?«

Charlie nickte. Wenn Estella durchhielt, hatte sie jedes Recht dazu.

»Wenn ich nur ein bisschen Geld oder Vernunft hätte, würde ich allerdings nicht bleiben«, sagte Estella. »Die Männer, die gestern Abend hier waren, haben mir jedenfalls das Gefühl gegeben, höchst unwillkommen zu sein.«

»Vielleicht ist es ja ein guter Anfang, das Haus instand zu setzen.« Und deine Meinung öfter für dich zu behalten, wäre auch hilfreich, fügte Charlie in Gedanken hinzu. »Dann wüssten die Leute in der Stadt, dass du es ernst meinst.«

»Vielleicht hast du Recht. Die Leute würden mich ernster nehmen, wenn sie wüssten, dass ich auf Dauer bleiben will. Und sie würden sich mit der Zeit daran gewöhnen, dass ich

Ross' Platz einnehme.« Sie senkte den Kopf, denn ihr war klar, dass sie niemals seinen Platz in den Herzen der Menschen einnehmen würde. »Aber dann sollte ich die Leute auch nicht länger belügen. Ich sollte ihnen sagen, wer ich bin.« Sie lächelte müde. »Es wäre die Sache schon deshalb wert, um ihre Gesichter zu sehen.«

Charlie erschrak. Wenn Estella das wirklich tat, würde er selbst in Kangaroo Crossing in Ungnade fallen, weil er seine Freunde getäuscht hatte. Sie würden erkennen, dass er über Estella Bescheid gewusst hatte, und wütend auf ihn sein, dass er es ihnen verschwiegen hatte. »Estella«, sagte er beschwörend, »in dieser Stadt hat jeder seine Geheimnisse. Du glaubst doch nicht, jemand würde freiwillig an einem Ort wie Kangaroo Crossing leben, wenn er nicht vor etwas davonläuft? Das solltest gerade du wissen!«

»Es leben doch keine gefährlichen Kriminellen hier?« Sie legte die Hand wie beschützend auf ihren Leib.

»Aber nein, so habe ich es nicht gemeint. Viele Leute hier haben persönliche Tragödien erlebt und Schicksalsschläge hinnehmen müssen ... Dinge, wie auch du sie durchgemacht hast.«

»Ich möchte nicht, dass jemand davon erfährt, Charlie.«

»Ich bin sicher, das geht den anderen auch so.«

Estella dachte an Dan Dugan und Michael Murphy. Bei ihnen konnte sie sich gut vorstellen, dass sie Geheimnisse hatten. Kylie dagegen schien ein offenes Buch zu sein, und Betty war freundlich und warmherzig. Doch sie hatte Bettys Mann Kev noch nicht kennen gelernt, ebenso wenig Phyllis und Marty Edwards, die ebenfalls in der Stadt wohnten.

Estella blickte ihren Onkel nachdenklich an. »Wie alt bist du, Charlie?«

»Fast fünfzig«, erwiderte er, während er sich aufrichtete und vergeblich versuchte, seinen stattlichen Bierbauch einzuziehen.

»Dann bist du nicht zu alt, um körperlich zu arbeiten, nicht wahr?«

»Aber nein!«, gab er beinahe gekränkt zurück und fügte nach einigem Nachdenken hinzu: »Was meinst du damit?«

»Nun, ich kann schlecht selbst aufs Dach klettern, um das Wellblech zu erneuern. Und da es deine Idee war, dass ich nach Kangaroo Crossing komme, wäre es nur recht und billig, wenn du mir dabei hilfst, das Haus deines Bruders zu renovieren.«

»Aber ich muss mich um die Bar und das Hotel kümmern!«, stieß Charlie hastig hervor, dem der Gedanke, in der Sonnenglut im Freien zu arbeiten, ganz und gar nicht behagte.

»Wenn du tagsüber nur Gläser polierst, kannst du doch ein paar Stunden für das Haus erübrigen, nicht wahr?«

Charlie verzog das Gesicht, widersprach ihr aber nicht.

»Der Gedanke, Schulden zu machen, widerstrebt mir immer noch«, fuhr Estella fort, die ebenso entschlossen war, einen Ausweg zu finden, wie Charlie. »Besitzt Marty Edwards Haustiere oder Nutzvieh, das ich behandeln könnte?«

»Nein. Es sei denn, man würde Stargazer mitzählen – und für den kommt wohl jede Hilfe zu spät.«

»Stargazer?« Estella hoffte, dass es sich nicht um einen der Furcht einflößenden Brahman-Bullen handelte, von denen sie Fotos gesehen hatte.

»Er war eines der besten Rennpferde bei den Buschrennen in ganz Australien.«

Estella entspannte sich. Sie mochte Tiere im Allgemeinen, doch mit Pferden war sie aufgewachsen und liebte sie besonders.

»Stargazer hat drei Jahre hintereinander die Picknick-Rennen von Kangaroo Crossing gewonnen. Dann hat Marty ihn zu einer rossigen Stute gebracht, und er hat sich am Rücken verletzt. Ross hat alles versucht, ihm zu helfen, aber Marty hat ihm nicht erlaubt, den Hengst zu behandeln. Und dann kam dieser Unfall ... Marty war entschlossen, Stargazer einschläfern zu lassen, aber seine verstorbene Frau hatte den Hengst sehr gern, deshalb hat er sich dann doch nicht überwinden können ...«

»Es gibt viele mögliche Gründe für Rückenprobleme bei Pferden«, sagte Estella. »Weißt du zufällig, ob es an der Wirbelsäule lag, oder ob es eine Muskelverletzung war?«

»Darüber kann ich dir nichts sagen. Da musst du in deinen ... in Ross' Akten nachsehen. Ich weiß, dass er immer alles aufgeschrieben hat.«

»Das werde ich tun. Ich weiß zwar nicht, ob ich Stargazer helfen kann, aber ich werde ihn mir auf jeden Fall anschauen.«

»Das wird Marty dir bestimmt nicht erlauben. Er hat viel zu viel Angst, schlechte Nachrichten zu hören ...«

»Ich hoffe, er lässt das Pferd nicht unnötig weiter leiden. Wo hat Marty seinen Stall?«

»Hinter dem Geschäft. Aber er wird dir nicht erlauben, Stargazer zu untersuchen, Estella.«

»Das lass nur meine Sorge sein!«

8

Teddy Hall nahm den Hut ab und kratzte sich am Kopf. Auf seiner Stirn standen Schweißtropfen. »Das ist jetzt meine fünfte Kuh, die in dieser Woche ihr Kalb verliert«, sagte er. Staub wirbelte über die Koppel, in deren Mitte der leblose Kalbsfötus lag. Die Mutterkuh stand einige Schritte weiter, als hielte sie die Totenwache. »Ich weiß mir keinen Rat mehr, John – das kann doch kein Zufall sein!«

John Matthews, der Besitzer einer der Nachbarfarmen, stand neben Teddy an dem Brunnen, den sie gemeinsam nutzten. »Ich verstehe es auch nicht«, sagte er. »Ich selbst habe zwar noch keine Kälber verloren, aber irgendwas stimmt da nicht. Wir könnten die anderen Farmer fragen, ob sie auch Probleme gehabt haben – oder du könntest diese Tierärztin anrufen.«

Teddy sah John stirnrunzelnd an. »Kein Grund, gleich schwere Geschütze aufzufahren. Vielleicht haben die Kühe bloß irgendwas gefressen, das sie nicht vertragen. Bei der Dürre fressen sie aus Verzweiflung auch Pflanzen, die sie normalerweise nicht anrühren.«

»Stimmt schon, aber es würde trotzdem nichts schaden, die Tierärztin zu rufen. Du hast schon genug Vieh durch den Futtermangel verloren – wie wir alle.«

»Und du hast Ross Coopers Nachfolgerin noch nicht kennen gelernt. Sie ist unverschämt jung, eine Stadtpflanze wie aus dem Bilderbuch und schrecklich eingebildet. Außerdem ist sie mager wie ein Waisenkind – ein kräftiger Tritt, und sie segelt über die Koppel wie 'ne Staubwolke, die der Wind aufwirbelt.« Er starrte finster vor sich hin. »Eins ist sicher. Sie wäre niemals kräftig genug, einer meiner Kühe zu helfen, wenn's beim Kalben Schwierigkeiten gibt.«

»Ich hab von Bert alles über sie erfahren. Aber selbst wenn sie frisch von der Universität kommt, muss das kein Nachteil sein. Immerhin weiß sie dann wahrscheinlich alles über die neuesten Impfungen und Krankheiten ...«

»Unsinn. Was kann jemand aus London schon über australische Rinder wissen?«

»Hast du vergessen, dass Ross ebenfalls aus London kam?«

Teddy hatte es tatsächlich vergessen. Ross war so lange im Outback gewesen, dass er den Leuten australischer erschienen war als die Aborigines. »Das mag ja sein, aber es ist lange her, und Erfahrung kann man durch nichts ersetzen; diese Miss oder Mrs. Lawford hat keine. Nein, um die Sache kümmere ich mich lieber selbst. Die Lady war noch keine fünf Minuten in der Stadt, da hat sie Dan Dugan schon ›unverantwortlich‹ genannt.«

»Ja, ich hab davon gehört.«

»Solche Leute wie sie brauchen wir hier nicht. Je eher sie dahin zurückgeht, woher sie gekommen ist, desto besser!«

»Vielleicht, Teddy. Aber wenn das hier so weitergeht, *musst* du Hilfe bekommen.«

Estella beschloss, Ross' Akten zu lesen, bevor sie Marty wegen Stargazer ansprach. Sie hatte die Papiere kurz durchgesehen, als sie den Behandlungsraum und das kleine Büro gereinigt hatte, und dabei festgestellt, dass ihr Vater, was seine Aufzeichnungen betraf, genauso ordentlich gewesen war wie bei seiner übrigen Arbeit. Als Estella die Akten zu lesen begann, stellte sie fest, dass Ross auch kurze Anekdoten über die Besitzer seiner tierischen Patienten hinzugefügt hatte. Bei einigen seiner Kommentare musste sie schmunzeln: Offensichtlich war er manchmal der Meinung gewesen, die Besitzer hätten eher Hilfe nötig als die Tiere. Doch Stargazers Geschichte klang sehr viel ernster.

In der Akte waren als Erstes einige harmlose Verletzungen und Hautprobleme aufgeführt, die Stargazer sich im Lauf der Jahre zugezogen hatte. Estella freute sich zu sehen, dass Marty Edwards sehr besorgt um die Gesundheit seines Pferdes gewesen zu sein schien. Ross' Aufzeichnungen nach zu urteilen war er sogar fast übermäßig penibel gewesen. Deshalb verstand Estella umso weniger, weshalb diese Fürsorglichkeit nach Stargazers letzter Verletzung plötzlich verschwunden war. Sie las weiter und stellte fest, dass man das Pferd überhaupt nicht mehr behandelt hatte. Ross hatte Marty geraten, Stargazer nach Alice Springs zu bringen und ihn röntgen zu lassen, doch Marty hatte weder das Geld für die Fahrt noch für die Behandlung gehabt. Ross hatte Marty angeboten, ihm auszuhelfen, doch Marty hatte dieses Angebot beharrlich abgelehnt. Das konnte nur bedeuten, dass die Kosten nicht der Hauptgrund für seine Weigerung waren. Das eigentliche Problem musste tiefere Ursachen haben. Während sie die Aufzeichnungen las, vermeinte Estella, Ross' Enttäuschung und Hilflosigkeit förmlich zu spüren. Er hatte eine Muskelverletzung diagnostiziert und geschrieben, dass er zum Zeitpunkt der Verletzung zugegen gewesen sei. Seiner Meinung nach war es nicht mehr als eine Muskel- oder Sehnenzerrung gewesen, doch das linke Vorderbein und die Hüfte des Pferdes waren seitdem stark geschädigt, und das hatte ihn sehr erstaunt.

Estella war erleichtert, dass Stargazers Problem wahrscheinlich mit der Muskulatur zu tun hatte, denn solche Verletzungen konnte sie behandeln. Auf der anderen Seite beunruhigte es sie, dass das Pferd sich offensichtlich weder berühren ließ noch zu irgendeiner Mitarbeit bereit war. Stargazer litt entweder unter starken Schmerzen oder an einem psychischen Trauma, das viel schwieriger zu heilen sein würde.

Estella machte sich auf den Weg und betrat den Gemischtwarenladen, bewaffnet mit einer Liste all jener Dinge, die sie zur Renovierung des Hauses benötigte. Sie hoffte inständig, mit Marty Edwards zu einer Einigung zu kommen, da sie sich sehr ungern verschuldete. Vor allem aber hatte sie der Ehrgeiz gepackt, Stargazer zu helfen. Sie betrachtete die Behandlung des Pferdes als persönliche Herausforderung; außerdem war sie aufgebracht, dass Stargazer bisher nicht die Hilfe bekommen hatte, die er brauchte.

Charlie hatte nicht übertrieben, als er sagte, dass Marty alles verkaufte, was man sich denken konnte. Estella musste sich vorsichtig durch einen schmalen Gang zwischen Töpfen, Pfannen, Küchengeräten, Dosen, Stoffballen und Säcken mit Reis und Getreide hindurchwinden, um zum Ladentisch zu gelangen. Auf diesem wiederum stapelten sich Keksdosen und Käse, Gewürze und Brot. Phyllis, eine Frau Ende zwanzig mit dunklem, schulterlangem Haar und herben Zügen, war gerade mit einer Kundin beschäftigt, während Marty über Papieren saß. Er war ein schlanker Mann mit braunen Haaren, in die sich schon graue Strähnen mischten.

»Guten Tag«, sagte Estella so fröhlich sie konnte.

Marty, Phyllis und die Kundin blickten auf und musterten Estella ungeniert von oben bis unten. Ihr Mangel an Takt verblüffte Estella: Im Vergleich dazu waren die Engländer sehr zurückhaltend.

»Guten Tag«, erwiderten alle zugleich.

»Ich bin Estella Lawford, die neue Tierärztin«, stellte Estella sich vor, während sie die drei nacheinander anblickte. Sie hatte auf einen freundlichen Willkommensgruß gehofft, doch es überraschte sie nicht sehr, dass ihre Hoffnungen enttäuscht wurden.

»Das wissen wir bereits«, erklärte Phyllis. »Wir hatten Sie schon erwartet.« Die Kundin und Marty schwiegen, doch Estella hatte das sichere Gefühl, dass sie schon ausgiebig über sie geredet hatten.

»Ich bin Phyllis Edwards. Das ist mein Vater Marty, und dies ist Marjorie Waitman, unsere Postvorsteherin. Marjories

Mann ist Angestellter bei der Bank von Queensland und betreibt eine kleine Zweigstelle im Anbau des Postamts.«

»Es freut mich sehr, Sie alle kennen zu lernen«, sagte Estella. »Um ehrlich zu sein, das Postamt habe ich noch gar nicht entdeckt.«

Marjorie zog die Augenbrauen hoch und sah Phyllis an. »Wir sind im früheren Jockey-Club. Aber den werden Sie wohl auch nicht kennen, stimmt's?« Sie erwartete erst gar keine Antwort auf diese Frage. »Wir brauchen nicht viel Platz – obwohl ich immerhin die Post für fünfundzwanzig Familien draußen auf den *stations* und Farmen, für die Einwohner der Stadt und für das Krankenhaus sortiere.«

Auf Estella machte Marjorie den Eindruck einer hochnäsigen Wichtigtuerin. Sie konnte sich gut vorstellen, wie Marjorie die Poststempel auf den Briefen genauestens musterte und Mutmaßungen über deren Inhalt anstellte.

»Haben Sie sich schon ein wenig eingewöhnt?«, wollte Phyllis wissen. »Wir hatten eigentlich gedacht, wir würden Sie schon eher hier sehen, wegen der Milch und all der Dinge, die man so braucht ...«

»Sie war seit ihrer Ankunft im Krankenhaus«, antwortete Marjorie für Estella und bestätigte damit deren Meinung über sie.

»Oh«, sagte Phyllis. »Waren Sie krank?«

Marjorie, Phyllis und Marty blickten Estella – die es unglaublich fand, wie unverblümt man sie ausfragte –, erwartungsvoll an.

»Es war meine erste Flugreise. Mir war übel, und ich fühlte mich elend. Das ist aber auch schon alles«, erklärte Estella und war sicher, die anderen zu enttäuschen, die bestimmt gehofft hatten, ihre Krankheit sei spektakulärer gewesen. Sie war unendlich dankbar, dass nur Charlie etwas von ihrer Schwangerschaft wusste.

»Sie hat einen lustigen Akzent, nicht wahr?«, sagte Marjorie zu Phyllis, als sei Estella unsichtbar. »Tja, ich mache mich jetzt besser auf den Heimweg, sonst meint Frances noch, ich hätte mich verlaufen.« Sie lachte über ihren eigenen Scherz. »Bis später!«

Dann wandte sie sich an Estella. »Viel Glück, meine Liebe«, sagte sie mit einem Seitenblick zu Phyllis, der mehr als deutlich ausdrückte, dass Estella dieses Glück brauchen würde. Dann nahm sie die Tasche mit ihren Einkäufen und verließ eilig das Geschäft.

Estella hätte beinahe den Mut verloren und wäre Marjorie gefolgt, dann aber dachte sie an Stargazer. »Ich würde gern etwas mit Ihnen besprechen«, sagte sie zu Marty.

»Um was handelt es sich denn?«, fragte er und musterte sie mit einem stählernen Blick seiner blauen Augen. Estella wünschte, er würde lächeln oder wenigstens nicht ganz so förmlich sein.

»Ich ...«

Die Tür wurde geöffnet, und ein junges Aborigine-Mädchen kam in den Laden. »Hallo, Phyllis«, rief es. Estella bemerkte, dass Phyllis über diese Unterbrechung nicht eben erfreut schien: Sie war viel zu neugierig, was die Tierärztin aus England von ihrem Vater wollte.

»Ich habe wieder meine Bleistifte verloren«, rief das junge Mädchen, das ungefähr vierzehn Jahre alt und schlaksig, aber recht hübsch war.

»Du kommst schon wieder zu spät zur Arbeit, Cassie«, rief Phyllis ungehalten.

»Tut mir Leid«, gab das Mädchen zurück, doch ihr Schulterzucken verriet, dass Pünktlichkeit ihr nicht wichtig war. Als sie Estella sah, starrte sie diese mit unverhohlener Neugier an.

»Diese Lady ist unsere neue Tierärztin, Cassie«, erklärte Phyllis, die ein wenig verlegen wegen Cassies Verhalten schien.

»Hallo, Cassie. Ich bin Estella Lawford. Freut mich, dich kennen zu lernen.«

»Guten Tag, Missus«, gab Cassie lächelnd zurück.

»Nun geht schon, ihr zwei«, forderte Marty seine Tochter und Cassie auf.

Zögernd verschwand Phyllis mit dem Aborigine-Mädchen in einem der hinteren Räume. Estella fiel wieder ein, was Kylie ihr erzählt hatte: Phyllis hatte einigen Aborigine-Mädchen das Lesen und Schreiben beigebracht. Sofort stieg die junge Frau in Estellas Achtung: Phyllis musste sehr engagiert sein, besonders, wenn die Schülerinnen kamen und gingen, wie es ihnen gefiel. An der Wand hinter dem Tresen entdeckte Estella zwischen Dutzenden von Werbeplakaten drei Fotos von Pferden, jedes mit einer Jahreszahl darunter. Die Bilder stammten aus drei aufeinander folgenden Jahren, und Estella dachte daran, was Charlie ihr gesagt hatte: Es musste sich um die Picknick-Rennen von Kangaroo Crossing handeln, auf jedem Foto ging Stargazer als Erster durchs Ziel. Er war ein wunderschönes Tier – gut einsachtzig groß, schätzte Estella, und kräftig, mit glänzendem, hellbraunem Fell und einer weißen Blesse auf der Stirn.

»Wie kann ich Ihnen helfen?«, fragte Marty in dem offensichtlichen Versuch, ihre Aufmerksamkeit von den Fotos abzulenken.

»Ich brauche Farbe, Holz und dergleichen«, erwiderte Estella. »Ich werde in Ross Coopers Haus wohnen, und dort stehen dringende Reparaturen an.«

»Ich verstehe. Hört sich ganz so an, als hätten Sie wirklich vor, in Kangaroo Crossing zu bleiben, wenn Sie Ross' Haus und seine Praxis in Beschlag nehmen«, entgegnete Marty, dessen Ton leise Missbilligung verriet. Dass sie Ross' Platz als Tierarzt einnahm, schien ihn nicht zu stören, doch Ross' Haus in Besitz zu nehmen, überschritt in Martys Augen offensichtlich die Grenzen des guten Geschmacks.

»Der Behandlungsraum ist vollständig eingerichtet, da bietet es sich doch an, nicht wahr?«, meinte Estella in der Hoffnung, ihn zu überzeugen. »Ich bin sicher, Ross hätte nichts dagegen.«

Marty starrte sie einen Augenblick lang schweigend an, bevor er seine Aufmerksamkeit der Liste zuwandte. »Sie haben die Maße für die Holzpfeiler nicht aufgeschrieben. Aber das meiste von dem, was Sie brauchen, habe ich vorrätig.« Er hob den Blick von der Liste und sah Estella an. »Was ich nicht hier habe, kann ich Ihnen bestellen. Es wird allerdings eine oder zwei Wochen dauern, bis die Ware kommt.«

»Danke. Wissen Sie, ich ...« Estella fühlte wieder Nervosität in sich aufsteigen. »Ich hatte gehofft, wir könnten eine Vereinbarung treffen ...«

»Ich verstehe schon. Wenn Sie in Kangaroo Crossing bleiben, kann ich das, was Sie kaufen, gern für Sie anschreiben«, sagte Marty. »Ich wäre allerdings dankbar, wenn Sie jeden Monat wenigstens einen kleinen Betrag bezahlen. Das würde es mir leichter machen, den Betrieb aufrechtzuerhalten.«

»Das war nicht ganz das, woran ich dachte ...«

»Ach ja? Dann sollten Sie mir vielleicht sagen, woran Sie dachten.«

Estella tat einen tiefen Atemzug. Marty war nicht gerade der warmherzigste Mensch, dem sie je begegnet war, und sein geschäftsmäßiger Tonfall machte sie nervös. »Ich habe gehört ... also ... jemand hat mir erzählt, dass Sie ein Pferd besitzen, das schon lange verletzt ist ... ein Rennpferd.« Sie blickte wieder auf die Fotos.

»Da haben Sie falsch gehört«, erwiderte Marty kühl.

Estella starrte ihn erschrocken an. »Dann haben Sie Stargazer einschläfern lassen?«

»Nein!« Marty wurde blass und blickte auf seine Bücher hinunter. »Ich spreche mit Fremden nicht über mein Pferd. Wenn es Ihnen nichts ausmacht ...«

»Ich habe Stargazers Akte gelesen, und ich glaube, ich kann ihm helfen!«

Marty sah wieder auf, doch im Blick seiner blauen Augen stand eisige Ablehnung. »Sie haben ihn ja nicht einmal gesehen.«

»Ich weiß. Aber es hat in letzter Zeit gerade in der Behandlung von Muskelverletzungen große Fortschritte gegeben.«

»Stargazer hat mehr als eine bloße Muskelverletzung!«

»Woher wissen Sie das?«

»Hören Sie, niemand kann ihm helfen. Wenn Sie mir also nichts anderes zu sagen haben ... Ich muss arbeiten.«

»Ich kann Ihre Gefühle ja verstehen. Aber ich biete Ihnen meine Dienste ohne Bezahlung an – für den Fall, dass ich keinen Erfolg habe. Falls ich ihn heilen kann und er wieder Rennen läuft ...«

»Rennen laufen? Stargazer wird nie wieder Rennen laufen. Himmel, er kann ja kaum stehen!«

»Dann hat er schon viel zu lange gelitten!«, stieß Estella hervor.

Marty starrte sie an, und sie spürte, dass sie soeben seinen schlimmsten Albtraum hatte Wirklichkeit werden lassen, indem sie ihn indirekt der Tierquälerei bezichtigte. »Ich wollte Sie nicht ...«

»Verlassen Sie sofort mein Geschäft!«, sagte er zornig.

»Hören Sie sich meinen Vorschlag doch wenigstens bis zu Ende an! Mir wurde gesagt, dass die Rennen in ungefähr acht Wochen stattfinden. Wenn Stargazer teilnimmt und siegt, möchte ich, dass Sie meine Rechnungen zerreißen. Wenn er nicht teilnehmen kann, bezahle ich Ihnen jeden Penny, den ich Ihnen schulde!«

Marty sah sie an, als hätte sie den Verstand verloren. Er hatte das Pferd offensichtlich aufgegeben. Jetzt stiegen auch in Estella leise Zweifel auf. Schließlich hatte sie in der Praxis noch nie probiert, was sie mit Stargazer versuchen wollte. Doch sie besaß keinen Penny und brauchte Martys Einwilligung, das Tier behandeln zu dürfen. Und sie *musste* Erfolg haben.

»Ich sage es Ihnen nur einmal, und dann möchte ich nie wieder etwas davon hören«, erklärte Marty. »Stargazer wird nie mehr Rennen laufen – das bringt keiner fertig. Ross Cooper war für mich der beste Tierarzt Australiens, und was er mit all seiner Erfahrung nicht geschafft hat, werden Sie als blutige Anfängerin ganz bestimmt nicht schaffen!«

Estella lag die Erwiderung auf der Zunge, dass Ross' Aufzeichnungen zufolge Marty selbst verhindert hatte, dass dem Tier geholfen wurde. Doch sie wusste, dass es keinen Sinn gehabt hätte. Sie wandte sich um und verließ den Laden. Nie zuvor hatte sie sich so sehr als Versagerin gefühlt.

In gedrückter Stimmung schlenderte sie die Hauptstraße entlang und wünschte sich nichts sehnlicher, als Kangaroo Crossing so schnell wie möglich zu verlassen. Einen Augenblick lang erwog sie, Charlie um das Geld für die Reise zu bitten, doch dann fiel ihr ein, dass er nach eigener Aussage selbst hoch verschuldet war. Also gab es keinen Ausweg aus ihrem Dilemma. Sie konnte nicht zurück in ihre Heimat. Was hatte sie nur aus ihrem Leben gemacht? Wie hatte sie in eine Stadt ziehen können, über die sie nichts wusste, ohne eine sichere Möglichkeit, sich ihren Lebensunterhalt zu verdienen? Zutiefst deprimiert ging sie zur Bar.

Charlie war damit beschäftigt, die Theke zu polieren. »Ich sehe dir schon an, was geschehen ist. Marty wollte dich nicht mal in dic Nähc von Stargazer lassen.«

Estella kämpfte gegen Tränen an. »Ich wusste, dass es nicht einfach wird. Aber ich hätte nie gedacht, dass ich Marty überreden muss, mich einem Pferd helfen zu lassen, an dem ihm etwas liegen müsste! Ich habe ihm sogar angeboten, ohne Bezahlung zu arbeiten! Was kann ich noch tun?«

»Wenn es dich tröstet – Ross ist es mit Marty oft genauso ergangen.«

Estella blickte ihn verwundert an. »Wirklich?«

»Ross sagte immer, seine Tierpatienten seien leichter zu verstehen als ihre Besitzer.«

Estella fielen Ross' Aufzeichnungen wieder ein. Bei dem Gedanken, dass er vor den gleichen Schwierigkeiten gestanden hatte, fühlte sie sich ein wenig besser. Und er hatte Recht gehabt. Wenn ein Tier Hilfe brauchte, sollte es sie bekommen! »Stargazer steht hinter dem Laden, sagtest du?«

»Ja, im hinteren Teil des Gartens, unter einem Baum. Aber ich glaube nicht, dass es klug wäre, den Hengst ohne Martys Einwilligung zu untersuchen, Estella.«

»Ich will ihn mir nur ansehen. Dafür brauche ich keine Erlaubnis.«

Charlie blickte sie zweifelnd an.

»Ich werde ihn nur streicheln, sonst nichts, ich schwör's.«

»Er hat fast ein Jahr lang niemanden auch nur in seine Nähe gelassen, also wäre ich an deiner Stelle vorsichtig – besonders in deinem Zustand.«

»Ich werde vorsichtig sein, Charlie, das verspreche ich dir.«

Der Boden hinter dem Gemischtwarenladen war leicht abfallend, und auf der eingezäunten Koppel stand ein einzelner Baum, unter dem sich der Stall befand. Als Estella an dem hölzernen Zaun entlang zum Stall ging, sah sie, dass am unteren Ende der Koppel kein Pferdedung lag, dafür aber umso mehr unter dem riesigen Eukalyptusbaum, der den Stall beschattete. Das bedeutete, dass Stargazer sich nur im oberen Teil des Geländes aufhielt. Estella schloss daraus, dass das Gehen auf unebenem Grund ihm Schmerzen verursachte.

Als sie auf gleicher Höhe mit dem Eingang zum Stall war, sah sie Stargazer und erschrak bei seinem Anblick. Sie musste an die Bilder im Laden denken. Es war kaum zu glauben, dass das Pferd auf den Fotos und dieses Tier ein und dasselbe sein sollten. Wäre die Blesse nicht gewesen, die die Form eines Diamanten besaß, hätte Estella es nicht für möglich gehalten. Stargazers Fell war so stumpf und staubig, dass man die ursprüngliche braune Farbe nicht mehr erkannte. Er stand mit hängendem Kopf da. Hunderte Fliegen schwirrten um seine Nüstern, die Augen und die Ohren, die schon ganz zerbissen waren. Mähne und Schwanz waren verfilzt, die Hufe rissig. Er bot einen Mitleid erregenden Anblick, der Estella zornig machte. In ihren Augen war es ein Verbrechen, ein Tier so zu vernachlässigen.

Sie betrachtete den Hengst, und Tränen strömten ihr über die Wangen. Apathisch erwiderte Stargazer ihren Blick. Schließlich wischte sie sich energisch die Tränen ab, weil sie fürchtete, dass das Tier ihre Trauer spürte. »Du hast aufgegeben, nicht wahr?«, sagte sie leise, die Stimme rau vor Erschütterung. »Du siehst keine Zukunft mehr für dich.« Sie schlüpfte zwischen den Zaunlatten hindurch – und prompt legte Stargazer die Ohren an. Estella dachte an ihr Kind, doch sie *musste* versuchen, dieser geschundenen Kreatur zu helfen. »Du glaubst es jetzt bestimmt noch nicht, doch es kann sein, dass du eines Tages wieder Rennen läufst. Aber damit das möglich wird, musst du mit mir zusammenarbeiten und mir helfen.«

Estella ahnte nicht, dass ein sehr zorniger Marty Edwards sie von der Hintertür des Ladens aus beobachtete. »Dann muss sie eben auf die schmerzliche Art erfahren, dass Stargazer keine Gesellschaft will«, murmelte Marty. Während Estella mit dem Pferd sprach, machte sie mehrere kleine Schritte auf Stargazer zu, um dann auf halbem Weg zwischen Zaun und Stall stehen zu bleiben.

»Du lieber Himmel, was tut diese Verrückte?« Marty eilte den Hügel hinauf.

»Komm schon, Stargazer«, sagte Estella. Das Pferd schnaubte, und sie zuckte zusammen. Der Hengst hielt die Ohren weiterhin angelegt, doch Estella war sicher, dass er mehr Angst hatte als sie selbst. Sie erinnerte sich ihrer Kindheit, die sie mit ihrer Mutter und Marcus Woodsworth verbracht hatte. Marcus war vor dem Krieg ein bekannter Züchter von Vollblütern gewesen, und Estella hatte fast jede freie Minute in den Ställen verbracht. Marcus hatte ihr beigebracht, die Körpersprache der Pferde zu deuten; deshalb war sie jetzt ziemlich sicher, dass Stargazer sie nicht angreifen würde. »Komm, Junge«, sagte sie leise und beruhigend und betete insgeheim, dass ihr Instinkt sie nicht trog.

Estella streckte die Hand aus. Sie ahnte nicht, dass Marty Edwards jetzt hinter ihr am Zaun stand. Er war sicher, dass Estella den Verstand verloren hatte, doch die Szene faszinierte ihn wider Willen. Normalerweise duldete Stargazer niemanden außer ihm, Marty, auf seiner Koppel – und selbst Marty durfte ihm nicht zu nahe kommen.

Stargazer machte einen zögernden Schritt auf sie zu, und Estella brach es fast das Herz. Er schien unsicher und schrecklich mutlos – so wie sie selbst. Am liebsten hätte sie ihm die Arme um den Hals geschlungen und ihm versichert, dass das Schlimmste vorüber sei. Stattdessen ging sie noch einen kleinen Schritt auf ihn zu. »Na komm, Stargazer«, sagte sie. »Du schaffst es.« Der Hengst musste zeigen, dass er ihr vertraute.

Marty wusste nicht, was Estella erreichen wollte, doch es fesselte ihn, was zwischen ihr und dem Pferd vor sich ging.

Estella wartete geduldig, während der Hengst unschlüssig die Ohren anlegte und wieder aufstellte.

Dein weiteres Leben hängt von dieser Entscheidung ab, dachte Estella. Komm zu mir!

Schließlich machte Stargazer zwei Schritte und streckte den Kopf vor, um an ihrer Hand zu schnuppern.

Obwohl seine Bewegungen mitleiderregend schwerfällig waren, betrachtete Estella sie als ersten Schritt in die richtige Richtung. »Gut, mein Junge. Wir werden es schon schaffen!« Wieder liefen ihr Tränen über die Wangen, und Stargazer stellte die Ohren auf. Marty sah verblüfft, wie der Hengst den

Kopf hob und sie aus kummervollen braunen Augen anblickte. Estella war tief berührt. Sie war immer schon der Meinung gewesen, dass die Augen eines Pferdes die Fenster seiner Seele waren, und Stargazer wirkte schrecklich verloren.

»Der einzige Mensch außer mir, auf den er jemals so zugegangen ist, war meine verstorbene Frau«, stellte Marty fassungslos fest.

Estella hörte ihn, drehte sich aber nicht um. Sie wollte das zarte Band nicht zerreißen, das sie eben erst zu dem Tier gesponnen hatte.

»Ich glaube, Ihre Stimme hat ihn hypnotisiert«, fügte Marty hinzu. Estella hörte die Qual in seiner Stimme. Er musste seine Frau sehr geliebt haben – und obwohl Stargazer noch am Leben war, hatte Marty das Tier in gewisser Weise ebenfalls verloren.

»Er ist lange nicht gebürstet worden«, stellte Estella fest und blickte traurig auf Stargazers verfilzte Mähne.

»Er lässt nicht zu, dass man ihn berührt – nicht einmal mir erlaubt er es.«

Estella trat näher an Stargazer heran und streckte vorsichtig die Hand aus, um seinen Hals zu streicheln. Marty unterdrückte einen erschrockenen Ausruf, und Estella sah, wie Stargazers gewaltige Muskeln sich anspannten. Als er die Berührung ihrer Finger auf der Haut spürte, legte er die Ohren an und zog die Oberlippe hoch. »Ist ja schon gut«, flüsterte Estella, die nun doch fürchtete, er könne sie beißen.

»Sehen Sie sich vor! Er kann Sie in den Boden stampfen!«, warnte Marty.

Er war ehrlich besorgt um ihre Sicherheit, und Estella konnte sich halbwegs vorstellen, wie Stargazer in der Vergangenheit reagiert hatte. »Braver Junge«, murmelte sie, fuhr ganz leicht mit den Fingern über das Fell unterhalb seiner Mähne und begann ihn mit sanft knetenden Bewegungen zu massieren. »Das gefällt dir, nicht wahr?«, sagte sie beruhigend und trat ganz nah an ihn heran. Er hatte die Augen so weit aufgerissen, dass man das Weiß seiner Augäpfel sehen konnte; dann aber senkte er ganz langsam den Kopf und schien mit halb geschlossenen Augen in eine Art Trance zu verfallen.

»Ich glaub's einfach nicht«, flüsterte Marty.

Nach ein paar Minuten beendete Estella die behutsame Massage Stargazers. Die Muskeln unter ihren Händen fühlten sich noch immer fest und verspannt an. Es würde ein hartes Stück Arbeit werden, doch sie war jetzt sicher, dass es sich um eine Muskelverletzung handeln musste. »Ich will es heute noch nicht übertreiben, sonst verliere ich am Ende sein Vertrauen wieder«, murmelte sie, wandte sich um und ging zum Zaun zurück.

»Wie ... wie haben Sie das gemacht?«, fragte Marty fassungslos.

»Pferdemassage«, erwiderte Estella. »Es gibt sie schon seit hunderten von Jahren, aber alle Welt hält sie für etwas ganz Neues. Man kann damit unzählige Beschwerden heilen. Sicher wissen Sie, dass ein Pferdekörper zu mehr als sechzig Prozent aus Muskelmasse besteht. Massage allein kann natürlich keine schwere Verletzung kurieren, aber sie unterstützt den Blutstrom und den Abbau von Nervengiften. Stargazers Verletzung liegt schon eine Weile zurück, deshalb leidet er nun leider unter atrophischen Veränderungen.«

Marty runzelte die Stirn, und Estella sah die Furcht und Unsicherheit in seinem Blick. »Was ist das?«

»Muskelschwund durch Bewegungsmangel. Aber es ist nicht Ihre Schuld, Marty. Stargazer hat Angst, sich zu bewegen, weil er dann vielleicht Schmerzen hätte. Diese Schmerzen können mittlerweile fast verschwunden sein, aber er fürchtet sie noch immer. Wenn ich herausgefunden habe, wo genau er sich verletzt hatte, kann ich mit Salben eine mögliche Entzündung bekämpfen und ihn massieren. Danach kann er mit leichtem Training beginnen. Es wird eine oder zwei Wochen dauern, bis er die psychische Sperre überwunden hat und die Veränderungen in seinem Körper spürt. Aber er scheint mir zu vertrauen, und damit liegt die schwierigste Hürde schon hinter uns. Wie ist es mit Ihnen, Marty? Werden auch Sie mir vertrauen?«

Marty blickte mit einem Ausdruck der Verwunderung zu Stargazer hinüber. Auch Marty selbst hatte ein seelisches Trauma erlitten. Und er hatte zu lange geglaubt, dass Stargazer nie mehr der Alte würde.

»Ich muss schon sagen, Ihre Sicht der Dinge ist ein wenig ... ungewöhnlich.« Doch in Wirklichkeit war Marty unsagbar erleichtert, dass Estella nicht von einer Operation oder davon gesprochen hatte, Nadeln in Stargazers Haut zu stechen. So etwas hätte er nicht zugelassen.

»Ich habe die Pferdemassage an der Universität kennen gelernt und schätzte sie so sehr, dass ich zusätzliche Kurse darin belegte. Sie wird sowohl von Tierärzten als auch von Pferdetrainern angewandt, und ich ziehe sie anderen Behandlungsmethoden vor – zum Beispiel chirurgischen Eingriffen, die immer nur als letztes Mittel eingesetzt werden sollten. Mit der richtigen Unterstützung weiß der Körper sich meist selbst zu heilen.«

Martys Interesse war offensichtlich. »Bei Ihnen hört sich alles so einfach an«, sagte er, doch in seinen Augen sah Estella noch immer Skepsis.

»Es ist ganz und gar nicht einfach«, erwiderte sie mit einem Blick zu Stargazer. »Ihr Pferd hat eine sehr schmerzhafte Verletzung erlitten und ist nicht behandelt worden ...«

Marty hörte den Vorwurf in ihren Worten. »Haben Sie diese Massage seit Ihrem Studium jemals wieder praktiziert?«, stieß er ärgerlich hervor.

Estella senkte den Kopf. »Nein. Ich habe seit meinem Examen überhaupt noch nicht praktiziert – aber ich weiß genau, was ich tue.« Hoffte sie jedenfalls, denn ihr Ruf hing davon ab.

»Werden Sie Stargazer eine Chance geben, Marty? Er hat nichts zu verlieren, aber alles zu gewinnen!«

Marty schwieg einen Moment. Er wusste, dass sie Recht hatte, war aber noch immer nicht davon überzeugt, dass sie Stargazer helfen konnte. »Na schön, Mädchen«, sagte er schließlich, »aber wir beide machen uns zum Gespött der ganzen Stadt. Die Leute werden uns auslachen!«

»Wenn Stargazer in diesem Jahr wieder die Picknick-Rennen gewinnt, lachen *wir*«, sagte sie zuversichtlich.

Marty sah sie mitleidig an. »Ich weiß, dass Sie es gut meinen, Estella. Nur – stecken Sie Ihre Hoffnungen nicht zu hoch. Sie kennen Stargazer nicht und wissen nichts über seine Verletzung, und Ihnen fehlt die Erfahrung in dieser Behandlungsmethode. Ich glaube nicht, dass er wieder Rennen laufen wird. Aber wenn Sie es schaffen, dass er sich wieder wohl fühlt, schulde ich Ihnen schon eine ganze Menge. Wegen der Waren, die Sie bestellt haben, werden wir uns sicher so einigen, dass wir beide zufrieden sind.«

»Das hört sich nach einem fairen Geschäft an«, meinte Estella. Sie setzte große Hoffnungen in Stargazer, aber die würde sie für sich behalten müssen. »Ich fange gleich morgen früh mit der Arbeit an. Ich brauche seine Striegel und Bürsten, und ich möchte ihn auf eine bestimmte Diät setzen, die Sie genau befolgen müssen.«

Marty nickte. Er sah erst Stargazer an, dann Estella. Sein Blick sagte ihr, dass er ungefähr so fest an ihren Erfolg glaubte wie daran, dass der Hengst den *Melbourne Cup* oder den *Grand National* gewinnen würde.

9

Estella hörte das Brummen eines Motors, als sie zwischen den Häusern hindurch zur Adelaide Street ging. Dann sah sie Murphys Maschine über die »Rollbahn« preschen. Das Flugzeug wirbelte Wolken roten Staubs auf, sodass die Sonne nur wie durch einen Schleier zu sehen war. Irgendjemand saß im Cockpit neben Murphy. Estella nahm an, dass es Dan Dugan war. Da es in einer Stunde dunkel wurde, fragte sie sich, wie weit die Männer fliegen würden und ob Dan wohl nüchtern war.

Das Innere des Hotels wirkte düster nach der gleißenden Helligkeit draußen. Charlie sammelte gerade leere Gläser ein, doch als er Estella hereinkommen sah, blieb er stehen und wartete gespannt, was sie ihm zu erzählen hatte.

»Charlie, ich habe meinen ersten Patienten«, sagte sie. Ihre Augen hatten sich noch nicht an die Dunkelheit gewöhnt, sodass sie den Mann nicht bemerkte, der in der Nähe des Fensters saß.

Charlie blickte sie verwundert an. »Willst du mir weismachen, du hast Marty überredet, Stargazer behandeln zu lassen?«

»Genau.«

Charlie konnte es nicht fassen. »Wie hast du ihn dazu gebracht, seine Meinung zu ändern?«

»Ich glaube, das hat Stargazer für mich getan. Er ist auf mich zugekommen, nachdem ich ihn ein wenig ermutigt hatte.«

Charlie blieb der Mund offen stehen.

»Nun, eigentlich hat er nur drei Schritte gemacht – aber er hat zugelassen, dass ich ihn ein paar Minuten lang massierte.«

»Dann hast du jetzt schon ein kleines Wunder vollbracht, Estella. Dein ...« Er stockte und blickte zum Viehtreiber in der Ecke am Fenster, und auch Estella wandte sich halb zu dem Mann um. »Dein Vorgänger, Ross, wäre begeistert!«

Estella war gerührt, doch zum ersten Mal spürte sie auch die Verantwortung, die jetzt auf ihr lastete. Leise erwiderte sie: »Es ist ein langer Weg, Charlie. Stargazer ist in einer schrecklichen Verfassung, aber ich glaube wirklich, dass ich ihm helfen kann.«

»Ich weiß, wie viel es dir bedeutet, Estella, und wünsche dir Erfolg.«

»Danke.« Noch ein bisschen leiser fügte sie hinzu: »Was ich bei Stargazer erreiche, wird darüber entscheiden, ob die Leute hier mir vertrauen!«

»Da hast du allerdings Recht. Und du hättest dir für den Anfang keine schwierigere Aufgabe aussuchen können. Aber ich glaube an dich.«

Estella fragte sich, ob das wirklich stimmte, oder ob Charlie ihr bloß Mut machen wollte. »Nachdem ich Ross' Akte über Stargazer gelesen hatte, *musste* ich versuchen, ihm zu helfen, Charlie – egal, was Marty gesagt hat.«

Charlie blickte sie nachdenklich an. »Weißt du eigentlich, dass es die Hingabe ist, die aus dir eine wahre Tierärztin macht, Estella?«

Sie lächelte. »Ja, wahrscheinlich.« Tatsächlich fühlte sie sich zum ersten Mal seit ihrem Examen vor fast einem Jahr wie eine Tierärztin.

»Ich habe gerade Murphys Maschine wegfliegen sehen«, meinte sie dann.

»Er fliegt mit Dr. Dan nach Pandi Pandi. Über Funk kam die Meldung, dass ein Viehtreiber verletzt wurde.«

»War Dan ... nüchtern?«

»Natürlich. Er kommt nie vor Einbruch der Dunkelheit, denn er weiß, dass er dann ohnehin nicht mehr zu den *stations* und Farmen fliegen kann.« Charlie verzichtete auf den Zusatz, dass es nie lange dauerte, bis Dan sich einen ordentlichen Rausch angetrunken hatte.

»Kommen sie heute Abend noch zurück?«

»Hängt davon ab, wie schwer der Mann verletzt ist und ob er ins Krankenhaus gebracht werden muss.«

»Glaubst du, sie werden ihn herbringen?«

»Kann sein. Oder Dan behandelt ihn gleich dort draußen. Wenn es ein gebrochenes Bein ist, richtet Dan es wahrscheinlich nur und lässt den Mann dann in der Obhut von Lorraine Lester, der Frau des Besitzers. Sie ist sehr tüchtig. Ist es aber etwas Ernsteres oder gar Lebensbedrohliches, fliegt Murphy den Mann nach Adelaide oder Alice Springs. Im Busch sind Entzündungen und Blutvergiftungen die größten Probleme. Wenn man sie nicht sofort behandelt, ist man so gut wie tot.« Charlie blickte über Estellas Schulter, beugte sich dann vor und flüsterte seiner Nichte zu: »Ich habe gerade erfahren, dass Teddy Hall ein Problem mit seinen Kühen hat.«

»Was für ein Problem?«

»In den letzten Tagen haben fünf oder sechs ihr Kalb verloren.«

»Glaubst du, er wird mich um Rat fragen oder mich nach seiner Herde schauen lassen?«

»Ich weiß es nicht. Aber ich dachte mir, du wolltest es wissen, für alle Fälle. So bist du jedenfalls vorbereitet.«

Estella nickte. »Ich würde gern noch etwas essen, bevor ich mich auf den Heimweg mache.«

»Wie wär's mit Lammkotelett, Eiern und Bratkartoffeln? Wenn das nicht nach deinem Geschmack ist, hätten wir Bratkartoffeln, Eier und Lammkoteletts.«

Estella lachte. »Ich glaube, heute nehme ich mal Eier, Lammkoteletts und Bratkartoffeln, wenn es nicht zu viel Mühe macht – und nur, wenn du mit mir zusammen isst.«

Charlie erwiderte ihr Lachen herzlich.

Nachdem sie für Stargazer eine kräftigende Diät zusammengestellt hatte, die ihn mit allen wichtigen Nährstoffen versorgen sollte, putzte Estella noch ein wenig im Haus, bevor sie sich fürs Bett fertig machte. Von den dringend reparaturbedürftigen Stellen draußen abgesehen, gefiel das Haus ihr immer besser. Sie hatte die Möbel umgeräumt und einige persönliche Dinge aufgestellt: Fotos ihrer Eltern und ihres Bruders sowie die einiger Lieblingshaustiere aus ihrer Kindheit. Außerdem hatte sie einen Fransenschal an der Wand drapiert und Bilder von exotischen Tieren im Haus aufgehängt, die sie in Ross' Vorratsschrank gefunden hatte. Ihr Heim war in nichts mit dem zu vergleichen, in dem sie aufgewachsen war, oder mit der Villa, die sie mit James bewohnt hatte, aber trotz allem fühlte sie sich wohl darin. Sie konnte es sich nur so erklären, dass sie dieses Haus ganz allein so hergerichtet hatte, wie es jetzt aussah, und alles selbst entscheiden konnte. Bisher hatte sie eher die Nachteile der Unabhängigkeit kennen gelernt; nun aber wurde ihr deutlich, dass diese auch Vorteile hatte.

Vor dem Schlafengehen setzte Estella sich noch eine Weile auf die vordere Veranda, um die Stille zu genießen, die nur durch das seltsame Geräusch eines Insekts unterbrochen wurde. Estella sah Lichter in einigen Häusern und im Hotel, das etwas abseits lag. Wie wunderschön es war, das Brausen des Londoner Straßenverkehrs nicht hören zu müssen! Sie dachte daran, dass die Stille und der Friede auch ihrem Kind sehr gut tun würden. Gern hätte Estella die Sterne betrachtet, doch der Wind war stärker geworden, und der Himmel war staubverhangen.

Als sie hinaus in die weite Landschaft blickte, meinte sie ganz in der Nähe plötzlich eine Bewegung wahrzunehmen.

Kylie hatte ihr eine Taschenlampe gegeben, damit sie sich abends in der Dunkelheit zurechtfinden konnte. Nun richtete Estella den Strahl der Lampe in die Richtung und sah ein Tier, dessen Augen in der Dunkelheit leuchteten. Es sah aus wie ein Hund; das Licht der Lampe vertrieb das Wesen, aber Estella blieb noch eine ganze Weile nachdenklich auf der Veranda stehen und starrte in die Nacht.

Am nächsten Morgen stand Estella bei Tagesanbruch auf. Der Wind war heiß und unangenehm, doch sie nahm ihn kaum wahr, so drängend war ihr Wunsch, die Arbeit mit Stargazer aufzunehmen. Sie hatte Charlie um ein paar frische Möhren oder Zuckerwürfel gebeten, doch er hatte weder das eine noch das andere gehabt. Deshalb nahm sie dem Pferd ein Stück altes Brot mit. Wieder näherte sie sich ihm behutsam, gab sich jedoch selbstsicherer als am Tag zuvor. Stargazer schnupperte am Brot, bevor er es nahm, während Estella beruhigend auf ihn einsprach und die Finger sanft über seinen Hals gleiten ließ. Bevor sie versuchte, ihn zu bürsten, massierte sie ihn eine Weile. Er schien es nicht zu mögen, dass sie seinen Rücken berührte; deshalb beschränkte sie sich auf seinen Hals, damit er sich entspannte. Stargazer war noch eine Weile misstrauisch, doch als Marty eine Stunde später kam, bürstete Estella das Fell an seinem Kopf.

Marty hatte ihr eigentlich sagen wollen, er habe seine Meinung geändert. Die ganze Nacht hatte er über ihr Vorhaben nachgegrübelt, und je länger er daran gedacht hatte, desto unwahrscheinlicher war es ihm erschienen, dass Estellas Vorhaben klappte. Doch als er jetzt sah, wie sie Stargazer bürstete, geriet sein Entschluss ins Wanken.

»Guten Morgen«, rief Estella fröhlich. »Ich habe den Diätplan mitgebracht.«

Marty stand nur da und starrte verblüfft auf die Szene, die sich ihm bot. »Dass er sich von Ihnen bürsten lässt!«, stieß er ungläubig hervor.

»Viel mehr wird er mir heute nicht erlauben, aber ich werde ihn jeden Tag ein wenig länger striegeln und massieren. Dann dauert es bestimmt nicht lange, bis er sich besser fühlt. In zwei Wochen werden Sie ihn nicht wiedererkennen, aber die Verletzung braucht mindestens vier, wenn nicht sogar sechs Wochen, bis sie vollständig ausgeheilt ist.«

Zum ersten Mal stieg echte Hoffnung in Marty auf, die sich auf seinen Zügen widerspiegelte. Estella sah es, und es machte ihr selbst neuen Mut. »Ich habe seine Ohren mit einer Salbe eingerieben, die Fliegen fern hält. So können die Wunden sich schließen. Wenn es ihm etwas besser geht, kümmere ich mich um seine Hufe und hole jemanden, der ihn beschlagen kann. Gibt es hier einen Schmied?«

»Ich kann ihn selbst beschlagen. Das hätte ich längst getan, aber Stargazer ließ es nicht zu. Wenn ich sonst noch etwas tun kann ...«

»Ja, ich hätte eine Bitte an Sie«, sagte Estella, dankbar für sein Stichwort. »Ich würde Stargazer gern mit zu mir nehmen. Ich habe einen Stall und eine Koppel, deren Boden eben ist, was ihm wahrscheinlich besser gefallen wird. Sie könnten ihn natürlich jederzeit besuchen!«

Estella sah, dass Marty hin und her gerissen war, und fragte sich, ob es zu früh gewesen war, ihn darum zu bitten.

»Das hat noch ein paar Tage Zeit, weil ich nur in kleinen Schritten vorgehen kann. Aber es wäre sicherlich besser für ihn.«

Zögernd nickte Marty.

Estella hielt einen Moment inne; dann sagte sie: »Um ehrlich zu sein habe ich noch eine Bitte, Marty.«

Er blickte sie ein wenig misstrauisch an, denn er wusste nicht recht, was er von all diesen wundersamen Veränderungen halten sollte.

»Ich hätte gern, dass Sie ihn reiten – natürlich erst, wenn er so weit ist. Ich selbst habe lange nicht auf einem Pferd gesessen, und Sie kennt er besser. Würden Sie mir den Gefallen tun, wenn Sie die Zeit finden? Ich weiß, dass Sie im Geschäft viel Arbeit haben.«

»Ich kann ja nicht einmal seinen Anblick ertragen – vom Reiten ganz zu schweigen.«

Damit stapfte Marty davon und ließ eine verwunderte Estella zurück.

»Ich glaube, ich bin zu schnell für euch beide«, sagte sie zu Stargazer und tadelte sich insgeheim für ihren Mangel an Taktgefühl.

Als Estella wenig später nach Hause kam, hatte der Wind aufgefrischt. Sie machte sich daran, die Koppel für Stargazer vorzubereiten, doch es war schwierig, in dem wirbelnden, erstickenden Staub zu arbeiten. Der Wassertrog musste gescheuert und der Stall gesäubert werden. Außerdem musste sie die Raufe wieder am Lattenzaun befestigen. Als sie mit allem fertig war, tat ihr der ganze Körper weh; die Finger waren voller Blasen und Schnittwunden, und sie brauchte unbedingt ein Bad.

Als sie ins Haus ging und sich umblickte, stockte ihr das Herz. Sie hatte vergessen, die Fenster zu schließen, und nun war alles über und über mit rotem Staub bedeckt. »O nein!«, rief sie verzweifelt, als sie über den Küchenboden eilte und die Sandkörner unter den Schuhsohlen knirschen hörte.

Nachdem sie rasch alle Fenster geschlossen hatte, ging sie ins Badezimmer, um sich zu waschen. Sogar der Badezuber war staubbedeckt. Schluchzend vor Erschöpfung und hilflosem Zorn spülte sie ihn aus und wusch dann sich selbst und ihr Haar mit so wenig Wasser wie möglich. Als sie sich gerade daranmachen wollte, den Staub im übrigen Haus zu fegen, hörte sie ein Klopfen an der Hintertür und gleich darauf Kylie, die nach ihr rief.

»Herein!«, rief Estella zurück. Sie trafen sich in der Küche.

Kylie sah die Verzweiflung in Estellas Blick. »Ist etwas passiert, Missus?«, fragte sie erschrocken.

»Ich habe draußen gearbeitet, als der Staubsturm kam, und darüber vergessen, die Fenster zu schließen. Dabei war das Haus so sauber! Es tut mir Leid wegen der Küche, Kylie, nach all Ihrer harten Arbeit!« Estella war schon wieder den Tränen nahe, doch sie bemühte sich, es nicht zu zeigen.

Kylie blickte sich um. »Keine Sorge, Missus – es ist doch nur ein bisschen Staub!«

»Sie haben Recht. Das habe ich schnell wieder in Ordnung gebracht.«

»Sie müssen sich nicht über Staub aufregen, Missus. Hier draußen ist es immer staubig!«

Das hörte Estella nicht unbedingt gern. Sie konnte auf Dauer nicht damit leben, dass es beim Gehen ständig unter ihren Füßen knirschte. »Hat Murphy Sie mit zu Ihrer Familie genommen?«

»Ja, heute Morgen, Missus!« Kylie lächelte ihr vertrautes, strahlendes Lächeln. »Während ich fort war, hat Betty Fleisch- und Nierenpasteten gemacht. Eine davon soll ich Ihnen bringen, für den Fall, dass Sie Heimweh haben, sagt Betty.« Sie reichte Estella eine Pastete, die in ein grobes Tuch gewickelt war.

Estella spürte die Wärme durch den Stoff hindurch. »Wie nett von Betty«, sagte sie dankbar. »Das kommt mir gerade recht. Ich sterbe vor Hunger.«

Estellas wechselnde Stimmungen entgingen auch Kylie nicht, die sich ein wenig darüber wunderte. »Ich habe heute Abend im Krankenhaus Dienst, weil Dr. Dan und Murphy nicht vor morgen Früh zurückkommen. Wenn Sie sich einsam fühlen, Missus, kommen Sie einfach herüber.«

»Das werde ich tun, Kylie. Vielen Dank, dass Sie mir die Pastete gebracht haben – und bitte sagen Sie Betty, dass ich sie genießen werde. Danke für eure Freundlichkeit.«

»Betty denkt immer an andere«, gab Kylie zurück.

Wie besessen machte Estella sich daran, den Staub wegzufegen. Dann wischte sie die Böden und lederte sämtliche glatten Oberflächen ab, sogar die Wände. Sorgfältig achtete sie darauf, nicht zu viel Wasser zu verschwenden. Sie war entschlossen, sich von den Elementen nicht besiegen zu lassen. Die Umstände, die sie nach Kangaroo Crossing geführt hatten, konnte sie nicht ändern, aber sie hatte nicht die Absicht, in einem schmutzigen Haus zu leben. Gegen den Staub würde sie kämpfen. Völlig erschöpft fiel sie gegen drei Uhr morgens ins Bett, doch das Haus war wieder sauber. Am nächsten Morgen wachte sie erst gegen neun Uhr auf, was bedeutete, dass sie ihren Tag mit einiger Verspätung begann.

Marty hatte Stargazer schon gefüttert, als Estella erschien. Jetzt war er dabei, den Wassertrog zu säubern, und ihr fiel auf, dass er das Pferd nicht ein einziges Mal ansah.

»Tut mir Leid, dass ich so spät komme, Marty. Ich habe die halbe Nacht damit verbracht, das Haus zu putzen, weil ich vergessen hatte, die Fenster zu schließen, mit dem Erfolg, dass alles voller Staub war.«

»Sie werden sich bald daran gewöhnen, hier draußen mit dem Staub zu leben«, gab Marty zurück. »Er scheint sogar durch geschlossene Fenster zu dringen.«

»Meine werde ich jedenfalls nicht mehr offen lassen, wenn es windig ist«, meinte Estella seufzend. »Wann wird es endlich regnen?«

Marty lachte trocken auf. »Wir haben hier im Durchschnitt zwei Zentimeter im Sommer, einen im Frühling und Winter und noch einmal einen Tropfen im Herbst.«

»Ist das alles? Kein Wunder, dass hier niemand einen Garten besitzt.«

»Ich habe seit Jahren keinen Garten mehr gesehen.«

Estella hatte gehofft, etwas anpflanzen zu können, doch plötzlich erschien ihr die Idee lächerlich. »Wie hat es Sie eigentlich nach Kangaroo Crossing verschlagen, Marty?«

»Myrtle und ich suchten ein Geschäft irgendwo auf dem

Land, als wir das Angebot lasen. Ursprünglich stammen wir aus Yorkshire, aber wir haben Phyllis wegen des Klimas nach Australien gebracht. Sie litt dort jeden Winter stark unter Bronchitis. Wir hatten schon immer von einem eigenen Geschäft geträumt und dachten, das Angebot sei die Antwort auf unsere Gebete.«

»Haben Sie immer noch so gedacht, als sie hierher kamen?«

»Nein. Myrtle und ich waren entsetzt, als wir feststellten, wie abgelegen die Stadt ist, aber wir haben den Laden trotzdem gekauft und uns schnell eingelebt. Bald kannten wir alle Leute von den *stations* und Farmen, und Phyllis fühlte sich hier wohl. Sie hat ihren Schulabschluss über Funk gemacht und uns im Laden geholfen. Damals lebten noch andere Kinder hier, einige davon in Phyllis' Alter, aber sie sind alle mit ihren Familien weitergezogen.«

Estella betete insgeheim, die Stadt möge nicht noch weiter schrumpfen – auch wenn das kaum noch möglich war. »Und woher haben Sie Stargazer?«

Marty schwieg eine Weile, und Estella wünschte, sie hätte nicht gefragt.

»Einem unserer Kunden ging das Geld aus«, erklärte er schließlich. »Er hat alles verloren, einschließlich seiner Farm, und konnte seine Schulden bei uns nicht mehr bezahlen. Deshalb hat er uns Stargazer gegeben, der damals noch ein Fohlen war. Ich glaubte, wir hätten einen schlechten Handel gemacht, obwohl er uns sagte, dass Stargazers Vater ein erfolgreiches Rennpferd gewesen sei. Ich habe nie daran gedacht, ihn für ein Rennen anzumelden, sondern wollte aus ihm ein Übungspferd für Phyllis machen – aber sie hat ihn nie gemocht. Phyllis zieht alles vor, was Motoren hat und sich fortbewegt. Murphy hat ihr Flugunterricht gegeben.«

Estella war beeindruckt. »Mir waren immer Pferde lieber, auch wenn ich schon lange nicht mehr geritten bin. Wie kam es, dass Stargazer dann doch gelaufen ist?«

»1951 war das Feld bei den Picknick-Rennen ziemlich dünn, und weil die Gewinne aus den Rennen wohltätigen Zwecken zufließen, hat man mich gebeten, Stargazer zu melden, um die erforderliche Starterzahl zusammenzubekommen. Stargazer hat die anderen in Grund und Boden gelaufen. Myrtle war so stolz, dass ich ihn in den nächsten beiden Jahren ebenfalls gemeldet habe.« Sein Lächeln schwand. »Dann hat John Matthews mich gebeten, Stargazer mit einer seiner Stuten zusammenzubringen – den Rest kennen Sie ja.«

»Hat Myrtle ihn jemals geritten?«

»Nein. Ob Sie es glauben oder nicht, ich war früher in England Jockeylehrling, bis ich mal schwer gestürzt bin. Ich habe Stahlnägel in meinem Bein und Probleme mit der Hüfte, wenn es kalt ist.« Nachdenklich musterte er jetzt Stargazer, und Estella ahnte, dass er sich dem Pferd durch die Verletzung verwandt fühlte.

»Aber Sie haben ihn bei den Picknick-Rennen geritten, nicht wahr?«

»Ja.« Marty lächelte wehmütig. »Ich dachte, in einem Buschrennen gäbe es kein Gedränge oder andere Tricks, aber das war ein Irrtum. Die Männer sind ein verrückter Haufen – aber Stargazer war ein Naturtalent. Er hat immer vom Start bis ins Ziel geführt. Es war fantastisch, so zu gewinnen. Die Zuschauer schrien, und alle feuerten ihn an, egal ob sie auf ihn gesetzt hatten oder nicht.« Wieder blickte er den Hengst an, und seine Miene spiegelte deutlich den Schmerz wider, den er empfand. »Der arme Kerl hat es nicht verdient, dass ihm so etwas passiert!« Marty wandte sich ab, doch Estella hatte die Tränen in seinen Augen gesehen.

»Ich gehe lieber ins Geschäft zurück«, sagte er und stapfte davon.

Am späten Nachmittag war Estella todmüde. Sie hatte Stargazer den Kopf, den Hals und die Schultern gestriegelt und massiert. Als sie seine Mähne auskämmen wollte, hatte er sehr empfindlich reagiert, was sie zu dem Schluss führte, dass es bis zur endgültigen Heilung doch länger dauern konnte, als sie gedacht hatte. Auf dem Rückweg stattete sie Charlie im Hotel einen Besuch ab, der ihr ein paar Corned-Beef-Sandwiches machte. Sie nahm sich vor, nur noch zu essen, ein Bad zu nehmen und dann früh schlafen zu gehen.

Als sie sich dem Haus näherte, sah sie an der Hinterseite Rauch aufsteigen. Sie eilte durch den Vordereingang und lief bis zur Hintertür, die offen stand. Auf dem Küchentisch lagen Samenhülsen und Rinde.

»Kylie!«, rief Estella, die sich nicht vorstellen konnte, dass sich jemand anders in ihrem Haus aufhielt. Sie schaute nach draußen, wo ein Lagerfeuer brannte, sah jedoch niemanden. Dann hörte sie irgendwo im Innern eine Tür schlagen. Sie fuhr herum und zuckte erschrocken zusammen, als sie eine Aborigine-Frau durch den Flur in die Küche kommen sah.

»Wer du?«, keifte die Frau in gebrochenem Englisch und zeigte mit dem Finger auf Estella. Sie war klein und dünn, mit krausem Haar und wildem Gebaren. Unaufhörlich schrie sie in ihrem Kauderwelsch auf Estella ein und gestikulierte heftig mit den Armen. Um die Augen herum hatten sich tiefe Falten in ihre Haut gegraben. Ihr Blick war furchteinflößend, und sie trug ein ausgeblichenes, wie mit Blut beschmiertes Wickeltuch, das unangenehm roch.

»Wer sind Sie denn?«, fragte Estella verwirrt. »Was tun Sie in meinem Haus?«

»Das *mein* Haus!«, kreischte die Frau.

Estella glaubte ihren Ohren nicht trauen zu können. »Haben Sie den Verstand verloren? Das hier ist mein Haus! Und jetzt gehen Sie!«

Die Frau machte eine spöttische Handbewegung. »Du gehen!«, rief sie.

»Schauen Sie sich an, was Sie hier angerichtet haben!«, schimpfte Estella mit einem Blick auf den Tisch und den Fußboden, auf dem die Sachen der Frau verstreut herumlagen. Estella war zu müde, um klar denken zu können. »Haben Sie etwa das Haus geplündert? Ich besitze weder Geld noch Wertsachen!«

»Wovon du reden? Das mein Haus!«, rief die Frau.

»Nein, das ist nicht Ihr Haus. Ich weiß nicht, woher Sie kommen oder wo Sie wohnen, aber jedenfalls nicht hier. Und jetzt gehen Sie endlich!«

»Haus gehört mein Mann«, beharrte die Frau lautstark. »Jetzt mein Haus!« Damit wandte sie sich um und stürmte hinaus.

Estella versuchte noch, einen Sinn in ihren Worten zu entdecken, als die Frau zurückkam, diesmal mit einem Stock bewaffnet. »Kommen Sie mir nicht zu nahe!«, warnte Estella, packte den Besen, der in der Ecke stand, und richtete ihn auf die Frau. »Wo sind denn Ihre Sachen, wenn Sie hier wohnen?« Sie wollte der anderen vor Augen führen, wie unlogisch ihre Behauptung war, denn sie hatte bisher nirgendwo etwas entdeckt, das einer Frau gehört hätte.

Die Frau starrte sie verwundert an. Estella wusste noch nicht, dass die Aborigines im Busch keine persönlichen Besitztümer kannten. Sie hob ein gerahmtes Foto ihrer Eltern vom Küchenboden auf, das am Morgen noch im Wohnzimmer gestanden hatte. »Das hier ist meine Familie!«, erklärte sie. »Wie kommen Sie dazu, das Bild einfach auf den Boden zu werfen? Ich sollte die Polizei rufen!«

Ihre Worte schienen die Frau nicht im Geringsten zu beeindrucken. »Du gehen!«, sagte sie und schwang den Stock.

»Ich bin schon seit einigen Tagen hier. Wenn das hier wirklich Ihr Haus ist, wo waren Sie dann die ganze Zeit?«

»Ich *walkabout*«, lautete die Antwort.

Jetzt tauchte hinter der Frau ein kleines Kind mit verschrecktem Blick auf und klammerte sich an sie. Estella sah in die großen braunen Augen, und all ihr Kampfeswille verließ sie. Langsam ließ sie den Besenstiel sinken.

»Ross Cooper mein Mann«, sagte die Aborigine. »Das Binnie, unser Kind.«

Estella konnte es nicht fassen. Das kleine Mädchen sah tatsächlich wie ein Mischlingskind aus.

»Ich ... bin die neue Tierärztin. Charlie Cooper hat mir gesagt, ich könne hier wohnen. Er hat nichts davon erwähnt, dass Ross eine Frau und ein Kind hatte.« Estella wurde klar, dass das kleine Mädchen ihre Halbschwester war, falls die Geschichte stimmte. »Waren Sie legal verheiratet?«, fragte sie die Frau, die sie nur verwirrt anstarrte. »Haben Sie eine Heiratsurkunde?« Sie versuchte herauszufinden, ob die Frau wirklich einen Anspruch auf das Haus besaß. So herzlos es sein mochte – sie musste praktisch denken.

»Wir verheiratet nach Aborigine-Recht«, sagte die Frau.

Estella ließ sich auf einen Stuhl sinken. Ihr schwirrte der Kopf. Sie wusste nicht, was das bedeutete, und ob diese Ehe von der weißen Gemeinschaft rechtlich anerkannt wurde. »Wie heißen Sie?«, erkundigte sie sich.

»Mai.«

»Ich bin Estella. Ross ist tot, Mai, und ich bin die neue Tierärztin. Ich kann nirgendwo anders hin und *muss* die Praxisräume benutzen, also bleibe ich hier.«

»*Ich* bleiben hier«, beharrte Mai.

»Das können Sie nicht.«

»Ich bleiben!«

Die Diskussion drehte sich im Kreis. »Können Sie nicht wieder ... *walkabout* gehen?«

Mai sah schrecklich wütend aus, und Estella fürchtete, dass sie den Stock tatsächlich benutzte. Deshalb hob sie wieder den Besenstiel. Sie sah keine andere Möglichkeit, denn sie hätte nicht fortgehen können, selbst wenn sie es gewollt hätte.

Mai rief etwas in ihrer Muttersprache und verschwand durch die Hintertür, gefolgt von der Kleinen. Estella wartete eine Weile, bis sie aufstand und nach draußen spähte. Sie hoffte, dass die beiden verschwunden waren. Doch ihre Hoffnung wurde enttäuscht. Entsetzt beobachtete sie, wie Mai ein kleines totes Känguru durch den Staub hinter sich her schleifte, um es dann ins Feuer zu legen. Das Tier hinterließ eine lange Blutspur auf dem Boden – und es war nicht einmal abgezogen!

»Was tun Sie da?«, rief Estella angewidert.

Mai wandte sich um. »Binnie Hunger«, sagte sie.

Estella musste würgen, als der Geruch versengten Fells und brennenden Fleisches die Luft erfüllte. Sie stolperte ins Haus, schlug die Tür hinter sich zu und ging ins Badezimmer, wo sie ein Becken mit kaltem Wasser füllte und sich das Gesicht wusch. »Das ist unerträglich«, murmelte sie. Am liebsten wäre sie zu Charlie gegangen, um die Wahrheit herauszufinden, doch sie fürchtete, Mai würde sie aus dem Haus aussperren, sobald sie fort war. Stattdessen ging sie mit zitternden Beinen ins Schlafzimmer, schloss die Tür und legte sich hin. Sie war so müde, dass sie keinen klaren Gedanken fassen konnte, geschweige denn, sich mit einer Verrückten zu befassen.

Als Estella erwachte, wusste sie nicht, wie spät es war. Durch das geschlossene Fenster hindurch hörte sie jemanden kreischen – oder war es Gesang? Estella ging durch das stille, dunkle Haus, öffnete die Hintertür und spähte hinaus. Der scheußliche Geruch nach verkohltem Fleisch stieg ihr in die Nase. Neben dem Lagerfeuer saß Mai und trank aus einer Flasche. Entsetzt sah Estella, dass sie völlig betrunken war. Auf der Suche nach dem Mädchen ließ Estella den Blick durch die Dunkelheit schweifen und sah schließlich auf der anderen Seite des Feuers eine kleine schlafende Gestalt im Staub. Estella fühlte, wie Zorn in ihr aufstieg, gepaart mit Ekel, vor allem aber Traurigkeit. Sie hätte Binnie gern ins Haus geholt, war sich aber sicher, dass Mai es nicht dulden würde.

»Mai!«, rief sie.

Zuerst schien die Aborigine-Frau sie nicht zu hören, und so

rief Estella ein zweites Mal. Endlich blickte Mai auf und starrte sie mit trübem Blick an.

»Bitte, seien Sie still. Ihr Kind schläft, und ich würde auch gern ein wenig schlafen.«

Mai rief irgendetwas in ihrer Sprache und kicherte hämisch. Dann begann sie wieder zu singen und mit sich selbst zu sprechen. Estella beobachtete schaudernd, wie sie sich mühsam aufrappelte und zu tanzen begann. Mit den Armen ruderte sie in der Luft herum; die Füße stampften im Staub den Takt. Der Inhalt der Flasche ergoss sich über sie, doch sie bemerkte es nicht einmal. Erst als die Flasche ihren Fingern entglitt und am Boden zerplatzte, fluchte sie laut.

Estella konnte es nicht mehr ertragen. Sie schlug die Hintertür zu. »O Gott!«, stieß sie hervor. »Was wird als Nächstes geschehen?«

10

Nach einer schlaflosen Nacht, die erfüllt war von Sorgen um Binnie in der Obhut ihrer anscheinend verantwortungslosen Mutter, stand Estella auf. Sie stellte fest, dass die beiden verschwunden waren. Sogar die Asche des Lagerfeuers war verstreut worden, sodass man kaum noch eine Spur davon sah. Estella fand all das sehr seltsam. Wären nicht ihre Müdigkeit und die Samenhülsen unter dem Küchentisch gewesen, hätte sie das Ganze für einen Albtraum gehalten.

Auf dem Weg zu Stargazers Stall schaute sie kurz im Hotel vorbei. Es war noch früh, offensichtlich zu früh für Charlie, der aussah, als habe er eine schlechte Nacht gehabt.

»Warum hast du mir nicht erzählt, dass Ross eine Aborigine-Frau und ein Kind hatte?«, fragte Estella.

Noch halb verschlafen, starrte ihr Onkel sie verwirrt an.

»Es wäre rücksichtsvoll gewesen, hättest du es mir erzählt, Charlie. Mai ist gestern Abend bei mir aufgetaucht und wollte mich aus *ihrem* Haus vertreiben!«

Charlies Verwunderung wich einem erheiterten Grinsen. »Dann habt ihr euch also kennen gelernt, du und Mai?«

Estella schnaubte ärgerlich. »Ich finde das nicht sehr komisch. Und ich glaube nicht, dass ich noch mehr solche Überraschungen ertragen kann. In den vergangenen Wochen hatte ich mehr davon als andere in ihrem ganzen Leben. Jetzt ist es genug.«

Statt einzusehen, dass er tatsächlich unsensibel war, murmelte Charlie: »Mein Gott, bist du empfindlich!«

Estella funkelte ihn wütend an.

Er zuckte mit den Schultern. »Schon gut. Ich weiß, ich bin manchmal ziemlich dickfellig.« Er hatte vergessen, wie dünnhäutig weiße Frauen sein konnten, und erneuerte seinen Vorsatz, sich nur mit Aborigine-Frauen einzulassen.

»Dickfellig? Das ist stark untertrieben«, erwiderte Estella.

»Mai war nur selten da, als Ross noch lebte. Ich hatte nicht damit gerechnet, dass sie nach seinem Tod nach Kangaroo Crossing zurückkommen würde. Deshalb habe ich dir nichts davon erzählt. Außerdem scheinst du dich vor Aborigine-Frauen zu fürchten, wenn ich an Edna denke.«

Estella wurde ein wenig verlegen. Sie wusste, dass sie ihr Erschrecken nicht hatte verbergen können, als sie Edna das erste Mal gesehen hatte. »Es ist also wahr – Ross war mit Mai verheiratet, und Binnie ist ihr gemeinsames Kind?«

»Ja. Sie haben nach Stammessitte geheiratet. Von Ross haben Mai und Binnie auch ihre paar Brocken Englisch gelernt.« Charlie war bei der Hochzeit so betrunken gewesen, dass er sie nur wie durch einen Schleier erlebt hatte. »Das europäische Recht erkennt diese Ehen aber nicht an. Also kann Mai das Haus nicht für sich beanspruchen, wenn es das ist, was dir Sorgen macht.«

Estella lachte bitter auf. »Mai hat wenig Zweifel daran gelassen, dass Ross ihr rechtmäßiger Ehemann war, also könnte ich sie oder das Kind niemals mit gutem Gewissen fortschicken.« Sie hatte noch immer ein schlechtes Gewissen, dass sie so etwas ernsthaft erwogen hatte. »Ich habe meinen Vater nicht gekannt, aber ich begreife nicht, wie er mit Mai eine Beziehung haben konnte. Sie ist feindselig, laut, unordentlich, und sie trinkt ... Wenn Ross eine Frau wie Mai heiraten konnte, muss es eine Seite an ihm gegeben haben, über die ich noch nichts weiß.«

»Ross war einsam«, erwiderte Charlie und rieb sich die unrasierte Wange. »Ein Mann hat nun mal gewisse Bedürfnisse, und hier gibt es weit und breit kein Bordell ...«

Er sah, dass Estella ihn mit weit aufgerissenen Augen anstarrte, und erkannte, dass er zu weit gegangen war. Rasch fuhr er fort: »Mai war immer ein bisschen ungestüm, aber Ross hatte wohl einen besänftigenden Einfluss auf sie. Auf ihre unkonventionelle Weise hat sie ihn sehr geliebt. Ich bin sicher, dass sein Tod ihr schrecklich zu schaffen macht. Wahrscheinlich ist sie außer sich vor Kummer.«

»Sie hat die halbe Nacht so laut geschrien und gekreischt, dass ich kein Auge zugetan habe«, meinte Estella. »Wie ist Ross nur damit zurechtgekommen?«

»Das ist nun mal Mais Art zu trauern.«

»Trauer? Sie hat getrunken wie ein Seemann. Ich bin sicher, dass sie vollkommen betrunken war.«

Charlie hob abwehrend die Hände. »Mach mir deswegen keinen Vorwurf – ich verkaufe keinen Alkohol an die Aborigines. Sie können nicht damit umgehen. Außerdem verstößt es gegen das Gesetz.« Charlie wusste, dass die Aborigines trotzdem leicht an Alkohol herankamen. Die Besitzer der *stations* und Farmen bezahlten ihre einheimischen Arbeitskräfte oft mit Schnaps, und ab und zu verkaufte er selbst etwas an Viehtreiber, in deren Adern auch weißes Blut floss. Aber niemals gab er Aborigine-Frauen einen Tropfen Alkohol.

»Nun, irgendwoher hat sie die Flasche jedenfalls bekommen. Ich konnte auch deshalb nicht schlafen, weil ich mir Sorgen um das Kind mache.«

»Binnie geht es gut, Estella. Die anderen Mitglieder des Clans werden sich um sie kümmern, wenn Mai es nicht tut.«

»Mai hat einen Stock in der Luft geschwenkt, als wollte sie mich damit schlagen, und sie hat keinerlei Rücksicht auf Binnie genommen, die ebenso erschrocken war wie ich.«

»Mai würde dich nicht verletzen – es sei denn, du provozierst sie. Ich weiß allerdings nicht, zu was sie *dann* fähig wäre.«

Estella wurde bleich vor Schreck. »Ich habe nur einen Besenstiel in die Hand genommen, um mich zu verteidigen!«

Charlie blickte sie entsetzt an. »Du lieber Himmel, Estella – das hätte sie als Aufforderung zum Kampf verstehen können!«

»Ich weiß nicht, wie Frauen in diesem Teil der Welt sich verhalten, Charlie«, meinte Estella trocken. »Aber wo ich herkomme, fechten Frauen keine Stockkämpfe aus. Ich habe überlegt, ob ich Binnies wegen die Behörden informieren soll. Mir scheint, das Mädchen wäre in einem Waisenhaus besser aufgehoben, wo man sich um sie kümmert.«

»Das kann nicht dein Ernst sein, Estella!«

Sie schüttelte den Kopf, während sie sich an die Szene vom vergangenen Abend erinnerte. »Mai hatte ein Känguru erschlagen. Dann legte sie das tote, blutende Tier ins Feuer, ohne es abzuziehen. Ich habe noch nie etwas so Scheußliches gesehen.«

»Aber so machen es die einheimischen Stämme nun mal, Estella. Würde Mai keine Kängurus und andere Tiere töten, würde sie verhungern, und Binnie ebenfalls.«

Estella ging unruhig auf und ab. »Was für ein primitives Leben! Hat Ross denn nicht für seine Frau und seine Tochter gesorgt?«

»Er hat ihr alles gegeben, was sie wollte – aber die Aborigines leben anders als wir. Für sie hat persönlicher Besitz keinen Wert.«

Estella nickte. »Das bezweifle ich nicht. Mai hat meine Sachen überall im Haus verstreut. Ich verstehe nur nicht, warum sie mir gestern Abend gesagt hat, dass sie hier bleiben will, und heute Morgen war sie plötzlich verschwunden.«

Charlie zuckte die Schultern. »Sie sind Nomaden. Manchmal bleiben sie monatelang hier, dann sind sie wieder ebenso lange fort. Sie ziehen einfach los, wenn es sie packt. Ehrlich gesagt ist es mir ganz recht, dass Edna nicht ständig hier ist. Du wirst dich sicher schnell an ihre Art gewöhnen.«

Estella seufzte. »Ich kann mir jetzt keine Gedanken darüber machen. Ich muss mich ganz auf Stargazer konzentrieren, wenn ich ihm wirklich helfen will.«

Etwas später, als Estella schon fast am Stall war, hörte sie in der Ferne wieder das Brummen eines Motors, lange bevor Murphys Maschine am weiten blauen Himmel erschien. Eine Zeit lang beobachtete Estella den Landeanflug, doch die Maschine verschwand hinter dem Gemischtwarenladen, bevor sie auf dem Boden aufsetzte. Die aufsteigenden Staubwolken markierten ihren Weg über die Rollbahn. Wenig später, als das Motorengeräusch verklungen war, lag die Stadt wieder in tiefer Stille unter dem blauen Himmel.

»Wie geht es dir heute, Junge?«, fragte Estella, während sie sich Stargazer näherte. Er hielt den Kopf tief in den Futtertrog gesenkt. Estella warf einen Blick hinein, um sich zu vergewissern, dass Marty dem Pferd das richtige Futter gab. Der Hengst brauchte proteinreiche Nahrung, damit seine Muskeln sich regenerierten. Deshalb musste er Weizenkleie und Leinsamen- oder Sojamehl bekommen, das mit seinem normalen Futter vermischt wurde. Stargazers Ohren zuckten hin und her, denn er hatte sich noch nicht daran gewöhnt, regelmäßig Gesellschaft zu haben.

»Ich hoffe, du hast besser geschlafen als ich«, murmelte Estella, während sie ihren Kopf an seinen schmiegte und die Augen schloss.

Marty kam schweigend herbei und blieb am Zaun stehen. Erinnerungen überkamen ihn, als er sah, dass Estella genauso wie damals Myrtle ihren Kopf an den Stargazers lehnte. Zu seiner eigenen Verwunderung stiegen ihm Tränen in die Augen, und er fühlte einen Kloß in der Kehle. Insgeheim schalt er sich einen alten, sentimentalen Narren, besonders, als er daran dachte, was die anderen Männer von Kangaroo Crossing gesagt hatten. Er hatte im Stillen damit gerechnet, dass sie ihn kritisierten – jedoch nicht so bald.

»Du hast dein Frühstück jedenfalls genossen, nicht wahr, mein Junge?«, fragte Estella lächelnd, und Stargazer schlug mit dem Kopf, als wollte er nicken. Er war bloß unruhig, doch es sah aus, als antworte er ihr.

»Guten Morgen!«, sagte Marty mit rauer Stimme.

»Oh, guten Morgen!« Estella sah, dass Marty sich nicht wohl in seiner Haut fühlte. Sie vermutete, dass er sich Gedanken um den Hengst machte. »Kann sein, dass ich es mir nur einbilde, aber ich finde, Stargazer sieht heute schon ein bisschen besser aus, was meinen Sie?«

Marty schnaubte spöttisch. »Das bilden Sie sich ein!«, stieß er hervor. Estella blickte ihn überrascht an.

»Eine etwas positivere Einstellung wäre sicher hilfreich, Marty«, gab sie zurück.

Er presste die Lippen zusammen und wandte sich ab. Estella musterte ihn eingehender und erriet, was geschehen war. »Lassen Sie sich doch nicht von den Bemerkungen anderer beeindrucken!«, meinte sie. »Die Welt ist voller Nörgler!«

»Manche halten mich für einen Dummkopf, weil ich das hier zulasse«, sagte er mürrisch.

»Sie sind kein Dummkopf, und das werden die anderen sehr bald feststellen. Wer zuletzt lacht, lacht am besten, Marty! Wenn Stargazer in Hochform ist, werden die anderen große Augen machen.« Lächelnd blickte Estella zu dem Hengst auf. »Komm, lass uns anfangen, Junge – es scheint, als müssten wir den anderen etwas beweisen!«

Marty warf ihr einen finsteren Blick zu, bevor er sich umwandte und davonging.

»Ich glaube, du wirst dich ganz besonders anstrengen müssen, Stargazer«, flüsterte sie. »Es sieht nämlich so aus, als stünde Martys Ruf auf dem Spiel – und meiner ebenfalls.«

Da Stargazer am Widerrist fast einen Meter neunzig maß,

musste Estella einen Hocker benutzen, wenn sie ihn dort massieren wollte. Sie tat es behutsam und strich sanft mit den Fingern über sein Fell, als Murphy auftauchte und ihr schweigend zuschaute. Der Hengst war sehr unruhig; er ließ sich nicht gern am Rücken berühren, doch Estella fand, dass es Zeit wurde, zur Wurzel des Problems vorzudringen – der Stelle der eigentlichen Verletzung. Sie glaubte, diese in einer Muskelgruppe in der Nähe der Hüfte oder der Lendenwirbelsäule entdeckt zu haben, doch sie konnte erst ganz sicher sein, wenn der Hengst ihr dort eine gründlichere Untersuchung erlaubte. Vom Widerrist aus arbeitete sie sich langsam zum Rücken vor. »Ho!«, rief sie, als Stargazer beinahe den Hocker umstieß. »Ganz ruhig, Junge!«

»Vorsicht!«, meinte Murphy erschrocken, als Estella beinahe den Halt verlor. Sie stieg vom Hocker und beschloss, Stargazer fünf Minuten Pause zu gönnen, damit er sich ein wenig beruhigte.

»Vielleicht gehen Sie ihm zu schnell vor«, meinte Murphy statt einer Begrüßung.

Estella bedachte ihn mit einem Blick, der ihm deutlich sagte, was sie von seiner Einmischung hielt. »Würden Sie sich freuen, wenn jemand Ihnen zu erklären versuchte, wie Sie Ihre Maschine fliegen sollen?«

Murphy runzelte die Stirn. »Ich möchte Sie nur davor bewahren, verletzt zu werden. Stargazer ist unberechenbar.«

»Ich wäre keine gute Tierärztin, würde ich mich vor großen Tieren fürchten.«

Murphy hob beschwichtigend die Hände. »Schon gut, ich sag ja schon nichts mehr!« Trotzdem musste er daran denken, was Ross Cooper passiert war.

Estella beschloss, das Thema zu wechseln. »Wie geht es dem Viehtreiber, zu dem Sie Dr. Dan geflogen haben?«

»Sein Bein war tatsächlich gebrochen, aber er hatte Glück im Unglück, weil nichts gesplittert war.«

»Wie ist es passiert?«

»Er ist beim Viehzählen vom Pferd gestürzt«, erwiderte Murphy und warf Estella einen viel sagenden Blick zu. »Haben Sie sich in Ross' Haus schon eingelebt?«

»Ja. Es war sehr schmutzig, aber wir haben gründlich sauber gemacht, und jetzt fühle ich mich dort ziemlich wohl.«

»Sehr gut.«

»Gestern Abend hatte ich überraschende Besucher.«

»Und wer?«

»Ross Coopers Frau und ihr Kind.«

Murphy wirkte ehrlich verwundert. »Mai und Binnie?«

»Ja. Oder hat er noch andere Frauen und Kinder gehabt? Ehrlich gesagt, würde mich inzwischen nichts mehr überraschen.«

»Mai ist seit Monaten nicht mehr in Kangaroo Crossing gewesen. Ich glaube, Ross hat sie selbst nur ein paar Mal im Jahr für ein paar Wochen gesehen. Er pflegte zu sagen, dass sie an Wanderlust leide.«

»Da hatte er wohl Recht. Nachdem sie zuerst unbeirrbar darauf bestanden hatte zu bleiben, war sie fort, als ich heute Morgen aufstand.«

»Wahrscheinlich sehen Sie Mai jetzt erst einmal monatelang nicht wieder, falls überhaupt.«

Estella war froh, wenigstens wieder in Ruhe schlafen zu können, auch wenn sie sich Binnies wegen noch immer Sorgen machte. »Haben Sie Teddy Hall gesehen?«

»Nein. Warum fragen Sie?«

»Wie ich hörte, hat er Probleme mit seinen Kühen. Anscheinend hat er Kälber verloren.«

»Ja, Mike Lester erwähnte so etwas. Einige der anderen Farmer befürchten, dass eine ansteckende Krankheit der Grund dafür sein könnte.«

Estella wusste, dass die Farmer tatsächlich Grund zur Sorge hatten.

»Haben Sie eine Ahnung, was es sein könnte?«, wollte Murphy wissen.

»Um sicher zu sein, müsste ich die betroffenen Tiere untersuchen – aber ich habe eine Theorie. Ich hoffe nur, es ist nicht das, was ich vermute. Glauben Sie, ich sollte Teddy meine Hilfe anbieten?«

Murphy schüttelte den Kopf. »Er weiß ja, wo er Sie findet, wenn er Sie braucht.«

»Sie wissen genau, dass er mich nicht um Hilfe bitten wird. Er hat mir mehr als deutlich zu verstehen gegeben, dass er kein Vertrauen in meine Fähigkeiten besitzt.«

»Vielleicht bleibt ihm keine andere Wahl.«

»Passen Sie auf, dass Sie mir nicht zu sehr schmeicheln!«

Murphy lächelte. »Tut mir Leid, das klang wirklich nicht besonders nett. Was ich sagen wollte ... Teddy Hall muss seine Vorurteile gegen Tierärztinnen ablegen, wenn er seine Herde retten will.«

Estella nickte. »Da ist er nicht der Einzige. Haben Sie selbst Ihre Meinung inzwischen geändert?«

Murphy wurde ernst. »Sie haben mit Stargazer ganz erstaunliche Fortschritte gemacht. Er hat seit langer Zeit niemanden mehr auf seiner Koppel geduldet.«

»Das hört sich ja beinahe wie ein Kompliment an.«

»Um Martys willen – und natürlich auch Stargazers – hoffe ich, dass Sie wissen, was Sie tun.«

»Ja«, erwiderte Estella aufrichtig. »Zumindest in der Theorie.«

Murphy bewunderte Estellas Offenheit. Als er gehört hatte, dass sie dem Hengst helfen wollte, hatte er sie für unglaublich naiv gehalten. Selbst jetzt noch bezweifelte er, dass sie ein Wunder an Stargazer vollbringen würde, doch es war nicht zu bestreiten, dass sie Mut hatte. »Sie sehen jetzt viel mehr wie eine Tierärztin aus als an dem Tag, da Sie aus dem Flugzeug gestiegen sind«, sagte er mit einem Blick auf ihre praktische Kleidung. Sie trug flache Schuhe, eine Bluse und eine leichte lange Hose. Ihr Haar hatte sie geflochten. »Und nicht mehr wie eine dieser Frauen, die auf dem Laufsteg Kleider vorführen.« Noch immer fiel ihm die Vorstellung schwer, dass eine so attraktive Frau die Arbeit tun sollte, die Ross getan hatte – und er war nach wie vor sicher, dass sie nicht lange durchhielt.

»Ich weiß nicht, wie ich das verstehen soll«, entgegnete sie lächelnd.

Murphy grinste. »Ich bewundere Sie dafür, dass Sie die Herausforderung mit Stargazer angenommen haben. Ich hoffe nur, Sie machen Marty keine falschen Hoffnungen und verschwinden, bevor Sie Ihr Werk vollendet haben!«

»Ich werde nicht aufgeben. Ich halte durch, und sei es nur, um zu sehen, wie Sie Ihre Wette mit Teddy Hall und seinen Freunden verlieren.«

Murphy blieb eine Antwort schuldig, doch Estella spürte, dass er ihr immer noch nicht zutraute, auf Dauer im Busch zu leben. Sie war sich ja nicht einmal selbst sicher, ob sie es konnte!

»Vielleicht sollten wir beide eine Wette abschließen«, sagte sie. »Ich könnte ein wenig Geld gut gebrauchen.«

»Ich auch«, erwiderte er.

»Stark zu sein, ist eine Sache, aber wenn ich hier bleiben will, muss ich arbeiten. Was ich für Stargazer tue, hilft mir, das Material für die Reparatur des Hauses zu bezahlen – aber ich muss auch essen und meine Rechnungen bezahlen. Wenn niemand mir seine Tiere anvertraut, werde ich verhungern.«

»Die Leute werden sich schon an den Gedanken gewöhnen. Aber für Teddy wird es nicht leicht sein, seinen Stolz zu vergessen, nachdem er vor seinen Freunden den Mund so voll genommen hat. Die Männer folgen eben auch dem Herdentrieb ...«

»Wie die Schafe.«

Murphy lachte herzlich und fügte hinzu: »Wie Fliegen auf einem Haufen Schafsch ...«

»Igitt, hören Sie auf! Ich sehe es förmlich vor mir!« Estella stimmte in sein Lachen ein.

In diesem Moment trat Phyllis Edwards durch die Hintertür des Ladens ins Freie. Verwundert hörte sie die neue Tierärztin und Murphy miteinander lachen – nach dem zu urteilen, was Murphy über Estella Lawford gesagt hatte, war Phyllis davon ausgegangen, dass er die Frau nicht mochte. Doch sie hatte sich offensichtlich geirrt und schämte sich jetzt fast ein wenig dafür. »Michael!«, rief sie ungeduldiger als beabsichtigt, »ich bin so weit. Wenn du bereit bist, können wir gehen!«

Murphy warf einen Blick auf die Uhr und murmelte: »Es ist noch viel zu früh.« Dann winkte er zum Haus hinüber. »Ich komme!«

»Flugstunden werden sicher gut bezahlt«, zog Estella ihn auf.

Murphy verdrehte die Augen. »Wenn es nur so wäre! Bis später.«

Estella sah ihm nach, wie er den Abhang zum Haus hinunterging. Zum ersten Mal fiel ihr auf, dass er ein gut aussehender Mann war. Nicht, dass sie sich davon besonders angezogen fühlte, oder überhaupt von irgendeinem Mann. Es würde noch lange dauern, bis die Wunde in ihrem Herzen heilte.

Estella blickte zu Phyllis hinüber, die ihrerseits Estella beobachtet hatte. Jetzt schenkte sie der Tierärztin ein kurzes, zurückhaltendes Lächeln, bevor sie sich umwandte und ins Geschäft zurückging.

Sie hat ein Auge auf Murphy geworfen, dachte Estella. Na, von mir hat sie keine Konkurrenz zu befürchten.

Auf dem Heimweg ging Estella am Krankenhaus vorbei, in

der Hoffnung, dort Betty oder Kylie anzutreffen. Stattdessen sah sie Dr. Dan, der in seinem Büro saß und eine Krankenakte studierte. »Guten Tag«, sagte sie von der Tür her.

Dan blickte auf, und sie sah, dass er sehr erschöpft wirkte.

»Oh, guten Tag, Estella. Wie geht es Ihnen heute?«

»Gut, danke. Ich bin auf der Suche nach Betty. Ist sie noch hier?«

»Nein, ich fürchte, Sie haben sie verpasst.«

»So was Dummes. Ich wollte mich für die Nierenpastete bedanken, die sie mir geschickt hat.«

»Ich habe gerade den Rest gegessen, den sie mir hier gelassen hat – sie war köstlich.«

Estella sah den Teller und das Besteck auf dem Schreibtisch stehen. »Ist denn Kylie noch da?«

»Sie ist gerade in ihr Zimmer gegangen, um sich auszuruhen. Kann *ich* Ihnen irgendwie helfen?«

Estella sah, dass seine Hand zitterte, und er schien sehr nervös zu sein. Wahrscheinlich brauchte er etwas zu trinken. Estella wusste nicht, ob sie ihn bemitleiden oder wütend sein sollte. »Nein, vielen Dank.« Sie wandte sich zum Gehen, zögerte jedoch. »Wenn Sie sich auch gern etwas hinlegen möchten – ich könnte eine Weile hier bleiben ...«

»Ich werde schon bis heute Abend durchhalten. Trotzdem danke für Ihr freundliches Angebot.«

Estella nickte. »Gern geschehen. Ach, übrigens – als Murphy und ich bei der Mungerannie-Versorgungsstation zwischengelandet sind, bat Hattie mich um ein Medikament gegen Hautflechten. Wenn Sie dorthin kommen sollten, könnten Sie ihr ein Medikament mitnehmen.«

»Ja, sicher.«

Als Estella das Krankenhaus durch den Hintereingang verließ, bemerkte sie als Erstes ein riesiges, von Holzstützen getragenes Dach, das wahrscheinlich einmal so etwas wie ein Heuschober gewesen war. Es war an zwei Seiten offen, und

Estella blickte erstaunt auf das alte Flugzeug, das vollständig mit Staub bedeckt war.

An der hinteren Wand stand eine Werkbank, auf der Werkzeuge und ölverschmierte Motorteile lagen. Die Reifen des Flugzeugs hatten nur wenig Luft, was dafür sprach, dass die Maschine seit Jahren nicht mehr geflogen worden war.

»Hallo, Missus«, hörte Estella plötzlich Kylie sagen. Verwundert wandte sie sich um. »Oh, Kylie. Ich habe Sie gar nicht kommen hören.«

»Entschuldigen Sie – ich sah Sie von meinem Fenster aus.« Kylie deutete auf einen der drei Räume im Anbau an der Rückseite des Krankenhauses.

»Wem gehört dieses Flugzeug?«

»Das weiß ich nicht. Es ist noch nie geflogen worden, seit ich hier bin, aber Dr. Dan werkelt manchmal daran herum.«

Diese Neuigkeit überraschte Estella. »Hat er denn einen Flugschein?«

»Das glaube ich nicht. Betty hat oft gesagt, dass er nicht gern fliegt. Mir hat er erzählt, er bastelt gern an Motoren herum. Ich habe einmal gehört, wie er sich mit Murphy über die teuren Ersatzteile unterhielt – wahrscheinlich braucht er deshalb so lange.«

Estella konnte sich nicht vorstellen, dass Dr. Dan zwischen seinen Krankenbesuchen auf den Farmen und *stations* und seiner Arbeit im Krankenhaus noch Zeit fand, die alte Maschine instand zu setzen. Soweit sie inzwischen wusste, nutzte er seine abendliche Freizeit vor allem dazu, sich zu betrinken. »Ich wollte mich bei Betty für die Pastete bedanken, aber ich habe sie offenbar knapp verpasst.«

»Betty wohnt in der Sydney Street, falls Sie sie besuchen möchten.«

Bei der Vorstellung einer Gebäudereihe in der Sydney Street musste Estella lächeln, denn dort stand nur ein einziges Haus.

»Danke, ich gehe morgen zu ihr. Kylie, ich wollte Sie noch etwas fragen. Es geht um Mai und Binnie.«

»Was ist mit ihnen, Missus?«

»Sie sind gestern Abend bei mir gewesen. Mai sagte, sie wolle bleiben, aber heute Morgen waren sie und Binnie fort. Glauben Sie, die beiden kommen zurück?«

»Ich weiß nicht, Missus. Mai war immer ein unruhiger Geist. Alle Aborigines gehen von Zeit zu Zeit auf Wanderschaft, aber Mai ist rastlos.«

»Darum bin ich auch so erschrocken, dass sie mit Ross verheiratet war.«

Kylie sah sie verwundert an. »Er war sehr gut für Mai, Missus.«

Estella seufzte. »Das hat Charlie auch gesagt.« Insgeheim fragte sie sich, ob Mai auch gut für Ross gewesen war.

»Er hat Mai sesshafter werden lassen. Sie ist trotzdem noch oft *walkabout* gegangen, aber sie hatte immer Ross, zu dem sie zurückkommen konnte.« Kylies Miene spiegelte Besorgnis wider. »Ich weiß nicht, was jetzt mit ihr wird.«

Estella fragte sich noch immer, was diese Ehe Ross gegeben haben mochte – abgesehen von Binnie, die ein sehr hübsches Geschöpf war. Ob die Heirat Ross für den Verlust Carolines entschädigt hatte? Doch Estella konnte sich nicht vorstellen, dass das Leben mit Mai leicht gewesen war, und sei es nur für kurze Zeit.

Bei ihrer Rückkehr zum Haus stellte sie fest, dass Mai und Binnie wieder erschienen waren. Sie waren an der Rückseite des Hauses damit beschäftigt, ein Feuer aufzuschichten. Anscheinend waren sie auch wieder im Haus gewesen; dieses Mal hatten sie die Überreste einer Eidechse auf der Spüle liegen lassen: den Kopf, den Schwanz und Eingeweide, bei deren Anblick Estella beinahe übel wurde.

Sie tat einige tiefe Atemzüge und beschloss, Mai zur Rede zu stellen.

»Mai!«, rief sie von der Hintertür aus, »werdet ihr jetzt hier bleiben?«

Die Aborigine-Frau hielt inne und schaute Estella mit ausdruckslosem Blick an. »Ich bleiben«, erwiderte sie.

»Wenn wir zusammen hier wohnen wollen, müssen wir einen Plan machen«, erklärte Estella.

»Was du reden, Missus?«

»Wir müssen entscheiden, wer welche Aufgaben übernimmt. Und weil ich die Praxis habe, musst du dich mehr um die Hausarbeit kümmern. Aber ich werde für mich selbst kochen. Lass bitte keine Reste von toten Tieren auf der Spüle liegen – oder sonst wo, wo ich sie sehe.«

Mai sah zuerst Binnie und dann Estella an, als hätte diese soeben erklärt, es würde eine Woche lang regnen. Dann deutete sie anklagend mit dem Zeigefinger auf Estella und sagte etwas zu ihrer Tochter, das meiste davon in ihrer eigenen Sprache. Doch Estella hörte das Wort Tierarzt. Sie schloss daraus, dass Mai nicht verstand, warum ein Tierarzt den Anblick von toten Tieren nicht ertragen konnte.

»Ich jage und töte keine Tiere, wie ihr es tut«, verteidigte sie sich. »Und diese Überreste stinken und ziehen Fliegen an.« Sie rümpfte die Nase. »Außerdem ist es unhygienisch, sie so herumliegen zu lassen.« Estella wurde plötzlich klar, dass es keinen Sinn hatte, diese Dinge jemandem erklären zu wollen, der Kängurus mitsamt Fell und allen Innereien im Feuer briet. Deshalb fuhr sie fort: »Aber darüber brauchen wir jetzt nicht zu streiten. Was die Schlafplätze angeht, würde ich mein Bett in den Behandlungsraum stellen, wenn Binnie gern in meinem Zimmer übernachten möchte. Sie kann nicht jede Nacht draußen im Staub schlafen.« Estella mochte gar nicht daran denken, dass Mai im Zimmer ihres Vaters schlafen könnte, besonders, wenn sie deren schmutzige Füße und das getrocknete Blut auf ihrem Wickeltuch sah.

Mai schüttelte den Kopf, erwiderte aber nichts. Estella

wusste ihre Reaktion nicht zu deuten. Dann sagte Mai in ihrer Sprache etwas zu ihrer Tochter, und beide sahen Estella an und lachten, bevor sie sich daranmachten, das Feuer weiter aufzuschichten.

Verwundert und verlegen kehrte Estella ins Haus zurück. »Ich habe das dumpfe Gefühl, dass es nicht funktioniert«, murmelte sie vor sich hin.

11

John Matthews und Teddy Hall ritten Seite an Seite durch die glühende Mittagshitze. Sie hielten auf ein Geräusch zu, das im Busch gleichbedeutend mit Tod war: dem Summen tausender Fliegen. Als der Wind plötzlich drehte, legte sich der Gestank nach Aas wie eine erstickende Wolke über die zwei Männer.

»Ich musste heute Morgen auf der Nordweide dreiundzwanzig Schafe erschießen«, meinte John seufzend. Mit der Hand verscheuchte er die Schmeißfliegen vor seinem verschwitzten Gesicht, während sie auf die verfaulenden Kadaver von mehr als einem Dutzend Schafen starrten, die in einem trockenen Bachbett lagen. Millionen Ameisen krabbelten auf ihnen herum; Wolken von Fliegen summten über den bis auf das Skelett abgemagerten Tierkörpern. »Ich habe jetzt wirklich genug! Es gibt fast kein Futter mehr, und die Schafe, die mir noch bleiben, sind kaum mehr als Haut und Knochen. Diese verdammten Fliegen werden auch sie irgendwann bekommen. Aber wenn ich noch mehr Tiere verliere, kann ich gleich das Handtuch werfen!«

Teddy hatte seine eigenen Probleme, doch John tat ihm Leid. Sie alle litten unter der Dürre, die nun schon ein Jahr anhielt, und trotz der ständigen Anstrengung, ihre Schafe vor dem Tod und den Fliegen zu retten, war es ein Kampf, den sie nicht gewinnen konnten. »Wann hast du zum letzten Mal ihr Fell desinfiziert?«

»Vor zwei Wochen. Ich dachte, es sei zu trocken für Ungeziefer, aber offensichtlich habe ich mich geirrt.«

Teddy warf John einen Seitenblick zu. »Trotzdem geht es dir besser als manchen anderen. Matt Williams hat in den letzten paar Wochen ein Viertel seiner Herde an die Fliegen verloren. Hoffentlich bleibt mir das erspart, ich hab weiß Gott schon genug andere Probleme.«

»Verlierst du noch immer Kälber?«

»Ja, bisher sind's dreiunddreißig. Aber in den letzten anderthalb Tagen keines mehr – jedenfalls nicht, dass ich wüsste.«

»Hast du eine Vorstellung, woran das liegen könnte?«

»Nein, ich hab keine Ahnung.«

»Meinst du nicht, es ist Zeit, diese neue Tierärztin zu rufen, Teddy?«

Der nahm seinen Hut ab und ließ ihn auf den Oberschenkel klatschen. Mit dem Hemdsärmel wischte er sich den Schweiß von der Stirn.

John fand, dass Teddy krank aussah. Er schwitzte viel mehr als gewöhnlich und schien ab und zu im Sattel leicht zu schwanken. »Alles in Ordnung, Teddy? Du bist ziemlich blass um die Kiemen!«

»Nur ein leichtes Fieber. Hast du nicht gehört, was diese verrückte Kuh jetzt vorhat?«

John verzog das Gesicht. Er war in einer wohl situierten englischstämmigen Familie in den Darling Downs aufgewachsen, und Teddys Ungeschliffenheit verletzte seinen Sinn für Anstand und Sitte. »Nein. Was denn?«

»Sie versucht bei Stargazer eine ›Massagetherapie‹!« Er lachte anzüglich. »Wenn sie im Ernst glaubt, das würde ihm helfen, hat sie keine Ahnung. Ich hätte dir gleich sagen können, dass man heutzutage an der Universität nichts Vernünftiges mehr lernt! Ein Mann mit Ross Coopers Erfahrung ist nicht zu ersetzen.«

»Ich habe von dieser Massagebehandlung gehört«, erwiderte John. »Marty behauptet, auch Pferdetrainer wenden sie an.«

Teddy lachte leise auf. »Das hat sie ihm wahrscheinlich weisgemacht, damit sie selbst gut dasteht.«

»Als Wags heute Morgen die Post brachte, hat er mir erzählt, dass Murphy sagt, sie hätte mit Stargazer gute Fortschritte gemacht. Sie hofft sogar, dass er wieder Rennen laufen kann.«

»Das soll doch wohl ein Scherz sein?«

»Nein.« John ließ den Blick über die von rotem Staub bedeckte Landschaft schweifen, deren Kargheit nur von vereinzelten Mallee-Büschen aufgelockert wurde. Er suchte beim Rest seiner Herde nach Anzeichen dafür, dass diese von Fliegen befallen war. Erkrankte Tiere stampften mit den Beinen, waren unruhig und geschwächt durch das Gift in ihrem Blut; die Haut löste sich, und die Wolle verlor ihre Farbe. »Kommst du heute Abend zu dem Treffen in der Bar?«

»Ja, das hatte ich vor.«

»Ich glaube, es wäre klug. Barney Everett hetzt die Besitzer der anderen *stations* mit seinen Vermutungen darüber auf, ob deine Kühe andere Tiere anstecken könnten.«

»Oh, zum Teufel mit ihm!« Das Letzte, was Teddy jetzt brauchen konnte, waren zornige Nachbarn. Selbst wenn er die Tierärztin rief – was seiner Meinung nach völlig sinnlos war –, könnte er eine Behandlung nicht bezahlen. Er schaffte es so schon kaum, den Farmbetrieb aufrechtzuerhalten. »Barney war immer schon hysterisch«, sagte er.

»Du solltest kommen, um dich zu verteidigen, sonst kann alles Mögliche geschehen.«

»Ich werde da sein, keine Sorge!«

Ratlos betrat Estella das Hotel. »Charlie, du musst unbedingt mit Mai sprechen!«, stieß sie atemlos hervor, die Wangen vor Zorn gerötet. »Sie versteht mich einfach nicht!«

»Du solltest dir einen Hut kaufen, sonst bekommst du einen Sonnenstich«, meinte Charlie trocken.

Estella starrte ihn wütend an. »Im Moment wäre ein Sonnenstich das geringste meiner Probleme, Charlie!«, erwiderte sie. »Außerdem wäre bestimmt nicht die Sonne schuld an meinem frühen Tod, solange Mai in der Nähe ist!«

Plötzlich ertönten aus einem Nebenraum laute Männerstimmen.

»Ein paar Farmer halten eine Versammlung ab«, erklärte Charlie auf Estellas fragenden Blick hin und stellte volle Biergläser auf Tabletts. »Was hat Mai denn wieder angestellt?«

»Sie hat wieder die ganze Nacht so laut gekreischt, dass ich nicht schlafen konnte. Und heute Abend haben Binnie und sie den Wassertank abgelassen und sind in dem Strahl herumgetollt, als wäre es ein Wasserfall. Ich habe versucht, Mai klar zu machen, dass ich das Wasser kaufen muss und es mir nicht leisten kann, dass sie es verschwendet. Aber sie scheint gar nicht zu verstehen, warum es so wichtig ist, einen Wasservorrat zu haben.«

Charlie nickte. »Weil sie überall Wasser finden kann.«

Estella wusste nicht, was sie dazu sagen sollte. Schließlich fragte sie: »Aber warum geht sie so verschwenderisch damit um?«

Charlie zuckte mit den Schultern. Er selbst hatte sich inzwischen an die sorglose Art der Aborigines gewöhnt, doch es war sehr schwer, einem Menschen aus der Großstadt die Gründe dafür begreiflich zu machen. Den Aborigines waren die Denkweise und Probleme der Weißen fremd. Gab es irgendwo nicht genügend zu essen, zogen sie einfach weiter, und wenn sie Wasser brauchten, wussten sie genau, wo sie suchen mussten.

Estella nahm an, Charlie sei ebenso ratlos wie sie und wahrscheinlich keine große Hilfe. Doch sie musste sich endlich einmal alles von der Seele reden. »Als ich badete, haben Mai und Binnie die Kissen vom Sofa mit nach draußen genommen und sich damit in den Staub gesetzt, und ständig tragen sie mir

Schmutz ins Haus und auf die frisch gewischten Böden. So geht es nicht weiter. Ich habe versucht, Mai zu erklären, dass wir uns die Hausarbeit teilen müssen, aber sie hat mich nur angestarrt, als wäre ich vom Mond. Ich weiß wirklich nicht, was ich tun soll! Du sprichst doch ihre Sprache, Charlie – könntest du ihr nicht wenigstens klar machen, dass sie keine Innereien von Tieren auf der Spüle liegen lassen und kein Wasser verschwenden darf, wenn wir in Frieden zusammenwohnen wollen?«

Charlie hielt Estellas Klagen für unbedeutend, bemühte sich aber, nicht darüber zu lächeln. »Mai wird nicht auf mich hören, Estella. Sie war immer schon eigensinnig.«

»Wie hat sie nur mit deinem Bruder zusammengelebt? Oder sollte ich lieber fragen, wie *er* es fertig gebracht hat, mit ihr zu leben?«

»Ich glaube, sie haben sich auf einer bestimmten Ebene verstanden und arrangiert, genau wie Edna und ich. Ich mache mir keine Gedanken über Kleinigkeiten, Estella. Und über unterschiedliche Lebensweisen sollte man auch nicht streiten, weil es keinen Sinn hat, findest du nicht auch?«

»Ich spreche aber nicht von Kleinigkeiten, Charlie. Was soll ich tun, wenn ich kein Wasser mehr habe? Und genau das wird bald der Fall sein, wenn Mai es weiter aus dem Tank laufen lässt. Ich kann auch nicht ständig die Böden wischen. Könnte Edna nicht mit Mai sprechen?«

Charlie lachte herzlich. »Edna würde gar nicht verstehen, warum du dich aufregst. Aborigines stören sich nicht an schmutzigen Böden, Estella, sie wohnen nicht mal in Häusern. Ich habe dir doch gesagt, dass persönlicher Besitz und Dinge wie Kissen oder Möbel ihnen nichts bedeuten. Vielleicht ist dir aufgefallen, dass die Hälfte von ihnen nicht einmal Kleidung trägt.«

Estella dachte an die Aborigines, denen sie im Krankenhaus begegnet war, und seufzte. »Wenn du Recht hast, werden Mai und ich es wohl beide nicht aushalten, zusammen in dem Haus zu leben. Wir sind zu verschieden.«

»Du könntest deine Denkweise ändern, Estella. Ich weiß, dass es schwer ist, aber allein schon um deinetwillen musst du es wenigstens versuchen.«

Estella blickte verstört zu ihrem Onkel auf. Sie tat ihm Leid. »Mai wird bestimmt nicht lange in der Stadt bleiben«, sagte Charlie. »Aber solange sie hier ist, solltest du versuchen, so gut wie möglich mit ihr auszukommen.«

Estella wollte gerade etwas einwenden, doch wieder ertönte aus dem Nebenzimmer lautes Stimmengewirr.

»O je! Ich muss den Jungs das Bier bringen«, meinte Charlie erschrocken.

»Ich helfe dir«, sagte Estella und ergriff eines der Tabletts. Sie wollte wissen, was im Nebenzimmer vor sich ging.

Die Diskussion war hitzig, und die Männer bemerkten kaum, dass Charlie und Estella die Getränke brachten.

»Woher willst du wissen, dass es nicht ansteckend ist?«, wandte einer der Anwesenden sich an Teddy Hall. »Ich habe so etwas vor Jahren schon mal erlebt, als ich noch in den Victorian Highlands wohnte. Soweit ich mich erinnere, war es eine teuflisch ansteckende Sache, und einige Farmer haben ihr gesamtes Vieh verloren.«

Estella ging von Tisch zu Tisch, verteilte die Gläser und lauschte dem erregten Gespräch. Sie hätte sich gern zu Wort gemeldet und ihre Meinung beigesteuert, jedoch nicht, ohne darum gebeten worden zu sein. Als ihr Tablett leer war, blickte sie auf und stellte fest, dass der Mann, der die Versammlung leitete, sie ansah.

»Vielleicht könnten Sie uns helfen?«, fragte Barney Everett.

Stille legte sich über den Raum, und aller Blicke ruhten auf Estella.

Sie stellte das Tablett ab. »Gern, wenn ich kann«, erwiderte sie. Teddy Hall schüttelte verärgert den Kopf und wandte ihr brüsk den Rücken zu, als sie ihm einen Blick zuwarf.

»Wir sind einander noch nicht vorgestellt worden, aber ich glaube, Sie sind die neue Tierärztin hier«, meinte Barney.

»Stimmt. Ich bin Estella Lawford.«

»Und ich bin Barney Everett, Vorsitzender der Rinderzüchtervereinigung in diesem Distrikt. Teddys Kühe verlieren ihre Kälber. Haben Sie irgendeinen Verdacht, woran das liegen könnte?«

»Da müsste ich die Tiere erst einmal sehen ...«, begann Estella.

»Ganz sicher nicht!«, stieß Teddy wütend hervor, doch Estella beachtete ihn nicht. »Aber ich glaube, Sie haben allen Grund, besorgt zu sein. Falls es sich hier um Brucellose handelt, ist es sehr ansteckend – und nicht nur für Ihr Vieh.«

»Wie meinen Sie das?«

»Erkrankte Tiere können auch Menschen infizieren«, erklärte Estella mit einem Seitenblick auf Teddy.

»Oh, zum Teufel!«, fluchte er und sprang auf. »Ich hätte wissen müssen, dass Sie alles nur noch schlimmer machen!« Er blickte in die Runde und sah, dass alle ihn anstarrten. »Ihr werdet ihr doch hoffentlich nicht glauben?«

»Wir können nicht einfach ignorieren, was sie sagt«, erklärte Barney Everett. »Diese Sache könnte uns allen schaden.«

»Na, vielen Dank!« Teddy spuckte aus und stürmte aus dem Raum.

»Teddy sagt, er habe in den letzten paar Tagen keine Kälber mehr verloren«, erklärte John Matthews, um seinen Nachbarn zu verteidigen. »Vielleicht haben seine Kühe ja etwas anderes als diese ... Brucellose.«

»Kühe können in manchen Fällen trotz der Infektion der Gebärmutter ihre Kälber austragen«, hielt Estella dagegen. »In einigen Fällen verschwinden die Symptome nach drei bis sechs Monaten, aber in der Zwischenzeit würden Sie alle möglicherweise einen großen Teil Ihres Viehs verlieren. Ich möchte Sie nicht in Panik versetzen, aber Sie sollten Ihre Tiere vorsichtshalber erst einmal von Teddys Kühen getrennt halten.«

»Das ist fast unmöglich. Unsere Farmen grenzen aneinander«, murmelte einer der Männer.

»Können wir noch irgendetwas anderes tun, um unser Vieh zu schützen?«, fragte ein anderer Mann.

»Nein, und leider gibt es gegen Brucellose kein verlässliches Mittel. Die erkrankten Tiere müssen abgesondert werden, um die Infektion einzudämmen.«

»Und wenn Teddy nun selbst krank ist?«, wollte John Matthews wissen. Ihm war eingefallen, dass Teddy Symptome gezeigt hatte.

»Dr. Dan wird ihn untersuchen müssen. Wenn er sich angesteckt hat, gibt es eine Behandlung mit Sulfonamiden und einem Antibiotikum namens Streptomycin.«

»Könnte er uns auch anstecken?«, wollte Barney wissen.

Estella schüttelte den Kopf. »Die Krankheit wird selten von Mensch zu Mensch übertragen, und aus noch ungeklärten Gründen sind Kinder weniger anfällig als Erwachsene.«

»Ist das alles, was Sie uns an Hilfe geben können?«, erwiderte Barney.

»Tut mir Leid, aber so ist es. Ich müsste Teddys Kühe untersuchen, um sicher zu sein, dass sie wirklich an Brucellose leiden, aber es sieht nicht so aus, als würde er das erlauben. Deshalb kann ich Ihnen leider keinen anderen Rat geben.«

»Dann gibt es wohl nichts mehr zu sagen«, meinte einer der Männer und stand auf. Die anderen leerten ihre Gläser und folgten seinem Beispiel. Estella hatte das bedrückende Gefühl, die Männer im Stich gelassen zu haben, weil sie keine Lösung wusste.

»Es wird sich von selbst regeln«, meinte Charlie, als Estella niedergeschlagen zu ihm an den Schanktisch kam.

»Das bezweifle ich«, seufzte sie. »Und ich weiß nicht, wie

ich ihnen helfen soll, besonders, wenn Teddy mich seine Kühe nicht untersuchen lässt.«

Als sie nach Hause kam, war alles still. Sie ging über den Flur und sah, dass die Tür zu Ross' Schlafzimmer offen stand. Verwirrt runzelte Estella die Stirn, weil die Tür geschlossen gewesen war, als sie das Haus verlassen hatte. Sie warf einen Blick ins Zimmer und sah, dass der Sessel neben dem Bett verschwunden war. Mai musste ihn mit hinausgenommen haben. Zuerst ärgerte es sie, doch dann beschloss sie mit einem tiefen Seufzer, einfach nicht darauf zu achten, was die Aborigine-Frau tat. Um ihrer selbst willen musste sie sich auf wichtigere Dinge konzentrieren – zum Beispiel darauf, die Farmer für sich zu gewinnen, damit sie endlich bezahlte Arbeit hatte.

Als sie sich aus dem Krug auf der Spüle ein Glas Wasser einschenkte, blickte sie zufällig aus dem Küchenfenster und erstarrte. Mai war eben dabei, den Sessel ins Lagerfeuer zu wuchten! Entsetzt eilte Estella hinaus und zog den Sessel aus der Asche. »Du kannst doch keine Möbel verbrennen!«, rief sie außer sich.

»Wird nicht mehr gebraucht«, rief Mai zurück und packte den Sessel von der anderen Seite.

Estella war sicher, wieder Alkohol in Mais Atem zu riechen, und wurde noch ärgerlicher. »Ross war dein Mann! Wie kannst du seine Sachen verbrennen?«

»Ich brauchen Holz für Kochfeuer!«, stieß Mai hervor, und ihre dunklen Augen schossen Blitze.

»Dann such es dir anderswo!«, schimpfte Estella. Die beiden zogen und zerrten an dem Sessel, und Estella stellte fest, dass Mai viel mehr Kraft besaß, als ihre zierliche Figur vermuten ließ. Sie vermochte ihr den Sessel nicht zu entreißen, so sehr sie sich anstrengte. Hätte sie nüchtern denken können, wäre ihr die komische Seite dieser Szene nicht entgangen. Aber sie war enttäuscht und desillusioniert und handelte rein gefühlsmäßig. Estellas Zorn wurde zusätzlich dadurch entfacht, dass Mai eines ihrer Kleider trug, das allerdings kaum noch zu erkennen war – voller Staub, an einigen Stellen zerrissen und mit den Blutflecken der letzten Beute übersät, einer riesigen Eidechse, die mit zerschmettertem Kopf nur ein paar Meter entfernt lag.

Dieser grausige Anblick war endgültig zu viel für Estella, der plötzlich wieder übel wurde. Sie rannte ins Haus, schlug die Tür hinter sich zu und schrie: »Du kannst verbrennen, was du willst – es ist mir egal!« Sie flüchtete sich in den Behandlungsraum, in den sie ihre Sachen gebracht hatte, und stellte fest, dass ihr Koffer tatsächlich durchwühlt worden war. Mit einem Schrei der Verzweiflung warf sie sich auf die Matratze und begann haltlos zu schluchzen.

12

Estella war von Heimweh erfüllt. Sie saß auf der vorderen Veranda, die hochgezogenen Knie mit den Armen umschlossen, und fühlte sich wie von einer Wolke der Verzweiflung eingehüllt. Der Himmel zeigte sämtliche Farbschattierungen von lebhaftem Rot über Rosa, Orange und Gold; es war ein atemberaubender Anblick. Der flammend rote Wolkensaum versprach auch für den folgenden Tag glühende Hitze.

Doch Estella hatte keinen Blick für dieses Schauspiel. Im Herzen sehnte sie sich schmerzhaft nach dem Leben, das sie noch vor kurzer Zeit geführt hatte, nach Englands kühlem Grün und vor allem nach ihrer Tante Flo. Nicht einmal die Kängurus und Emus, die bei ihrer Futtersuche manchmal nahe am Haus vorüberkamen, konnten sie von ihrem Kummer ablenken.

Estellas Freunde waren in der Mehrzahl auch James' Freunde gewesen, also verbot es sich, mit einem von ihnen Verbindung aufzunehmen. Sie hatte gewusst, dass ihr Schritt, nach Australien zu gehen, Opfer mit sich bringen würde, doch bis zu diesem Augenblick, als sie sich von der Einsamkeit schier überwältigt fühlte, war ihr nicht klar gewesen, wie viel sie aufgegeben hatte. Und was ihre Mutter betraf, wusste Estella, dass sie enttäuscht und besorgt sein würde; deshalb hatte sie ihr bisher noch nicht geschrieben. Caroline ahnte nicht einmal, dass James und ihre Tochter getrennt waren – und dass Estella ein Kind erwartete. Ihre Mutter würde eine Erklärung verlangen, doch Estella wusste nicht, wie sie ihr von Davinia erzählen sollte. Und ganz sicher würde Caroline glauben, ihre Tochter habe den Verstand verloren, weil sie in Kangaroo Crossing lebte und die Praxis ihres Vaters übernommen hatte.

Estella nahm den Stift und das Briefpapier, das sie mit nach draußen genommen hatte. Kurz fragte sie sich, was Mai und Binnie wohl taten, wollte es aber lieber gar nicht wissen. Im Westen versank die Sonne am Horizont, und das Licht schwand rasch. Estella beschloss, mit einem Brief an ihre Tante Flo zu beginnen, dem einzigen Menschen, dem sie sich wirklich anvertrauen konnte.

Liebe Tante Flo, schrieb sie, *ich habe so viel zu erzählen, dass ich nicht weiß, wo ich anfangen soll ...*

Sie hielt inne und blickte über die weite Landschaft.

Ja, wo sollte sie anfangen? Ihre vom Weinen geschwollenen Augen füllten sich erneut mit Tränen, und Selbstmitleid stieg in ihr auf. Sie hatte den verzweifelten Wunsch, ihrer Tante das Herz auszuschütten, dann aber würde Flo vor Sorge um sie sterben. Deshalb beschloss Estella, das Schlimmste auszulassen und Flo nur zu schreiben, dass sie langsam, aber stetig Fortschritte machte in dem Bemühen, sich ein neues Leben aufzubauen.

Während sie darüber nachdachte, wie sie die traurigen Umstände im besten Licht schildern könnte, erschien plötzlich ein Hund vor der Veranda. Völlig still stand er da und beäugte Estella aus geringer Entfernung. Dankbar für die Gesellschaft sagte Estella: »Hallo, Schöner!« Sie flüsterte es beinahe, denn sie erkannte, dass es ein wilder Hund war, der erste, den sie nicht nur auf einem Foto sah. Kurz schoss ihr durch den Kopf, dass das Tier vielleicht überlegte, sie zum Abendessen zu verspeisen – doch als es nicht näher kam, verwarf sie diesen Gedanken. Sie war fasziniert von seinem Anblick, seinem schmalen, geschmeidigen Körper, den langen Beinen. Es war ein noch junger Rüde; sein Rücken und die Oberseite seines Kopfes schimmerten in einem warmen Karamelton, während die Beine, die Brust, das Gesicht und der buschige Schwanz, der sich leicht ringelte, fast weiß waren. Der Hund sah sie weiter ruhig aus seinen dunklen, klugen Augen an. Estella wurde klar, dass es wahrscheinlich dieselben Augen waren, die sie kürzlich in der Dunkelheit gesehen hatte. Sie fragte sich, ob Ross das Tier vielleicht gezähmt hatte, und ob es nun nach ihm suchte.

»Ich habe leider nichts dabei, das ich dir zu fressen geben könnte«, sagte sie. »Aber am Feuer hinter dem Haus könnten noch ein paar Reste für dich sein.« Plötzlich hob der Hund den Kopf zum Himmel und heulte. Es war das unheimlichste Geräusch, das Estella je gehört hatte.

Mai erschien auf der Veranda, gefolgt von Binnie.

»Still!«, flüsterte Estella und deutete auf den Dingo, weil sie fürchtete, die beiden könnten ihn vertreiben. Als Mai den Hund sah, der sie kurz anblickte, bevor er wieder zu heulen begann, starrte sie ihn aus weit aufgerissenen Augen an. Sie sah aus, als würde sie jeden Moment ohnmächtig zusammenbrechen.

»Was ist mit dir?«, fragte Estella leise und stand auf, doch Mai fing plötzlich zu kreischen an und rannte ins Haus. Als Estella dorthin blickte, wo der Dingo gestanden hatte, war dieser verschwunden.

Sie verstand Mais Reaktion nicht. Die Aborigine-Frau musste doch an den Anblick von Dingos gewöhnt sein, und bestimmt kannte sie auch deren Geheul. Estella nahm Binnie bei der Hand und ging ins Haus, wo sie Mai in der Küche fand. Die Aborigine ging auf und ab und sprach leise mit sich selbst, wild gestikulierend und mit noch immer schreckgeweiteten Augen.

»Was ist los mit dir?«, fragte Estella verwundert. »Du siehst aus, als hättest du einen Geist gesehen. Binnie ist schon ganz verängstigt.«

»Ross ... sein Geist ... zurückgekommen!«, rief Mai, der beinahe die Augen aus den Höhlen traten.

»Wovon redest du eigentlich?«, rief Estella, die sich fragte, ob sie die Aborigine-Frauen jemals verstehen würde.

»Ross ... hier gestorben«, erwiderte Mai und deutete zum Schlafzimmer.

»Ich weiß, Charlie hat es mir erzählt. Aber was hat das mit dem Dingo zu tun?«

»Ross' Geist ... in Dingo!«, gab Mai zurück, ergriff ihrerseits die Hand ihrer Tochter und eilte aus dem Haus.

»Das ist doch lächerlich, Mai!«, rief Estella und folgte den beiden zum Feuer. Noch immer war Mai völlig verstört.

»Ross' Geist gekommen!«, schrie sie und drückte Binnie an sich.

Estella ging auf sie zu und bemühte sich, ruhig zu bleiben. Ob alle Aborigines so abergläubisch waren? »Mai, das ist Unsinn. Du machst Binnie Angst, also sei still!«

»Dingo ... erst hier, seit Ross ... tot«, stammelte Mai. »Ich ihn vorher ... nie gesehen!«

»Das bedeutet gar nichts«, erwiderte Estella. »Vielleicht hat Ross ihn mal gefüttert, als du nicht da warst.«

»Warum er dann heult?«

»Ich weiß nicht, warum Dingos heulen.« Estella musste gestehen, dass auch sie es eigenartig fand. Normalerweise heulten Hunde nur, wenn sie das Geheul anderer Hunde hörten. Dieses Rudelverhalten war ihnen von den Wölfen vererbt.

Mai starrte sie mit großen Augen an. Estella ahnte, dass die Aborigine ihre Meinung nicht ändern würde. Und Mais Furcht, auch wenn sie unbegründet war, schien echt zu sein.

»Jedenfalls ist der Dingo jetzt fort, und ich gehe schlafen«, erklärte Estella bestimmt. Sie blickte die verängstigte Binnie an. Das Kind tat ihr von Herzen Leid. Sie streckte die Hand aus und strich dem Mädchen über den Kopf. »Wenn du mich brauchst, ich bin im Haus«, flüsterte sie.

Am nächsten Morgen erwachte Estella von einem Kitzeln an der Wange. Sie schlug die Augen auf und sah Binnies Gesicht nur Zentimeter über dem ihren. Dahinter fiel helles Sonnenlicht durch den dünnen Vorhang und umrahmte den dunklen Kinderkopf. Binnie hatte eine lange Feder in der Hand, mit der sie jetzt Estellas Nasenspitze berührte.

»Was tust du da?«, fragte Estella und zog die Nase kraus. Die Kleine kicherte und kitzelte sie noch einmal. Estella musste lachen, und Binnie fiel ein. Sie schien ein unschuldiges, fröhliches Kind zu sein. Estella fand sie sehr hübsch und fühlte sich zu ihr hingezogen. Sicher war Ross stolz auf sie gewesen. Estella war glücklich, eine Halbschwester zu haben. Sie fragte sich, ob auch Binnie eine besondere Verbindung zu ihr fühlte. Es schien so, doch Estella wusste, dass sie sich täuschen konnte.

Sie nahm Binnie die Feder aus der Hand und fuhr damit über ihre Arme und die Haut unter ihrem Kinn. Binnie wand sich kichernd unter der Berührung.

Plötzlich kam Estella eine Idee. »Kann ich mir die Feder mal ausleihen, Binnie? Ich gebe sie dir zurück, versprochen.«

Die Kleine wirkte erstaunt, nickte jedoch.

Mai war nirgendwo zu sehen, sodass Estella beschloss, Binnie mit zu Stargazers Stall zu nehmen. Als sie durchs Haus ging, warf sie einen Blick in Ross' Zimmer und stellte fest, dass einige Schubladen offen standen. Sie fragte sich, was Mai vorhatte. Hoffentlich war sie nicht auf die Idee gekommen, seine persönlichen Dinge zu verbrennen. Offensichtlich bedeuteten sie Mai nicht das Geringste. Sie musste unbedingt anfangen, Ross' Sachen durchzusehen. Es würde ihr nicht leicht fallen, aber es wurde Zeit. Noch war sie nicht so weit, sich einzugestehen, dass sie allmählich neugierig auf ihren Vater wurde und die Hoffnung hegte, seine persönlichen Dinge würden ihr mehr über ihn sagen.

Als Estella und Binnie sich Stargazers Koppel näherten, begann das Pferd beim Anblick des Kindes unruhig zu tänzeln.

Deshalb ließ Estella Binnie vor dem Zaun an einer Stelle warten, von der aus sie das Mädchen sehen konnte. Außerdem war ihr nicht entgangen, dass die Kleine Angst vor dem Hengst hatte – wahrscheinlich, weil er so groß war; Pferde waren in Australien eher ungewöhnlich.

»Du wirst dich daran gewöhnen müssen, unter Menschen zu sein«, sagte sie zu Stargazer, als sie zwischen den Stangen des Gatters hindurchschlüpfte und zu ihm ging. Ein Blick in seinen Futtertrog zeigte ihr, dass er soeben sein Frühstück beendet hatte. Sein Appetit war besser geworden, und zu Estellas Freude hatte er ein wenig zugenommen. Es war ein Zeichen dafür, dass der Hengst sich besser fühlte. Die offenen Stellen an seinen Ohren heilten ab, und sein Fell sah längst nicht mehr so matt und stumpf aus. Doch es war noch ein weiter Weg, wenn sie ihr Versprechen gegenüber Marty einlösen wollte, Stargazer pünktlich zu den Picknick-Rennen so in Form zu bringen, dass er daran teilnehmen konnte.

Sanft bürstete sie seinen Kopf und den Brustkorb und striegelte ihm die Mähne. Seine Ohren bewegten sich die ganze Zeit unruhig hin und her; um ihn zu beruhigen, massierte Estella ihm anschließend noch den Hals. Doch als sie mit den Händen über seinen Widerrist und den Rücken fuhr, warf er ängstlich den Kopf zurück.

Als Mai zum Haus zurückkam, suchte und rief sie überall nach Binnie. Mai trug eine zwei Meter lange Mulgaschlange, die sie so ins heruntergebrannte Feuer warf, dass der fleischfarbene Bauch oben lag. Mit Blicken suchte sie die Umgebung nach dem Dingo ab; dann fuhr sie mit der Hand über den Beutel, den sie sich an einem von Ross' Gürteln um die Taille gebunden hatte. Er enthielt ein Totem als Schutz gegen den Dingogeist und verlieh ihr ein Gefühl der Sicherheit. Doch Binnie blieb verschwunden, und so machte Mai sich auf die Suche nach ihrer kleinen Tochter.

Estella nahm Binnies Feder und zeigte sie Stargazer, der sie eingehend beschnupperte. »Du musst ein Pferd vorher immer an etwas riechen lassen, mit dem du es berühren willst«, sagte sie zu dem Mädchen, das ihr aufmerksam zusah. Dann fuhr sie mit der Feder über Stargazers Kopf, den Hals und den Widerrist. Mutiger geworden wagte sie dann auch, Stargazer weiter nach hinten über den Rücken zu streichen. Er legte ein Ohr an, zeigte sonst aber keine Anzeichen von Unruhe. Nun fuhr Estella über seine Wirbelsäule, die Schenkel, an den Beinen hinunter und um den Bauch herum, während sie leise und beruhigend auf ihn einsprach. Als er ruhig blieb, war Estella begeistert.

»Gibst du mir bitte den dünnen Ast da?«, fragte sie Binnie, die auf der untersten Zaunlatte stand und ihr zusah.

Die Kleine hob einen der Äste des Eukalyptusbaums auf und reichte ihn Estella. Der dünne Ast besaß mehrere Zweige mit Blättern daran. Estella zeigte auch ihn Stargazer; dann fuhr sie damit leicht über seinen Rücken und an den Hinterbeinen hinunter. Der Hengst stand vollkommen still, und Estella war hochzufrieden mit seinen Fortschritten. Sie wünschte, Marty wäre da und könnte alles beobachten. Angespornt durch ihren Erfolg warf sie den dünnen Ast fort und ließ die Hand leicht über Stargazers Rücken gleiten. Als er nicht reagierte, massierte sie ihn sanft an Hüfte und Lenden. Einmal stampfte er mit einem Hinterhuf auf den Boden, doch Estella war sicher, dass es nur ein Reflex gewesen war, und hielt gerade lange genug inne, bis der Hengst wieder still stand.

Sie ahnte nicht, dass Mai sie vom Fuß des Hügels aus beobachtete. Mai war fasziniert von dem, was Estella tat. Wie alle Aborigines nannte sie Stargazer nur *wirangi*, das verrückte Pferd. Die Aborigine-Kinder hatten schreckliche Angst vor ihm. Wenn sie in die Nähe seiner Koppel kamen, jagte er sie schnaubend und zähnebleckend fort. Dass Estella nun auf der Koppel stand und *wirangi* berührte, bewies Mai, dass die neue

Tierärztin über besondere Kräfte verfügen musste, ähnlich wie der Medizinmann der Stämme, der *kadaicha.* Der einzige andere Mensch, vor dem Mai ähnlichen Respekt gehabt hatte, war ihr Mann Ross gewesen.

Estella war bester Laune, als sie mit Mai und Binnie, ihren neuen Bewunderinnen, durch die Stadt ging. Sie hatte Stargazer gründlich gebürstet und ihn auf seiner Koppel herumgeführt. Der Hengst war noch immer unsicher gewesen, ob er den Abhang hinuntergehen sollte, doch Estella hatte beschlossen, Stargazer am nächsten Morgen zu seinem neuen Domizil zu bringen.

»Einen Moment, Estella!«, rief Marjorie Waitman von der Tür des Postamts her.

»Guten Morgen, Mrs. Waitman!«, erwiderte Estella mit strahlender Miene.

Marjorie sah sie verwundert an; schließlich hatte Estella ihrer Meinung nach kaum Grund zur Zufriedenheit. »Ich habe einen Brief für Sie – aus Chelsea in England.«

Estella freute sich, spürte jedoch, dass Marjorie sie aushorchen wollte, und bemühte sich um eine unbewegte Miene. »Vielen Dank. Ich werde den Brief gleich mitnehmen, wenn es geht.«

»Ja, natürlich«, gab Marjorie zurück. »Fast alle Leute in der Stadt holen sich ihre Post selbst ab, mit Ausnahme von Dan Dugan. Er hat meist zu viel zu tun, oder er ist verkatert.«

Marjories boshafte Bemerkung erstaunte Estella. Sie bat Mai und Binnie zu warten und folgte Marjorie in das Gebäude, das früher den Jockey-Club beherbergt hatte. Ihr war nicht entgangen, dass Marjorie die Aborigine-Frau und das Mädchen mit einem missbilligenden Blick gestreift hatte – und das bedeutete, dass sie niemals gute Freunde sein würden.

Der Postschalter stand an der einen Seitenwand des Raums. An der anderen stand ein kleiner Tresen, der als Bankschalter diente. Marjorie ging hinter den Postschalter.

»Ich nehme an, in England ist es im Moment sehr kalt«, sagte sie, während sie den Brief aus einer Nische in der Wand nahm. Sie setzte ihre Brille auf und betrachtete eingehend die Briefmarke. Obwohl Estella genau das erwartet hatte, ärgerte sie sich dennoch darüber. »Ja, das glaube ich auch«, gab sie zurück, entschlossener denn je, nicht zu verraten, von wem der Brief stammte. Sie streckte die Hand danach aus, doch Marjorie beachtete es nicht.

»Ich komme aus Dartmouth. Kennen Sie die Stadt zufällig?«

»Ich bin noch nicht dort gewesen, aber es ist ein kleiner Hafen im Südwesten Englands, nicht wahr?«

»Ja, in Devon. Ich erinnere mich noch gut an die harten Winter, aber jetzt bin ich schon lange in Australien. Woher stammt Ihre Familie?«

Estella zögerte einen Augenblick. »Aus London«, sagte sie dann.

»Und die Familie Ihres ... Mannes?« Marjorie warf einen viel sagenden Blick auf den Ring an Estellas Finger.

Diese blickte auf ihre linke Hand und erschrak. Sie hatte den Ring anfangs abgenommen, ihn wegen ihrer Schwangerschaft dann aber wieder übergestreift, ohne zu ahnen, in was für ein Dilemma sie sich dadurch brachte. »Könnte ich jetzt bitte meinen Brief haben, Marjorie? Ich muss arbeiten und möchte Mai und Binnie nicht zu lange warten lassen.«

Marjorie starrte auf den Brief, der keinen Absender trug, und reichte ihn schließlich zögernd seiner rechtmäßigen Besitzerin. Die Enttäuschung war ihr deutlich anzusehen. »Ich an Ihrer Stelle würde die beiden fortschicken«, sagte sie und deutete zum Fenster, durch das man Mai und Binnie sehen konnte.

»Warum?«

Marjorie zog eine Augenbraue hoch. »Das fragen Sie noch? Weil sie alles, was Ross gehört hat, aus dem Haus schleppen werden – falls sie es nicht schon getan haben.«

»Das haben sie noch nicht, Marjorie. Außerdem steht ihnen alles, was im Haus ist, viel eher zu als mir!«, gab Estella gereizt zurück.

Marjorie schien einen Moment lang irritiert, blieb jedoch beharrlich bei ihrer Meinung. »Ich verstehe nicht, warum weiße Männer sich Aborigines als Geliebte oder Bettgespielinnen nehmen«, sagte sie. »Das ist nicht richtig. Aborigine-Frauen sind ganz anders als wir. Sie waschen sich nicht mal regelmäßig!«

»Ich glaube, Ross Cooper war glücklich mit Mai«, erwiderte Estella, deren Gereiztheit sich allmählich in Zorn verwandelte. »Und sie haben ein wunderhübsches kleines Mädchen miteinander gezeugt.«

»Sie vermehren sich wie die Karnickel!«, stieß Marjorie voller Verachtung hervor. »Und anständige Menschen wie Frances und ich, die Kindern ein gutes, christliches Elternhaus bieten könnten, werden nicht mit eigenem Nachwuchs gesegnet! Wo bleibt da die Gerechtigkeit?«

Estella spürte Marjories tiefen Kummer, doch es war zutiefst ungerecht, dass sie ihre Wut gegen Menschen wie Mai oder Binnie richtete. »Unser Leben verläuft nicht immer so, wie wir es gern hätten, Marjorie, aber das dürfen wir nicht an Unschuldigen auslassen, finden Sie nicht?« Sie blickte zu Binnie hinüber, die ihr kleines Gesicht lachend an die Fensterscheibe drückte, und wandte sich zur Tür. »Vielleicht komme ich später vorbei, um einige Briefe aufzugeben«, sagte sie.

Marjorie nickte mit zusammengepressten Lippen. Sie hasste Geheimnisse, in die sie nicht eingeweiht war, und Überraschungen, von denen sie nichts wusste. Oft behauptete sie stolz, alle Leute im Bezirk zu kennen. »Du verbirgst etwas, Estella«, murmelte sie vor sich hin. »Aber ich werde schon noch herausfinden, was es ist, darauf kannst du wetten ...«

Als Estella mit Mai und Binnie am Krankenhaus vorüberging, rief Dan ihren Namen.

»Haben Sie heute Nachmittag schon etwas vor?«

»Warum fragen Sie?«

»Ich fliege mit Murphy zu ein paar Farmen hinaus und dachte, dass Sie vielleicht mitkommen möchten, um die Besitzer und ihre Familien kennen zu lernen.«

»Sehr gern, Dan. Nett, dass Sie an mich gedacht haben!«

»Wir fliegen in einer Stunde los. Würde Ihnen das passen?«

»Ja, vielen Dank!«

»Dann treffen wir uns am Flugzeug.«

Estella setzte sich auf die Veranda, um den Brief zu lesen, während Mai sich um ihr Kochfeuer kümmerte. Estella musste zugeben, dass irgendetwas ganz köstlich duftete; wahrscheinlich lag es daran, dass es diesmal nicht nach versengtem Fell roch. Außerdem war Estella hungrig und deshalb bereit, fast alles zu essen, was Mai zubereitete. Sie konzentrierte sich wieder auf ihren Brief.

Liebe Estella, ich hoffe, dieser Brief trifft dich gesund und zufrieden an. Ich vermisse dich mehr, als ich es je für möglich gehalten hätte, aber ich hoffe sehr, du kannst ein neues Leben anfangen und dass Charlie auf dich aufpasst, wie er mir versprochen hat.

James war mit einigen Papieren hier, die du unterzeichnen solltest. Ich habe ihm versichert, dass ich sie an dich weiterleite. Er fragte, wo du seist, und ich habe ihm gesagt, du möchtest nicht, dass er es erfährt. Es schien ihn ziemlich hart zu treffen, doch er hat es akzeptiert – ich bin sicher, er glaubt, dass du ganz in der Nähe bist und nicht auf der anderen Seite der Erde. Ich habe die Papiere per Einschreiben geschickt, weil er mich darum bat. Sie müssten bald bei dir eintreffen.

Seine Neue wartete im Wagen auf ihn. Ich weiß nicht, woher sie den Nerv nimmt, mit ihm herzukommen. Ich musste mich sehr zurückhalten, um nicht hinauszugehen und ihr

deutlich die Meinung zu sagen. Aber James wirkte alles andere als glücklich mit seiner Angebeteten; offenbar entwickeln die Dinge sich nicht ganz so, wie er geglaubt hatte. Sicher bereut er schon einiges, aber ich weiß, wie sehr du gelitten hast, und deshalb kann ich kein Mitleid mit ihm haben. Er wird schon noch erkennen, dass er den größten Fehler seines Lebens begangen hat.
Pass gut auf dich auf und lass mich wissen, wie du zurechtkommst.
In Liebe,
Tante Flo

P. S.: Hast du deiner Mutter inzwischen geschrieben? Ich habe gestern einen kurzen Brief von ihr bekommen, in dem sie schreibt, dass sie in einem Monat nach Hause kommen.

Estella verspürte eine schreckliche innere Leere. Bei den Papieren, die Tante Flo ihr nachgeschickt hatte, konnte es sich nur um die Scheidungsdokumente handeln – denn was den Verkauf des Hauses und ihre persönlichen Besitztümer betraf, hatte sie alle erforderlichen Unterschriften schon geleistet. Einerseits freute sie sich, dass James mit ihrer untreuen Cousine nicht auf einer Wolke des Glücks zu schweben schien, denn sie fand, dass die beiden es nicht verdient hatten, glücklich zu sein. Doch der Scheidung sah sie mit gemischten Gefühlen entgegen – und vor allem voller Trauer wegen des Kindes, das in ihrem Leib heranwuchs.

Um ein Uhr trafen Estella und Murphy im Schatten des Flugzeugs zusammen. »Dan hat mich eingeladen, mitzufliegen«, erklärte sie unsicher, als sie Murphys gewohnt undurchschaubares, ein wenig schiefes Grinsen sah. Murphy fand, dass Estella niedergeschlagen wirkte, und fragte sich, ob sie Angst vor dem Flug hatte. »Ich weiß. Es war eine gute Idee, aber Dan hat gerade einen Anruf von Annie Hall in Langana

Downs bekommen. Teddy ist krank, und sie macht sich große Sorgen.«

»Wenn Sie zu Teddy Halls Farm wollen, sollte ich nicht mitfliegen ...«, wandte Estella ein.

»Es würde Ihnen die Möglichkeit verschaffen, nach seinem Vieh zu sehen«, erwiderte Murphy.

»Das geht nur mit seiner Erlaubnis.«

»Annie wird nichts dagegen haben, und wie es scheint, ist Teddy zu krank, um sich zu wehren!«

»Mein Gott! Wenn er wirklich Brucellose hat, wird er vielleicht sehr lange krank sein. Ich hoffe, seine Frau hat auf der Farm genug Hilfe.«

»Annies Bruder ist ihr Verwalter, und einige der besten Viehtreiber der ganzen Gegend arbeiten in Langana Downs.«

Estella war erleichtert. Nachdenklich starrte sie zu Boden. Ihre Gedanken gingen zurück zu dem Brief ihrer Tante. Sie fragte sich, ob James es tatsächlich bereute, sie verlassen zu haben.

Das geschähe ihm nur recht, dachte sie.

Murphy sah ihr an, dass irgendetwas sie beschäftigte. »Sie haben doch hoffentlich keine Flugangst, Estella?«

»Aber nein. Um ehrlich zu sein, ich habe nicht mal daran gedacht.«

Jetzt wusste Murphy, dass sie sich über irgendetwas Sorgen machte. »Läuft bei Stargazer alles nach Plan?«, erkundigte er sich.

Estella nickte. »Ja. Heute hat er sogar sehr gute Fortschritte gemacht.«

»Warum habe ich dann den Eindruck, dass Ihnen etwas auf der Seele liegt?«

Estella zuckte mit den Schultern. »Es geht mir gut, wirklich.«

Murphy hörte den Beiklang der Verzweiflung in ihrer Stimme und wusste, dass sie schwindelte. Aber er wollte sie nicht bedrängen. »Das freut mich. Ich habe es nicht so gern, wenn der Himmel über mir einstürzt.« Er checkte die Maschine durch.

»Tut mir Leid, ich bin nur ein wenig müde.«

Murphy sah sie an und nickte. Sie sah wirklich müde aus – und sehr verletzlich. Obwohl ihre Probleme ihn nichts angingen, machte er sich Sorgen um sie. Anfangs hatte er gedacht, es sei leichtsinnig von ihr, nach Kangaroo Crossing zu kommen, ohne zu wissen, was sie erwartete. Doch sie schien entschlossen, durchzuhalten, und er bewunderte ihren Mut. Hoffentlich gaben die Einheimischen ihr eine Chance. Aber das schien im Moment eher unwahrscheinlich.

»Wo haben Sie fliegen gelernt?«, wollte Estella wissen.

Murphy stand am Heck der Maschine und blickte in die Weite, wo über der Ebene ein Luftwirbel den Staub mit sich riss. Auf den roten Sanddünen in der Ferne, auf denen flirrende Hitze lastete, täuschte eine Fata Morgana einen riesigen See vor.

»Ich habe zwei Jahre bei der Air Force gedient.«

»Wirklich? Ich kann mir gar nicht vorstellen, dass ausgerechnet Ihnen all die Vorschriften und Befehle gefallen haben.«

Er lächelte schief. »Genauso war es auch. Deshalb haben sie mich rausgeworfen.«

Trotz ihrer Niedergeschlagenheit musste Estella lachen. »Weswegen denn?«

»Weil ich im Tiefflug über Darwin hinweggejagt bin.«

Estella schüttelte den Kopf. Sie konnte sich Murphy sehr gut als *enfant terrible* seiner Staffel vorstellen.

»Es war eine Wette«, sagte er grinsend.

»Der Sie natürlich nicht widerstehen konnten!«

»Damals noch nicht. Das ganze Leben war wie ein großes Spiel ...« Seine Miene wurde plötzlich ausdruckslos. Als er sie anschaute, sah Estella einen seltsam gequälten Ausdruck auf seinem Gesicht, und sie fragte sich, ob es damals, bei seinem waghalsigen Flugmanöver, einen Unfall gegeben hatte. »Ich finde es übertrieben, dass man Sie wegen dieser Sache entlassen hat. Schließlich haben Sie niemandem geschadet.«

»Nun ja, für meinen Colonel war es der Tropfen, der das Fass zum Überlaufen brachte. Ich habe ständig in irgendwelchen Schwierigkeiten gesteckt.«

»Das überrascht mich nicht«, meinte Estella lachend.

Murphy zuckte mit den Schultern.

»Es steht Ihnen auf der Stirn geschrieben. Man sieht es Ihnen irgendwie an.«

Murphy wirkte plötzlich betroffen, und Estella hatte das unangenehme Gefühl, etwas Falsches gesagt zu haben. »Das war nur ein Scherz, Murphy.« Doch Murphy schien sie nicht gehört zu haben, denn ohne ein weiteres Wort ging er zum vorderen Teil der Maschine, wo er den Propeller inspizierte. Langsam folgte Estella ihm und fragte leise: »Wie hat es Sie eigentlich hierher nach Kangaroo Crossing verschlagen? Ich hätte gedacht, Sie würden das Leben in einer großen, geschäftigen Stadt vorziehen.«

»Dasselbe könnte ich von Ihnen sagen«, entgegnete er.

Estella senkte den Kopf. Wieder hatte Murphy den Eindruck, dass sie jemanden in England zurückgelassen hatte. Sie sprach zwar nie von einem Ehemann, aber er hatte den Ring bemerkt. Charlie behauptete, nichts über Estellas Privatleben zu wissen, aber das sagte er immer. Viele schütteten ihm ihr Herz aus, doch er behielt alles für sich, was er erfuhr. Er war ein vorbildlicher Wirt und ein Ausbund an Diskretion.

13

Wie weit ist es bis nach Langana Downs?«, fragte Estella, als sie sich kurz vor dem Start anschnallten.

»Fünfundfünfzig Meilen Luftlinie. Es liegt gleich hinter der Grenze zu Südaustralien, in der Nähe eines Ortes, den man Haddons Corner nennt, in der östlichsten Ecke des Staates.«

»Das hört sich aber sehr abgelegen an«, murmelte Estella.

Nach dem Start verteilte Dan Corned-Beef-Sandwiches. Dankbar nahm Estella eins und biss heißhungrig hinein. Als sie sah, dass Dan und Michael sie amüsiert beobachteten, erklärte sie kauend: »Ich habe heute noch nichts gegessen. Mai wollte mir etwas anbieten. Es duftete köstlich, aber als sie sagte, dass es Schlangenfleisch ist, habe ich es nicht über mich gebracht, es anzurühren.« Mai hatte es nicht fassen können. In ihrer Muttersprache hatte sie irgendetwas zu Binnie gesagt, und beide hatten sie gestarrt, als habe Estella den Verstand verloren.

»Schlangenfleisch ist eine Delikatesse«, meinte Murphy. »Es schmeckt ein wenig wie Hühnchen.«

Estella glaubte ihm nicht, doch im Geist sah sie Binnie in die Schlange beißen, als wäre diese ein Brathuhn.

»Wenn Sie es schon von Jugend an gegessen hätten, würden Sie nichts anderes kennen«, stellte Dan philosophisch fest.

»Das stimmt sicher«, gab Estella zu. »Ich bin nur noch nicht bereit, Neues auszuprobieren – jedenfalls nicht *so etwas* Neues.« Sie blickte auf die Landschaft mehr als dreitausend Meter unter ihnen, die grau, verlassen und öde wirkte.

»Da unten scheint es nicht viel Futter für das Vieh zu geben«, meinte sie.

»Leider nicht«, sagte Murphy. »Marty erzählte mir von Ihrem Verdacht, dass Teddys Rinder Brucellose haben. Wenn das stimmt, ist es ein weiterer schwerer Schlag für ihn, denn wie alle anderen hat auch ihn die Dürre hart getroffen.«

Estella wandte sich an Dan Dugan. »Hat es in den vergangenen Jahren schon andere solcher Fälle gegeben?«

»Nein. In all den Jahren, die ich jetzt hier bin, habe ich noch nie so etwas erlebt.«

»Und ich auch nicht«, fügte Murphy hinzu.

»Ich weiß, dass Ross' Tiere mit allem Möglichen zu tun hatten – Blähungen, Lungenentzündungen und Rotwassersucht. Und natürlich sorgt der Fliegenbefall bei den Schafen immer wieder für Probleme. Aber ich kann mich an keinen Fall von Brucellose erinnern«, meinte Dan.

Estella bemerkte, dass er keinen Blick aus dem Fenster warf. Er saß in der Mitte der Rückbank und wühlte in seiner Tasche, während er immer wieder hastig von seinem Sandwich abbiss. Er blickte lediglich auf, wenn er mit ihr sprach, und das auch nur, weil die Höflichkeit es verlangte. Als Estella darüber nachdachte, fiel ihr ein, dass Dan darauf bestanden hatte, dass sie vorn bei Murphy saß. Sie hatte es für eine höfliche Geste gehalten; jetzt aber fragte sie sich, ob Dan Höhenangst hatte oder nicht gern flog. Auf jeden Fall schien er einige ernste Probleme mit sich selbst zu haben.

Kurz darauf landete die Cessna in Langana Downs, auf einer Rollbahn, die kaum mehr war als ein schmaler, unebener Weg. Estella betrachtete das Anwesen und fragte sich, wie jemand in solcher Abgeschiedenheit leben konnte. Sie hatte schon Kangaroo Crossing als abgelegen empfunden, doch zumindest gab es dort Läden, eine Bar und Menschen, mit denen man reden konnte, und es war eine Art Anlaufpunkt für die *stations* und Farmen in der Umgebung.

Das Haus von Teddy und Annie war ein lang gezogenes Gebäude mit einer umlaufenden Veranda, das inmitten einiger Mulga-Sträucher stand. Es gab eine Windmühle und einen Wassertank in der Nähe des Hauses; dahinter sah man Rinderkoppeln und einige kleinere Nebengebäude. Wie Murphy erklärte, waren es Hütten für die Scherer und Unterkünfte für die Viehtreiber. In der Nähe des Hauses stand als einziger Baum eine einsame Dattelpalme.

»Als Teddy und Annie hier anfingen, haben sie in einem offenen Unterstand gehaust, den Annie immer *humpy* nennt.

»Was bedeutet *humpy*?«

»Es ist eine Aborigine-Hütte aus Stöcken und Zweigen.«

»Oh!« Estella konnte nur ahnen, wie hart das Leben der Pioniere zu Anfang gewesen sein musste.

»Man muss sehr widerstandsfähig sein, um es hier auszuhalten«, meinte Murphy. »Ich habe große Achtung vor Annie. Teddy hat sie in der Stadt kennen gelernt. Sie ist nicht auf dem Land aufgewachsen. Er dagegen stammt von einer der *stations* in den Kimberley-Bergen, einer sehr rauen Landschaft. Sie können sich sicher vorstellen, was für ein Schock dieser Ort für Annie war. Hier draußen gab es nichts, rein gar nichts. Teddy sagte, sie wäre ihm schon in der ersten Woche davongelaufen, hätte sie sich nicht das Bein gebrochen, als sie lernen wollte, ein Treiberpferd zu reiten. Bis der Bruch geheilt war, teilte sie Teddys Traum und versprach, ihm bei der Verwirklichung zu helfen. Teddy seinerseits versprach Annie, ihr noch vor der Geburt ihrer Tochter Marlee ein Heim zu schaffen. Doch es regnete wochenlang, sodass alles fortgeschwemmt und ihre Willensstärke erneut auf eine harte Probe gestellt wurde.«

Estella konnte nur staunen, dass die beiden diese schreckliche Zeit überstanden und sich ein Leben praktisch aus dem Nichts geschaffen hatten.

»Ich schätze, nur jedes zehnte Mädchen aus der Stadt besitzt, was man braucht, um hier draußen nicht unterzugehen«, erklärte Murphy. »Das ist ein ungünstiges Verhältnis, und deshalb werden Sie verstehen, Estella, dass ich in Ihrem Fall ein wenig skeptisch bin.« Er musterte sie lange und eingehend, und ihr wurde unbehaglich zu Mute. War sie diese eine unter zehn?

»Wenn ich ein Mann wäre, würden Sie dann anders denken?«, fragte sie.

»Um ehrlich zu sein, ja. Männer kommen mit dem rauen Leben besser zurecht. Ross Cooper war ein gutes Beispiel dafür. Ich bin später als er nach Kangaroo Crossing gekommen, aber nach dem, was ich gehört habe, hat er sich ins Leben im Outback so schnell eingefunden, als wäre er hier geboren.«

Estella seufzte innerlich. Sie wusste, man würde sie stets mit ihrem Vater vergleichen, und sie hatte das Gefühl, dass dieser Vergleich nie zu ihren Gunsten ausging.

»Annie ist ein Glückstreffer«, fuhr Murphy fort. »Sie muss Ihnen eines Tages alles über ihre Anfänge als Ehefrau eines Farmbesitzers erzählen. Das ist eine hörenswerte Geschichte!«

Estella nickte. »Ich würde gern mehr darüber erfahren. Ich begreife sowieso nicht, wie die ersten Siedler hier überleben konnten.« Im Vergleich dazu kam sie sich wie eine Mimose vor, wenn sie an den Schmutz im Haus dachte, über den sie sich so aufgeregt hatte. Aber sie hatte wenigstens ein Dach über dem Kopf.

Als Estella, Murphy und Dan Dugan inmitten des aufgewirbelten Staubes aus der Maschine stiegen, wurden sie von Annie Hall und einer ihrer Töchter begrüßt. Estella fand, dass Annie aussah wie Ende dreißig, obwohl sie wahrscheinlich jünger war. Doch Sonne, Wind und Wetter hatten ihrer Haut zugesetzt. Estella dachte an Dans Worte über die Frauen mit einer Haut wie Eidechsen. So weit wäre sie in Annies Fall nicht gegangen, doch der Vergleich mit Pergamentpapier wäre nicht übertrieben gewesen.

Annie war sehr schlank. Ihre dünnen braunen Haare umrahmten ein schmales Gesicht, und der Blick ihrer blauen Augen wirkte sorgenvoll.

»Annie, dies ist Estella Lawford, die neue Tierärztin«, stellte Murphy vor. »Estella, ich möchte Ihnen Annie Hall vorstellen, Teddys Frau, und ihre älteste Tochter Marlee.«

Estella bemerkte, dass ihre Anwesenheit Annie verstörte, ja in Panik versetzte. Wahrscheinlich fragte sie sich, wie ihr Mann reagieren würde. »Hallo, Annie ... hallo, Marlee«, sagte Estella.

»Willkommen in Langana Downs«, erwiderte Annie zögernd, als die beiden Frauen einander die Hände schüttelten. Es fiel Annie schwer, in der jungen Frau die rücksichtslose Unruhestifterin zu sehen, von der ihr Mann gesprochen hatte, und sie besaß einen guten Instinkt für Menschen. Die Haut an Annies Händen fühlte sich so rau an wie die Rinde des Eukalyptusbaums neben Stargazers Stall. Annie ihrerseits fand Estellas Hände so weich wie Baumwolle. Es schien ihr unendlich lange her zu sein, dass sie selbst eine solche Haut gehabt hatte, und sie musste sich zurückhalten, um Estellas Hände nicht eingehend zu mustern.

Estella spürte, dass Annie über die unerwartete Besucherin nicht besonders glücklich war. »Ich weiß, ich war nicht eingeladen, und deshalb ist es auch kein offizieller Besuch«, sagte sie. »Ich wollte Sie nur gern kennen lernen.«

Annie wirkte überrascht und gerührt zugleich. Dann sah sie Dan an. »Ich glaube, Teddy geht es schlechter als bei meinem Anruf. Ich habe ihn mit einem nassen Schwamm abgerieben, um das Fieber zu senken, aber es hat nicht geholfen.«

»Dann lass uns zu ihm gehen. Sehen wir ihn uns an«, erwiderte Dan und machte sich auf den Weg zum Haus.

Als sie dort ankamen, wandte Annie sich um. »Das alles hier

muss Ihnen ziemlich primitiv erscheinen«, sagte sie zu Estella. »Aber glauben Sie mir, es ist ein Palast im Vergleich zu unserer ersten Behausung auf diesem Gelände.«

»Ich habe Estella schon von euren Anfängen erzählt«, erklärte Murphy grinsend.

»Ach ja, der *humpy*!« Annie verdrehte die Augen. »Ich war sehr jung und so naiv wie ein neugeborenes Lamm, als wir hierher kamen, aber irgendwie habe ich überlebt.«

»Ich habe noch nie ein Haus wie das hier gesehen«, stieß Estella hervor, als sie durch die offene Eingangstür spähte. »Es ist so ... geräumig, und es wirkt kühl.« Das Haus war bequem eingerichtet, aber es standen nur sehr wenige Möbelstücke darin, und es gab keine der kitschigen Ziergegenstände, die Engländer so liebten. Estella fand es schon wegen des Staubes vernünftig, auf solche Dinge zu verzichten.

»Wir haben das Haus speziell für dieses Klima entworfen«, erklärte Annie. »Die Wohnbereiche sind alle offen und haben hohe Decken, und die Fenster sind mit Lüftungsschlitzen versehen, sodass die Luft zirkulieren kann und die Räume kühl bleiben. Die glatt polierten Böden sind leichter sauber zu halten. Sie können sich bestimmt vorstellen, dass es hier bei der Trockenheit und dem Vieh ständig staubig ist – Teppiche wären unpraktisch und viel zu warm.«

Estella nickte. »Ich muss zugeben, dass der Staub mich verrückt macht.«

»Sie werden sich schon daran gewöhnen. Wir haben das Beste aus unserem Leben hier draußen gemacht, und wir sind glücklich. Natürlich wären wir noch glücklicher, wenn es endlich regnen würde«, fügte Annie hinzu. Sie deutete auf einen Tisch und mehrere Stühle im Schatten der Veranda. »Bitte, nehmen Sie Platz. Ich werde Marlee bitten, uns etwas zu trinken zu bringen.«

Während sie warteten, erzählte Murphy Estella mehr über die Farm. Er sagte, Teddy habe früher tausende von Rindern und Schafen besessen, doch im Lauf der vergangenen drei Jahre sei deren Zahl dramatisch gesunken, und er mache sich die größten Sorgen. »Sie brauchen dringend eine gute Regenzeit, dann wäre ihnen sehr geholfen.«

Marlee erschien mit einem Tablett voller Getränke. Im Haus hörte Estella die Stimmen von Kindern, die wahrscheinlich übers Funkgerät Schulunterricht bekamen. »Wie geht es dir, Marlee?«, fragte Murphy.

»Gut«, gab das Mädchen mit schüchternem Lächeln zurück. Sie war ein schlaksiger Teenager und dunkelhäutig wie eine Aborigine, doch sie hatte die lebhaften blauen Augen ihrer Mutter.

»Was machen Christopher und Philipp?«

»Sie üben Schreiben mit Miss Simms.«

»Hat dein Dad dieses hübsche kleine Pony für dich zugeritten?«

»Ja. Peppercorn ist ein Teufelchen.« Ihr strahlendes Lächeln schwand. »Aber Dad sagt, wir müssen sie vielleicht verkaufen, weil er Geld für Viehfutter braucht.«

Murphy runzelte die Stirn und sah Estella an. »Teddy hat Marlees Fohlen vor wilden Dingos gerettet, als es gerade erst zwei Tage alt war.«

»Und jetzt ist sie schon zwei Jahre alt«, erklärte Marlee stolz.

»Wirklich? Es kommt mir vor, als wäre es gestern gewesen, als du ihr die Flasche gegeben hast.«

Marlee lächelte wieder, wie Murphy es erwartet hatte.

»Was ist mit ihrer Mutter geschehen?«, wollte Estella wissen.

»Dad meint, sie ist wahrscheinlich wegen der Dürre verhungert«, antwortete Marlee, doch Murphys Miene sagte Estella, dass man dem Mädchen den wirklichen Grund hatte ersparen wollen: Teddy hatte Murphy damals erzählt, dass die Stute an einer Wunde verblutet war, die wahrscheinlich vom Speer eines Aborigine stammte. Das Fohlen war schwach vor Hunger und von Dingos eingekreist gewesen, als Teddy es gefunden hatte. Er hatte es als Kämpfernatur eingeschätzt und Recht behalten.

Marlee war anzusehen, dass sie gegen die Tränen kämpfte. »Meine Freundin Kathy Brown ... Sie musste letzte Woche sogar ihre Lämmer hergeben. Sie wurden alle verkauft.«

»Wirklich?« Murphy hatte schon gehört, dass die Browns kurz davor standen, ihren gesamten Besitz zu verlieren. Er zog Marlee an sich und umarmte sie tröstend. Sie lachte in kindlicher Freude, bis er sie zu kitzeln begann und sie sich aus seinem Griff befreite, um im Haus zu verschwinden.

Murphy wurde rasch wieder ernst. »Arme Marlee! Es ist schlimm, wenn die Dürre sogar den Kindern Opfer abverlangt.«

Diese sensible Seite an ihm überraschte Estella. Trotz seiner unkomplizierten Art wirkte Murphy sonst immer zurückhaltend, doch er schien Kinder sehr zu mögen. Estella fragte sich, warum er nicht geheiratet und eine eigene Familie gegründet hatte. Phyllis wäre sicher nicht abgeneigt gewesen.

»Wahrscheinlich müssen sie wie ihre Eltern sehr früh lernen, zurückzustecken«, erwiderte Estella.

»Ja. Aber es scheint mir nicht richtig, dass sie so früh erwachsen werden müssen.«

»Ist hier draußen alles in Ordnung?«, rief Annie und steckte den Kopf aus der Tür.

»Ja, vielen Dank. Würde es Sie sehr stören, wenn ich mich ein wenig umsehe?« Estella hatte sich vorgenommen, einen Blick auf die Rinder zu werfen, doch nicht ohne Annies Zustimmung.

Annie blickte sie nachdenklich an. Sie wusste, um was Estella sie bat, war jedoch unsicher. Sollte sie gegen Teddys Wünsche handeln und tun, was für alle das Beste war? Schließlich rang sie sich zu der Meinung durch, dass ihr Mann im Augenblick nicht klar zu denken schien und sie diese Entscheidung selbst treffen musste. »Nein, schauen Sie nur!«

Estella und Murphy gingen um das Haus herum. Aus der Luft hatten sie in der Nähe einige Rinderkoppeln gesehen und fanden tatsächlich ungefähr zwanzig Kühe in der kleineren von zwei umzäunten Flächen. Einige von ihnen hatten vor kurzem ihre Kälber verloren.

»Teddy muss sich Sorgen um sie gemacht haben, sonst hätte er sie nicht hergeholt«, stellte Murphy fest.

Einer der Viehtreiber kam auf sie zu. Er hielt eine Schaufel in der Hand.

»Hallo, Reg«, begrüßte Murphy ihn.

»Hallo, Murphy. Wann seid ihr gelandet? Ich hab das Flugzeug gar nicht gehört.«

»Vor ungefähr zwanzig Minuten. Du wirst doch auf deine alten Tage nicht taub?«

»Ich war auf dem Donnerbalken und sehr beschäftigt«, erwiderte Reg lachend und deutete auf ein kleines Häuschen ungefähr zwanzig Meter entfernt. Murphy grinste.

Estella hatte hinter Murphy am Gatter gestanden. Eingehend musterte sie die Rinder. Was sie sah, gefiel ihr nicht. Als sie sich umwandte, um Reg zu begrüßen, wirkte dieser verwundert. Murphy hatte Estella halb verdeckt, und sie trug einen Hut, den er ihr geliehen hatte, sodass Reg sie anfangs für einen der Farmarbeiter hielt. Eine attraktive Frau hatte er als Letztes zu sehen erwartet.

Reg Martin und Estella maßen sich mit Blicken. Sie war fasziniert von seiner sonnengegerbten Haut und fand, dass er sehr gut in diese raue Landschaft passte.

Reg seinerseits fand Estella außergewöhnlich attraktiv, was Murphy nicht entging: Er sah Regs Miene und wusste, dass er sich auf den ersten Blick in Estella verliebt hatte.

»Das ist Estella Lawford, *die neue Tierärztin*«, sagte er deshalb betont.

Reg hob eine Augenbraue.

»Estella, das ist Annies Bruder Reg, der Verwalter von Langana Downs.«

»Es freut mich, Sie kennen zu lernen«, erklärte Estella höflich.

Reg war fasziniert von ihrem Akzent. »Ich war eine Woche unterwegs, deshalb wusste ich gar nicht, dass sich eine Nachfolgerin für Ross Cooper gefunden hat – und dann noch eine so junge und verdammt hübsche«, sagte er grinsend. Er schien nichts dabei zu finden, Estella eingehend zu mustern, und schien auch nicht der Meinung zu sein, dass seine Bemerkung ziemlich plump war.

Murphy wusste, dass Estella für die allein stehenden Männer im Outback – und davon gab es sehr viele – eine willkommene Attraktion war. Und als Witwer mit zwei Kindern suchte Reg schon lange eine neue Frau. Murphy wusste zwar nichts über Estellas persönliche Verhältnisse, doch ihm gefiel der Gedanke nicht, dass sie am Ende vielleicht wegen der Eifersüchteleien ihrer Verehrer wieder fortging, denn die Farmer brauchten einen tüchtigen Tierarzt. Der Gedanke, sich zu verlieben, lag Murphy selbst fern. Er hatte schon vor langer Zeit beschlossen, ein solches Glück nicht verdient zu haben.

Estella ahnte, dass Teddys Kommentar über sie nicht sehr schmeichelhaft ausgefallen war. Sicher hatte er allen erzählt, sie sei unfähig. Doch auch Regs Bemerkung und seine gierigen Blicke ärgerten sie.

»Sieht so aus, als hätten Sie Probleme mit dem Vieh«, sagte sie, während sie zwischen den Stangen des Gatters hindurchschlüpfte und dann kniend eines der toten Kälber untersuchte. »Wissen Sie, von welcher Kuh dieses Kalb stammt?«

Reg starrte sie an, als hätte sie ihn soeben gefragt, ob Tag oder Nacht war. Mit aufreizender Langsamkeit deutete er auf das Muttertier, eine kleinere, kräftige Kuh, die mit hängendem

Kopf und gespreizten Vorderbeinen in der Nähe stand. Estella ignorierte Reg und untersuchte das Tier eingehend.

»Seid ihr beim Viehmarkt in Port Augusta gewesen?«, fragte Murphy, an Reg gewandt.

»Ja, weil Ferret darauf bestanden hat, sind wir mit seinem Lastwagen den Track runtergefahren. Aber das war das letzte Mal, dass ich auf Ferret gehört habe. Es war so trocken, dass der Track sich in pudrigen Staub verwandelt hatte und wir die Hälfte der Zeit damit beschäftigt waren, die Achsen vom Laster aus dem Sand zu graben. Das nächste Mal könntest du uns ja runterfliegen, Murphy, oder?«

»Verkaufen viele Farmer jetzt ihr Vieh?«

»Nein, erstaunlicherweise nicht. Ich bin nur hingefahren, um zu sehen, wie die Preise sind. Anscheinend hatten viele Farmer dieselbe Idee. Die wenigen, die ihr Vieh anboten, haben dafür nur einen Bruchteil des tatsächlichen Werts bekommen. Es war schlimm. Diese Burschen hatten wahrscheinlich – genau wie ich – angenommen, dass die Preise gerade jetzt besser sind, weil Rind- und Lammfleisch knapp ist. Wir haben schon alles verkauft, was wir entbehren können, und nur die Zuchttiere behalten, damit wir die Dürre überstehen können und danach wieder auf die Beine kommen. Aber es wird schwer. Wir brauchen dringend Regen, und wir können es uns gerade jetzt nicht leisten, Kälber zu verlieren. Teddy sagte, die Kühe fräßen schlecht, und sie sehen krank aus, nicht wahr? Dass Teddy jetzt selbst krank geworden ist, hat uns gerade noch gefehlt!« Er sah Estella an, sichtlich überrascht, dass sie zu wissen schien, was sie tat. »Was ist der Grund, dass die Kühe ihre Kälber verlieren? Was meinen Sie?«

Estella antwortete ihm nüchtern und sachlich: »Brucellose. Die Symptome sind starkes Schwitzen, Schüttelfrost, Appetitlosigkeit, allgemeines Unwohlsein – und Frühgeburten. Ich würde Ihnen raten, keine ihrer körperlichen Ausscheidungen zu berühren, wenn sie ihre Kälber verlieren, und die Milch dieser Kühe nicht zu trinken.«

»Verdammt!«, stieß Reg hervor. »Ist es wirklich so ernst?«

»Ich fürchte, ja. Haben Sie Schweine auf der Farm?«

»Nein.«

»Das ist gut. Die Brucellose-Erreger, die man bei Schweinen findet, können nämlich für Menschen tödlich sein.«

»Für Menschen? Erzählen Sie mir nicht, dass wir diese Krankheit auch bekommen können!«

»Doch. Und ich glaube sogar, dass Teddy sie hat. Dr. Dan ist gerade bei ihm, also werden wir es bald wissen.«

Estella ließ Reg alle Kühe einzeln in eine schmale Box treiben, wo sie die Tiere gefahrlos untersuchen konnte. Murphy fand, dass sie nervös wirkte, aber das war auch das einzige Anzeichen für ihre mangelnde Erfahrung. Sie schien sich schnell wieder zu fangen und arbeitete nun sehr professionell. Murphy konnte nicht ahnen, dass sie an ihr ungeborenes Kind gedacht hatte – doch wenn sie Handschuhe trug und vorsichtig zu Werke ging, war die Gefahr sehr gering, dass sie selbst an Brucellose erkrankte. Teddy hatte sicher keine Vorsichtsmaßnahmen getroffen, da er nichts über die Krankheit wusste – und seine jämmerliche Verfassung war nun die Folge.

Nachdem Estella sich die Mäuler, Augen und Ohren der betroffenen Tiere angesehen hatte, befühlte sie deren Hinterleiber. Dann streifte sie einen Gummihandschuh über und untersuchte jede Kuh innerlich, um herauszufinden, welche ihr Kalb verloren hatte und welche noch trächtig war. Von den Kühen in der Umzäunung hatten neun geboren, während elf andere noch Kälber trugen.

Estella ließ Reg die Tiere voneinander trennen und den noch trächtigen Futter und Wasser in einem anderen Trog geben.

Sie hörte, wie Reg zu Murphy sagte, sie scheine wenigstens »den Kopf vom Hintern unterscheiden zu können«. Wahrscheinlich war das in Australien ein Kompliment, doch Estella wusste nicht recht, ob sie sich darüber freuen oder ärgern sollte.

»Sie müssen Ihr Vieh möglichst von dem anderer Farmer getrennt halten«, erklärte sie. »Das ist sehr wichtig, wenn die Seuche sich nicht ausbreiten soll.«

»Wir werden unser Bestes tun!« Reg grinste Murphy an.

»Ich hoffe, Sie nehmen das hier so ernst, wie es ist!«, stieß Estella zornig hervor.

»Regen Sie sich nicht so auf – ich hab gehört, was Sie sagten!«

Estella blickte zu Murphy hinüber, der sie schweigend beobachtet hatte, und wusste, dass er an ihre erste Unterhaltung dachte. »Ich möchte kein Wort von Ihnen hören«, sagte sie, während sie sich den Gummihandschuh abstreifte, der ihr bis zur Schulter reichte.

»Ich würde niemals wagen, etwas zu sagen«, gab er zurück und gab sich Mühe, nicht zu lächeln. Estella warf ihm einen warnenden Blick zu. Als sie sich umwandte, sah sie Annie und Dan Dugan, die sie beobachteten.

Estella blickte Dan an, der angespannt wirkte. »Hat Teddy Brucellose?« Sie ahnte die Antwort, noch bevor Dan ein Wort sagte.

»Um hundertprozentig sicher zu sein, müsste ich ihm Blut abnehmen, aber alle Anzeichen sprechen dafür.«

»Das tut mir sehr Leid, Annie«, sagte Estella.

Annie war ihr für das aufrichtige Mitgefühl sichtlich dankbar. »Dan hat ihm ein Antibiotikum gegeben. Nun bete ich, dass er wieder gesund wird. Gott weiß, dass wir Teddy dringend brauchen!« Ihre besorgte Miene ließ sie noch älter aussehen. »Ich mache mir auch Sorgen um die Kinder!«

»Falls es Sie beruhigt: Kinder scheinen einen natürlichen Schutz gegen Brucellose zu besitzen.«

»Das hat Dan auch gesagt, aber es ist tröstlich zu hören, dass

Sie der gleichen Meinung sind. Wegen der Rinder brauche ich dann wohl gar nicht erst zu fragen?«

Estella schüttelte den Kopf. »Fast die Hälfte dieser Kühe haben ihre Kälber verloren. Ich habe Reg gerade erklärt, dass Sie am besten keine frische Milch von diesen Tieren trinken und keine ihrer Ausscheidungen mit bloßen Händen anfassen. Wenn Sie vorsichtig sind, haben Sie nichts zu befürchten. Brucellose wird nicht oft auf Menschen übertragen, und wenn doch, dann fast immer auf den, der am meisten mit den Rindern zu tun hat, wie in diesem Fall Teddy. Wie viele andere Zuchtkühe haben Sie hier auf der Farm?«

»Das weiß ich nicht genau. Wir haben schon länger keine Zählung mehr durchgeführt.«

»Ich würde Ihnen raten, die Tiere näher ans Haus zu holen, damit sie nicht mit den Rindern der anderen Farmer in Kontakt kommen.«

»Wird gemacht«, sagte Annie.

»Kann ich Teddy kurz sehen?«, wollte Murphy wissen.

»Ja, natürlich«, gab Annie zurück. »Vielleicht gelingt es dir ja, ihn ein wenig aufzumuntern. Aber achte nicht darauf, wenn er seltsame Dinge sagt – er fantasiert manchmal im Fieber.«

»Anders kenne ich ihn gar nicht«, meinte Murphy in der Hoffnung, mit seinem Scherz die Stimmung ein wenig aufzulockern. Er tätschelte Annie die Schulter und ging davon, begleitet von Dan.

Die Andeutung eines Lächelns legte sich auf Annies Lippen. »Murphy ist es noch jedes Mal gelungen, ihn aufzuheitern«, sagte sie leise.

»Ich werde ein paar Löcher graben gehen«, erklärte Reg und machte sich daran, die toten Kälber fortzuschaffen. »Gibt es irgendeine wirksame Behandlung für die Kühe, die noch trächtig sind?«

Estella schüttelte den Kopf. »Nichts Verlässliches, fürchte ich. Wenn es für Sie ein Trost ist: Manchmal tragen auch infizierte Kühe ihre Kälber aus, und die Symptome verschwinden nach einigen Monaten.«

»Was genau ist eigentlich Brucellose?«, erkundigte sich Annie bei Estella, als sie allein waren. »Aus Dr. Dan habe ich nicht viel herausbekommen.«

»Es ist eine bakterielle Infektion, eine der wenigen, die Menschen und Tiere befallen kann. Einige Symptome sind Fieber, Kopf- und Gliederschmerzen, Schüttelfrost und Depressionen. Die Krankheit kann chronisch werden und immer wieder ausbrechen, wenn sie nicht behandelt wird.« Estella verzichtete auf die Feststellung, dass die Depressionen sogar bis zum Selbstmord führen konnten.

»Teddy hat schon seit ein oder zwei Wochen immer wieder Fieber gehabt«, berichtete Annie. »Und er ist sehr niedergeschlagen. Ich dachte, es sei wegen der Dürre. Alle leiden darunter, vor allem aber die Männer. Die Frauen sind normalerweise zu beschäftigt, um sich viele Gedanken zu machen.«

»Ihr Vieh muss isoliert werden, Annie. Die Seuche befällt auch Schafe und Ziegen, sogar Hunde. Menschen stecken sich meist durch Kontakt mit erkrankten Tieren an, oder indem die Bakterien in eine offene Wunde eindringen. Auch über die Atemwege oder durch das Trinken der Milch von infizierten Kühen kann man Brucellose bekommen. Die Bakterien finden sich sogar in Ziegenkäse. Reg sagte, Sie hätten keine Schweine – besitzen Sie Ziegen?«

»Nein, aber wir haben ein paar Hütehunde.«

»Dann halten Sie die Hunde für eine Weile von den Rindern fern.«

»Wird Teddy wieder ganz gesund, Estella?«

»Ja, mit Hilfe der Medikamente, die Dan ihm gegeben hat, wird er sich schnell erholen und auch keinen Rückfall erleiden, solange er nicht wieder mit erkrankten Tieren in Kontakt kommt.«

»Und die Rinder? Wie viele von ihnen werden sterben?«

»Schwer zu sagen. Sie werden sicher mehrere Tiere verlieren, und die Milchproduktion wird zurückgehen. Aber wie ich schon sagte, können einige kranke Tiere die Krankheit überstehen und wieder gesund werden. Leider gibt es keine wirksame Behandlung gegen diese Seuche.« Sie sah Annie nachdenklich an. »Die Wissenschaftler glauben allgemein nicht daran, dass die Krankheit auch von Mensch zu Mensch weitergegeben werden kann. Aber sie halten es dann für möglich, wenn ein Paar intime Beziehungen hat, zum Beispiel Ehepartner ...« Estella fühlte, wie sie errötete. »Wahrscheinlich hat Dan Ihnen das schon gesagt.«

»Nein«, erwiderte Annie.

»Ich weiß, dass Sie im Moment sicher zuallerletzt daran denken, aber ich dachte, Sie sollten es wissen.« Estella war es peinlich, ein solches Gespräch mit Annie zu führen, die sie erst seit einigen Minuten kannte – doch sie wollte, dass Annie um die Risiken wusste.

»Danke für Ihre Offenheit. Um ehrlich zu sein ist es mir lieber, diese Dinge von Ihnen zu hören als von Dan. Er wird bei solchen Themen immer sehr verlegen, und das macht mich nervös. Ich glaube, es liegt daran, dass er noch immer allein stehend ist. Würden Sie mir erlauben, auch mit Ihnen offen zu sprechen, Estella?«

Sie lächelte leicht. »Wenn Sie mir sagen wollen, dass Teddy meine Anwesenheit hier nicht recht ist – das hat er mir selbst schon mehr als deutlich zu verstehen gegeben.«

»Ich wollte sagen, dass wir im Moment knapp an Bargeld sind. Deshalb kann ich Sie für Ihre Hilfe nicht bezahlen.«

»Sie schulden mir nichts, Annie. Sie haben mich nicht gebeten, nach Ihren Tieren zu sehen, also kann ich auch keine Bezahlung verlangen.«

Annie wirkte verlegen. »Hier im Busch regeln wir die Dinge anders. Gehen wir zum Haus zurück, ja?«

Estella hatte Annie nicht das Gefühl geben wollen, sie stehe in ihrer Schuld, doch sie hatte auch nicht damit rechnen können, in Annie einer so stolzen Frau zu begegnen.

Während Annie beschäftigt war, ging Estella zu Teddy. Er wirkte sehr krank. Seine Haut hatte eine graue Färbung angenommen, und er war in Schweiß gebadet, zitterte jedoch vor Kälte.

»Ich brauche wohl nicht zu fragen, wie es Ihnen geht«, sagte Estella, als er den Kopf wandte, um zu sehen, wer an der Tür stand.

»Was haben Sie denn hier zu suchen?«, stieß er heiser hervor.

»Ich wollte gerade mit Dan und Murphy einige der anderen Farmen besuchen, als Annie anrief. Es tut mir Leid, dass Sie krank sind«, erwiderte Estella.

»Mich hat nur 'ne fiebrige Grippe erwischt, also behaupten Sie jetzt bloß nichts anderes. Und ich verbiete Ihnen, die Situation auszunutzen und mein Vieh zu untersuchen, während ich hier liege!«

»Wir könnten viele Tiere retten und außerdem das Vieh der anderen Farmer schützen, Teddy.«

»Um Himmels willen, sagen Sie denen nichts, sonst vergesse ich mich!«, rief er. »Wenn Sie herumlaufen und herausposaunen, dass meine Rinder eine Krankheit haben, obwohl sie völlig gesund sind, können Sie mich und meine Familie gleich zu Aussätzigen erklären!«

»Ihre Rinder haben Brucellose, Teddy, genau wie Sie selbst. Schauen Sie den Tatsachen ins Auge – und tun Sie etwas dagegen!«

Teddys blasses Gesicht nahm eine ungesunde Röte an. »Annie hat auch so schon genug Sorgen! Scheren Sie sich fort, und hören Sie gefälligst auf, sich in unser Leben einzumischen!«

Estella wandte sich um und verließ den Raum.

Als sie später wieder in die Maschine stieg, reichte Annie ihr eine Stofftasche.

»Hier haben Sie alles für einen leckeren Lammeintopf«, meinte sie verlegen. Estella warf einen Blick in die Tasche und sah Lammkeulen, Möhren, Kartoffeln, Zwiebeln und Pastinak.

»Oh, Annie, das wäre nicht nötig gewesen. Aber es ist wundervoll, wieder mal frisches Gemüse zu sehen«, rief sie erfreut.

»Es ist nicht viel im Vergleich zu der Hilfe und den Ratschlägen, die Sie uns gegeben haben, aber ich hoffe, Sie werden es genießen!«

»Mir läuft schon bei dem Gedanken ans Essen das Wasser im Munde zusammen. Vielen Dank! Und bitte melden Sie sich, wenn Sie irgendwelche Probleme haben.«

Annie senkte den Kopf. »Ich kann nicht gegen Teddys Willen handeln.« Sie sah wieder auf, und Estella sah den Kummer in ihrem Blick. »Ich habe gehört, was er zu Ihnen gesagt hat. Er ... er kann nicht klar denken. Nehmen Sie es sich bitte nicht zu Herzen. Im Grunde ist er ein guter Mensch, aber im Moment scheint er nicht ganz er selbst zu sein.«

Estella spürte, dass Teddys Verhalten Annie verwirrte. Sie lächelte ihr verständnisvoll zu. »Ich wünschte, ich könnte mehr tun, aber jetzt liegt alles an Teddy selbst. Viel Glück, Annie!«

14

Tante Flo döste im Lehnstuhl, als ein Klopfen an der Haustür sie hochschrecken ließ. Sie nahm die Decke von den Knien und murmelte verärgert vor sich hin. Ein scharfer Schmerz durchzuckte ihren Ellbogen und die linke Hüfte, und sie verzog das Gesicht, als sie sich mühsam hochrappelte. Wie sie das Rheuma hasste, das sie den ganzen Herbst und Winter hindurch plagte!

Auf dem Weg zur Tür fiel ihr ein, dass sie ihr Korsett gelockert hatte, doch wer immer an der Tür war, würde es nicht bemerken, wenn sie ihre wollene Strickjacke straffer zog. Es klopfte wieder, und ihre Stimmung verschlechterte sich noch mehr. »Verflixt ungeduldig, diese Menschen«, stieß sie ungehalten hervor. »Ich bin nun mal nicht schneller!« Sie nahm an, jemand wollte um ein Zimmer bitten, und das erzürnte sie noch mehr, denn sie hatte ein Schild neben der Haustür angebracht, auf dem BELEGT stand.

Flo öffnete die Tür und blickte in das gerötete Gesicht ihrer alten Freundin Molly Wemble. Sie waren schon als junge Mädchen Nachbarinnen gewesen und seitdem immer in Kontakt geblieben, obwohl Molly einen Mann aus der gehobenen Gesellschaft geheiratet hatte. Unglücklicherweise besaß Molly einen Hang zum Klatschen, den Flo nicht teilen konnte.

»Hallo, Florence«, rief Molly und eilte an ihr vorüber in die Eingangshalle. »Es tut mir Leid, dass ich deine Mittagsruhe störe, aber ich habe eben etwas sehr Beunruhigendes erfahren und musste einfach mit jemandem reden!«

Dass sie dafür einen beachtlichen Umweg gemacht hatte, entging Flo nicht. »Geh ruhig durch in die Küche, Molly«, meinte sie, verdrehte die Augen und rieb ihre schmerzende Hüfte, während sie der Freundin folgte. Sie war nicht in der Stimmung, in erstaunte Ausrufe über eine Indiskretion in den gehobenen Kreisen auszubrechen. Wenn man allen Gerüchten Glauben schenken wollte, besaß die so genannte bessere Gesellschaft manchmal weniger Anstand als streunende Katzen.

»Ich werde uns Tee machen, meine Liebe«, erklärte Molly, die bemerkt hatte, wie angespannt Florence wirkte. »Ich sehe schon, dein Rheuma plagt dich wieder!«

Flo ließ sich dankbar auf einen Stuhl sinken, während Molly ihre hübsche gelbe Teekanne mit dem heißen Wasser aus dem Kessel füllte, der neben einem Topf mit Lammeintopf auf dem altmodischen Ofengitter gestanden hatte. In der Küche war es warm und gemütlich. Flo hatte sich dagegen entschieden, das Haus aus der Gründerzeit modernisieren zu lassen; sie war ein Mensch, der lieb gewordene Gewohnheiten schätzte. Obwohl es schwere Arbeit war, die Kohle eimerweise aus dem Keller heraufzuschaffen, tat sie das lieber, als sich einen modernen Gasherd zuzulegen. Außerdem hatte sie ihren geplanten Umzug nach Devon verschoben, weil ihr Rheuma ihr so sehr zu schaffen machte. Ihr Arzt hatte Flo geraten, in warmes, trockenes Klima zu ziehen.

»Ich würde ja gern auf Mallorca wohnen«, hatte sie lachend erwidert. »Aber ich bin zu alt, um Spanisch zu lernen.«

Molly stellte eine Tasse Tee vor Flo auf den Tisch und setzte sich. Ohne längere Vorrede stürzte sie sich gleich auf ihr Thema. »Du errätst nie, mit wem ich heute Nachmittag im Savoy Tee getrunken habe!«

»Du wirst es mir sicher gleich erzählen«, meinte Flo und bemühte sich, ihr Desinteresse nicht zu offen zu zeigen.

»Mit Anthea!« Molly beobachtete, wie Flos Miene lebhafter wurde.

»Wenn du mir etwas über diese Davinia erzählen willst ... Ich möchte es nicht hören, Molly.«

Molly wusste von James und Davinia. Die skandalöse Geschichte darüber, was James Estella angetan hatte, hatte sich in den gehobenen Kreisen Londons schneller verbreitet als die Beulenpest und war sogar in den Klatschkolumnen erwähnt worden.

Molly verstand sehr gut, wie abfällig Flo über Davinia dachte. Sie wusste, dass Estella für Flo die Tochter war, die sie nie gehabt hatte. »Ich glaube, du wirst es wissen wollen, Florence!«

Flo wollte protestieren, doch Molly fuhr ohne Umschweife fort: »Davinia liegt im Krankenhaus. Sie wurde auf dem Grosvenor Square von einem Auto angefahren!«

»Oh!« Das war das Letzte, was Flo zu hören erwartet hatte. »Und wie geht es ihr?«

»Sie hat schwere innere Verletzungen, aber anscheinend erholt sie sich gut.«

Flo seufzte. »Ich sage es nicht gern, Molly, aber die Wege des Herrn sind unerforschlich, und dieses Mädchen konnte nicht einfach herumlaufen und tun, was sie getan hat, ohne die Konsequenzen tragen zu müssen.«

Flos Reaktion kam für Molly nicht überraschend. Die Freundin war nicht besonders religiös, doch sie hatte immer daran geglaubt, dass man bekam, was man verdiente, und lebte nach dem Motto: Was du nicht willst, dass man dir tu, das füg auch keinem anderen zu.

»Na, dann muss sie aber sehr viel Kummer verursacht haben, denn sie wird ihr Leben lang unter den Folgen des Unfalls zu leiden haben.«

»Was meinst du damit? Ist sie gelähmt oder entstellt?« Plötzlich hatte Flo ein schlechtes Gewissen, denn das hätte sie nicht einmal ihrem schlimmsten Feind gewünscht.

»Nein. Anthea hat mich gebeten, es nicht zu erzählen, aber

ich weiß ja, dass du es keinem weitersagen wirst!« In Wirklichkeit hoffte sie, Flo würde es Estella berichten, denn Molly fand, diese habe ein Recht darauf, es zu wissen. Sie setzte eine gewichtige Miene auf, wie immer, wenn sie skandalöse Dinge preisgab. »Davinia war schwanger – aber sie hat das Kind verloren. Anscheinend wollte sie deshalb so schnell heiraten.«

Flo war entsetzt. Es lag ihr auf der Zunge zu sagen: Das geschieht ihr recht; dann aber dachte sie an das unschuldige Kind, und Mitgefühl überkam sie. »Ich verstehe«, murmelte sie und starrte in ihre Teetasse. Sie hatte Molly nicht erzählt, dass Estella schwanger war, und auch sonst niemandem. Und sie würde es auch niemals tun.

»Aber das ist noch nicht alles. Sie war so schwer verletzt, dass die Ärzte operieren mussten, und nun kann sie keine Kinder mehr bekommen. Anscheinend ist sie tief deprimiert, und Anthea ebenso.«

Eine Ironie des Schicksals, dachte Flo. Ich wette, James ist insgeheim erleichtert.

»Davinia war das einzige Kind. Also wird es niemals Enkelkinder geben.«

»Davinia ist mir nie wie ein mütterlicher Typ erschienen«, sagte Flo und kämpfte gegen ihre Bitterkeit an.

»Mir auch nicht. Aber Anthea hat sie bestimmt gedrängt, einen Erben für das Vermögen der Farthingworths' auf die Welt zu bringen.«

Flo blickte Molly verwirrt an. Ihr Verstand weigerte sich, alles zu begreifen, was sie hörte.

»Du erinnerst dich doch an Antheas zweiten Ehemann, Giles Farthingworth?«

»Ja, natürlich. Ich habe Giles bei Estellas Hochzeit kennen gelernt.« Anthea hatte kein Geheimnis daraus gemacht, dass sie nur des Geldes wegen zum zweiten Mal geheiratet hatte. Kein Wunder, dass Davinia sich immer wieder wohlhabende alte Männer gesucht hat, dachte Flo. Wie die Mutter, so die Tochter.

Sie hatte Giles gemocht, weil er ein ruhiger, bedachtsamer, aufrichtiger Mann zu sein schien, den Anthea im Grunde nicht verdiente. Flo hatte auch viel über Davinia und James nachgedacht. Sie konnte sich noch immer nicht vorstellen, warum Davinia sich ausgerechnet James als vierten Ehemann ausgesucht hatte, denn dieser war nicht wohlhabend. Jetzt aber fragte sie sich, ob es vielleicht allein aus dem Grund geschehen war, weil er ihr ein Kind schenken sollte. Wenn es so war, hatte sie James jedenfalls nicht in ihren Plan eingeweiht.

»Giles besitzt mehrere Millionen«, berichtete Molly weiter. »Er ist hässlich wie ein Klippfisch, der Ärmste, aber erstaunlicherweise hat ihn niemand an der Angel gehabt, bevor Anthea ihn sich angelte. Sie ist zu alt, um noch ein Kind zu bekommen, und nun haben sie keinen Erben für das riesige Vermögen. Giles und Anthea hatten beide gehofft, Davinia würde einen Sohn zur Welt bringen, der das Familienunternehmen weiterführen kann. Tut sie es nicht – und das ist ja nun der Fall – hat Giles angekündigt, sein Geld dem Beckworth-Street-Waisenhaus zu vermachen, dessen Förderer er ist.«

»Davinia hat aber doch eigenes Geld, dank ihrer Ehemänner Nummer eins, zwei und drei«, sagte Flo.

»Ja, aber das sind nur Pennies, gemessen am Vermögen der Farthingworths'.«

Flo seufzte. Ob James verdorben genug war, eine Vaterschaft in Kauf zu nehmen, um das Vermögen seines Schwiegervaters in die Hand zu bekommen? Ja, das war möglich, wenn er eine so liebenswerte Frau wie Estella für Davinias Geld aufgab!

»Vergib mir, Molly, wenn ich nicht allzu viel Mitleid für sie aufbringen kann. Für Geld zu heiraten, ist schon schlimm genug, aber einen Erben zu zeugen ... Ich kann kaum glauben, dass Davinia so tief gesunken ist!«

»Du weißt doch, dass sie immer geldgierig war, Flo, und durch und durch verdorben. Sie war nie ein so liebes Kind wie Estella.«

Flo war der gleichen Meinung. »Tut es James wenigstens Leid um das Kind?« Gespannt wartete sie auf Mollys Antwort. »Er wollte nie Kinder«, sagte diese und fügte in Gedanken hinzu: Und er hat zu lange damit gewartet, es Estella zu sagen.

»Anthea sagte, der arme James sei vollkommen außer sich. Anscheinend hat er gar nicht gewusst, dass Davinia schwanger war, und jetzt ist sie so deprimiert, dass James nicht weiß, was er mit ihr anstellen soll. Sie will sogar ihren Entschluss noch einmal überdenken, ihn zu heiraten.«

»Geschieht dem Kerl ganz recht«, murmelte Flo.

Die nächsten beiden Nächte waren die längsten ihres Lebens. Der Gedanke an James und Davinia raubte ihr den Schlaf; außerdem quälte sie sich mit dem Gedanken, ob sie Estella von der neuesten Entwicklung erzählen sollte oder nicht. Schließlich entschied sie sich dagegen. Davinia hatte das Kind verloren, und sie würde keine weiteren Kinder bekommen können. Doch Estella brauchte nichts davon zu wissen – sie hatte genug ausgestanden.

Am dritten Tag nach Mollys Erscheinen hatte Flo wieder eine unerwartete Besucherin: Caroline.

»Was tust du denn hier?«, stieß Flo entgeistert hervor, als sie die Tür aufmachte und Estellas Mutter sah.

Caroline blickte sie überrascht an. »Ich habe ja keine Fanfaren erwartet, aber ein etwas freundlicherer Empfang wäre schon sehr nett.«

Flo hatte sich mittlerweile gefasst und bemühte sich um ein Lächeln. »Tut mir Leid, Caroline, aber ich hatte euch frühestens in drei Wochen erwartet. Ich bin vollkommen verblüfft.«

»In Belgisch-Kongo sind die Eingeborenen auf dem Kriegspfad – schon wieder, dieses Mal in Likasi, nicht weit von uns entfernt. Marcus hielt es für das Sicherste, so bald wie möglich abzureisen.«

»Oh, tatsächlich?«, erwiderte Flo. Caroline pflegte immer so beiläufig von irgendwelchen fernen Orten zu sprechen, als müsste Flo sie alle kennen. Früher hatte Flo dann immer um Erklärungen gebeten, doch seit einiger Zeit interessierte es sie nicht mehr sonderlich.

»Willst du mich auf der Schwelle stehen lassen, Flo?«

»Entschuldige, natürlich nicht. Bitte, komm herein!« Flo trat zur Seite, und Caroline schwebte in einer Wolke von Chanel Nr. 5 an ihr vorüber. Dann küsste sie Flo auf die Wange und zog die Freundin an sich. »Weißt du vielleicht, wo Estella ist?«, erkundigte sie sich auf dem Weg in den vorderen Salon. Caroline war kein Mensch, den man einfach in die Küche führen konnte.

Flo eilte zu ihrem Sessel, auf dessen Lehne sie ihre Decke geworfen hatte und dessen Kissen in Unordnung geraten waren. »Estella?«

»Was ist mit dir, Flo? Du bist so durcheinander und siehst müde aus – ganz und gar nicht wie sonst. Plagt dich dein Rheuma?«

»Ja, es raubt mir den Schlaf. Wo sind Marcus und Barnaby?« Flo geriet bei dem Gedanken, die beiden könnten zu Estellas früherem Heim gegangen sein und dort neue Besitzer vorgefunden haben, regelrecht in Panik.

»Sie bringen unsere Koffer ins Savoy Hotel. Wir dachten, den Abend mit Estella in London zu verbringen, bevor wir nach Harrow weiterreisen. Vor einer Stunde waren wir bei ihrem Haus und trafen dort einen Fremden an, der es neu anstrich – in schrecklichen Farben, wie ich hinzufügen muss.« Caroline nahm auf dem Sofa Platz und klopfte mit der Hand neben sich, damit Flo sich dort setzte. Flo hätte sich allerdings lieber in ihren Lieblingssessel sinken lassen. »Der arme Marcus konnte kein vernünftiges Wort aus ihm herausbekommen«, fuhr Caroline fort. »Wir nehmen an, dass James und Estella das Haus renovieren lassen, obwohl ich nicht verstehe, warum. Es war so geschmackvoll hergerichtet. Wahrscheinlich eine neue Mode. Mein Geschmack ist es jedenfalls nicht. Also, wo sind meine Tochter und ihr Mann? Wohnen sie für die Zeit der Renovierung in einem Hotel?«

Flo seufzte. »Hat Estella dir denn nicht geschrieben, Caroline?«

»Nein. Ich habe seit Wochen kein Wort von ihr gehört. Es muss schon fast drei Monate her sein, seit sie mir das letzte Mal geschrieben hat. Ich werde mich beschweren, wenn ich sie sehe. Natürlich sind James und sie noch frisch verheiratet und sehr verliebt, aber sie könnte sich trotzdem wenigstens die Zeit nehmen, mir zu schreiben!«

»Ich wünschte, sie hätte es getan«, murmelte Flo, die sich sehr elend fühlte. »Möchtest du eine Tasse Tee?« Sie machte Anstalten, aufzustehen, doch Caroline hielt sie zurück. »Nicht jetzt, meine Liebe. Zuerst musst du mir berichten, was es Neues gibt.«

Flo seufzte wieder. Ihr Herz schlug heftig, doch sie musste es Caroline anvertrauen. »Es fällt mir nicht leicht, es dir zu sagen ...«

»Mir was zu sagen? Geht es Estella gut? Hat sie einen Unfall gehabt?«

»Es geht ihr gut. Aber sie und James haben sich getrennt.«

Caroline starrte Flo offenen Mundes an. »Sie hat James verlassen?«

»Nun, eigentlich war er es, der sie um die Scheidung gebeten hat.«

»Aber warum, um Himmels willen?«

»Weil er eine andere hat.«

Caroline erschrak zutiefst. »Eine andere Frau? Dieser Schweinehund!«

Jetzt war es an Flo, die Freundin erschrocken zu mustern. Sie hatte von ihr in all der Zeit, die sie sich schon kannten, niemals ein solch derbes Wort gehört.

»Wie konnte er Estella so das Herz brechen?« Caroline sprang auf. »Ich muss sofort zu meinem armen Baby. Wo ist sie, Flo?«

»Sie ist nicht in London, Caroline ...«

»Ach ja, natürlich nicht.« Die Freundin ließ sich wieder auf das Sofa fallen und ergriff Flos Hand. »Der Skandal wäre sicher unerträglich. Mein armer kleiner Liebling!« Sie schwankte zwischen Zorn und Besorgnis. »Weißt du, ich habe James nie gemocht. Er war immer selbstsüchtig und schrecklich eitel – auch wenn Estella das nie erkannt hat.« Caroline tupfte sich die Tränen ab, die ihr in die Augen gestiegen waren. »Ich muss zu ihr, Flo. Sie braucht mich jetzt mehr als je zuvor. Wie gut, dass wir früher nach Hause gekommen sind als geplant!«

Caroline ging zur Tür, doch Flo blieb sitzen. Als Caroline sich umdrehte und die Freundin ansah, wusste sie, dass etwas nicht stimmte.

»Estella ist nach Übersee gegangen, Caroline. Sie wollte so weit wie möglich fort von hier, wo sie niemandem begegnen muss.«

»Aber warum denn nicht? Sie hat doch nichts getan, für das sie sich schämen müsste, Flo. Wenn jemand hätte fortgehen müssen, dann James. Dieses verdorbene Subjekt hätte in die Fremdenlegion eintreten müssen. Man stelle sich vor: Da steigt er anderen Frauen nach, obwohl er kaum ein paar Monate verheiratet ist – einfach unglaublich! Damit beweist er, dass er mein kleines Mädchen nie verdient hatte!«

Als Flo nicht antwortete, kehrte Caroline zu ihr zurück und setzte sich wieder. »Da ist noch mehr, nicht wahr, Flo?«

»Ich glaube, alles Weitere sollte Estella dir selbst erzählen, Caroline.«

»Das hat sie aber leider nicht getan, deshalb musst du es mir sagen. Wir sind seit mehr als dreißig Jahren Freundinnen, und ich erwarte, dass du mir alles anvertraust, was meiner einzigen Tochter zugestoßen ist.«

Es überraschte Flo nicht, dass Caroline sie auf diese Weise moralisch erpresste – das hatte sie schon öfter getan. Doch Flo vergab ihr, weil sie sah, wie erschüttert die Freundin war.

»Estella ist nach ... Australien gegangen.«

Caroline starrte sie fassungslos an. »Australien?!«

»Ja. Sie ist in Kangaroo Crossing.«

Caroline wurde so weiß wie das Kostüm, das sie trug, und ihre Miene spiegelte die verschiedensten Gefühle wider. Schließlich traf Flo ein eindringlicher Blick aus ihren blassblauen Augen. »Willst du damit sagen, sie ist zu Ross gegangen, obwohl sie jederzeit zu Marcus und mir hätte kommen können – zu ihren Eltern?«

Flo zog eine Augenbraue hoch. Es hatte sie immer gestört, dass Caroline Ross nie als Estellas Vater anerkannt hatte.

Diese schien Flos Gedanken zu lesen. »Du weißt doch, dass Marcus der einzige Vater ist, den Estella je gekannt hat!«

»Und wessen Schuld ist das?«

»Du hast mir einmal versprochen, Estella nie von Ross zu erzählen – und jetzt hast du dieses Versprechen gebrochen, nicht wahr?« Die Kränkung war Caroline deutlich anzusehen.

Einen Augenblick lang verwünschte sich Flo, ein solches Versprechen überhaupt jemals abgegeben zu haben. »Ja, das habe ich«, erwiderte sie. Es überraschte sie selbst, dass sie keinerlei Scham empfand. »Estella ist eine erwachsene Frau, und als sie zu mir kam, war sie in großen Schwierigkeiten. Ich habe nur getan, was ich konnte, um ihr zu helfen.«

»Aber warum ist sie zu Ross gegangen?« Carolines Blässe hatte sich in ein ungesundes Grau verwandelt. »Du musst sie angestiftet haben, nach Australien zu gehen! Sie wusste doch nicht das Geringste über diesen schrecklichen Ort oder ... Ross.«

Flo fühlte Bitterkeit in sich aufsteigen. »Du kannst ganz beruhigt sein, sie wird Ross niemals kennen lernen. Er ist im März gestorben.«

Caroline sank in sich zusammen. Sie wollte etwas sagen, brachte jedoch kein Wort heraus. Eine Zeit lang versank sie in Erinnerungen und sah Ross' markante Züge vor ihrem geistigen Auge. »Er war doch noch so jung ...«, flüsterte sie.

»Ja. Er hatte einen Unfall, und als Folge hat ein Blutgerinnsel die Adern in seinem Herzen verstopft.«

»Warum hast du mich das nicht früher wissen lassen?«

Der leise Vorwurf ärgerte Flo. »Ich wollte warten, bis ich es dir persönlich sagen konnte, anstatt es dir in einem Brief zu schreiben.« Flo war zwar nicht sicher, ob Caroline so viel Rücksichtnahme überhaupt verdiente, doch sie hatte Ross diese Ehre erweisen wollen. »Estella hat Ross' Tierarztpraxis übernommen«, fuhr sie mit Genugtuung fort. »Sie brauchte Arbeit und einen Ort zum Leben, und wie ich schon sagte, wollte sie so weit von James fort wie irgend möglich. Sie wäre auch zu euch gekommen, aber sie wusste ja, dass ihr nach London zurückkehrt.«

Caroline war noch immer blass wie ein Leinentuch. »Das alles ist ein furchtbarer Schock für mich, Flo. Warum hat sie mir nicht geschrieben? Wir haben immer offen über alles geredet!«

Flo schüttelte den Kopf. Caroline war wirklich eine Meisterin, wenn es ums Verdrängen ging. »Ich dachte, das hätte sie schon getan. Vielleicht ist der Brief auch erst nach eurer Abreise in Rhodesien angekommen – die Post ist in Australien und Afrika nicht so zuverlässig wie bei uns.«

Caroline seufzte. »Ich verstehe nur nicht, warum sie das Bedürfnis hatte, sich vor James' Familie zu verstecken. James ist doch derjenige, der sich schämen müsste!« Sie sah Flo forschend an, die ihrerseits auf den Boden starrte. »Da ist noch mehr, nicht wahr? Ich werde nicht gehen, bevor du mir nicht die ganze Geschichte erzählt hast, also kannst du mir genauso gut jetzt alles erzählen.«

Flo kannte Caroline sehr gut. Sie wusste, dass diese zu Dr. Blake gehen und ihn an ihre langjährige Freundschaft erinnern würde – oder, was der Himmel verhüten mochte, zu James. Auf keinen Fall wollte Flo Estellas Vertrauen missbrauchen, doch Caroline war ihre Mutter, und sie musste früher oder später erfahren, dass sie Großmutter wurde. »Estella erwartet ein Kind.«

Einen Augenblick war Caroline sprachlos, und ihre Augen füllten sich mit Tränen. Schließlich stieß sie hervor: »Meine Estella ist schwanger – und du lässt sie an diesen schrecklichen Ort gehen, der kaum mehr ist als ein Flecken auf der Landkarte? Mein Gott, Flo! Was hast du dir dabei gedacht? Es gibt dort nur einen einzigen Arzt für ein Gebiet von hunderten von Meilen ...«

»Jetzt sei nicht melodramatisch, Caroline«, unterbrach Flo sie. »Bestimmt ist vieles besser geworden, seit du dort warst. Außerdem passt Charlie auf sie auf.«

»Charlie! Er ist dreiundzwanzig Stunden am Tag betrunken, wie die meisten Männer dort draußen!«

»Inzwischen ist er älter und reifer als damals.«

Caroline schnaubte verächtlich. »Das Krankenhaus war früher ein Hotel, also kannst du dir sicher vorstellen, wie es aussieht. Es gibt kein vernünftiges Personal, nur Freiwillige ... und die Aborigines kommen und gehen, wie es ihnen gefällt. Man kann nicht einmal anständiges Essen kaufen, kein frisches Gemüse oder dergleichen. Es ist unerträglich heiß und staubig, und es gibt Millionen von Fliegen ...«

Flo fühlte Panik in sich aufsteigen, doch sie beruhigte sich damit, dass dort bestimmt vieles besser geworden war. Charlie hatte sich nie beklagt, und Carolines Erfahrungen lagen immerhin fünfundzwanzig Jahre zurück.

»Estella möchte nicht, dass James von dem Baby erfährt, Caroline«, sagte sie ruhig.

»Aber warum denn nicht?«, fragte die Freundin schrill. »Es ist doch von ihm, oder nicht?«

»Wie kannst du mich so etwas fragen?«

»Tut mir Leid. Ich frage mich nur, seit ich hier sitze, was wohl als Nächstes kommt. Wenn Estella James' Kind erwartet, sollte er ihr zumindest Unterhalt zahlen!«

Flo seufzte. »Als er ihr von dieser anderen Frau erzählte, hat er gesagt, er sei froh, dass sie keine Kinder hätten, denn sie passten nicht in das Leben, das er sich vorstellt.«

Caroline blickte sie entsetzt an.

Flo fuhr fort: »Ich sollte noch hinzufügen, dass er zu dem Zeitpunkt noch nichts von Estellas Schwangerschaft wusste. Sie wollte es ihm am selben Nachmittag sagen.«

Caroline kämpfte sichtlich mit den Tränen. »Wer ist diese andere Frau?«

»Davinia.«

»Davinia!«

»James ist wegen ihres Geldes mit ihr zusammen und schämt sich nicht einmal, das zuzugeben.«

»Aber er verdient doch sehr gut in seiner Anwaltskanzlei!«

»Das hat Estella auch gedacht – aber er hat behauptet, vollkommen am Ende zu sein.«

Aus Carolines Blicken sprach helle Empörung. »Und das hat sie ihm geglaubt? Wahrscheinlich wollte er sich nur vor dem Unterhalt drücken.«

Flo schüttelte den Kopf. »Die Bank hat das Haus in Mayfair verkauft, um von dem Erlös James' Schulden zu tilgen.«

»Mein Gott, das wird ja immer schlimmer!« Caroline barg das Gesicht in den Händen. »Ich wünschte, Marcus wäre hier. Er wüsste sicher, was zu tun ist.« Sie stand auf und schenkte sich aus der Karaffe auf dem Sideboard einen Schluck Sherry ein. Dann überraschte sie Flo, indem sie ihr Glas in einem Zug leerte. »Die arme Estella! Mittellos und in anderen Umständen, und allein am schrecklichsten Ort der Welt! Ich werde sie anrufen und ihr sagen, sie soll sofort nach Hause kommen. Marcus und ich werden uns um sie kümmern, bis James Vernunft annimmt. Er muss gezwungen werden, seine Verantwortung wahrzunehmen!«

»Nein, Caroline«, erklärte Flo und erhob sich mühsam. »Das kannst du nicht tun. Estella wird außer sich sein, wenn James von dem Kind erfährt. Bitte versprich mir, ihm nichts davon zu sagen.«

»Ich kann nicht glauben, dass Estella es nicht will. Wahrscheinlich war sie völlig durcheinander, als sie abgereist ist – und du hast ihr romantische Flausen in den Kopf gesetzt, was Ross' Tierarztpraxis betrifft. Himmel, in all den Wochen, als ich dort war, hat er nicht einen Penny gesehen. Die Leute haben ihm statt einer Bezahlung Hühner gegeben – natürlich ungerupft! –, ein Lamm, zwei oder drei Ziegen, Kuchen, Marmeladengläser, alles Mögliche, nur kein Geld.«

»Ich bin sicher, dass die Stadt seitdem größer geworden ist.« Flo beschloss, ehrlich zu sein. Sie hatte schließlich nichts zu verlieren. »Ich möchte dir nicht verschweigen, dass ich mir immer gewünscht habe, Estella würde Ross kennen lernen. Er war ein guter Mensch, und er hat dich sehr geliebt.«

»Nicht genug, um mich von diesem höllischen Ort fortzubringen. Als es zur Entscheidung kam, war Kangaroo Crossing ihm wichtiger als ich.«

»Vielleicht wäre er dir zurück nach England gefolgt.«

»Aber er hat es nicht getan!«

»Du hast ihm ja auch gar keine Möglichkeit gegeben. Er glaubte, du hättest Heimweh und würdest zu ihm zurückkehren, nachdem du deine Freunde und deine Familie besucht hattest. Wenn du nicht bald zurückkämst, schrieb er mir, wollte er seine Praxis aufgeben und dir folgen. Aber du warst erst ein paar Wochen fort, als er einen Brief erhielt, in dem du ihn um die Scheidung gebeten hast. Es hat ihm das Herz gebrochen, dass du so schnell den Antrag eines anderen Mannes angenommen hattest.«

Caroline war zwar überrascht, jedoch bereit, sich zu verteidigen. »Ich hatte den Eindruck, Ross liebte mich nicht genug, um zuallererst an mein Glück zu denken. Und in meinem Zustand durfte ich keine Zeit verlieren. Marcus hatte angeboten, Estella wie eine eigene Tochter aufzuziehen, was ich sehr anständig fand.«

»Aber sie war nicht seine Tochter. Und jetzt ist ihr richtiger Vater tot, und sie wird ihn nie kennen lernen.« Flos Augen füllten sich mit Tränen, und sie spürte eine überwältigende Sehnsucht, Ross wiederzusehen. »Du wärst es meinem Bruder schuldig gewesen, ihn seine Tochter sehen zu lassen. Ich werde dir nie verzeihen, dass du ihm dieses Recht vorenthalten hast.«

Caroline wunderte sich über den energischen Ton der Freundin. »Verstehst du nicht, dass ich an diesem scheußlichen Ort einfach nicht leben *konnte?* Ich wäre dort zu Grunde gegangen – und Estella wird es dort auch nicht aushalten, das weiß ich genau.«

Flo war anderer Meinung. »Das hängt wohl davon ab, wie viel von ihrem richtigen Vater sie in sich trägt, nicht wahr? Eines ist jedenfalls sicher. Sie wird sich alle Mühe geben.«

15

Gleich bei ihrer Rückkehr bat Estella Mai, im Herd Feuer zu machen. In ihrem Heim in Mayfair hatte sie einen modernen Gasherd gehabt und zögerte nun, den alten Holzofen selbst zu heizen. Mai aber wollte lieber draußen ein Feuer machen, und so stritten sie eine Weile, doch schließlich setzte Estella sich durch.

Während Mai und Binnie Holz sammelten, begann sie das Gemüse für den Lammeintopf zu putzen. Zwar hatte sie früher bei festlichen Diners für die wichtigen Kunden ihres Mannes eine Küchenhilfe beschäftigt, sonst aber darauf bestanden, alle Mahlzeiten selbst zuzubereiten. Deshalb war das Kochen ihr nicht fremd. James hatte am liebsten Roastbeef, Schweinemedaillons und Räucherlachs oder Forelle gegessen. Als sie ihm einmal einen Eintopf vorsetzte, hatte er sich bitter beschwert und behauptet, das sei ein »Essen für Arme«.

Wie die Dinge sich innerhalb einiger Wochen ändern können, ging es ihr durch den Kopf, als sie nun das Gemüse schälte und klein hackte und es zusammen mit dem Fleisch in einen Topf gab. Sie streute eine Prise Salz darüber und gab eine Hand voll Graupen und getrocknete Erbsen dazu, die sie in einem der Schränke gefunden hatte.

Als Mai das Feuer in Gang gebracht hatte, stellte Estella den Eintopf zum Köcheln auf den Herd. Sie sagte Mai, diese brauche nicht auf die Jagd zu gehen, da das Essen für sie alle reichen würde. Doch die Aborigine warf einen zweifelnden Blick auf den Topf und machte sich daran, hinter dem Haus ein Feuer aufzuschichten. Estella blieb mit dem Gefühl zurück, dass Mai ihr nicht zutraute, etwas Nahrhaftes zu kochen.

Als Mai dann mit Binnie fortging, nahm Estella an, die beiden wollten jagen, und murmelte vor sich hin: »Wie ihr wollt.« Sie jedenfalls war entschlossen, das erste frische Gemüse seit Wochen gebührend zu genießen.

Während der Eintopf vor sich hin köchelte, nahm Estella ein Bad. Sie füllte den Zuber nur einige Zentimeter hoch, doch das genügte, um mit Genuss im kühlen Nass zu planschen. Ihr Leib rundete sich bereits zu einem kleinen Hügel, und sie lächelte bei dem Gedanken an das Leben, das in ihr heranwuchs. Doch ihren glücklichen Gedanken an das Kind folgte stets tiefe Niedergeschlagenheit, weil sie ihre Freude nicht mit James teilen konnte. Er hatte bewiesen, dass er selbstsüchtig und nicht vertrauenswürdig war und deshalb niemals ein guter Vater oder Ehemann sein würde.

Nach dem erfrischenden Bad machte Estella sich daran, den wichtigsten Brief ihres Lebens zu schreiben. Doch sie hatte gerade *Liebe Mutter* geschrieben, als sie jemanden rufen hörte. Ihr schlechtes Gewissen meldete sich, weil sie ungeheuer erleichtert war, das Unausweichliche noch ein wenig aufschieben zu müssen.

Als sie die Tür öffnete, entdeckte sie Phyllis Edwards auf der vorderen Veranda.

»Hallo, Estella«, rief diese fröhlich, obwohl ihr die Schweißtropfen auf der Stirn standen. »Ich hoffe, ich störe nicht, aber ich dachte mir, ich bringe Ihnen ein paar Dinge, die Sie vielleicht brauchen können.« Sie hielt einen Karton in den Armen, der ziemlich schwer aussah.

Überrascht sah Estella sie an. »Ich hatte doch gar nichts bestellt, Phyllis«, gab sie zurück. »Aber kommen Sie bitte herein!« Sie ließ ihr den Vortritt und folgte ihr in die Küche.

»Irgendetwas duftet hier ganz köstlich«, stellte Phyllis fest, nachdem sie den Karton auf dem Tisch abgestellt, den breitkrempigen Hut abgenommen und sich aufmerksam umgeblickt hatte. Sie trug eine pastellfarbene, kurzärmelige Bluse und eine leichte Hose.

»Ich koche Lammeintopf«, sagte Estella.

»Ja, danach duftet es auch. Aber ich weiß, dass Sie nicht im Laden gewesen sind. Woher haben Sie die Zutaten?«

Estella wunderte sich noch immer über die direkte Art der Menschen in Kangaroo Crossing und fragte sich, ob sie sich jemals daran gewöhnen würde. Murphy hatte sie davor gewarnt, dass er stets sagte, was er dachte, doch er hatte zu erwähnen vergessen, dass dies auch für alle anderen galt. »Annie Hall war so freundlich, mir Fleisch und Gemüse mitzugeben. Ich vermisse frische Lebensmittel sehr«, erklärte sie.

»Was uns an frischen Produkten fehlt, ersetzen wir durch Konservendosen – das wüssten Sie, wenn Sie einen Blick auf die Regale im Gemischtwarenladen geworfen hätten!« Phyllis drohte ihr mit dem Finger, doch sie lächelte, und ihr Ton klang nicht vorwurfsvoll. »Dad und ich essen viel Obst und Gemüse aus Dosen«, fuhr sie fort. »Schon um dem Skorbut zu entgehen!« Phyllis lachte über ihren eigenen Scherz. »Sie sind nicht so gut wie frische Produkte, aber man kann sie essen. Früher haben wir im Süden frisches Gemüse bestellt, aber wenn es den Transport entlang dem Track in all dem Staub und der Hitze hinter sich hatte, war es oft schon welk, verschrumpelt und nicht mehr sehr appetitlich.« Sie begann, den Inhalt des Kartons auf dem Tisch auszubreiten. »Ich habe Ihnen etwas Brot mitgebracht, das ich heute Morgen gebacken habe, und Pulvermilch. Sie schmeckt zwar nicht wie frische Milch, hält sich in der Hitze aber viel länger. Außerdem sind hier ein paar Dosen mit Ölsardinen, gebackenen Bohnen, Tee und Zucker. Eine kleine Warnung: Wenn Sie etwas geöffnet oder zubereitet haben, müssen Sie es sofort aufessen. Selbst in einer Eistruhe verderben Nahrungsmittel hier sehr schnell, und ich muss Ihnen ja nicht erklären, was die Fliegen anrichten können. Achten Sie auch auf Ameisen.« Sie blickte wieder in den Karton. »Ich wusste nicht, ob Sie lieber Pflaumen oder Pfirsiche essen, deshalb habe ich von beidem eine Dose mitgebracht, außerdem Kondensmilch, die gut dazu passt, wenn keine frische Sahne da ist. Und da sind auch noch ein paar Stück Seife und Shampoo. Alles, was Sie sonst noch brauchen, bringe ich Ihnen gern herüber.«

Estella seufzte. »Es tut mir Leid, Phyllis, aber das kann ich nicht annehmen.«

»Natürlich können Sie!«

Estella war sehr unbehaglich zu Mute. »Ich habe aber kein Geld, um die Sachen zu bezahlen.«

Phyllis sah sie lächelnd an. »Ich habe eine Liste für Sie angelegt – und bevor Sie Einwände erheben: Dad hat mich darum gebeten. Er ist sehr dankbar für die Fortschritte, die Sie bei Stargazer gemacht haben.«

»Das freut mich zu hören. Aber wir hatten eine Vereinbarung über Baumaterial für die Reparatur meines Hauses. Über etwas anderes haben wir nicht gesprochen.«

»Weil Dad davon ausgegangen ist, dass Sie essen müssen, Estella! Sie können nicht allein von Charlies Corned-Beef-Sandwiches leben!« Phyllis lächelte, doch Estella spürte, dass sie ihren Stolz auf die Probe stellte. »Sie haben noch nie auf Kredit gelebt, nicht wahr?«

»Nein, allerdings nicht.« Estella dachte an ihr früheres Leben, von dem sie jetzt wusste, dass es eine Illusion gewesen war, und errötete. Niemals hatte sie sich so gedemütigt gefühlt wie an dem Tag, als sie herausgefunden hatte, wie viele Schulden sie und James angehäuft hatten. Es war ihr so vorgekommen, als schuldeten sie der ganzen Welt Geld, sogar ihren Freunden. »Ich hatte gehofft, mir durch Arbeit Geld verdienen zu können«, sagte sie leise.

»Die meisten Menschen, die in den Busch ziehen, denken

genauso, und glauben Sie mir: Niemand besaß mehr Stolz als meine Mutter. Aber wenn die Leute in der Stadt – und die im Busch – nur kaufen würden, was sie sich zu einem bestimmten Zeitpunkt leisten können, würden alle verhungern, und wir wären ruiniert.«

»Darüber habe ich niemals nachgedacht«, erwiderte Estella. Wie es schien, hielt hier nur das Leben auf Kredit alles in Gang, doch sie fürchtete, nicht mehr aus der Schuldenspirale herauszukommen, wenn sie erst einmal darin steckte.

»Dad sagte, er bringt Ihnen morgen oder übermorgen Balken und Wellblech. Sie haben doch hoffentlich nicht vor, die Arbeiten selbst zu erledigen?«

»Nein, ich habe Charlie gebeten, mir zu helfen.«

»Charlie?« Phyllis lachte herzlich. »Er ruft immer Dad, wenn es etwas zu reparieren gibt. Ich fürchte, er steht mit körperlicher Arbeit nicht auf allzu vertrautem Fuß!«

Estella sank das Herz. »Er wirkte nicht gerade begeistert, als ich den Vorschlag machte, aber ich glaube, mir zuliebe wird er es tun.«

Phyllis wirkte nicht sehr überzeugt. »Drücken wir es so aus: Sie haben Glück, dass in näherer Zukunft kein Regen vorhergesagt ist.«

Estella konnte ihr schlecht sagen, dass Charlie ihr Onkel war und dass sie beabsichtigte, ihn damit moralisch unter Druck zu setzen, sodass ihr Haus fertig war, wenn das Baby kam. »Ich habe gehört, Charlie und Ross seien einander sehr nah gewesen.«

Phyllis nickte. »Unzertrennlich, wie man es selten erlebt. Wenn Ross nicht gerade draußen auf den Farmen war, um kranke Tiere zu behandeln, steckten die beiden immer zusammen.« Sie wurde ernst. »Die letzten Monate waren für uns alle schwer, weil die Stadt so klein ist und Ross so plötzlich starb. Aber Charlie hat es natürlich besonders getroffen.«

»Was für ein Mensch war Ross?« Estella spürte, wie ihre

Neugier mit jedem Tag wuchs, genau wie das Baby in ihrem Leib, das ihr eines Tages eben diese Frage stellen würde.

Phyllis' Blick wurde weich, und auf ihren schmalen Lippen erschien ein leichtes Lächeln. »Er war ein guter Mensch, aber er hatte seine Schwächen.«

»Welche, zum Beispiel?«

»Er war oft sehr melancholisch. Ich glaube, es lag an der Einsamkeit. Er war ein Grübler und stiller als Charlie, aber das kann man von den meisten Leuten hier behaupten. Trotzdem besaß er einen ausgeprägten Sinn für Humor und hat oft lustige Geschichten über Tiere erzählt. Er sprach von ihnen, als wären es Menschen.«

»Das verstehe ich gut«, erwiderte Estella. »Tiere haben alle ihre ganz eigene Persönlichkeit.«

»Seltsam, das hat Ross auch immer gesagt. Er konnte sich mit Tieren auf eine Art und Weise unterhalten, wie ich es nie zuvor gesehen hatte – und auch nie wieder sehen werde, da bin ich sicher. Übrigens ist das mein erster Besuch in diesem Haus nach seinem Tod. Eigenartig, in seiner Küche zu stehen, ohne dass er jeden Moment zur Tür hereinkommt!« Sie blickte sich um. »Ich kann seine Gegenwart noch spüren.«

Estella erschrak. »Lassen Sie das nur nicht Mai hören! Sie glaubt allen Ernstes, Ross' Geist wäre in einem Dingo wiedergekehrt.«

Phyllis blickte Estella an, als würde sie diese Aussage ernst nehmen. »Aborigines haben eine sehr starke Verbindung zu diesem Land und den Tieren. Tun Sie nicht alles als Unsinn ab, was sie sagen.«

»Aber diese Vorstellung ist lächerlich! Ich *kann* sie nicht ernst nehmen!«

Phyllis lächelte. »Wenn Mai fest daran glaubt, kann nichts, was Sie tun, ihre Überzeugung ins Wanken bringen. Ross hat das gewusst. Ich glaube, deshalb ist er so gut mit den Aborigines zurechtgekommen. Er hat sich Mühe gegeben, ihre Denkweise zu verstehen. Wahrscheinlich würden Sie mehr erfahren, wenn Sie sein Tagebuch lesen. Haben Sie es schon gefunden?«

Estella starrte Phyllis verwundert an. »Nein, ich habe kein Tagebuch gesehen.«

»Es muss hier irgendwo sein. Ross hat ständig darin geschrieben.«

»Vielleicht ist es in seinem Zimmer. Charlie drängt mich, seine Sachen durchzusehen, aber bisher habe ich es noch nicht getan.«

»Interessant, dass er Sie darum bittet!« Phyllis schnalzte mit der Zunge. »Dad würde es auch tun, wenn Charlie sich nicht dazu durchringen kann.«

»Nein, lassen Sie nur. Ich bin hier und habe Zeit genug, und es macht mir wirklich nichts aus.«

Phyllis nickte. »Und wie war es draußen in Langana Downs?«

Estella wusste nicht recht, was sie sagen sollte.

»Wie ich hörte, war Teddy während der Versammlung vor ein paar Tagen ziemlich wütend auf Sie. Deshalb überrascht es mich, dass Sie mit dorthin geflogen sind«, erklärte Phyllis.

Estella nickte. »Um ehrlich zu sein, hätte ich den Flug nicht unternommen, wenn Teddy nicht krank wäre. Leider hat er sich bei seinen Rindern mit Brucellose angesteckt. Annie gab mir die Erlaubnis, mir die Tiere anzusehen, und ich konnte ihr und dem Verwalter ein paar Ratschläge geben, was zu tun ist. Mit Teddy habe ich auch kurz gesprochen, aber er schien nicht sehr glücklich, mich zu sehen. Er will von seiner Krankheit nichts wissen, denn er macht sich Sorgen, dass die Belastung für Annie zu groß sein könnte. Aber ich glaube, sie ist stark genug, um damit fertig zu werden.«

»Die Farmer sind oft sehr starrsinnig, und es fällt ihnen sicher nicht leicht, von einer jungen Frau Ratschläge anzunehmen. Um ehrlich zu sein, Estella, es wundert mich, dass Sie ausgerechnet in einer Stadt wie Kangaroo Crossing leben möchten. Wäre Dad nicht allein stehend, wäre ich längst fort.«

Estella hatte den Eindruck, dass Phyllis sich eingesperrt fühlte. Zögernd erklärte sie: »Ich bin eine unerfahrene, aber gut ausgebildete Tierärztin. Es war ein großer Glücksfall für mich, ein Angebot für eine Praxis zu bekommen – mitsamt einem Haus und allem, was ich sonst brauche.« Besonders, nachdem ich ohne Geld und heimatlos auf der Straße stand, fügte sie in Gedanken hinzu.

Phyllis schien verblüfft. »Ich kann kaum glauben, dass Sie sich tatsächlich glücklich schätzen. Dieser Ort muss doch ein furchtbarer Schock für Sie gewesen sein!« Sie runzelte die Stirn. »Charlie hat Ihnen die Stelle über seine Schwester in England angeboten, nicht wahr?«

»Ja. Ich kenne Florence Cooper seit vielen Jahren.«

»Bestimmt hat er Florence geschrieben, die Stadt sei ›ziemlich klein‹. Dass sogar auf einem Friedhof mehr Betrieb herrscht, hat er ihr sicher verschwiegen.«

Estella musste lachen. »Man hat mir tatsächlich nicht gesagt, dass Kangaroo Crossing so abgelegen ist und dass die meisten katholischen Familien in Irland mehr Menschen zählen als dieser Ort, aber allmählich gewöhne ich mich daran.«

»Sie wollen doch nicht etwa hier bleiben?«

»Das weiß ich noch nicht. Ich muss arbeiten, aber ich habe keine Ahnung, wie lange die Besitzer der *stations* und Farmen brauchen, bis sie mir ihr Vieh anvertrauen. Wie Sie schon sagten, bin ich jung und außerdem eine Frau – eine sehr ungünstige Kombination.«

»Ich würde nicht damit rechnen, dass die Farmer Ihnen jemals vertrauen. Die Wahrscheinlichkeit, dass es morgen regnet, ist in etwa so groß wie die, dass diese Männer ihre Einstellung ändern. Wenn ich Sie wäre, würde ich versuchen, in einer der größeren Städte eine Stelle zu finden. Wahrscheinlich würden die Leute dort eine junge Tierärztin eher akzeptieren.«

Estella fragte sich, ob Phyllis sie vielleicht loswerden wollte. Wieder meinte sie zu spüren, dass Phyllis sie als Rivalin betrachtete. »Ich hatte Glück, dass mir diese Stelle angeboten wurde, gerade weil ich so unerfahren bin. Und nun muss ich darauf bauen, dass die Leute hier früher oder später meine Hilfe annehmen ... und das hoffentlich, bevor ich verhungert bin. Und was die Stadt angeht: Ich kann schlecht die Beine in die Hand nehmen und davonlaufen, nur weil Kangaroo Crossing nicht so ist, wie ich es mir vorgestellt hatte.«

Zu ihrer Überraschung lächelte Phyllis. »Ich für meinen Teil bin froh, dass Sie hergekommen sind. In der Stadt gibt es nicht viele Frauen in meinem Alter, von Kylie einmal abgesehen. Es ist schön, jemanden aus einer Großstadt hier zu haben, mit dem man sich nett unterhalten kann. Sie können sich bestimmt vorstellen, dass Dad und ich uns nicht allzu viel Interessantes zu erzählen haben, weil wir zusammen leben und arbeiten.«

Estella war ebenso gerührt wie verwundert über Phyllis' Offenheit, denn von ihr hätte sie ein solches Freundschaftsangebot am wenigsten erwartet.

»Möchten Sie nicht zum Essen bleiben, Phyllis?«

»Das würde ich gern, aber ich habe Dad versprochen, ihm heute Abend etwas Schönes zu kochen. Er hat die monatliche Abrechnung gemacht und ist rechtschaffen müde.«

»Natürlich, das verstehe ich. Vielleicht ein anderes Mal?«

Phyllis nickte und betrachtete die Fotos von Estellas Familie. Sie nahm ein Bild von Barnaby in die Hand. »Wer ist dieser gut aussehende junge Mann?«

»Mein Bruder. Und das dort sind meine Eltern.«

»Ich weiß nicht, wem Sie ähnlicher sehen«, meinte Phyllis und betrachtete eingehend Estellas Züge. Barnaby war mit seinem sandfarbenen Haar und dem Grübchen im Kinn das genaue Abbild von Marcus. Caroline war ein sehr heller Typ mit hellbraunen Augen. Estella jedoch sah vollkommen anders aus. Ihre Haare waren fast schwarz, ihre Augen tiefgrün.

Das einzige Bild von Ross, das sie besaß, war alt und noch in Schwarz-Weiß aufgenommen, doch man erkannte trotzdem, dass er ebenfalls sehr dunkle Haare gehabt hatte, genau wie Estella.

Rasch wechselte sie das Thema. »Gibt es von den Picknick-Rennen abgesehen noch andere gesellschaftliche Ereignisse in Kangaroo Crossing?«

Phyllis nickte. »Marjorie Waitman organisiert am Abend vor den Rennen immer einen Ball. Sonst kommen die meisten Farmer mit ihren Familien und Arbeitern alle zwei Wochen her, wenn sie nicht gerade scheren oder eine Viehzählung durchführen. Dann treffen sie sich in der Bar, und an manchen Abenden geht es ziemlich hoch her.«

»Ich nehme an, es gibt viele allein stehende Männer auf den Farmen?«

»Das stimmt. Überhaupt herrscht im Outback Frauenmangel. Also passen Sie auf!«

Estella errötete. »Ich habe nicht meinetwegen gefragt. Ich selbst habe vor, mich ausschließlich um den Aufbau meiner Praxis zu kümmern. Aber bei Ihrem Aussehen müssen Sie sich die vielen Verehrer sicher mit Gewalt vom Leib halten.«

Phyllis lachte herzlich. »Ich bin leider nicht dazu geboren, mitten in der Einöde mit einem Mann zu leben, der nur an Schafe denkt. Es ist schon schlimm genug, hier in der Stadt zu wohnen.«

»Gibt es denn niemanden in Kangaroo Crossing, der Ihnen gefällt?«

Phyllis seufzte. »Sie müssen zugeben, dass die Auswahl eher beschränkt ist.«

»Ich habe noch nicht alle Einwohner kennen gelernt ...«

Wieder lachte Phyllis. »Doch, haben Sie. Da sind Kylie, Charlie und Edna, Wally Gee und Conny, Betty und Kev, Marjorie und Frances, und dann unsere beiden Junggesellen. Dr. Dugan ist ein seltsamer Mensch. Nüchtern ist er sehr nett, aber wenn er zu trinken anfängt, hört er nicht damit auf, bevor er die Besinnung verliert, wie viele Iren. Und was Murphy betrifft – er sieht nicht schlecht aus, ist aber für die Romantik verloren, weil seine Vergangenheit ihn davon abhält, an eine Zukunft zu glauben.«

»Wie meinen Sie das?«

Phyllis zögerte einen Moment.

»Es tut mir Leid«, sagte Estella, »ich sollte nicht so neugierig sein.«

Phyllis schüttelte den Kopf. »In einer so kleinen Stadt hat man kein Privatleben, also kann ich nur für Sie hoffen, dass es nichts gibt, das Sie für sich behalten möchten.«

Estella erwiderte nichts. Sie wusste, dass sie ihre Schwangerschaft nicht mehr sehr lange würde verbergen können, doch sie fürchtete sich schon jetzt vor den Spekulationen über ihre persönlichen Verhältnisse. Die Leute waren neugierig, auch Phyllis – Estella erkannte es an ihren aufmerksamen Blicken und dem Versuch, keine Andeutung über eine vielleicht interessante Vergangenheit zu überhören.

»Hier draußen gibt es nicht viel anderes zu tun, als über andere zu reden«, fuhr Phyllis fort. »Ich kenne nicht die ganze Geschichte, weil Murphy zu den stillen Wassern gehört, aber es wird erzählt, dass er seinem besten Freund die Frau weggenommen und so dessen Ehe zerstört hat.«

Estella erschrak. »Aber er ist doch allein! Da wird es wohl nur dummer Klatsch gewesen sein.«

»Das dachte ich auch – bis sein ehemaliger Freund in der Stadt auftauchte. Das ist jetzt schon ein paar Jahre her. Als er Murphy in der Bar aufgespürt hatte, hat er es ihm so richtig gegeben. Dad sagte, als Murphy ihn sah, sei er so weiß geworden wie ein Leinentuch. Er muss ein wirklich schlechtes Gewissen gehabt haben, denn er hat sich nicht verteidigt, als der andere auf ihn losging. Zum Schluss ist sein Freund schluchzend zusammengebrochen. Niemand in der Bar wusste, was er tun sollte, dabei war sie voller Scherer und Treiber. Sie können sich gewiss vorstellen, wie seltsam es ist, einen erwachsenen Mann wie ein Kind schluchzen zu sehen. Als Murphy sich ihm nähern wollte, hat er geschrien: ›Deinetwegen habe ich die einzige Frau verloren, die ich je geliebt habe.‹ Als der Mann abreiste, war Murphy ein paar Tage lang nicht er selbst.«

Estella wusste nicht, was sie darüber denken sollte. Man musste schon oberflächlich oder rücksichtslos sein, um einem Freund so viel Schmerz zuzufügen – so rücksichtslos und egoistisch wie Davinia, zum Beispiel. Das sprach nicht gerade für Murphys Charakter.

»Was ist mit Dan? Es muss doch einen Grund geben, dass er so viel trinkt.« Bei ihm war es nicht das Privatleben, das Estella interessierte. Sie suchte nach einer Erklärung für sein selbstzerstörerisches Verhalten, obwohl er doch so viel Verantwortung trug.

»Anscheinend war sein Vater ein berühmter Chirurg in Sydney, und es wird erzählt, dass Dan trinkt, weil er nie an ihn heranreichen konnte. Aber ich weiß nicht, ob das stimmt. In nüchternem Zustand ist er ein netter Mann und ein sehr begabter Arzt. Doch obwohl er schon vielen Menschen das Leben gerettet hat – nie scheint er mit sich zufrieden zu sein. Vor ein paar Jahren haben wir uns alle zusammengetan und ihm eine Medaille für seine Verdienste in Kangaroo Crossing geschenkt. Es sollte eine Überraschung sein, aber er wollte sie nicht annehmen. Stattdessen hat er sich schrecklich aufgeregt.«

Estella fand das alles sehr eigenartig. »Ist er direkt von Sydney aus hierher gekommen?«

»Nein. Murphy hat mir erzählt, dass Dan aus dem Gebiet um Longreach in der Golfregion stammt, dort, wo der Flugrettungsdienst gegründet wurde.«

»Ich habe hinter dem Krankenhaus ein altes Flugzeug stehen sehen. Gehört es Dan?«

»Es klingt vielleicht seltsam, aber ich weiß es nicht.« Phyllis runzelte die Stirn. »Wag hat es vor vielen Jahren auf seinem Lastwagen mitgebracht, lange, nachdem Dan hierher gezogen war. Die Maschine sah aus, als wäre sie bei einem Absturz schwer beschädigt worden. Murphy hat einige Ersatzteile für sein Flugzeug ausgebaut, und Dan bastelt von Zeit zu Zeit daran, wobei Murphy ihm manchmal hilft. Ich habe Murphy sogar einmal danach gefragt, aber ich erinnere mich nicht mehr an seine Antwort.«

»Ihr Vater hat mir erzählt, dass Sie fliegen lernen. Ich finde das sehr mutig von Ihnen.«

Phyllis' Miene hellte sich auf. »Ich liebe das Fliegen. Ich fühle mich jedes Mal so frei und lebendig dort oben!«

Estella lächelte. »Mir war nicht wohl auf dem Flug hierher. Ich kann Ihre Begeisterung leider nicht teilen.«

»Das Fliegen ist wundervoll. Und Murphy ist ein sehr guter, geduldiger und einfühlsamer Lehrer.« Sie errötete plötzlich. Estella schloss daraus, dass sie ihre Gefühle nicht so offen hatte zeigen wollen.

»Er ist ein sehr männlicher Typ, finden Sie nicht?«, fuhr Phyllis fort.

»Ich denke schon«, erwiderte Estella zurückhaltend.

»Aber er sieht einem nie direkt in die Augen, ist Ihnen das schon aufgefallen? Ich glaube nicht, dass man einem Menschen trauen kann, der einen nicht offen ansieht.«

Estella musste ihr Recht geben.

Als es dunkel wurde, waren Mai und Binnie noch immer nicht zurück. Estella aß eine große Portion von dem Lammeintopf, der köstlich schmeckte. Dann suchte sie nach dem Tagebuch, das Phyllis erwähnt hatte, konnte es aber nicht finden, sodass sie sich schließlich daranmachte, ihren Brief weiterzuschreiben. Der Anfang fiel ihr schwer, doch als sie erst einmal begonnen hatte, schien es ihr, als würde sie sich von einem Dämon befreien. So ausführlich sie konnte, berichtete sie über die Begegnungen und Ereignisse der letzten Zeit, die ihr Leben vollkommen auf den Kopf gestellt hatten. Erschöpft und ausgehöhlt beendete sie den Brief schließlich mit den Worten: *In Liebe, Estella.*

Vor dem Schlafengehen setzte sie sich noch eine Weile auf die Veranda und atmete tief die Abendluft ein. Sie fühlte sich unendlich klein, als sie hinauf zum weiten Himmel blickte, an dem die Sterne strahlend hell leuchteten und zum Greifen nah erschienen. Der Mond stand hinter dem Haus, doch er tauchte die Umgebung in ein silbriges Licht, das die Ödnis der Landschaft milderte und die fernen Hügel mit einem leuchtenden Mantel umhüllte.

Kängurus hüpften umher und zupften an den Büschen, bevor sie weiterzogen. Emus blieben stehen, um Estella neugierig zu mustern. Besonders gefiel ihr ein Pärchen, dem einige gestreifte Küken folgten.

Eine Zeit lang war alles still. Nur die Sinfonie der Insekten erfüllte die Nacht. Estella schloss die Augen und versuchte sich zu entspannen. Doch mit dem Brief über das Scheitern ihrer Ehe waren alle ihre verwirrten Gefühle wieder da, und tief in ihrem Innern wühlte der Schmerz.

Als Estella die Augen wieder aufschlug, stand der Dingo vor ihr und beobachtete sie. Im Mondlicht schimmerte sein Fell fast weiß. Die Unwirklichkeit der Szene verlieh Estella ein trügerisches Gefühl der Sicherheit. Fast hätte sie vergessen, dass der Dingo ein wilder Hund und nicht an Menschen gewöhnt war. Beinahe hätte sie die Hand ausgestreckt, um ihn zu streicheln.

Sie fragte sich, was ihr Vater wohl über den Dingo gedacht hätte – und das erinnerte sie wieder an sein Tagebuch. Sie nahm sich vor, Mai danach zu fragen. Bei diesem Gedanken fiel ihr ein, dass Mai in den vergangenen Tagen einen Gürtel um die Taille getragen hatte, an dem eine kleine Tasche befestigt war. Was wohl darin sein mochte?

Wieder sah sie den Dingo an, dessen Blick klug und aufmerksam wirkte. Beinahe schien es ihr, als könne er ihre Gedanken lesen. Estella lächelte ihn an und sagte: »Ich bin sehr müde, mein Freund, und gehe schlafen.«

Der Dingo setzte sich und beäugte sie unentwegt. Estella wollte gerade aufstehen, als plötzlich ein scharfer Schmerz durch ihren Leib schoss. Sie verzog das Gesicht. Erschrocken hielt sie inne. »Nicht mein Baby«, flüsterte sie. »O Gott, bitte nimm mir nicht mein Baby!« Der Schmerz ließ einen Augenblick nach, und sie holte tief Atem.

Der Dingo stand auf. Er betrachtete sie so aufmerksam wie zuvor. Worauf wartet er?, fragte sich Estella. Eine neuerliche Woge der Furcht stieg in ihr auf, und zum ersten Mal fühlte sie sich als Beute des Dingos.

16

Als Estella sich aufrichtete, fühlte sie den nächsten Krampf im Unterleib, der noch schmerzhafter war als der vorangegangene. »O Gott, was geschieht mit mir?«, rief sie voller Entsetzen. Obwohl sie wusste, dass es sinnlos war, rief sie nach Mai, doch der Klang ihrer Stimme wurde von der beängstigenden Stille und der endlosen Weite um sie her verschluckt. Es war dieselbe Stille, die ihr Minuten zuvor noch so friedlich erschienen war. »Lieber Gott, nimm mir nicht mein Baby«, flehte sie leise. Die Einsamkeit, die sie seit ihrer Ankunft in Kangaroo Crossing verspürte, war nichts im Vergleich zu der unendlichen Trauer, die sie empfinden würde, wenn sie ihr Kind verlor.

Der Dingo beobachtete Estella, als sie die Stufen der Veranda hinunterstolperte. Sie krümmte sich vor Schmerzen. »Ich brauche Hilfe!«, jammerte sie. »Jemand muss mir helfen!« Als ein neuerlicher Krampf sie packte, blieb sie mit einem verzweifelten Aufschrei stehen; dann sank sie im feinen roten Staub auf die Knie. Der Dingo kam näher und schnüffelte an ihrer Wange. Alarmiert versuchte Estella aufzustehen, doch der furchtbare Schmerz hatte sie zu sehr geschwächt. Sie zitterte am ganzen Leib. Der Dingo blieb neben ihr stehen, unbeweglich und aufmerksam. Estella hob den Kopf und blickte in seine dunklen Augen, die unergründlich wirkten. Nie war sie sich ihrer eigenen Verletzlichkeit so bewusst gewesen wie in diesem Augenblick. Sie kniete auf dem Boden, von Schmerzen geplagt, voller Angst und ohne ein Mittel zur Verteidigung.

Atemlos wartete sie darauf, dass der Dingo sie angriff – doch weder fletschte er die Zähne, noch knurrte er. Einen flüchtigen Moment lang dachte Estella, dass der Geist ihres Vaters tatsächlich in Gestalt dieses Dingo zurückgekehrt sei und dass er ihr irgendwie helfen würde.

»O Gott, ich verliere den Verstand!«, flüsterte sie verzweifelt. »Und es ist niemand da, der mir helfen kann ...«

Wie als Antwort erwachte plötzlich ihr Überlebensinstinkt und gab ihr neue Kraft. Nichts zählte mehr außer ihrem Baby. Sie musste Hilfe suchen! Estella griff nach dem Verandapfosten und zog sich daran hoch.

»Ich muss es bis zum Krankenhaus schaffen«, murmelte sie und holte tief Luft. Ihre panische Furcht war stärker als der Wunsch, die Schwangerschaft noch länger geheim zu halten. Mit schwankenden Schritten bewegte sie sich voran. Den Blick fest auf das kleine Gebäude des Krankenhauses gerichtet, das sie nur als dunklen Umriss in der Ferne wahrnahm, in dem zwei, drei Lichter geisterhaft leuchteten, stolperte sie vorwärts. Sie blieb stehen, wenn der Schmerz kam, und eilte weiter, sobald er nachließ. Der Dingo begleitete sie. Er ging nicht an ihrer Seite wie ein zahmer Hund, hielt sich jedoch so nah bei ihr, dass sie ihn sehen konnte.

Es schien Estella eine Ewigkeit zu dauern, bis sie die Lichter erreicht hatte, die ihr ab und zu vor den Augen verschwammen. Sie fühlte sich schwach, und ihre Haut war von kaltem Schweiß bedeckt, doch die Gesellschaft des Dingo erschien ihr jetzt seltsam tröstlich.

Im Krankenhaus war alles still, als sie hineinstolperte. »Dan!«, rief sie atemlos. Kylie kam aus seinem Büro und blickte sie verschlafen an. »Was ist los, Missus?«

»Sagen Sie Dan, ich ... brauche ihn«, stammelte Estella, bevor sie sich wieder krümmte, als der Schmerz schlimmer denn je durch ihren Leib schoss.

Kylie nahm ihren Arm und sah den Staub und Schmutz an

ihren Knien. »Was ist mit Ihnen, Missus?« Jetzt sah sie, dass Estella ihren Leib umklammerte. »Haben Sie sich den Magen verdorben?«

Estella schüttelte den Kopf, während Kylie eine Rolltrage aus einem der Zimmer holte und ihr half, sich darauf zu legen. Estella rollte sich auf die Seite und zog die Beine an. »Retten Sie mein Baby! Bitte!«, rief sie verzweifelt. »Kylie, retten Sie mein Kind!«

Die junge Krankenschwester blickte sie überrascht an. »Sie sind schwanger, Missus?«

»Ja. Wo ... ist Dan?«, stieß Estella mühsam hervor und klammerte sich an Kylies Hand.

»Ich hole ihn, Missus, aber zuerst muss ich Sie ins Bett bringen!« Estella wand sich so sehr vor Schmerzen, dass Kylie fürchtete, sie könne von der schmalen Trage fallen.

»O Gott!« Estella biss die Zähne zusammen, um eine weitere Wehe durchzustehen. »Ich will mein Baby nicht verlieren!«

»Alles kommt wieder in Ordnung, Missus. Wir helfen Ihnen!«

Vor Schmerz und Angst hörte Estella nicht die tiefe Besorgnis in Kylies Stimme. Sie nahm kaum wahr, dass sie über den Gang in eines der Krankenzimmer geschoben wurde, wo Kylie ihr in ein Bett half.

»Ich bin sofort wieder hier, Missus. Ich hole nur schnell Dr. Dan!«

Estellas Schmerzen waren zu schrecklich, als dass sie darüber hätte nachdenken können, woher Kylie den Arzt holen wollte. »Schnell, Kylie!«, rief sie drängend.

»Ganz ruhig, Missus. Ich mache, so schnell ich kann!«

Kylie war nur einige Minuten fort, doch Estella erschienen sie wie Stunden. Sie betete inständig für ihr ungeborenes Kind und rief laut nach Kylie, doch ihre Stimme hallte ungehört in den stillen Räumen des Krankenhauses wider. »Wo bleiben sie nur?«, schluchzte sie.

Dann plötzlich hörte sie Dans Stimme im Flur, und eine Woge der Erleichterung durchströmte sie.

»Was soll dieses Getue, Kylie?«, fragte er, während die junge Schwester ihn eilig auf Estellas Zimmer zudrängte. »Wer ist unser geheimnisvoller Patient? Ist es Mary oder Willie?« Die beiden hatten sich vor dem Hotel gestritten und waren dann zu einem Lagerplatz gegangen, wo sie weitergetrunken hatten. Es war nicht ungewöhnlich, dass ihre Auseinandersetzungen gewaltsam ausgetragen wurden.

»Es ist Estella Lawford, Doktor. Es geht ihr sehr schlecht.«

Dan lief ein kalter Schauder über den Rücken. Estella kam bestimmt nicht wegen irgendeiner Lappalie zu ihm.

In dem Moment, als Dan und Kylie das Zimmer betraten, schrie Estella vor Schmerzen wieder laut auf. Dan sah sie verkrümmt auf dem Bett liegen und ihren Leib halten und betete insgeheim, dass sie keine akute Blinddarmentzündung hatte. Da er derzeit keine Patienten hatte, war er seit Einbruch der Dunkelheit im Hotel gewesen. Es würde noch Stunden dauern, bis Dan nüchtern genug war, einen chirurgischen Eingriff durchzuführen.

Als Dan auf ihr Bett zuging, bemerkte Estella, dass er leicht schwankte.

»Was ist los, Es ... Estella?«, fragte er.

Trotz ihrer Schmerzen entging ihr nicht, dass Dan ein wenig schleppend und undeutlich sprach, und sie bekam es mit der Angst. »Ich bin schwanger und habe ... Krämpfe.«

Dan starrte sie überrascht an und rieb sich das unrasierte Kinn. »Wie ... wie weit sind Sie?«

»In der zehnten Woche.«

»Das erste Viertel ist also schon vorüber«, murmelte er und verwünschte insgeheim den Alkohol, der ihm das Hirn vernebelte.

Estella roch den Bierdunst, den er verströmte. »Sind Sie betrunken?«, stieß sie hervor.

»Ich hatte nur ... ein paar Gläser«, erwiderte er ausweichend und bemühte sich, gerade zu stehen. »Verlieren Sie ... Blut?«

Estella kämpfte ihren Zorn und ihre Angst nieder. »Ich glaube nicht.«

»Gibt es in Ihrer Familie öfter Fehlgeburten?«

»Nicht, dass ich wüsste. Ich werde doch mein Baby nicht verlieren?«

»Das kann ich Ihnen leider nicht sagen, Estella.« Er drehte sie auf den Rücken und befühlte ihren Leib. »Sie haben eindeutig Gebärmutterkontraktionen.«

»O Gott, nein!«, rief Estella verzweifelt. Sie wandte sich wieder zur Seite und zog die Beine an.

»Versuchen Sie, ruhig zu bleiben ... Es ist nicht gut, wenn Sie sich aufregen.«

Estellas aufgestauter Zorn brach sich Bahn. »Ruhig? Wie soll ich denn ruhig bleiben, wenn ich in einem Krankenhaus am Ende der Welt bin, wo der einzige Arzt sich im Vollrausch befindet? Ich wusste, dass es so kommen würde – ich wusste es an dem Tag, als ich hergekommen bin! Schon damals war ich wütend. Ich musste immerzu daran denken, was geschehen wäre, wenn wir eine Bruchlandung gehabt hätten oder wenn ich ernsthaft krank gewesen wäre! Und jetzt ist mein Albtraum Wirklichkeit geworden. Ich brauche Sie – mein Kind braucht Sie – und Sie sind *betrunken*!«

Dan blickte Kylie an und senkte den Kopf.

»Verdammt«, fluchte Estella. »Wie können Sie so verantwortungslos sein? Wenn ich mein Kind verliere, weil Sie sich so gehen lassen ...«

»Es gibt nichts, das ich tun könnte, Estella. Aber wenn Sie eine Chance haben wollen, das Kind zu behalten, müssen Sie sich beruhigen!«

»Können Sie mir nicht etwas geben, damit die Wehen aufhören?«

Dan zögerte. »Ich fürchte, nein.«

Estella schluchzte verzweifelt. »Sie müssen mein Baby retten ... bitte, Dan! Es ist alles, was mir geblieben ist! Alles andere habe ich schon verloren!«

Dan hatte sich nie ohnmächtiger gefühlt. Der Wunsch nach einem starken Drink, der ihn überkam, erfüllte ihn mit Scham. »Es tut mir Leid, aber ich kann wirklich nichts tun.« Hilflos blickte er Kylie an, und sie flüsterte ihm etwas zu.

»Ich weiß nicht, Kylie ...«

»Wir *müssen* etwas unternehmen, Dr. Dan!«

»Ich weiß, aber ...«

Estella sah, wie Dan Kylie nachdenklich musterte. Dann nickte er und verließ den Raum.

»Was haben Sie vor?«, fragte Estella.

»Würden Sie ein Heilmittel der Aborigines nehmen, Missus? Es kann sein, dass es nicht funktioniert, aber die Aborigines benutzen es schon seit tausenden von Jahren, und manchmal hilft es den Frauen.«

»Wird es die Wehen beenden?«

Kylie hörte die Mischung aus Verzweiflung und Hoffnung in Estellas Stimme und beschloss, ehrlich zu sein. »Vielleicht, Missus.«

Wieder jagte eine Woge des Schmerzes durch Estellas Leib, und sie schloss die Augen. Ihr war klar, dass sie ihr Kind verlieren würde, wenn nicht irgendetwas geschah. »Hol es, Kylie«, flüsterte sie.

»Gut, Missus. Ich bin in ein paar Minuten zurück. Etwas von dem, was ich für das Mittel brauche, habe ich hier, aber ich muss noch frische Eukalyptusrinde holen und einen Tee machen!« Kylie eilte aus dem Krankenzimmer, bevor Estella weitere Fragen stellen konnte.

Dan kam wieder herein. »Atmen Sie tief ein und aus, Estella«, sagte er und nahm ihre Hand. Er fühlte ihre Angst und Verzweiflung, und es brach ihm fast das Herz.

Nach drei langen Atemzügen ließ der Schmerz langsam nach. »Warum ... sind Sie vorhin hinausgegangen?«, fragte Estella, als sie wieder sprechen konnte.

Er seufzte. »Als Arzt kann ich die Heilmittel der Aborigines nicht gutheißen oder anwenden, obwohl sie oft zu helfen scheinen. Außerdem darf Kylie mir nichts über das Mittel sagen, das sie Ihnen geben will. Manche Rezepturen der Aborigines sind geheim, und diese Geheimnisse werden von den Frauen streng gehütet.«

»Aber es ist doch nicht gefährlich, was Kylie mir geben will?«

»Das kann ich nicht sagen, aber ich bin sicher, dass Kylie Ihnen nichts Schädliches verabreichen würde. Ich vertraue ihr. Ich habe bei den Aborigines schon die erstaunlichsten Heilungen erlebt, Estella, und ich bin sicher, dass Sie bei Kylie in guten Händen sind.«

»Die Wehen haben aufgehört«, erklärte Dr. Dan mehrere Stunden später, als er Estellas Leib untersuchte. »Haben Sie noch Schmerzen?«

Estella sah ihm seine Erleichterung an, doch das war nichts gegen ihre eigenen Gefühle.

»Nein.«

Kylie war gerade schlafen gegangen, nachdem sie die ganze Nacht über an Estellas Seite gewacht hatte. Ihr »Medikament« hatte aus den Blättern und der Rinde von vier verschiedenen Bäumen und Sträuchern bestanden und schrecklich geschmeckt. Estella hatte sich nach der Einnahme seltsam gefühlt, und Kylie war bei ihr geblieben. Sie hatte ihr Geschichten aus der Traumzeit der Aborigines erzählt: von Geistern, heiligen Orten und den Sitten und Riten der Ahnen. Estella konnte ihr gar nicht genug für das Mittel danken, das ihr Kind gerettet hatte, zugleich aber war sie von einer bangen Frage erfüllt, die sie Dan schließlich stellte.

»Ist etwas nicht in Ordnung mit dem Baby?«

Er sah sie lange an. »Ich würde Sie ja gern beruhigen, Estella, aber das kann ich nicht. Ich kann nur so viel sagen: Wäre das Kind missgebildet, hätte kein Mittel der Welt eine Fehlgeburt verhindern können.«

Verzweifelt klammerte sich Estella an diese Hoffnung. »Aber was kann die Wehen ausgelöst haben?«

»Das kann Ihnen kein Arzt mit Gewissheit sagen, aber es gibt Faktoren, die sicher eine Rolle spielen: Innere Unruhe ist eine der Hauptursachen für verfrühte Wehen oder Fehlgeburten.«

Estella musste daran denken, wie niedergeschlagen sie sich gefühlt hatte, als sie den Brief an ihre Mutter schrieb.

»Falsche oder mangelhafte Ernährung kann ein weiterer Grund sein. Sie müssen jeden Tag Kalzium, Magnesium und Eisen zu sich nehmen und sich so viel wie möglich ausruhen.«

Estella fühlte, wie ihr die Tränen in die Augen stiegen. Wäre sie glücklich verheiratet und hätte jemanden, der sich um sie sorgte, hätte sie ruhen und ihrem Kind alles geben können, was es brauchte. Doch so musste sie arbeiten, um ihren Lebensunterhalt zu verdienen.

»Warum haben Sie mir nicht schon bei Ihrer Ankunft gesagt, dass Sie schwanger sind?«, wollte Dan wissen. »Dann hätte ich Ihnen bereits ein paar gute Ratschläge geben können.«

Estella seufzte. »Ich wollte nicht, dass jemand von meiner Schwangerschaft erfährt. Die Besitzer der *stations* akzeptieren mich schon deshalb nicht, weil ich jung bin ... und obendrein eine Frau. Stellen Sie sich die Reaktionen der Farmer vor, wenn sie erfahren, dass ich ein Kind erwarte!«

Dan wirkte sehr nachdenklich. »Haben Sie wirklich vor, hier zu bleiben und Ihr Kind allein großzuziehen?«

»Ich habe keine Wahl.« Ihre Unterlippe begann verdächtig zu zittern.

Dan nickte. Er wollte nicht, dass sie sich noch mehr Sorgen machte. Estella war schwanger und offensichtlich allein, aus welchem Grund auch immer. Dan verstand allerdings nicht, wie ein Mann so dumm sein konnte, eine so attraktive und intelligente Frau wie Estella gehen zu lassen, besonders, wenn sie sein Kind unter dem Herzen trug. Doch es gab Dinge, die nicht zu verstehen waren.

»Jetzt, wo ich es weiß, möchte ich, dass Sie regelmäßig zur Untersuchung kommen, Estella. Und wenn Sie befürchten, Ihre Schwangerschaft könnte bekannt werden – ich spreche mit niemandem außer mit meinen Angestellten über meine Patienten, und im Moment habe ich nur Kylie.«

Estella nickte. »Um ehrlich zu sein, hatte ich kein großes Vertrauen zu Ihnen, nachdem ich Sie betrunken im Hotel gesehen hatte.«

Dan starrte sie einen Augenblick verblüfft an, bevor er sich zum Fenster wandte. »Nun, das habe ich wohl nicht anders verdient«, sagte er leise. Dann zog er einen der Vorhänge zur Seite, sodass der Blick auf einen fantastischen malvenfarbenen Himmel frei wurde, der mit einem Hauch von Rot untermalt war. Die Sonne ging gerade als leuchtender Feuerball am östlichen Horizont auf. Es war die kühlste Zeit des Tages, in der auch die Tiere am aktivsten waren. Dan sah Kängurus und Emus, und auf den roten Hügeln in der Ferne entdeckte er zwei Kamele. Das war nichts Ungewöhnliches, denn wilde Kamele hatten sich im Outback stark vermehrt, nachdem sie von ihren afghanischen Besitzern freigelassen worden oder fortgelaufen waren. Man war jetzt nicht mehr so auf diese Tiere angewiesen wie in den frühen Tagen der Pioniere.

»Warum trinken Sie, Dan?«, fragte Estella unvermittelt.

Der Arzt schwieg eine Weile. Schließlich sagte er: »Diese Frage ist nicht leicht zu beantworten.«

»Leicht oder nicht, es muss doch einen Grund dafür geben. Wir alle erleiden im Lauf der Zeit Verluste, müssen Schmerz, Kummer und Trauer ertragen ...« Dan hörte das leise Zittern in ihrer Stimme. »Aber der Alkohol ist keine Lösung.«

»Sie haben leicht reden«, murmelte Dan, während er zur Tür ging.

»Nein, so einfach ist das nicht! Mein Leben ist erst vor kurzer Zeit vollkommen auf den Kopf gestellt worden, und es schmerzt noch immer. Auch für mich wäre es am leichtesten, mich einfach gehen zu lassen, aber das werde ich *nicht* tun!«

»Dann kann ich Sie nur um Ihre Stärke beneiden, Estella. Aber Sie haben auch jemanden, für den es sich lohnt, weiterzumachen. Das kleine Wesen, das in Ihnen heranwächst.«

»Und Sie haben Ihre Patienten.«

Dan gab keine Antwort. Er hätte es sich niemals verziehen, wäre Estellas Baby etwas geschehen. Obwohl er nicht viel hatte tun können, hätte er sich schreckliche Vorwürfe gemacht.

»Die Menschen kommen hierher, damit Sie Ihnen helfen, Dan. Finden Sie nicht, dass Sie es ihnen schuldig sind, nüchtern zu sein?«

Dan stand an der Tür. Er hielt den Kopf gesenkt. Ja, dachte er. Und ich leide jeden Tag unter meiner Schwäche und schäme mich dafür. Aber das ist nichts gegen die Schuld, die mich zum Trinken treibt.

Ohne ein weiteres Wort verschwand er aus dem Zimmer und ließ eine enttäuschte und verwirrte Estella zurück.

»Warum liegen Sie nicht im Bett, Missus?«, fragte Kylie. Sie hatte nur vier Stunden geschlafen, weil sie sich Sorgen um Estella machte.

»Ich muss mit Stargazer weiterarbeiten.«

»Ist Dr. Dan damit einverstanden?«

»Die Wehen haben aufgehört, und er hat mir Ratschläge für

die Zeit bis zur Geburt erteilt. Mehr kann er nicht tun.« Estella zögerte einen Moment, bevor sie fortfuhr: »Ich möchte immer noch nicht, dass jemand von meiner Schwangerschaft erfährt, Kylie. Ich weiß, dass ich es nicht mehr lange verbergen kann, aber bis die Spekulationen über den Vater meines Babys anfangen, muss ich die Besitzer der *stations* dazu bringen, dass sie mir vertrauen.«

Kylie verstand sehr gut, dass Estella jetzt keine unnötigen Probleme gebrauchen konnte. »Wir werden keinem etwas sagen, Missus.«

»Vielen Dank, Kylie ... vor allem dafür, dass Sie mir geholfen haben. Wenn Sie nicht gewesen wären ...«

»Ich bin froh, dass das Mittel bei Ihnen gewirkt hat, Missus.« Jetzt verstand Kylie auch, warum Estella so nervös gewesen war. Vorher hatte wenig auf eine Schwangerschaft hingedeutet. Estella war sehr schlank, sie lebte allein und hatte nie von einem Ehemann gesprochen, auch wenn sie einen Ring trug.

Estella ging nach Hause und machte sich ein Sardinensandwich. Sie hatte es abgelehnt, im Krankenhaus zu frühstücken, denn sie wollte fort sein, wenn Betty und die Putzfrau Conny erschienen. Dan hatte ihr versprochen, ihre Papiere an einem sicheren Ort zu verwahren. Zwar vertraute er Betty voll und ganz, doch auch er war der Meinung, je weniger Leute von ihrer Schwangerschaft und den verfrühten Wehen erfuhren, umso besser. Und jederzeit konnte jemand ungesehen das Krankenhaus betreten. Die Formalitäten wurden hier im Busch bei weitem nicht so streng gehalten wie an zivilisierteren Orten. Oft fand Dan in seinem Büro Patienten vor, die auf ihn warteten oder gerade am Funkgerät Anrufe entgegennahmen, und manche kümmerten sich sogar um andere, die kleinerer Verletzungen wegen im Wartezimmer saßen. Hätte Estellas Akte auf seinem Schreibtisch gelegen, hätte Dan nicht dafür garantieren können, dass niemand einen Blick hineinwarf.

Estella fühlte sich noch immer müde und erschöpft vom

durchlebten Schrecken, doch sie wollte Stargazer in ihren Stall bringen, wo sie sich in Ruhe mit ihm beschäftigen konnte. Sie hatte gerade ihr Sandwich gegessen und wollte gehen, als Mai und Binnie hereinkamen. Mai fiel sofort auf, wie schlecht Estella aussah.

»Du nicht schlafen?«, fragte sie.

»Ich hatte eine ziemlich schlechte Nacht.« Estella dachte an den Dingo und überlegte, wo er wohl sein mochte. »Mai, sind Dingos gefährlich? Würden sie uns angreifen, wie Wölfe?«

Mai bedachte sie mit einem seltsamen Blick. »Ich nicht weiß, was Wölfe tun, aber Dingos nicht Menschen fressen, vielleicht nur sehr kleine Kinder …«

Estella dachte an Binnie, die oft am Lagerfeuer zurückblieb, während Mai betrunken umherlief, und Zorn stieg in ihr auf. Sie blickte auf den Ledergürtel an Mais Taille, an dem ein Beutel befestigt war. Mai hatte ihn seit Tagen nicht abgenommen und trug noch immer Estellas Kleid, das in seinem gegenwärtigen Zustand allerdings nicht mehr zu erkennen war. »Was ist in dem Beutel, Mai?« Estella nahm an, dass ein Jagdmesser oder einige Werkzeuge darin waren, die sie im Busch benutzte.

Mai blickte auf den Beutel hinunter. »Das mein Totem. Schutz vor Dingogeist.«

Estella starrte sie verwundert an, doch Mai schien es völlig ernst zu meinen. »Etwas von Ross. Von seinem Geist.«

Sofort musste Estella an das Tagebuch denken. Zum ersten Mal fiel ihr die verdächtige Form des Beutels auf. »Ist es ein Buch? Das, in dem Ross seine Gedanken aufgeschrieben hat?«

Mai legte besitzergreifend eine Hand auf den Beutel. »Ja. Starkes Totem.«

»Kann ich es mal sehen?«

Mai starrte sie erschrocken an. »Nein. Totem verliert Macht über Dingogeist!«

* * *

Das Hausmädchen hatte das Klopfen an der Tür von Davinias Haus am Eaton Square nicht gehört, deshalb öffnete James selbst – und sah sich seinen Schwiegereltern gegenüber. Caroline und Marcus standen auf der Schwelle, beide mit sehr kühlen Mienen. Ihr Besuch kam nicht gänzlich unerwartet, doch er war unwillkommen.

»Oh, ihr seid es. Guten Morgen«, sagte James, weil ihm nichts Besseres einfiel.

»Von einem guten Morgen kann keine Rede sein«, stieß Caroline wütend hervor und eilte an ihrem Schwiegersohn vorüber, ohne dass er sie ins Haus gebeten hatte. »Das ist kein Höflichkeitsbesuch, James. Wir sind aus Rhodesien gekommen und mussten feststellen, dass du unserer Tochter das Herz gebrochen hast und dann noch darauf herumgetrampelt bist. Wir verlangen eine Erklärung!«

Marcus seufzte. Caroline hatte immer schon einen Hang zum Theatralischen besessen. Beinahe war er versucht, ihr zu sagen, dass ihr Auftritt zu früh kam – doch er wollte nicht, dass sie völlig hysterisch wurde. Deshalb folgte er seiner Frau ohne ein Wort in den Salon. Er war ein Gentleman und ein Mann von Charakter, doch er wurde weich, sobald Caroline auch nur mit einem ihrer juwelengeschmückten Finger schnippte.

James schloss die vordere Haustür und ging dann ebenfalls zum Salon. Bevor er sich zu seinen Schwiegereltern gesellte, warf er einen besorgten Blick die Treppe hinauf. Davinia war noch immer bettlägerig, und er hoffte, dass sie nicht gestört wurde. Sie brauchte dringend Ruhe. Da sie Medikamente und eine Elektroschockbehandlung abgelehnt hatte und auch nicht im St.-Bernhards-Krankenhaus bleiben wollte, konnte der Arzt ihr nichts anderes gegen ihre melancholische Stimmung empfehlen, als im Bett zu bleiben.

Henrietta kam aus der Küche und flüsterte, während sie sich die Hände an der Schürze abwischte: »Soll ich Tee bringen, Sir?«

James schüttelte den Kopf. »Nein, es wird nicht lange dauern. Bitte sorgen Sie dafür, dass wir nicht gestört werden.«

Im Salon schloss James sorgfältig die Tür. »Hört zu, es hat keinen Sinn, darüber zu streiten, was zwischen Estella und mir geschehen ist ...«

Dass James überhaupt keine Scham zu empfinden schien, schockierte Caroline. »Was geschehen ist? Du hast ihr durch deine Affäre mit ihrer Cousine, dieser elenden Schlampe, das Herz gebrochen!«

James sah, dass Marcus angesichts der groben Worte Carolines und ihrer schrillen Stimme zusammenzuckte, doch er schwieg zu den Vorwürfen. Eigentlich war Caroline nur gekommen, um eine Erklärung von James zu verlangen, doch allein sein Anblick hatte sie so wütend gemacht, dass sie ihn am liebsten geschlagen hätte. Tränen ohnmächtigen Zorns schimmerten in ihren Augen.

»Bitte sprich nicht so über Davinia«, sagte James, der entschlossen war, ruhig zu bleiben. »Schließlich ist sie deine Nichte.«

James hätte Gründe genug gehabt, die Beherrschung zu verlieren. Schon lange hegte er Zorn gegen Marcus und Caroline. Sie hatten einflussreiche Freunde, denen sie ihn, James, als Anwalt hätten empfehlen können. Stattdessen hatten sie sich weiterhin von ihrem alten Familienanwalt vertreten lassen und James gegenüber angedeutet, er sei noch nicht erfahren genug, und dass es gut für seine Charakterbildung sei, sich seinen Weg selbst zu erkämpfen. Außerdem hatte James immer das Gefühl gehabt, in Carolines Augen nicht gut genug für Estella zu sein.

Marcus legte Caroline beschwichtigend die Hände auf die Schultern. Sein Gesicht war von einer ungesunden Röte überzogen. »Du hast mir doch versprochen, dich nicht so aufzuregen, Caroline – um Estellas und des Babys willen.«

»Baby?«, stieß James verblüfft hervor. »Wovon sprichst du eigentlich?«

Marcus sah ihn ernst an. »Estella ist schwanger von dir.«

James fühlte, wie das Blut aus seinem Gesicht wich.

Caroline starrte ihn an, und aus ihren goldbraunen Augen sprühte kalter Zorn. Sie sah, dass James ehrlich schockiert war. Zwar besaß er schauspielerisches Talent – das hatte er hinreichend bewiesen –, doch nicht so viel, dass es gereicht hätte, in diesem Moment seine wahren Gefühle zu verbergen.

»Ich nehme an«, sagte Caroline, »sie war zu stolz, es dir zu erzählen, nachdem sie von der Affäre zwischen dir und Davinia erfahren hatte.«

James versuchte, sich sein letztes Gespräch mit Estella in Erinnerung zu rufen. Von einem Kind war nicht einmal andeutungsweise die Rede gewesen. Doch ihm war aufgefallen, dass Estella empfindlicher reagiert hatte als üblich.

»Ich habe Estella gesagt, dass ein Kind nicht in das Leben passt, das ich mir vorstelle. Ich war vollkommen ehrlich zu ihr.«

»Wie nobel, James – und wie scheinheilig!«, stieß Caroline verächtlich hervor.

James ignorierte ihre Bemerkung und fuhr fort: »Außerdem konnte ich Estella nicht das Leben bieten, das sie verdient hat – ganz zu schweigen von dem Kind. Meine finanziellen Verhältnisse haben sich sehr verschlechtert.«

Marcus hatte Erkundigungen eingezogen und festgestellt, dass James tatsächlich völlig mittellos dastand. Er hatte tausende Pfund Schulden gehabt, als er das Haus und sämtliche Besitztümer verkaufte, und er war immer noch nicht solvent. Nur Davinias Unterstützung hielt die Wölfe davon ab, über James herzufallen.

»Ich habe von deiner Spielleidenschaft gehört, James. Ein Mann in deiner Position sollte mehr Verstand besitzen, als sich den Geldhaien auszuliefern.«

James zuckte mit den Schultern. Er dachte daran, dass einige seiner Freunde die Gesellschaft von Prostituierten der von

Kartenspielern vorzogen. Immerhin hatte er es Estella erspart, an Syphilis zu erkranken.

»Du hast alles verloren und dich dann an Davinia herangemacht – nur wegen ihres Geldes!«, rief Caroline zornig. »Ich habe dich durchschaut. Du bist die geldgierige, eitle und hohle Karikatur eines Mannes! Was findet Davinia nur an dir, James? Eine gute Partie bist du jedenfalls nicht. Ihre früheren Ehemänner sahen vielleicht nicht gut aus, aber sie waren alle *reich*.«

James verzichtete auf eine scharfe Erwiderung. Seit Davinia nach dem Verlust ihres Kindes unter schweren Depressionen litt, hatte er nachgedacht und begriffen, dass Davinia ihn nur aus einem Grund gewählt haben konnte: dem Wunsch nach einem Kind. Das war nicht allzu schmeichelhaft für ihn und verletzte seinen Stolz – oder was davon noch übrig war. Die ersten beiden Ehemänner Davinias, Cecil Bryant und Geoffrey March, waren offensichtlich zu alt gewesen, ein Kind zu zeugen. Ihr dritter Mann, Warwick Parkin, hatte ihr erklärt, sein angegriffenes Herz verbiete ihm ermüdende Anstrengungen im ehelichen Schlafgemach. Davinia behauptete, sie habe ihn trotzdem so oft wie möglich verführt – bis irgendwann sein Herz nicht mehr mitgespielt hatte. James war nicht sicher, was für perverse Gründe Davinia dazu getrieben haben mochten oder ob sie gar versucht hatte, Warwick auf diese Weise umzubringen – und er wollte es auch gar nicht wissen.

»Wir bestehen darauf, dass du dich Estella gegenüber wie ein Ehrenmann benimmst«, sagte Marcus.

James erschrak. »Und was soll ich eurer Meinung nach tun?«

»Deine Affäre mit Davinia beenden, Estella um Verzeihung bitten, sie wieder zu dir nehmen und dein Kind mit Liebe und in einer angemessenen Umgebung großziehen.«

»Das ist leider vollkommen unmöglich. Ich habe Estella die

Papiere für die Scheidung geschickt und Davinia versprochen, sie zu heiraten.«

»Hast du denn gar kein Herz, James? Estella ist vollkommen mittellos!«, rief Caroline schluchzend.

»Das tut mir sehr Leid für sie – aber zum Glück kann sie arbeiten. Immerhin ist sie ausgebildete Tierärztin.«

»Dann erwartest du also, dass sie arbeitet und gleichzeitig ihr Kind allein aufzieht?« Marcus war sprachlos.

»Sie hätte ja ...« James verstummte, weil ihm klar wurde, dass er eine Abtreibung vorgeschlagen hätte, wenn er von dem Kind gewusst hätte. Unter seinen Freunden waren einige Ärzte, die ihm vor seiner Heirat mit Estella schon bei mehr als einer Gelegenheit geholfen hatten.

Er blickte auf und sah, dass Caroline und Marcus ihn erwartungsvoll anschauten. »Es tut mir Leid, dass Estella in dieser Lage ist – aber sie hat mich nicht gefragt, ob ich ein Kind will.«

»Nun, jetzt weißt du's. Was gedenkst du zu tun?«

»Ich weiß ja nicht einmal, wo sie ist!«

»In Australien.«

»Australien?« James hatte angenommen, dass sie nach Cornwall oder Devon gegangen war, irgendwo an die Küste.

»Ja. Sie wohnt jetzt in einem Nest namens Kangaroo Crossing – nicht mehr als ein einsamer Punkt auf der Landkarte, von Wüste umgeben. Willst du im Ernst, dass dein Kind dort aufwächst?«

James konnte es nicht fassen. Estella hatte einmal beiläufig erwähnt, dass ihr leiblicher Vater in Australien lebe. Als James mehr wissen wollte, hatte Estella erklärt, sie wisse nichts weiter über ihn, und sie hätten keinerlei Kontakt.

»Einen Moment – der Fairness halber müsst ihr doch zugeben, dass ich weder von dem Kind noch von dem Umzug nach Australien gewusst habe. Ihr könnt mir also daran nicht die Schuld geben!«

»Du warst schon immer ein kriecherischer Wurm«, stieß

Caroline verächtlich hervor. »Davinia und du, ihr habt einander mehr als verdient!«

Marcus seufzte resigniert. Er hatte Caroline das Versprechen abgenommen, sachlich zu bleiben. Sie hatten James ruhig, aber nachdrücklich an seine Verantwortung erinnern wollen, doch Caroline konnte der Versuchung nicht widerstehen, ihrem Herzen Luft zu machen.

Eindringlich erklärte Marcus: »Ich weiß, es ist manchmal schwer, wie ein Mann zu handeln. Aber du kannst Estella jetzt nicht verlassen, es wäre nicht recht. Du musst tun, was der Anstand verlangt, und Estella zurück nach England holen, wo du dich um sie und das Kind kümmern kannst.«

James sah all seine Träume in sich zusammenstürzen und fühlte Zorn in sich aufsteigen. Er genoss das gute Leben mit Davinia, und er sah nicht ein, dass er ein Haus mieten sollte, das er sich nicht leisten konnte – oder einem Kind Vater sein, das er nicht gewollt hatte. »Das werde ich nicht tun, Marcus. Ich habe versprochen, Davinia zu heiraten!«

»Also bedeutet Geld dir mehr als deine Frau und dein Kind?«, fragte Caroline fassungslos.

James senkte den Kopf. »Estella wird bald meine Exfrau sein.«

»Und dein Kind? Interessiert es dich denn gar nicht, wie es aufwächst?«

Kühl wandte James sich ab.

Caroline starrte auf seinen Rücken. Nie war sie einem so ein selbstsüchtigen Menschen begegnet. Hätte sie ein Messer in der Hand gehabt, wäre sie versucht gewesen, es ihm zwischen die Rippen zu stoßen. »Offensichtlich sind Estella und das Baby ohne dich in einer glücklicheren Lage«, stellte sie mit kalter Stimme fest. »Ich hoffe, dass Davinia erkennt, was für ein Parasit du bist, und dass du in der Gosse endest, wohin du gehörst!« Fast blind vor Tränen, verließ sie mit unsicheren Schritten das Zimmer.

Marcus schwieg einen Moment, bevor er erklärte: »Du hast uns bitter enttäuscht, James. Sogar in ihrer jetzigen Lage braucht Estella dir keine Träne nachzuweinen!«

Nachdem James die Tür hinter Caroline und Marcus geschlossen hatte, seufzte er erleichtert auf. Er hoffte, die beiden nie wiederzusehen. Er wandte sich um – und fuhr heftig zusammen.

Davinia stand zwischen der Treppe und der Salontür. Ihre Miene wirkte fremd und gequält, und sie sah schrecklich aus: Ihr Haar war ungekämmt, ihre Haut fahl und blass. Zum ersten Mal sah sie so alt aus, wie sie tatsächlich war.

»Warum bist du aufgestanden, Darling?«, fragte James und hoffte insgeheim, dass sie nichts von Estellas Baby mitbekommen hatte.

»Meine Tante und mein Onkel scheinen keine sehr hohe Meinung von dir zu haben!«, stieß sie hervor.

»Hattest du Glückwünsche zu unserer bevorstehenden Hochzeit von ihnen erwartet?«

»Ich hatte jedenfalls nicht damit gerechnet, auf diese Weise zu erfahren, dass deine Frau ein Kind erwartet!«

James hörte die Bitterkeit in ihrer Stimme. Leise entgegnete er: »Sie ist bald meine Exfrau – und ich wusste nichts von der Schwangerschaft.« Er ging in den Salon zurück, in dem noch immer der Duft von Carolines Parfum hing. Davinia folgte ihm, verärgert darüber, wie sehr er sich in ihrem Heim zu Hause fühlte. »Was wirst du wegen des Kindes unternehmen?«, fragte sie.

»Nichts.«

»Du kannst es aber nicht in Australien lassen. Du hast doch gehört, was Caroline gesagt hat. Es scheint ein schrecklicher Ort zu sein.«

»Ich fange ein neues Leben mit dir an, Darling. Du möchtest doch bestimmt nicht, dass ich noch mit der Vergangenheit beschäftigt bin!«

Davinia lächelte leicht. »Ich erkenne eine verwandte Seele, wenn ich ihr begegne, James. Du bist auch ein Goldsucher.«

Er starrte sie an. »Das ist nicht sehr nett von dir, Davinia!«

»Du liebst vor allem mein Geld – so wie ich Geoffreys, Cecils und Warwicks Geld geliebt habe. Aber jetzt könnten wir noch einen größeren Fisch an Land ziehen, James!«

»Wovon redest du eigentlich?«, fragte er verwirrt.

»Mein Stiefvater Giles ist leberkrank. Ihm bleiben nur noch wenige Jahre, und er hat keinen Erben. Verstehst du, James? Ich will ein Kind, und Giles wünscht sich einen Erben. Er hat nie einen Sohn gehabt, aber ein Stiefenkel käme ihm gerade recht.«

James konnte sich nicht vorstellen, mit einem Kleinkind das Leben weiterzuführen, das sie jetzt lebten. »Du erwartest doch wohl nicht von mir, dass ich nach Australien fahre und Estella das Baby wegnehme ...«

»Doch, genau das erwarte ich. Und wenn es stimmt, was Tante Caroline sagt, tust du dem Kind damit sogar einen Gefallen!«

»Aber was willst *du* mit einem Kind?«, stieß James hervor, ohne nachzudenken. Was ihn betraf – er war sogar erleichtert, dass Davinia nun keine Kinder mehr bekommen konnte.

»Ich wünsche mir ein Baby, und ich möchte meine Hände auf das Vermögen der Farthingworths' legen, bevor Giles sein Testament macht und alles diesem Waisenhaus vermacht, dessen Schirmherr er ist. Wenn du nicht nach Australien reist und das Baby holst, werde ich dich nicht heiraten, und du siehst keinen Penny von meinem Geld!«

James war sprachlos über ihre Rücksichtslosigkeit. Verglichen mit ihr fühlte er sich wie ein Amateur. »Und wenn ... wenn es ein Mädchen wird?«, stammelte er.

»Das ist mir egal, solange ich die Möglichkeit habe, ein Kind großzuziehen. Giles würde dafür sorgen, dass es ihm ... oder ihr ... an nichts fehlt, besonders, wenn das Kind seinen Großvater lieben würde. Und wir würden auch nicht leer ausgehen.« Davinias Augen leuchteten. Dann brach sie plötzlich in Tränen aus, wie jeden Tag, seit sie ihr Baby verloren hatte. Ihre plötzlichen Stimmungsumschwünge verwirrten James zutiefst.

»Und auch *ich* will ein Kind, James«, sagte sie schluchzend. »Und wenn ich kein eigenes haben kann, will ich deins!«

Er nahm sie in die Arme. »Aber, aber, Darling«, murmelte er beruhigend und fragte sich gleichzeitig, wie sein Leben plötzlich so kompliziert hatte werden können.

17

Als sie den Fliegenvorhang an der Tür rascheln hörte, blickte Phyllis von ihrer Arbeit auf, dem Sortieren und Etikettieren der Waren, und rief lächelnd: »Estella! Wie schön, dich zu sehen!«

»Hallo, Phyllis«, erwiderte Estella, noch immer verwundert über den Enthusiasmus der jungen Frau. Phyllis schien so viel an ihrer beider Freundschaft zu liegen, dass sie bei ihrem Besuch in Estellas Haus vorgeschlagen hatte, zum vertraulichen Du überzugehen.

»Pass auf, wo du hintrittst«, warnte Phyllis. »Wir haben gerade eine neue Lieferung bekommen, und die Sachen stehen noch überall herum.« Estella suchte sich vorsichtig ihren Weg zwischen Schachteln, Säcken, landwirtschaftlichem Zubehör, Stoffstapeln und Tischwäsche. »Ich will dich nicht lange aufhalten, Phyllis. Ist Marty in der Nähe? Ich muss mit ihm über Stargazer sprechen.«

»Ja, Dad muss hier irgendwo sein.« Phyllis stellte sich auf die Zehenspitzen und blickte zu den Regalreihen im hinteren Teil des Ladens. »Dad, bist du da?«, rief sie.

»Ich bin hier!« Marty tauchte hinter einem der Regale auf. Er war damit beschäftigt, Reis, Mehl und Zucker abzuwiegen und es in Tüten zu je einem Pfund auf die Bretter zu stellen. »Guten Tag, Estella.« Er blickte auf die Uhr, um zu sehen, ob es schon nach zwölf war, und sah überrascht den Zeiger schon auf der Zwei stehen. Über der vielen Arbeit hatte er ganz vergessen, zu Mittag zu essen, und offensichtlich war es Phyllis ebenso gegangen. So war es fast jedes Mal, wenn sie ihre monatliche Lieferung bekamen.

Als Marty in den Gang trat, meinte Estella eine Spur von Besorgnis in seinem Blick zu lesen, als erwarte er schlechte Nachrichten. »Ich wollte Ihnen nur sagen, dass ich Stargazer heute am späteren Nachmittag gern zu mir holen würde, Marty.«

Marty blickte sie verwundert an. Offensichtlich war er noch nicht so weit, Stargazer gehen zu lassen, obwohl er schon seit einigen Tagen von Estellas Absicht wusste. »Ist es wirklich nötig, dass er zu Ihnen geht, Estella? Er macht doch auch hier Fortschritte.«

»Ich weiß. Aber ich würde das Training mit ihm lieber auf flachem Gelände beginnen, um sein Selbstvertrauen zu steigern. Auf seiner Koppel geht er den Abhang nach wie vor nur dann hinunter, wenn ich ihn führe, obwohl er inzwischen weiß, dass es ihm keine Schmerzen bereitet. Sein Verhalten beruht auf Gewohnheit, aber es hemmt seine Fortschritte.«

Als Marty nicht antwortete und es beinahe den Anschein hatte, als wollte er Estellas Bitte ablehnen, meldete sich plötzlich Phyllis zu Wort. »Dad, ich glaube, Estella weiß im Moment am besten, was gut für Stargazer ist!«, meinte sie mit sanftem Drängen.

Marty warf ihr einen finsteren Blick zu.

»Sie können jeden Tag herüberkommen, Marty«, bot Estella ihm an. »Das wäre sogar sehr gut!« Solange es bei einem kurzen Besuch bleibt und du dich nicht zu sehr einmischst, fügte sie in Gedanken hinzu.

»Glauben Sie wirklich?«

Marty war nicht wohl bei dem Gedanken. Estella war jetzt sicher, dass der Tod seiner Frau seine Reaktion auf Stargazers Verletzung beeinflusst haben musste.

»Er hängt sehr an Ihnen, und er soll ja nicht denken, Sie hätten ihn im Stich gelassen.«

Marty nickte, hielt dabei jedoch den Kopf gesenkt. »Dann bringe ich sein Futter hinüber.«

»Danke, das wäre eine große Hilfe für mich!«

Ohne Estella noch einmal anzusehen, wandte sich Marty wieder seiner Arbeit zu.

Seine Bedrücktheit rührte Estella. Sie hatte das Bedürfnis, ihn aufzumuntern und zu überzeugen, dass alles gut gehen würde. »Würden Sie ihn gern selbst hinüberführen, sobald ich ihn massiert und gebürstet habe?«

»Nein!«, stieß Marty erschreckt hervor. »Ich ... habe hier noch sehr viel zu tun!«

Estella verstand ihn nicht. Es schien, als könne er es nicht ertragen, sich von dem Hengst zu trennen; auf der anderen Seite ertrug er es nicht, mit ihm zu arbeiten.

»Du siehst müde aus, Estella«, meinte Phyllis. »Hast du nicht gut geschlafen?«

»Ich hatte eine schlechte Nacht und fühle mich immer noch ein wenig benommen. Es liegt sicher an der Hitze.«

»Übertreib es nicht, bis du dich daran gewöhnt hast«, warnte Phyllis mit einem freundlichen Lächeln. »Es braucht seine Zeit, bis man sich angepasst hat.«

Estella erwiderte das Lächeln. »Ich werde deinen Rat beherzigen.«

Sie verbrachte ein paar Stunden damit, Stargazer zu bürsten und zu massieren, um ihn auf den »Umzug« vorzubereiten. Er sah schon sehr viel besser aus, doch es würde noch eine Weile dauern, bis er fit genug war, um an einem Rennen teilzunehmen. Während der nächsten Wochen würde sie ihn intensiv behandeln, und es lag viel harte Arbeit vor ihnen beiden.

Während Estella ihn massierte, spürte sie ihre Erschöpfung und ließ sich deshalb viel Zeit. Um des Kindes willen wollte sie sich nicht überanstrengen. Dan hatte sie davor gewarnt, dass Kylies Mittel möglicherweise kein zweites Mal wirken würde, wenn sie wieder Wehen bekam.

Schließlich war alles getan. »Gut, Junge – bist du bereit für den Umzug?«, fragte sie.

Stargazer stupste sie mit den Nüstern an, und sie lachte. Je besser er sich fühlte, desto mehr von seiner Persönlichkeit kam zum Vorschein. Es schien, als wäre er ein sehr eigenwilliger Bursche. Am Abend zuvor hatte er ihr den Hut vom Kopf gezogen und mehr als einmal seine Bürste ins Maul genommen und über den Zaun geworfen.

Estella befestigte einen Riemen an Stargazers Halfter und stieß das Gatter zum Hof auf. »Jetzt geht es los, Junge«, erklärte sie feierlich und strich sanft über seine Nüstern. »Du wirst für eine Weile in eine neue Umgebung umziehen!« Der Hengst stellte die Ohren auf, hob den Kopf und blickte sich um. Er war mehr als ein Jahr lang nicht aus seiner Koppel herausgekommen, und Estella konnte gut verstehen, dass er zögerte. »Bist du bereit?«, fragte sie und versuchte, ihn zum Weitergehen zu bewegen. Einen Augenblick lang wirkte er unsicher. »Du wirst wieder ganz gesund, und ich werde dich auf dem Weg begleiten!«

Als Estella den Hengst auf die Hauptstraße führte, die verlassen und seltsam still dalag, versuchte sie sich eine begeisterte Zuschauermenge vorzustellen, die dahinrasenden Pferden zujubelte. Sie blickte Stargazer an, der mit hängendem Kopf neben ihr hertrottete und mit dem Schweif nach den lästigen Fliegen schlug. Es war ihr fast unmöglich, ihn stark und stolz vor sich zu sehen, wie er als Star der Picknick-Rennen von Kangaroo Crossing das Feld anführte. Auch wenn sie Stargazer nicht zu seinen besten Zeiten gekannt hatte, konnte sie sich doch vorstellen, was seine Verletzung ihn in den Augen der Einheimischen an Ansehen gekostet hatte, und es erfüllte sie mit Trauer. In der flimmernden Sonnenhitze gingen Estella und der Hengst gemächlich die Straße hinunter. Nur das dumpfe Geräusch seiner Schritte im Staub und das Summen der allgegenwärtigen Fliegen waren in der Stille zu vernehmen.

Irgendwann blickte Estella auf und sah Charlie aus dem Hotel kommen, mehrere Männer folgten ihm. Sie sah über die Schulter zurück und entdeckte Phyllis, die aus dem Gemischtwarenladen trat, während Marty im Türrahmen stehen blieb. Marjorie und Frances Waitman standen vor dem Postamt. Weiter vorn kamen soeben Betty und ihr Mann Kev aus dem Krankenhaus: Hinter ihnen erschien Kylie und winkte Estella zu.

Estella winkte zögernd zurück, befangen wegen der abschätzenden Blicke der Männer vor dem Hotel. Als Einziger lächelte Charlie ihr zu. Aus den Blicken der anderen sprach reine Neugier, und es war wohl nur eine Wunschvorstellung, dass Estella in einigen Mienen einen Anflug von Wohlwollen zu erkennen glaubte. Die meisten drückten eher Skepsis, ja Feindseligkeit aus.

Estella war stolz auf das, was sie bei Stargazer erreicht hatte, doch sie wusste nur zu gut, dass er noch immer kaum mehr als ein Schatten des früheren Champions war. »Wir werden es ihnen schon zeigen«, flüsterte sie. »In ein paar Wochen siehst du wieder aus wie der Champion, der du warst!« Ebenso trotzig wie entschlossen hob Estella den Kopf. Marty, Charlie und Murphy waren sich einig, dass Estella schon jetzt ein Wunder an Stargazer vollbracht hatte, doch niemand glaubte ernsthaft daran, dass er je wieder die Picknick-Rennen gewinnen würde. Estella wollte um jeden Preis, dass er siegte, allein schon, weil sie wusste, wie viel es Marty bedeutete – aber auch um allen zu beweisen, dass sie Ross Cooper ersetzen konnte, den Vater, den sie nie gekannt hatte. Und sie wollte es sich selbst beweisen.

Kurz bevor sie von der Hauptstraße abbiegen musste, um zu ihrem Haus zu gelangen, blieb Estella stehen und ließ Stargazer sich umdrehen, um seinen Kritikern trotzig die Stirn zu bieten. Als wüsste er, dass er vorgeführt wurde, hob der Hengst den Kopf und sah die Straße hinunter. Er stellte die

Ohren auf, und seine braunen Augen waren auf einen Punkt in der Ferne gerichtet. Estella hörte Gemurmel aus Richtung des Hotels, doch Stargazer schien nicht darauf zu lauschen, sondern auf etwas anderes.

Die Rennstrecke lag am südwestlichen Ende von Kangaroo Crossing, in einer Lehmpfanne entlang den Sanddünen. Vielleicht hörte Stargazer das Echo von Stimmen, die seinen Namen riefen, und den donnernden Applaus, als er die Ziellinie überquerte. Ob er wohl weiß, dass du den Ehrgeiz hast, ihn wieder zum Sieger dieses Rennens zu machen?, fragte sich Estella. Als sie sich umwandten, um weiterzugehen, lächelte sie zu ihm auf. »Du weißt es, nicht wahr?«

Die nächsten drei Wochen vergingen wie im Flug. Jeden Morgen stand Estella bei Tagesanbruch auf. Nachdem Stargazer von Marty gefüttert worden war – der danach stets gleich davoneilte –, striegelte und massierte sie den Hengst. Wenn Mai da war, schaute sie Estella zu, und Binnie half ihr manchmal beim Harken des Hofes und beim Scheuern der Tröge. In diesen stillen Zeiten des Beisammenseins kamen die drei einander näher. Estella brachte Mai und Binnie ein besseres Englisch bei, und Mai und Binnie lehrten sie einige Wörter in der Sprache der Aborigines, wobei sie sich über Estellas Aussprache oft vor Lachen ausschütteten.

Estella unternahm lange Spaziergänge mit den beiden, manchmal begleitet von Stargazer. Für gewöhnlich folgte ihnen dann auch der Dingo, den Mai *papa-mumoo* nannte. Charlie erklärte Estella, das heiße so viel wie »Teufels-Dingo«. Mai nahm seine Anwesenheit jetzt gelassener, denn sie fühlte sich dank des Totems an ihrem Gürtel, von dem sie sich niemals trennte, sehr viel sicherer. Estella hatte sich angewöhnt, den Dingo zu füttern, sodass er jetzt nah ans Haus kam. Zuerst hatte Stargazer ihn von seiner Koppel vertrieben, doch eines Abends hatte bei beiden die Neugier gesiegt, und Estella sah, wie sie einander beschnupperten. Stargazer schnaubte, und der Dingo sprang zurück – doch irgendwann wurde ein Spiel daraus, und bald schienen beide einander zu dulden, ja zu mögen. Estella hatte den Dingo sogar schon im Schatten von Stargazers Stall liegen sehen, während der Hengst ganz in der Nähe stand.

Eines Morgens kam Estella aus dem Haus und sah Marty auf Stargazers Koppel. Sie war überrascht, dass er nicht wie sonst gleich wieder fortgeeilt war, und glaubte zuerst, irgendetwas sei nicht in Ordnung. Doch dann sah sie die Begeisterung auf Martys Zügen.

»Er sieht gut aus, nicht wahr?«, fragte sie und legte die Striegel und Bürsten bereit. Die Sonne ließ das kastanienbraune Fell Stargazers wie Seide schimmern. Estella hatte eigentlich keine Zustimmung erwartet, denn was immer sie in der Vergangenheit über Stargazers Fortschritte gesagt hatte – Marty hatte nichts davon gelten lassen. Jetzt aber nickte er.

»Er sieht wieder aus wie damals«, gab er zu, als hätte er erst jetzt die Veränderung bemerkt, die mit dem Hengst vor sich gegangen war. »Sie haben unglaubliche Arbeit geleistet, Estella.«

Strahlend erwiderte sie: »Vielen Dank, Marty. Sie ahnen nicht, was es für mich bedeutet, das aus Ihrem Mund zu hören.«

»Sie haben sich dieses Lob redlich verdient!«

»Stargazer ist bereit fürs Training«, erwiderte Estella und wartete gespannt auf Martys Reaktion. Eine Woche nach Stargazers Umzug in ihren Stall hatte sie – mit Dan Dugans zögernder Zustimmung – damit begonnen, Stargazer zu reiten. Marty fütterte ihn jeden Morgen, ließ sich dann aber bis zum folgenden Tag nicht mehr sehen. Nachdem Estella den Hengst gestriegelt und massiert hatte, sattelte sie ihn und ritt mit ihm aus der Stadt hinaus, um möglichst nicht gesehen zu werden. Zuerst ließ sie ihn nur im Schritt gehen, um dann ganz allmählich das Tempo zu steigern.

Jetzt sagte sie: »Wenn Sie ihn für die Rennen melden wollen,

Marty, wird es Zeit, ihn ernsthaft zu fordern. Er ist jetzt in der richtigen Verfassung.« Durch ihre Massage und die Ausritte waren seine Muskeln kräftig genug; außerdem wollte sie um des Kindes willen nicht länger das Risiko langer Ausritte auf sich nehmen.

Marty sagte nichts; er schien tief in Gedanken versunken.

»Wenn Sie ihn nicht zum Rennen melden wollen, Marty, ist auch das in Ordnung. Ich habe schon erkannt, dass die Rennen gar nicht so wichtig sind. Sie waren ein Ziel, auf das wir hinarbeiten konnten, aber um ehrlich zu sein, wollte ich vor allem die Menschen in Kangaroo Crossing beeindrucken. Ich wollte ihnen beweisen, dass ich aus einem kranken, heruntergekommenen Pferd wieder einen Champion machen konnte. Das war nicht recht und sehr eitel von mir. Aber jetzt freue ich mich vor allem darüber, Stargazer gesund und munter zu sehen – und ich weiß, dass es Ihnen genauso geht.«

Marty sah sie an. »Ich habe Ihnen gleich gesagt, dass es mir genügen würde, wenn Stargazer wieder gesund und zufrieden ist.«

»Ich weiß.«

»Um ehrlich zu sein, habe ich nie daran geglaubt, dass Sie es schaffen. Es hat mir das Herz gebrochen, ihn so zu sehen, aber ich war sicher, er würde nie wieder der Alte werden.« Er sah Stargazer an, und seine Züge wirkten gequält. »Ich weiß, dass ich selbst ein Teil des Problems war, und das tut mir Leid. Aber Sie müssen verstehen, dass ich es nicht ertragen hätte, Myrtle *und* Stargazer zu verlieren. Und ich hatte schreckliche Angst, ihn einschläfern lassen zu müssen. Es war falsch, nichts zu unternehmen – aber ich konnte meine Ängste nicht überwinden.«

»Ich weiß, Marty. Aber jetzt geht es ihm wieder gut, und nur das ist wichtig.«

»Er sieht großartig aus, und das habe ich allein Ihnen zu verdanken! Das kann ich Ihnen niemals gutmachen!«

»Das brauchen Sie auch nicht. Ich bin zufrieden damit, dass Stargazer wieder wohlauf ist.«

»Es ist nur traurig, dass Myrtle ihn nicht sehen kann!«

Estella legte sanft eine Hand auf Martys Arm. »Wahrscheinlich schaut sie jetzt auf uns herunter.«

Marty lächelte wehmütig und bedeckte ihre Hand mit seiner. »Hoffentlich.«

Estella fühlte, dass er zitterte – er war tief berührt. Doch schließlich hellte seine Miene sich auf. »Stargazer sieht gut genug aus, um das Grand National zu gewinnen – warum also nicht auch die Picknick-Rennen von Kangaroo Crossing?«

Estella erwiderte zögernd: »Natürlich wäre es möglich, aber er ist älter geworden, und wahrscheinlich gibt es auch draußen auf den *stations* einige gute Pferde.«

»Was wollen Sie damit sagen, Estella?«

»Ich möchte nur nicht, dass Sie ihre Ziele zu hoch stecken. Pferderennen sind ein unberechenbares Spiel.«

Marty blickte sie überrascht an. »Woher rührt dieser plötzliche Zweifel?«

»Es ist kein Mangel an Zutrauen, Marty. Ich bin sicher, dass Stargazer gut abschneiden wird, aber wenn nicht, sollten Sie nicht enttäuscht sein.«

»Er wird siegen, Estella. Er hat immer das Feld angeführt, und es gab im Umkreis von hundert Meilen kein Pferd, das ihn einholen konnte.« Voller Bewunderung ließ er seinen Blick auf Stargazer ruhen. »Und überlegen Sie mal, was ein solcher Sieg für die Stadt bedeuten würde!«

Estellas Sorge wuchs. Wenn Martys Hoffnungen enttäuscht wurden, war das schon schlimm genug – aber die Hoffnungen der ganzen Stadt? »Was meinen Sie damit?«

»Alle werden ihr Geld auf Stargazer setzen, und weil er dieses Jahr nicht der Favorit sein wird, können Sie bei den Wetten viel verdienen.« Er rieb sich voller Vorfreude die Hände.

Estella erschrak. »Wollen Sie damit sagen, dass es hier Buchmacher gibt?«

»Und ob, sogar eine ganze Menge. Kratzen Sie jeden Penny zusammen, den Sie erübrigen können, und setzen Sie alles auf diesen Burschen hier.«

Estella fühlte sich immer unbehaglicher. »Marty, ich halte es nicht für besonders klug, den Leuten solche Hoffnungen zu machen. Warten Sie erst einmal ab, wie Stargazer sich im Training macht ...«

»Morgen fange ich an«, unterbrach Marty sie aufgeregt. »Wir sehen uns bei Sonnenaufgang.«

Estella schaute ihm nach, als er mit federnden Schritten davoneilte. Sie verwünschte sich für ihren Optimismus und ihre Naivität. Es war ihre Schuld, dass Marty nun fest an Stargazers Sieg glaubte. Sie hatte ihm oft genug versichert, dass sie den Hengst wieder in Topform bringen würde. Jetzt reichte es nicht mehr, wenn Stargazer nur an den Rennen teilnahm: Die ganze Stadt erwartete, dass er siegte.

Dr. Dan kam jeden Tag vorbei, um nach Estella zu sehen. Er war erleichtert, dass sich keine weiteren Schwangerschaftsprobleme einstellten, doch seine regelmäßigen Besuche sorgten für einige Spekulationen. »In kleinen Städten lässt es sich nicht vermeiden, dass die Leute reden«, meinte er, als Estella ihm erzählte, sie werde ständig gefragt, ob sie ein Paar seien. Tatsächlich war sie Dan sehr ans Herz gewachsen, doch er fühlte sich ihrer nicht würdig und spürte außerdem, dass sie für eine neue Liebe noch nicht bereit war.

»Sie muten sich immer noch zu viel zu«, sagte er. »Wenigstens essen Sie jetzt vernünftig.«

Estella hatte tatsächlich ein wenig zugenommen. »Ich bin sehr zufrieden mit Stargazers Fortschritten«, sagte sie nun. »Und ich habe noch jemanden hinzugewonnen, der ein Tier bei mir behandeln lässt. Gestern bin ich gebeten worden, bei der Geburt eines Hundewurfes zu helfen.«

»Ich habe davon gehört.«

Estella verdrehte die Augen. »Das hätte ich mir denken können.«

»Es war die Hündin von Wally und Conny, nicht wahr?«

»Ja. Die Arme hat dreizehn Welpen geworfen. Nach den ersten sechs war sie so erschöpft, dass es nicht weiterging, und Conny kam zu mir und hat mich um Hilfe gebeten. Sie war zu Recht besorgt. Ich musste einen Kaiserschnitt vornehmen, sonst hätte die Hündin nicht überlebt.« Estella hatte Wally gebeten, das Tier in ihre Praxis zu bringen, wo sie recht nervös ihre erste Operation durchgeführt hatte. Zum Glück war alles gut gegangen.

»Ich weiß nicht, was Wally und Conny mit all diesen Hunden anfangen wollen. Es wird sicher schwierig, für alle ein Heim zu finden.«

»Machen Sie sich darüber mal keine Gedanken. Sheeba ist jetzt nur noch ein Haustier, aber früher war sie die beste Hütehündin. Sie ist eine reinrassige Kelpie, und ihre Welpen werden sicher hervorragende Rinderhunde. Wags dürfte keine Probleme haben, sie mit einem netten kleinen Gewinn an die Besitzer der *stations* zu verkaufen.«

Plötzlich fühlte Estella sich nicht mehr so unbehaglich bei dem Gedanken an das Geld, das Conny ihr aufgedrängt hatte. Sie hatte vor allem deshalb gezögert, es anzunehmen, weil allein die Aufzucht der Jungen ein kleines Vermögen verschlingen würde.

»Alle reden über Stargazer«, wechselte Dan das Thema, als er vor der Hintertür stand und den Hengst auf der Koppel betrachtete.

Estella seufzte. »Ich weiß. Wenn er dieses Rennen nicht gewinnt, werden die Leute mich wahrscheinlich davonjagen.«

Dan lachte auf. »Es tut ihnen jedenfalls gut, mal über etwas anderes nachzudenken als über die Dürre!«

Daran hatte Estella noch gar nicht gedacht. Bisher hatte sie das allgemeine Interesse an dem Pferd eher mit gemischten Gefühlen betrachtet. Fast alle Einwohner der Stadt zogen jeden Morgen hinaus, um Marty beim Training mit Stargazer zuzusehen, und die meisten Zuschauer waren mit Stoppuhren und Notizblocks bewaffnet.

Doch das Interesse beschränkte sich nicht nur auf die Einwohner von Kangaroo Crossing. Charlie hatte ihr erzählt, dass die Funkverbindungen überlastet seien, weil die Neuigkeit von Stargazers Rückkehr auf die Rennstrecke sich über hunderte von Meilen verbreitet hatte. Hilfsarbeiter, Scherer und Viehtreiber, ja ganze Familien unternahmen weite Reisen, nur um den Hengst zu sehen. Der Radiosender von Victoria hatte Charlie angerufen, um mehr über Stargazer zu erfahren. Estella empfand das Ganze langsam als Bürde. Sie freute sich darauf, wenn alles vorüber war, zumal ihre innere Anspannung von Tag zu Tag wuchs.

»Sie sehen müde aus, Dan«, stellte sie fest. »Haben Sie viel Arbeit?«

»Ja. Letzte Woche habe ich viele Patienten behandelt.« Er brauchte nicht hinzuzufügen, dass es in der Hauptsache Aborigines gewesen waren, weil mehr als neunzig Prozent der Patienten im Krankenhaus den durchziehenden Clans angehörten.

»Gibt es Krankheiten, unter denen die Aborigines besonders leiden?«

Dan nickte. »Das Trachom, ein Hornhautgeschwür als besondere Form der Bindehautentzündung, tritt sehr häufig auf, und sie leiden oft unter Magen-Darm-Störungen, weil sie saures Obst oder verdorbenes Fleisch essen. Karies ist relativ selten, aber das Kauen von zähen und harten Lebensmitteln nutzt die Zähne in jungen Jahren ab. Weitere verbreitete Krankheiten sind Diabetes, Herzprobleme, Mittelohrentzündungen und Syphilis. Außerdem hatte ich diese Woche wieder fünf Patienten mit Verbrennungen. Sie schlafen nachts nahe am Feuer und rollen in die Glut, oder sie ziehen sich die Verletzungen durch einen Scheit oder Funkenflug zu. Häufig leiden sie auch unter Kopfschmerzen. Meist liegt es an zu viel Sonne oder bestimmten Nahrungsmitteln, doch ich muss zugeben, dass auch der Alkohol oft eine Rolle spielt.«

»Ich mache mir jedes Mal Sorgen um Mai, wenn sie trinkt, obwohl es in letzter Zeit seltener der Fall ist. Abends gehen wir meist zusammen im Busch spazieren. So ist sie beschäftigt, und sie bringt mir viel über Pflanzen und deren medizinische Wirkung bei. Ich finde das alles faszinierend!«

»Die Aborigines haben gegen fast jede Krankheit ihr eigenes Mittel. Sie kommen oft ins Krankenhaus, fangen eine Behandlung an und gehen dann *walkabout,* bevor sie beendet ist.«

»Und dann kurieren sie sich mit ihrer eigenen Medizin?«

»Manchmal. Oft kommen sie aber auch wieder zu mir, wenn die Wunden sich entzündet haben, und dann fangen wir von vorn an.«

»Das muss sehr ernüchternd sein. Mir ist aufgefallen, dass den Aborigines viele abgemagerte Hunde folgen, und manche sehen nicht sehr gesund aus. Einige sind voller Wunden, wahrscheinlich von Kämpfen mit Artgenossen um Futter, und alle haben Flöhe. Ich habe versucht, den Leuten beizubringen, dass diese Tiere bessere Pflege brauchen, aber die Aborigines wollen einfach nicht auf mich hören.«

»Diese Hunde, von denen Sie sprechen, müssen von dem leben, was sie um die Lagerfeuer herum finden, deshalb sind sie so mager. Aber ärgern Sie sich nicht, dass die Aborigines Sie ignorieren, Estella. So sind sie nun mal.«

Als der Tag der Picknick-Rennen näher rückte, wuchs das allgemeine Interesse an Stargazer weiter. An den Abenden, wenn Estella aus dem Haus kam, sah sie Marty mit anderen Männern am Zaun der Koppel stehen und hörte, wie sie sich über die Form des Hengstes unterhielten. Sie freute sich, Marty so aufgeregt zu sehen, und auch Stargazer schien das Interesse regelrecht zu genießen, seit er wieder an die Gesellschaft von Menschen gewöhnt war. Doch je näher der Tag der Rennen rückte, desto unsicherer wurde Estella, was Stargazers Chancen betraf. Es war leicht, sich einzureden, dass er siegen konnte, doch in Wirklichkeit war alles offen.

Um ruhiger zu werden, unternahm Estella lange Spaziergänge mit Mai und Binnie, meist gefolgt von *papa-mumoo,* dem Dingo. Sie glaubte nach wie vor nicht daran, dass der Dingo irgendeinen Geist oder Teufel in sich trug, doch Mai musste von allein zu dieser Einsicht kommen. Von Charlie wusste Estella, dass die Aborigines glaubten, schwere Krankheiten oder Tod würden durch Zauberei verursacht. Sogar leichte Infektionen und Unfälle – zum Beispiel der Sturz von einem Baum – wurden oft darauf zurückgeführt, dass jemand dem Betreffenden Böses wünschte.

»Dann rufen sie den *kadaicha,* den Medizinmann, um den Schuldigen zu entlarven«, hatte Charlie einmal erklärt. »Die Aborigines glauben, dass er ein weiser Mann mit großen Zauberkräften ist.«

»Kommt dieser Medizinmann ab und zu in die Stadt?«, wollte Estella eines Abends von ihrem Onkel wissen. Sie hätte diesen geheimnisvollen Mann, von dem die Aborigines eine so hohe Meinung hatten, gern kennen gelernt.

»Nur bei wichtigen Ereignissen. Er lebt sehr zurückgezogen bei seinem Volk und hält sich von uns Weißen fern. Aber er ist die oberste Autorität für alles Spirituelle. Nur ein *kadaicha* kann die Ursache für den Tod oder die Krankheit eines Clanmitglieds feststellen, und nur er darf heilige Riten vollziehen, um das Böse abzuwenden.«

Estella erzählte Charlie von Mais Meinung über den Dingo.

»Sie könnte den *kadaicha* rufen, damit er sich um den Dingo kümmert«, meinte Charlie.

»Aber er wird ihn doch nicht töten?«, stieß Estella erschrocken hervor.

Charlie zuckte mit den Schultern. »Gegen ihren Aberglauben kommst du nicht an – und sie würden nie gegen den Willen des *kadaicha* handeln.«

»Dann muss ich Mai davon überzeugen, dass der Dingo völlig harmlos und nicht von Ross' Geist besessen ist!«, meinte Estella seufzend.

Auf den langen Abendspaziergängen mit Mai und Binnie erfuhr Estella von Mai, wie die Aborigines im Busch überlebten. In den Sanddünen ging Mai auf einen kleinen Strauch mit samtartigen Blättern zu. Die Pflanze hatte purpurfarbene Blüten und Früchte, die bei näherem Hinsehen an Rosinen erinnerten. Mai pflückte einige und ermutigte Estella, sie zu probieren. *»Dun-yo!«*, sagte sie und machte die Geste für »essen«. Dann steckte sie einige der »Buschrosinen« in den Mund, und Estella tat es ihr nach. Sie waren wohlschmeckend. Mai begann am Fuß eines Mulga-Strauchs mit Hilfe eines Stocks ein Loch zu graben und hatte innerhalb weniger Minuten ein Ameisennest entdeckt. Estella sah, dass es Honigameisen waren.

»Tjala«, sagte Mai. »Du musst probieren.«

Estella rümpfte die Nase, als Mai eines der Insekten fing, es an Kopf und Beinen festhielt und den Hinterleib abbiss. Ein lebendes Wesen zu essen erschien ihr barbarisch und stieß sie ab – ganz davon abgesehen, dass sie Angst hatte, das Tier könnte zurückbeißen. Doch sie roch den verlockenden Duft von süßem Honig. Mit der Selbstverständlichkeit einer Expertin nahm nun auch Binnie die Ameisen zwischen die Finger und aß sie. Estella musste wohl oder übel probieren, wenn sie nicht ewig als Feigling gelten wollte. Die Ameise schmeckte nach Honig und Zitrone.

»Machen guten Tee«, erklärte Mai strahlend. Sie zeigte Estella auch einen Emu-Busch und erklärte, dass dessen Blätter bei Erkältungen sehr wohltuend seien. »Du sie kochen und mit Kängurufett mischen«, sagte sie und zeigte, dass der Brustkorb mit der Paste eingerieben wurde. Estella war fasziniert.

Jeden Abend lernte sie ein wenig mehr über Pflanzen und deren Nutzung als Nahrung oder Medizin. Sie erfuhr, welche gegen Erkältungen halfen und welche Wunden und Ekzeme heilten. Die Beziehung zu der Aborigine-Frau, die so wenig mit ihr gemeinsam hatte, schien sich fast zu einer Freundschaft zu entwickeln.

Zwei Wochen nach dem ersten Brief von Flo erhielt Estella ein weiteres ermutigendes Schreiben von ihrer Tante, doch dieses Mal waren die Scheidungspapiere beigelegt. Obwohl sie darauf vorbereitet gewesen war, legte sie die Unterlagen hastig in eine Schublade, entschlossen, erst wieder einen Blick darauf zu werfen, wenn sie sich allem besser gewachsen fühlte. Mehr als eine Woche später entschied sie, dass man das Unvermeidliche nicht ewig aufschieben konnte. Sie holte die Papiere hervor und setzte ihre Unterschrift darunter. Dann begab sie sich auf einen Spaziergang, obwohl es schon dunkel war. Der Dingo folgte ihr, und Stargazer beobachtete sie von seinem Stall aus. Als sie etwa hundert Meter weit gekommen war, brach sie inmitten der trockenen Büsche hinter dem Haus in Tränen aus. Die lange eingedämmten Gefühle brachen sich Bahn.

»Haben Schmerzen?«

Erschrocken fuhr Estella herum. Sie hatte Mai nicht kommen gehört, doch sie stand direkt hinter ihr. »Nein, Mai, ich bin nur ein bisschen traurig.« Sie putzte sich die Nase und holte tief Atem. Sie wollte gern über ihre Gefühle reden, wusste aber nicht, wie sie es Mai erklären sollte. Die Aborigine sah sie an, und ihre dunklen Augen glänzten im Mondlicht. »Dein Mann dich traurig gemacht?«

Estella erschrak vor so viel Hellsicht. »Ich vermisse das Leben, das wir zusammen geführt haben, Mai, aber das ist für immer vorbei.« Sie hatte nicht erwartet, dass es ihr so schwer fallen würde, loszulassen – trotz allem, was James ihr angetan hatte.

Mai nickte. »Er schlechter Mann ...«

Estella war nicht sicher, ob es eine Frage oder eine Feststellung war. Doch sie hatte in den vergangenen Wochen erkannt, dass Mai eine für ihr Alter sehr ungewöhnliche Weisheit besaß.

»Er war kein guter Mann, Mai. Er hat mich wegen einer anderen Frau verlassen.«

»Dann du schneiden ihm seinen *boom-bera* ab«, meinte Mai trocken.

Estella musste plötzlich herzlich lachen. Sie sah Mai in der Dunkelheit lächeln. »Du und dein Kind, ihr machen gut. Du starke Frau!«

Estella blickte sie überrascht an. »Woher weißt du von dem Baby? Hat Kylie es dir erzählt?«

»Nein!« Mai lächelte wieder und ging dann zurück zu ihrem Lager, wo Binnie friedlich schlief. Sie war noch immer wachsam wegen des Dingo.

Eine Zeit lang stand Estella nur da und blickte Mai nach, wie diese in der Dunkelheit verschwand. Sie wusste selbst nicht, warum, doch sie glaubte Mai, dass Kylie nichts von dem Kind erzählt hatte. Estella vertraute Kylie – und Mai überraschte sie jeden Tag mehr. Sie musste daran denken, dass sie die Aborigine bei ihrer ersten Begegnung für verrückt gehalten hatte. Das war ein gründlicher Irrtum gewesen! Allmählich begriff Estella, was ihren Vater so sehr an den Aborigines fasziniert hatte: Sie besaßen eine Weisheit, die Europäer niemals erlangen würden, und sie waren eins mit dem Land, das sie umgab. In einer Wüste, die ein Weißer als endlose Ödnis empfand, sahen sie Schönheit und fanden Nahrung und Wasser im Überfluss.

In den letzten drei Wochen hatte Charlie mehrere Anrufe aus England erhalten, den ersten von einer sehr verlegenen Flo. Sie war völlig außer sich, weil Caroline und Marcus James von dem Kind erzählt hatten, das Estella erwartete. Die anderen Anrufe kamen von Caroline. Als sie Charlie aufgefordert hatte, Estella ans Telefon zu holen, hatte er behauptet, die Verbindung sei schlecht, und er könne sie nicht verstehen; dann hatte er aufgelegt. Als Caroline erneut anrief und ihn beschuldigte, sie belogen zu haben, kam es zu einem heftig Streit. Caroline hatte Charlie mit gerichtlichen Schritten gedroht, doch er hatte nur darüber gelacht. Er hatte sich auch weiterhin geweigert, Estella an den Apparat zu holen oder irgendwelche Botschaften auszurichten, da Estella »nicht in bester Verfassung« sei, wie er sich ausdrückte.

Eine Woche später hatte Caroline noch einmal angerufen und versprochen, Estella nicht aufzuregen, wenn sie mit ihr sprechen könne. Sie wolle sie nur überreden, nach England zurückzukommen, wo man sich besser um sie kümmern könne. Doch Estella war Charlie sehr ans Herz gewachsen, und die ganze Stadt bewunderte, was sie bei Stargazer erreicht hatte. Die meisten Leute hatten es ihr sogar ausdrücklich gesagt. Charlie sah für Estella keinen Vorteil in einer Rückkehr nach England, und nach dem, was Flo ihm erzählt hatte, zog Estella dies auch gar nicht in Erwägung.

Flo war sehr aufgebracht, als sie herausfand, dass Caroline und Marcus bei James gewesen waren und ihm von dem Baby erzählt hatten. Sie gab sich selbst die Schuld daran, weil sie es Caroline gesagt hatte. Charlie musste Flo versprechen, Estella nicht zu sagen, dass James nun von ihrer Schwangerschaft wusste – das hätte Estella sicher sehr aufgeregt. Flo konnte nur hoffen, dass James nicht versuchen würde, Estella irgendwie zu erreichen. Doch nach dem, was Caroline gesagt hatte, war das eher unwahrscheinlich; schließlich hatte James darauf beharrt, Davinia zu heiraten, und kein Interesse an dem Kind gezeigt. Charlie hatte Flo versprochen, alles zu tun, um Estella zu beschützen. Wenn das bedeutete, sie von Anrufen ihrer Mutter abzuschirmen, die er nie gemocht hatte, würde er auch das tun.

In ihrem letzten Gespräch mit Charlie hatte Caroline sogar

damit gedroht, nach Kangaroo Crossing zu kommen und Estella zurückzuholen.

»Das wäre ein Fehler«, hatte Charlie erklärt. »In dieser Stadt hat keiner vergessen, wie du Ross im Stich gelassen hast.«

Sein kühler Tonfall ließ Caroline schaudern.

»Und lass dir ja nicht einfallen, Estella zu schreiben«, hatte Charlie hinzugefügt. »Marjorie Waitman ist noch immer die Postangestellte, und sie hat ein sehr gutes Gedächtnis.«

»Aber sie kann keinen Brief der Königlichen Post unterschlagen«, erwiderte Caroline. »Das ist gegen das Gesetz!«

»Ich habe nie behauptet, dass sie Briefe unterschlägt, aber der Postdienst hier draußen ist nicht besonders zuverlässig. Da gehen manchmal Briefe verloren ...«

Caroline fühlte sich ohnmächtiger als je zuvor. »Estella wird nicht in diesem gottverlassenen Nest bleiben! Dazu ist sie viel zu kultiviert.«

»Du irrst dich, Caroline. Estella ist die Tochter ihres Vaters. Sie hat Mut und Rückgrat – etwas, das ihrer Mutter fehlt.«

Charlie legte auf und stürzte ein großes Glas Bier hinunter. In seinem ganzen Leben war er nicht so zufrieden gewesen wie in diesem Augenblick.

18

Estella war auf dem Weg zum Hotel, um Charlie einen Besuch abzustatten, als sie jemanden ihren Namen rufen hörte. Annie Hall stand im Schatten der Veranda; sie hatte ihre beiden kleinen Jungen bei sich.

»Annie! Wie schön, Sie wiederzusehen!«, begrüßte Estella sie beim Näherkommen.

»Sie sehen sehr gut aus«, meinte Annie, der auffiel, dass Estellas Gesicht ein wenig voller war als bei ihrer letzten Begegnung.

Dieses Kompliment konnte Estella nicht zurückgeben. Annies ohnehin zierliche Gestalt war noch zerbrechlicher geworden, und unter ihren Augen lagen dunkle Ringe. »Übrigens habe ich Ihren Lammeintopf sehr genossen, Annie. Noch einmal vielen Dank.«

Annie brachte nur die Andeutung eines Lächelns zu Stande. »Mein Gemüsegarten war nie sehr üppig, aber jetzt ist er jammervoll. Und unser Vorrat an Regenwasser ist verschwindend gering. Wenn wir uns und unsere Sachen mehrmals damit gewaschen und die Böden gewischt haben, ist das Wasser für den Garten kaum noch von Nutzen.«

»Sie haben aber doch einen Brunnen, nicht wahr?« Estella erinnerte sich, in der Nähe der Umzäunungen für das Vieh ein Windrad gesehen zu haben.

»Ja, und die Rinder können das Brunnenwasser trinken, aber es enthält ein wenig zu viel Schwefel, als dass es für uns genießbar wäre, und auch für den Garten können wir es nicht verwenden.« Sie blickte auf ihre beiden Jungen und meinte: »Sie haben Philipp und Christopher, meine kleinen Wilden, noch nicht kennen gelernt, nicht wahr?« Sie nahm den beiden die Strohhüte ab.

Die schweißnassen Haare der Kinder waren von der gleichen Farbe wie die Sandhügel in der Ferne, und die sommersprossige, sonnenverbrannte Haut auf ihren Nasenrücken schälte sich. Sie trugen die gleichen verwaschenen, zu knappen Hemden, die ihnen aus den Hosen hingen. Ihre Stiefel und Hüte wirkten abgetragen und staubig.

Estella lächelte den Jungen zu. »Während meines Besuchs in Langana saßen die beiden gerade am Funkgerät und hatten Unterricht«, sagte sie. »Hallo, Christopher! Hallo, Philipp!«

Die Jungen nahmen ihrer Mutter die Hüte aus der Hand und setzten sie so eilig wieder auf, als fühlten sie sich ohne sie nackt. Dann reckten beide das Kinn vor und musterten Estella unter den breiten Krempen hinweg mit schüchternen Blicken.

Dem Jüngeren fehlte ein Schneidezahn, während die Zähne des Älteren sehr unregelmäßig gewachsen waren. Sie schienen an den Spaß auf der Farm zu denken, der ihnen durch diesen Besuch entging, etwa das Jagen von Goanna-Eidechsen oder Kängurus mit selbst gebastelten Schleudern, und wirkten gelangweilt.

»Ist Marlee auch mit Ihnen in die Stadt gekommen?«, erkundigte sich Estella.

Annies Lächeln schwand wie Morgentau unter der australischen Sonne. »Nein, sie kümmert sich zu Hause um alles ...«

Estella nahm an, dass Marlee sich vor allem um ihren Vater kümmern musste.

»Können wir jetzt ein Eis kaufen gehen, Mom?«, drängte Philipp.

Annie wirkte völlig erschöpft. Estella hatte den Eindruck, dass ihre Söhne sie schon eine ganze Weile bestürmten. Unter normalen Umständen hätte Annie es wahrscheinlich weggesteckt, doch die ständige Anspannung forderte ihren Tribut. Jetzt verstand Estella, warum es Teddy so wichtig gewesen war, seine Frau vor zu großer Aufregung zu bewahren.

»Na gut – aber danach kommt ihr sofort zurück!«, stieß Annie hervor und suchte in ihrer Geldbörse nach einer Münze. Philipp und Christopher griffen beide gleichzeitig nach dem Geldstück und rissen es ihrer Mutter aus der Hand. Es rollte von der Veranda in den Staub. Die Jungen jagten hinterher, während Annie mit ihnen schimpfte, doch ihre Ermahnungen trafen auf taube Ohren. Jubelnd lief Christopher zum Gemischtwarenladen, die Münze in der Hand. Philipp folgte ihm. Annie blickte ihnen kopfschüttelnd nach. Sie wollte ihnen etwas hinterherrufen, ließ es dann aber und seufzte stattdessen tief.

»Warten Sie auf jemanden?«, erkundigte sich Estella, die die sichtlich erschöpfte Annie gern zu einer Tasse Tee eingeladen hätte.

»Ja, wir warten auf meinen Bruder Reg. Er ist ins Hotel gegangen, um ein paar Flaschen Bier für Teddy zu kaufen – aber vielleicht trinke ich sie selbst, bevor wir zu Hause sind.« Annie wirkte plötzlich verlegen; dieses Geständnis war ihr peinlich.

Estella vermochte sich die Anspannung, unter der Annie ständig lebte, nicht einmal vorzustellen, und die Frau tat ihr schrecklich Leid. »Wie geht es Teddy?«

Annie Augen standen voller Tränen, doch sie kämpfte um die Fassung. »Heute nicht so gut, deshalb konnte er auch nicht mit uns in die Stadt kommen.«

Estella streckte eine Hand aus und legte sie sanft auf Annies Arm. »Es kann nur aufwärts gehen, Annie«, sagte sie leise.

»Glauben Sie wirklich? Ich sehe das im Moment nicht so.« Annies Blick ging in die Ferne, zu einer Luftspiegelung über den Lehmpfannen. »An einem Tag scheint es Teddy gut zu gehen, und am nächsten liegt er wieder mit hohem Fieber im Bett.«

»Das Fieber wird wahrscheinlich noch einige Monate immer wiederkommen«, meinte Estella.

»Das sagt Dr. Dan auch.« Annie machte es nichts aus, Teddy zu pflegen – das tat sie gern. Aber sie war nicht sicher, ob sie seine Depressionen noch viel länger würde ertragen können. Sie hatte sich bemüht, optimistisch zu bleiben, doch durch Teddys Krankheit und die verheerenden Auswirkungen der Dürre wurde das Leben von Tag zu Tag schwieriger.

»Und wie steht es mit Ihren Rindern?«

»Wir haben noch ein paar Kälber verloren, aber Reg hat die Herde isoliert, und bisher ist die Brucellose noch bei keinem Rind der angrenzenden Farmen aufgetreten, auch die Hunde scheinen sich nicht angesteckt zu haben, und das ist immerhin eine kleine Freude. Der Himmel weiß, dass es nicht viel andere gibt.« Estella nickte. Für Annie und Teddy bedeutete es keinen großen Trost, doch zumindest kam nicht auch noch die Brucellose zu den drückenden Sorgen der anderen Farmer hinzu.

»Ich kann Ihnen gar nicht genug danken, dass Sie den weiten Weg zu uns herausgekommen sind«, fuhr Annie fort. »Wir wären sicher angefeindet worden, hätte die Krankheit sich ausgebreitet, und Teddy wollte es nicht wahrhaben. Diese Dürre hat uns allen schon genug Probleme bereitet!«

»Ich wünschte nur, ich hätte mehr tun können«, meinte Estella.

»Auch Sie können es nicht regnen lassen. Und ohne Regen gibt es kein Futter, und ohne Futter werden wir unser Vieh verlieren. Und wenn das geschieht, verlieren wir auch die *station.* Ich weiß, ich sollte nicht klagen, denn vielen anderen geht es genauso schlecht wie uns, aber dadurch wird es nicht leichter.«

»Es tut mir sehr Leid, Annie.«

»Es ist so ungerecht, dass *stations* in anderen Teilen Australiens Futter im Überfluss haben! Einer meiner Brüder lebt im Südosten, und er hat in diesem Jahr sogar einen Überschuss erwirtschaftet.«

»Sagen Sie ihm, er soll Futter schicken«, schlug Estella halb im Scherz vor.

»Ich wünschte, er könnte es«, erwiderte Annie, deren Verzweiflung jetzt deutlich zu spüren war. »Es ist ein Jammer, dass man es nicht einfach verteilen kann!«

In diesem Moment kam Reg aus dem Hotel. »Oh, hallo, Estella«, sagte er mit strahlendem Lächeln. Er hatte oft an sie gedacht, seit sie in Langana gewesen war, und gehofft, ihr auf dem Ball am Vorabend der Picknick-Rennen zu begegnen. Estellas Antwort ging im Redeschwall von zwei aufgeregten Jungen unter, deren Eiskrem in der glühenden Nachmittagshitze in Rekordzeit schmolz.

»Wie ich hörte, haben Sie bei Stargazer wahre Wunder vollbracht«, sagte Reg. »Ich setze im Cup mein ganzes Geld auf ihn.«

»Wer tut das nicht?«, meinte Annie, nahm ihre Söhne bei der Hand und verzog das Gesicht, als Eiskrem auf ihre Hemden tropfte. »Wenigstens etwas, auf das man sich verlassen kann!«

Als Philipp sein Eis in den Staub fallen ließ und zu weinen anfing, glaubte Estella, auch Annie würde jeden Moment in Tränen ausbrechen. »Wir sollten lieber gehen«, stieß sie zwischen zusammengepressten Zähnen hervor. »Ich möchte Marlee nicht zu lange allein lassen. Auf Wiedersehen, Estella – wir sehen uns wahrscheinlich beim Rennen.«

Estella nickte, und ihre Unruhe wuchs.

»Wir sehen uns beim Ball«, rief Reg ihr bedeutungsvoll zu.

Estella antwortete nicht. Sie war nicht sicher, ob sie überhaupt zum Ball gehen sollte. Es deprimierte sie, dass Annie das wenige Geld, das sie hatte, vielleicht beim Pferderennen verlieren würde. Und wenn Stargazer den Cup nicht gewann, würde auch das bisschen Respekt verspielt sein, das sie sich inzwischen in der Stadt erworben hatte. Sie würde in Kangaroo Crossing ebenso verhasst sein wie die katastrophale Dürre.

»Hallo, Estella!«, rief Charlie, als sie die Bar betrat. Die

Männer am Schanktisch drehten sich um und brachen in begeisterte Rufe aus. Estella errötete vor Verlegenheit. Zuerst hatten die Männer sie mit Verachtung gestraft, und nun wurde sie von ihnen als Heldin gefeiert! Sie fühlte die allgemeine Erwartung wie eine schwere Last auf ihren Schultern. Am liebsten hätte sie gerufen: »Ich bin bloß eine Tierärztin, die ihre Arbeit tut, ich kann keine Wunder vollbringen!« Stattdessen aber senkte sie schweigend den Kopf.

»Wie geht es mit Stargazer voran?«, wollte Barney Everett wissen.

Estella blickte auf und erwiderte leise: »Es geht ihm schon viel besser.«

»Das ist stark untertrieben«, meinte ein anderer Mann. »Marty sagt, er ist heute die Meile in einer Minute vierzig Sekunden gelaufen – eine Rekordzeit für unsere Rennstrecke.«

»Das hat Marty uns gar nicht erzählt«, rief Charlie aufgeregt.

Estella verspürte eine Mischung aus Stolz und Verzweiflung und warf Charlie einen bösen Blick zu. Sie wollte nicht, dass auch er sich von der allgemeinen Aufregung um den Hengst anstecken ließ, doch augenscheinlich war es bereits zu spät.

»Meine Stute lahmt«, erklärte ein Mann weiter hinten an der Bar. »Vielleicht könnten Sie sich das Tier mal ansehen.«

»Es wäre mir ein Vergnügen«, gab Estella erfreut zurück.

»Willst du sie vielleicht nächstes Jahr zum Rennen melden, Cyril?«, rief jemand.

»Warum nicht?«, rief Cyril zurück. An Estella gewandt fuhr er fort: »Es eilt aber nicht. Nach den Picknick-Rennen würde es vollkommen reichen. Konzentrieren Sie sich lieber erst einmal auf Stargazer – wir wollen doch nicht, dass unser Champion vernachlässigt wird!«

Zustimmendes Gemurmel erhob sich, bevor die Männer wieder in Begeisterungsstürme ausbrachen. Charlie tat es ihnen nach.

Estella hielt es nicht länger aus. Sie hob die Hände, um für Ruhe zu sorgen. »Hören Sie, ich freue mich natürlich sehr darüber, dass meine Behandlung bei Stargazer angeschlagen hat. Aber jedes der teilnehmenden Pferde kann siegen. Ich bin sicher, sie sind alle sehr schnell ...«

Die Männer starrten sie verblüfft an. Einer meinte grinsend: »So müssen Sie reden, wenn die Buchmacher hier sind, Estella. Wo Sie doch Tierärztin sind und überhaupt ... dann werden die Quoten für uns noch günstiger ausfallen, und wir machen alle einen anständigen Gewinn!« Stürmischer Beifall folgte diesen Worten.

Estella spürte, was für einen Auftrieb Stargazers Verwandlung der ganzen Stadt gegeben hatte. Alle glaubten fest an ihn. Sie würde die Leute nicht überzeugen können, dass jedes andere Pferd die gleichen Chancen auf den Sieg hatte. Die Menschen waren glücklich und hatten zum ersten Mal seit Beginn der Dürre etwas, worauf sie sich freuen konnten. Vielleicht war allein das schon ein kleines Wunder. Unglücklicherweise hielt es Estella nicht davon ab, sich weiterhin Sorgen zu machen. Wenn Stargazer das Rennen nicht gewann, würden alle über sie herfallen.

Estella winkte Charlie in eine ruhige Ecke der Bar. Barney Everett folgte ihnen und warf einige Münzen vor Charlie auf die Theke. »Geben Sie der Lady einen Drink auf unsere Kosten«, sagte er unter dem Beifall der anderen Farmbesitzer.

»Das ist nicht nötig«, wehrte Estella ab, doch Barney bestand darauf. »Wir wissen, dass Sie nach Langana Downs geflogen sind und Reg und Annie gebeten haben, ihre Herde von unseren Tieren getrennt zu halten. Damit haben Sie unsere Kälber gerettet, wenn nicht mehr«, fügte er hinzu. »Dafür sind wir Ihnen sehr dankbar. Es ist nur traurig, dass es keine Rettung vor der Dürre gibt.« Er kehrte zu seinem Glas zurück.

Estella blickte Charlie an. Er spürte ihre Erleichterung, dass sie die Besitzer der *stations* für sich gewonnen hatte – aber er sah auch, dass sie noch etwas anderes auf dem Herzen hatte.

»Was möchtest du trinken?«, fragte er.

»Eine Limonade, bitte.«

»Stargazer kurbelt das Geschäft an«, meinte Charlie, während er ihr ein Glas einschenkte. »Ich warte nur dringend darauf, dass Murphy aus Quilpie zurückkommt.«

»Quilpie?«, wiederholte Estella fragend.

»Eine Stadt in Queensland, östlich von hier. Er ist hingeflogen, um einen Extravorrat Bier zu holen, aber ich glaube, er wird vor den Rennen noch öfter hin und her fliegen müssen.«

»Wie viele Leute erwartet ihr in der Stadt?«

»Ein paar Hundert ganz sicher. Stargazer hat viel Aufmerksamkeit erregt.« Charlie sah, dass seine Nichte bei weitem nicht so begeistert wirkte wie die anderen in der Stadt. »Worüber machst du dir Sorgen, Estella?«

»Über das Rennen«, stieß sie ärgerlich hervor. »Wenn Stargazer nicht gewinnt, werde ich die meistgehasste Frau Australiens.«

»Er ist der sichere Sieger!«, gab Charlie leichthin zurück.

»Es gibt beim Rennen keine Sicherheit, Charlie, das weißt du genau.«

»Er müsste schon stürzen und sich ein Bein brechen. Vertrau mir!«

Estella stöhnte auf. »Sag so was nicht«, murmelte sie. »Ich möchte nicht gezwungen sein, den Champion der Stadt einschläfern zu müssen. Man würde mich zusammen mit ihm begraben.«

»Es wird schon nichts passieren«, meinte Charlie.

Estella barg das Gesicht in den Händen und holte tief Luft. Sie wollte nicht mehr über das Rennen nachdenken. »Ich habe gerade mit Annie Hall gesprochen. Sie hat etwas gesagt, das mich auf einen Gedanken brachte ...«

»Und welchen?«

»Anscheinend haben die Farmer im Südosten Australiens in diesem Jahr Futter im Überfluss.«

Charlie schüttelte ungläubig den Kopf. »Sag ihnen, sie sollen etwas davon herschicken«, meinte er halb im Scherz.

»Genau das sollten wir versuchen. Aber wie?«

Charlie starrte sie verblüfft an. Er beugte sich über die Theke und vergewisserte sich leise: »Du meinst es ernst?«

Estella nickte. »Und ob. Wenn sie den Farmern hier oben helfen würden, müssten wir nur einen Weg finden, das Futter herzuschaffen.«

Charlie kratzte sich am Kopf, und zum ersten Mal wünschte Estella, er würde sich ab und zu kämmen. Er wirkte stets ungepflegt, und sein Hemd brauchte dringend eine Wäsche, doch Edna schien es nicht zu bemerken.

»Es könnte per Bahn bis Marree gebracht werden«, meinte Charlie nach kurzem Nachdenken. »Aber von dort nach hier ist es noch ein verdammt weiter Weg.«

»Aber es muss einen Weg geben. Wie viele Lastwagen haben die Besitzer der *stations*?«

»Lastwagen? Nicht gerade viele. Wags hat natürlich einen, und Ferret Osborne fährt einen alten Dodge. Aber er ist mehr als einmal mit gebrochener Achse liegen geblieben.«

»Wäre es nicht möglich, das Futter mit den Lastwagen aus Südaustralien zu holen?«

»Nein, bestimmt nicht. Wags holt all unsere Vorräte aus Marree, aber er musste seinen Wagen umbauen, um den Treibsand an der Goyders Lagune umfahren zu können. Jeder andere Lastwagen würde dort im Staub versinken, das ist sicher.« Charlie fuhr sich mit der Hand über seine Bartstoppeln. »In den Tagen der ersten Pioniere haben die Afghanen auf ihren Kamelen Futter zu abgelegenen *stations* transportiert.«

Estella nickte. »Murphy hat mir erzählt, es gibt noch eine so genannte ›Ghan Town‹ in Marree.«

»Richtig, die gibt es.«

»Halten die Afghanen dort immer noch Kamele?«

»Ja, aber ich weiß nicht, wie viele. Ich könnte Shamus Rourke anrufen, einen meiner Freunde. Er ist der Wirt im Great Northern Hotel in Marree, und er müsste es wissen. Die Afghanen bringen ab und zu Vorräte zu Vermessern in unwirtliche Gegenden, also müssen sie auch noch Kamele haben. Sie sind sogar vor ein paar Monaten mit einer ganzen Karawane hier durchgekommen, aber ich kann nicht sagen, wie viele es waren.«

»Wenn sie genügend Kamele hätten – würden sie das Futter aus Marree zu uns heraufbringen?«

»Ich glaub schon. Aber wie sollen wir die Farmer im Süden erreichen, falls sie wirklich überschüssiges Futter haben, und sie fragen, ob sie etwas davon abgeben?«

»Darüber denke ich noch nach«, meinte Estella. »Wir müssen irgendwie Verbindung mit ihnen aufnehmen. Vielleicht können wir den dortigen Vorsitzenden der Farmervereinigung anrufen, oder jemand mit ähnlichen Verbindungen ...«

Charlie schüttelte den Kopf. »Das würde zu lange dauern. Er würde erst mal eine Versammlung einberufen, und wenn sie endlich einen Beschluss gefasst haben, sind hier alle Rinder verhungert.« Plötzlich richtete Charlie sich auf. »Erinnerst du dich noch an den Anruf von diesem Radiosender? Ich hatte dir davon erzählt!«

»Ja. Was ist damit?«

»Ich bin sicher, ein Radiosender könnte uns helfen!«

Estella strahlte. »Eine ausgezeichnete Idee, Charlie. Der Sprecher könnte über den Sender um Futterspenden bitten. Ich werde sofort eine Radiostation in Südaustralien anrufen und um Hilfe bitten!«

Von Charlies Telefon aus, das in dem schmalen Gang hinter der Bar stand, wählte Estella die Nummer von *5AD*, einem der beiden einzigen Radiosender in Südaustralien. Die Antwort klang nicht sehr begeistert. Dann versuchte sie es bei *5KU*, doch dort war man noch weniger interessiert. Als

Estella zu den anderen zurückkehrte, war sie völlig niedergeschlagen.

Charlie füllte die Gläser seiner Gäste und gesellte sich dann wieder zu ihr. »Was ist?« Er sah ihr an, dass sie keine guten Neuigkeiten hatte.

»*5AD* fand die Idee gut, aber als ich ihnen sagte, dass das Futter hierher geliefert werden muss, war es mit ihrer Begeisterung vorbei. Ich hatte den Eindruck, sie hielten das Ganze für einen organisatorischen Albtraum ... und das ist es wohl auch.«

»Und der andere Sender, *5KU*?«

»Dasselbe. Als ich Kangaroo Crossing erwähnte, wollten sie nichts mehr von der Sache wissen.«

Charlie seufzte. »Nimm's nicht so schwer. Vielleicht regnet es ja bald. Die verdammte Dürre kann schließlich nicht ewig dauern.«

Nachdem Estella gegangen war, trank Charlie noch ein paar Bier und dachte über ihren Einfall nach. Er wusste, dass Radiosender Geschichten über Tapferkeit und Heldenmut stets dankbar aufnahmen, und seiner Meinung nach passten Estella und Stargazer perfekt in dieses Bild. Estella war ohne Erfahrung als Tierärztin nach Kangaroo Crossing gekommen. Sie hatte sich erfolgreich eines ehemaligen Klassepferdes angenommen, das praktisch keine Chance mehr gehabt hatte, jemals wieder Rennen zu laufen. Wenn das kein Beispiel für Mut und Erfolg war, was dann? Die Reporter würden nach dieser Geschichte schnappen wie ein Fisch nach dem Köder, da war Charlie sicher – und wenn es jemanden gab, der ihnen die Story verkaufen konnte, dann er.

Charlies einziger Fehler, wenn man es überhaupt so nennen wollte, war sein Mangel an Bescheidenheit, sobald er ein paar Gläser Bier getrunken hatte. Dann hatte er keine Scheu, *jeden* um *alles* zu bitten. Einmal hatten ihn seine Gäste gedrängt, den

Premierminister anzurufen und um subventioniertes Bier für die Farmbesitzer zu bitten, die meilenweit zur nächsten Bar fahren oder reiten mussten.

Charlie hatte tatsächlich angerufen – und erstaunlicherweise hatte der Sekretär des Premierministers nicht sofort wieder aufgelegt. Im Gegenteil schien man Charlies Bitte sogar ernst genommen zu haben, auch wenn nie etwas daraus geworden war. Das Telefonat mit dem Chefredakteur des Senders *5AD*, John Fitzsimmons, konnte ihn deshalb überhaupt nicht aus der Ruhe bringen. Als er Fitzsimmons am Apparat hatte, erzählte er ihm alles über Estella und Stargazer. Offensichtlich war ein kleiner Artikel über sie in der Zeitung der Stadt veröffentlicht worden, doch bei Estellas Anruf hatte der Chefredakteur nicht sofort begriffen, dass sie es war, über die der Artikel berichtet hatte. Nachdem Charlie Stargazers Geschichte zu einer wahren Titelstory ausgeschmückt hatte, erwähnte er Estellas Plan, Futter aus dem Süden zu den hungernden Tieren von Kangaroo Crossing zu bringen.

Dann bot er dem Chefredakteur ein Geschäft an.

Am nächsten Morgen tauchte Charlie bei Estella auf. »Ich kann nicht lange bleiben«, stieß er hervor. »Ich muss etwas erledigen!«

»Bist du gekommen, um dir anzusehen, was hier getan werden muss?«, fragte Estella ihn erwartungsvoll. Sie hatte ihn seit zwei Wochen gedrängt, ihr zu sagen, wann er mit den Reparaturen am Dach und der Veranda beginnen wollte. Doch er hatte es immer wieder verschoben.

»Was? Nein!«, wehrte er ungeduldig ab. »Ich komme, um dir zu sagen, dass es mit deinem Futtertransport doch noch klappen könnte.«

Überrascht blickte Estella ihn an. »Wie ist das möglich?«

»Ich habe nochmal bei *5AD* angerufen und mit dem Chefredakteur gesprochen. Wir sind zu einer Übereinkunft gelangt!«

Charlie wirkte sehr zufrieden mit sich selbst, was Estellas Misstrauen weckte.

»Was für eine Übereinkunft, Charlie?«, fragte sie alarmiert.

»Der Sender appelliert an die Farmer in Südaustralien, Futter zu spenden, wenn er dafür die Picknick-Rennen von hier aus übertragen darf.«

Estella dachte einen Augenblick darüber nach. »Aber warum wollen sie die Rennen unbedingt von hier übertragen?«

»Weil ... die Picknick-Rennen ein wichtiges Ereignis geworden sind«, erwiderte Charlie mit einem Anflug von Verlegenheit.

Estella musterte ihn prüfend. »Du hast ihm von Stargazer erzählt, nicht wahr?«

»Äh ... ja, natürlich. Seine Geschichte ist doch sehr interessant!«

»O Gott, nein!«, rief Estella außer sich.

»Reg dich nicht auf, Estella! Das ist nicht gut für dich. Denk an das Kind. Ich musste ihnen doch irgendeinen Anreiz bieten.«

»Charlie, du weißt genau, wie angespannt ich so schon bin. Hast du nicht daran gedacht, dass es dadurch noch schlimmer werden könnte?«

»Ich sag dir doch, Estella, du machst dir unnötig Sorgen.«

Estella seufzte. »Du hast leicht reden – aber ich bezweifle stark, dass du hellseherische Fähigkeiten besitzt.«

»Denk doch nur mal daran, wie dankbar die Leute in der Stadt sein werden, wenn du es schaffst, Futter für ihr Vieh hierher zu schaffen!«

Estella blickte Charlie nicht eben freundlich an. Sie wusste, er wollte sie nur unterstützen, hier allgemein akzeptiert zu werden – doch sie bezweifelte, dass er dabei den richtigen Weg beschritt.

»Es war schließlich deine Idee«, beharrte er.

Estella hielt es für unklug, den Farmbesitzern zu große Hoffnungen zu machen – es konnte gut sein, dass der Plan nicht aufging, und dann stand sie ebenfalls wie eine Närrin da. »Es kann auch schief gehen. Hast du daran gedacht?«

Charlie schüttelte den Kopf. »Natürlich wird es klappen!«

»Dass der Sender sein Interesse bekundet hat, ist eine Sache. Aber je länger ich darüber nachdenke, umso bewusster wird mir, wie schwierig der Transport zu organisieren sein wird. Ich weiß nicht, ob das Vieh nicht verhungert ist, bevor wir es geschafft haben. Hätten wir schon vor Wochen oder Monaten angefangen, hätte es vielleicht klappen können ...«

Charlies Optimismus war unerschütterlich. »Ich habe schon mit Shamus Rourke im Great Northern Hotel gesprochen und herausgefunden, dass die Afghanen sechzig Kamele haben. Sie könnten den Transport von Marree nach Kangaroo Crossing übernehmen und falls nötig noch mehr Lasttiere auftreiben. Shamus hat mit Hasham Basheer gesprochen, dem Führer der afghanischen Gemeinde, und dessen Einwilligung erhalten, wenn wir dafür am Renntag auch ein Rennen für Kamele veranstalten.« Charlies blaue Augen leuchteten. »Natürlich habe ich zugestimmt. Kamelrennen bringen noch mehr Farbe in unser Programm, und die Leute im Outback setzen ihr Geld auf alles, was laufen kann!«

Estella starrte ihn überrascht an. Sie konnte kaum glauben, dass er schon alles organisiert hatte.

»Ich habe dir doch gesagt, alles wird gut, Estella! Du musst nur daran glauben!«

»War mein Vater auch ein solch unerschütterlicher Optimist wie du?«

»Um ehrlich zu sein, hat er mich immer dafür bewundert, dass ich die Dinge so positiv sehen konnte.«

»Mit anderen Worten, er war realistischer veranlagt, genau wie ich.«

An diesem Abend, als Estella noch einmal im Hotel vorbeischaute, traf sie Charlie in heller Aufregung an. Er nahm sie zur Seite. »Estella, ich habe eben einen Anruf von John Fitzsimmons erhalten.«

»Von wem?«

»Dem Chefredakteur von *SAD*.«

»Oh. Und was hat er gesagt?«

»Dass die Reaktion auf ihren Appell überwältigend war. Sogar Farmer aus dem Gebiet südöstlich der Flinders Ranges haben ihre Hilfe angeboten!«

Estella konnte es kaum glauben. »Wirklich?«

»Es sind so viele Anrufe beim Sender eingegangen, dass sie eigens dafür zwei Telefonistinnen einstellen mussten. Fitzsimmons hat auch mit den Leuten von der Eisenbahngesellschaft gesprochen, und sie haben sich einverstanden erklärt, ebenfalls zu helfen. Sie hängen zusätzliche Waggons an den Ghan, um das Futter zu transportieren!«

Estella war überwältigt. »Das ist ja unglaublich!«

Charlie nickte. »Wie es scheint, haben die Farmer im Südosten schon damit angefangen, Futter mit Lastwagen nach Adelaide zu schicken, und die Leute in den Flinders-Hügeln bringen es nach Port Augusta, wo es in den Zug nach Marree verladen wird. Murphy hat angeboten, nach Marree zu fliegen, um dort alles zu koordinieren. Ich habe über Funk mit Hattie gesprochen. Sie hält an der Versorgungsstation Mungerannie Essen für die Kamelführer und Wasser für die Kamele bereit. Damit ist alles organisiert!«

Estella fühlte, wie ihr Freudentränen in die Augen traten. »Wann wird das Futter hier eintreffen?«

»Von Marree nach hier wird es eine Woche brauchen, also müsste es ungefähr ein bis zwei Tage nach den Rennen ankommen. John Fitzsimmons wird persönlich von hier berichten und so lange bleiben, bis das Futter da ist. Er möchte die Farmer interviewen und deren Reaktion auf die Großzügigkeit der Menschen aus dem Süden einfangen.«

Estella war überwältigt. »Was für wundervolle Neuigkeiten,

Charlie!« Sie dachte an Annie und all die anderen, die in der gleichen verzweifelten Lage waren. »Das Futter wird viele Rinder vor dem Verhungern bewahren!«

»Wir könnten es während des Balls verkünden«, schlug Charlie vor.

Estella wirkte nicht sehr begeistert. »Können wir das nicht ohne großes Aufheben bekannt machen?«

Charlie lachte. »Ich möchte gern die Blicke der Farmbesitzer sehen, wenn sie hören, was du für sie getan hast.«

»Ich möchte keinen Dank dafür, Charlie. Außerdem warst du es, der alles organisiert hat.«

»Aber es war deine Idee!«

Seufzend meinte Estella: »Es ist schon schlimm genug, dass alle mich wegen meines Erfolges bei Stargazer für eine Heldin zu halten scheinen – das reicht vollkommen. Ich wollte nur Leuten wie Annie und Teddy helfen und brauche keine Lobeshymnen.«

»Ah, eine bescheidene Heldin!« Charlie lachte. »Das wird den Reportern besonders gut gefallen.«

Wieder stöhnte Estella auf.

»Ach ja, beinahe hätte ich's vergessen: Wir erwarten auch Zeitungsreporter.«

19

In den Tagen vor den Picknick-Rennen war Kangaroo Crossing kaum wiederzuerkennen. Es waren ebenso viele Menschen wie Fliegen in die Stadt eingefallen, und noch immer strömten neue Massen herbei. Entlang der Hauptstraße waren Stände aufgebaut worden, um alle versorgen zu können, die provisorischen Ställe an der Rennstrecke beherbergten die Teilnehmer der sieben verschiedenen Wettbewerbe. Charlie erzählte Estella, dass einige Zuschauer zum Abschluss der Veranstaltung zu einem Wettlauf gegeneinander antraten – zum Vergnügen aller, weil die meisten dann bereits sturzbetrunken waren. Estella lächelte, doch so sehr sie es sich wünschte, die richtige Stimmung wollte sich bei ihr einfach nicht einstellen.

Das Crossing Hotel besaß sechs Gästezimmer, die Charlie zu einem Spitzenpreis vermietet hatte, kaum dass die Neuigkeit von Stargazers Comeback bekannt geworden war. Die anderen Zuschauer hatten entlang den Straßen Zelte aufgeschlagen oder einfach ihre Matten dort ausgerollt, wo es ihnen gefiel. Die Zelte gehörten meist Familien mit Kindern, während die Farmarbeiter, Scherer und Viehtreiber neben ihren Pferden oder Fahrzeugen unter freiem Himmel schliefen. Die herbeiströmenden Menschenmassen sorgten in der Stadt für ein spezielles Problem: Die Toiletten im Hotel waren für Frauen und Kinder reserviert, die Männer mussten sich in den Busch hocken. Um genug Essen bereitstellen zu können, hatte Charlie vier Frauen zum Kochen eingestellt: Marjorie Waitman, Conny Gee und zwei Schwestern von der *Wilga Station.*

Mehrmals klopfte jemand an Estellas Tür, um zu fragen, ob sie ein Zimmer vermieten wollte. Meist waren es Männer, die einen betrunkenen Eindruck machten. Einige davon kamen recht unverschämt daher, sodass Estella höflich, aber bestimmt verneinte. Erst jetzt wurde ihr bewusst, dass sie sich schon an die Einsamkeit und den Frieden in Kangaroo Crossing gewöhnt hatte und es störend fand, von lauten, zum Teil rüpelhaften Menschen umgeben zu sein.

Als Estella morgens aus dem Haus trat, überraschte sie einige Kinder dabei, wie sie aus ihrem Tank Wasserkanister füllten.

»He!«, rief sie, und die Kinder rannten Hals über Kopf davon. Estella eilte zum Tank und drehte den Hahn zu. »Ihr hättet wenigstens fragen können«, rief sie verärgert.

»Sie werden wohl den Hahn herausnehmen müssen«, meinte Marty von der Koppel aus.

Estella wandte sich um und sah ihn an. »Das wäre dann doch ein wenig gemein.«

»Wenn Sie es nicht tun, haben Sie bald kein Wasser mehr«, gab er zu bedenken, während er sorgfältig Stargazers Hufe untersuchte. Er hatte das Wasser für den Hengst in Fässern hergebracht, wofür Estella ihm sehr dankbar war, denn sie wusste, dass er Recht hatte: Jeden Tag befürchtete sie, das Wasser in ihrem Tank könne zur Neige gehen, denn jeder Tag zog ebenso blau, wolkenlos und staubtrocken herauf wie der vorangegangene.

»Sie brauchen kein schlechtes Gewissen zu haben, wenn Sie das wenige Wasser, das Ihnen bleibt, nicht mit anderen teilen wollen. Der Tankwagen ist in der Stadt, und alle können kaufen, so viel sie brauchen.«

Estella war erleichtert, denn sie hatte tatsächlich ein schlechtes Gewissen gehabt. Sie schauderte bei dem Gedanken, dass die Kinder vom Durst gepeinigt wurden, doch sie hatte kein Geld, um Wasser zu kaufen. Deshalb würde sie den Hahn tatsächlich vom Tank abschrauben müssen.

Sie ging zu Marty hinüber und sah zu, wie er Stargazer bürstete. Dessen Fell glänzte im Morgenlicht. Jedes Mal, wenn ihr Blick auf den Hengst fiel, fühlte sie Stolz in sich aufsteigen – doch dieser wurde sofort von Unbehagen überschattet, wenn sie an das Rennen dachte. Sie sah, dass Marty den Hengst schon gefüttert und geritten hatte, und sie fand, dass er sehr entspannt wirkte – im Gegensatz zu Marty, dessen innere Anspannung sich in weit ausholenden Bürstenschwüngen entlud.

»Sind Sie nervös wegen des Rennens?«, fragte Estella.

Er hielt einen Moment inne und sah sie an. »Ich ... habe heute zu viel Energie und weiß nicht, wohin damit«, erwiderte er. »Heute Nacht habe ich kaum ein Auge zugetan, also bin ich um halb fünf hierher gekommen und habe mit Stargazer ein leichtes Training absolviert. Morgen mache ich's genauso.« Er sagte ihr nicht, wie sehr er es genossen hatte, früher als sonst die Strecke entlangzupreschen. Es war weit und breit niemand zu sehen gewesen; Mondlicht hatte die Bahn erleuchtet, und statt des heißen Windes hatte eine kühle Brise sein Gesicht gestreichelt. Er war gerade fertig gewesen, als die Sonne den Saum des Himmels rosa färbte und die anderen Teilnehmer des Wettbewerbs zum Training auf die Rennstrecke geritten kamen.

»Stargazer ist sehr sensibel«, fuhr Marty fort, »und ich glaube, er weiß genau, was vor sich geht. Ein-, zweimal hat er vor einem Rennen Magenprobleme gehabt, aber das lag wohl nur an der allgemeinen Aufregung und den lärmenden Menschenmassen.«

»Wirklich?« Estella war sicher, dass Stargazer Martys Unruhe spürte und dass eher Marty vor dem Rennen einen nervösen Magen hatte. »Das ist ungewöhnlich, aber ich werde ein Auge darauf halten.«

»Sie massieren ihn doch vor dem Rennen, nicht wahr, Estella?«

»Ja, natürlich. Es wird ihn entspannen, seine Muskeln müssen warm und gut durchblutet sein. Vielleicht brauchen Sie selbst auch eine Massage, Marty?«

»Ich wünschte, es wäre schon vorbei.«

Da bist du nicht der Einzige, dachte Estella. Ihr wurde schon flau, wenn sie nur über das Rennen sprach.

»Noch einmal vielen Dank für alles, was Sie getan haben! Ich muss jetzt gehen, Phyllis braucht im Geschäft meine Hilfe. In den nächsten Tagen werden wir einen großen Ansturm erleben!«

Als Marty fort war, machte Estella sich daran, den Wassertrog zu scheuern. Sie wusste nicht, wo Mai und Binnie steckten, doch es war nicht ungewöhnlich, dass die beiden Stunden oder sogar Tage fortblieben. Wenn sie dann wieder auftauchten, gaben sie keinerlei Erklärung ab. Zuerst hatte Estella dieses ungeplante Leben beunruhigend gefunden, inzwischen aber machte sie sich keine Sorgen mehr darum. Mai und ihre Tochter waren Nomaden und lebten von dem, was das Land ihnen gab. Estella bewunderte sie sehr dafür. Für gewöhnlich aßen sie nur eine richtige Mahlzeit am Tag – wenn man halb rohes Fleisch mit Resten von Fell oder Federn so nennen konnte. Früh am Morgen ernährten sie sich von Wüstentrauben und murmelförmigen Mulga-Galläpfeln. Die Maden darin seien das Beste, behauptete Mai, doch das konnte Estella nicht locken. Sie hatte Mai und Binnie auch schon rote Mulga-Läuse essen sehen – kleine Insekten, die an den Ästen der Mulgasträucher lebten. Sie sonderten einen Honigsaft ab, um sich zu schützen. Mai und Binnie saugten die Läuse direkt von den Ästen herunter. Mittags rasteten sie dann im Schatten unter Bäumen und sammelten Kraft für den Abend, wenn Mai auf die Jagd ging. In der Stammesgemeinschaft waren es die Männer, die Kängurus, Goanna-Eidechsen oder Emus jagten, doch Mai lebte zwischen den Kulturen. Wenn sie mit Binnie allein war, sorgte sie für Fleisch. War sie bei ihrem Stamm, sammelte sie mit den anderen Frauen Beeren und Feuerholz, während die Männer auf die Jagd gingen. Estella hatte Mai und Binnie schon öfter Essen angeboten, doch sie waren misstrauisch gegenüber allem, was aus Dosen kam.

Estella hatte bemerkt, dass der Dingo verschwunden war, doch sie konnte ihn verstehen: Unter den Besuchern des Pferderennens befanden sich einige Cowboys, und auf den Farmen wurden Dingos als Plage betrachtet und bekämpft. Damit hatte er sicher schon seine Erfahrungen gemacht.

Als der Trog sauber war, wandte Estella sich um – und stand Murphy gegenüber, der draußen an der Umzäunung lehnte und sie beobachtete. Sie fragte sich, wie lange er schon dort stehen mochte. »Hallo, Estella«, sagte er.

»Guten Morgen«, erwiderte sie, erstaunt, ihn zu sehen. Sie waren einander seit Tagen nicht begegnet.

»Jemand hat im Krankenhaus über Funk um Ihre Hilfe gebeten«, erklärte er. »Sie werden auf der *Yattalunga Station* gebraucht.«

»Weswegen?«

»Einer von Ralph Talbots Hütehunden hat ein Ekzem, mit dem sie nicht fertig werden. Aber wir brauchen nicht sofort hinzufliegen. Ralph meinte, nach dem Rennen wäre früh genug.«

Estella schüttelte den Kopf. Sie dachte an das arme Tier, das bestimmt unter Juckreiz litt. »Denkt eigentlich ganz Australien an nichts anderes mehr als an dieses Rennen?«

»Ich fürchte, so ist es. Sie lieben ihre Champions, und Stargazer ist ganz sicher einer.«

»Nicht auch noch Sie!«

Murphy grinste, und Estella fragte sich wieder einmal, ob er sich über sie lustig machte. »Ralph hätte den Hund in die Stadt gebracht, aber er schafft es in diesem Jahr nicht. Sie sind noch nicht fertig mit der Schafschur, und es wartet schon ein Käufer auf die Wolle. Es ärgert ihn sehr, dass er das Rennen versäumt, aber Yattalunga ist eine der Farmen, die am weitesten von der

Stadt entfernt liegen. Wir könnten am Sonntagmorgen hinausfliegen, wenn Sie mögen.«

»Das passt mir sehr gut.« Estella war froh über diese Möglichkeit, aus der Stadt herauszukommen.

»Gehen Sie heute Abend zum Ball?«

»Ich glaube nicht.« Sie sah, dass er ein wenig überrascht war, doch sie hatte wenig Lust, lange Erklärungen abzugeben. »Und Sie?«

»Ich glaube schon.« Er senkte den Kopf und trat mit der Schuhspitze in den Staub.

»Das klingt nicht sehr begeistert.«

Murphy blickte auf Stargazer, ohne ihn wirklich zu sehen. Nicht zum ersten Mal hatte Estella das Gefühl, dass er an etwas in seiner Vergangenheit dachte – etwas, das ihn quälte. »Ich habe schon seit Jahren keine echte Begeisterung mehr empfunden«, sagte er.

Einen Augenblick war Estella versucht, ihn nach dem Grund zu fragen, fürchtete aber, dass sie dann etwas Schlimmes zu hören bekam. Und was sie mit James erlebt hatte, war schlimm genug gewesen. Sie wollte nichts über Murphys frühere Fehltritte als bester Freund, Liebhaber oder Ähnliches hören.

»Tja, ich gehe jetzt besser«, meinte Murphy, der ihre innere Abwehr spürte. »Ein paar Treiber veranstalten ein Rodeo, und Charlie braucht sicher meine Hilfe in der Bar.« Damit wandte er sich ab und ging mit hängenden Schultern davon, als trüge er die Last der ganzen Welt.

Als Estella auf die vordere Veranda trat, wanderte ihr Blick über ein Meer von Zelten zwischen ihrem Haus und der Adelaide Street. In den vergangenen Tagen war ihre Anzahl allmählich gestiegen, doch sie konnte kaum glauben, wie viele in dieser Nacht hinzugekommen waren. Zwischen den Zelten brannten Lagerfeuer, deren Rauch nach Eukalyptus duftete.

Er vermischte sich mit dem Geruch nach warmem Brot, schmorenden Lammkoteletts und frisch aufgebrühtem Tee. Die Luft war aufgeladen mit Spannung, die Estella wie eine bleischwere Last empfand. Sie blickte zur Hauptstraße hinüber und sah Afghanen mit kunstvoll gewickelten Turbanen, die ihre Kamele die Straße entlangführten. Sie schienen soeben aus Marree angekommen zu sein und hatten also einen endlos langen Weg hinter sich, um an den Rennen teilzunehmen. Die Tiere kamen Estella riesig vor. Trotzdem besaßen sie eine natürliche Anmut und etwas Majestätisches, dem auch die seltsam runden Knie, die wilden Blicke und der ungelenke, steife Gang keinen Abbruch taten.

Als Estella das Geräusch eines Flugzeugmotors hörte, beschattete sie die Augen mit den Händen und blickte zum Himmel. Sie sah eine kleine Maschine einschweben und am anderen Ende der Hauptstraße landen. Als sie aufsetzte, hüllte sie die Stadt und die Zeltenden in eine rote Staubwolke. Das Flugzeug rollte neben den drei anderen Maschinen aus, die bereits am Hotel standen. In einer war John Fitzsimmons angereist; in einer zweiten seine Radioreporter und die Ausrüstung. Das dritte Flugzeug hatte einige Journalisten eingeflogen, und Estella mochte gar nicht darüber nachdenken, wer wohl in diesem vierten saß, das soeben gelandet war. Sie hoffte, dass es sich um einen reichen Schafzüchter aus den Kimberley-Bergen oder von der Golfküste handelte und dass nicht noch mehr Journalisten in die Stadt kamen.

Estella konnte noch immer nicht fassen, dass die Picknick-Rennen von Kangaroo Crossing ein solches Interesse fanden. Natürlich war in diesem Jahr Stargazer die Hauptattraktion. Er sah fantastisch aus, kräftig und gesund, und trotzdem bereute Estella es beinahe, so ehrgeizig gewesen zu sein. Wie hatte sie nur behaupten können, Stargazer werde in diesem Jahr den Cup gewinnen?

Estella blieb fast den ganzen Tag im Haus und hielt sich von den lärmenden Menschenmengen fern. Sie wollte vor allem John Fitzsimmons und den Journalisten aus dem Weg gehen. Als es wieder einmal an der Vordertür klopfte, ging sie davon aus, dass es jemand war, der um ein Zimmer bitten wollte, und öffnete gar nicht erst.

Gleich darauf streckte Dan Dugan den Kopf durch den Spalt an der Hintertür. »Da sind Sie ja«, meinte er, als er Estella bei einer Tasse Tee am Tisch sitzen sah. »Haben Sie mich nicht klopfen gehört?«

»Doch, aber ich dachte, es sei wieder ein Betrunkener, der eine Bleibe sucht.«

Dan lächelte. »Ich bin nüchtern, das schwöre ich. Und ich brauche auch kein Zimmer.«

Estella erwiderte sein verlegenes Lächeln. »Den ganzen Tag hat es immer wieder geklopft.«

»Sie sollten ein Schild an die Tür hängen, wie alle anderen in der Stadt.«

»Nächstes Jahr werde ich daran denken!« Sie hatte die Worte kaum ausgesprochen, als sie erschrak. Hatte sie wirklich »nächstes Jahr« gesagt? Vor ein paar Monaten noch hatte sie geglaubt, ihr Leben sei wohl geordnet und auf lange Sicht geplant. Alles war ihr fest gefügt und sicher erschienen: Sie hatte ein Heim gehabt, einen Ehemann und, wie sie glaubte, eine strahlende Zukunft. In den wenigen Minuten, in denen James ihr mitgeteilt hatte, dass er die Scheidung wollte, hatte sich alles für sie geändert. Jetzt war sie nicht einmal mehr sicher, was die nächste Woche bringen würde – vom nächsten Jahr ganz zu schweigen.

Sie musterte Dan und meinte: »Sie sehen gut aus.« Er war glatt rasiert, ordentlich gekämmt, und er trug eine schwarze Lederhose und ein weißes Hemd. Zwar fehlte die Krawatte, doch Estella konnte den Männern keinen Vorwurf machen. Es war einfach zu heiß. Sie selbst ertrug nicht einmal den Gedanken an Nylonstrümpfe.

»Vielen Dank. Aber warum sind Sie nicht für den Ball umgezogen, Estella?«

»Ich hatte eigentlich nicht vor, mich dort blicken zu lassen.«

Dan wirkte enttäuscht. »Warum nicht? Wir könnten doch gemeinsam hingehen. Natürlich nur, wenn Sie nicht eigentlich lieber allein ...«

»Das ist nicht der Grund.« Estella mied Dans Blick. Er würde nicht verstehen, wie sehr sie ihre Rolle als Heldin satt hatte; es würde ihm wahrscheinlich kindisch erscheinen.

Dan musterte sie forschend. »Aber Sie können doch nicht das einzige gesellschaftliche Ereignis der Stadt versäumen«, meinte er. »Sicher sind Sie glanzvolle Partys und Bälle gewöhnt, und das hier ist natürlich kein Vergleich. Aber es gibt Musik und Tanz, und bis zum nächsten gesellschaftlichen Großereignis wird es noch lange dauern.«

»Ich weiß, aber ...«

»Sie brauchen sich keine Sorgen wegen passender Kleidung zu machen. Hier im Busch können Sie fast alles tragen. Vielleicht sollte ich Ihnen besser sagen, dass einige Herren sich am späteren Abend die Hemden *und* Hosen vom Körper reißen, wenn niemand sie daran hindert. Aber das geschieht für gewöhnlich erst weit nach Mitternacht.«

Estella verzog das Gesicht. »Ich habe im Moment schon Schwierigkeiten, die Augen länger als bis zehn Uhr abends offen zu halten. Diese Attraktion würde ich also in jedem Fall versäumen.« In London hatte sie mühelos bis in die frühen Morgenstunden durchgehalten, aber dort war es auch nicht so heiß – und außerdem war sie nicht schwanger gewesen.

»Im nächsten Jahr werden Sie ein Baby haben, um das Sie sich kümmern müssen. Wenn ich Sie wäre, würde ich jetzt meine Freiheit noch einmal genießen!«

Estella blickte ihn an. »Sie haben Recht«, gab sie schließlich zu. »Das könnte meine letzte Gelegenheit zum Ausgehen sein.«

Sie freute sich sehr darauf, ihr Baby im Arm zu halten. Doch zusammen mit ihrem plötzlichen, unerwünschten Ruhm und der Aussicht, ihr Kind allein aufziehen zu müssen, schien ihr die Zukunft manchmal wie eine drohende dunkle Wolke, die auf sie zukam.

Dan sah, dass sie noch immer nicht glücklich wirkte. Er hätte sie gern auf andere Gedanken gebracht, wusste aber nicht, wie er es anstellen sollte.

»Wollen Sie diesem Reporter und den Journalisten aus dem Weg gehen?«

Estella nickte. »Ich möchte nicht, dass so viel Aufhebens um Stargazers Heilung gemacht wird, Dan. Wir haben viel bei ihm erreicht, und jetzt erwarten alle, dass er dieses Rennen gewinnt. Aber wenn nicht ...«

»Wenn nicht, werden die Leute schnell darüber hinwegkommen. Die Aufregung um Stargazer hat sie für kurze Zeit von der Dürre abgelenkt, und das ist gut so. Ich sehe und höre jeden Tag, was die Trockenheit anrichtet. Wenn die Farmer aufgeben müssen, verlieren nicht nur die Viehtreiber und Farmarbeiter ihre Arbeit; die Familien verlieren ihr Zuhause, wo sie ihre Kinder großgezogen haben und wo vielleicht sie selbst und schon ihre Väter aufgewachsen sind. Und auch die Stadt leidet darunter, vor allem Charlie und Marty. Und wenn immer weniger Menschen das Krankenhaus nutzen, wird die Regierung es schließen – und diejenigen, die hier bleiben, stehen ohne jede medizinische Betreuung da.«

»Ich verstehe schon, Dan. Aber meine Besorgnis wird dadurch nicht geringer. Wenn Stargazer nicht siegt, werden alle hier das Gefühl haben, ich hätte sie im Stich gelassen, und das könnte ich nicht ertragen. Leute wie Annie Hall werden ihr Geld auf Stargazer setzen – und Annie kann es sich nicht leisten, das wenige Geld zu verlieren, das sie besitzt, wie viele andere auch.«

»Sie haben ganz sicher niemanden im Stich gelassen, Estella«, meinte Dan beruhigend. Er setzte sich ihr gegenüber an den Tisch und hätte gern ihre Hand genommen, hielt sich jedoch zurück, um nicht aufdringlich zu erscheinen. »Alle sind dankbar, was Sie für Stargazer getan haben. Noch vor ein paar Monaten schien es am gnädigsten, ihn zu erschießen und seinem Leiden ein Ende zu bereiten. Und jetzt? Er ist ein Bild von einem Hengst und kann sogar wieder Rennen laufen! Kangaroo Crossing und die ganze Gegend hat ihren Champion zurück! Ob er nun gewinnt oder nicht, alle freuen sich riesig auf morgen. Und Marty habe ich lange nicht mehr so voller Energie und Lebensmut gesehen. Was Sie für ihn und Stargazer getan haben, würde ich am liebsten all meinen Patienten verschreiben. Ich finde, dass Sie das allgemeine Lob vollauf verdient haben, also nehmen Sie es an!«

»Sie finden mein Verhalten lächerlich, nicht wahr?«

»Absolut nicht. Sie sind schwanger, und da ist es ganz normal, wenn Sie empfindlicher sind als sonst.«

Estella seufzte. »Ich hätte nie gedacht, dass ich das einmal sagen würde, aber ... ich hatte gerade angefangen, die Ruhe hier zu genießen. Ich wünschte, die vielen Leute würden von hier verschwinden.«

Lächelnd erwiderte Dan: »Auch das ist normal für schwangere Frauen. Es gibt dafür zwar keine wissenschaftliche Erklärung, aber Schwangere sind empfindlich gegen jede Art von Lärm.«

»Zu viel Ruhe ist auch nicht gut. Dann habe ich zu viel Zeit, über die Vergangenheit nachzugrübeln und mir Sorgen um die Zukunft zu machen«, sagte Estella.

Dan lächelte sie an. Die Aussicht, ihr Kind allein großzuziehen, musste ihr Sorgen bereiten, vor allem in einer so abgelegenen Stadt mitten im Busch. Er bewunderte ihren Mut, fragte sich jedoch gleichzeitig, ob ihr Entschluss, nach Kangaroo Crossing zu ziehen, nicht vielleicht – wie bei ihm – eher ein Akt der Verzweiflung gewesen war.

»Also gut, gehen wir eine Weile zu dem Ball«, fuhr Estella fort und fügte in einem plötzlichen Impuls hinzu: »Aber Sie werden hoffentlich nicht zu viel Bier ...« Sie stockte, weil ihr die eigenen Worte nach Dans Freundlichkeit boshaft erschienen.

Dan schüttelte den Kopf. »Ich werde keinen Alkohol anrühren, Estella, wenn Sie mir versprechen, mich dafür auf der Tanzfläche zu entschädigen.«

»Einverstanden. Geben Sie mir ein paar Minuten, um mich herzurichten?«

»Natürlich. Lassen Sie sich ruhig Zeit.«

Estella steckte sich die Haare hoch und zog eines ihrer hübschesten Kleider an. Um die Taille herum saß es schon ein wenig eng, doch ihr gefiel der weit schwingende Rock, und der blassgrüne Stoff passte wundervoll zu ihren Augen und den dunklen Haaren.

»He!«, rief Dan, als sie wieder erschien. »Sie sehen wunderhübsch aus!«

»Vielen Dank«, gab sie zurück. Sie hatte fast schon vergessen, wie es war, Komplimente zu bekommen, und für ihr angeschlagenes Selbstbewusstsein tat es Wunder. »Auch dafür, dass Sie mich zu dem Ball mitnehmen, muss ich Ihnen danken«, fügte sie hinzu, denn allein wäre sie nicht gegangen.

»Es ist mir ein Vergnügen«, erwiderte Dan und musterte sie noch einmal von oben bis unten. Ihr entging weder das Leuchten in seinen Augen noch der Stolz in seiner Stimme.

»Wir werden wahrscheinlich einiges Aufsehen erregen, weil wir zusammen erscheinen«, meinte sie.

Dan zuckte mit den Schultern. »Mich stört es nicht – wenn es Sie nicht stört«, entgegnete er und grinste dabei wie ein Schuljunge.

»Es wundert mich, dass Sie sich von Ihrem Dienst im Krankenhaus freimachen konnten.«

»Betty und Kev behalten dort für ein paar Stunden alles im

Auge. Beim Rodeo hat es keine schlimmen Verletzungen gegeben, und Betty lässt mich sofort rufen, falls es heute Abend einen Notfall geben sollte. Allerdings bezweifle ich das sehr. In den letzten Jahren hatten wir nie mehr als ein paar Schnitt- und Schürfwunden durch kleine Unfälle in betrunkenem Zustand zu behandeln.« Er zwinkerte ihr zu, und beide dachten daran, dass Dan solche »kleinen Unfälle in betrunkenem Zustand« nicht fremd waren.

Als sie sich dem früheren Jockey-Club näherten, wurde es bereits dunkel. Neben dem Gebäude brannte ein riesiges Lagerfeuer, um das die Aborigine-Viehtreiber und einige der weißen Arbeiter saßen und tranken. In den tanzenden Schatten sah Estella Kinder, die Fangen spielten und dabei immense Staubwolken aufwirbelten. Auf dem Weg zur Tür wurde Dan mit fröhlicher Begeisterung begrüßt. Estella wurde von den Leuten, die sich am Eingang drängten, mit Kopfnicken und zurückhaltendem Lächeln empfangen. Sie wusste, dass alle an Stargazers Comeback dachten.

Der Schalter des Postamtes und die Bankpulte waren an die Wand geschoben und zugedeckt worden, um Platz für eine Tanzfläche zu schaffen. Auf einer improvisierten Bühne saßen Musiker, die Gitarre, Geige, Mundharmonika und Trommel spielten und sogar mit Löffeln musizierten. Ein Mann, den Estella nie zuvor gesehen hatte, sang dazu. Er hatte eine gute Countrymusic-Stimme.

»Guten Abend, Estella!«, rief Marjorie Waitman, die mit einem Tablett voller Getränke vorüberkam. Sie blickte Dan fragend an, doch er ignorierte sie.

»Ich hatte nicht damit gerechnet, dass Sie kommen«, sagte jemand.

Estella drehte sich um und stand Murphy gegenüber. Sein Blick war schon leicht getrübt, er wirkte nicht allzu erfreut darüber, Dan zu sehen.

»Dan hat mich überredet«, erwiderte Estella, doch Murphy antwortete nicht.

»Wollen wir tanzen?«, bat Dan. Estella nickte, und schon zog er sie in seine Arme. Die Tanzfläche war überfüllt. Estella bemerkte mit leichtem Unbehagen, dass Murphy sie beobachtete. Doch während sie dahinglitten, spürte sie auch zum ersten Mal die festliche Stimmung um sie herum. Dans Worte fielen ihr wieder ein, und ihr wurde klar, dass die Stimmung nicht nur mit Stargazer zu tun hatte: Für ein paar Stunden vergaßen die Farmer, deren Frauen und die Arbeiter die alles verheerende Dürre und hatten einfach ihren Spaß.

Nach mehreren Tänzen erklärte Dan, er werde für sie beide Limonade holen. Estella wartete am Rand der Tanzfläche auf ihn. Sie wäre gern ins Freie gegangen, denn die Luft im überfüllten Raum war heiß und stickig.

»Guten Abend, Estella!«, sagte plötzlich Phyllis neben ihr. »Tut mir Leid, dass ich in der letzten Zeit nicht zu dir herübergekommen bin, aber Dad und ich wurden im Laden von Kunden förmlich überrannt!«

»Du brauchst dich nicht zu entschuldigen, Phyllis, ich verstehe dich gut. Ich war selbst sehr beschäftigt.«

»Das ... äh, habe ich gehört.«

Phyllis kam Estella ungewöhnlich angespannt vor.

»Stimmt was nicht? Du wirkst irgendwie besorgt.«

»Nein, nein, alles in bester Ordnung.« Phyllis blickte sich um. »Du hast nicht zufällig gesehen, wo Murphy ist?«

»Nein, aber er ist vor ein paar Minuten hier vorbeigekommen.«

Wieder warf Phyllis Estella einen seltsamen Blick zu und verabschiedete sich dann. Sie war erst kurze Zeit fort, als jemand Estella auf die Schulter tippte: Murphy.

»Phyllis sucht Sie«, sagte Estella.

Murphy wirkte nicht sehr interessiert. »Wollen wir tanzen?«, fragte er und nahm ihre Hand. Estella zögerte. Sie konnte Murphys Stimmung nicht einschätzen; außerdem wollte sie nicht, dass Dan zurückkam und sie nicht wiederfand. Sie hatte ihm versprochen, mit ihm zu tanzen, und sie wollte ihr Versprechen halten.

»Ich warte auf ...« Doch bevor sie den Satz beenden konnte, fand sie sich in Murphys Armen auf der Tanzfläche wieder. Er war größer als Dan und zog sie enger an sich, sodass sie aufblickten musste, um in sein Gesicht zu sehen. Er schaute sie unverwandt an und wirkte sehr ernst. Estella fragte sich, ob er sich mit Phyllis gestritten hatte, wollte ihn aber nicht fragen. Während sie über die Tanzfläche wirbelten, hielt Estella nach Dan Ausschau. Sie wusste, dass sie ihn nicht lange allein lassen durfte, denn die Versuchung, Alkohol zu trinken, war zu groß für ihn. Immer wieder blickte Estella in die unbekannten Gesichter, ohne zu bemerken, dass Murphy sie beobachtete.

»Sie haben in den letzten Wochen viel Zeit mit Dan verbracht«, meinte er irgendwann.

Wieder diese Mutmaßungen! »Ja, wir sind gute Freunde geworden«, gab Estella zurück.

Murphy presste die Lippen zusammen, erwiderte jedoch nichts. Plötzlich sah Estella Dan mit zwei Gläsern Limonade in den Händen an einer Seite der Tanzfläche stehen. Sie lächelte ihm zu, doch er wirkte unruhig. Während sie in Murphys Armen weiter dahinglitt, verlor sie Dan aus den Augen, und als sie wieder an der Stelle vorüberkamen, an der er gestanden hatte, war er verschwunden.

»Oh, verflixt«, sagte Estella. »Tut mir Leid, Murphy, aber ich muss zu Dan.« Sie löste sich von ihm und eilte davon.

Verzweifelt suchte sie nach ihm, konnte ihn aber nirgends entdecken. Murphy blickte ihr hinterher, was Phyllis abschätzend beobachtete. Schließlich fand Estella Dan im Freien, wo er vor dem Feuer stand und in die Flammen starrte. Sein Gesicht war schweißnass. Die Limonadengläser standen auf dem Boden.

»Da sind Sie ja«, meinte Estella. »Es tut mir Leid, Dan.«
»Ich muss zurück zum Krankenhaus«, stieß er hervor.
»Stimmt was nicht?«
»Ich muss gehen, Estella. Soll ich Sie noch nach Hause begleiten?«
»Nein, danke, ich komme schon zurecht.«
»Es tut mir Leid«, sagte er und eilte davon.

Als Dan gegangen war, fühlte Estella sich unter so vielen Fremden plötzlich nicht mehr wohl. Sie hatte das Tanzen sehr genossen, doch jetzt wollte sie nach Hause, wo Ruhe und Stille auf sie warteten. Sie lächelte matt und fragte sich, ob sie wohl auch so empfinden würde, wenn sie noch in London wäre – und vor allem, ob James es verstanden hätte.
»Hallo, Estella!«
Sie stöhnte innerlich auf, als sie Charlies Stimme erkannte. Er war damit beschäftigt gewesen, im Saal Getränke zu servieren; deshalb war es Estella bisher gelungen, ihm aus dem Weg zu gehen. Ihr erster Impuls war, die Flucht zu ergreifen; dann aber wandte sie sich um und beobachtete, wie er auf sie zukam.
»Ich wollte gerade gehen«, sagte sie in der Hoffnung, vielleicht doch noch davonzukommen, aber sie hatte keine Chance.
»Du kannst jetzt nicht gehen. Du hast John Fitzsimmons noch nicht kennen gelernt.«
»Charlie, ich habe wirklich keine Lust, ausgefragt oder interviewt zu werden ...« Estella verstummte. Über Charlies Schulter hinweg sah sie einen Mann auf sich zukommen, der sich schon durch sein Äußeres von den anderen Ballbesuchern abhob. Sie ahnte, dass es sich um John Fitzsimmons handeln musste. Der Mann war groß und schlank, besaß sehr dunkles Haar und ein schmales Gesicht, für das seine Nase viel zu breit war. Inmitten all der zwanglos gekleideten Einheimischen und Farmer ließ der schwarze Anzug ihn wie einen Unternehmer

oder Geschäftsmann aussehen. Er lächelte Estella zu, kaum dass ihre Blicke sich getroffen hatten, und begrüßte sie mit einer tiefen Baritonstimme, die fürs Radio wie geschaffen war.

»John, diese junge Dame ist Estella Lawford, unsere Tierärztin«, stellte Charlie sie vor.

»Das dachte ich mir schon«, sagte Fitzsimmons. »Ich freue mich sehr, endlich Ihre Bekanntschaft zu machen, Miss Lawford. Ich hatte schon befürchtet, dass Sie ein Produkt von Charlies Erfindungsgabe sind.«

Estella verzichtete darauf, seine Anrede zu korrigieren. Sie war nicht erpicht auf irgendwelche Fragen über einen Ehemann, der nicht mit ihr zusammenlebte. »Sagen Sie bitte Estella zu mir. Hier im Busch geht es nicht so förmlich zu.« Sie streifte Charlie, der bei ihren Worten eine Augenbraue hob mit einem Seitenblick, ein leichtes Lächeln umspielte seine Lippen.

»Ich würde mich mit Ihnen gern über Stargazer unterhalten«, meinte John.

»Jetzt gleich?«, fragte Estella.

Bevor John antworten konnte, rief einer seiner Leute nach ihm. »Wir haben ein Problem mit der Übertragung«, sagte der Mann.

John wirkte verärgert. Seufzend meinte er: »Hätten Sie etwas dagegen, wenn wir uns ein wenig später unterhielten?«

»Überhaupt nicht«, gab Estella erleichtert zurück.

Als John gegangen war, wandte sie sich an ihren Onkel. »Bitte heute Abend keine feierlichen Ankündigungen mehr, *Onkel* Charlie!«

Es war das erste Mal, dass sie ihn so genannt hatte, und er war ein wenig irritiert. Doch als er sich halbwegs gefasst hatte, wurde ihm klar, dass ihre Anrede ihm gefiel. »Aber ich kann nicht anders, Estella ...«

»O doch. Du kannst wenigstens warten, bis wir mit Sicherheit wissen, dass der Transport Marree verlassen hat. Das wäre doch das Vernünftigste, nicht wahr? Ich mag gar nicht daran denken, dass etwas schief gehen könnte!« Plötzlich füllten ihre Augen sich mit Tränen. Sie wusste selbst, dass sie sehr empfindlich war, doch sie konnte einfach keine weiteren Aufregungen mehr ertragen.

Charlie seinerseits entdeckte sein weiches Herz und gab nach. Er dachte daran, dass sie fast ihr Kind verloren hätte; außerdem hätte Ross von ihm erwartet, dass er sein Bestes für sie tat. »Schon gut, Estella. Ich weiß zwar noch nicht, wie ich es John erklären soll, aber ich werde mir etwas einfallen lassen.« Er bedachte sie mit einem seltsamen Blick, und Estella spürte, dass auch er sehr angespannt war.

»Danke, Charlie. Jetzt muss ich aber wirklich gehen. Ich bin sehr müde.« Bevor er etwas erwidern konnte, war sie fort.

Auf dem Heimweg dachte sie über Dan nach. Sie verstand, dass es schwierig für ihn gewesen war, nicht zu trinken. Er war nur ihretwegen zum Ball gegangen, und das fand sie ebenso rührend wie tapfer. Kurz überlegte sie, ob sie noch zum Krankenhaus gehen sollte, um ihm einen Besuch abzustatten, dann aber sah sie mehrere betrunkene Männer, die einen weiteren stützten in dieselbe Richtung stolpern, und entschied sich dagegen.

Bei Stargazers Stall blieb sie stehen, um den Hengst zu streicheln. »Na, wie geht es dir, mein Junge? Aufgeregt wegen morgen?«

»Er wird in Hochform sein«, sagte jemand, und Estella zuckte erschrocken zusammen. Es war Marty, der auf einem behelfsmäßigen Bett im hinteren Teil des Stalles lag.

»Was tun Sie denn hier?«, fragte Estella.

»Ich behalte Stargazer im Auge.«

»Fürchten Sie, jemand könnte versuchen, ihn außer Gefecht zu setzen?« Daran hatte Estella noch gar nicht gedacht. Da niemand ein großes Preisgeld zu erwarten hatte, erschien ihr dieser Gedanke lächerlich.

»Einen Champion wie Stargazer? Ganz sicher!«

Estella war entsetzt. »Ich habe davon gehört, dass so etwas in großen Städten ab und zu geschieht – aber hier draußen?«

»Hier draußen geht es noch schlimmer zu. Die Ehre einer *station* ist wichtiger als alles andere.«

Allmählich wurde Estella klar, dass sie über die Menschen im Outback noch viel zu lernen hatte.

»Der Schlimmste ist Clem Musgrove von der *Florence Hill Station.* Er hat ein Pferd namens Plumbago gemeldet, von dem er behauptet, er habe es auf dem Pferdemarkt in Melbourne gekauft. Er gibt in der ganzen Stadt damit an, wie schnell, kräftig und ausdauernd es ist. Jetzt stehen Stargazer und Plumbago bei den Wetten fast gleichauf, und wenn Clems Hengst nicht gewinnt, verliert er die Achtung der Leute hier in Kangaroo Crossing *und* in Florence Hill, ganz zu schweigen von seinem Einsatz.«

»Aber Sie können Stargazer nicht die ganze Nacht bewachen, Marty – nicht, wenn Sie ihn morgen reiten wollen!«

»Ich könnte ohnehin kein Auge zutun.«

Estella wusste, dass es keinen Sinn hatte, sich selbst als Wächterin anzubieten. Sie würde garantiert einschlafen. »Haben Sie Mai oder Binnie irgendwo gesehen?«

»Nein, aber sie sind bestimmt draußen im Camp der Aborigines.«

»Wo ist dieses Lager?«

»Südlich von hier, hinter den Sanddünen an der Rennstrecke.«

Estella beschloss, noch einen Spaziergang zu machen. Sie wusste, dass es im Haus erstickend heiß sein würde. Sie wollte Ordnung in ihre Gedanken bringen und dem Lärm der vielen Menschen für eine Weile entfliehen.

»Wir sehen uns morgen früh, Marty. Und bitte ... seien Sie vorsichtig.«

Marty lachte. »Falls jemand herumschnüffeln will, der hier

nichts zu suchen hat, tut er gut daran, sich in Acht zu nehmen!« Er schwenkte einen hölzernen Knüppel, und Estella verdrehte entsetzt die Augen.

20

Als Estella über den lehmigen Boden der Senke vor den Sanddünen spazierte, bemühte sie sich, nicht an die Ereignisse des nächsten Tages zu denken. Doch das war fast unmöglich. Zwar war sie nun fern vom Trubel im Jockey-Club, und es war still und friedlich, doch sie meinte das dumpfe Stampfen galoppierender Hufe zu hören, die Schreie und Rufe der aufgeregten Zuschauer, die ihren Favoriten anfeuerten, den wilden Lärm des Renntags ...

Die Rennbahn, die sich über mehr als eine Meile in Richtung Westen erstreckte, sah im Mondlicht wie eine silberne Straße aus, die zu einem verzauberten Ziel führte. Die Boxen der Besucherpferde befanden sich am anderen Ende in der Nähe der Startlinie, doch Estella konnte sie wegen der Kurve in der Rennstrecke nicht sehen. Sie fragte sich, ob die Besitzer dieser Pferde wohl auch in deren Ställen schliefen, wie Marty es tat.

Estella hatte das Gelände jenseits der Sanddünen noch nie gesehen. Bei ihren Spaziergängen mit Mai waren sie immer nach Norden gegangen, in die Ebene hinter dem Haus oder entlang dem fast trockenen Flussbett des Diamantine River. Deshalb war sie jetzt sehr gespannt. Sie kroch unter dem Geländer hindurch, das die Rennbahn begrenzte, wanderte an knorrigen Bäumen, die die Aborigines nach Mais Worten *wanyu* nannten, vorbei und stapfte dann durch den lockeren Sand die rote Düne hinauf. Oben blieb sie stehen, um Atem zu schöpfen. Sie sah deutlich das riesige Lagerfeuer neben dem

Jockey-Club. Die Düne war zu weit vom Ort entfernt, um Menschen erkennen zu können, man konnte jedoch dunkle Silhouetten am Feuer sehen und den Rauch, der zum silbrig leuchtenden Mond hinaufstieg.

Der Klang der Musik wehte durch die stille Nacht zu ihr hinauf – aus der Entfernung wirkte die Szenerie unwirklich. Estella fühlte sich plötzlich wieder wie die Außenseiterin, die sie war, und es fiel ihr schwer, an eine Zukunft zu glauben. Die Stadt, die Menschen, ihr weiteres Leben – alles erschien ihr mit einem Mal wie eine Illusion, und sie kam sich wie eine unbeteiligte Zuschauerin vor. Es war ein seltsames Gefühl. Während der vergangenen Wochen war sie oft einsam gewesen, doch niemals so isoliert wie in diesem Moment. Estella wünschte sich, das alles sei wirklich nur ein Traum, und sie würde irgendwann aufwachen und sich in ihrem früheren Leben in London wiederfinden, in dem eleganten Haus in Mayfair ... Doch es war kein Traum, und sie würde nicht aufwachen. *Dies hier* war jetzt ihr Leben, und sie musste das Beste daraus machen, um ihrer selbst und des Kindes willen.

Als sie sich umwandte, sah sie hinter sich in einiger Entfernung den Schein eines anderen Feuers. Das musste das Lager der Aborigines sein. Hinter den Sanddünen gab es mehr Bäume und große Felsen; ansonsten wirkte die Landschaft so trocken und unwirtlich wie überall um den Ort herum. Langsam ging Estella weiter und rutschte schließlich die Rückseite der Dünenkette hinunter, wo der Sand noch warm von der Sonne war. Dann schlug sie die Richtung zum Lagerfeuer ein.

Der Mond erhellte das Gelände, und sie setzte vorsichtig einen Fuß vor den anderen. Als sie stehen blieb, um den Sand aus ihren Schuhen zu schütten, huschte etwas vor ihr über den Weg. Es sah wie eine sehr große Maus mit spitzer Nase aus. Das seltsame Geschöpf hielt inne, und Estella beobachtete es fasziniert. Sie hatte alles über australische Beuteltiere und andere nachtaktive Lebewesen gelesen und war sicher, dass es sich um einen Gelbfuß-Antechinus handelte. Sie erinnerte sich, dass dieses Tier sich an der Unterseite von Ästen entlanghangelte, und wenn es eine Beute verspeiste, stülpte es deren Fell säuberlich von innen nach außen.

Etwas später fiel ihr ein kaninchenähnliches Wesen auf, in dem sie sofort einen Bilby erkannte. Es hatte lange Hasenohren, war jedoch größer, mit einer sehr schmalen, spitzen Nase und einem langen schwarzen Schwanz mit weißer Spitze. Sein weiches Fell war bläulichgrau. Als Estella ganz still stehen blieb, begann das Tier zu graben und förderte eine Knolle zu Tage, die es ohne Hast genüsslich fraß.

Estella blickte sich weiter um und stellte fest, dass der Busch um sie her voller nachtaktiver Geschöpfe war. Sie hatte nicht gewusst, dass die Wüste um diese Zeit so voller Leben war, denn über Tag wirkte sie tot und leer. Kängurus und Emus waren für Estella inzwischen ein vertrauter Anblick, doch dann hüpfte eine Opossum-Familie in den nahen Bäumen herum und blickte mit großen, im Mondlicht leuchtenden Augen auf sie herab. Weniger als einen Meter vor ihr lief ein Echidna über den Weg und schenkte ihr so wenig Beachtung, als wäre sie ein Teil der Landschaft. Estella lächelte, denn der Echidna besaß viel Ähnlichkeit mit einem Igel. Der einzige erwähnenswerte Unterschied war die längere und spitzere Nase des Echidna. Das Tier begann mit seinen langen, scharfen Krallen einen Termitenhügel in der Nähe aufzukratzen; gleich darauf ließ es seine klebrige Zunge hervorschnellen und fing mit deren Hilfe die kleinen Insekten ein. Estella sah einen Wombat aus seiner Höhle kriechen und beobachtete, wie er auf Nahrungssuche davontrottete. Wieder musste sie lächeln, denn seine entschlossene Haltung und sein Gang besagten deutlich: »Aus dem Weg – jetzt komme ich!«

Gern hätte Estella das nächtliche Leben im Busch noch länger beobachtet, doch sie musste endlich weiter. Als sie fast bei den Bäumen angekommen war, blieb sie stehen, denn sie meinte, etwas Ähnliches wie eine Katze gesehen zu haben. Atemlos wartete sie darauf, dass das Wesen aus den dunklen Schatten unter den Bäumen hervorkam – und blickte dann bewundernd auf das gefleckte Fell des Tieres. Es hatte die Größe einer Katze, war jedoch rehbraun mit weißen Punkten auf Bauch und Rücken. Der Schwanz war buschig, mit einer weißen Spitze und schmaler Schnauze. Estella beobachtete, wie es einen Grashüpfer fing und ihn zufrieden verspeiste. Sie hatte von den so genannten »Quolls« gelesen, doch niemals damit gerechnet, je ein Exemplar dieser Art zu Gesicht zu bekommen. Es war einer dieser seltenen magischen Momente im Leben, die man am liebsten für immer bewahrte, und Estella fühlte eine tiefe Zufriedenheit in sich aufsteigen. Wenn sie dieses Erlebnis mit jemandem hätte teilen können, wäre ihr Glück perfekt gewesen. Doch sie war allein, und ihr Lächeln schwand gleichzeitig mit dem Gefühl der Verzauberung. Sie legte eine Hand auf ihren Leib und dachte an ihr Kind. Vielleicht würden sie eines Tages einen solchen Augenblick miteinander teilen – und bei diesem Gedanken kehrte ihr Lächeln zurück.

Als sie sich dem Lager der Aborigines näherte, hörte sie Stimmengewirr. Sie wurde nervös und hoffte ängstlich, Mai und Binnie im Lager anzutreffen. Leise ging sie weiter; dann beobachtete sie die Szene, die sich ihr bot, im Schutz eines Mulga-Strauches. Die Männer saßen am Feuer und unterhielten sich; die Frauen und Kinder saßen in einer eigenen Gruppe dahinter. Magere Hunde, die einander anknurrten und nach den anderen schnappten, liefen umher.

Estella stand erst kurze Zeit an ihrem Beobachtungsposten, als einer der Männer plötzlich den Kopf hob und in ihre Richtung blickte, als könne er ihre Anwesenheit spüren. Sie wäre am liebsten davongelaufen, wagte es aber nicht, aus Furcht, Lärm zu machen. Stattdessen hielt sie den Atem an und blieb ganz still stehen. Die Männer konnten sie nicht sehen, denn ein überhängender Ast verdeckte sie, und es drang kein Mondlicht dorthin, wo sie stand. Trotzdem stand der Mann langsam auf, den Blick unverwandt auf den Mulgastrauch gerichtet. Er nahm seinen Speer und rief laut und drohend einige Worte, wobei er genau auf ihr Versteck zeigte. Estella wusste, dass sie zwei Möglichkeiten hatte: Sie konnte flüchten oder sich den Männern stellen. Obwohl sie vor Angst zitterte, beschloss sie, aus ihrem Versteck hervorzutreten.

Verzweifelt hielt Estella nach Mai Ausschau. Ihr Herz klopfte wie rasend, als sie sah, dass Mai sich nicht unter den Frauen befand. Dann aber kam zu ihrer unendlichen Erleichterung Binnie auf sie zugelaufen. Das Mädchen sagte etwas in seiner Sprache, und die Männer schienen sich zu beruhigen. Sie musterten Estella zwar noch immer mit einigem Misstrauen, ließen sich jedoch wieder am Feuer nieder.

Binnie zog die zitternde Estella mit sich zur Gruppe der Frauen. Sie setzte sich auf einen Baumstamm am äußersten Rand ihres Kreises. Die Frauen musterten sie stumm.

»Hallo!«, sagte Estella und lächelte, doch die Aborigines schienen unbeeindruckt. Sie erinnerten sie sehr an Mai – offensichtlich hatten sie keinen Sinn für Höflichkeitsfloskeln. Schließlich begannen sie sich wieder miteinander zu unterhalten, als wäre Estella gar nicht da. Sie wusste nicht, ob das bedeutete, dass die Eingeborenen sie akzeptiert hatten, oder ob sie die weiße Frau ignorierten.

Sie fragte Binnie, wo Mai sei, doch das Mädchen schien es nicht zu wissen, was Estella seltsam und beunruhigend fand. Sie fragte sich, ob Mai wieder getrunken hatte, und dachte voller Furcht daran, was alles geschehen konnte, jetzt, wo so viele Menschen in der Stadt waren. Estella machte sich vor allem Sorgen wegen der Farmarbeiter, von denen die meisten sturzbetrunken waren.

Die Frauen trugen Wickeltücher wie Mai, doch eine von ihnen hatte ihre welken Brüste entblößt, und ein Kind kletterte auf ihren Schoß und begann zu saugen. Estella war ein wenig schockiert, denn das Kind war mindestens drei Jahre alt, doch die Mutter schien völlig unbefangen. Estella fiel auf, dass die Frauen alle klein und untersetzt waren und recht ansehnliche Bäuche hatten, im Verhältnis dazu jedoch sehr dünne Beine. Ihre Fußsohlen wirkten rau und härter als die meisten Schuhsohlen. Die Haare waren ungekämmt und verfilzt, die Nasen breit, doch ihre großen dunklen Augen faszinierten Estella. Sogar diejenigen, die offensichtlich an Augenkrankheiten wie Hornhautgeschwüren litten, schienen bis auf den Grund von Estellas Seele zu schauen, was fast ein wenig furchteinflößend war.

Estella fiel auf, dass drei Männer Hemden und Hosen, jedoch keine Schuhe trugen. Alle anderen hatten sich nur ein Lendentuch um die Hüften geschlungen. Sie vermutete, dass die drei Männer in Hemd und Hose sowohl in der Kultur der Aborigines als auch in der Kultur der Weißen zu Hause waren. Alle saßen mit untergeschlagenen Beinen in einem markierten Kreis und schienen über eine gewichtige Angelegenheit zu reden, in der die Frauen kein Mitspracherecht besaßen.

Estella beobachtete die mageren Hunde auf ihrer Suche nach Futter. Dabei fiel ihr einer auf, der allein am Rand der vom Feuer erleuchteten Fläche lag. Sogar im schwachen Lichtschein sah sie die große Wunde an seinem Hinterbein. Sie stand auf, um das Tier zu untersuchen. Es war eine junge Hündin, wahrscheinlich eine Kreuzung zwischen Haushund und Dingo, denn ihr Fell war sehr hell, fast orangefarben, doch ihr Körper und der ruhige, kluge Blick erinnerten Estella an den Dingo. Die Hündin leckte ihre Wunde, die sich bei näherem Hinsehen als großflächig entzündet erwies.

Estella erkundigte sich bei Binnie, ob jemand sich um das Tier kümmerte, doch die Kleine schüttelte den Kopf und zuckte mit den Schultern, als wäre die Gesundheit der Hündin völlig unwichtig. Estella konnte diese Denkweise nicht begreifen: Die Wunde musste sofort behandelt werden, sonst wurde sie brandig. Sie vermutete, dass sich bereits Fliegenlarven darin eingenistet hatten. Sobald einer der anderen Hunde in die Nähe der verletzten Hündin kam, begann diese ängstlich zu knurren. Im Rudel wurden kranke oder schwache Tiere oft angegriffen. Wenn die anderen Hunde im Lager nicht allzu zahm waren, würden sie die junge Hündin wahrscheinlich töten.

Estella fragte Binnie, ob sie das Tier mit zu sich nach Hause nehmen könne, um es zu behandeln. Beinahe hätte sie versprochen, die Hündin zurückzubringen, doch sie wusste nicht mit Sicherheit, ob das Tier überlebte und ob sie es wirklich zurückgeben *wollte.* Immerhin schien sich kein Mensch im Lager um die Tiere zu kümmern.

Binnie sprach mit einer der Frauen, die aufstand und die Ältesten des Clans fragte. Estella wartete unruhig auf die Antwort. Sie hoffte, dass sie die Mitglieder des Clans mit ihrer Bitte nicht beleidigte. Schließlich stand einer der Ältesten auf. Er blickte Estella an und bedeutete ihr durch eine großzügige Geste seine Zustimmung, sichtlich verwundert, dass sie sich so viel Mühe mit einem Hund machen wollte.

Estella fiel auf, dass die drei Männer in Hemden und Moleskin-Hosen nichts sagten und auch nicht versuchten einzugreifen, und schloss daraus, dass für die Aborigines Hunde nicht wichtig waren – doch sie selbst sah das anders. Sie bat Binnie um ein Seil, doch das Einzige, das die Kleine finden konnte, waren die Reste einer Peitsche, die Estella als Leine benutzte. Dann führte sie die Hündin aus dem Lager. Binnie bat die Ältesten, Estella begleiten zu dürfen. Nachdem diese versichert hatte, sie werde sich um Binnie kümmern, willigten die Ältesten ein.

Die Hündin war schon völlig erschöpft, als sie die Sanddünen erreichten, also nahm Estella sie auf den Arm und trug sie den Rest des Weges. Das Tier war offensichtlich nicht an

Freundlichkeit gewöhnt und leckte ihr Gesicht und Hände. Als sie Estellas Haus erreichten, legte sie die Hündin in einen der Zwinger und holte eine Öllampe, um besser sehen zu können. Sie gab dem Tier kleine Stücke Dosenschinken, um sein Vertrauen zu gewinnen, während sie mit einer chirurgischen Pinzette Maden und Insektenlarven aus der offenen Wunde entfernte, die sie anschließend mit einer antiseptischen Lösung reinigte.

Estella schrak zusammen, als plötzlich Marty und Mai vor ihr standen. Sie hatte angenommen, dass Marty friedlich in Stargazers Stall schlief. Mai schien am Rande eines Nervenzusammenbruchs zu stehen.

»Was ist passiert?«, fragte Estella alarmiert.

»Mai hatte Angst, Binnie sei etwas zugestoßen«, erklärte Marty atemlos. »Wo haben Sie das Mädchen gefunden?«

Estella beobachtete, wie Mai ihre Tochter in die Arme schloss, vor Erleichterung schluchzend. Mai schwankte bedenklich; offensichtlich war sie betrunken.

»Binnie war im Lager der Aborigines«, sagte Estella. »Wusste Mai denn nichts davon?«

Marty schüttelte den Kopf. »Anscheinend glaubte sie, einer der Farmarbeiter habe die Kleine mitgenommen.«

»Wie ist sie darauf gekommen?«

»Soweit ich es aus ihr herausbekommen konnte, hat es ihr offenbar einer der Arbeiter aus Wilga erzählt.«

»Dann hat er sich einen bösen Scherz mit ihr erlaubt!«, sagte Estella aufgebracht.

Marty zuckte die Schultern und ging zu Stargazers Stall, um nach dem Hengst zu sehen. »Sie haben niemanden hier herumschleichen sehen, als Sie kamen, nicht wahr?«, rief er über die Schulter.

Estella hörte die Besorgnis in seiner Stimme. »Keine Menschenseele!«

Sie blieb fast die ganze Nacht an der Seite der Hündin. Nach der Behandlung der Wunde spritzte sie ihr ein Antibiotikum, gab ihr noch etwas von dem Schinken und trug immer wieder antiseptische Lösung auf. Kurz vor Tagesanbruch und dem unvermeidlichen Einfall tausender von Fliegen deckte sie die Wunde ab, damit diese sich nicht weiter infizierte; dann ging sie endlich schlafen. Estella war nicht sicher, ob sie das verletzte Bein nicht doch würde amputieren müssen, doch sie war entschlossen, alles zu tun, das Tier zu retten.

Sie war gerade eingeschlafen, als sie von einem völlig aufgelösten Marty geweckt wurde. »Wach auf, Estella!«, rief er und schüttelte sie wie von Sinnen. Weder ihr noch Marty fiel auf, dass er in der Aufregung zum vertrauten Du übergegangen war.

»Was ist denn los?« Zuerst dachte Estella, der Hündin sei etwas geschehen.

»Es ist Stargazer. Komm schon, steh auf!« Er zog sie aufgeregt mit sich. Als sie am Zimmer ihres Vaters vorüberkamen, sah sie Mai und Binnie friedlich in Ross' Bett schlafen. Mai hatte den Arm beschützend um ihre Tochter gelegt; offensichtlich war ihr nicht danach gewesen, die Nacht im Freien zu verbringen.

Als Estella den Stall betrat, sah sie, warum Marty so aufgebracht war. Stargazer lag auf dem Boden. »Was ist mit ihm, Marty?«, fragte sie erschrocken.

»Genau das wüsste ich auch gern!«

Das Tier hob den Kopf und schnaubte. Es hatte offensichtlich Schmerzen. Vorsichtig schlüpfte Estella durch das Tor, nahm den Hengst am Halfter und versuchte, ihn zum Aufstehen zu bewegen. Tatsächlich kam er auf die Beine, begann jedoch gleich mit den Hufen auf dem Boden zu scharren, wandte den Kopf immer wieder zu seiner Flanke hin und zog die Oberlippe hoch.

»Was ist mit ihm?«, fragte Marty drängend.

»Er scheint Koliken zu haben – aber ich verstehe nicht, warum!« Verzweifelt versuchte Estella, die Müdigkeit aus ihrem Kopf zu vertreiben, damit sie wieder klar denken konnte. »Wir haben ihm seit Wochen das gleiche Futter gegeben.« Sie warf einen Blick in den Futtertrog. Die wenigen Krümel, die übrig waren, sahen aus wie immer. Marty überprüfte das Wasser: Es war vollkommen sauber.

»Ich hole mein Stethoskop«, erklärte Estella, die auf Nummer sicher gehen wollte. Als sie zurückkam, hörte sie Stargazers Unterbauch ab und vernahm laute Darmgeräusche. »Er hat Blähungen.«

Marty stöhnte auf. »Das kann doch nicht wahr sein! Er wird heute nicht laufen können, stimmt's?«

Estella wusste nicht, was sie sagen sollte. Sie maß die Temperatur, die leicht erhöht war, und stellte zudem einen beschleunigten Puls fest. Außerdem begann der Hengst jetzt zu schwitzen und streckte sich, als wolle er urinieren. Estella zuckte zusammen, als er mit der Hinterhand ausschlug. Zwar hatte er nicht auf sie gezielt, doch es war ein Zeichen dafür, dass er große Schmerzen litt.

»Tut mir Leid, Marty.«

»Verdammt!«, stieß er hervor und trat mit Wucht gegen einen der Zaunpfosten. »*Du* bist die Tierärztin, also erklär mir bitte, warum er auf einmal Koliken hat!«

»Du sagtest, er habe manchmal vor einem Rennen unter Magenproblemen gelitten ...«

»Verdammt, ja! Aber was können wir für ihn *tun*?«

Estella überlegte fieberhaft. »Ich könnte ihm mineralische Öle als Abführmittel geben. Das würde den Darm reinigen. Aber ich brauche mindestens vier Liter, und es ist nur noch ein halber da, den Ross hinterlassen hat.«

»Kannst du nicht irgendetwas anderes nehmen?«

»Bier würde vielleicht auch helfen, oder Magnesiumsulfat ...«

»Das Bier in der Bar ist gestern Abend schon zu Ende gegangen. Aber vom Magnesiumsulfat habe ich noch einen Vorrat im Laden.«

»Dann lass es uns damit versuchen. Hol es her.«

»Würde es nicht helfen, wenn du ihn massierst?«

»Nein, nicht in diesem Fall. Aber wir könnten etwas anderes tun. Dafür brauchen wir allerdings zwei starke Männer.«

»Dann rufe ich Murphy«, erklärte Marty und eilte davon.

Während er fort war, ging Estella die Möglichkeiten durch, die zu Stargazers Koliken geführt haben konnten. Eine Ursache konnten Parasiten sein, doch sie hatte ihm schon Mittel gegen Blutwürmer und Ringwürmer verabreicht. An seiner Ernährung hatte sich seit Wochen nichts geändert, und er hatte stets ausreichend frisches Wasser gehabt. Er hatte sein Futter regelmäßig bekommen und es nicht hinuntergeschlungen, sondern gut gekaut. Es gab also nur noch eine andere Möglichkeit: Jemand musste ihm etwas gegeben haben, das er nicht vertragen hatte. Aber was? Und wer hatte es getan?

Während Estella auf Marty und Michael Murphy wartete, führte sie Stargazer langsam herum, damit die Blähungen nachließen. Bleischwer lag ihr das Herz in der Brust. Wochenlang hatte sie befürchtet, es könne noch irgendetwas geschehen, das Stargazers Start verhinderte – und genau das war nun eingetreten. Estella mochte gar nicht an die Kommentare der Leute denken; außerdem fühlte sie sich tatsächlich schuldig: Zuerst hatte sie den Leuten Hoffnungen gemacht, um sie nun im Stich zu lassen.

Nachdenklich rieb sie mit der Hand sanft über Stargazers weiche Nüstern. »Es tut mir Leid«, flüsterte sie und fühlte sich elend, weil sie ihm die Schmerzen nicht nehmen konnte.

Als Marty mit Murphy zurückkehrte, ließ Estella sie mit den Armen und ineinander verschränkten Händen den Leib des Hengstes umfassen und diesen mehrere Male kräftig nach oben drücken. Während sie langsam die Sekunden zählte, hoben und pressten die beiden Männer.

»Wozu soll das gut sein?«, fragte Marty schließlich atemlos, nachdem sie es etwa ein Dutzend Mal versucht hatten.

»Um das Gas aus seinen Därmen zu drücken.«

»Wir können ebenso gut gleich kapitulieren. Es wird nichts nützen!«, stieß Marty entmutigt hervor. »Ich kann es zwar nicht glauben, aber jemand muss ihn *absichtlich* außer Gefecht gesetzt haben.«

»Das würde doch niemand tun!«, sagte Estella.

»Wie erklärst du es dir dann?«, rief Marty wütend.

»Du warst letzte Nacht nur ein paar Minuten fort, Marty, und genau in dieser Zeit bin ich mit dem Hund aus dem Lager der Aborigines zurückgekommen. Dein unbekannter Täter hätte also nur sehr wenig Zeit gehabt, seinen Plan auszuführen!«

»Aber er muss diese Zeit genutzt haben«, gab Marty zornig zurück.

»Das ist aber nicht Estellas Schuld«, rief Murphy, und Marty blickte betroffen drein.

»Ich werde es mit dem Magnesium versuchen«, sagte Estella entschlossen.

Marty schüttelte den Kopf. »Er kann das Rennen nicht laufen. Ich werde den Buchmachern sagen, dass sie Stargazer von der Rennliste streichen sollen.«

Er machte sich auf den Weg in den Ort.

Estella unternahm einen letzten Versuch. Sie mischte das Magnesiumsulfat mit Wasser dann füllte sie einen Teil davon in eine Spritzflasche und verabreichte Stargazer eine große Dosis. Danach wartete sie, doch nichts geschah. Er brauchte etwas Stärkeres, um seine Därme zu reinigen.

Um zwölf Uhr kehrte Marty zurück. »Wie geht es ihm?«

Estella sah ihm an, dass er noch immer einen Rest Hoffnung hegte, doch das Rennen um den Cup fand um vierzehn Uhr statt, und bis dahin würde sich Stargazer auf keinen Fall so weit erholt haben, dass er laufen konnte. »Nicht viel besser, fürchte ich«, gab Estella zurück.

Marty fluchte. »Clem Musgrove hat mir gerade unterstellt, ich hätte Stargazer aus Feigheit zurückgezogen – und die meisten anderen in der Stadt scheinen derselben Meinung zu sein.«

»Das ist doch lächerlich«, stieß Estella hervor. »Alle, die mitbekommen haben, wie aufgeregt du wegen des Rennens warst, sollten es besser wissen!«

»Sie sind wohl nur enttäuscht«, meinte Marty seufzend.

»Du gibst mir die Schuld daran, nicht wahr?«, fragte Estella.

»Natürlich nicht«, erwiderte Marty, doch es klang nicht überzeugend. »Wie kannst du so etwas denken?«

Sie wollte ihm nicht sagen, dass er es ihr deutlich genug zu verstehen gegeben hatte. Doch es war ohnehin nicht mehr von Bedeutung, denn sie machte sich selbst schwere Vorwürfe. »Ich hätte besser auf Stargazer aufpassen sollen«, sagte sie.

Doch Marty schüttelte den Kopf. »*Ich* habe ihn allein gelassen. Wenn jemand sich Vorwürfe machen müsste, dann bin ich es. Tut mir Leid, was ich vorhin gesagt habe. Ich musste meiner Enttäuschung Luft machen. Du hast bei Stargazer Großartiges geleistet, Estella. Und was das Rennen betrifft – nächstes Jahr findet wieder eins statt.« Marty ging davon, doch Estella sah ihm an, wie verzweifelt er war, und er tat ihr schrecklich Leid. Sie brach in Tränen aus. All die Spannung, die sich in den vergangenen Wochen angestaut hatte, brach sich nun Bahn.

»Warum du traurig?«, fragte plötzlich Mai. Sie hatte den ganzen Morgen verschlafen, um sich von ihrem Rausch zu erholen.

Estella wandte sich um. Auf ihren Wangen glänzten noch immer Tränen. »Stargazer hat Koliken«, erwiderte sie. »Er wird heute nicht laufen.«

Mai wusste nicht, was Koliken waren, doch sie betrachtete nachdenklich den Hengst, der sich vor Schmerzen auf dem Boden wälzte und die Augen verdrehte, sodass das Weiße zu sehen war.

»Kannst du nicht helfen, Missus?«

Estella seufzte. »Ich habe jedes Mittel ausprobiert, das ich kenne.« Plötzlich fiel ihr etwas ein. »Kennst du vielleicht ein Mittel gegen Leibschmerzen, Mai?« Zwar war es für das Rennen zu spät, doch sie hätte alles versucht, um Stargazers Schmerzen zu lindern.

Wieder betrachtete Mai den Hengst nachdenklich. »Nicht für Pferde.«

»Es muss ja auch nichts für Pferde sein, solange es nur hilft. Bitte, Mai. Du hast mir doch einmal etwas gegen Bauchschmerzen gezeigt. Bitte, hol es!«

Obwohl ihr Kopf noch benebelt war, machte Mai sich auf den Weg in den Busch, um zu suchen, was sie für die Medizin brauchte.

Als sie wiederkam, mischte sie einen Aufguss aus verschiedenen Zutaten, den Estella dem Hengst ins Maul spritzte. Sie hatte Mai gebeten, die Mischung viel stärker zu machen als gewöhnlich, und tatsächlich: Binnen einer Stunde war Stargazer wieder auf den Beinen. Estella führte ihn herum. Traurig lauschte sie den Anfeuerungsrufen und dem Jubel der Zuschauer, als das Rennen gestartet wurde.

Plötzlich blieb Stargazer stehen, hob den Schweif und ließ einen riesigen, rötlich aussehenden Haufen Dung fallen. Endlich gingen auch die Darmgase ab, die ihn so gequält hatten.

Estella schickte Binnie los, um Marty zu holen. Blass wie ein Leinentuch kam er angerannt. Ungläubig starrte er auf den Hengst, dann seufzte er tief vor Erleichterung und wischte sich den Schweiß von der Stirn. Offensichtlich hatte er mit dem Schlimmsten gerechnet.

Estella lächelte ihn an. »Tut mir Leid, dass ich dir einen Schrecken eingejagt habe. Ich wollte nur, dass du mit eigenen Augen siehst, wie gut es Stargazer wieder geht. Was ihn gequält hat, ist inzwischen aus seinem Körper.«

»Du kannst dir nicht vorstellen, wie erleichtert ich bin!« Marty strich sanft über Stargazers weiche Nüstern.

»Das haben wir Mai zu verdanken. Sie hat ein Mittel gebraut, das von den Aborigines bei Koliken benutzt wird. Gott sei Dank hat es gewirkt! Sie besitzen erstaunliche Kenntnisse in der Heilkunde!« Estella dachte auch an das Mittel, das Kylie ihr gegeben hatte, damit sie ihr Kind nicht verlor. »Wer hat das Rennen gewonnen?«

Marty verzog das Gesicht. »Plumbago. Clem feiert jetzt in der Bar und gibt an wie ein Hund mit zwei Schw...« Er verstummte und räusperte sich. »Aber soweit ich weiß, leisten ihm dabei nur seine Farmarbeiter Gesellschaft. Fast alle anderen sind nach Hause gegangen.«

Bitterkeit stieg in Estella auf. Eigentlich wäre es an Marty gewesen, mit den Leuten aus Kangaroo Crossing zu feiern. »Hat Stargazer je zuvor unter Koliken gelitten?«, fragte sie.

»Nein. Das heißt ... Er hatte mal eine Kolik, als er noch ein Fohlen war.« Er musterte den Dunghaufen, trat noch näher heran, um ihn genauer in Augenschein zu nehmen, und wurde wieder blass.

»Eine interessante Farbe, nicht wahr?«, meinte Estella, als sie Martys Überraschung bemerkte. »Ich weiß nicht, was ich davon halten soll. Fällt dir etwas dazu ein?«

Marty schüttelte ratlos den Kopf. »Ich muss jetzt gehen. Phyllis braucht mich im Geschäft.«

Als Marty gegen sieben Uhr an jenem Abend die Bar betrat, war er nicht gerade froh darüber, Clem Musgrove noch dort anzutreffen. Ohnehin war Marty nur deshalb erschienen, weil Charlie dringend um einige Vorräte gebeten hatte.

»Wie geht es deinem Pferd?«, rief Clem, kaum dass er Marty erblickt hatte. Der Siegerpokal stand neben ihm auf der Theke. Clem war nicht betrunken; er trank nur selten, doch er hatte seinen Arbeitern den ganzen Nachmittag Drinks ausgegeben und dabei Charlies Bar trockengelegt. Die meisten Männer lagen auf dem Boden und schliefen ihren Rausch aus oder waren vom Alkohol besinnungslos.

»Stargazer geht es wieder gut – im Unterschied zu mir«, beantwortete Marty die Frage seines Rivalen und stellte einen Karton mit Vorräten neben Charlie auf die Theke.

»Eine Wunderheilung, findest du nicht?«

»Ich glaube nicht an Wunder, aber Stargazer ist seine Beschwerden los.«

»Mach dir nichts draus, dass er nicht am Rennen teilnehmen konnte. So ist dir wenigstens die Demütigung erspart geblieben, im direkten Vergleich zu verlieren.«

Marty hätte am liebsten das selbstzufriedene Grinsen mit einem Faustschlag aus Clems Zügen verbannt. »Ich hätte nicht verloren, und das wissen wir beide. Stargazer ist das schnellste Pferd weit und breit. Kein Gegner hat ihn je im Rennen besiegt.«

»Gegen Plumbago hätte er so viele Chancen wie ein Esel gegen ein Vollblut gehabt. Plumbago ist die Meile heute in einer Minute vierundvierzig Sekunden gelaufen. Das dürfte ein neuer Streckenrekord sein, nicht wahr?«

»Stargazer hat sie im Training in eins zweiundvierzig geschafft«, schoss Marty zurück.

Clem schnaubte ungläubig, doch Marty starrte ihn mit grimmiger Entschlossenheit an.

21

Estella reinigte und verband die Wunde der Hündin, als Charlie erschien.

»Ich wollte nur sehen, wie es dir geht«, meinte er ein wenig verlegen.

Sie blickte kurz von ihrer Arbeit auf, konzentrierte sich jedoch gleich wieder auf die Wunde, weil die Zuneigung in seinem Blick sie zu Tränen rührte.

»Ich habe mir Martys wegen Sorgen gemacht«, murmelte sie.

»Er sagte doch, dass es Stargazer besser geht.«

»Das stimmt auch. Aber es sieht verdächtig danach aus, als hätte jemand dem Hengst etwas gegeben, das er nicht verträgt. Marty hat von Anfang an befürchtet, dass so etwas geschehen könnte, und jetzt grübelt er darüber nach, wer es gewesen sein kann.«

Estella stand auf und klopfte sich den Staub von den Knien. Dann verließ sie den Zwinger und zog die Tür hinter sich zu. »Sag mir die Wahrheit, Charlie«, sagte sie leise. »Geben die Leute mir die Schuld?«

Charlie wusste nicht, was er sagen sollte. Er hatte sehr viele abfällige Kommentare gehört, denn natürlich suchten alle nach einem Sündenbock. »Nein«, erwiderte er trotzdem, doch es klang selbst in seinen eigenen Ohren wenig überzeugend. »Natürlich waren alle enttäuscht, dass Stargazer nicht am Rennen teilnehmen konnte. Besonders John Fitzsimmons und die Journalisten. Die Leute hatten sich darauf gefreut, ihn endlich wieder laufen zu sehen.« Und durch seinen Sieg Geld zu gewinnen, fügte er in Gedanken hinzu. »Aber sie werden schon darüber hinwegkommen.«

Die Rennen hatten zwar stattgefunden, doch die Stimmung war nach Stargazers Ausfall nicht mehr dieselbe gewesen. Und dann war in der Bar auch noch das Bier ausgegangen. Außerdem waren einige Rennkamele von der Strecke abgekommen, weil Kinder sie mit Feuerwerkskörpern erschreckt hatten, und in die Zuschauermenge gerast. Zum Glück war niemand verletzt worden, doch eines der scheuenden Tiere hatte die Kamera eines Pressefotografen zertrümmert.

Um seiner Reise zumindest etwas abzugewinnen, hatte John Fitzsimmons beschlossen, Clem Musgrove für seinen Sender zu interviewen. Doch er erkannte schnell, dass es ein Fehler gewesen war: Clem erwies sich als einer der größten Aufschneider des Outback. Er behauptete, Plumbago sei das »neue Wunderpferd«, und ließ sich ausführlich darüber aus, wie er den Hengst »entdeckt« hatte. Doch es war eine ganz alltägliche Geschichte, wie John Fitzsimmons herausfand – nichts, das sich mit Stargazers Höhenflug und Estellas fantastischer Leistung vergleichen ließ.

Kaum war Charlie fort, erschien Dan. Er entdeckte Estella auf der hinteren Veranda. »Wie geht es Stargazer?«, fragte er, doch sein Blick sagte ihr, dass er vor allem wissen wollte, wie sie sich fühlte.

»Es geht ihm gut, Dan. Und um Ihrer Frage zuvorzukommen – mir auch.«

»Das freut mich. Ich weiß, dass Sie enttäuscht sind, aber Aufregung ist nicht gut für Sie und das Baby.«

»Ich werde es bestimmt nicht vergessen, weil Sie mich jedes Mal daran erinnern.« Estella lächelte ihm zu, um ihm zu zeigen, wie sehr sie seine Besorgnis zu schätzen wusste. »Es geht mir wirklich gut, Dan. Es tut mir nur sehr Leid für Marty.«

»Marty weiß, dass es im Renngeschäft Höhen und Tiefen

gibt. Er kommt schon darüber hinweg. Außerdem ist er vor allem erleichtert, dass es Stargazer wieder besser geht. Und nur das zählt, nicht wahr?«

Estella nickte. »Das stimmt, Dan. Ich habe wohl jemanden gebraucht, der die Dinge ins rechte Licht rückt. Ich finde mich selbst unerträglich, wenn ich so empfindlich bin. Im Moment kann ich mich kaum noch daran erinnern, dass ich mal entschlossen und optimistisch war.«

Dan lächelte. »In ein paar Monaten haben Sie Ihre Gefühle wieder unter Kontrolle.«

»Das hoffe ich sehr.«

»Wie ich sehe, haben Sie einen neuen Patienten im Zwinger?«

»Ja. Ich war gestern Abend im Lager der Aborigines auf der anderen Seite der Dünen. Als ich die infizierte Wunde am Bein der Hündin sah, konnte ich sie einfach nicht dort lassen.«

Estellas Hingabe an ihren Beruf beeindruckte Dan. »Sie erinnern mich an Ross Cooper«, erklärte er.

Estella blickte zu ihm auf, ihr Herz schlug plötzlich schneller. »Wirklich?«

»Ja. Ich glaube, Sie beide hätten sich großartig verstanden.« Dan senkte den Kopf. »Ich wollte Ihnen noch erklären, warum ich den Ball so fluchtartig verlassen habe.«

»Das brauchen Sie nicht, ich verstehe es schon.«

»Wirklich? Sie werden es vielleicht nicht glauben, aber es war das erste Mal, dass ich an einem solchen Ball am Vorabend der Rennen teilgenommen habe. Ich hätte wissen müssen, dass ich es nicht durchstehe.« Er seufzte tief. Die Versuchung zu trinken war unwiderstehlich gewesen, und nun fühlte er sich wie ein Versager, weil er Estella inmitten all der Fremden hatte stehen lassen.

»Ich hätte nicht mit Murphy tanzen und Sie allein lassen sollen, Dan. Es tut mir Leid.«

»Und ich sollte eigentlich niemanden brauchen, der mich

bemuttert, Estella«, gab er verlegen und ein wenig bitter zurück.

Estella hätte versuchen können, ihm etwas Nettes zu sagen und so seine Minderwertigkeitsgefühle zu vertreiben. Doch sie hielt es für besser, ehrlich zu sein. »Sie müssen sich mit dem auseinander setzen, was Sie zum Trinken verleitet, Dan. Und wenn es dieser Ort ist, dann gehen Sie fort.«

Dan antwortete nicht. Er konnte Estella nicht sagen, warum er sich zu Grunde richtete. Er war noch nicht bereit dazu – und ebenso wenig konnte er sich verzeihen, was er getan hatte.

Nachdem Dan gegangen war, fühlte Estella sich mit einem Mal unruhig, und sie beschloss, einen Spaziergang zu machen. Die Abende waren im Vergleich zu den glühend heißen Tagen angenehm kühl, doch es war kaum vorstellbar, dass in den kältesten Monaten die Temperatur in der Wüste bis knapp unter den Gefrierpunkt fallen konnte.

Als die Schatten der Dunkelheit alles um sie herum einhüllten, stieg der volle Mond wie ein riesiger silberner Ball am Himmel auf. Er tauchte die Erde in ein blasses Licht, das sogar die härtesten Kontraste in der Wüstenlandschaft weicher werden ließ. Estella ging in Richtung Rennstrecke. Sie hatte erwartet, dort ein ziemliches Durcheinander vorzufinden, doch Frances Waitman, die Sprecherin, hatte nach dem letzten Rennen alle Anwesenden gebeten, mit aufzuräumen.

Anders als viele Stadtmenschen waren die Leute auf dem Land stets bereit, einander auszuhelfen – was auch Estella noch erfahren sollte.

Als sie die Rennbahn betrat, stellte sie fest, dass die Hufe der galoppierenden Pferde den Sand in grauweißen, feinen Staub verwandelt hatten. Sie lief eine Weile die Bahn entlang und stieg dann wieder auf die Sanddüne. Auf dem Kamm setzte sie sich zu Boden, um zu Atem zu kommen. Die Stadt lag still und friedlich im Mondlicht. Fast hätte Estella glauben können, dass alles so war, wie es sein sollte. Gern hätte sie sich dem Gefühl überlassen, dass nicht alle Menschen im Umkreis von hunderten von Meilen enttäuscht waren, weil ihr Champion es nicht einmal bis auf die Bahn geschafft hatte. Und schuld daran war sie, Estella, weil sie den Leuten Hoffnung gemacht hatte, Stargazer könne das Rennen von Kangaroo Crossing gewinnen. Immerhin hatte sie Charlie ausgeredet, seine »große Ankündigung« zu machen; sie mochte sich gar nicht ausmalen, wie viel schlimmer alles ausgesehen hätte, hätte er allen vom Futter für ihr Vieh erzählt, und dieses Futter wäre dann nicht eingetroffen.

Während Estella über die weite Landschaft blickte, in der die Stadt Kangaroo Crossing verschwindend klein wirkte, vermeinte sie plötzlich eine Bewegung wahrzunehmen. Zuerst dachte sie an ein Känguru oder ein Emu, dann aber sah sie, dass es zwei Reiter waren, die aus dem Nichts aufzutauchen schienen. Sie kamen Seite an Seite auf die Rennbahn zu; es lagen ein seltsamer Ernst und feste Entschlossenheit in jeder ihrer Bewegungen. Estella fragte sich, wer diese Männer sein mochten und was sie um diese späte Stunde an der Rennstrecke wollten.

Als sie sich der Lehmpfanne näherten, erkannte sie im Mondlicht ihre seidenen Jockeywesten, die unterschiedliche Farben hatten, doch die Kappen beschatteten ihre Gesichter. Das eine Pferd war grau, das andere kastanienbraun. Als der Braune unruhig mit dem Kopf schlug, sah Estella die Blesse auf seiner Stirn und erschrak: Es war Stargazer! Plötzlich fiel ihr das Bild im Gemischtwarenladen wieder ein, und sie erinnerte sich daran, dass Stargazers Farben Schwarz und Gold waren. Außerdem hatte sie Marty und Murphy über Plumbago reden hören, und einer von ihnen hatte erwähnt, dass der Hengst ein Grauschimmel war. Doch warum ritten die beiden Kontrahenten im Dunkeln über die Rennbahn, wenn niemand in der Nähe war?

»Sie werden doch wohl nicht ...«, flüsterte Estella. »Das können sie nicht tun ...!«

Sie traute ihren Augen nicht, doch es war nur zu offensichtlich, was die beiden Reiter vorhatten: Sie wollten gegeneinander antreten!

Estella saß auf einer der höchsten Dünen in der Nähe der Bahnkurve und hatte im hellen Mondlicht einen guten Blick in beide Richtungen. In einiger Entfernung sah sie die Startlinie; sie konnte die durch weiße Pfosten gekennzeichnete Ziellinie gerade eben noch ausmachen. Atemlos beobachtete sie, wie die Pferde sich im Schritt langsam auf die Startlinie zubewegten, was ihr Zeit genug gab, sich Gedanken um Stargazers Verfassung zu machen. Es war sicher nicht gut, ihn nach allem, was er durchgemacht hatte, dieses Rennen laufen zu lassen. Zwar schien er sich wohl zu fühlen, und das Mittel, das Mai ihm gegeben hatte, zeigte keinerlei Nachwirkungen, doch Estella bezweifelte, dass er in Bestform war. Hätte Marty sie gefragt, hätte sie ihm geraten, Stargazer noch mindestens einen Tag Ruhe zu gönnen. Sie hätte gern nach ihm gerufen, um es ihm zu sagen, doch sie wusste, dass es umsonst gewesen wäre. Nichts würde ihn aufhalten, sein männlicher Stolz zwang ihn dazu, sich nicht geschlagen zu geben. Es gab Dinge, die ein Mann tun musste – und dazu gehörte für Marty, Clem Musgrove und dessen Anhänger zum Schweigen zu bringen, indem er ihnen eine Lektion erteilte.

Als die Pferde die Startlinie erreicht hatten, waren Estellas Nerven zum Zerreißen gespannt. Die Reiter wendeten und nahmen Aufstellung. Estella hielt den Atem an. Nun waren sie nur noch schemenhafte Gestalten in der Ferne. Estella schickte ein Stoßgebet für Stargazer zum Himmel.

Es schien eine Ewigkeit zu dauern, doch schließlich stürmten die beiden Pferde los. Plumbago schien den besseren Start erwischt zu haben. Estella vermochte kaum zu atmen, während sie wie gebannt auf die Tiere starrte. Ihr Herz begann zu rasen, als sie näher kamen. Sie galoppierten nun am inneren Geländer entlang. Es sah so aus, als habe Plumbago einen leichten Vorteil. Marty hatte gesagt, dass Stargazer sonst immer das Feld angeführt hatte, also schien er kämpfen zu müssen ...

Estella hielt die Spannung kaum noch aus. Sie sprang auf und hätte am liebsten die Augen geschlossen, doch sie war wie hypnotisiert vom Anblick der beiden Pferde. Als sie an ihr vorüberpreschten, liefen sie Kopf an Kopf, Plumbago immer noch innen, Stargazer auf der Außenbahn. Die Farben der Reiter, das Schwarz-Gold und das Rot-Grün, waren nur schemenhaft im Mondlicht zu erkennen. Das Donnern der Hufe mischte sich mit dem Pochen von Estellas rasendem Herzschlag, die Luft war voller Staub.

»Los, Stargazer, los!«, rief Estella. Jetzt waren alle Zweifel vergessen, und sie wollte genauso wie Marty, dass der Hengst siegte.

Als die Siebenhunderfünfzig-Meter-Marke erreicht war, reckte Estella den Kopf, um zu sehen, wer vorn lag. »Lauf, Stargazer, lauf!«, schrie sie. Der Reiter des Grauen setzte die Peitsche ein, doch sie wusste, dass Stargazer das nicht nötig hatte; er würde auch so alles geben.

Nur noch hundertfünfzig Meter bis zum Ziel. Wieder schien Plumbago in Führung zu liegen, dann aber holte Stargazer auf. Er kämpfte wie um sein Leben. Bei fünfundsiebzig Metern überholte er und zog seinem Gegner davon. Estella konnte vor Freude kaum an sich halten. Tränen strömten ihr über die Wangen; sie wischte sie ungeduldig ab, denn sie wollte keine Sekunde versäumen. Als sie die Reiter an den weißen Pfosten vorbeischießen und die Pferde langsam auslaufen sah, wusste sie, dass das Rennen zu Ende war. Stargazer hatte gesiegt, doch es war ein harter Kampf gewesen.

Estella jubelte vor Freude und Erleichterung und ließ sich dann erschöpft in den Sand sinken. Die Reiter wendeten ihre

Pferde und trafen sich auf der Bahn. Sie schienen miteinander zu reden und gaben sich die Hand. Schließlich wandte Marty Stargazer in Richtung Hauptstraße, während der andere Reiter Plumbago die Bahn entlang zu den Besucherställen lenkte.

Estella seufzte tief, von überwältigender Freude erfüllt. Es war ein unglaublicher Augenblick, genau, wie sie es sich ersehnt hatte: Der Höhepunkt vieler Wochen harter Arbeit und ein Traum, der in Erfüllung ging.

Es spielte keine Rolle, dass sie dieses Rennen als Einzige beobachtet hatte. Sie war der höheren Macht dankbar, die sie zu den Sanddünen geführt hatte, und sie freute sich für Marty, dessen Vertrauen in Stargazer belohnt worden war.

Lächelnd blickte Estella zu den Sternen. »Ich habe es geschafft«, flüsterte sie. »Ich hatte Anteil an dem, was hier gerade geschehen ist!«

Sie schloss die Augen und rief sich ihre erste Begegnung mit Stargazer ins Gedächtnis. Damals hatte er einen Mitleid erregenden Anblick geboten. Seitdem war viel Zeit vergangen, und sie war dankbar, dass sie ihn auf seinem Weg zurück ins Leben hatte begleiten dürfen. Selbst wenn er dieses Rennen nicht gelaufen wäre, hätte ihr seine Gesundung tiefe Befriedigung verschafft, doch sein stiller Triumph über den schärfsten Gegner verlieh allem einen besonderen Glanz.

Marty war gerade dabei, Stargazer abzureiben, und schien so vertieft in seine Tätigkeit, dass er Estella gar nicht kommen hörte. Das Tier war schon abgesattelt, von der Montur des Jockeys nichts mehr zu sehen. Sie blieb stehen und beobachtete ihn und den Hengst.

»Na, mein Alter«, sagte Marty. »Das war ein langer Tag für uns beide!« Lächelnd hielt er einen Moment inne. »Du hast dir deine Ruhe heute redlich verdient!« Er dachte an Clems Behauptung, Plumbago habe nur verloren, weil er an diesem Tag schon ein Rennen gelaufen sei – doch Clem hatte ja keine Ahnung, was Stargazer hinter sich hatte. In Bestform wäre er unschlagbar gewesen. Der Hengst hatte mehr als sein Bestes gegeben, um Plumbago zu besiegen, und Marty musste voller Respekt zugeben, dass Stargazer wirklich ein besonderes Rennpferd war.

Wie als Antwort auf Martys Bemerkung, dass er seine Ruhe verdient habe, nahm Stargazer eine der Bürsten ins Maul und ließ sie in den Wassertrog fallen. Estella hielt sich die Hand vor den Mund, um beim Anblick von Martys verblüffter Miene nicht laut loszulachen.

»Du bist ja wieder so übermütig wie früher!«, rief Marty, während er die Bürste aus dem Wasser fischte und sie kräftig schüttelte. Stargazer warf den Kopf zurück und kräuselte die Oberlippe, als lache er Marty aus. Der drohte ihm mit dem Finger. »Glaub ja nicht, dass ich dir das morgen wieder durchgehen lasse!«

»Er weiß genau, dass du es nicht ernst meinst«, platzte Estella heraus. Sie konnte ihre Belustigung nicht länger verbergen. Marty wandte sich um und starrte die Tierärztin verwundert an. Das Mondlicht warf Schatten auf ihr Gesicht, doch auch wenn er ihre Miene nicht deuten konnte, spürte er ihre besondere Stimmung. »Wo warst du?«, fragte er.

»Hast du mich gesucht?«

Marty schüttelte den Kopf. »Ich dachte, du schläfst schon. Letzte Nacht hast du nicht viel Ruhe gehabt.«

»Du auch nicht.«

»Stimmt, aber heute werde ich gut schlafen!« Er blickte Stargazer an, und als er sich wieder Estella zuwandte, sah er, dass sie lächelte. »Bist du spazieren gegangen?«

»Ja.« Estella konnte beinahe sehen, wie seine Gedanken rasten. »Um genau zu sein, habe ich in den Dünen an der Rennbahn gesessen.«

Jetzt grinste Marty, und Estella strahlte glücklich zurück.

Früh am nächsten Morgen machte Estella sich auf in die Bar, um Charlie Bescheid zu sagen, dass sie mit Murphy zur *Yattalunga Station* flog. Auf der Straße war sie Marjorie Waitman und Wags begegnet und hatte beiden einen guten Morgen gewünscht. Sie hatten Estellas Gruß erwidert – wenn auch knapp –, die Blicke jedoch auffällig schnell wieder von ihr abgewandt.

Als sie die Bar betrat, wusste sie beim Anblick ihres Onkels sofort, dass er sich über irgendetwas geärgert hatte. Estella vermutete, dass mit dem Futtertransport aus Südaustralien irgendetwas schief gegangen sein musste. Außerdem hatte sie bemerkt, dass die Flugzeuge von John Fitzsimmons und den Journalisten verschwunden waren.

»Was ist geschehen?«, wollte sie von Charlie wissen.

»Was meinst du?«, gab er scheinbar verständnislos zurück.

»Raus mit der Sprache. Ich merk doch, dass irgendwas nicht stimmt!«

Charlie versuchte, eine unschuldige Miene aufzusetzen, doch Estella las in seinen Zügen wie in einem offenen Buch.

»Also?«, beharrte sie. »Ich habe schon gesehen, dass John Fitzsimmons nicht mehr da ist.«

»Das stimmt«, erwiderte Charlie und begann mit einem Lappen die Theke abzuwischen. »Er musste in die Stadt zurück, weil ... weil er im Sender gebraucht wurde.«

»Ich dachte, er wollte warten, bis das Futter eintrifft.«

»Das wollte er auch, aber dann ist etwas Wichtiges dazwischengekommen.«

Estella fühlte sich, als habe ihr jemand in den Magen getreten. »Das Futter kommt nicht – ist es das?«

Halb verlegen, halb gekränkt blickte Charlie auf. »Doch, natürlich kommt es ...«

»Und wann?«

»Ich bin nicht sicher, aber der Transport kommt ganz bestimmt.«

»Ist er aufgehalten worden?«

»Ja, aber es ist kein großes Problem.«

»Problem? Was für ein Problem?«

Charlies Verlegenheit wuchs angesichts all dieser Fragen, und Estella wurde immer ungeduldiger.

»Nun ja«, sagte Charlie, »der Zug wurde südlich von Leigh Creek kurzfristig aufgehalten.«

»Wodurch?«

»Nichts Ernstes – nur eine kleine Entgleisung. Manchmal verbiegen die Gleise sich von der Hitze.«

Estella schloss verzweifelt die Augen.

»Sie schicken Arbeiter aus Marree hin, um es zu reparieren. Es dürfte nicht länger als einen Tag dauern.« Shamus Rourke hatte ihm versichert, dass die Kamele in Marree bereitstanden, doch deren afghanische Führer waren nicht gerade für ihre Geduld bekannt.

Estella ahnte, dass Charlie den Ernst der Lage herunterspielte. Plötzlich war sie froh, die Stadt verlassen zu können – und wenn es nur für ein paar Stunden war.

»Ich fliege mit Murphy zu einer der *stations*.«

Charlie blickte sie verwundert an. »Ich hatte gehofft, Murphy würde mir aus Quilpie Bier holen.«

»Nicht heute Morgen. Ich habe einen Patienten, der mich braucht, das arme Tier hat schon lange genug gewartet.«

Charlie hätte ihr gern erklärt, dass es keine größere Katastrophe gab als eine Bar ohne Bier mitten im Outback. Doch er hatte schon erkannt, dass sie seinen Einwand nicht akzeptieren würde.

»Für den Fall, dass wir uns auf dem Rückweg verspäten, habe ich Mai gebeten, eine verletzte Hündin zu füttern, die ich in Pflege habe. Aber wir wissen ja beide, dass Mai nicht die Verlässlichste ist. Könntest du bei mir zu Hause nach dem Rechten sehen, wenn wir bei Einbruch der Dunkelheit noch nicht zurück sein sollten?«

»Zu welcher *station* fliegt ihr?« Charlie hatte sein Bier noch immer nicht ganz abgeschrieben.

»Nach Yattalunga. Murphy sagte, wir wären ungefähr anderthalb Stunden unterwegs, also müssten wir schon am frühen Nachmittag zurück sein. Aber für den Fall, dass Ralph noch mehr Tiere hat, die mich brauchen, und dass wir uns verspäten ...«

Yattalunga lag nordwestlich von Kangaroo Crossing, und diese Tatsache raubte Charlie die letzte Hoffnung auf sein Bier. »Schon gut, ich sehe nach dem Rechten. Ich hab ohnehin nichts anderes zu tun«, murmelte er mit finsterer Miene.

»Hast du Marty heute Morgen schon gesehen?«

»Nein, aber er wird sich bestimmt für ein paar Tage zurückziehen.«

»Ich habe ihn gestern Abend getroffen, und er schien bester Laune zu sein«, sagte Estella und lächelte. Als sie nach einer erholsamen Nacht aufgewacht war, hatte sie erst richtig begriffen, was am Abend zuvor geschehen war. Sie hätte gern gewusst, ob Marty jemandem von dem Rennen erzählen würde, doch sie hatte nicht mehr genügend Zeit, zum Gemischtwarenladen zu gehen.

Murphy wartete.

Als Estella in der Maschine saß und sich angeschnallt hatte, startete Murphy den Motor, und gleich darauf sausten sie über die Hauptstraße, die zugleich als Start- und Landebahn diente. Estella genoss den Flug in der Cessna, obwohl sie bei ihrer ersten Reise so nervös gewesen war. Murphy war sehr gründlich in seinen Vorbereitungen, das wusste sie jetzt, und da sie neben ihm auf dem rechten Vordersitz saß, wurde ihr auch nicht übel.

»Gab es je irgendwelche mechanischen Probleme, die Sie zu einer Notlandung gezwungen haben?«, erkundigte sie sich.

»Nein, aber es gibt immer ein erstes Mal«, gab er grinsend zurück.

Estella verzog das Gesicht. »Hat Ihnen eigentlich schon mal jemand gesagt, dass Sie einen sehr eigenartigen Sinn für Humor haben?«

»Glauben Sie im Ernst, das würde hier jemandem auffallen?«

Estella musste lächeln. »Nein, wahrscheinlich nicht.«

Sie waren etwa eine Stunde unterwegs und hatten mit mehr als hundert Meilen Wüste schon mehr als die Hälfte der Strecke zurückgelegt, als Murphy von einem Benzintank auf den anderen umschalten wollte. Das tat er alle dreißig Minuten, um das Gewicht in den Treibstofftanks ungefähr gleich zu halten. Plötzlich stotterte der Motor und erstarb dann völlig.

»Was ist passiert?«, rief Estella erschrocken.

Sie sah Murphy an, doch der wirkte nicht allzu besorgt. Estella jedoch erwartete jeden Moment, dass die Maschine wie ein Stein vom Himmel fiel.

»Ich weiß nicht genau«, erwiderte er. Als er gegen den Tankanzeiger zu seiner Rechten tippte, sprang die Nadel auf null. »Was, zum Teufel ...«, murmelte er, denn er hatte genügend Benzin in die Tanks gefüllt, um Reserven für ein paar Stunden zu haben. Fieberhaft überlegte er, was geschehen sein konnte. War eine der Zuleitungen leck geschlagen? Es hatte schon Fälle gegeben, in denen der Treibstoff in den Tanks sich in der Hitze am Boden ausgedehnt und sich später in der Luft wieder zusammengezogen hatte, doch das schien nicht sehr wahrscheinlich. Er kontrollierte die Zündung und schaltete dann wieder auf den linken Tank um. »Komm schon, Baby!«, rief er und wartete darauf, dass der Motor wieder ansprang. Der Propeller drehte sich noch, doch die Maschine stotterte nur einmal kurz, bevor sie wieder erstarb. Murphy blickte auf den Anzeiger für den linken Tank: Es war genug Benzin darin, um sie nach Yatalunga zu bringen.

»Warum springt der Motor nicht an?«, rief Estella ängstlich, die immer noch damit rechnete, dass sie jeden Augenblick vom Himmel fielen – was erstaunlicherweise aber nicht geschah.

Murphy versuchte es wieder, jedoch vergeblich. »Es muss Luft im Zuleitungsschlauch sein«, meinte er mit einem Blick auf den rechten Flügel. Doch da es für die Schläuche keine Pumpe gab, konnte er nichts tun.

Ein Leck schien nicht die Ursache zu sein, doch es gab noch einen anderen möglichen Grund: Die Versiegelung auf dem Tankdeckel an der Oberseite des Flügels konnte beschädigt sein. Solche Zwischenfälle waren eher selten, doch wenn sie eintraten, wurde das Benzin vom Unterdruck aus dem Tank gesogen.

»Ich fürchte, wir werden die Notlandung versuchen müssen, von der Sie eben sprachen«, meinte Murphy.

Estella starrte ihn entsetzt an. »Und wie?«

»Im Gleitflug«, gab er zurück und suchte im Gelände unter ihnen nach einem geeigneten Landeplatz. Sie flogen über die Simpson-Wüste, die aus tausendfünfhundert Metern Höhe flach und eben wirkte. Doch Murphy war klar, dass das Gelände am Boden ganz anders aussehen konnte. Vielleicht war es felsig, oder sie landeten in feinem Treibsand ...

Sie verloren rasch an Höhe, und Murphy wusste, dass ihnen bis zur Landung nicht viel mehr als fünf Minuten blieben. Er durfte keine Zeit damit verschwenden, nach einem geeigneten Platz zu suchen. Als er eine Stelle sah, die flach und halbwegs frei aussah, begann er zu kreisen.

Beim Näherkommen stellten sie fest, dass der Landeplatz nicht ideal war: Es gab einige Büsche und viele kleinere und größere Felsbrocken, doch in der Umgebung sah es nirgendwo besser aus. Sie mussten schon sehr viel Glück haben, wenn sie die Landung unverletzt und ohne Schaden am Flugzeug überstehen wollten.

Estella fand die Stille unerträglich. Sie sehnte das beruhigende

Brummen des Flugzeugmotors herbei. »O Gott!«, schluchzte sie. »Werden wir das hier überleben?«

»Ich tue mein Bestes, Estella«, gab Murphy ruhig zurück und warf einen Blick auf ihre blassen Züge, auf denen sich Furcht und Verzweiflung spiegelte.

»Seien Sie tapfer, wir werden es schon schaffen«, sagte er und setzte zu einer weiteren Schleife an. Sie hatten schon mehr als dreihundert Meter an Höhe verloren. Allein die Tatsache, dass Murphy ungewöhnlich ernst wirkte, versetzte Estella in Panik. Wenn er ihre Lage als so schwierig ansah, musste es wirklich schlecht um sie stehen.

Estella dachte an ihr ungeborenes Kind. Beschützend legte sie die Hände auf den Leib und auf das Leben, das in ihr heranwuchs.

Ich darf nicht sterben!, schrie es in ihr. Mein Kind ist ja noch nicht einmal geboren!

»Wir dürfen nicht verunglücken, Murphy – das darf einfach nicht sein!« Sie griff nach seiner Hand und umklammerte sie.

»Das werden wir auch nicht«, erwiderte er und sah sie an. »Und du darfst nicht in Panik geraten!« Die vertraute Anrede erschien ihnen beiden in dieser Situation ganz normal.

Jetzt waren sie nur noch gut hundert Meter über dem Boden, der sich mit erschreckender Geschwindigkeit näherte. So schien es zumindest Estella.

»Du verstehst mich nicht ...«, stieß sie hervor.

»Ich weiß, dass du Angst hast, aber ich fliege schon seit vielen Jahren. Die Landung wird vielleicht ein bisschen holprig, aber wir schaffen das schon!« Er spielte die Gefahr bewusst herunter. In Wirklichkeit konnte ihre Landung katastrophal enden.

»Ich bin schwanger«, stieß Estella mit bebenden Lippen hervor.

»Wie bitte?« Murphy wurde aschfahl.

»Ich will nicht, dass mein Baby stirbt, bevor es geboren ist!«

»Himmel, Estella, du hast dir ja einen großartigen Moment ausgesucht, um mir das zu sagen!« Ihm wurde flau bei dem Gedanken daran, was alles geschehen konnte. »Warum hast mir vorher nichts davon erzählt?«

Estella vermutete angesichts seines ärgerlichen Tonfalls, dass er sich dann geweigert hätte, sie zu den *stations* hinauszufliegen. »Ich wollte nicht, dass jemand davon erfährt.«

Plötzlich fühlte Murphy sich elend. Er wollte diese Verantwortung nicht, denn sie brachte schreckliche Erinnerungen zurück.

Schweiß stand ihm auf der Stirn. Als Estella das sah, stieg furchtbare Angst in ihr auf. Sie fing an zu zittern, und die Brust wurde ihr eng.

»Wir werden sterben, nicht wahr?« Sie blickte aus dem Fenster auf den Boden, der knapp unter ihnen vorübersauste, und sie sah, wie felsig und uneben er war.

»Nimm den Kopf herunter«, stieß Murphy mit zusammengepressten Zähnen hervor, während er sich anschnallte. Er wusste, dass sie beide sehr viel Glück brauchten, wenn sie überleben wollten.

Estella sah ihn an. Er umklammerte den Steuerknüppel so fest, dass seine Fingerknöchel weiß hervortraten.

»Bück dich, Estella!«, rief er, als das Hinterrad der Maschine den Boden berührte.

Das Beben des Flugzeugs, das über den felsigen Boden holperte ging Estella durch Mark und Bein. Plötzlich stieß das Hinterrad gegen einen massiven Steinblock, und die Maschine neigte sich so heftig nach vorn, dass die Aufhängung der Vorderräder abbrach. Estella hörte das schrille, ohrenbetäubende Kreischen von Metall auf Stein, als der Tank über den Boden schleifte, und dann ein lautes Krachen, als der Propeller mit solcher Wucht auf den Boden prallte, dass die Blätter nach hinten wegknickten.

Über das Getöse und ihre eigenen Schreie hinweg hörte

Estella die wilden Flüche Murphys. Der hintere Teil der Maschine wurde in die Höhe geschleudert, während das Wrack sich in wildem Wirbel drehte. Sträucher und Felsen krachten in die rechte Seite und zertrümmerten die Fenster. Estella hatte den Kopf auf die Knie gelegt und die Arme so fest um die Beine geschlungen, dass sie sich taub anfühlten. Sie sah nicht, dass der Tank wie eine Sardinenbüchse aufgerissen wurde, und nahm kaum wahr, dass der schwere Motorblock die Wand zum Cockpit durchschlug, bevor die Maschine endlich abrupt zum Stehen kam.

22

James? Wohin gehst du?«

James stand mit seinem Aktenkoffer unter dem Arm und mit Hut, Schal und schwerem Wintermantel an der offenen Haustür, die Hand schon auf dem Türknauf. Mürrisch verdrehte er die Augen und schloss die Tür wieder, die dem unangenehmen Wind dieses spätherbstlichen Morgens erlaubt hatte, durch die Räume zu ziehen. James schluckte die unfreundlichen Worte hinunter, die ihm auf der Zunge lagen, und zwang sich zu einem Lächeln. »Ich treffe mich mit einem Mandanten, Darling. Wir haben gestern Abend darüber gesprochen, erinnerst du dich nicht?«

»Kann dein Mandant denn nicht hierher kommen?«, fragte Davinia weinerlich. Sie stand in einem ihrer wenig ansehnlichen »Ankleidemäntel« auf der Treppe, und James dachte nicht zum ersten Mal, dass man ihr jedes ihrer vierzig Jahre deutlich ansah. Zwar hatte sie in der letzten Zeit schlecht geschlafen, wie er zu ihrer Verteidigung gelten ließ – doch es kränkte ihn, dass sie sich wenig Mühe mit ihrem Äußeren gab. Vor der Affäre mit ihm, James, war sie stets perfekt frisiert und zurechtgemacht gewesen.

»Ich kann meine Mandanten nicht hierher bitten, Davinia«, stieß er verärgert hervor. »Es macht einen viel professionelleren Eindruck, sie im Büro zu empfangen. Ich wünschte, du würdest wenigstens versuchen, das zu verstehen.«

Doch Davinia verstand es nicht, und das zeigte sie ihm nur allzu deutlich. »Du weißt doch, dass ich dich hier brauche, James«, erwiderte sie und kam die Treppe hinunter zu ihm.

James wusste nur zu gut, wie sehr sie ihn brauchte. Sie war im Laufe der Zeit immer fordernder geworden. »Du wirst sicher mal ein paar Stunden allein zurechtkommen, Darling«, gab er zurück und wandte sich wieder der Tür zu.

»Liebst du mich denn gar nicht mehr?«, fragte Davinia, den Tränen nahe.

James seufzte innerlich. Er hatte es satt, ihr ständig aufs Neue zu versichern, wie sehr er sie anbetete. Es nahm ihm jede Freude am Zusammensein mit ihr. Er konnte sich nicht erinnern, dass Estella ihm je solch lächerliche Fragen gestellt hätte.

»Natürlich liebe ich dich, mein Schatz«, meinte er und wandte sich wieder ihr zu. »Ich wüsste nicht, was ich ohne dich tun sollte.«

»Dann bleib bei mir.« Sie ergriff seine Rechte mit beiden Händen und hielt sie fest. Es kostete James all seine Willenskraft, sich nicht loszureißen und davonzulaufen. »Ich habe dir doch gesagt, dass ich von einem Mandanten erwartet werde, Davinia, von John McClennon.« John war ein guter Freund von Davinias Stiefvater und ein sehr einflussreicher Mann. Doch in Wirklichkeit gab es diesen Termin gar nicht; das war reines Wunschdenken von James' Seite.

Davinia tat so, als hätte sie ihn nicht gehört. »Du weißt doch, dass du nicht zu arbeiten brauchst, James«, meinte sie und blickte kokett zu ihm auf. James fand, dass dieser Blick nicht zu einer Frau ihres Alters passte. Außerdem ließ er sich nicht gern daran erinnern, dass er von ihr ausgehalten wurde. Er musste auf schmerzhafte Weise erfahren, dass Seelenfrieden sich nicht erkaufen ließ.

»Ich muss aber meine Kontakte pflegen, Davinia. Außerdem sollte ein Mann nicht den ganzen Tag zu Hause verbringen. Ich bleibe nicht lange fort, ich verspreche es dir.«

Er drückte ihr einen Kuss auf die schlaffe Wange und eilte aus der Tür, bevor sie weitere Einwände erheben konnte.

Der scharfe Wind kühlte James die heißen Wangen, doch ihm war regelrecht übel. Davinia hatte Unsummen für die Einrichtung eines Kinderzimmers im oberen Stock ausgegeben und ihn immer wieder hinaufgerufen, damit er es sich ansah. Und ununterbrochen sprach sie von dem Baby – Estellas Baby –, doch er verstand sie nicht. Anfangs hatte er gedacht, ihr Interesse an dem Kind lenke sie von ihren ständigen Stimmungsumschwüngen und Weinkrämpfen ab, doch er war rasch zu dem Schluss gekommen, dass er ihre Tränen diesem verrückten Einfall mit dem Kind vorzog, der allmählich zur Manie wurde. Schon der Anblick der Wiege und all der Spielzeuge ließ James schaudern, und das Gerede über Kindermädchen und Kindergärten erweckte in ihm den Wunsch, die Flucht zu ergreifen.

James eilte zu seinem Zufluchtsort, dem Savoy Hotel. Die Teesalons dort waren warm und behaglich, und vor allem konnte Davinia ihn dort nicht erreichen. James hatte seit Wochen keine einträglichen Mandanten mehr gehabt. Kleinere Aufträge hatte er – wenn auch zögernd – abgelehnt, weil Davinia ihn sonst in seinem neuen Büro angerufen und angebettelt hätte, nach Hause zu kommen. Dabei schreckte sie auch nicht davor zurück, ihn zu erpressen: Ihn erwartete dann entweder tagelanges Schweigen, das er aber eher begrüßte, oder sie verweigerte sich ihm, was er mit Gleichmut ertrug. Wenn auch das nichts half, pflegte Davinia ihm das Geld zu kürzen.

James hatte angenommen, ihre Besessenheit, was das Baby betraf, würde mit der Zeit nachlassen, doch Davinia dachte seit langer Zeit an kaum etwas anderes. Ständig drängte sie ihn, nach Australien zu reisen und das Kind zu holen, obwohl James ihr immer wieder sagte, dass es bis zur Geburt noch Monate dauerte.

Er trank seine dritte Tasse Kaffee und las seine Zeitung zum zweiten Mal, als Marcus und Caroline den Teesalon betraten. Als James aufblickte und sie entdeckte, stöhnte er innerlich auf. »Und ich dachte, der Tag könnte nicht viel schlechter werden«, murmelte er vor sich hin und erhob sich, um sich auf den Weg zu machen.

Caroline entdeckte ihn sofort. Sie verspürte eine so tiefe Abneigung, dass sie schauderte. Dann aber dachte sie an ihre vergeblichen Versuche, Estella zu erreichen. Irgendwie musste sie herausfinden, ob es ihrer Tochter gut ging, auch wenn das bedeutete, mit ihrem verachtenswerten Schwiegersohn sprechen zu müssen.

»James?«, rief sie, und er hielt widerstrebend inne.

»Ich bin nicht in der Stimmung, mich mit euch zu streiten«, sagte er, während er seine Zeitung faltete und sie sich unter den Arm klemmte. Der Anblick von Caroline und Marcus erweckte Schuldgefühle in ihm. Zwar hatte er nicht ernsthaft vor, Estella das Baby wegzunehmen, doch er hatte auch noch nichts unternommen, Davinia von ihren Plänen abzubringen.

Caroline nahm an, dass James' düstere Stimmung nichts mit ihr und Marcus zu tun hatte, sondern eher mit Davinia, und sie freute sich insgeheim, dass sein Leben nicht so reibungslos verlief, wie er es sich wahrscheinlich vorgestellt hatte. Sie hätte ihm sogar einen völligen Fehlschlag gegönnt.

»Hast du Verbindung zu Estella aufgenommen?« Carolines kühler Tonfall verriet ihre Bitterkeit.

»Nein«, gab James knapp zurück.

Caroline beherrschte sich nur mühsam. »Findest du nicht, du sollest es tun?«

James seufzte. »Ich werde hinfliegen, sobald ... das Baby kommt.« In diesem Moment erkannte er, dass er die Gelegenheit nutzen und den Zeitpunkt der Geburt erfahren konnte.

Caroline starrte ihn überrascht an. »Wirklich?« Ihr Gefühl

sagte ihr, dass er seine Meinung nicht geändert hatte; dennoch keimte ein wenig Hoffnung in ihr auf.

»Ja. Wie war nochmal der errechnete Termin?«

Caroline überlegte. »Florence sagte, Estella habe das Kind Mitte Juni empfangen, also müsste es Ende März geboren werden – aber das solltest du selbst ja wohl am besten wissen.«

James schluckte eine zornige Antwort hinunter und verließ mit hochrotem Gesicht den Salon.

Ein leises Summen war das erste Geräusch, das Estella bewusst wahrnahm. Ihre Nase juckte, weil ihr die Fliegen übers Gesicht krabbelten. Ihre eine Wange fühlte sich unerträglich heiß an, denn sie lag auf dem nackten Metall des Flugzeugrumpfes. Die innere Verkleidung war abgerissen, und die Nachmittagssonne brannte unbarmherzig auf die Außenhülle herab. Estella hob den Arm, um die Fliegen zu vertreiben; sie fühlte sich schrecklich steif. Sie öffnete die Augen einen Spalt, doch die Sonne, die durch das zerbrochene Fenster fiel, blendete sie so sehr, dass sie die Lider rasch wieder schloss. Nach einigen weiteren Versuchen hatten ihre Augen sich so weit an die Helligkeit gewöhnt, dass sie ihre Umgebung wahrnehmen konnte. Entsetzt sah sie riesige Ameisen über irgendetwas Klebriges unmittelbar vor ihrem Gesicht laufen und stellte fest, dass es sich um Blut handelte. Auf ihrem Handrücken klaffte eine Schnittwunde, ihr anderer Arm war voller tiefer Kratzer.

»O nein!«, stieß sie hervor, und ihr schauderte bei dem Gedanken, dass ihr Körper binnen kurzer Zeit von Ameisen übersät gewesen wäre, wenn sie nicht aus ihrer Ohnmacht erwacht wäre.

Innerhalb eines Sekundenbruchteils begriff sie, wo sie sich befand und was geschehen war. »Murphy!«, rief sie und wandte den Kopf – doch ein heftiger Schmerz in ihrem Nacken ließ sie zusammenfahren. Erschrocken stellte sie fest, dass ein großes Metallteil sie vom Piloten trennte. Ungläubig starrte sie auf den Motorblock, der die Wand durchschlagen und das Instrumentenbord zertrümmert hatte.

Murphy saß noch immer angeschnallt in seinem Sitz. Sein Kopf hing vornüber, und Estella schloss daraus, dass er entweder bewusstlos war – oder Schlimmeres. Eine Spur aus getrocknetem Blut verlief quer über eines seiner Augen und die Wange hinunter, und sein Gesicht war von Fliegen bedeckt. Das Blut stammte von einer hässlichen Platzwunde an seinem Haaransatz. Es war fast eingetrocknet, worauf Estella schloss, dass sie lange Zeit bewusstlos gewesen sein musste. Andererseits sog die glühende Wüstensonne jede Flüssigkeit sehr schnell auf.

War es eine Stunde gewesen oder mehrere? Sie trug eine Uhr, doch ein Blick sagte ihr, dass diese bei der Notlandung zerbrochen war. Angstvoll betastete sie ihren Leib. Sie hatte keine Schmerzen, machte sich jedoch schreckliche Sorgen um ihr Baby.

»Ruhig bleiben!«, befahl sie sich und holte tief Luft. Dann wandte sie sich zur Seite und streckte den Arm aus, um Murphy zu berühren. »Wach auf, Michael!«, wollte sie rufen, doch ihre Stimme war kaum mehr als ein raues Flüstern, und ihr Brustkorb schmerzte. Ihre Hand zitterte, und sie atmete noch einige Male tief ein und aus. »Es geht mir gut«, sagte sie zu sich selbst. »Es ist ein Wunder, dass ich am Leben bin, aber es wird alles wieder gut.«

Mit zitternden Händen versuchte sie, den Verschluss ihres Gurtes zu öffnen. Ihre schmerzenden Beine steckten in einem schmalen Zwischenraum zwischen Motor und Bordwand. Sie hatte Glück gehabt, dass sie nicht eingeklemmt worden waren. Plötzlich musste sie an Murphys lange Beine denken, und es durchlief sie eiskalt.

»Bitte, lass ihn unverletzt sein, lieber Gott!«, betete sie, während sie mit den Händen die Fliegen verscheuchte.

Sie kletterte aus dem Sitz in den hinteren Teil der Maschine, wo es aussah wie nach einer Explosion. Überall lagen Kisten, von denen sie nicht wusste, was sich darin befand, dazwischen Glasscherben, Steine und abgerissene Äste karger Sträucher. Estella beugte sich über die Rückenlehne von Murphys Sitz und rief wieder seinen Namen, doch er rührte sich nicht. Ihre Augen füllten sich mit Tränen, während sie an seiner Halsschlagader nach dem Puls fühlte. Dann atmete sie vor Erleichterung tief durch: Murphy lebte! Ein Blick auf seine Beine jedoch ließ sie zusammenzucken. Eines war voller blutender Schnitte, auf denen Fliegen herumkrochen, das andere schien teilweise unter dem Motor eingeklemmt zu sein. »O Gott!«, rief sie entsetzt. »Wir brauchen Hilfe!«

Sie kroch zur Tür und versuchte sie zu öffnen. Zuerst bewegte sie sich keinen Millimeter, und Estella geriet in Panik. Zitternd stieß sie immer wieder dagegen, bis die Tür schließlich nachgab und aufschwang. Estella blickte hinaus auf die karge Landschaft, über der die unbarmherzig glühende Sonne stand. Entsetzt starrte sie auf die breite Schneise der Verwüstung, die die Maschine bei der Notlandung hinterlassen hatte. Niedergemähte Sträucher lagen am Boden, Felsbrocken waren zur Seite geschleudert worden. Sie sah das zerstörte Fahrgestell der Maschine, Metallteile, Glasscherben und Fensterrahmen. Das Flugzeug steckte schräg im Sand, von einem Flügel und dem Propeller gehalten, der sich tief in den Boden gebohrt hatte. Um sie herum war nichts. Die Landschaft wirkte vollkommen eben, so weit das Auge reichte. Sie befanden sich buchstäblich mitten im Nirgendwo. Estella kämpfte eine neuerliche Woge der Panik nieder.

Als sie ein Stöhnen hörte, wandte sie sich um und kroch zu Murphy zurück. Sie beugte sich über ihn und wiegte seinen Kopf in den Armen.

»Estella ...«, brachte er mühsam hervor.

»Ich bin hier«, sagte sie leise.

Er öffnete mühsam die Lider und verzog vor Schmerz das zerschundene Gesicht. Einen Moment lang blickte er verwirrt um sich. »Wir leben ...!«, flüsterte er dann ungläubig.

Dass es ihn so überraschte, machte Estella erst richtig klar, wie viel Glück sie gehabt hatten. Es grenzte an ein Wunder, dass sie überlebt hatten.

»Ist mit dir alles in Ordnung?«, fragte er.

»Ja.«

»Ist das Baby ... ist es ...« Er wagte es nicht auszusprechen.

»Dem Baby geht es gut. Im Moment mache ich mir mehr Sorgen um dich.«

Murphy blickte auf seine Beine und den Motorblock, der die Wand des Cockpits durchbrochen hatte. »O Gott«, stieß er keuchend hervor. Sein eines Bein brannte wie Feuer, während das andere sich beängstigend taub und geschwollen anfühlte. Wenn er es zu bewegen versuchte, ließ der Schmerz ihn fast wieder das Bewusstsein verlieren. Vielleicht würden sie trotz der gelungenen Notlandung sterben. Murphy starrte auf die Stelle, wo das Funkgerät gewesen war, doch das Instrumentenbord war fast völlig zertrümmert.

Warum habe ich nicht vor der Landung unsere Position durchgegeben?, fragte er sich verzweifelt. Wie konnte ich so dumm sein! An sich war es eine Routinehandlung.

Plötzlich fiel ihm wieder ein, dass er nicht mehr klar hatte denken können, nachdem Estella ihm gesagt hatte, dass sie schwanger war. Er hatte einen folgenschweren Fehler begangen, der sie nun beide das Leben kosten konnte.

Estellas Gedanken rasten. Zwar waren das Instrumentenbord und das Funkgerät zerstört, doch sie tröstete sich damit, dass Murphy bestimmt wusste, wie weit es bis zur nächsten *station* oder zu einem Lager der Aborigines war. Außerdem würde man nach ihnen suchen, wenn sie nicht in Yattalunga eintrafen. Murphy war schon jahrelang über das Outback geflogen und kannte die Wüste wie seine Westentasche. Es gab kaum einen Ortskundigeren als ihn. Estella weigerte sich, auch nur daran zu denken, dass sie die Notlandung überlebt hatten, nur um in der Wüste qualvoll an Hunger und Durst zu sterben.

Murphy war weit weniger zuversichtlich. Er wusste, dass sie mindestens fünfzig Meilen von *Yattalunga Station* entfernt waren und dass es in diesem Gebiet keine Lager der Aborigines gab. Wenn Charlie und Dan erfuhren, dass sie nicht angekommen waren, würden sie über Funk Longreach anrufen und ein Suchflugzeug anfordern. Die Maschine würde jedoch nicht vor dem nächsten Morgen starten, und es würde Stunden brauchen, um die Simpson-Wüste überhaupt erst zu erreichen. Murphy war sicher, dass sein Bein gebrochen war und dass es fast unmöglich sein würde, sie in der Weite dieser Landschaft auszumachen. Aber wie sollte er Estella beibringen, dass ihr Überleben vielleicht gar kein Segen, sondern ein Fluch war?

Als James nach Hause kam, wartete Davinia schon auf ihn. Überraschenderweise war sie angezogen, schien jedoch in düsterer Stimmung zu sein.

»Hallo, Darling«, begrüßte James sie und legte die Zeitung auf die Kommode in der Eingangshalle. Davinia saß im Salon am Kamin und blickte ihm durch die offene Tür entgegen. Sie hatte die Lippen fest zusammengepresst und trommelte mit den Fingern auf die hölzerne Lehne ihres Sessels.

Die herzliche Begrüßung, die James erwartet hatte, blieb aus. »Stimmt etwas nicht, Davinia?«

Seine Müdigkeit war nicht zu überhören. Oder war es sein schlechtes Gewissen? »Wie war dein Termin?«, fragte sie, und der stählerne Klang in ihrer Stimme ließ ihn erschauern. Man konnte Davinia vieles nachsagen, aber eine Närrin war sie nicht.

»Ich hatte gar keinen Termin mit John McClennon«, sagte er in der Annahme, dass sie es längst wusste.

»Was hast du *dann* getan?«

Er überlegte fieberhaft. Anscheinend hegte Davinia einen bestimmten Verdacht. Vielleicht vermutete sie, dass eine andere Frau im Spiel war – und wenn Davinia glaubte, dass er sie auf irgendeine Weise hinterging, würde sie ihn davonjagen. »Ich habe mich mit Caroline und Marcus Wordsworth getroffen«, sagte er rasch. Dass dieses Treffen gar nicht geplant gewesen war, musste er ja nicht erwähnen.

Davinias Augen wurden schmal. »Weswegen?«

»Wegen des Geburtstermins natürlich.«

Davinias Miene hellte sich kaum auf, was James zu der Überzeugung brachte, dass sie wirklich schlecht aufgelegt war. Er hatte das Gefühl, dass sie ihre Beziehung längst als beendet betrachtete. Bei diesem Gedanken musste er eine aufkeimende Panik niederkämpfen. Davinia hatte ihn in letzter Zeit oft zu sehr vereinnahmt, doch er genoss das Leben, das ihr Geld ihm ermöglichte, so sehr, dass er *alles* getan hätte, um dieses Leben weiterführen zu können.

»Ich weiß, wie viel es dir bedeutet, Darling«, sagte er, als er den Salon betrat. »Ich war nicht sicher, ob sie mich sehen wollten. Deshalb habe ich das Treffen mit John McClennon erfunden. Ich wollte dir keine falschen Hoffnungen machen.«

Davinia antwortete nicht. Sie trommelte weiter mit den Fingern auf die Armlehne des Sessels, und schwang einen Fuß rastlos hin und her, wie sie es immer tat, wenn ihr irgendetwas nicht gefiel. Vergeblich versuchte er sich zu erinnern, wann er sie je so kühl und abweisend erlebt hatte. Ihr Verhalten ließ ihn innerlich frösteln.

»Jedenfalls soll das Kind im März geboren werden. Also werde ich schon mal Reisepläne machen ... das heißt, wenn du noch immer willst, dass ich hinfahre.«

Davinia wandte sich ab und starrte in die Flammen des Kaminfeuers. James war klar, dass sie ohne Schwierigkeiten ein

Kind adoptieren konnte, wenn sie wollte. Jetzt, wo sie keine eigenen Kinder mehr bekommen konnte, brauchte sie auch ihn nicht mehr, und das war eine erschreckende Aussicht. Nur eines stand ihr noch im Weg: Die Arztberichte über ihren Gemütszustand in letzter Zeit. Doch mit ihrem Geld und ihren ausgezeichneten Verbindungen konnte sie jedes Hindernis leicht aus dem Weg räumen.

Estella ihrerseits besaß weder Geld noch Verbindungen. Wenn er also mit einer gerichtlichen Verfügung nach Australien reiste, in der festgehalten wurde, dass sie ihr Kind in ungeeigneten Umständen großzog und dass er, James, das alleinige Sorgerecht beanspruchen konnte, war er sicher, das Baby zu bekommen. Doch wollte er es eigentlich gar nicht, besonders, da er sich nie gewünscht hatte, Vater zu werden. Und er wusste, dass er Estella schon einmal das Herz gebrochen hatte und dass es ein grausamer Schlag für sie wäre, wenn er ihr nun auch noch das Baby nahm. Doch er hätte *alles* getan, um den Lebensstil aufrechtzuerhalten, der ihm gefiel.

Außerdem versuchte er sich einzureden, dass er dem Kind einen Gefallen tat: Es würde alles besitzen, was das Herz begehrte. Das Wissen, dass das Kind eine herrschsüchtige Stiefmutter und einen gleichgültigen Vater haben würde, verdrängte er wohlweislich.

»Ich habe über einige Dinge nachgedacht«, meinte er und setzte sich zu Davinia.

Sie wandte sich ihm zu und sah ihn abwartend an. »Und welche?«, fragte sie mit einem Anflug von Misstrauen.

»Sollen wir Giles bitten, bei unserem Kind Pate zu stehen? Ich weiß, dass er ohnehin der Stiefgroßvater wäre, aber er würde sich bestimmt freuen, wenn wir ihn auch zum Paten machten.«

Davinia antwortete ihm nicht, doch er sah, wie ihre finstere Miene sich aufhellte, und wusste, dass sie an Giles' Geld dachte.

»Was meinst du?«, fragte James mit entwaffnendem Lächeln.

Auch Davinia lächelte jetzt. »Wie rücksichtsvoll von dir, Darling!« Sie umarmte ihn, und James stieß einen Seufzer der Erleichterung aus.

23

Ralph Talbot legte eine Hand über die Augen, um sie vor dem blendenden Sonnenlicht zu schützen, und blickte zum weiten Himmel hinauf, der sich endlos über ihm erstreckte. Er suchte nach einem kleinen Flugzeug und lauschte auf das Geräusch eines Motors. Doch er sah nichts als den tiefblauen Himmel, an dem sich nicht einmal die Spur eines Wölkchens zeigte. Die einzigen Geräusche, die er hörte, waren der Schrei einer einsamen Krähe und das Gebrüll der Rinder auf der Weide am Haus. Zum zehnten Mal in ebenso vielen Minuten blickte er auf die Armbanduhr. »Wo bleiben sie nur, verdammt?«, murmelte er beunruhigt und ging zu seinem Sessel auf der Veranda zurück. Er vertrieb eine getigerte Katze, die es sich dort bequem gemacht hatte, und blickte auf Rusty, der einst sein bester Hütehund gewesen war. Jetzt bot er einen Mitleid erregenden Anblick, denn sein Körper war voller anscheinend juckender Pusteln, die ihn auch davon abhielten, die Katze zu jagen. An einigen Stellen war er völlig kahl, an anderen sah man schon das rohe Fleisch, weil er sich ununterbrochen kratzte. Ralph beobachtete ihn eine Weile und sagte dann zuversichtlich: »Bald bist du wieder der Alte, mein Freund.«

Inzwischen war es zehn Uhr, und nach Ralphs Schätzungen hatten Murphy und die neue Tierärztin schon eine halbe Stunde Verspätung. Vielleicht hatte sich ihr Abflug verzögert. Ralph ließ sich in seinen Sessel sinken und sagte sich, dass es keinen Grund zur Beunruhigung gab. Doch insgeheim wusste er, dass Murphy ihn über Funk informiert hätte, falls sie sich einfach nur verspätet hatten. Murphy war ein Vorbild an Zuverlässigkeit. Schließlich beschloss Ralph, den beiden noch ein paar Minuten zu geben und dann Charlie anzurufen, um sich zu erkundigen, wann sie losgeflogen waren.

Um zwanzig nach zehn war seine Geduld erschöpft. Er ging ins Haus und rief über Funk Charlie in Kangaroo Crossing. Wie viele andere Menschen im Outback hatte auch Ralph keinen Strom und kein Telefon, sodass er ein Pedalfunkgerät benutzte, um mit der Außenwelt in Verbindung zu treten.

»Murphy und die neue Tierärztin sind noch nicht angekommen«, sagte Ralph ernst. »Wann haben Sie die Stadt verlassen?«

»Ein paar Minuten nach acht«, erwiderte Charlie, dem das Herz plötzlich bis zum Hals schlug. Es war seine Aufgabe, zu notieren, wann die Maschine startete, und er hatte das Logbuch vor sich liegen. »Sie müssten längst bei dir sein.« Alle Wirte im Busch waren so etwas wie inoffizielle Berichterstatter über den gesamten Personenverkehr im Outback. Wenn jemand abreiste oder eintraf, wurde das festgehalten. Nur so erfuhr man, wenn eine Maschine ihr Ziel nicht erreichte.

Charlie überlegte angestrengt. Er dachte daran, dass Murphy vielleicht einen Umweg geflogen sein könnte, doch Estella hatte nur von Yattalunga gesprochen und Murphy ebenfalls. Einen Umweg hätte er sicher erwähnt, denn er war sehr gewissenhaft. Murphy hatte eingetragen, dass sie in Richtung Nord-West fliegen würden – genau die Route nach *Yattalunga Station.* Es gab keine anderen *stations* und Farmen in dieser Gegend. Und das bedeutete, dass etwas passiert sein musste.

»Ich werde versuchen, die Maschine über Funk zu erreichen«, sagte Charlie, dem die Kehle eng wurde.

Ein paar Minuten später meldete er sich wieder bei Ralph

und berichtete, dass er keine Antwort erhalten habe; nicht einmal ein statisches Rauschen in der Leitung habe er vernommen. Beide vermuteten das Schlimmste, doch keiner sprach es aus.

»Vielleicht musste Murphy notlanden«, sagte Charlie und klammerte sich an diese Hoffnung. »Das Funkgerät ist schon öfter ausgefallen. Das könnte ein Grund dafür sein, dass wir nichts von ihm gehört haben.«

»Eine Notlandung und dazu ein defektes Funkgerät? Das kann ich nicht recht glauben«, meinte Ralph.

Charlie wusste, dass Murphy unter normalen Umständen sofort einen Funkspruch abgegeben hätte, und das verwirrte ihn umso mehr. »Dann rufe ich jetzt Longreach und sorg dafür, dass sie ein Suchflugzeug losschicken«, sagte er. »Wir dürfen keine Zeit verlieren.«

Der einzige Farmer in der Nähe, der ein eigenes Flugzeug besaß, war Jock McCree, doch Acacia Ridge, sein Besitz von mehreren tausend Morgen, lag bei Winton, zweihundert Meilen nördlich von Longreach. Er würde sicher bereit sein, bei der Suche nach Murphy und Estella zu helfen, doch es würde ihn fast einen ganzen Tag kosten, das Suchgebiet überhaupt zu erreichen.

Als Charlie über Funk die *station* in Longreach anrief, die Basis des Flugrettungsdienstes, erfuhr er, dass eine der Maschinen mit Motorproblemen am Boden stand. Die andere war mit einem Arzt unterwegs nach Jericho, von wo aus ein schwer kranker Patient nach Brisbane geflogen werden musste. Verzweifelt funkte Charlie Acacia Ridge an.

»Tut mir Leid, dass wir euch nicht helfen können«, erklärte Mary McCree, Jocks Frau. »Aber ich erwarte Jock erst in einer Woche von einer Viehzählung zurück, und hier kann niemand anderer fliegen.«

Fluchend eilte Charlie zum Krankenhaus hinüber. »Sieht so aus, als sei Murphys Maschine notgelandet«, sagte er zu Dan und Kylie. »Und niemand kann helfen! Longreach sagt, eine ihrer Maschinen sei auf dem Weg nach Brisbane, und die andere steht mit Motorproblemen am Boden ...«

Dans Gesicht wurde bleich, und Kylie hatte das Gefühl, ihre Beine würden nachgeben. Sie musste sich setzen.

»Hat Murphy dir seine Position durchgegeben?«, wollte Dan wissen.

»Nein. Ich habe nichts von ihm gehört, das Funkgerät in der Maschine scheint tot zu sein.«

»Und Jock McCree? Hast du mit ihm gesprochen?«

Charlie nickte. »Mary sagt, er macht eine Viehzählung und wird vor Ablauf einer Woche nicht zurück sein. Wir müssen eine Suche am Boden organisieren.«

»Am Boden? Ohne einen Anhaltspunkt, wo die Maschine sein kann, haben wir praktisch keine Aussichten, sie zu finden!«, meinte Dan erschrocken.

»Hast du einen anderen Vorschlag?«, fragte Charlie in hilfloser Wut. »Wir können sie schließlich nicht da draußen lassen. Wenn sie ...« Er brachte es nicht über sich, das Wort »abgestürzt« auszusprechen. »Wenn Sie noch am Leben sind – und etwas anderes möchte ich nicht glauben –, sind wir die Einzigen, die helfen können.«

»Ich sag den Aborigines Bescheid«, rief Kylie und eilte hinaus.

Charlie beschloss, seine Gedanken offen auszusprechen. »Du könntest doch ...«

Aber Dan unterbrach ihn sofort. »Sag es nicht, Charlie. Es geht nicht, und das weißt du so gut wie ich.«

Charlie blickte ihn eindringlich an. Er hätte Dan gern daran erinnert, dass das Leben von zwei Menschen auf dem Spiel stand – doch es war sinnlos. Der Ausdruck in Dans Augen sagte ihm deutlich, dass dieser genau wusste, wie ernst die Lage war.

Murphy umfasste sein eingeklemmtes Bein mit beiden Händen und zog so fest er konnte. Dabei schrie er vor Schmerz laut auf. Estella blickte voller Angst auf sein schweißbedecktes, verzerrtes Gesicht, aus dem alle Farbe gewichen war. Sie fürchtete, dass er wieder das Bewusstsein verlor, und der Gedanke, dass sie allein war und ihm nicht helfen konnte, erfüllte sie mit Entsetzen.

»Was kann ich tun?«, fragte sie verzweifelt, doch Murphy schüttelte nur den Kopf und atmete tief ein, bevor er es noch einmal versuchte. Er fühlte, dass sein Wadenmuskel unter dem Motor eingeklemmt war. Wäre es der Knochen gewesen, hätte er sich unmöglich selbst befreien können. So musste ein Dingo sich in einer Falle fühlen! Die Versuchung, das eingeklemmte Bein einfach abzutrennen, war groß – doch zum Glück hatte er kein Messer dabei.

Wieder schöpfte er tief Atem; dann versuchte er es noch einmal. Dieses Mal drückte er mit einer Hand den Motorblock zur Seite, während er mit der anderen so fest an seinem Bein zog, wie er nur konnte. Ein glühender Schmerz schoss durch seinen Körper, als würde er auseinander gerissen.

Dann wurde es dunkel um ihn.

Estella blickte auf Murpyhs Bein. Wie durch ein Wunder hatte er es freibekommen, doch sie sah, dass Blut in alarmierender Geschwindigkeit den Stoff seiner Hose tränkte. Wenn sie nicht schnell handelte, würde er verbluten. Sie zog den Erste-Hilfe-Kasten, einen Kanister Wasser und ihren Arztkoffer zu sich heran. Dann stieg sie halb über Murphy hinweg und kauerte sich so über ihn, dass sie sein Bein versorgen konnte. Sie war beinahe erleichtert, dass er bewusstlos war, so litt er keine Schmerzen, als sie sein Hosenbein über dem Knie abschnitt und die Verletzung untersuchte. Es war ein grausiger Anblick, bei dem ihr flau wurde. Der Wadenmuskel war aufgerissen, sodass man den bleichen Knochen sehen konnte, der knapp unter dem Knie zwei Mal gebrochen war. Zudem war die Umgebung der Wunde stark geschwollen.

Estella legte einen Druckverband an, um die Blutung zu stillen, doch der Knochen musste gerichtet werden – und das war dort, wo Murphy jetzt saß, völlig unmöglich. Sie musste ihn irgendwie aus der Bewusstlosigkeit holen und dazu bringen, sich aus dem Sitz zu ziehen. Dann musste er sich flach hinlegen und das Bein hochlegen.

Estella drehte den Verschluss des Kanisters auf und spritzte Murphy etwas Wasser ins Gesicht. »Murphy, hörst du mich? Wach auf!«, rief sie verzweifelt.

Nach einer Weile öffnete er tatsächlich die Augen, doch er sah zum Fürchten aus. Da sie Angst hatte, er könne gleich wieder bewusstlos werden, spritzte sie ihm noch etwas Wasser ins Gesicht.

»Was tust du da?«, flüsterte er. »Himmel, ich hoffe, du verschwendest nicht unser kostbares Wasser ...« Er starrte auf den offenen Kanister in ihrer Hand. »Estella! Dieses Wasser ... hätte uns zwei Tage am Leben halten können ...!«

Estella ärgerte sich über seine heftige Reaktion, denn es befanden sich noch weitere Kanister im hinteren Teil der Maschine. »Ich hab dir nur ein wenig Wasser ins Gesicht gespritzt, um dich wieder wach zu bekommen. Du musst aus deinem Sitz klettern.«

»Aus ... meinem Sitz klettern?« Murphy blickte auf sein bandagiertes Bein, und es schien, als werde er sich plötzlich des Schmerzes bewusst. Sein Kopf sank nach hinten, und er wurde noch blasser.

»Bleib bei mir, Murphy! Du musst dein Bein hochlegen«, flehte Estella ihn an. »Kommst du aus dem Sitz heraus?« Sie öffnete den Verschluss seines Sicherheitsgurtes. »Bitte, versuch es wenigstens!«

Murphy sah sie aus trüben Augen an. Der Schweiß lief ihm in Strömen übers Gesicht. Er hatte offensichtlich schreckliche Schmerzen. Estella reichte ihm den Wasserkanister und forderte ihn auf, daraus zu trinken. »Ich könnte etwas Stärkeres gebrauchen«, stieß Murphy rau hervor, nahm jedoch zwei große Schlucke und atmete dann einige Male tief ein. Schließlich zog er sich mit den Armen aus dem Sitz und schrie voller Qual auf, als er sich das gebrochene Bein stieß und in den hinteren Teil der Maschine fiel. Wieder verlor er das Bewusstsein.

Estella stieg aus dem Flugzeug und suchte im Freien nach einem flachen, geraden Stück Holz, das sie als Schiene benutzen konnte. Schließlich brach sie einen Ast von einer Akazie ab und kletterte ins Innere der Maschine zurück. Besorgt beugte sie sich über Murphy. »Kannst du mich hören?«, fragte sie leise und hoffte, er sei noch immer ohnmächtig, denn es würde ihm fürchterliche Schmerzen bereiten, die Knochen seines Beines zu richten.

Murphy schlug die Augen auf. »Wer ... will das wissen?»

Estella hätte fast gelächelt. Das klang ganz wie der alte, streitbare Murphy.

»Dr. Estella Lawford, Tierärztin«, erwiderte sie.

Murphy stöhnte. »Ich mag ja kein Gentleman sein, aber ich bin ganz sicher kein Tier, also komm nur nicht auf dumme Gedanken!«

»Es gibt keine Tiere, die so dickköpfig sind wie du. Aber wenn ich deinen Knochen nicht richte, muss Dan ihn noch einmal brechen, wenn wir nach Kangaroo Crossing zurückkommen.«

»Darüber würde ich mir keine Gedanken machen«, gab Murphy trocken zurück.

Estella hatte das Gefühl, jemand habe ihr ins Gesicht geschlagen. »Warum nicht?«

Murphy sah sie an, und sein Blick sagte ihr, dass er nicht an eine Rettung glaubte. Wütend stieß Estella hervor: »Du überraschst mich sehr!«

»Weshalb? Weil ich unsere Lage realistisch sehe? Ich werde nicht hier liegen und so tun, als wäre alles in bester Ordnung!«

»Ich weiß auch, dass nicht alles in bester Ordnung ist – ich bin schließlich keine Närrin!«, rief Estella.

»Das Funkgerät ist zerstört, und wir sind noch mindestens fünfzig Meilen von *Yattalunga Station* entfernt. Ich habe mir das Bein gebrochen und kann nicht laufen – also ist unsere Lage ziemlich aussichtslos.«

»Aber wir leben, Murphy, und inzwischen hat Ralph Talbot sicher schon über Funk mit Charlie gesprochen, also wird er wissen, dass etwas nicht stimmt.«

Murphy verzog das Gesicht. »Charlie kann zwar Longreach informieren, aber niemand kennt unsere Position ... und das ist meine Schuld. Die Chance, uns in der Simpson-Wüste zu finden ist ungefähr so groß, wie die berühmte Nadel im Heuhaufen zu entdecken. Ich hätte vor der Notlandung unsere Position durchgeben müssen, aber ich konnte nicht klar denken ...« Er blickte auf Estellas Leib, und sie wusste, dass er deshalb so verwirrt gewesen war, weil sie ihm von dem Kind erzählt hatte. Insofern war auch sie in gewissem Sinne an ihrer Situation schuld.

»Wir werden wegen meiner Pflichtvergessenheit sterben ... ich kann es nicht fassen ...«

Estella schüttelte energisch den Kopf. »Ich will dein Selbstmitleid und deine pessimistischen Bemerkungen nicht hören! Du kennst dieses Land besser als jeder andere ...«

»Und darum weiß ich, dass wir kaum eine Überlebenschance haben«, unterbrach er sie. Dann sah er ihren entsetzten Blick und fügte hinzu: »Es tut mir Leid, aber ich kann unsere Lage nicht schönreden. Wir haben zwar die Bruchlandung überlebt, aber wir werden wahrscheinlich hier draußen sterben.«

Estella wurde blass. »Ich will nichts davon hören. Zu Hause wartet ein Tier auf mich, das meine Hilfe braucht – und ich muss an mein Kind und seine Zukunft denken!« In hilfloser Wut und Verwirrung sprang sie aus dem Flugzeug und lief davon.

»Estella, komm zurück!«, rief Murphy. Es kam ihm vor, als durchlebe er seinen schlimmsten Albtraum zum zweiten Mal. »Estella! Es tut mir Leid – bitte komm zurück!«

Estella blieb stehen und wandte sich wieder der Maschine zu. »Warum sollte ich?«, fragte sie kühl. Sie verstand seine Haltung nicht, denn ihres Erachtens hätte sie mehr Grund gehabt zu resignieren, und Murphy hätte derjenige sein müssen, der ihr Mut zusprach und der ihr versicherte, dass sie beide gefunden würden.

Murphy seufzte. »Ich hatte dich für vernünftiger gehalten, als dass du jemanden ernst nimmst, der eben einen Schlag auf den Kopf bekommen hat.«

»Wenn du weiter so redest, hätte ich große Lust, dir noch eines zu verpassen!«, erwiderte Estella wütend.

Die Situation war so absurd, dass Murphy trotz allem lachen musste. Gleich darauf stöhnte er wieder vor Schmerzen.

Estella kam zum Wrack zurück, kletterte zu ihm hinein und öffnete ihren Medikamentenkoffer, um nachzusehen, ob Morphium darin war.

»Was hast du vor?«

»Ich werde dir Morphium spritzen, damit du keine Schmerzen hast, wenn ich dir das Bein richte und die Wunde nähe.«

»Du wirst mir doch hoffentlich keine Tiermedikamente spritzen?« Murphy war sichtlich entsetzt.

Estella bedachte ihn mit einem verärgerten Blick. »Morphium ist Morphium.«

»Werde ich danach laufen können?«

»Nein, du darfst dein Bein nicht belasten.«

»Dann kann ich dir ja gar nicht helfen!«

Estella lächelte. »Ihr Männer und euer dummer Stolz!«

Murphy stöhnte auf, als ein fast unerträglicher Schmerz durch sein verletztes Bein schoss.

»Bist du denn wenigstens sicher, dass du mein Bein wirklich richten kannst?«, fragte er, als der Schmerz ein wenig verebbt war. »Ich möchte nämlich nicht, dass es hinterher so krumm ist wie die Hinterbeine eines Kängurus.«

Estella runzelte die Stirn. Sie wusste, dass es dieses Mal nicht nur männlicher Stolz war, der ihn fragen ließ: Er schien Zweifel an ihren Fähigkeiten zu hegen. »Ich bin die Einzige, die dir hier helfen kann, Murphy, also wirst du mir wohl oder übel vertrauen müssen. Außerdem sind Kängurus hervorragende Läufer.«

Doch Murphy war nicht mehr zu Scherzen aufgelegt. Er verfluchte das Schicksal, das ihn in diese Lage gebracht hatte. Unter normalen Umständen hätte er alles getan, um ihrer beider Leben zu retten; stattdessen lag er hilflos am Boden. »Mach dir keine Gedanken um mich – tu einfach, was du tun musst«, sagte er leise.

Estella ahnte nicht, wie verbittert er war. »Das habe ich vor«, erwiderte sie und zog die Spritze mit der Morphiumlösung auf. »Wie viel wiegst du?«

Murphy schnaubte verärgert. »Ein sehr passender Zeitpunkt, mich nach meinem Gewicht zu fragen, findest du nicht?«

Estella seufzte entnervt. »Für so eitel hatte ich dich gar nicht gehalten. Ich frage nur, weil ich dir keine Überdosis geben will.«

Murphy runzelte die Stirn. »Ungefähr sechsundachtzig Kilo«, meinte er mit einem misstrauischen Blick auf die Nadel.

»Also ungefähr das Gewicht eines ausgewachsenen Schweins.« Nachdem sie noch einmal nachgerechnet hatte, stieß Estella ihm die Nadel in die Vene. Ein paar Minuten später ließen seine Schmerzen nach, und er verspürte den überwältigenden Wunsch zu schlafen. Dass Estella sich an seinem Bein zu schaffen machte, bekam er kaum mit.

Als Murphy die Augen wieder aufschlug, saß Estella draußen vor der Maschine an einem Lagerfeuer. Im Westen ging gerade die Sonne unter und nahm die glühende Hitze mit sich. Der Himmel strahlte noch in leuchtendem Rot. Doch Murphy war nicht danach zu Mute, die Schönheit der Natur zu bewundern, denn er wusste nur zu gut, wie grausam sie sein konnte. Er blickte auf sein Bein, in dem ein heftiger Schmerz pochte, und sah einen sauberen, geschickt angelegten Verband. Dann betastete er seine Stirn und fühlte drei Stiche nahe dem Haaransatz. Schließlich wandte er sich wieder Estella zu, die tief in Gedanken versunken schien. Ihre Besonnenheit überraschte ihn; vor allem aber bewunderte er ihren Mut und ihr medizinisches Können. Sie war so anders als ...

»Wo hast du gelernt, Feuer zu machen?«, fragte er.

Sie sah ihn an. »Ich habe Mai oft genug dabei zugesehen. Wie fühlst du dich?«

»Nicht schlecht, wenn man bedenkt ... Isst du gerade Dörrfleisch?«

»Nein, Tawaltawalpa.«

»Was ist *das,* um Himmels willen?«

»Buschtomaten. Sie wachsen reichlich, hier ganz in der Nähe.« Estella stand auf und brachte ihm ein paar Früchte. »Du hast sie doch sicher auch schon gegessen?«

Murphy grinste. »Nein. Ob du es glaubst oder nicht, ich ziehe Charlies Steaks vor. Bist du sicher, dass sie nicht giftig sind?«

Jetzt lächelte Estella. »Ich habe sie auf meinen Spaziergängen mit Mai schon oft gegessen. Da drüben steht auch ein Strauch mit Buschrosinen.« Sie deutete in Richtung der untergehenden Sonne.

Murphy war sichtlich überrascht.

»Ich weiß, dass du einen Notvorrat an Essen in der Maschine hast«, sagte Estella, »aber wir sollten zuerst von dem leben, was wir hier finden, und die Notration so lange wie möglich aufheben.«

Wieder einmal war Murphy beeindruckt von ihrer Umsicht. Dennoch – falls nicht ein Wunder geschah, waren sie verloren.

Estella kletterte in die Maschine und setzte sich neben ihn. »Glaubst du, dass Ralph auf seiner Farm gerade eine Viehzählung vornimmt?«

Murphy wusste, worauf sie hoffte – dass dann vielleicht einige Treiber vorüberkamen. »Die südliche Grenze seines Besitzes befindet sich ungefähr zehn Meilen nördlich von hier. Ich glaube nicht, dass die Rinder so weit ziehen. Hier in der Gegend würden sie nicht viel Futter finden.«

Enttäuscht fragte sie: »Fliegst du immer dieselbe Route nach Yattalunga?«

»Nicht genau. Es ist nicht dasselbe, als wenn man einer Straße folgt.« Er las auch dieses Mal ihre Gedanken. »Estella, auch wenn du mir nicht glaubst – aus der Luft sind wir praktisch unsichtbar. Es wäre ein Wunder, wenn jemand uns entdeckte.«

Estella fiel etwas ein, doch sie wählte ihre Worte sehr behutsam. »Wenn dein Bein nicht gebrochen wäre, was würdest du tun, damit man uns aus der Luft oder aus der Entfernung besser sieht?«

Murphy überlegte. »Ich würde eine Landepiste vorbereiten und sie durch größere Steine kennzeichnen. Außerdem würde ich irgendetwas Buntes über die Maschine legen, damit sie sich in der Farbe von der des Bodens abhebt.«

»Was könnten wir nehmen?«

»Hier irgendwo muss eine gelbe Decke liegen. Und wenn tatsächlich ein Flugzeug in unsere Nähe käme, würde auch ein stark rauchendes Feuer helfen.«

»Und wo würdest du diese Landepiste anlegen?«

»An einer möglichst ebenen und sandigen Stelle. Aber man müsste eine Menge großer Steine forträumen.«

»Dann werde ich bei Tagesanbruch nach einer geeigneten Stelle suchen.«

Murphy blickte Estella ungläubig an. »In meinem Zustand würde ich Monate dafür brauchen.«

»Du machst es ja auch nicht, sondern ich.«

»Aber das kannst du nicht – du bist schwanger!«, stieß Murphy hervor. »Außerdem hättest du innerhalb von fünf Minuten einen Sonnenstich.«

Estella blickte ihn entschlossen an. »Schwangere Frauen arbeiten in vielen Ländern der Welt auf den Feldern. Und was die Hitze betrifft, werde ich eben früh morgens und spät abends arbeiten – wenn es sein muss, auch im Mondlicht. Bitte sag mir jetzt nicht, dass ich nur meine Zeit verschwende. Auch wenn es nicht gut für uns aussieht, will ich wenigstens versuchen, das Beste daraus zu machen.«

Sie verschwieg Murphy, dass sie notfalls auch versuchen würde, zu Fuß nach Yattalunga zu gehen. Eines war jedenfalls sicher: Sie hatte nicht vor, in der Wüste zu sterben.

24

Als Dan Dugan das Crossing Hotel betrat, war er erstaunt, Edna allein in der Bar anzutreffen. »Wo ist Charlie?«, fragte er und dachte einen Moment, dieser sei vielleicht schon losgegangen, um Murphy und Estella zu suchen. Dann aber hörte er Stimmen im Gesellschaftsraum. »Er da drinnen, Doktor«, erklärte Edna und deutete in Richtung der geschlossenen Tür, hinter der das Stimmengewirr zu vernehmen war.

Jetzt fiel Dan auch die Versammlung wieder ein, die Charlie einberufen hatte. Seit Dan erfahren hatte, dass Murphys Maschine spurlos verschwunden war, war er so niedergeschlagen und voller Sorge, dass er sich kaum auf seine Arbeit hatte konzentrieren können. Zum Glück waren nur Patienten mit harmloseren Problemen zu ihm gekommen, und nur einmal hatte er beinahe einen Fehler begangen: Eine ältere Aborigine hatte Asche im Auge gehabt, die Dan mit antiseptischer Lösung hatte ausspülen wollen. Zum Glück hatte Kylie es rechtzeitig gesehen und ihn daran gehindert, bevor ernsthafter Schaden entstanden war.

»Ich würde ein Bier trinken, wenn du mir eins gibst, Edna«, sagte er. Sicher würde es ihn beruhigen.

Edna schüttelte den Kopf. »Kein Bier, Doktor.«

Dan fühlte, wie Panik in ihm aufstieg. Dann fiel ihm wieder ein, dass die durstigen Zuschauer der Picknick-Rennen die Bar trockengelegt hatten. »Habt ihr wirklich keinen Tropfen mehr?«

Edna deutete seine Hilflosigkeit fälschlich als Erstaunen und erwiderte strahlend: »Nichts.«

Dan war verzweifelt. Er hatte an nichts anderes denken können als an Murphy und Estella. Dass Estella ihr Kind verlieren könnte, erfüllte ihn mit Trauer und Hass auf sich selbst, da er sich nicht in der Lage fühlte, ihr zu helfen. In ohnmächtigem Zorn blickte er auf seine zitternden Hände und ballte die Fäuste. Nie zuvor hatte er sich so sehr nach einem Bier gesehnt.

Als Dan sich der Tür des Gesellschaftsraumes näherte, hörte er, dass drinnen gestritten wurde. Niemand bemerkte ihn, als er hineinschlüpfte und sich im hinteren Teil einen Platz suchte. Charlie versuchte, eine Suchaktion zu organisieren, doch die Besitzer der *stations* und Farmen und die Einwohner von Kangaroo Crossing waren offensichtlich unterschiedlicher Meinung darüber, wie man am besten vorging. Alle waren gereizt, und die Spannung im Raum war fast mit Händen zu greifen. Dan wusste, warum: Murphy war stets allein zurechtgekommen und hatte anderen in Notfällen geholfen. Jetzt brauchte er selbst Hilfe, und die anderen konnten sich nicht einigen, was zu tun war.

»Es wäre das Beste, auf ein Suchflugzeug zu warten«, meinte Teddy Hall.

»Ja. Es wäre Wahnsinn, zu Fuß in der Wüste umherzustreifen«, schloss Frances Waitman sich ihm an.

»Da draußen sind schon genügend Leute gestorben«, fügte Teddy hinzu. »Und ich möchte nicht, dass es mir auch so ergeht. Außerdem würde Murphy nicht wollen, dass wir unser Leben für eine fast aussichtslose Suche aufs Spiel setzen.«

»Er hat Recht«, pflichtete Marjorie ihm bei.

»Natürlich wäre es vernünftiger, zu warten«, pflichtete Charlie bei. »Aber es wird noch ein paar Tage dauern, bis wir ein Suchflugzeug zur Verfügung haben, und in der Zwischenzeit könnten Murphy und Estella sterben!«

»Murphy hat immer einen Erste-Hilfe-Kasten, einen Notvorrat und sehr viel Wasser bei sich«, meinte Barney.

»Das nützt ihnen alles nichts, wenn ...«, Charlie wagte es kaum auszusprechen, »... wenn sie ernsthaft verletzt sind.«

»Vielleicht schaffen sie es in Longreach, die Maschine mit dem Motorproblem schnell zu reparieren«, warf Marjorie ein.

»Ich bezweifle, dass sie die Ersatzteile so schnell bekommen. Außerdem – wir wissen doch überhaupt nicht, ob sie zehn oder hundert Meilen von hier entfernt notgelandet sind«, sagte Barney. »Wenn es hundert Meilen sind, würde eine Suchmannschaft eine ganze Woche brauchen, um sie zu erreichen.«

»Ich finde es am vernünftigsten, auf ein Suchflugzeug zu warten«, meinte Teddy, und zustimmendes Gemurmel wurde laut.

»Ich bin anderer Meinung.« In Charlies Stimme schwangen Enttäuschung und Angst mit. »Ihr nehmt einfach an, dass sie hundert Meilen entfernt notgelandet sind, dabei könnten es genauso gut fünf oder zehn Meilen sein. Ich habe nicht vor, hier zu sitzen und nichts zu tun, in der Hoffnung, dass ein Flugzeug sie früh genug entdeckt. Vielleicht finden wir sie wirklich nicht, aber ich kann nicht untätig abwarten. Murphy würde auch keinen von uns im Stich lassen. Wer ist bereit, mit mir zu gehen?«

»Ich komme mit«, sagte Marty.

Charlie hatte gewusst, dass er sich auf Marty verlassen konnte. Doch die anderen ...

Das Schweigen dehnte sich.

»Du kannst auf mich zählen«, erklärte Wags.

»Auf mich auch«, sagte Kylie.

Charlie runzelte die Stirn.

»Vielleicht braucht ihr eine Krankenschwester!«, beharrte sie.

Charlie musste zugeben, dass sie Recht hatte. Estella würde

vielleicht Hilfe brauchen, besonders, wenn mit dem Baby etwas nicht stimmte.

»Da draußen ist es zu anstrengend für eine Frau«, meinte Marjorie, die nie den Mut gehabt hätte, selbst mitzugehen.

»Wir passen schon auf Kylie auf«, erwiderte Charlie.

»Kev geht auch mit«, erklärte Betty und stieß ihren Mann an, der ein wenig überrascht wirkte.

»Äh ... ja, klar!«, sagte Kev mit etwas verspätetem Enthusiasmus.

»Ich bin ebenfalls dabei«, meldete sich John Matthews zu Wort, ohne auf Teddys finsteren Blick zu achten.

»Und ich auch«, ließ Dan sich von hinten vernehmen.

»Vielen Dank, Dan«, erwiderte Charlie. »Aber wir dürfen die Hilfe für die Familien auf den Farmen nicht aufs Spiel setzen.«

»Ohne Murphy und sein Flugzeug kann ich nicht zu den *stations* und Farmen gelangen«, sagte Dan bitter, und das Gefühl der Ohnmacht, das ihn quälte, war ihm deutlich anzusehen.

»Nein, aber wir alle wissen, dass du zumindest über Funk wertvolle Ratschläge geben kannst, die Leben retten können – und wir werden ja Kylie bei uns haben.« Charlie hoffte immer noch darauf, dass Dan seine Ängste überwinden und endlich handeln würde.

Dan senkte den Kopf.

»Ich möchte, dass du am Funkgerät bleibst und auf eine Nachricht von Murphy wartest, Dan«, meinte Charlie. »Wenn sein Gerät nicht völlig zerstört ist, wird er es vielleicht wieder in Gang bekommen.«

»Und ich bleibe mit Longreach in Verbindung«, erklärte Barney Everett. »Das wird das Klügste sein.«

Charlie nickte. »Dann gehen wir sechs bei Tagesanbruch los.« Er war erleichtert, endlich etwas unternehmen zu können.

»Am besten, wir teilen uns in Zweiergruppen und schwärmen aus«, meinte John Matthews. »Auf diese Weise können wir eine größere Fläche zwischen Kangaroo Crossing und Yattalunga absuchen.«

»Das halte ich für zu gefährlich«, erwiderte Marty. »Wir sollten jeder in Sichtweite des anderen bleiben.«

»Aber wir könnten sie verfehlen, und dann wäre das ganze Unternehmen reine Zeitverschwendung.«

»Sieh den Tatsachen ins Auge, John!«, stieß Marty ärgerlich hervor. »Ohne Suchflugzeug brauchen wir hunderte von Männern, um die ganze Simpson-Wüste abzusuchen, und so viele Leute haben wir nun mal nicht.«

»Ich könnte den Lastwagen mitnehmen«, schlug Wags vor.

»Das halte ich für keine gute Idee«, gab Charlie zurück. »Das Gelände da draußen ist sehr schwierig.«

»Das alte Mädchen hat schon reichlich raues Gelände gesehen«, beharrte Wags.

»Ich glaube, Charlie hat Recht«, meinte John. »Dein Lastwagen kann es nicht schaffen, Wags.«

»Aber wenn Estella und Murphy verletzt sind, braucht ihr ein Transportmittel, um sie nach hier ins Krankenhaus zu bringen«, erklärte Wags trotzig.

»Da hat er nicht ganz Unrecht«, meinte Frances Waitman.

»Du könntest dich hier bereithalten«, schlug Barney vor. »Wenn die Suchmannschaft Murphy und Estella findet und falls sie am Leben sind, könnte jemand zurückkommen und dich holen.«

Phyllis brach in Tränen aus, und Marjorie nahm sie tröstend in die Arme. »*Natürlich* sind sie am Leben!«

»Vielleicht hat Wags Recht«, überlegte Charlie. »Der Lastwagen könnte wirklich hilfreich sein, auch wenn wir nicht so schnell vorankommen. Wir könnten viel Wasser und Vorräte mitnehmen und Estella und Murphy leichter hierher transportieren.« Ihm wurde flau bei dem Gedanken, dass die beiden schwer verletzt sein könnten.

Dan hatte genug gehört. Er verließ den Gesellschaftsraum und war gerade auf dem Weg zur Tür, als Edna nach ihm rief. »He, Dr. Dan – ich hab 'ne Flasche gefunden, in der was drin ist.«

Dan blieb stehen und fuhr sich unwillkürlich mit der Zunge über die Lippen. »Was ist es denn?«, fragte er, doch es interessierte ihn im Grunde wenig. In diesem Moment wäre ihm sogar Terpentin willkommen gewesen. Er ging zurück zur Bar und betrachtete die staubige Flasche, die Edna hinter der Bar gefunden hatte. Das Etikett war von Silberfischen halb aufgefressen worden, doch er erkannte das Wappen der Royal Navy darauf. Dan zog den bröselnden Korken heraus und roch am Inhalt: Es war Rum, von der Sorte, die oft als »Magenputzer« bezeichnet wurde und von sehr zweifelhafter Qualität war.

Edna glaubte, Dan etwas Gutes zu tun, schenkte ihm ein Glas ein und reichte es ihm mit strahlender Miene. Dann hörte sie an der Hintertür die Stimmen von Aborigines und ging hinaus. Sie hatte zwei ihrer Brüder gebeten, Charlie in die Wüste zu begleiten, nur um sicher zu sein, dass er wohlbehalten zurückkehrte. Sie glaubte nicht, dass er sonst im Umkreis von fünf Metern um die Bar überleben würde.

Dan nahm das Glas und starrte auf den ein wenig trüben, rötlich-braunen Inhalt. Einerseits verspürte er das heftige Verlangen, das Glas in einem Zug zu leeren, obwohl er wusste, dass es nicht reichen würde. Andererseits stieß der Alkohol ihn fast ebenso ab wie seine Schwäche. Mit einem verzweifelten Aufschrei stieß er das Glas von sich, das hinter ihm auf dem Boden zerschellte.

Bei Einbruch der Dunkelheit wurde es in der Simpson-Wüste allmählich kühler. Estella überlegte, wo sie schlafen sollte. Sie verwarf den Gedanken, sich auf den steinigen Boden am Feuer zu legen, denn sie hatte Angst vor Skorpionen, die vor allem nachts herauskamen. Auch der Gedanke an Schlangen und die größten Ameisen die sie je gesehen hatte, sowie an die riesigen Spinnen würde sie keinen Augenblick zur Ruhe kommen lassen. Sie blickte zum Flugzeug hinüber. Murphy schien fest zu schlafen, und sie beschloss, sich ebenfalls in der Maschine hinzulegen. Es war zwar unschicklich, doch unter diesen Umständen erschienen ihr solche Bedenken geradezu absurd.

Estella schlüpfte ins Flugzeugwrack und zog die Tür hinter sich zu. Dabei entdeckte sie die gelbe Decke, von der Murphy gesprochen hatte. Sie legte sich neben ihn auf den Boden, von dem sie vorher die Scherben und den Schmutz entfernt hatte.

Die Scheiben an einer Seite der Maschine waren zerbrochen. Murphy muss frieren, dachte Estella und breitete die Decke behutsam über ihn. Dann kroch sie selbst darunter und schloss die Augen.

»Morgen versuche ich, das Funkgerät zu reparieren«, flüsterte Murphy plötzlich.

Estella wusste nicht, was sie sagen sollte. Sie fragte sich, ob Murphy träumte oder ob das Morphium Halluzinationen bei ihm hervorrief, aber das schien unwahrscheinlich.

»Es wird sicher alles gut«, sagte sie leise und schloss wieder die Augen. Bevor sie Murphy fragen konnte, ob er Schmerzen hatte und deshalb nicht schlief, hörte sie schon seine tiefen, regelmäßigen Atemzüge.

Dan ging zurück zum Krankenhaus, doch es warteten keine Patienten auf ihn. Er war erleichtert, denn er wollte nicht, dass jemand ihn in diesem schrecklichen Zustand des Entzuges sah. Kylie war noch im Lager der Aborigines hinter den Sanddünen, um mit den Mitgliedern ihres Clans zu sprechen, Betty und Kev waren offenbar nach Hause gegangen. Dan war klar, dass er keinen Schlaf finden würde, und seine Verzweiflung wuchs. Er konnte sich nicht daran erinnern, je so ruhelos gewesen zu sein. Mehr denn je verspürte er das heftige Verlangen, sich sinnlos zu betrinken. Er dachte sogar daran, etwas aus seinem Medikamentenschrank zu nehmen, verwarf diesen Gedanken jedoch sofort: Diese unsichtbare Grenze hatte er nie überschritten. Er erkannte die Symptome, die er sonst mit Alkohol bekämpfte, das Zittern, das ihn schon ein paar Stunden zuvor überfallen hatte, und die Schweißausbrüche. Nie hatte er so lange gewartet, bis er wirklich verzweifelt war, doch jetzt war es nicht mehr zu vermeiden. Lange verdrängte Gedanken stiegen in ihm auf. Plötzlich stand das Bild William Abernathys ihm wieder vor Augen, und der ganze Albtraum jenes längst vergangenen Tages, als ein junges Leben in seiner Hand gelegen hatte, kehrte wieder. Dan verließ das Krankenhaus und wanderte ruhelos um das kleine Gebäude herum, bis er sich vor dem alten Hangar wiederfand, in dem das Flugzeug stand. Er starrte es an. Seine Gedanken schweiften in die Vergangenheit, und er begann heftiger zu zittern.

Während der vergangenen Jahre hatte Dan immer wieder am Motor der alten Maschine herumgeschraubt; diese mechanische Arbeit hatte ihn beruhigt. Auch jetzt wieder machte er Licht und nahm einen Schraubenbolzen und eine Flügelmutter zur Hand. Er wusste ganz genau, wohin jeder einzelne Bolzen, jede Schraube und jedes kleine Stückchen Draht gehörte. Dan hatte den Motor so oft auseinander genommen und wieder zusammengesetzt, dass er es im Schlaf beherrschte, doch er hatte immer mit der Arbeit aufgehört, kurz bevor der Flugzeugmotor tatsächlich funktionsfähig gewesen wäre. Jetzt blickte er auf seine zitternden Hände und warf den Bolzen mit einer resignierten Bewegung zu Boden. Dann ging er mit hängenden Schultern davon.

Als Estella erwachte, fand sie sich an Murphys warmen Körper geschmiegt. Er lag mit geschlossenen Augen da, doch er war wach. Er hatte ungefähr eine Stunde geschlafen, dann hatte der Schmerz im Bein ihn geweckt. Verlegen wegen der ungewohnten körperlichen Nähe zog Estella sich zurück und kletterte aus der Maschine. Es war gerade hell genug, um etwas zu sehen, und sie hielt Ausschau nach einer Fläche, die als Landepiste geeignet war.

Ungefähr siebzig Meter vom Flugzeug entfernt entdeckte sie eine Stelle, die einigermaßen viel versprechend aussah. Die Fläche war ziemlich eben und nur mit kleineren Sträuchern bewachsen, allerdings lagen auch hier viele größere Steine.

Zum Glück war kaum einer davon so schwer, dass Estella ihn nicht wegtragen konnte, und die größeren Brocken lagen am Rande der zukünftigen »Landepiste«. Estella machte sich daran, die Piste zu beiden Seiten mit Steinen zu markieren. Die schweren bewegte sie mit Hilfe eines Astes, den sie als Hebel benutzte, und rollte sie an die Seite der Bahn.

Nach einer Stunde stand die Sonne bereits hoch am Himmel. Es war glühend heiß, und Estellas Rücken schmerzte. Der Schweiß drang ihr aus sämtlichen Poren, aber sie war fest entschlossen, zumindest ein Geländestück von zwanzig Metern von Steinen zu befreien. Nach einer weiteren Stunde musste sie pausieren. Ihre Hände waren voller Blasen, und sie brauchte dringend einen Schluck Wasser. Auf dem Weg zurück zur Maschine wurde ihr schwindelig.

Beim Flugzeug angekommen, setzte sie sich in den Schatten der offenen Tür und löschte ihren Durst. Murphy lag auf der Seite, in einer sehr unbequemen Position zwischen den Vordersitzen, und versuchte, das Funkgerät wieder in Gang zu bringen. Er fluchte leise vor sich hin, denn das Gerät war stark beschädigt, und das Arbeiten in dieser Haltung und mit derartigen Schmerzen war nahezu unmöglich.

»Es hat keinen Sinn«, stieß er schließlich verzweifelt hervor und warf eine Zange in den hinteren Teil der Maschine.

Estella, die selbst völlig erschöpft war, brach in Tränen aus. Murphy blickte sie überrascht an. Er hatte nicht erwartet, dass sie den Ernst ihrer Lage so rasch erkennen würde, und ihr Ausbruch schmerzte ihn.

»Ist alles in Ordnung mit dir?«, fragte er und dachte dabei an das Kind. Es war schrecklich ungerecht, dass Estellas Baby das Leben niemals kennen lernen würde. Und er, Murphy, fühlte sich mitverantwortlich dafür.

»Sehe ich etwa so aus?«, stieß Estella hervor. »Gar nichts ist in Ordnung!«

Murphy wusste nicht, was er sagen sollte.

»Wenn du aufgibst, was für eine Chance haben wir dann noch?«, stieß sie schluchzend hervor. »Warum mache ich mir eigentlich die Mühe mit der verdammten Landepiste?«

Murphy hatte keine Antworten auf ihre Fragen. Er hätte ihr etwas Tröstliches sagen können, doch sie hätte ihm ohnehin nicht geglaubt, und er wollte sie nicht belügen. Es war sehr unwahrscheinlich, dass er das Funkgerät reparieren konnte – und noch unwahrscheinlicher, dass ein Suchflugzeug sie fand.

Estella blickte Murphy aus tränenfeuchten Augen an. Er wusste, dass auch sie an das Baby dachte. Sein eigenes Leben betrachtete er als wertlos, doch es war ungerecht, dass eine junge, schwangere Frau wie Estella sterben musste. Murphy fragte sich, was für eine Mutter sie geworden wäre. Da sie sehr behutsam und sanft mit Tieren umging, war er sicher, dass sie auch einem Kind gegenüber voller Hingabe und Zärtlichkeit gewesen wäre. Genau wie ...

»Ich habe dich nie für einen Feigling gehalten, Murphy«, sagte Estella in seine Gedanken hinein. »Ich dachte, wenn ich einmal in eine Lage wie diese geriete, wärst du der beste Begleiter, den ich mir wünschen könnte. Aber wie es aussieht, habe ich mich geirrt.«

Murphy wich Estellas Blick aus und verzog das Gesicht.

»Wie viele Menschen hast du schon gerettet?«, fragte sie, doch Murphy brauchte nicht zu antworten. Sie wusste, dass es im Lauf der Jahre sicher dutzende gewesen waren. »Und wie viele von ihnen haben einfach aufgegeben und sich hingelegt, um zu sterben?«

Er schwieg noch immer und dachte an den einzigen Menschen, den er nicht hatte retten können ...

»Ich will an unsere Rettung glauben, Murphy, aber ich brauche Unterstützung. Wir müssen zusammenhalten, sonst können wir ebenso gut gleich eine Überdosis Morphium nehmen!«

Murphy starrte sie bestürzt an. Niemals hätte er damit gerechnet, dass sie ihrem Leben selbst ein Ende setzen würde. »Tu das nicht, Estella!«

»Warum nicht? Wäre es besser, zu verhungern oder zu verdursten?«

»Vielleicht kommt es ja doch nicht so weit.«

»Gestern warst du noch sicher, dass es genau so kommen wird, und gerade eben habe ich dich sagen hören: ›Es hat keinen Sinn.‹«

»Überrascht dich das? Sieh dir das Funkgerät an!«

Estella tat es, und ihre Unterlippe begann wieder verdächtig zu zittern. Murphy fühlte, wie seine Augen feucht wurden.

»Ich brauche dich!«, schluchzte Estella.

Er blickte auf die endlose Wüste und wünschte sehnlichst, sein Bein sei nicht gebrochen. Wie stets trug er auch diesmal einen Kompass bei sich, sodass er genau wusste, in welcher Richtung *Yattalunga Station* lag. Mit gesunden Beinen hätte man den Weg zu Fuß zurücklegen können, doch er wollte nicht, dass Estella es allein versuchte. Und ohne Krücken oder ein Pferd würde er es nicht schaffen.

»Da ich nun mal ein gebrochenes Bein habe, wäre es verrückt, wenn wir uns vom Flugzeug entfernen«, sagte er. »Unser Wasservorrat reicht für ungefähr eine Woche – nicht mehr.«

»Ich bin sicher, dass Charlie eine Suche organisieren wird. Und Marty und Dan werden ihm dabei helfen, meinst du nicht auch?«

Murphy schüttelte den Kopf. »Hoffen wir lieber, dass sie

die Aborigines um Hilfe bitten. Weder Charlie noch Marty könnte Norden von Süden unterscheiden, selbst wenn sie jeder drei Kompasse hätten.«

Estella senkte den Kopf. »Sag mir, dass wir es schaffen, Murphy. Ich muss daran glauben, selbst wenn wir ...« Sie begann wieder zu schluchzen.

Murphy schaffte es irgendwie, sich zu ihr zu schleppen, und legte ihr einen Arm um die bebenden Schultern. »Das kann ich dir nicht sagen, weil ich es wirklich nicht weiß. Ich weiß nicht, wer oder was uns hier herausbringen kann – aber ich verspreche dir, nicht aufzugeben.«

Sie sah ihn an, die großen grünen Augen voller Tränen. »Wirklich?«

Murphy nickte stumm. Er glaubte nicht daran, dass sie gerettet wurden, doch er konnte es nicht ertragen, Estella so verzweifelt zu sehen.

25

Ich weiß nicht, wie es dir geht, aber ich hab genug von diesen Buschtomaten«, stieß Murphy hervor und warf die Reste einer dieser Früchte fort.

Estella verstand seinen Unmut. Ihr selbst ging es nicht anders. Doch beiden war klar, dass sie essen mussten, was die Natur ihnen bot, bevor sie sich an die Notrationen machten. Nur so hatten sie eine Chance zu überleben, bis die Retter kamen – falls sie kamen.

Murphys angespannte Miene war ein deutliches Zeichen dafür, dass er Schmerzen litt. Seine bleiche Haut war schweißnass, und um seinen Mund hatten sich tiefe Furchen in die Haut gegraben. Estella war versucht, ihm eine weitere Morphiumspritze zu geben, hielt es jedoch für das Beste, den Vorrat so lange aufzuheben, bis es nicht mehr anders ging. Sie bewunderte Murphys Mut und seine Selbstbeherrschung, denn er hatte nicht einmal um eine Spritze gebeten.

»Ich sollte weiter an der Landepiste arbeiten«, sagte Estella.

Es war später Nachmittag, die Hitze des Tages ließ allmählich nach. Als Estella zu der Piste gelangte, warf sie dutzende großer Steine von dem Streifen, der als Landebahn gedacht war, an den Rand. Sie würde die Steine in zwei Reihen hintereinander legen, wenn die Bahn frei war. Mehr als einmal erlebte sie unangenehme Überraschungen, wenn sie einen Stein hochhob. Eine Vielzahl von Kriechtieren – Skorpione, kleine Eidechsen, Käfer und Ohrenkneifer – hatten sich in den kühlen Schatten verkrochen.

Als die Sonne unterging, richtete Estella sich auf und rieb sich den schmerzenden Rücken. Für einen Moment ließ sie den Frieden der Umgebung auf sich wirken. Sie war beeindruckt von der Schönheit der Wüste im Abendrot, doch sie konnte unmöglich vergessen, wie erbarmungslos dieses Land sein konnte. Der Himmel schien die Farben der unendlichen Weite aufzunehmen und widerzuspiegeln. Die Hügel in der Ferne schienen zu glühen, und die nahen Sanddünen schimmerten wie Goldstaub. Viele Menschen glaubten, in der Simpson-Wüste könne kein lebendes Wesen existieren, doch Estella brauchte nur auf den Boden zu blicken und sah eine Vielzahl verschiedener Kreaturen, denen die Wüste Heimat war. Zu ihnen gehörten auch die riesigen blauschwarzen Ameisen, die an ihren Hosenbeinen emporkrabbelten und sie bissen, sobald sie einmal länger als eine Sekunde stehen blieb. Diese Bisse waren ziemlich schmerzhaft und hinterließen juckende rote Pusteln. Die großen Ameisen, die mehr als anderthalb Zentimeter lang waren, schienen die kleinen, flachen Lehmmulden, die Estella auf dem direkten Weg zur Landepiste durchquert hatte, dem Wüstensand vorzuziehen; deshalb mied sie dieses Gebiet. Außerdem gab es unzählige Pflanzen mit Dornen, die überall wuchsen: kleine, haarige Gewächse ebenso wie Kakteen mit Furcht erregenden Stacheln. Man konnte sie nur von der Piste entfernen, indem man sie mit einem großen Stein zerschmetterte und die Überreste mit einem Stock beiseite schleuderte. Das kostete zwar viel Zeit, war aber nötig, wollte man sich nicht ständig an den Dornen stechen.

Murphy war mit der Reparatur des Funkgeräts unerwartet gut vorangekommen. Obwohl es buchstäblich in Trümmern lag, hatte er Drähte verbunden und umgestöpselt und hörte nun immerhin schon ein Rauschen. Doch es machte ihn wütend, dass er weder empfangen noch senden konnte, ohne den Grund dafür zu kennen. Schließlich fand er heraus, dass die Drähte, die das Gerät mit dem Mikrofon verbanden, aus den

Anschlüssen gerissen waren. Diese Drähte zu entwirren und zu ordnen, brachte Murphy beinahe um den Verstand. In der drückenden Hitze und mit den Schmerzen unter denen er litt, fiel es ihm schwer genug, klar zu denken.

Als der Tank der Maschine vor dem Absturz plötzlich leer gewesen war, hatte seine Geschwindigkeit bei siebzig Knoten mit Gegenwind gelegen. Außerdem hatte er im Logbuch vermerkt, dass er zehn Minuten zuvor Wilson's Creek überflogen hatte. Also mussten sie ungefähr fünfzehn Meilen nordwestlich notgelandet sein. Wenn es ihm gelang, diese Information durchzugeben, hatten sie eine Chance.

»Hier Michael Murphy. Hört mich jemand? Over«, sagte er immer wieder, während er mit den Drähten hantierte.

Dan ging gerade am Funkgerät vorüber, als er ein statisches Rauschen hörte und meinte, die Worte: »Hört ... jemand ... over« zu verstehen.

»Bist du das, Murphy?«, meldete sich Dan, weil er meinte, dass es sich um eine männliche Stimme gehandelt hatte. »Hier Kangaroo Crossing! Murphy, kannst du mich verstehen? Over!« Dans Herz pochte wild, denn jetzt konnte er immerhin davon ausgehen, dass Murphy noch am Leben war. An Estella mochte er gar nicht denken, denn die Vorstellung, dass sie schwer verletzt oder gar tot war, konnte er nicht ertragen.

Murphy hörte ebenfalls ein Rauschen. Er war sicher, dass jemand versuchte, ihn zu erreichen. »Kangaroo Crossing, hier Alpha Bravo Charlie. Meine Maschine ist bei einer Notlandung verunglückt. Ich bin fünfzehn Meilen nordwestlich von Wilson's Creek und hab mir ein Bein gebrochen. Brauche Hilfe. Over.«

Dan bekam nur einen Teil der Botschaft mit. Er hörte *Wilson's* und das Wort *Bein.* »Verdammt!«, stieß er hervor. Es gab dort draußen keine anderen Farmen als Yattalunga, deshalb wusste er, dass das »Wilson's«, das Murphy erwähnt hatte, Wilson's Creek sein musste, ein trockenes Bachbett etwa siebzig Meilen nordwestlich von Kangaroo Crossing. Er war oft genug mit Murphy darüber hinweggeflogen, und ihm war klar, dass Charlie und die Suchmannschaft Tage brauchen würden, um diese Gegend zu erreichen. Doch was war mit dem Bein? Hatte Estella sich ein Bein gebrochen? Oder Murphy? Die Ungewissheit brachte Dan schier um den Verstand. Er musste Longreach rufen und ihnen Murphys Position durchgeben.

Als Dan endlich die Basis des Flugrettungsdienstes erreichte, erfuhr er, dass die Maschine, die nach Jericho und Brisbane geflogen war, einen Umweg gemacht hatte. Sie war auf dem Rückweg in Goondwindi in Southern Queensland gelandet, damit der Arzt sich einen schwer kranken Patienten ansehen konnte. Die Maschine wurde nicht vor Ablauf eines weiteren Tages in Longreach zurückerwartet.

Doch das zweite Flugzeug, das am Boden stand, würde innerhalb der nächsten Stunden wieder flugbereit sein. Dan hörte es mit unendlicher Erleichterung und gab Murphys Position durch, bevor er Betty anrief, um ihr die gute Nachricht zu übermitteln. Betty ihrerseits gab sie an Conny, Phyllis, Marjorie, Frances und Edna weiter. Dan wünschte, er wüsste auch etwas über Estella, doch seine einzige Hoffnung bestand darin, Verbindung zu Murphy zu bekommen. Obwohl es unwahrscheinlich war, dass dies gelang, war er fest entschlossen, es weiter zu versuchen. Zuerst aber rief er Ralph Talbot an und gab auch diesem Murphys Position durch. Ralph Talbots Farm lag achtzig Meilen von Wilson's Creek und damit ungefähr sechzig Meilen von der Unglücksstelle entfernt. Dan wollte, dass Ralph sich bereitmachte, zum Unglücksort hinauszufahren, falls das Suchflugzeug aus irgendeinem Grund doch nicht starten konnte.

Estella war zu Tode erschöpft, als sie zur Maschine zurückkehrte, und so müde, dass sie nicht einmal im Stande war, Nahrung zu suchen. Nachdem sie etwas getrunken hatte, brach sie buchstäblich zusammen und schlief sofort ein. Murphy schaffte es irgendwie, Feuer zu machen und einen Teekessel darüber zu hängen. Jetzt legte er sich neben sie, kreidebleich von der Anstrengung.

»Hallo, Schlafmütze«, sagte er mit rauer Stimme, als sie erwachte.

Trotz seines scherzhaften Grußes meinte Estella Unmut in seinem Blick zu entdecken, und gleich darauf wusste sie den Grund dafür.

»Du hast zu viel gearbeitet, Estella«, meinte er. »Du musst dich mehr schonen, damit dem Kind nichts geschieht.«

Seine Besorgnis rührte sie. »Ich arbeite nicht zu hart, Murphy. Die Hitze macht mich viel zu müde.«

Murphy schien nicht überzeugt. »Trink etwas Tee«, sagte er.

Sie stand auf, füllte einen Becher mit der dampfenden Flüssigkeit und trank in kleinen Schlucken. »Wie hast du's geschafft, ein Feuer zu machen?«

»Es war ziemlich umständlich«, murmelte er.

Estella sah ihm an, dass er noch immer starke Schmerzen hatte. Sie ließ sich neben ihm nieder.

»Ich habe gute Neuigkeiten«, sagte Murphy. »Aber mach dir keine allzu großen Hoffnungen.«

»Hast du das Funkgerät repariert?«

»Es klappt noch nicht perfekt, aber ich glaube, ich habe unsere Position durchgeben können.«

»Das ist ja fantastisch!«, rief Estella.

»Die Verbindung war nicht sehr gut, aber ich bin ziemlich sicher, dass jemand mich gehört hat. Allerdings konnte ich nichts empfangen, also haben wir keine Gewissheit.«

»Dafür dürfen wir jetzt hoffen, Murphy! Jemand weiß, dass

wir am Leben sind, also wird man uns suchen, bis man uns gefunden hat.«

Murphy schüttelte den Kopf. »Ich weiß nicht, ob wir wirklich Grund zur Hoffnung haben – aber ein bisschen mehr als vor ein paar Stunden auf jeden Fall.« Er reichte ihr ein Stück Dörrfleisch, das sie dankbar annahm. Es schmeckte zwar wie altes Leder, doch sie war vollkommen ausgehungert. »Am besten, wir lassen das Feuer brennen«, sagte sie. »Für den Fall, dass wir ein Flugzeug hören.« Plötzlich fiel ihr die Landepiste wieder ein. »Ich muss weiterarbeiten!« Sie wollte aufspringen, doch Murphy hielt sie am Arm fest.

»Nicht heute Abend«, sagte er.

»Aber ...«

»Kein Aber. Du ruhst dich jetzt aus, keine Widerrede.«

Estella fühlte sich tatsächlich steif, alle Knochen taten ihr weh. Doch so ging es ihr schon die ganze Zeit seit der verunglückten Notlandung. »Also gut. Aber ich werde gleich morgen Früh weitermachen. Ich muss versuchen, die Piste so schnell wie möglich fertig zu bekommen.« Sie war todmüde, doch es gab noch sehr viel zu tun. Vielleicht würde sie es in einem Tag nicht schaffen, doch sie wollte tun, was sie konnte.

»Wie viele Sterne man hier sieht«, flüsterte sie später, als sie in der Maschine lag, den Kopf auf Murphys Brust. Draußen war es stockdunkel, doch durch die offene Tür sah Estella den Schein des Feuers und die gewaltige Kuppel des Nachthimmels über der Wüste. Sie hatte diesen atemberaubenden Himmel oft von ihrer vorderen Veranda aus bewundert, doch hier in der Wüste schienen noch viel mehr Sterne am Himmel zu leuchten. Die Mondsichel stand hinter ihnen, doch ihr silbriges Licht fiel durch die zerbrochenen Fenster ins Innere des Flugzeugs.

Estella hatte keine bequeme Schlafposition gefunden, sodass Murphy darauf bestanden hatte, dass sie den Kopf auf seine

Brust legte. Sie war viel optimistischer, seitdem sie wusste, dass es Hoffnung auf Rettung gab, und wohl deshalb hatte sie zu ihrer eigenen Überraschung sein Angebot angenommen. Nach dem, was sie bereits gemeinsam durchlebt hatten, war eine besondere Bindung zwischen ihnen entstanden.

»Ich wette, du hättest nie gedacht, dass du dich mal in dieser Lage wiederfindest, habe ich Recht?«, meinte Murphy.

Estella wusste, dass er grinste, obwohl sie ihn nicht anschaute. »Du meinst, dass ich auf dir liege?«

Trotz seiner Schmerzen musste Murphy lachen. »Stell dir vor, ich hätte dir am Tag unserer ersten Begegnung erzählt, dass du eines Tages mit mir in der Wüste strandest!«

»Ich wäre mit der ersten Maschine nach England zurückgeflogen«, sagte sie lächelnd. Sie spürte, dass er plötzlich ernst wurde, und drehte den Kopf, um ihn anzusehen. Sein Gesicht lag im Dunkeln, doch Estellas Züge wurden vom Mondlicht sanft erhellt. Zum ersten Mal wurde Murphy klar, wie schön sie war.

»Du hast schon von dem Kind gewusst, als du hergekommen bist, nicht wahr?«

Obwohl seine Frage überraschend kam, war jetzt nicht der Moment, irgendetwas zu verschweigen. »Ja. Das Baby war der Grund, dass ich nach Australien gekommen bin.«

Ihre Antwort erstaunte Murphy. Er hätte Fragen über Fragen gehabt, doch er war stets ein zurückhaltender Mensch gewesen und respektierte die Privatsphäre anderer.

Estella sah ihm an, dass er nicht verstand, und fügte deshalb hinzu: »Mein Mann wollte die Scheidung ...«

»Obwohl du ein Kind erwartest?«

»Er weiß nichts von dem Kind. Bevor ich es ihm sagen konnte, erklärte er mir, dass Kinder nicht in das Leben passen, das er sich vorstellt ...« Die Erinnerung war noch so schmerzlich, dass ihre Augen verdächtig schimmerten.

Murphy konnte kaum glauben, was er da hörte.

»Von da an wollte ich nicht mehr, dass James überhaupt von dem Baby erfuhr. Ich fand, dass er kein Recht darauf hatte ... und auch nicht auf mich. Deshalb habe ich die Stelle in Kangaroo Crossing angenommen.« Sie konnte das Mitleid in Murphys Blick nicht ertragen, deshalb wandte sie sich wieder den Sternen zu. »Ich brauchte ein Zuhause und die Möglichkeit, mich und mein Kind zu ernähren. Früher hat James nie erlaubt, dass ich arbeite, aber jetzt bin ich froh, dass ich einen Beruf habe, in den ich zurückkann.«

Murphy erkannte jetzt, warum Estella in der Stadt nichts von ihrer Schwangerschaft erzählt hatte. In einem so kleinen Ort wurden viele Fragen gestellt, und Gerüchte verbreiteten sich in Windeseile. Er verstand, dass Estella ihr Privatleben nicht vor der Öffentlichkeit hatte ausbreiten wollen: Die Menschen in Kangaroo Crossing hatten erst nach Jahren aufgehört, Fragen nach Murphys Vergangenheit zu stellen; er kannte das alles aus eigener Erfahrung.

Doch er verstand nicht, warum Estellas Mann sie nicht unterstützte. »Du hast wirklich Mut, Estella«, meinte er bewundernd.

»Ich fand es eher verrückt oder leichtsinnig von mir, besonders, als ich die Stadt zum ersten Mal sah.«

»Dann wären *wir alle* verrückt und leichtsinnig«, meinte Murphy und berührte mit dem Finger leicht ihre Nasenspitze. »Im Ernst, ich habe gesehen, wie schwer es für dich war, Ross Cooper zu ersetzen; aber du hast es geschafft, und dafür bewundere ich dich.« Wie sehr, konnte er gar nicht sagen. »Ich glaube, dass es inzwischen viele Leute gibt, die Achtung vor dir haben.«

Seine Worte rührten Estella. Sie vergaß darüber völlig, ihm zu erzählen, dass sie Ross Coopers Tochter war. »In Wirklichkeit habe ich schreckliche Angst«, gestand sie. Die ungewöhnlichen Umstände und ihre Nähe zueinander ließen Estella so offen sprechen, wie sie es nie für möglich gehalten hätte. Und sie hatte das Gefühl, sich damit eine schwere Last von der Seele zu reden.

Murphy legte seine große Hand beschützend über die ihre, die auf ihrem Leib lag. Estella fand diese Geste überwältigend.

»Du wirst es schon schaffen«, sagte er leise. »Wenn die Leute es erst mal wissen, werden sie für dich tun, was sie können. Sie sind ein eigenwilliger Haufen – genauso, wie ich ein eigenwilliger Kerl bin«, fügte er mit leichtem Grinsen hinzu. »Aber wenn die Karten auf dem Tisch liegen, hilft jeder jedem.«

Estella fand, dass er von den Menschen hier sprach wie von einer großen Familie, doch an dem Abend ihrer Ankunft hatte Estella einen ganz anderen Eindruck gewonnen.

»Mein erster Abend in Kangaroo Crossing war eine Katastrophe«, sagte sie und lächelte bei der Erinnerung. »Stell dir vor, ich hätte damals schon erzählt, dass ich schwanger bin.«

Murphy verzog das Gesicht, als er an die Diskussion zwischen Estella und den Männern in der Bar dachte. »Ich glaube, das wäre wirklich nicht ganz der richtige Augenblick gewesen.«

Estella musste lachen. Doch sie wurde schnell wieder ernst bei dem Gedanken an James und Davinia. Wieder wandte sie sich halb ab, doch Murphy spürte auch so, dass es noch etwas anderes gab, was sie quälte. Er strich ihr sanft über die dunklen Haare. »Ich habe schon gemerkt, dass du launisch sein kannst, und manchmal ist es nicht leicht, mit dir auszukommen«, meinte er lächelnd.

»Oh, vielen Dank«, erwiderte Estella und bedachte ihn mit einem gespielt finsteren Blick.

Murphy wurde plötzlich wieder ernst. »Trotzdem kann ich nicht verstehen, warum dein Mann dich verlassen wollte.« Er selbst fand Estella sehr anziehend, und obwohl er immer dagegen angekämpft hatte, fühlte er sich seit ihrer ersten Begegnung zu ihr hingezogen. Es hatte ihn schon damals beunruhigt, und daran hatte sich nichts geändert. Er fragte sich, ob es reiner Beschützerinstinkt war, doch Estella rief auch lange vergessene Gefühle in ihm wach.

Es verletzte zwar Estellas Stolz, es Murphy zu erzählen, doch unter diesen Umständen erschien es ihr vollkommen unwichtig. »Er hat mich wegen einer anderen Frau verlassen«, sagte sie leise. »Für meine reiche, verwitwete Cousine Davinia. James ist Anwalt, doch er pflegt den Lebensstil eines Aristokraten. An dem Tag, als ich erfuhr, dass ich schwanger bin, habe ich gesehen, wie James und Davinia sich küssten, und James musste zugeben, dass sie eine Affäre miteinander hatten. Außerdem sagte er mir, wir hätten hohe Schulden. Ich wusste bis dahin weder von der Affäre noch von den Schulden und kam mir vor wie eine Närrin.« Tapfer kämpfte sie gegen die Tränen an, überzeugt, dass James es nicht wert war, ihm nachzuweinen. »Anscheinend war Davinia bereit und in der Lage, James das Leben zu bieten, das er mit mir nicht haben konnte.«

Murphy war schockiert über James' Oberflächlichkeit. »Du bist keine Närrin, Estella«, stieß er heftig hervor. »Dieser James ist ein Dummkopf! Manche Männer würden ihren rechten Arm opfern für das, was er hatte.« Er dachte dabei an Tom Rayburn, der sogar sein Leben dafür gegeben hätte. Er war der glücklichste Mensch unter der Sonne gewesen – bis zu jenem schicksalhaften Tag ...

Estella fragte sich, ob Murphy von sich selbst gesprochen hatte.

Murphy wurde bei Tagesanbruch vom Gesumm der Fliegen geweckt. Estella und er waren eingeschlafen, wo sie lagen, jeder mit seinen eigenen Gedanken beschäftigt. Irgendwann in der Nacht hatte Estella gefroren und sich an Murphys warmen Körper geschmiegt. Beim Aufwachen stellte er fest, dass sie schlafend in seinen Armen lag, und betrachtete sie eine Weile voller Zuneigung. Es überraschte ihn, wie selbstverständlich es sich anfühlte, sie so zu halten. Fast hätte er glauben können, sie und das Kind in ihrem Leib gehörten zu ihm. Doch als sie aufwachte, öffnete sie die Augen und sah ihn an wie einen Fremden.

Wieder machte es sie verlegen, ihm so nahe zu sein, und sie setzte sich rasch auf. »Ich kann mich gar nicht erinnern, eingeschlafen zu sein«, stellte sie fest und wich seinem eindringlichen Blick aus.

Er bestand darauf, dass sie gebackene Bohnen aus einer Dose aß, wollte jedoch selbst nichts davon. »Du musst an dein Kind denken«, sagte er in einem Tonfall, der keinen Widerspruch duldete. Estella spürte, dass sein Beschützerinstinkt stärker geworden war. Zum ersten Mal seit langer Zeit und trotz der schlimmen Lage, in der sie sich befanden, fühlte sie sich wohl – doch sie behielt es für sich.

Kurze Zeit darauf sah sie, dass die Fliegen Murphys verletztes Bein umschwirrten. »Ich muss deinen Verband wechseln«, sagte sie. Ihre Sorge wuchs, dass seine Wunde sich durch die Hitze infiziert haben könnte – und ihre Befürchtungen sollten sich bestätigen. Als Estella die Mullbinden entfernt hatte, stellte sie fest, dass die Stelle vereitert war. »Du brauchst dringend ein Antibiotikum«, murmelte sie. Doch im Erste-Hilfe-Kasten der Maschine fand sich nur ein schwaches Antiseptikum, das sie fast schon aufgebraucht hatte. Wenn eine Rettungsmannschaft sie nicht binnen vierundzwanzig Stunden fand, konnte die Wunde brandig werden.

Estella dachte an die Buschmedizin, über die Mai ihr vieles beigebracht hatte. Billygoat-Kraut, Baumorchidee, Rohrdorn und Teebaum – all diese Pflanzen konnten in der Wundheilung verwendet werden. Der Teebaumstrauch oder Melaleuca kam am häufigsten vor, doch hier in der Simpson-Wüste gab es nicht allzu viele Exemplare davon. Trotzdem wusste Estella, dass sie mindestens einen solchen Strauch finden musste, sonst würde Murphy sein Bein verlieren.

Sie hielt sich immer in Sichtweite der Maschine und suchte geduldig das Gelände ab. Die Sonne blendete sie. Es war so heiß wie in einem Backofen, und sie kämpfte gegen ihre wachsende Verzweiflung an. Sie fand Billygoat-Kraut, das man zerstoßen und auf Wunden auftragen konnte, suchte jedoch weiter nach einem Teebaumstrauch, um aus dessen Rinde einen Aufguss zu bereiten und die Wunde damit auszuwaschen. Mai hatte ihr gesagt, es sei das beste natürliche Mittel gegen Infektionen im Busch. Eine ganze Stunde ging sie in einem weiten Kreis um das Flugzeug herum und wäre beinahe vor Freude in Tränen ausgebrochen, als sie endlich auf einen einsamen Teebaumstrauch stieß. Sie schälte die Rinde ab und eilte zur Maschine zurück. Als sie dort ankam, sah sie Murphy mit einem dicken Ast als Krücke draußen umherhumpeln.

»Ich helfe dir bei der Arbeit an der Landepiste«, sagte er, als er ihre entsetzte Miene sah.

»O nein, das wirst du nicht! Ich werde dein Bein mit einem Aufguss waschen, bevor du am Ende noch Wundbrand bekommst«, erwiderte sie energisch. »Leg dich wieder hin.« Der Ast, auf den Murphy sich stützte, wirkte nicht sonderlich vertrauenerweckend.

»Nein!«, stieß Murphy trotzig hervor. »Vergiss diesen Hokuspokus, Estella!« Er humpelte in Richtung der Landepiste.

»Murphy!«, rief sie ihm hinterher, doch er beachtete sie nicht. »Du eigensinniger Narr!«, murmelte sie ärgerlich. Sie hatte immer schon den Eindruck gehabt, dass ihm sein eigenes Wohl völlig unwichtig war – und das wunderte sie.

Aus der Teebaumrinde bereitete sie einen Aufguss und stellte ihn zum Abkühlen in den Schatten. Dann ging sie zur Landepiste, um Murphy zu suchen. Entsetzt sah sie ihn am Boden liegen, wo er sich vor Schmerzen wand. Die »Krücke« lag zerbrochen neben ihm; offensichtlich hatte der Ast unter seinem Gewicht nachgegeben.

Estella eilte zu ihm. Er war unglücklich gefallen – und der

gebrochene Wadenbeinknochen hatte die Haut durchstoßen. Ein knapp drei Zentimeter langes Stück stach heraus.

»O Gott!«, stieß Estella hervor und presste eine Hand auf ihren Mund. Sie wusste, dass sie Murphy irgendwie aufhelfen und ihn zur Maschine zurückbringen musste, doch er wälzte sich schreiend von einer Seite auf die andere. Estella wusste sich keinen Rat mehr. Sie zitterte wie Espenlaub, während ihr die Tränen über die Wangen liefen. Ihre Gedanken überschlugen sich. Sie machte einen tiefen Atemzug, um sich zu beruhigen und wieder klar denken zu können.

»Ich bin gleich zurück, Murphy«, sagte sie dann und ging los, um das Morphium zu holen. Sie wusste nicht, was sie sonst tun sollte.

Dan Dugan erhielt einen Anruf aus Longreach. »Ich fürchte, Sie haben Pech«, sagte Henry Phelps, der verantwortliche Flughafenmechaniker. »Die Kurbelwelle, die man uns für die defekte Maschine geschickt hat, war für einen anderen Flugzeugtyp bestimmt. Ich muss sie leider zurückschicken und fürchte, die Maschine wird noch für Tage am Boden bleiben müssen.«

In Dan stieg Panik auf. »Und das andere Flugzeug?«

»Wir dachten, wir brauchen es nicht. Deshalb ist es nach Charters Towers geschickt worden.«

»Verdammt, das liegt genau in der entgegengesetzten Richtung vom Unglücksort! Unser Pilot und seine Passagierin könnten tot sein, bevor es zurück ist.«

»Es tut mir Leid. Sagten Sie nicht, dass eine Suchmannschaft unterwegs ist?«

»Ja, aber sie wird den Unglücksort erst in einer Woche erreichen, und wir wissen nicht, ob Murphy und seine Begleiterin genügend Wasser haben, um so lange durchzuhalten. Sie müssen doch irgendetwas tun können!«

»Ich kann nur versuchen, eine Privatmaschine für die Suche

zu finden. Wenn ich Glück habe, melde ich mich sofort bei Ihnen – aber ich kann Ihnen keine großen Hoffnungen machen.«

Dan hatte kaum den Hörer eingehängt, als es im Empfänger wieder zu knacken begann.

»Helft uns!«, rief Estella. »Ist da jemand?«

Murphy hatte ihr auf dem Weg nach Langana Downs gezeigt, wie man das Gerät bediente – er zeigte es all seinen Passagieren, für den Fall, dass etwas passierte –, doch Estella wusste nicht, ob sie es richtig machte, denn nach der Reparatur sah nichts mehr so aus wie vorher.

Dan erkannte Estellas Stimme, und die Furcht, die darin mitschwang, ließ ihn schaudern. »Estella, wie geht es Ihnen? Sind Sie unverletzt? Over!«

Estella hörte ein statisches Knistern und meinte, ganz leise ihren Namen auszumachen. Sie war sicher, dass es Dan war. »Murphy braucht Hilfe! Bitte, helfen Sie uns, Dan!«

Dan verstand nicht, was sie sagte, doch er hatte das Wort »Murphy« gehört und fürchtete das Schlimmste. Der Gedanke, dass Estella dort draußen qualvoll sterben könnte, brachte ihn fast um den Verstand. Plötzlich verstummte das Knistern und Rauschen, es wurde still.

Aus Dans Gesicht war alle Farbe gewichen. »O Gott, was soll ich nur tun?«, stieß er gequält hervor.

26

Es war fast unmöglich, Murphy lange genug ruhig zu halten, um ihm das Morphium zu spritzen – doch irgendwie gelang es Estella schließlich doch. Sie verabreichte ihm mehr von dem Mittel, mehr als sie eigentlich durfte, um seine Schmerzen zu lindern. Er litt unvorstellbare Qualen. Rasch legte sie mit Hilfe einer Binde aus dem Erste-Hilfe-Kasten eine Aderpresse an, um die Blutung zu stillen. Eine so furchtbare Verletzung hatte sie noch nie gesehen. Jedes Mal, wenn Murphys Blick darauf fiel, schien er kurz davor, das Bewusstsein zu verlieren.

Estella wartete ein paar Minuten, bis sie sah, dass das Morphium Murpyhs schlimmsten Schmerz gelindert hatte. Dann half sie ihm, unendlich vorsichtig aufzustehen und sagte ihm, er solle sich auf sie stützen. Es war lebenswichtig, ihn irgendwie zur Maschine zu bringen, bevor er zu schwach war, um den Weg zurückzulegen. Estella musste ihn zu jedem Schritt ermutigen. Sie betete insgeheim, dass er bei Bewusstsein blieb. Wenn er ohnmächtig wurde, hatte sie nicht die Kraft, ihn weiterzuziehen, dann würde er binnen weniger Minuten von Ameisen attackiert werden.

Es dauerte quälend lange, doch schließlich hatten sie die Maschine erreicht. Murphy zog sich mühsam hinein und verlor sofort das Bewusstsein. Estella erneuerte den Druckverband und lagerte sein Bein hoch. Sie hatte weder ein Narkosemittel bei sich noch irgendwelche Instrumente. Doch Murphy musste dringend operiert werden, in einem sauberen und sterilen Umfeld wie dem Operationssaal des Krankenhauses. Sie brauchten Dan! Verzweifelt versuchte Estella noch einmal, einen Funkspruch abzusetzen, doch sie hörte nicht einmal mehr ein Rauschen – das Gerät war tot.

Murphys schlimmste Schmerzen waren durch das Morphium gelindert, doch als er wieder zu sich kam, stand er unter Schock und war verwirrt. Estella, die noch mit dem eigenen Schrecken kämpfte, deckte die schreckliche Wunde ab, um die Fliegen fern zu halten und sie vor Murphys und ihren eigenen Blicken zu verbergen. Dann ließ sie ihn für kurze Zeit allein, um die gelbe Decke über das Dach der Maschine zu werfen. Inständiger als je zuvor betete sie um ein Wunder. Wenn ihre Lage vorher noch nicht verzweifelt gewesen war – jetzt war sie es.

»Erzähl mir von deiner Zeit bei der Air Force, Murphy«, bat sie, als sie sich wieder neben ihn setzte. Wenn sie Murphy dazu brachte, aus seinem Leben zu erzählen, lenkte ihn das von seinen Schmerzen ab, und die Zeit verging für sie beide schneller. Irgendwann würde er hoffentlich in einen gnädigen Schlaf fallen.

Doch er schien ihre Frage nicht gehört zu haben.

»Bist du je im Arnhem Land gewesen?«, fragte er plötzlich, obwohl er wissen musste, dass sie diesen Landstrich nicht kannte.

Bevor sie ihm antworten konnte, fuhr er fort: »Schöne Gegend zum Angeln ...«

»Wirklich?«

»Tom hat gern geangelt.« Murphy fragte sich, ob sein Freund danach je wieder fischen gegangen war.

»War Tom ein guter Freund von dir?«, erkundigte sich Estella, doch Murphy schien sie nicht mehr zu hören. Auf seinem Gesicht spiegelte sich Schmerz wider, und er schien in Gedanken weit fort zu sein.

»Laura war nie zuvor Angeln gegangen«, murmelte er mit

einem ebenso bitteren wie wehmütigen Unterton. Er starrte an die Decke der Flugzeugkabine, ohne sie zu sehen, offensichtlich tief bewegt.

Estella fürchtete schon, dass sie ihm zu viel Morphium gegeben hatte, sodass er halluzinierte. Dann aber fiel ihr ein, dass er vielleicht über die Frau sprach, von der Phyllis ihr erzählt hatte – die Frau seines besten Freundes. Sie wusste nicht, ob sie die Geschichte wirklich hören wollte. Dann nämlich würde sie vielleicht erfahren, dass Murphy die Ehe seines besten Freundes zerstört hatte.

»Hat Laura etwas gefangen?«, fragte sie, um das Gespräch in eine möglichst harmlose Richtung zu lenken.

Das Schweigen, das auf ihre Worte folgte, war unerträglich. Murphy verzog das Gesicht, doch Estella spürte, dass es dieses Mal nicht allein der Schmerz in seinem Bein war, der ihn quälte. Rasch überlegte sie, wie sie das Thema wechseln könnte.

Doch bevor ihr etwas einfiel, fuhr Murphy fort: »Laura bestand darauf, dass Tom und ich sie zu unserem Lieblingsplatz mitnahmen, einer kleinen Bucht am East Alligator River im Arnhem Land. Wir hatten sie zuerst aus der Luft entdeckt. Das Gelände war so schwierig, dass man nur mit einem Jeep dorthin gelangen konnte. Doch Laura erklärte, es mache ihr nichts aus, selbst als wir ihr sagten, dass man die letzten drei-, vierhundert Meter zu Fuß durch Mangrovensümpfe gehen müsse. Sie hatte uns zu oft von dieser wunderschönen Lagune schwärmen hören, umgeben vom weißesten Sand, den man sich vorstellen kann ...«

Estella nahm an, dass Murphy und Tom zusammen in der Air Force gedient hatten. »Das klingt wundervoll«, meinte sie, doch Murphy schien sie nicht zu hören.

»Dass es so abgelegen war, machte viel vom Reiz aus«, meinte er traurig. »Tom und ich hatten oft dort gezeltet ... bevor er Laura heiratete.«

Estella fragte sich, ob Laura die Freunde entzweit hatte.

Murphy wandte den Kopf ab, als wolle er der Erinnerung an das entgehen, was als Nächstes geschehen war.

»Du musst nicht darüber sprechen ...«, sagte Estella.

»Laura war etwas Besonderes«, fuhr Murphy fort, ohne auf sie zu achten. Seine Augen füllten sich mit Tränen, und seine Stimme klang rau. Estella ließ ihn weitererzählen. Sie spürte, dass er noch nie mit jemandem darüber gesprochen hatte und dass er es sich endlich von der Seele reden musste.

»Je besser ich sie kennen lernte, desto mehr Seiten lernte ich an ihr kennen. Sie konnte herrlich übermütig sein – doch sie war auch eine gute Lehrerin, und Tom sagte, die Kinder hingen sehr an ihr. Sie war ausgesprochen feminin, aber auch sehr abenteuerlustig. Ich hätte nie gedacht, dass Tom sich in eine solche Frau verlieben könnte, denn er mochte das raue Leben im Busch, während sie eher in den Salons der besten Hotels zu Hause war. Ich habe erst später begriffen, wie sehr er sie geliebt hat. Sie war sein Leben.« Murphy schloss die Augen, und Estella glaubte, er werde im nächsten Moment in Tränen ausbrechen. »Und es ist alles meine Schuld ...«

Als er nach einer Weile noch immer nicht weitersprach, hielt Estella das Schweigen nicht mehr aus. »Was ist deine Schuld?«, fragte sie. Wenn Murphy über seine dunkle Seite sprechen wollte, sollte er es hinter sich bringen; sie war bereit dafür.

Er wandte sich ihr zu, doch er schien sie nicht wirklich zu sehen. »Laura ging zum Ufer der Lagune, um sich das Gesicht und die Hände zu waschen. Sie hatte mir dabei geholfen, die Fische auszunehmen, und sich dabei die Bluse mit Blut bespritzt. Tom war zum Jeep zurückgegangen, um eines seiner Hemden für sie zu holen, damit sie sich umziehen konnte.« Murphy sah wieder vor sich, wie er zuvor die Fischreste in die Lagune geworfen hatte. In jenem Moment hatte er nicht darüber nachgedacht, doch es sollte sich als tödlicher Fehler erweisen.

»Es war dunkel und sehr heiß«, fuhr er fort. »Der Mond war

von Wolken verdeckt, doch das Feuer erleuchtete unseren Lagerplatz ... und Laura, die am Wassersaum stand und ihre Füße hineintauchte. Dabei strahlte sie vor Freude, weil das Wasser so angenehm kühlte. Sie war so schön, so glücklich ... Lachend schöpfte sie mit der hohlen Hand Wasser und spritzte es in meine Richtung.« Er meinte wieder das Zischen der Glut zu hören, als die Wassertropfen auf die brennenden Kohlen fielen.

Estella war überzeugt, Murphy würde ihr gleich erzählen, dass er mit Laura eine Affäre begonnen hätte, und allein der Gedanke stimmte sie schon traurig.

»Plötzlich ... war da eine Bewegung im Wasser.« Murphy stützte sich mühsam auf die Ellenbogen und starrte aus schreckgeweiteten Augen auf etwas, das nur er sehen konnte. »Ein riesiger Salty kam aus dem Wasser geschnellt und packte Laura mit seinen gewaltigen Kiefern am Unterleib.« Der Ausdruck auf ihren Zügen in jenem Moment hatte Murphy jahrelang verfolgt. Er würde dieses Bild sein Leben lang nicht vergessen. Er schloss fest die Augen und stöhnte leise auf.

Estella wusste nicht, was ein »Salty« war, doch es musste etwas Schreckliches sein.

Murphy öffnete die Augen wieder, doch Estella wünschte, er hätte es nicht getan: Noch nie hatte sie so viel namenlosen Schrecken im Blick eines Menschen gesehen. »Binnen Sekunden hatte der Salty sie ins Wasser gezogen. Es ging so furchtbar schnell ... Kurz vorher war alles so unglaublich friedlich gewesen ... und im nächsten Moment so unvorstellbar grausam. Ich war wie gelähmt, konnte nicht fassen, was geschah. Ich glaube, ich rief ihren Namen ... doch ich hörte nur das Rauschen des Wassers. Ich ließ das Messer und den Fisch fallen und rannte zur Lagune. Dort sprang ich ins flache Wasser, doch der Salty machte gerade die Todesrolle, mit der er sein Opfer tötet. Hilflos beobachtete ich, wie der weiße Schaum auf der Oberfläche sich von Lauras Blut rot färbte. Ich ... griff nach ihr, doch in diesem Moment traf ein wuchtiger Schlag meine Beine, und einer meiner Knöchel brach wie ein trockener Ast.« Seine Stimme war nur noch ein raues Flüstern. »Einen Augenblick später war Laura fort.«

Endlich begriff Estella, dass Murphy über den Angriff eines Krokodils sprach. Entsetzt schlug sie eine Hand vor den Mund.

Murphy befeuchtete mit der Zunge seine trockenen Lippen. »Ich merkte kaum, dass Tom zurück war. Er muss Lauras Schrei gehört haben, denn er war wie von Sinnen. Er schrie auf mich ein ... schüttelte mich ... fragte immer wieder, wo sie sei ... doch ich stand einfach da und starrte auf das dunkle Wasser, das wieder so unbewegt war wie zuvor, als wollte es mich verhöhnen. Tom rief immer wieder Lauras Namen, doch ich brachte kein Wort heraus. Ich sah immer noch ihr Gesicht ... in dem Augenblick, als der Salty sie gepackt hatte. Plötzlich stieg blinde Wut in mir auf. Ich lief zurück zu unserem Lagerplatz.« Er sagte nicht, welch höllische Schmerzen ihm sein gebrochener Knöchel bereitet hatte. »Ich nahm das Gewehr und feuerte das ganze Magazin ins Wasser. Tom versuchte, mich davon abzuhalten und mir das Gewehr aus den Händen zu reißen. Er glaubte, ich würde Laura töten. Er ... hatte nichts begriffen. Ich hatte Lauras Knochen brechen hören, als das Krokodil sie packte und zubiss ... niemand hätte den brutalen Biss überlebt, mit dem dieser Killer sie ins Wasser zog. Ich werde den Blick in Lauras Augen niemals vergessen. Sie wusste, dass sie sterben würde ... und mein einziger Gedanke war, diese Bestie ebenfalls zu töten.« Murphy sank zurück und barg das Gesicht in den Händen. Er verschwieg, dass Tom das Gewehr gegen ihn gerichtet hatte und dass er sich gewünscht hatte, sein Freund hätte ihn tatsächlich erschossen. Dann wären ihm die jahrelangen Qualen erspart geblieben. Er hatte Toms Worte nie vergessen: »Damit wirst du bis ans Ende deiner Tage leben müssen.«

»Laura war seine große Liebe ... und ich konnte sie nicht retten.« Tränen liefen ihm über die Wangen.

Estella beugte sich vor und wiegte seinen Kopf in ihren Armen. »Wäre Tom dabei gewesen, hätte er sie auch nicht retten können«, sagte sie, und auch ihr liefen die Tränen über die Wangen. »Niemand hätte das gekonnt.«

Murphy hielt minutenlang wie Halt suchend ihre Arme, bevor er sich ein wenig entspannte. Behutsam löste Estella sich von ihm, als sie das Gefühl hatte, dass er eingeschlafen war. Sie hatte tiefes Mitleid mit ihm; sie konnte sich nicht einmal vorstellen, wie es sein musste, mit einer solch schrecklichen Erinnerung zu leben ...

Als Murphy erwachte, war es später Nachmittag. Estella hatte das Feuer angezündet und einige Äste des Teebaumstrauchs in die Flammen gelegt, damit mehr Rauch zum Himmel stieg, falls ein Flugzeug nach ihnen suchte.

»Wenn eine Maschine von Longreach gestartet wäre, müsste sie längst hier sein«, sagte Murphy, dessen Stimme wieder ruhig und nüchtern klang.

»Das weiß man nicht«, erwiderte Estella trotzig. Während Murphy schlief, hatte sie weiter an der Landepiste gearbeitet. An deren Rändern hatte sie zwei Steinreihen ausgelegt, in der Hoffnung, dass man sie aus der Luft erkennen konnte. Sie war voller Tatkraft und Entschlossenheit gewesen, doch jetzt fühlte sie sich hungrig und erschöpft. Sie sehnte sich nach Ruhe und Stille. Ihr Kampfgeist hatte sie beinahe verlassen.

Bei der Arbeit an der Landebahn war ihr etwas eingefallen, wonach sie Murphy fragen wollte.

»Was hat es eigentlich mit dem Flugzeug im Hangar hinter dem Krankenhaus auf sich?«

»Was soll damit sein?«

Estella wunderte sich über seine Gleichgültigkeit. »Ist es flugbereit?«

»So gut wie«, erwiderte Murphy knapp.

»Gibt es jemanden in der Stadt, der es fliegen kann?«

»Eigentlich nicht.«

Estella seufzte. »Wie meinst du das? Entweder *kann* es jemand fliegen, oder nicht.«

»Es ist Dans Maschine. Früher ist er von Longreach aus damit Einsätze geflogen, aber er wird nie wieder am Steuer eines Flugzeugs sitzen.«

Estella blickte ihn ungläubig an. Dan konnte also fliegen, er besaß sogar ein Flugzeug – und trotzdem war Murphy davon überzeugt, dass er sie nicht suchen würde. »Aber ... warum denn nicht?«

Murphy zögerte. Dan hatte sich ihm Jahre zuvor anvertraut, und er hatte dieses Vertrauen nie missbraucht. Doch als er jetzt Estella anschaute, wurde ihm klar, dass sie auf einer Erklärung bestehen würde. Und er wollte nicht, dass sie sich falsche Hoffnungen machte.

»Vor langer Zeit ist Dan mit der Maschine verunglückt«, begann er deshalb zögernd. »Er hatte einen Patienten an Bord, einen schwer kranken kleinen Jungen, der bei dem Unglück ums Leben kam. Seitdem hat Dan panische Angst vor dem Fliegen und wird von Schuldgefühlen gequält, die jedes andere menschliche Wesen längst umgebracht hätte.«

Estella war sprachlos.

»Ein paar Jahre später hat Dan die Maschine nach Kangaroo Crossing bringen lassen, nachdem der Rumpf repariert worden war. Er wollte seine Ängste und Schuldgefühle überwinden, aber das Flugzeug erinnert ihn ständig an den kleinen William Abernathy. Deshalb trinkt er auch. Der Absturz war ein tragischer Unfall, und seitdem hat er dutzenden von Menschen das Leben gerettet, aber das macht den kleinen William nicht wieder lebendig.«

»Du sagtest, es sei ein Unfall gewesen – hat Dan ihn verursacht?«

Murphy schüttelte den Kopf. »Eine Untersuchung hat ergeben, dass beim Start ein winziges Motorteil abgebrochen war, worauf der Motor aussetzte. Dan konnte nichts dafür. Die Schuld lag allein beim Hersteller, der nach einer eingehenden Prüfung auch die Verantwortung übernommen hat. Aber Dan fühlte sich trotzdem schuldig.« Murphy ließ sich erschöpft zurücksinken. »Jahrelang hat er den Motor immer wieder auseinander genommen und zusammengesetzt. Ich nehme an, er hofft, dass es ihm hilft, über die Sache hinwegzukommen, aber es wird einfach nicht besser.«

»Hat William Abernathys Familie ihm die Schuld gegeben?«

»Nein. Der Vater des Jungen war mit im Flugzeug und wusste, dass es kein Pilotenfehler war. Außerdem hätte der kleine William auch dann kaum eine Überlebenschance gehabt, wäre die Maschine nicht verunglückt.«

Estella seufzte. »Ich glaube, ich habe Dan über Funk erreicht, als du auf der Piste gestürzt bist. Vielleicht bringt ihn unsere verzweifelte Lage ja dazu, wieder ins Flugzeug zu steigen.«

Murphy verstand Estellas sehnlichen Wunsch, an einen guten Ausgang der ganzen Sache zu glauben, doch er schüttelte den Kopf. »Selbst wenn er den Mut dazu fände, würde er das Flugzeug niemals aus dem Hangar bekommen.«

»Warum nicht?«

»Weil der Hangar nur ein alter Vorratsspeicher ist. Wir mussten damals den Propeller abschrauben, damit die Maschine hineinpasste. Sie ist ein schweres altes Monstrum – wir haben zwanzig Mann gebraucht, um sie hineinzuschieben.«

Estella kletterte ins Flugzeug und ließ sich neben Murphy nieder. Er sah furchtbar aus. »Es steht nicht allzu gut, stimmt's?«, fragte sie, und ihre kummervolle Miene brach ihm fast das Herz. Er konnte es kaum ertragen, sie so mutlos zu sehen.

»Es tut mir Leid, dass ich uns in diese Lage gebracht habe, und ...«, sagte er mit rauer Stimme.

»Pssst«, machte Estella. »Es war nicht deine Schuld.« Das Tuch, das sein Bein bedeckte, war gänzlich rot – er verblutete langsam, und es gab nichts, was sie dagegen tun konnte. Sein Gesicht war leichenblass. Er sah aus, als werde er jeden Moment wieder das Bewusstsein verlieren.

Plötzlich hatte Estella furchtbare Angst, allein zurückzubleiben. Sie wollte nicht sterben, und sie wollte auch Murphy nicht verlieren. »Lass mich nicht im Stich, Murphy – ich brauche dich«, sagte sie und ließ ihren Tränen freien Lauf. Mit dem letzten Rest an Kraft, der ihm geblieben war, streckte Murphy die Arme aus, und sie schmiegte sich an ihn.

»Es fühlt sich wunderbar an, dich so zu halten«, flüsterte er ganz nah an ihrem Ohr. »Dein Mann muss den Verstand verloren haben, dass er dich hat gehen lassen. Wenn ich das Glück hätte, von einer Frau wie dir geliebt zu werden, würde ich sie mit allen Mitteln festhalten.«

Estella drückte sich ganz fest an ihn. Es war grausame Ironie, dass sie die Liebe eines Mannes wie Murphy wohl nie kennen lernen würde ...

Da es offensichtlich keine Rettung gab und sie einander die Geheimnisse ihrer Vergangenheit erzählt hatten, hatte Estella plötzlich das Bedürfnis, Murphy auch zu sagen, wer sie war. Sie glaubte zwar nicht, dass es einen Unterschied machte, doch sie wollte, dass er alles über sie wusste, bevor es zu Ende ging. Sie hätte es ihm schon längst erzählen sollen, doch ihre schlimme Lage und Murphys Verletzung waren wichtiger gewesen.

»Murphy, es gibt noch einen anderen Grund dafür, dass ich nach Australien gekommen bin«, begann sie, ohne ihn anzusehen. »Ross Cooper ist mein leiblicher Vater. Wir sind einander nie begegnet und standen auch nicht miteinander in Verbindung. Aber Charlie hat mir über meine Tante die Stelle als Tierärztin angeboten. Ich sah es als Möglichkeit, meinen Vater endlich kennen zu lernen ... durch das, was die Menschen hier mir über ihn erzählten. Natürlich war es falsch, euch alle zu täuschen ...« Sie zögerte und wartete auf eine Antwort, doch Murphy schwieg. Estella hob den Kopf, um ihn anzusehen. Sie spürte seinen Atem auf ihrem Gesicht, doch er war wieder bewusstlos.

»Bitte, bleib bei mir, Murphy!«, schluchzte sie verzweifelt.

27

Mutlos beobachtete Estella, wie die Schatten des Spätnachmittags sich über die Wüste legten. Mit jeder verstreichenden Minute wurde ihr deutlicher bewusst, dass die Zeit ablief. Wenn sie nicht bis zum Einbruch der Dunkelheit von einem Flugzeug entdeckt würden, hätten sie bis zum folgenden Morgen keine Chance; dann war es für Murphy zu spät.

Ganz still saß sie da. Das Summen der allgegenwärtigen Fliegen war das einzige Geräusch, das ihre verzweifelten Gedanken durchdrang. Murphy entglitt ihr immer mehr, und sie konnte nichts dagegen tun. »Ich kann nicht glauben, dass wir hier draußen sterben sollen«, flüsterte sie unter Tränen.

Ab und zu blickte sie Murphy an, um festzustellen, ob er noch atmete. »Du bist ein guter Mensch und hast das Leben noch vor dir«, flüsterte sie. »Du hast es nicht verdient, hier so jämmerlich zu sterben.« Sie legte den Kopf auf die Knie, und ihre Tränen tropften in den Sand.

Murphy schlug die Augen auf, streckte die Hand aus und strich ihr über den Arm. Seine Berührung fühlte sich wie das Streicheln einer Feder an, wie ein Hauch. »Nicht weinen«, sagte er leise. »Es wird jemand kommen und dich holen ... das verspreche ich dir ...«

Estella wischte sich die Tränen ab und nahm seine Hand, die sich trotz der Hitze kalt anfühlte. »Ich kann dich nicht so gehen lassen, Murphy! Ich kann nicht!«

»Vielleicht ist es Zeit für mich ... aber nicht für dich«, flüsterte er. »Du hast noch eine wundervolle Zukunft mit deinem Baby vor dir.« In seinen Worte lag so viel Zuversicht, dass Estella ihm beinahe glaubte.

»Vergiss mich nicht, versprochen?« Sein trauriges Lächeln brach ihr fast das Herz.

»Ich ...« Sie wandte den Blick ab und wischte sich mit dem Handrücken salzige Tränen von den Wangen. »Wie weit ist es bis *Yattalunga Station*?«

In Murphy stieg Furcht auf. Er hoffte inständig, dass sie nicht versuchen würde, dorthin zu gehen. »Zu weit ...«

»In welche Richtung geht es denn?«

Murphy schüttelte langsam den Kopf. »Nein«, flüsterte er.

»Ich möchte doch nur Hilfe für dich holen! Ich kann nicht einfach hier sitzen und zusehen, wie du stirbst! Es ist nicht gerecht!«

»Selbst wenn ich sterbe, Estella – versprich mir, dass du beim Flugzeug bleibst. Es wird Hilfe kommen, auch wenn es vielleicht noch etwas dauert, aber sie *kommt*, das schwöre ich dir.« Und der Vorrat an Essen und Wasser würde länger reichen, wenn er nicht mehr lebte. Dann hatte Estella eine reelle Chance.

Tapfer kämpfte Estella gegen neuerliche Tränen an. Sie würde es sich nie verzeihen, wenn sie nicht versuchte, Murphy zu retten. Doch er blieb hartnäckig. »Versprich es mir ... bitte. Dort draußen gibt es vieles, das du nicht kennst. Hier hast du Wasser und Nahrung und Schutz vor der Sonne. Es sind schon viele Menschen bei dem Versuch umgekommen, zu Fuß aus der Wüste zu fliehen. Es ist unmöglich ... jedenfalls für jemanden ohne spezielle Kenntnisse. Und selbst mit diesen Kenntnissen wären die Aussichten gering. Du hättest keine Chance ... also warte bitte, bis jemand kommt. Ich möchte, dass du es mir versprichst.«

Estella brachte es nicht über sich. Sie sprang aus der Maschine und hätte am liebsten geschrien: »Es ist nicht fair!« Stattdessen ließ sie sich auf die Knie sinken und schlug in ohnmächtiger Wut die Fäuste in den heißen Sand.

»Estella ...« Murphys Stimme klang so schwach, dass Estella sie in ihrer Wut zuerst gar nicht wahrnahm.

»Estella, hörst du das?«, wiederholte Murphy.

Sie hob das tränenüberströmte Gesicht und strich sich die Haare zurück. »Was?«

»Ich höre etwas!«

Sie horchte. »Nein ... da ist nichts«, sagte sie dann mutlos. Wie oft hatte sie schon geglaubt, das Geräusch eines Motors zu vernehmen, und wie oft war sie bitter enttäuscht worden. Wahrscheinlich hatte Murphy Halluzinationen.

»Kannst du es wirklich nicht hören?«, fragte er wieder.

Estella blickte zum Himmel. »Nein. Da ist nichts, Murphy ...«

»Manchmal hört man ein Flugzeug, lange bevor man es sieht. Das Geräusch wird in den oberen Luftschichten sehr weit getragen.«

Noch einmal lauschte Estella, hörte aber nichts als die Stille der Wüste um sie her. Sie hatte fast vergessen, was Lärm war, besonders die Geräusche einer großen Stadt.

Sie legte die Hand über die Augen und suchte noch einmal den weiten Himmel ab. Zwar betete sie, dass Murphy Recht haben möge, doch im Herzen war sie sicher, dass er sich geirrt hatte. Plötzlich sah sie etwas. Doch es war vermutlich nur ein großer Vogel auf der Jagd nach Beute, ein Adler vielleicht. Es war so weit entfernt, so klein ... Sie schloss die Augen für einen Moment und öffnete sie dann wieder. Bildete sie es sich nur ein, oder war es Wirklichkeit? Ihr Herz schlug plötzlich rasend schnell. Und dann hörte sie deutlich das Geräusch, das ihr wie Musik in den Ohren klang: Das tiefe Brummen eines Motors! Estella glaubte, ihr Herz müsse vor Freude zerspringen.

»Es ist wirklich ein Flugzeug, Murphy! Ich sehe ein Flugzeug kommen!« Sie lachte und weinte zugleich.

»Siehst du?«, murmelte Murphy mit einem gequälten Lächeln. Er war unendlich erleichtert. Wenn er jetzt starb, dann als glücklicher Mann, weil er wusste, dass sie in Sicherheit war.

Estella lief zu ihm. »Du wirst wieder gesund, Murphy – sie kommen uns holen!« Sie umfasste sein Gesicht mit beiden Händen und küsste ihn. Dann eilte sie zum Feuer, fachte es neu an und legte noch einen Ast mit grünen Blättern darauf, damit es stärker qualmte. Schließlich wandte sie sich um, winkte und rief aus Leibeskräften.

»Sie können dich ... nicht hören ...«, stieß Murphy mühsam hervor.

Estella glaubte schon, der Pilot habe sie nicht gesehen, doch dann beschrieb er eine Kurve und begann über ihnen zu kreisen. Murphy drehte den Kopf, um durch die Tür der Kabine zum Himmel zu schauen, als die Maschine in sein Blickfeld kam.

»Das glaube ich einfach nicht ...«, sagte er.

»Was ist denn?«, wollte Estella wissen.

Murphy lächelte. »Es ist Dan. Es geschehen doch noch Zeichen und Wunder ...«

Er versuchte sich aufzurichten, um zu winken, doch ihm wurde schwindelig, und erneut verlor er das Bewusstsein.

»Murphy, bleib bei mir!«, rief Estella, während sie zusah, wie die Maschine in den Landeanflug ging.

Beklommen beobachtete sie, wie das alte Flugzeug, das größer und nicht so wendig war wie Murphys Cessna, den Boden berührte und über die provisorische Landepiste holperte, riesige Staubwolken aufwirbelnd. Als die Maschine ausgerollt war, eilte Estella darauf zu.

Dan stieg aus dem Cockpit. Er sah so erschöpft aus, als würde er im nächsten Moment zusammenbrechen.

»Dan!«, stieß Estella hervor und warf sich ihm so heftig in die Arme, dass er keine Luft mehr bekam. Sie hatte befürchtet, weder sein Gesicht noch das ihres Onkels Charlie jemals wiederzusehen.

»Langsam, langsam!« Dan hustete und löste sich behutsam von Estella, die ihn so fest in den Armen gehalten hatte, als wollte sie ihn nie wieder loslassen. Dann trat er einen Schritt zurück und musterte sie von oben bis unten. »Himmel, wie schön, dich zu sehen!«, sagte er mit klopfendem Herzen, ganz selbstverständlich zur vertraulichen Anrede übergehend. »Alles in Ordnung?« Auch er hatte geglaubt, sie nie wiederzusehen.

»Ja. Aber Murphy ...« Ihre Augen füllten sich mit Tränen.

Dan nahm seinen Arztkoffer und eilte an ihrer Seite zum Wrack der Cessna. Als er Murphy und das blutdurchtränkte Tuch über dessen Bein sah, wurde seine Miene ernst. »Wir müssen ihn so schnell wie möglich ins Krankenhaus bringen«, sagte er und maß den Puls. »Er braucht Blut, und zwar dringend!«

Dan brauchte Murphys Blutdruck nicht zu messen, um zu wissen, dass dieser gefährlich niedrig war. Für einen Moment schloss er verzweifelt die Augen.

»Warum ist niemand mit dir gekommen?«, fragte Estella.

Dan öffnete die Augen wieder und sah sie an. »Weil keiner mit mir fliegen wollte«, erklärte er und nahm eine Binde aus seinem Koffer.

Großer Gott, dachte Estella. Wir sind immer noch nicht in Sicherheit.

»Kannst du mir helfen, Murphy auf einer Trage zu transportieren?«, wollte Dan wissen. »Es würde zu lange dauern, wenn ich ihn ziehen müsste, und wir dürfen keine Zeit verlieren. Ich werde die Hauptlast tragen.«

Er wickelte die Binde fest um die Wunde, wobei er den Knochen herausstehen ließ, und versuchte so, den Blutstrom zu stoppen.

Estella fiel auf, dass seine Hände zitterten. »Natürlich«, erwiderte sie.

»Bist du sicher, dass alles in Ordnung ist? Ich meine, mit dem Baby? Hast du Schmerzen?«

»Es geht mir gut, keine Sorge, Dan. Übrigens, ich habe diese lächerliche Landepiste gebaut.«

Dan starrte sie aus schreckgeweiteten Augen an. »Estella, das hättest du nicht tun dürfen!«

Sie lächelte traurig. »Ich musste es tun. Schau dir doch an, was uns passiert ist, als wir hier landen wollten.«

Dan blickte auf die Schneise im Sand, die die Cessna bei der Notlandung hinterlassen hatte. »Wir müssen uns beeilen«, meinte er.

Murphy brauchte dringend eine Bluttransfusion, sonst überstand er die nächsten beiden Stunden nicht.

Der Start auf der holprigen Piste war eine gefährliche, nervenaufreibende Angelegenheit. Estella schloss die Augen und betete im Stillen, während Dan den Steuerknüppel fest umklammerte. Als sie abgehoben hatten und über die Wüste flogen, blickte Estella hinunter auf die schier endlose Landschaft. Nie zuvor war sie so froh gewesen, am Leben zu sein – und sie dankte Gott, dass er ihr den einsamen Marsch durch die Wüste erspart hatte.

Sie konnte nur hoffen, dass das alte Flugzeug sie sicher nach Kangaroo Crossing zurückbringen würde. Dan flog so schnell, wie er es eben noch wagen konnte, bis zu neunzig Meilen pro Stunde. Die Maschine vibrierte und ächzte, als wollte sie protestieren.

»Ungefähr zehn Meilen hinter der Stadt habe ich Charlie und den Suchtrupp überholt«, sagte Dan.

Estella blickte ihn überrascht an.

»Ich habe ihnen Zeichen gegeben, dass sie zurückgehen sollen. Hoffentlich haben sie verstanden, dass ich alles unter Kontrolle hatte.« Er lächelte verlegen; tatsächlich hatte er sich alles andere als sicher gefühlt und dermaßen gezittert, dass er kaum den Steuerknüppel halten konnte. Er hatte sich vorgenommen, die alte Maschine *und* den Boden zu küssen, sollte er tatsächlich nach Kangaroo Crossing zurückkehren.

»Wie hast du das Flugzeug aus dem Hangar bekommen?«, erkundigte sich Estella. »Murphy sagte, dazu seien mindestens zwanzig Männer nötig, und du hättest auch noch den Propeller wieder anschrauben müssen.«

»Ich habe die Maschine von acht Kamelen herausziehen lassen«, erwiderte Dan mit spitzbübischem Lächeln.

»Kamele?« Estella fiel plötzlich das Futter aus dem Süden wieder ein. »Ist etwa das ...«

Dan nickte. »Ja, das Futter ist angekommen, und die Kamele kamen gerade zur rechten Zeit. Ich war entschlossen, nach Wilsons Creek zu fliegen, egal, was ich dafür tun musste. Also schraubte ich ein paar fehlende Teile in den Motor und füllte den Tank, bevor mir einfiel, dass ich die Maschine ja gar nicht aus dem Hangar herausschaffen konnte. Ich dachte schon ernsthaft daran, den alten Holzschuppen mit dem Vorschlaghammer kurz und klein zu schlagen, als die Kamele eintrafen. Ich bat die Kamelführer um Hilfe. Wahrscheinlich hielten sie mich für verrückt. Es war nicht leicht, sie zu überreden, die Kamele einzuspannen, aber Barney, Marjorie und Frances haben mich unterstützt.«

Lächelnd stellte Estella sich die Szene vor.

»Die Kamelführer haben mir dann auch beim Anbringen des Propellers geholfen. Diese Burschen waren unschlagbar«, fügte Dan hinzu. »Nach deinem verzweifelten Funkspruch musste ich einfach etwas tun!«

»Ich bin stolz auf dich, Dan«, sagte Estella. »Hoffentlich bist du jetzt nicht böse, aber als ich Murphy nach diesem Flugzeug gefragt habe, hat er mir von deinem Absturz erzählt ... und von William Abernathy.«

Dan zuckte zusammen, dann aber verstand er: Murphy hatte Estella erklären müssen, warum eine flugtaugliche Maschine am Boden blieb, obwohl sie für Murphy und Estella die Rettung sein konnte. »Ich weiß, dass ich mich mit meinen Schuldgefühlen beinahe selbst zerstört hätte«, erklärte Dan. »Ich konnte mir nicht verzeihen, was damals geschehen ist.«

»Aber Murphy meinte, es sei nicht dein Fehler gewesen.«

»In einem meiner seltenen klaren Momente könnte ich ihm sogar zustimmen. Unglücklicherweise ist es aber nicht ganz so einfach. William war ein bemerkenswerter kleiner Junge, und mein Inneres wollte einfach nicht akzeptieren, dass ich an seinem Tod völlig schuldlos war.« Er wandte kurz den Blick ab und sah Estella dann wieder an. »Würdest du mich für verrückt halten, wenn ich sagte, dass der kleine William mir heute die Kraft gegeben hat, diese Maschine zu fliegen?«

Estellas Blick wurde weicher. »Ganz und gar nicht.«

»Ich rollte voller Angst die Piste entlang und blickte nach rechts, dahin, wo du jetzt sitzt – und da war er.«

»Wer?«

»William. Er saß da und sagte mir, dass ich es schaffen könne.« Wieder lächelte er verlegen. »Ich habe nichts getrunken, das schwöre ich.«

»Ich weiß, Dan.«

»In der Bar ist das Bier ausgegangen«, fügte er hinzu, und Estella begriff, dass es ihn nüchtern alle Kraft gekostet haben musste, seine Furcht zu überwinden.

»Ich kann dir nicht genug danken, dass du losgeflogen bist, um uns zu suchen«, meinte sie.

Dan seufzte. »Ich hätte nicht mit dem Wissen weiterleben können, Murphy und dich wegen einer Geschichte aus der Vergangenheit im Stich gelassen zu haben.«

Estella streckte den Arm aus und drückte dankbar seine Schulter. Sie hätte niemals vermutet, dass er dabei war, sich in sie zu verlieben.

»Sag mir eins, Estella: Hast du diese Landepiste wirklich ganz allein gebaut?«

»Ja. Murphy hatte sich bei unserer verunglückten Landung das Bein gebrochen. Ich habe es gerichtet, aber bei dem Versuch, an der Piste mitzuarbeiten, ist er gestürzt und hat sich noch schwerer verletzt.«

»Dann hast du hervorragende Arbeit geleistet.« Dan schüttelte verwundert den Kopf.

Estella blickte auf ihre Hände, die voller Blasen waren. »Es war sehr schwer für Murphy, weil er nichts tun konnte und unter schrecklichen Schmerzen litt. Zum Glück hatte ich Morphium bei mir.« Murphys Geschichte fiel ihr ein, die er ihr unter dem Einfluss des Morphiums erzählt hatte: Er hatte eine schwere Last mit sich herumgetragen. »Aber immerhin hat er das Funkgerät wieder in Gang bekommen.« Tränen traten ihr in die Augen. »Ich hatte Angst, er hält nicht durch.«

Dan sah sie ernst an. »Er ist auch jetzt noch nicht außer Gefahr, aber ich werde für ihn tun, was ich kann.«

Estella wischte sich die Tränen ab und betete inständig, dass Murphy durchhielt.

Dan spürte, dass Estellas Gefühle für Murphy tiefer waren, als sie zeigte. Es tat ihm weh, doch er gönnte es dem alten Freund. »Sobald er eine Bluttransfusion bekommen hat, wird es ihm viel besser gehen. Und wenn sein Blutdruck sich erst stabilisiert hat, muss ich ihn operieren.« Er blickte aus dem Fenster. »Schau, dort unten sind Wags mit seinem Lastwagen und der Suchtrupp! Sie sind also doch nicht umgekehrt.«

Dan erkannte, dass sie seinen Fähigkeiten nicht vertraut hatten. Er ging etwa siebenhundert Meter tiefer, und Estella winkte der Gruppe zu, als sie diese überflogen. Ganz kurz sah sie ihren Onkel, der mit strahlendem Lächeln zurückwinkte.

Es war fast schon dunkel, als Estella plötzlich die Kängurus auf der Landepiste in der Stadt einfielen. Erschrocken fragte sie: »Wie sollen wir denn im Dunkeln landen?«

»Mach dir darüber keine Gedanken«, gab Dan zurück, doch es klang nicht sehr überzeugend.

»Bist du jemals im Dunkeln gelandet?«

Dan hörte die Angst in ihrer Stimme. »Ja. Allerdings schon seit Jahren nicht mehr.«

»Aber die Kängurus ...«

Dan hatte sich der Tiere wegen auch schon Gedanken gemacht, doch plötzlich hellte seine Miene sich auf. »Schau doch nur!«, meinte er.

Estella blickte aus dem Fenster und sah etwas, das sie niemals zu sehen erwartet hätte: Die Stadt lag vor ihnen, und die Landepiste war durch eine Reihe großer Feuer deutlich markiert. »Wer mag das getan haben?«

»Wahrscheinlich diejenigen, die in der Stadt geblieben sind.«

»Werden die Feuer die Kängurus abschrecken?«

»Ich hoffe es.« Dan bemühte sich um ein zuversichtliches Lächeln, aber sogar im schwachen Licht des Cockpits erkannte Estella die Angst in seinem Blick.

Als das Fahrwerk der Maschine den Boden berührte, hielt Estella den Atem an und beobachtete Dan. Er blickte konzentriert nach vorn, doch sie sah, dass er den Steuerknüppel krampfhaft umklammerte. Sie fühlte sich an ihre erste verunglückte Landung mit Murphy erinnert, und die Furcht griff mit kalten Fingern nach ihrem Herzen. Als die Maschine endlich zum Stehen kam, atmete Dan befreit auf und wischte sich mit dem Handrücken den Schweiß von der Stirn.

»Du hast es geschafft!«, jubelte Estella.

Dan wirkte selbst erstaunt. »Ja, ich habe es geschafft!«

Dass sie wie Espenlaub zitterte, fiel Estella erst auf, als sie versuchte, ihren Gurt zu lösen, und ihre Finger ihr nicht gehorchen wollten. Sie blickte nach hinten zu Murphy und betete, dass er noch lebte.

Während Dan sich um ihn kümmerte, stieg Estella mit zitternden Knien aus der Maschine. Zu ihrer Überraschung jubelten ihr die Menschen zu, die in Kangaroo Crossing zurückgeblieben waren. Sie blickte in glückliche Gesichter, die vom Schein der Feuer erhellt wurden, und war tief gerührt. Zum ersten Mal seit ihrer Ankunft in der Stadt fühlte sie sich wirklich als Teil der Gemeinschaft.

»Wie geht es Murphy?«, fragte Phyllis voller Sorge und blickte in den hinteren Teil der Maschine.

»Er lebt«, erklärte Estella knapp.

Frances kam herbei, um Dan mit der Trage zu helfen.

»Conny«, sagte Dan, »ich brauche dich für eine Blutspende.«

»Geht klar«, rief sie.

»Gott sei Dank, dass ihr am Leben seid!«, stieß Marjorie hervor.

»Danke, dass ihr die Piste beleuchtet habt«, sagte Estella. »Das war eine große Hilfe!«

»Wir wollten Dan jede Möglichkeit geben, Sie und Murphy heil zurückzubringen«, meinte Barney Everett. Ohne Dans Geschichte zu kennen, hätte ein zufällig anwesender Fremder sicher nicht gedacht, dass Barney und die anderen irgendeinen Zweifel an Dans Fähigkeiten gehegt hatten.

»Edna hat uns erzählt, dass Sie und Charlie den Futtertransport aus dem Süden organisiert haben«, fuhr Barney fort. »Die Stadt und die Farmer stehen tief in Ihrer Schuld.«

Estella lächelte. »Eigentlich war es Annie Hall, die mich auf die Idee gebracht hat. Sie erwähnte, ihr Bruder im Süden habe einen Überschuss an Futter erwirtschaftet, und Charlie hat sich um alles Weitere gekümmert. Ich bin froh, dass der Transport eingetroffen ist.«

»Das Futter wird schon an die Farmer verteilt«, berichtete Barney.

»Wir alle haben Ross Cooper sehr geschätzt«, erklärte Marjorie, »und wir waren sicher, dass niemand die Lücke füllen kann, die er hinterlassen hat. Aber Sie, Estella, haben uns das Gegenteil bewiesen.«

Estella fühlte sich hin und her gerissen zwischen Freude und Schuldgefühlen. »Ich muss euch allen etwas sagen«, meinte sie mit einem Blick auf den noch immer bewusstlosen Murphy. »Aber es muss warten, bis ich weiß, dass Murphy außer Gefahr ist. Könnt ihr alle morgen Abend in die Bar kommen?«

Die Mienen der anderen spiegelten Verwirrung wider, doch Estella hatte keine Zeit für ausführliche Erklärungen. Sie folgte Dan, Frances und Conny zum Krankenhaus.

»Bestimmt geht sie fort von hier«, meinte Barney bekümmert. »Das will sie uns morgen Abend sagen.«

»Sie hat gerade ein schlimmes Erlebnis hinter sich«, gab Betty zu bedenken. »Vielleicht sieht sie die Dinge anders, wenn sie den ersten Schreck überwunden hat.« Damit folgte sie der kleinen Gruppe zum Krankenhaus.

Murphy bekam sofort eine Bluttransfusion. Als sein Blutdruck sich stabilisiert hatte, operierte Dan ihn. Estella nahm ein Bad, und Dan untersuchte auch ihre Wunden, bevor Betty sie verband. Anschließend bestand die Schwester darauf, dass Estella schlief, doch die Sorge um Murphy hielt sie wach. Murphy hatte die Operation zwar überstanden, doch Dan meinte, die nächsten Stunden würden kritisch. Außerdem wollte Estella nach ihrer »Patientin« zu Hause sehen, der verletzten Hündin. Mai hatte zwar ein gutes Herz, war aber nicht zuverlässig genug, als dass man sich blind auf sie verlassen konnte.

Estella verließ das Krankenhaus und machte sich auf den Heimweg. Sie ging direkt zu den Zwingern, um nach der Hündin zu sehen, dann wollte sie sich vergewissern, dass es Mai und Binnie gut ging.

Hinter dem Haus entdeckte sie die noch glühenden Reste eines Feuers, Sie schloss daraus, dass Mai und Binnie in der Nähe waren. Erfreut stellte sie fest, dass ihre kleine Patientin wohlauf zu sein schien. Die Hündin wirkte wohl genährt, und im Zwinger stand ein Napf mit frischem Wasser.

Estella untersuchte gerade die Wunde am Bein, als der Klang einer Stimme sie erschrocken zusammenfahren ließ.

»Du zurück, Missus?«

Estella stand auf und wandte sich lächelnd um. »Oh, hallo, Mai!« Sie wunderte sich immer wieder über die Geräuschlosigkeit, mit der die Aborigine sich ihr zu nähern vermochte. Mai strahlte Estella an, als freue sie sich über die Maßen, sie zu sehen.

»Hündin gehen gut!«, sagte Mai stolz.

»Ja, sie sieht sehr gut aus.« Die Wunde war sauber und schien gut zu heilen. Stargazer war von Marty zum Glück wieder in seinen eigenen Stall gebracht worden, bevor Estella nach Yattalunga aufgebrochen war. »Hast du eines von deinen Aborigine-Mitteln benutzt, Mai?«

»Ja. Deine Medizin und meine Medizin zusammen gut.«

»Genau wie du und ich, Mai«, erwiderte Estella lächelnd. Sie war glücklich, dass Mai ihr Versprechen gehalten hatte.

Die Aborigine trat verlegen von einem Bein auf das andere, strahlte aber noch immer wie ein Schulmädchen.

»Wie geht es Binnie?« Estella konnte die Kleine am Feuer nicht entdecken.

»Sie schlafen in Haus. Sie freuen sehr, dich wiedersehen.«

Mais Tonfall drückte deutlich aus, dass Binnie Estella vermisst haben musste. Diese blickte auf die Tasche mit dem Totem an Mais Hüfte. »Ich muss dir etwas sagen, Mai.« Sie wollte, dass Mai als Erste erfuhr, wer sie wirklich war. »Du weißt, dass Ross vorher schon verheiratet war, nicht wahr?«

Mai nickte. »Er gelebt mit weiße Lady, die weit fort gegangen ist.«

»Das stimmt, Mai. Und diese Lady war meine Mutter. Ich bin Ross' Tochter.«

Mai sah sie aus ihren dunklen, ausdrucksvollen Augen an,

doch Estella vermochte ihren Blick nicht zu deuten. »Tut mir Leid, dass ich es dir nicht schon früher erzählt habe«, fügte sie hinzu und hoffte, dass Mai nicht enttäuscht war, wo sich gerade eine Freundschaft zwischen ihnen entwickelte.

»Darum Dingo hier, Missus – er auf dich aufgepasst!«

Estella war so dünnhäutig, dass ein Windhauch genügt hätte, sie umzuwerfen. Mai zeigte keinerlei Gefühlsregung nach ihrer Eröffnung. Sie wirkte nicht gekränkt, dass Estella ihr die Wahrheit nicht früher gesagt hatte, und sie zeigte weder Überraschung noch Eifersucht. Charlies Worte fielen Estella wieder ein, dass Aborigine-Frauen unkomplizierte Wesen seien. Zum ersten Mal verstand sie, was er damit gemeint hatte.

»Charlie weiß es«, fuhr sie fort, »aber ich wollte nicht, dass die anderen es erfuhren, weil Ross so beliebt war. Ich wollte als die anerkannt werden, die ich bin, und nicht als Ross' Tochter. Kannst du das verstehen, Mai?«

»Du gute Frau. Du richtig hier.«

Estella nahm diese Worte mit Erleichterung auf. Mai war ihr eine echte Freundin geworden. »Vielen Dank, Mai«, meinte sie. »Binnie und ich haben denselben Vater, und damit sind wir Halbschwestern.«

Mai lächelte ebenfalls. »Binnie weiß, Missus, und sie freuen sich darüber!«

»Ich freue mich auch, Mai. Würde Ross noch leben, wärst du meine Stiefmutter!« Estella lachte, weil Mai kaum älter war als sie selbst.

Mai bedachte sie mit einem stillen, weisen Lächeln, das Estella das Gefühl gab, jung und unwissend zu sein. Sie erinnerte sich an ihr erstes Zusammentreffen mit der Aborigine: Damals hatte sie Mai für verrückt gehalten, doch heute wusste Estella, dass sie noch sehr viel würde lernen müssen.

Sie blickte auf Mais Tasche mit dem Totem. »Ich möchte dich etwas fragen, Mai.«

»Dann du fragen.«

»Könnte ich das Tagebuch meines Vaters lesen? Wenn ich wüsste, was in seinem Innern vorgegangen ist, würde es mir sehr helfen.«

Mai blickte sie aus ihren dunklen Augen an. »Ja, Missus. Wenn Dingo *dich* sucht, ich brauche kein Totem. Dingo, er immer hier an Käfig, Missus.«

Während Mai die Tasche mit dem Tuch von ihrem Gürtel löste, begriff Estella, was sie gemeint hatte: Wenn der Dingo stets in der Nähe der Hündin war, musste diese heiß sein.

28

Als Murphy die Augen aufschlug, saß Estella an seinem Bett und hielt seine Hand. Dan hatte ihn die ganze Nacht beobachtet und war im Morgengrauen erschöpft schlafen gegangen, nachdem er Estella gesagt hatte, Murphys Atmung, Puls und Blutdruck seien normal, und es sehe so aus, als werde er sich vollständig erholen. Doch Estella machte sich trotzdem Sorgen. Sie sah Murphy immer noch hilflos im Flugzeugwrack liegen, während das Leben langsam seinen Körper verließ – und dieses Bild sollte sie für immer verfolgen.

Zwei Stunden lang hatte sie ungeduldig darauf gewartet, dass er aufwachte. Sie musste sich selbst davon überzeugen, dass er wieder ganz gesund wurde. Noch immer konnte sie kaum glauben, dass sie beide das Unglück tatsächlich überlebt hatten, ganz zu schweigen von den Tagen in der Simpson-Wüste. Doch es gab etwas, das ihr auf der Seele lag: Sie wollte, dass Murphy vor den anderen erfuhr, dass sie Ross' Tochter war. Nach allem, was sie miteinander durchgemacht hatten, war sie es ihm schuldig. Auch Dan hätte sie es lieber im Vertrauen erzählt, doch sie wollte warten, bis er ausgeschlafen hatte.

»Wie fühlst du dich?«, fragte sie Murphy mit einem liebevollen Lächeln.

Murphy bedachte sie mit einem verlegenen, noch ein wenig benommenen Blick, doch er lächelte ebenfalls und drückte ihre Hand. »Besser als beim letzten Mal, als wir miteinander gesprochen haben«, erklärte er. »Ich erinnere mich an nichts mehr, nachdem ...« Er starrte zur Decke, an der sich ein Ventilator drehte. »Ich muss mir Dinge eingebildet haben, denn ich glaubte, Dan zu sehen, der seine alte Maschine flog. Wahrscheinlich hatte ich Halluzinationen ...«

»Dan hat uns wirklich gerettet, aber vielleicht ist es ganz gut, dass du den Rückflug in die Stadt nicht bei vollem Bewusstsein erlebt hast.«

»Warum?«

»Dein Bein hätte dir sonst ziemlich zu schaffen gemacht. Die Zeit drängte, weil du so viel Blut verloren hattest. Deshalb ist Dan mit Höchstgeschwindigkeit geflogen. Die alte Maschine bebte und zitterte, als wollte sie in der Luft auseinander fallen.«

»Wie schnell ist Dan geflogen?«, wollte Murphy wissen.

Estella fand diese Reaktion typisch für einen Vollblutpiloten. »Neunzig Meilen die Stunde.«

»Niemals. Das hätte die alte Kiste nicht geschafft.«

»Wollen wir wetten?«, fragte in diesem Augenblick Dan von der Tür her.

»Ich dachte, sie fällt auseinander«, beharrte Estella. »Deshalb habe ich die ganze Zeit den Geschwindigkeitsmesser im Auge behalten. Es waren wirklich neunzig Meilen. Es hat nichts mit mangelndem Vertrauen in deine fliegerischen Fähigkeiten zu tun, Dan, aber ich hatte Angst in dem alten Ding.«

»Da warst du nicht die Einzige«, meinte Dan trocken.

Murphys Lächeln verblasste, als er sich vorstellte, wie schlimm die Landung gewesen sein musste.

»Diejenigen, die in der Stadt geblieben waren, haben entlang der Hauptstraße Feuer angezündet«, berichtete Estella, als sie Murphys besorgte Miene sah. »Dadurch wurden die Kängurus vertrieben, und die Piste war hell erleuchtet. Die Leute waren großartig, aber besonders Dan.« Sie lächelte zu ihm auf.

»Ich kann nicht glauben, dass du die alte Mühle wirklich

heil hin und her geflogen hast, Dan«, sagte Murphy und blickte dann Estella an. »Um ehrlich zu sein, habe ich nicht damit gerechnet, dein wunderschönes Lächeln noch einmal zu sehen!«

Estella errötete. »Ich bin erleichtert, dass es dir so gut geht.«

Dan sah ihre Reaktion und hörte die Zuneigung, die in Murphys Worten lag, und sein neu erworbenes Selbstvertrauen schwand. Einerseits freute er sich für Murphy, zumal er selbst mit all seinen Problemen keine sonderlich gute Partie für Estella gewesen wäre; andererseits hätte er sich am liebsten umgedreht und wäre davongelaufen. Es kostete ihn alle Kraft, zu bleiben und so zu tun, als wäre alles, wie es sein sollte.

»Als ich Estellas Hilferuf hörte«, sagte Dan tonlos, »musste ich einfach handeln.«

»Du hast mir ohne Zweifel das Leben gerettet«, meinte Murphy.

»Und mir auch«, fügte Estella hinzu. »Du warst sehr mutig!«

Das Letzte, was Dan erwartete, war Dankbarkeit.

»Vielen Dank, alter Junge«, sagte Murphy leise. »Ich stehe tief in deiner Schuld.«

»Du hättest dasselbe für mich getan«, erwiderte Dan mit einer wegwerfenden Geste.

»Solltest du nicht noch ein wenig schlafen?«, fragte Estella, die Dans Niedergeschlagenheit für Müdigkeit hielt. »Du bist schließlich die ganze Nacht nicht zur Ruhe gekommen.«

»Ja, ich bin müde«, gab er zu. Er hatte versucht zu schlafen; stattdessen hatte er die ganze Zeit an Estella gedacht. Er hatte noch keine klaren Vorstellungen für seine Zukunft gehabt – doch in einem war er sicher gewesen: dass Estella in seinem zukünftigen Leben eine entscheidende Rolle spielte. Als er jetzt sah, dass es zwischen Estella und Murphy gefunkt hatte, kam er sich wie ein Narr vor und fühlte sich ratlos. Er wusste nicht, in welche Richtung er sich wenden und wie er ein normales Leben führen sollte. Er wusste nicht einmal, ob er es wollte.

»Du hast hoffentlich darüber gewacht, dass Murphy es Betty nicht zu schwer macht, nicht wahr?«, fragte Estella Dan jetzt lächelnd.

»Es war eher umgekehrt«, brummte Murphy.

Aber Dan war nicht in der Stimmung für Scherze. »Du solltest dich ausruhen, Estella«, ermahnte er sie ruhig. »Schließlich hast du Schlimmes durchgemacht.« Er warf Murphy einen Blick zu und fragte sich, ob dieser inzwischen von Estellas Schwangerschaft wusste.

»Dan hat Recht«, sagte Murphy ernst. »Du musst dich ausruhen.«

Sein besorgter Tonfall bestätigte Dans Befürchtungen: Murphy wusste von dem Kind, und Dan war klar, dass Estella es Murphy nicht erzählt hätte, wären die beiden einander nicht sehr nahe gekommen ...

»Ich muss vorher noch einiges erledigen, Dan«, erklärte Estella abwehrend.

»Aber ich bin der Arzt, und ich möchte, dass du dich heute erholst!«, sagte Dan schärfer, als er beabsichtigt hatte.

Estella blickte ihn erstaunt an.

»Tu, was Dan sagt, Estella«, meinte nun auch Murphy. »Es ist nur zu deinem Besten.« Seine Miene war ernst.

Als Betty sich mit verschränkten Armen im Türrahmen aufbaute, wusste Estella, dass sie sich fügen musste. Sie war tatsächlich sehr müde, glaubte aber nicht, dass sie jetzt Ruhe fand. »Schon gut, ich weiß, wann ich mich geschlagen geben muss. Ich lege mich ein paar Stunden hin.« Resignierend beschloss sie, Murphy ihr Geheimnis später an diesem Tag anzuvertrauen.

Flo betrat den Teesalon des Savoy Hotels. Sie hielt Ausschau nach ihrer Freundin Molly. Als sie diese nirgends entdecken konnte, blickte sie prüfend auf die Uhr. Es war kurz nach zwei, doch Mollys Verspätung überraschte Flo keineswegs. Sie selbst hingegen war immer ein pünktlicher Mensch gewesen. Leise vor sich hin murmelnd suchte sie sich einen Tisch mit zwei Plätzen, an dem sie von der Tür aus leicht gesehen werden konnte, der jedoch nicht im Zug stand. Ihr Rheuma plagte sie und machte sie reizbar.

Flo ließ sich nieder. Sie war gerade dabei, Hut und Mantel abzulegen, als James hereinkam. Er sah Flo sofort, doch sie bemerkte ihn nicht, sodass er zwei Möglichkeiten hatte: Er konnte schnellstens wieder gehen, oder er konnte mit Flo sprechen und sich dann an einen abseits gelegenen Tisch setzen. Er fühlte sich hin und her gerissen, denn er mochte Flo und hatte ihre Gesellschaft der von Caroline stets vorgezogen. Flo war nüchterner und weniger impulsiv, und sie war immer freundlich zu ihm gewesen, obwohl James spürte, dass sie seine Schwächen durchaus kannte.

Er hatte einen sehr unerfreulichen Morgen mit Davinia hinter sich. Sie hatten sich wegen seines mangelnden Interesses an dem von Davinia eingerichteten Kinderzimmer heftig gestritten. Ein Wort hatte das andere gegeben, und schließlich hatte Davinia ihm vorgeworfen, mehr Zeit ohne sie als mit ihr zu verbringen. James musste gestehen, dass es der Wahrheit entsprach. Außerdem hatte Davinia ihm Vorhaltungen wegen des neuen Wagens und der teuren Anzüge gemacht, die er zu einem früheren Zeitpunkt ihrer Beziehung für sich bestellt hatte. Beides war kürzlich geliefert worden, und es war offensichtlich, dass Davinia diese Ausgaben nun bereute. James konnte nicht einmal auf die Unterstützung seiner Familie zählen. Die Nachricht von Estellas Schwangerschaft und seiner Affäre hatte sich durch seine rachsüchtige Schwiegermutter bis zu seinen Verwandten herumgesprochen, und sie hätten ihn beinahe enterbt. Nun stand er gewissermaßen allein in der Kälte und hätte alles dafür gegeben, wenigstens Flos Wohlwollen zu besitzen. Doch ihm war klar, dass er nicht darauf hoffen durfte.

Gerade hatte er beschlossen, weiterem Ärger aus dem Weg zu gehen und unbemerkt zu verschwinden, als Flo aufblickte. Sie hatte in ihrer Handtasche nach einem sauberen Taschentuch gesucht und plötzlich das Gefühl gehabt, beobachtet zu werden. Beinahe rechnete sie damit, dass es Molly war, die über sie hinwegsah, weil sie aus Eitelkeit keine Brille trug. Stattdessen kam James auf sie zu und blieb vor ihr stehen wie ein Tier in der Nacht, das sich plötzlich im Lichtkegel einer Lampe wiederfand.

»Guten Tag, Florence«, sagte er und senkte den Blick auf seine Schuhspitzen. Flo starrte ihn finster an, ohne seinen Gruß zu erwidern. Sie schaute sich nach Davinia um, bevor sie sich wieder James zuwandte.

Der erriet Flos Gedanken. »Ich bin allein«, murmelte er verlegen.

Flo verzog verächtlich die Lippen und konzentrierte sich betont darauf, ihr Taschentuch zu falten, während James unbehaglich von einem Fuß auf den anderen trat. Flo dachte daran, wie Estella weinend an ihrem Küchentisch gesessen hatte, und verspürte nun das heftige Bedürfnis, dem jungen Burschen, der vor ihr stand, die Augen auszukratzen.

Ihre Gedanken rasten. Sie hatte schon einige Zeit nichts mehr von Estella gehört und machte sich Sorgen. Natürlich hätte sie Charlie anrufen können, doch sie konnte sich teure Ferngespräche nur selten erlauben, und wenn Charlie sich in der Bar aufhielt, verstand er sie meist sehr schlecht. Schließlich siegte Flos Neugier, und sie blickte auf. »Hast du mit Estella Verbindung aufgenommen?«

James schüttelte den Kopf. Er fragte sich, ob Flo wohl von dem Kind wusste und ob er Estellas Schwangerschaft überhaupt erwähnen sollte. Er entschied sich dafür. »Nein. Ich wusste nicht einmal, wo sie war, und ahnte auch nichts von dem Kind, bis Caroline und Marcus es mir vor einiger Zeit erzählten.«

Flo bedachte ihn mit einem Blick, der deutlich sagte, dass er nicht auf ihr Mitgefühl hoffen durfte.

Flammende Röte stieg ihm ins Gesicht. »Ich wollte ihr ja schreiben, aber sie wird meine Briefe sicher nicht lesen wollen, und das kann ich ihr nicht einmal verübeln ...« Er merkte, dass er Unsinn redete. »Wie ... geht es ihr?«

Flo fragte sich, ob es ihn wirklich interessierte. »Ich habe lange nichts mehr von ihr gehört. Um ehrlich zu sein, mache ich mir langsam Sorgen.«

James bemerkte, dass Flo ihr Taschentuch nun nicht mehr zusammenlegte, sondern es zwischen den Fingern knetete, und er erkannte, dass sie tatsächlich beunruhigt war.

»Ging es ihr denn gut, als du zuletzt von ihr gehört hast? Ich meine, sie ist doch hoffentlich nicht krank?« James wusste, dass er selbstsüchtig war, doch wenn dem Baby etwas zustieß, sah seine Zukunft düster aus.

Flo ihrerseits war angenehm überrascht, denn seine Besorgnis wirkte durchaus aufrichtig. »Während der ersten Monate war ihr ständig übel. Aber ich glaube, das ist normal ...«

»Ach, tatsächlich?« James wusste nicht, was für schwangere Frauen normal war und was nicht. »Also geht es dem Baby gut?«

Flo lag die Frage auf der Zunge: »Dem Baby, das du nie wolltest?« Doch sie beherrschte sich. Sie war nie ein rachsüchtiger Mensch gewesen; das lag nicht in ihrer Natur. »Soviel ich weiß, verläuft alles gut. Du könntest dich aber ruhig einmal selbst bei Estella erkundigen, wenn du wirklich so besorgt bist, wie du dich anhörst.«

James entging der scharfe Beiklang in ihrer Stimme nicht, und er fühlte sich gekränkt. »Ich werde sogar noch mehr tun«, gab er gereizt zurück. »Ich fliege nach Australien.«

Flo blickte ihn überrascht an. »Wirklich?«

»Ja, im März, wenn das Kind kommt.«

Flo verstand überhaupt nichts mehr. James sah, wie ihre Gedanken sich überschlugen. Gleich würde sie ihn wahrscheinlich wegen seiner Beziehung zu Davinia zur Rede stellen – und diese Aussicht versetzte ihn in Panik. Nur um Flo zu beeindrucken, hatte er zu viel gesagt, doch jetzt war es zu spät, die Worte zurückzunehmen. Plötzlich fühlte er sich elend und schuldig und hatte nur noch den Wunsch, zu fliehen. »Ich muss jetzt gehen. Ich habe einen geschäftlichen Termin. Es war nett, dich wiederzusehen. Lebwohl, Florence.« Damit wandte er sich um und verließ eilig den Teesalon.

Flo blickte ihm verwundert nach. Sie verstand nicht, warum er nach Australien fliegen wollte. Ob er seine Meinung geändert hatte? Trotz ihrer Verwirrung freute sie sich für Estella. Zwar würde diese ihm seine Affäre mit Davinia nie verzeihen können, doch Estella würde sicher froh sein, dass James jetzt zumindest bereit war, ihrem Kind ein Vater zu sein. Flo fragte sich jedoch, ob sie James glauben konnte. Schließlich beschloss sie, Estella nichts von seinen Plänen zu schreiben, für den Fall, dass er seine Meinung wieder änderte – oder dass Davinia ihn umstimmte. Ihre Nichte konnte keine weiteren Enttäuschungen mehr verkraften.

Estella verbrachte den Morgen im Krankenhaus damit, sich Gedanken über das Treffen am Abend zu machen. Sie hegte ernste Befürchtungen, was die Reaktionen auf die Enthüllung ihrer wahren Identität betraf, doch sie konnte ihr Geheimnis nicht länger für sich behalten. Immer wieder ging sie ihre Argumente dafür durch, dass sie bisher die Wahrheit verschwiegen hatte – und jedes Mal erschienen sie ihr unaufrichtiger. Hatte sie nicht vor kurzer Zeit James noch zum Vorwurf gemacht, dass er sie belogen hatte? Und nur wenige Wochen später hatte sie selbst eine ganze Stadt belogen. Sie konnte nur hoffen, dass die anderen ihr verzeihen würden.

Auch dass sie noch keine Gelegenheit gefunden hatte, Murphy die Wahrheit zu sagen, belastete sie. Sie hatte an diesem Morgen mehrere Versuche unternommen, doch jedes Mal war etwas dazwischengekommen. Entweder hatte sie Besuch gehabt, oder jemand war bei Murphy gewesen.

Am frühen Abend kam Charlie. Estella hörte seine volltönende Stimme im Flur, lange bevor sie ihn sah. Sie lächelte, als sie ihn mit Murphy reden hörte. Obwohl sie nur ein paar Tage fort gewesen war, hatte sie ihn sehr vermisst. Charlie fragte nach Dan, und sie hörte Murphy antworten, dass dieser sich schlafen gelegt hatte. Estellas Lächeln schwand jedoch, als sie Charlie sagen hörte: »Ich dachte, du wüsstest, wie man ein Flugzeug fliegt.«

Murphy lachte nur, doch Estella schüttelte entsetzt den Kopf. Etwas Unpassenderes hätte Charlie kaum einfallen können.

»Was ist passiert?«, fuhr Charlie fort. »Frances sagte, du hättest vergessen, Benzin in den Tank zu füllen.«

Estella zuckte erschrocken zusammen, doch zu ihrer Überraschung hörte sie Murphy erneut lachen. Er war offensichtlich an Charlies seltsamen Humor gewöhnt, der anscheinend allen Einwohnern von Kangaroo Crossing eigen war.

»Wo ist Estella?«, hörte sie ihren Onkel dann fragen.

»Ein Stück den Flur runter«, erwiderte Murphy mit einem Blick auf Phyllis, die ihm soeben einen Krankenbesuch abstattete. Charlie eilte davon, und Murphy schaute ihm verwundert nach. Natürlich freute er sich, dass Charlie Estella mochte, doch er benahm sich beinahe wie ein besorgter Vater.

»Da bist du ja!«, meinte Charlie, als er in Estellas Zimmer blickte.

»Hallo, Charlie«, gab sie leise zurück. »Findest du es nicht ein wenig taktlos von dir, Murphy mangelnde Sorgfalt vorzuwerfen? Er hat nicht vergessen, das Flugzeug aufzutanken – er ist nämlich sehr genau, wenn es um die Sicherheit geht. Eine

Versiegelung am Tankdeckel hatte sich gelöst, und das Benzin wurde durchs Leck herausgesogen.«

Ihre Worte überraschten Charlie. »Ich wusste gleich, dass es so etwas ist. Es gibt niemanden, der so auf Sicherheit achtet wie Murphy.«

»Warum hast du ihm dann Nachlässigkeit vorgeworfen?«

Charlie blickte sie verdutzt an. »Ich hab mir doch nur einen kleinen Scherz erlaubt. Kein Grund, sich aufzuregen.« Er runzelte die Stirn. »Man könnte meinen, du bist in ihn verliebt.«

Jetzt war es an Estella, Charlie aus ihren grünen Augen verwundert anzublicken. »Sei nicht albern! Natürlich sind wir uns näher gekommen, nachdem wir gemeinsam so viel durchgestanden haben, aber das ist auch schon alles.«

»Wirklich?«

»Ja. Hör bitte auf, dir irgendwelche Dinge einzubilden.«

»Wenn du es sagst. Und wie geht es dir so, Mädchen?«

»Sehr gut.« Sie rümpfte die Nase, weil Charlie streng roch, und ihr fiel erst jetzt auf, wie schmutzig und staubig er war.

»Ich bin gerade erst zurück und gleich hergekommen.«

»Du hättest dir ruhig die Zeit nehmen können, dich zu waschen, Charlie.«

»Ich hab mir Sorgen gemacht!«

Estellas Miene wurde weich. »Tut mir Leid. Ich wollte nicht undankbar sein. Dass du losgezogen bist, um Murphy und mich zu suchen, war sehr mutig von dir.«

Charlie konnte es selbst kaum glauben. Das Unternehmen war viel anstrengender gewesen, als er es sich vorgestellt hatte. Er hatte Blasen an den unmöglichsten Stellen, und das Schlimmste war, dass er bei seiner Rückkehr nicht mal ein kaltes Bier trinken konnte. »Das war doch selbstverständlich«, meinte er und verschwieg ihr aus Verlegenheit, dass er schreckliche Angst gehabt hatte, seine Nichte zu verlieren.

Estella war gerührt. »Ich würde gern nach Hause gehen,

aber Dan, Murphy und Betty haben sich zusammengetan und hindern mich daran.«

»Das ist gut so. Schließlich hast du ein schreckliches Erlebnis hinter dir.«

Estella begriff plötzlich, was alles hätte geschehen können, und brach unvermittelt in Tränen aus.

Charlie blickte sie erschrocken an. »Was ist passiert?«, fragte er verständnislos und eilte zum Bett. Er hätte sich gern gesetzt, doch er hinterließ eine Spur aus rotem Staub, wo immer er sich gerade aufhielt. »Ist etwas mit dem Baby?«

Estella schüttelte den Kopf. »Ich hätte dort draußen sterben können, und Murphy wäre beinahe umgekommen ...«

Charlie legte ihr behutsam eine Hand auf die Schulter. »Dafür sieht er schon wieder ziemlich munter aus.« Er hatte von Murphys gebrochenem Bein gehört, doch er wusste, dass Murphy hart im Nehmen war.

Estella sah ihn an. »Beinahe wäre er verblutet, und ich konnte nichts dagegen tun.«

Jetzt war Charlie doch entsetzt.

»Ich habe sein Bein nach unserer verunglückten Landung gerichtet, aber er hat versucht, mir bei der provisorischen Landebahn zu helfen, und ist dabei so unglücklich gestürzt, dass der Knochen aus dem Bein ragte ...«

Charlie fühlte, wie es ihn trotz der Hitze kalt überlief.

»Ich konnte ihm nicht helfen. Wäre Dan nur eine Stunde später gekommen, wäre es zu spät gewesen.«

Allmählich konnte Charlie ermessen, welche Schrecken Estella hinter sich hatte. Es musste die Hölle gewesen sein. Er kam sich albern vor, weil er beinahe über ein paar Blasen geklagt hätte. Estella stand auf, und Charlie zog sie in seine kräftigen Arme und hielt sie fest. »Jetzt ist es vorbei«, murmelte er tröstend.

Nach einer Weile löste Estella sich von ihm. »Du brauchst ein Bad, Charlie, und zwar dringend.«

Er trat einen Schritt zurück. »Tut mir Leid. Ich wollte mich nur davon überzeugen, dass es dir gut geht. Ich komm wieder, so schnell ich kann.« Charlie wandte sich zum Gehen, zuckte jedoch erschrocken zusammen, als er Phyllis im Türrahmen stehen sah. Er fragte sich, ob sie ihre Unterhaltung mit angehört hatte. »Kylie wird sicher gleich kommen«, fuhr Charlie fort. »Sie wollte sich nur etwas frisch machen – und das werde ich jetzt auch tun.«

Estella horchte auf, weil seine Stimme plötzlich so unpersönlich klang. Sie blickte auf und sah Phyllis an der Tür. Ihr Herz begann zu rasen. War ihr Geheimnis jetzt gelüftet?

»Danke für deinen Besuch, Charlie«, sagte sie so gelassen sie konnte. »Und noch einmal vielen Dank, dass ihr losgezogen seid, um Murphy und mich zu suchen.«

»Du brauchst dich nicht zu bedanken – hier draußen helfen wir einander, wenn es nötig ist«, erwiderte Charlie. »Ich lasse euch Ladys jetzt allein, damit ihr euch ungestört unterhalten könnt.«

Phyllis trat zur Seite, um Charlie vorbeizulassen.

»Ich habe ihn doch hoffentlich nicht vertrieben?«, fragte sie. Ihr freundliches Lächeln verriet nichts über ihre Gedanken, denn sie hatte soeben eine seltsame halbe Stunde an Murphys Seite verbracht. Murphy hatte ihr gesagt, er wolle sein Leben ändern; er habe zu lange in der Vergangenheit gelebt. Mehr hatte Phyllis ihm nicht entlocken können, doch sie musste wissen, ob die Geschehnisse in der Wüste etwas mit seinem Entschluss zu tun hatten. Sicher, Murphy war dem Tod sehr nahe gewesen, doch es musste noch eine andere Erklärung für seinen Wandel geben – und Phyllis wollte von Estella mehr darüber erfahren.

»Können wir uns ein bisschen unterhalten? Ich verspreche, dich nicht zu sehr anzustrengen«, sagte sie lächelnd.

29

Du willst uns doch nicht etwa verlassen, Estella?«, begann Phyllis das Gespräch.

»Verlassen? Wie kommst du darauf?«

»Als du sagtest, du willst heute Abend mit uns reden, dachten alle, du wolltest fortgehen.«

»Wirklich?« Estella hatte nicht damit gerechnet, dass die anderen diesen Schluss ziehen würden. »Ich habe nicht vor zu gehen, es sei denn ...«

»Es sei denn?«

»Es sei denn, ich werde hier nicht mehr gebraucht oder bin nicht mehr erwünscht.« Wenn die anderen erfuhren, dass Estella sie getäuscht hatte, war vielleicht damit zu rechnen.

»Ich nehme an, Barney, Marjorie, Frances und die anderen dachten eher, dass man nach einer solchen Erfahrung, wie du sie hinter dir hast, sein Leben neu überdenkt.« Phyllis ließ den Satz wie eine Frage im Raum stehen.

»Eine solche Erfahrung lehrt dich zu schätzen, was du besitzt«, erwiderte Estella, »und das Wichtige vom Unwichtigen zu unterscheiden.« Statt darüber nachzugrübeln, was man verloren hat, fügte sie in Gedanken hinzu, denn genau das hatte sie getan.

»Das hat Murphy auch gesagt.«

»Wirklich?«

»Er hat mir gerade erklärt, dass er sein Leben ändern will. Was meint er wohl damit?«

Jetzt begriff Estella, warum Phyllis zu ihr gekommen war.

»Ich weiß es nicht, aber er war dem Tod sehr nahe ...« Allein der Gedanke daran ließ sie schaudern. »Und das hat ihn sicher tief berührt.« Estella fühlte, dass etwas sehr Machtvolles zwischen ihnen entstanden war, wusste aber nicht genau, um was es sich handelte. Es schien natürlich, dass sie sich menschlich näher gekommen waren – doch sie spürte, dass noch etwas anderes dahinter stand.

»Ihr müsst dort draußen sehr vertraut miteinander geworden sein.« Phyllis suchte in Estellas grünen Augen nach einer Antwort.

Die ließ sich nicht gern auf solche Art ausfragen. Aus irgendeinem Grund wollte Estella ihre Erfahrungen weder mit Phyllis noch mit sonst jemandem teilen. »Murphy und ich waren die ganze Zeit damit beschäftigt, Möglichkeiten zu suchen, wie wir überleben können«, erwiderte sie.

»Das muss schrecklich für dich gewesen sein. Ich hätte das bestimmt nicht durchgehalten. Habt ihr euch ein Lager gebaut?«

Estella ahnte, wohin das Gespräch führen sollte: Phyllis wollte intime Details erfahren. Doch Estella war entschlossen, ihr diesen Gefallen nicht zu tun. »Ist Murphy im Moment allein?«, fragte sie stattdessen.

Phyllis war sichtlich verärgert über den plötzlichen Themenwechsel. »Als ich vor einer Minute aus seinem Zimmer ging, war er's.«

»Ich muss dringend mit ihm reden. Würde es dir etwas ausmachen, Phyllis?«

Estella wirkte besorgt – was Phyllis noch neugieriger machte. »Natürlich nicht.«

»Vielen Dank. Und du brauchst nicht auf mich zu warten. Wir sehen uns dann später im Hotel.«

Phyllis lächelte freundlich, doch insgeheim enttäuscht, weil sie ihr Ziel nicht erreicht hatte: Sie war nicht klüger geworden, was Murphys Pläne betraf, sein Leben zu ändern.

Murphy schlief, als Estella sein Zimmer betrat. Sie war enttäuscht, wollte ihn aber nicht wecken, weil er sehr erschöpft aussah. Er hatte den ganzen Tag Besucher gehabt und keinen Schlaf gefunden. Estella beschloss, gleich nach der Versammlung zum Krankenhaus zu gehen und ihm alles zu erzählen, bevor jemand anders es tat. Als sie bei Dan hereinschaute, war dieser gerade mit zwei Aborigines beschäftigt. Einer hatte sich offensichtlich den Magen verdorben, der andere schien bei einem Streit mehrere Stichwunden davongetragen zu haben, die offenbar von einem Speer stammten. Estella erkannte, dass der Verletzte Budjita war – der Mann, der am Tag ihrer Ankunft plötzlich im Krankenhaus in ihrem Zimmer erschienen war. Er hatte sich mit einem anderen Mann um eine Frau gestritten. Betty ging Dan zur Hand, ebenso Kylie, die müde wirkte, sich aber sehr freute, Estella zu sehen. Diese tröstete sich mit dem Gedanken, dass die Lage sich ein wenig beruhigt haben würde, wenn sie später wiederkam, um mit Murphy zu sprechen.

Als Charlie zum Hotel zurückkam, wartete Marty in der Bar auf ihn. »Die Nachricht von der Versammlung hat sich wie ein Lauffeuer verbreitet. Sogar ein paar Farmer sind auf dem Weg in die Stadt«, meinte er.

»Was für eine Versammlung?«, fragte Charlie verwirrt. »Wir können keine Versammlung abhalten ... Wir haben nichts hier, um Gäste zu bewirten.«

»Beschwer dich nicht bei mir – Estella hat die Versammlung einberufen.«

Charlie kratzte sich stirnrunzelnd am Kopf. »Davon weiß ich nichts, und ich komme gerade aus dem Krankenhaus.«

»Phyllis hat es mir gesagt«, berichtete Marty. »Anscheinend hat Estella, nachdem sie aus dem Flugzeug gestiegen war, für heute alle zusammengerufen. Barney und fast alle anderen sind sicher, dass sie uns ihre Abreise ankündigen wird.«

»Abreise?«, stieß Charlie hervor. »Sie reist nicht ab, Marty. Das hätte sie mir gesagt!«

»Nicht unbedingt. Auch wenn du derjenige warst, der ihr die Stelle als Tierärztin angeboten hat, muss sie dir ja nicht als Erstem sagen, dass sie fortziehen will.«

Charlie hätte Marty gern erzählt, dass er ihr Onkel war, doch er behielt es für sich. »Glaub mir, das ist nicht der Grund!«

»Aber was will sie uns dann erzählen?«

Charlie zuckte die Achseln. Er konnte sich nur einen Grund für Estellas Ankündigung vorstellen: Früher oder später *musste* sie ihr Geheimnis lüften, und wenn es einen geeigneten Zeitpunkt dafür gab, dann jetzt, nachdem das Futter eingetroffen war, was sehr zu ihrer Beliebtheit beigetragen hatte.

»Ich schätze, du wirst es einfach abwarten müssen«, sagte Charlie nur.

Auf dem Weg zurück zum Gemischtwarenladen sah Marty, dass Phyllis an Estellas Haus stand und auf Mai einredete. Nicht die Tatsache, dass die beiden sich unterhielten, machte ihn neugierig, denn Phyllis hatte viel Kontakt zu den einheimischen Aborigine-Frauen. Es war vielmehr ihre Körpersprache. Mai wirkte verängstigt, und Phyllis sah sehr angespannt aus. Sie drohte Mai sogar mit dem Finger.

Als Phyllis in den Laden zurückkehrte, fand sie ihren Vater in seinem Lehnstuhl im Wohnzimmer hinter dem Verkaufsraum vor. Er schien tief in Gedanken versunken.

»Stimmt etwas nicht, Dad?«, fragte sie, während sie sich aus der Kanne auf dem Herd eine Tasse Tee einschenkte.

Marty hob den Kopf und sah, dass sie selbstzufrieden wirkte. »Worüber hast du mit Mai gesprochen?«, fragte er.

Plötzlich spiegelte sich ein Ausdruck von Schuld auf ihren Zügen. »Es war nichts Wichtiges. Ich ... ich habe mich nur nach dem Hund erkundigt.«

»Nach welchem Hund?«

»Der Hündin, die Estella gepflegt hat, bevor sie mit Murphy in der Wüste gestrandet ist. Sie hatte das Tier aus einem Lager der Aborigines hinter den Sanddünen mitgenommen. Mai sagte, sie habe sich um das Tier gekümmert, aber ich wollte mich lieber selbst vergewissern.«

»Seltsam. Du hast dich doch nie besonders für Tiere interessiert, geschweige denn für streunende Hunde.«

Phyllis sah gekränkt aus, und Marty fragte sich nach dem Grund. War sie verletzt, weil er behauptet hatte, sie sei nicht tierlieb, oder weil er ihre Motive in Zweifel zog?

»Dass ich mich nie besonders für Stargazer interessiert habe, muss nicht bedeuten, dass ich andere Tiere nicht mag«, gab Phyllis gereizt zurück.

Marty hatte ein gutes Gespür dafür, wann seine Tochter nicht ehrlich zu ihm war. Er glaubte nicht eine Minute lang, dass sie sich Sorgen um Estellas Hündin gemacht hatte. Aber warum log sie, und was hatte sie zu verbergen? »Ich hatte den Eindruck, du würdest Mai wegen irgendetwas beschimpfen«, meinte er.

Phyllis runzelte die Stirn. »Ich habe ihr nur eingeschärft, sich um die Hündin zu kümmern, solange Estella im Krankenhaus ist. Und ich musste ein wenig energischer werden – du weißt ja, wie Mai sein kann. Ich will nicht, dass sie Estella enttäuscht.«

Marty schwieg.

»Warum bist du eigentlich so misstrauisch, Dad?«, wollte Phyllis wissen.

»Ich habe über Stargazer nachgedacht. Ich glaube, seine Koliken wurden durch Pflaumen ausgelöst.«

»Pflaumen?«

»Ja. Sein Dung war rötlich, und das habe ich nur einmal vorher gesehen, als deine Mutter ihm Pflaumen gegeben hatte. Damals war er noch ein Fohlen – du erinnerst dich doch, nicht wahr?«

Er beobachtete Phyllis bei diesen Worten genau, doch sie wirkte ehrlich verwirrt.

»Es waren frische Pflaumen – so frisch, wie man sie hier nur bekommen kann. Und deine Mutter hatte natürlich die Steine herausgenommen. Stargazer liebte Obst, doch er bekam schwere Koliken.«

»Wie soll ich mich daran noch erinnern?«, meinte Phyllis. Sie gab Zucker in ihren Tee und rührte eine Spur länger um, als notwendig gewesen wäre.

»Es ist noch gar nicht so lange her«, erwiderte Marty, der Phyllis noch immer ansah.

»Aber ich kann mich nicht mehr daran erinnern. Du hast mir gerade vorgeworfen, dass ich keine Tiere mag, und trotzdem ergehst du dich in dunklen Andeutungen darüber, dass ich deinem Pferd Pflaumen gegeben habe. Findest du nicht auch, dass das wenig Sinn ergibt?«

Marty kam sich plötzlich lächerlich vor. »Ich bin sicher, dass *irgendjemand* ihm Pflaumen gegeben hat, und ich muss ständig daran denken!«

»In dieser Stadt gibt es sicher Leute, die gewusst haben, dass Stargazer keine Pflaumen verträgt, aber ich gehöre nicht dazu.«

Marty kratzte sich am Kopf. Wahrscheinlich hatte sie Recht. Myrtle hatte bestimmt mit Betty und Marjorie über die Sache gesprochen und diese wiederum mit ihren Ehemännern. Wenn er darüber nachdachte, erschien es ihm möglich – sogar wahrscheinlich –, dass Ross es bei seinen Besuchen draußen auf den Farmen erwähnt hatte.

»Ich verstehe nicht, warum jemand aus der Stadt Stargazer außer Gefecht setzen sollte«, murmelte Marty. »Fast alle hatten doch Geld auf ihn gesetzt!«

»Mich eingeschlossen. Aber jetzt vergiss diese dumme Geschichte, Dad. Es ist nicht gut für dich, darüber nachzugrübeln. Und ich bezweifle, dass der Schuldige sich jemals stellen wird.« Nach einer Weile fügte sie nachdenklich hinzu: »Nun ja ... Ich hatte Estella eine Dose Pflaumen gebracht, aber sie wird sie Stargazer bestimmt nicht gegeben haben.«

»Das glaube ich auch nicht.« Marty war ratloser denn je.

Bevor sie in die Bar ging, eilte Estella nach Hause, um sich umzuziehen. Sie schaute gerade ihre Sachen durch, als sie hinter dem Haus jemanden schreien hörte. Entsetzt sah sie Mai, die offensichtlich betrunken war, um ein Feuer schwanken. Binnie saß mit angezogenen Knien auf der anderen Seite des Feuers im Staub und starrte ihre Mutter erschrocken an.

»O nein!«, rief Estella verzweifelt. Sie wurde aus Mai einfach nicht schlau. Manchmal war sie vollkommen vernünftig, dann wieder betrank sie sich und randalierte oder führte sich völlig verrückt auf. Estella war sicher, dass jemand ihr Alkohol gab, und das erfüllte sie mit unbändigem Zorn. Wer immer es war, musste doch wissen, dass die arme Binnie darunter litt!

Estella konnte ihren Zorn nicht mehr zurückhalten. »Das muss ein Ende haben«, sagte sie laut. Entschlossen ging sie hinaus und nahm Mai die Flasche fort, was gar nicht so einfach war. Mai besaß Riesenkräfte, wenn sie getrunken hatte.

»Woher hast du das?«, fragte Estella.

Mai starrte sie ungläubig an und griff nach der Flasche, doch Estella hielt sie außerhalb ihrer Reichweite.

»Gib mir zurück!«, rief Mai.

»Sag mir, wer dir die Flasche gegeben hat, Mai. Charlie behauptet, er verkauft dir keinen Alkohol – ist das wahr?«

Mai nickte stumm.

»Hat Edna dir die Flasche gegeben?«

Mai schüttelte den Kopf. »Ich nicht sagen! Sonst etwas Schlimmes passiert Binnie!«

»Wer hat dir das denn eingeredet?«

Mai begann laut zu wehklagen und rannte davon in die hereinbrechende Dämmerung. Als Estella sich umwandte sah sie, dass die Tür zum Hundezwinger offen stand. Die Hündin war fort. »O nein!«, stieß sie hervor und blickte sich suchend um, konnte das Tier aber nirgends entdecken. Am liebsten hätte sie vor Zorn laut aufgeschrien, denn die Hündin war heiß und würde bald von Rüden belagert sein.

Binnie weinte verzweifelt. Estella nahm sie mit ins Haus, badete sie und brachte sie ins Bett. Als das Mädchen eingeschlafen war, ging Estella leise hinaus. Sie war entschlossen, herauszufinden, wer Mai den Alkohol gab und ihr drohte.

Estella war überrascht, mehrere Farmer in der Bar zu sehen, darunter Teddy Hall, der sie mit einem seltsamen Blick bedachte, als sie hereinkam.

Als Charlie sie entdeckte, zog er sie sofort beiseite. »Was soll das alles, Estella? Willst du etwa unser kleines Geheimnis lüften?«, fragte er flüsternd.

»Ja. Es tut mir Leid, aber ich muss es tun.«

Charlie blickte skeptisch drein. »Bist du sicher, dass es ein günstiger Zeitpunkt ist? Schließlich ist es nicht lange her, dass du Schlimmes durchgemacht hast. Wenn du warten würdest, bis ich wieder Bier habe ...« Er fand nichts dabei, auch ans Geschäft zu denken.

»Je länger ich es vor mir herschiebe, desto schwieriger wird es. Außerdem habe ich das Gefühl, die Menschen hier zu hintergehen.«

»Vielleicht solltest du zum Krankenhaus zurück und mir die Sache überlassen«, schlug Charlie vor.

Estella lächelte ihn an. »Vielen Dank für dein Angebot, aber es ist besser, ich erledige das selbst.«

»Ich lass dich aber nicht allein«, sagte Charlie entschlossen und richtete sich auf. »Ich stehe hinter dir. Du bist meine Nichte, und Ross war mein einziger Bruder.«

Estella legte ihm eine Hand auf den Arm. »Vielen Dank,

Charlie«, flüsterte sie. »Ich weiß deine Unterstützung zu schätzen. Es tut mir Leid, dass ich dir nichts von der Versammlung gesagt habe. Ich wollte es gerade tun, als Phyllis auftauchte.«

»Schon gut.«

»Bevor wir hineingehen, möchte ich gern noch etwas wissen. Wer versorgt Mai mit Wein?«

Bevor Charlie antworten konnte, trat Marty zu ihnen.

»Hast du irgendeine Idee?«, beharrte Estella.

»Nein, keine Ahnung. Hier in der Bar gibt es keinen Tropfen Alkohol mehr, also kann er nicht von hier kommen.«

»Was kann nicht von hier kommen?«, schaltete Marty sich ins Gespräch ein.

Estella war ratloser denn je. »Kannst du dir vorstellen, wer Mai Alkohol geben könnte, Marty?«

Dieser schüttelte den Kopf. »Es muss jemand sein, der ein paar Flaschen zurückgelegt hat, denn soviel ich weiß, gibt es in der ganzen Stadt keinen Tropfen mehr.«

»Vielleicht sollte ich mit Phyllis darüber reden«, meinte Estella. »Sie scheint sie recht gut zu verstehen. Mai hat nämlich Angst, dass Binnie etwas geschieht, wenn sie erzählt, wer ihr den Wein gegeben hat.«

»Schon möglich, dass Phyllis dir helfen kann«, erwiderte Marty. »Sie hat heute Nachmittag mit Mai gesprochen.«

»Ist sie hier?«

»Noch nicht.«

Estella war enttäuscht, dass auch diese Sache noch würde warten müssen.

Charlie und Estella betraten den Gesellschaftsraum, wo Charlie um die Aufmerksamkeit der Anwesenden bat, während Estella nervös neben ihm stand. Als langsam Ruhe einkehrte und Estella mit ihrer Rede anfangen wollte, wurde sie von Clem Musgrove unterbrochen, der in den Raum kam. Zur allgemeinen Verwunderung trug er den Siegerpokal des Picknick-Rennens von Kangaroo Crossing bei sich.

»Bevor Sie anfangen, Estella, möchte ich etwas richtig stellen«, sagte er, ging zur Stirnseite des Raumes und blickte Estella an. Sie wusste nicht, was sie von Clem erwarten sollte. Er wandte sich an die Anwesenden und erklärte: »Ich möchte diesen Pokal seinem rechtmäßigen Besitzer übergeben.« Dann blickte er den völlig verblüfften Marty an, denn beide Männer hatten sich vor dem heimlichen Rennen darauf geeinigt, dass niemand davon erfahren sollte.

»Ich glaube nicht, dass einer von euch etwas darüber weiß«, wandte Clem sich an die Versammelten. »Aber am Abend des Picknick-Rennens sind Stargazer und Plumbago gegeneinander angetreten ...«

Erstaunte Rufe waren zu hören.

»Und Stargazer hat gesiegt.«

Jubel und Applaus brandeten auf, doch man hörte auch kritische Stimmen, die sich beklagten, dass sie keine Gelegenheit gehabt hatten, auf eines der beiden Pferde zu setzen. Clem hob die Hand, um für Ruhe zu sorgen. »Plumbago ist ein gutes Pferd, eines der besten. Er hat den Pokal gegen ein starkes Feld gewonnen, in dem der Sieger der letzten drei Jahre aber nicht vertreten war. Als Marty mich zu einem Rennen aufforderte, um zu ermitteln, welches der beiden Pferde denn nun schneller ist, war ich sofort einverstanden. Plumbago war müde, doch Stargazer war krank, also hatten sie die gleichen Chancen, auch wenn ich es damals noch nicht so gesehen habe. Stargazer hat nach hartem Kampf gesiegt – ich glaube, da wird Marty mir zustimmen.«

Marty nickte. Jetzt waren enttäuschte Ausrufe zu hören, und einige Anwesende schüttelten die Köpfe, weil ihnen etwas entgangen war, auf das sie sich monatelang gefreut hatten.

Doch Clem fuhr fort: »Ich überreiche hiermit Marty den Pokal und erkläre feierlich, dass Plumbago im nächsten Jahr wieder dabei sein wird. Und dann, das ist sicher, kehrt der Pokal wieder in meinen Besitz zurück!« Clem lächelte, als die Zuhörer ihn scherzhaft ausbuhten. Marty trat vor, und er und Clem schüttelten einander die Hände, während Clem Marty den silbernen Pokal übergab.

»Du bist ein guter Verlierer, Clem«, sagte Marty. Er bewunderte die Trophäe.

»Danke, Marty«, antwortete Clem schlicht. Er hatte lange erwogen, den Pokal zu behalten, sich dann aber anders entschlossen. Sein Sieg hatte einen schalen Beigeschmack, weil Stargazer nicht an dem Rennen teilgenommen hatte. Und da der Hengst später bewiesen hatte, dass er an diesem Tag das bessere Pferd gewesen war, hatte Marty das Recht auf den Pokal.

Nun wandte Clem sich an Estella. »Sie haben bei Stargazer Unglaubliches geleistet«, sagte er. »Ich hoffe, Sie bleiben in Kangaroo Crossing, weil ich Ihre Dienste gern in Anspruch nehmen würde.«

Bevor Estella antworten konnte, kam ihr schon wieder jemand zuvor. »Ich habe auch etwas zu sagen«, erklärte Teddy Hall vom hinteren Teil des Raumes aus. Estella sah Annie an seiner Seite und bemerkte, dass sie sehr nervös wirkte.

Teddy kam nach vorn und stellte sich neben Estella, die am ganzen Leib zitterte. Teddy sah viel besser aus als beim Besuch auf seiner Farm, doch Estella wusste, dass es noch Monate dauern konnte, bis er endgültig fieberfrei war.

»Meine Rinder haben gerade ihr erstes richtiges Futter seit Monaten gefressen, weil Sie und Charlie den Futtertransport aus dem Süden organisiert haben.« Bei diesen Worten sah er Estella an, die nur nicken konnte und Charlie einen beunruhigten Blick zuwarf. Sie fragte sich, ob Teddy ihr vorwerfen würde, sich unnötig eingemischt zu haben. Seine Reaktionen auf ihre Versuche, ihm zu helfen, waren bisher stets unvorhersehbar gewesen, und Estella rechnete nicht damit, dass es dieses Mal anders sein würde.

»Ich kann sehr stur und dickköpfig sein«, erklärte Teddy. »Das ist nun mal nicht zu ändern, aber ich habe Ihnen keine Chance gegeben, und das tut mir Leid.«

Estella blickte ihn sprachlos an.

»Als Sie bei meinen Rindern Brucellose feststellten, haben Sie nicht nur von meiner Farm eine Katastrophe abgewendet, sondern auch von den Farmen meiner Nachbarn«, fuhr Teddy fort. »Während ich mich in Selbstmitleid erging, haben Sie gehandelt und meinen Besitz gerettet ... und den vieler anderer.«

»Sie waren krank und deshalb nicht Sie selbst«, meinte Estella, die nicht wusste, was sie sagen sollte.

»Teddy ist ein mürrischer alter Bastard«, rief einer der anderen Männer.

»Dich knöpf ich mir später vor«, sagte Teddy im Scherz. Dann wandte er sich wieder Estella zu. »Wenn Sie nicht gewesen wären, hätten meine Familie und ich Langana Downs verloren. Dafür möchte ich Ihnen danken und Sie bitten, mir mein Misstrauen und meine mangelnde Gastfreundschaft zu verzeihen.« Er hielt ihr die Hand hin, die Estella nur zögernd ergriff. Als sie es schließlich tat, brandete im Gesellschaftsraum lauter Beifall auf.

Wieder blickte Estella Charlie an, und dieser begriff, dass Teddys Worte es nur noch schwerer für sie machten. Doch jetzt konnte sie nicht mehr zurück. Als der Applaus anhielt, bis Estella vor Rührung und Erstaunen den Tränen nahe war, hob sie die Hand und bat um Ruhe. Als Stille einkehrte, blickte sie in all die Gesichter, die ihr inzwischen vertraut waren und auf denen sich Dankbarkeit widerspiegelte. Sie wusste, dass ihre Worte auf diese Menschen wie ein Schlag ins Gesicht wirken würden.

»Ich habe diese Versammlung heute Abend einberufen«, begann sie, »weil ich Ihnen etwas sagen muss, das ich Ihnen schon vor Wochen hätte sagen sollen.« Sie blickte zu Charlie, dankbar, dass er ihr zur Seite stand. »Ich bin mit einem Geheimnis nach Kangaroo Crossing gekommen.« Ihre Handflächen waren nass von Schweiß, und ihre Stimme klang rau. »Ich weiß, dass viele von Ihnen nicht geglaubt haben, dass ich hier bleibe, und mich als zeitweilige Aushilfe ansahen, bis sich ein geeigneter Ersatz für Ross Cooper fand. Aber ich hatte von Anfang an die Absicht, einige Zeit hier zu bleiben.«

»Sie sind mehr als willkommen, und ich hoffe, Sie bleiben für immer«, meinte Barney Everett.

»Lassen Sie mich erst einmal sagen, was ich sagen wollte, Barney«, bat Estella. »Vielleicht denken Sie gleich ganz anders darüber.«

Barney blickte sie verwirrt an, wie viele andere auch.

Estella war versucht, ihren Entschluss rückgängig zu machen, doch nun war sie schon zu weit vorgedrungen. »Ich habe die Herausforderung, Stargazer wieder gesund zu machen, aus zwei Gründen angenommen. Der eine Grund war der, dass ich glaubte, ihm helfen zu können. Der zweite Grund war weniger ehrenhaft: Ich wollte Ihnen allen etwas beweisen. Zum Glück ist Stargazer nun wieder der Alte ...«

»Mit Glück hat das nichts zu tun«, unterbrach Marty sie. »Es lag an deinem Können, deinem Mut und deiner Liebe zu deinem Beruf. Ich weiß, dass ich es dir nicht gerade leicht gemacht habe, aber du hast dich nicht beirren lassen.«

Estella war ihm sehr dankbar, fragte sich jedoch, wie er über sie denken würde, wenn er erst die Wahrheit kannte. »Ich habe die Stelle aus zwei Gründen angenommen.« In diesem Augenblick beschloss sie, dass ihr »Bekenntnis« diese Bezeichnung auch verdienen sollte und dass sie den Menschen die *ganze* Wahrheit sagen musste. »Der erste Grund war die verzweifelte Lage, in der ich mich unvorbereitet wiederfand.« Trotzig hob sie den Kopf. »Mein Mann wollte sich scheiden lassen, als ich ihm sagte, dass ich unser erstes Kind erwartete. Das war einer der Gründe, hierher zu kommen.« Die Frauen unter den Zuhörern erschraken zutiefst, auch Phyllis, die inzwischen gekommen war. Einige der Männer rückten bei dem Gedanken, dass einer von ihnen so herzlos sein könnte, unbehaglich auf den Stühlen herum.

»Ich erzähle Ihnen das nicht, um ihr Mitleid zu erregen. Aber Sie alle sollen wissen, warum ich einen Ort suchte, an den ich mich zurückziehen konnte, und weshalb ich eine Arbeit brauchte, um mich und mein Kind zu ernähren. Als ich von der Stelle hier in Kangaroo Crossing hörte, nahm ich sie dankbar an, weil sie eine Lösung für all meine Probleme bot: Arbeit und ein Heim für mich und mein Kind. Aber es gab noch einen anderen, viel wichtigeren Grund.« Sie blickte sich um, blickte in die neugierigen Mienen und schluckte schwer. »Ich wollte ... meinen richtigen Vater kennen lernen.« Sie sah Charlie an, und die Zuhörer folgten ihrem Blick.

»Charlie, du alter Geheimniskrämer!«, rief John Matthews.

Charlie blickte ihn verwundert an und Estella erklärte rasch: »Nein, nein! Charlie ist nicht mein Vater, er ist mein Onkel.« Sie hielt inne und beobachtete wieder das Mienenspiel auf den Gesichtern der Zuhörer, die zu begreifen versuchten, was das bedeutete. Die Einzige, die nicht überrascht zu sein schien, war Phyllis.

»Mein Vater war Ross Cooper«, verkündete Estella.

Ungläubige und erstaunte Ausrufe waren zu hören, und Estella sah, wie die allgemeine Verwirrung sich in Empörung verwandelte. »Warum haben Sie das nicht schon früher gesagt?«, rief Marjorie Waitman wütend.

»Weil ich wollte, dass Sie mich als die akzeptieren, die ich bin, und nicht als Tochter meines Vaters«, gab Estella zurück, so ruhig sie konnte. »Ich weiß, dass Sie alle Ross gemocht und bewundert haben ...«

»O ja, das haben wir!«, rief jemand.

»Nun, mir kam es darauf an, mich zu beweisen. Wie schwierig das sein würde, habe ich schon am Abend meiner Ankunft zu spüren bekommen. Damals gaben einige von ihnen mir sehr deutlich zu verstehen, dass sie keine Frau als Tierarzt wollen ...«

»Vor allem keine Lügnerin«, rief ein Mann, der im hinteren Teil des Raumes saß.

»Jetzt aber langsam, Frank«, mischte Charlie sich ein und legte Estella einen Arm um die Schultern. »Es war meine Idee, keinem zu sagen, wer sie ist. Schließlich wusste ich, wie ihr alle über Caroline denkt ...« Er sah Estella an. »Sie war zuerst gar nicht damit einverstanden.«

»Du hättest es besser wissen müssen«, meinte Frances Waitman.

»Ich hätte es sagen können, Charlie«, erklärte Estella. »Stattdessen habe ich auch noch meine Schwangerschaft verschwiegen, und dafür gibt es keine Rechtfertigung.« Sie blickte in die Gesichter, auf denen kurz zuvor noch ein Lächeln gelegen hatte und die jetzt feindselig wirkten. »Sie alle hatten das Recht zu erfahren, wen Sie als Nachfolger für meinen Vater bekamen. Ich möchte nur so viel sagen, dass es mir ehrlich Leid tut, Sie getäuscht zu haben. Nun aber konnte ich keinen Augenblick länger mit diesen Geheimnissen leben.« Wieder schweifte ihr Blick von einem zum anderen. Drückendes Schweigen hatte sich ausgebreitet, das schlimmer war als jede Anschuldigung. Die Atmosphäre erinnerte Estella an den Abend ihrer Ankunft. Das Verzeihen, das sie brauchte und ersehnte, blieb aus.

Schließlich konnte sie die feindselige Stimmung nicht mehr ertragen. Sie wandte sich um und verließ das Hotel, während ihr Tränen über die Wangen liefen.

30

»Oh, sehr gut – du bist wach!«

Murphy hatte sich nur leicht bewegt, doch jetzt drehte er den Kopf in Richtung der Tür, wo Phyllis stand. »Ich hatte nicht damit gerechnet, dass du heute Abend noch einmal wiederkommst«, sagte er verschlafen.

»Das hatte ich auch nicht vor, aber in der Bar hat es Ärger gegeben.« Phyllis betrat das Zimmer und blieb neben Murphys Bett stehen.

»Wie meinst du das? Was ist geschehen?«

»Du wirst es nicht glauben ...« Phyllis verstummte und bedachte Murphy mit einem seltsamen Blick. »Oder vielleicht doch ...«

»Wovon sprichst du eigentlich, Phyllis?«

»Weißt du, wer Estella in Wirklichkeit ist?«

Murphy runzelte die Stirn. »Was meinst du damit?«

»Hat sie dir erzählt, wer ihr Vater war?«

»Ihr Vater? Du sprichst in Rätseln, Phyllis!«

»Dann hat sie offensichtlich vergessen, dir zu sagen, dass sie Ross Coopers Tochter ist?«

Murphy starrte sie ungläubig an und stützte sich auf die Ellbogen. »Wer hat dir denn diese alberne Idee in den Kopf gesetzt?«

»Estella hat es gerade allen erzählt – bei einer Versammlung, die sie selbst einberufen hat. Sie hat zugegeben, uns belogen zu haben, und natürlich sind jetzt alle schrecklich wütend. Außerdem hat sie uns verschwiegen, dass sie schwanger ist.«

Phyllis bemerkte, dass diese Neuigkeit ihn nicht zu überraschen schien, und fühlte sich gekränkt und hintergangen. »Charlie hält natürlich zu ihr, weil er ihr Onkel ist. Er behauptet, es wäre seine Idee gewesen, ihre Identität geheim zu halten, aber Estella nimmt die Schuld auf sich.«

Murphy wandte den Kopf und blickte aus dem Fenster in den sternenübersäten Nachthimmel. Er dachte daran, wie er gemeinsam mit Estella draußen in der Wüste zu diesen Sternen aufgeschaut hatte, und rief sich ihre Unterhaltung ins Gedächtnis. Estella hatte von ihrem Mann und den Gründen für die Scheidung gesprochen. Warum hatte sie ihm nicht gesagt, dass sie Ross Coopers Tochter war?

»Du wirkst genauso schockiert wie alle anderen«, stellte Phyllis fest.

Murphy nickte abwesend. »Könntest du Betty oder Kylie zu mir holen, Phyllis?«

»Wozu?«

»Tu es bitte.«

Phyllis verstand seinen Wunsch zwar nicht, doch er schien sehr aufgeregt zu sein. Kopfschüttelnd machte sie sich auf die Suche nach einer der Schwestern.

»Es ist schlimm genug, dass eine Fremde uns belogen hat, aber von *dir* kann ich es einfach nicht glauben«, sagte Marty zu Charlie.

»Was hättest du denn an meiner Stelle getan? Ihr hegtet alle einen Groll gegen Caroline, und Estella hatte schon genug durchgemacht. Ich wollte nicht, dass sie auch noch unter euch zu leiden hatte.«

»Das ist keine Entschuldigung, Charlie. Man belügt seine Freunde nicht.«

Charlie hatte tatsächlich ein schlechtes Gewissen, besonders Marty gegenüber. Er kam mit allen in der Stadt gut zurecht, doch Marty stand ihm näher als die anderen, war ihm fast wie ein Bruder. »Ich habe getan, was ich in dem Augenblick für richtig hielt. Du kannst *mich* dafür hassen, wenn du willst, aber Estella hat nichts damit zu tun. Vor ein paar Wochen hätte sie beinahe ihr Kind verloren, und ich will nicht, dass das noch einmal geschieht!« Charlie warf den Lappen hin, mit dem er die Theke abgewischt hatte, und ging zur Tür.

»Wohin willst du?«, rief Marty ihm nach.

»Sehen, wie es Estella geht!«, erwiderte Charlie.

Schon nach wenigen Minuten kam er zurück. »Sie macht die Tür nicht auf!«, sagte er. »Ich hoffe um euretwillen, dass sie keine Dummheiten macht!«

Niemand hatte Charlie je so wütend gesehen.

»Das alles ist nicht unsere Schuld«, meinte Barney Everett. »Schließlich haben *wir* sie nicht belogen.«

»Ihr alle hättet ein wenig verständnisvoller sein können! Aufregung ist nicht gut für eine Frau, die in anderen Umständen ist. Ich werde jetzt Dan holen – es kann sein, dass Estella ihn braucht.«

Die Anwesenden starrten Charlie ungläubig nach. Es sah ihm gar nicht ähnlich, sich einer Frau wegen so viele Gedanken zu machen. Er schien völlig außer sich zu sein.

Marty blickte zur Tür und sah Murphy auf Krücken dort stehen. »Was tust du denn hier, um Himmels willen? Du solltest im Krankenbett liegen und dich erholen!« Es war Murphy deutlich anzusehen, dass der kurze Weg zum Hotel ihn völlig erschöpft hatte.

»Das habe ich ihm auch gesagt«, erklärte Phyllis, die jetzt hinter Murphy erschien. »Aber er wollte nicht hören.«

»Wo ist Estella?«, fragte Murphy und kam mühsam in die Bar gehumpelt. Er hatte starke Schmerzen, doch er ignorierte sie.

»Wenn du ihr die Meinung sagen willst, kommst du zu spät. Estella ist fort«, erklärte Marjorie.

»Was habt ihr dem Mädchen gesagt?« Murphy blickte zornig in die Runde.

»Leider nicht alles, was mir auf der Zunge lag«, erwiderte Marjorie. »Mir scheint, sie ist genau wie ihre Mutter Caroline. Man kann ihr nicht trauen!«

»Das ist ungerecht! Ihr könnt sie nicht für das bestrafen, was ihre Mutter getan hat, noch bevor sie geboren war!«

Marjorie starrte ihn überrascht an. »Soll das heißen, du verteidigst sie auch noch?«

»Estella hatte den Mut, ihren Fehler einzugestehen – das solltest ihr dem Mädchen zugute halten!«

Die meisten Farmer, darunter Teddy Hall, waren bereits gegangen. Sie hatten sich unwohl gefühlt, als alle anderen über Estella hergefallen waren. Schließlich hatte Estella ihr Vieh vor dem Verhungern bewahrt und ihre Existenz gerettet. Die Einwohner von Kangaroo Crossing und Barney Everett jedoch waren noch geblieben und hatten ihrer Enttäuschung über Estellas Täuschung Luft gemacht.

»Wir hätten sie bestimmt nicht als Tierärztin eingestellt, hätten wir gewusst, dass sie Carolines Tochter ist«, meinte Kev.

»Habt ihr schon wieder vergessen, dass sie auch Ross' Tochter ist?« Murphys Bemerkung wurde mit trotzigem Schweigen quittiert.

»Wir alle haben Ross geschätzt und bewundert«, fügte er hinzu. »Würde er noch leben ... glaubt ihr, er würde sich freuen, dass ihr Estella so mies behandelt? Niemals! Der Ross, den ich gekannt habe, wäre sehr stolz darauf, dass Estella in seine Fußstapfen tritt.«

»Woher willst du das wissen?«, fragte Marty. »Als er noch lebte, hat Estella nie etwas von ihm wissen wollen.«

»Ich weiß, was Ross für ein Mensch war. Er hat nie schlecht über Estella oder ihre Mutter geredet.«

»Er hat über niemanden schlecht geredet, es sei denn, jemand hätte ein Tier gequält«, warf Barney ein.

»Er hätte Grund genug gehabt, hart über Caroline zu urteilen. Aber ich glaube, er hat verstanden, warum sie nicht in Kangaroo Crossing leben konnte«, beharrte Murphy. »Es gibt nicht viele Stadtmenschen, die sich hier wohl fühlen.«

Darauf wusste Marty keine Antwort. Und wenn er darüber nachdachte, hatte Ross tatsächlich nie ein schlechtes Wort über Caroline verloren.

»Estella ist ihrem Vater offenbar sehr ähnlich«, fuhr Murphy fort. »Denkt daran, was sie für Stargazer getan hat!«

Kev und einige der anderen murmelten zustimmend, doch Marty schwieg. Er fühlte sich hin und her gerissen, was Stargazer betraf. Einerseits glaubte er, Ross' Loyalität zu schulden; andererseits konnte niemand leugnen, dass Estella bei Stargazer etwas vollbracht hatte, das an ein Wunder grenzte. Marty verdankte ihr sehr viel, denn er war sicher, dass Estella dem Hengst das Leben gerettet hatte.

»Sie hat es auf andere Weise versucht als Ross«, erklärte Murphy, »aber Ross wäre stolz und froh, könnte er Stargazer jetzt sehen. Und Dan hat mir gerade von dem Futtertransport erzählt, den Estella und Charlie für die *stations* hier oben organisiert haben. Das gehörte nicht zu ihrer Arbeit, aber sie hat es trotzdem getan, um die Rinder und Schafe der Farmer zu retten. Und wir alle wissen, dass auch unsere Existenz mit den Farmen steht und fällt. Also haben wir es wahrscheinlich Estella und Charlie zu verdanken, dass wir hier weitermachen können!«

»Hat sie dir erzählt, dass sie Ross' Tochter ist?«, fragte Marjorie, ein wenig milder gestimmt.

»Nein. Aber sie hat mir von dem Kind erzählt und über die Gründe für die Trennung von ihrem Mann gesprochen. Anscheinend hat er sich ihr gegenüber unmöglich verhalten. Es muss sie viel Mut gekostet haben, herzukommen und neu anzufangen. Die Aussicht, das Kind allein großzuziehen und ein neues Leben unter Fremden zu beginnen, muss erschreckend gewesen sein.«

Marjorie schien sich zunehmend unbehaglich zu fühlen, doch Phyllis blickte immer noch finster. Sie hatte damit gerechnet, dass Murphy wütend reagierte, stattdessen verteidigte er Estella nach Kräften!

»Sie hat alles verlassen, was ihr vertraut war«, fuhr er jetzt fort. »Ihr Zuhause, ihre Familie, ihre Freunde – in der Hoffnung, bei uns einen Neuanfang machen zu können. Wir alle wissen, wie schwierig das ist, und doch hat keiner von uns – auch ich nicht – Estella mit offenen Armen empfangen. Dabei haben wir dringend einen neuen Tierarzt gesucht, der bereit war, in unser Wüstenkaff zu kommen! Estella muss große Angst davor gehabt haben, uns von dem Kind zu erzählen, denn auch mir gegenüber hat sie es erst kurz vor unserer Notlandung erwähnt. Als wir später darüber sprachen, sagte ich ihr, dass die Menschen im Outback in schweren Zeiten zusammenhalten, und dass wir alle ihr helfen. Ich weiß nicht, was ihr tun werdet, aber ich werde mein Versprechen gegenüber Estella einlösen.«

Estella saß auf dem Bett ihres Vaters und schlug das Tagebuch auf. Durch einen Schleier aus Tränen vermochte sie die Worte kaum zu lesen. »Ich wünschte, du wärst hier«, flüsterte sie. »Ich brauche dich.«

Wie schon zuvor klopfte es an der Tür, und jemand rief ihren Namen, doch Estella beachtete es gar nicht. Sie wollte niemanden sehen, wollte allein sein mit ihrer Scham und Verzweiflung. Sie hatte allen gesagt, dass es ihr Leid tat; mehr konnte sie nicht tun. Wenn die anderen wirklich wollten, dass sie abreiste – und davon war sie überzeugt –, musste sie irgendwie das Geld für die Rückreise nach England zusammenbekommen.

Estella blickte auf das Datum der ersten Eintragung im Tagebuch ihres Vaters. Er hatte es kurz vor ihrem ersten Geburtstag begonnen. Mit traurigem Lächeln stellte sie fest, dass seine Schrift der ihren sehr ähnelte. Er hatte nicht jeden Tag in das Buch geschrieben; die Einträge lagen manchmal Wochen, ja Monate auseinander. Während sie seine Gedanken las, wurde ihr klar, dass er den Busch geliebt hatte – und dass er sehr einsam gewesen war, trotz der Gesellschaft von Charlie und den Menschen aus Kangaroo Crossing.

Charlie hatte ihr erzählt, dass die Monate nach Carolines Abreise die schlimmsten in Ross' Leben gewesen waren. Er hatte weder geschlafen noch gegessen und war wie betäubt gewesen. Charlie hatte sich große Sorgen um ihn gemacht. Doch allmählich hatte Ross wieder ein halbwegs normales Leben aufgenommen, und alle in der Stadt hatten ihm dabei geholfen. Es wunderte Estella deshalb nicht, dass er erst ein knappes Jahr später angefangen hatte, Tagebuch zu schreiben.

Seine erste Eintragung galt einem Arzt, der zu dieser Zeit im Krankenhaus angestellt gewesen war:

10. November 1926: Dr. Sam Carter ist sehr tüchtig, aber ich habe bei ihm noch kein Zeichen von Verständnis für die Aborigines entdeckt. Ich bezweifle, dass Carter lange in Kangaroo Crossing bleiben wird. Heute Morgen hörte ich ihn eine lubra *beschimpfen, weil sie unreife Beeren gegessen hatte. Er scheint nicht zu begreifen, wie schwierig es ist, während der Dürre im Busch zu überleben.*

15. November 1926: Heute hat mein kleines Mädchen Geburtstag. Ich muss immerzu an sie denken. Es bricht mir das Herz, dass schon ein Jahr ihres Lebens vergangen ist, ohne dass ich sie gesehen habe.

Estella fragte sich, ob ihre Mutter wohl darüber nachgedacht hatte, wie sehr Ross sich sehnte, sie zu sehen. Sie selbst hatte nie einen Gedanken daran verschwendet, doch Caroline musste geahnt haben, was Ross empfand. Sie konnte nicht so herzlos gewesen sein, dass es sie nicht interessierte.

Dezember 1926: Wie erwartet ist Dr. Carter abgereist. Sein Nachfolger heißt Dr. Singh. Er ist seit einer Woche hier, spricht aber nicht sehr gut Englisch, sodass er Schwierigkeiten hat, sich mit seinen einheimischen und europäischen Patienten zu verständigen. Nachdem er eins von Charlies halb rohen Steaks in der Bar probiert hat, kocht er jetzt selbst indisches Essen in seinem Zimmer. Im ganzen Krankenhaus riecht es nach Curry. Ich bin sicher, Dr. Singh betrachtet seinen Aufenthalt in Kangaroo Crossing als vorübergehend, und die Menschen hier denken genauso. In der letzten Woche sind zwei neue Häuser fertig geworden, und es herrscht freudige Erwartung wegen der Bahnlinie, an die die Stadt angeschlossen werden soll. Kev und Betty Wilson sind in Kangaroo Crossing angekommen und in eines der neuen Häuser eingezogen; der Postbote und seine Frau werden das andere Haus übernehmen. Kev und Betty sind buscherfahren. Sie haben ihre station *in den Kimberley-Bergen nach einer dreijährigen Dürre verloren und wollen ihren Lebensabend an einem kleinen, abgelegenen Ort verbringen. Ich bin sicher, Kangaroo Crossing entspricht genau ihren Vorstellungen. Sie scheinen zu bezweifeln, dass die Eisenbahnlinie wirklich bis hierher gebaut wird, doch sie besitzen beide viel Gemeinsinn und haben dem Krankenhaus ihre Hilfe angeboten.*

Januar 1927: Das Weihnachtsfest kam und ging vorüber. Ich hatte gehofft, Caroline würde mir eine Fotografie von Estella schicken, aber bisher ist nichts gekommen.

Die Farmer draußen auf den stations *erweisen sich trotz der jetzt schon ein Jahr andauernden Dürre als zäh und unnachgiebig. Ich bewundere ihren Mut. Gerade habe ich drei Tage in Pandi-Pandi verbracht und bin mit herzerwärmender Gastfreundschaft aufgenommen worden. Die Rinder, die noch le-*

ben, sind unterernährt, und viele Schafe sind von Fliegen befallen und sterben. Trotzdem kämpfen die Farmer weiter. Wir alle glauben fest daran, dass der Regen kommt – hoffentlich nicht zu spät für die Tiere.

10. April 1927: Hurra, der Regen ist da!

12. April 1927: Es regnet immer noch.

15. April 1927: Es regnet weiter. In Queensland herrschen sogar sintflutartige Zustände. Der Track ist durch das Wasser der über die Ufer tretenden Goyer's Lagoon und des Cooper River ausgewaschen, und der Diamantina und der Warburton stehen ebenfalls kurz davor, über die zu Ufer zu treten.

14. Mai 1927: Die Polizeiwache in der Stadt steht unter Wasser, und die Einheimischen sagen, der Strzelecki Creek steht fünf Meter höher als bei der Flut von 1913. Um uns herum ist ein See entstanden, und jeden Tag fliegen tausende von Vögeln auf dem Weg zum Lake Eyre über die Stadt – ein spektakulärer Anblick. Ich kann kaum fassen, dass ausgerechnet hier die Menschen und das Vieh, die sonst ständig in Gefahr sind zu verdursten, jetzt befürchten müssen zu ertrinken. Der Gemischtwarenladen in der Stadt hat Vorräte genug, um uns für eine Weile am Leben zu erhalten, doch Charlie fürchtet, in der Bar könnte das Bier ausgehen.

Juli 1927: In nur zwei Monaten ist das Wasser zurückgegangen, der Lake Eyre ist wieder trocken, in der gesamten Gegend herrscht Wassermangel.

August 1927: Ein trauriger Tag. Nachdem er Kangaroo Crossing vor weniger als einer Woche verlassen hatte, ist Robert Foster heute in Ten Mile Creek gestorben. In den gut zwei Jahren, die ich jetzt hier bin, haben schon viele das gleiche Schicksal erlitten.

Während Estella die Seiten las, die einer Chronik der Gegend glichen, stellte sie fest, dass ihr Vater mit wachsender Traurigkeit ihrer Geburtstage gedacht hatte. Schuldgefühle stiegen in ihr auf, weil sie in ihrer glücklichen und sorglosen Kindheit fast nie an Ross gedacht hatte. Und wenn sie es doch einmal getan hatte, waren ihre Fragen an einer Wand des Schweigens abgeprallt.

Ross beschrieb sehr plastisch die Veränderungen, die es in Kangaroo Crossing im Lauf der Zeit gegeben hatte. Mit Begeisterung berichtete er über die erste Nachricht, die im Jahr 1929 von dem pedalbetriebenen Funkgerät im Krankenhaus ausgesendet worden war. Er berichtete von seinen Ausflügen in die Simpson-Wüste, die Estella nach ihren jüngsten Erfahrungen mit besonderem Interesse las. Er erwähnte die Sanddünen, die sich zum Teil fast hundert Meilen von Nordwest nach Südost hinzogen und die sie aus der Luft gesehen hatte. Er beschrieb das Schilfgras, das zwischen den Dünenkuppen wuchs, und die Mulga-Sträucher. Außerdem schilderte er begeistert, wie die Wüste sich nach einem der seltenen Regenschauer in ein Meer wilder Blumen verwandelt hatte. Estella bedauerte, dass sie diese Blumen wohl nie sehen würde. Ross schrieb über einige der seltenen australischen Wüstentiere, zum Beispiel die Beutelmaus. Doch was Estella am meisten überraschte, war seine Bemerkung über heiße Quellen in der Nähe der Mungerannie-Versorgungsstation und die Tatsache, dass sich dort anscheinend vierzig verschiedene Vogelarten niedergelassen hatten.

In den Dreißigerjahren berichtete Ross von der Auflösung der Polizeiwache und der Gründung des Flugrettungsdienstes. Bald darauf war ein Pilot mit seiner Maschine in Kangaroo Crossing stationiert worden, der den Arzt zu den *stations* und den kleinen Ansiedlungen der Rinderfarmer am Rand der Wüste bringen sollte. Ross war begeistert gewesen, diesen Dienst in Anspruch nehmen zu können. Das bedeutete für ihn, dass er viel mehr tun konnte; denn er hatte zu Pferd viel Zeit auf den Wegen zu den verschiedenen *stations* verloren. Einige Seiten vorher hatte er die Kamelkarawanen mit ihren afghanischen Führern erwähnt, die den Track hinaufzogen. Estella hatte diese Passage mit besonderem Interesse gelesen, da die Karawanen für die Menschen in abgelegenen Siedlungen so ungeheuer wichtig gewesen waren.

Während des Krieges schien sich in Kangaroo Crossing wenig verändert zu haben. Die Vorräte waren knapp gewesen, was das Leben noch härter und die Menschen noch erfinderischer gemacht hatte, doch in diesem isolierten Winkel der Erde hatten sie wenig von den Ereignissen in Übersee mitbekommen. Die Nachrichten in den Zeitungen waren mindestens einen Monat alt, bis sie diese erhielten.

Auf den *stations* war die Situation dagegen eine andere gewesen. Fast alle gesunden Männer hatten sich zu den Streitkräften gemeldet, sodass die Frauen mit allem allein fertig werden mussten. Sie hatten keine Wahl gehabt, als die Arbeit weiterzuführen, die ihre Männer getan hatten. Also begannen sie, ihr Vieh zu zählen, zu scheren, die Tiere gegen Ungeziefer zu behandeln und von Weideplatz zu Weideplatz zu treiben. Ross Cooper hatte sie sehr bewundert, und nach seinen Aufzeichnungen zu schließen, hatten viele seine Hingabe bei der Behandlung ihrer Tiere ebenso hoch geschätzt.

Estella las Seite um Seite und spürte, wie einsam ihr Vater gewesen war. Er erwähnte es nicht ständig, doch sie las es in seinen Worten. Er verbrachte viel Zeit damit, durch die Wüste zu streifen und an den Ufern des Diamantina River umherzuwandern. Dann dachte er viel an sie und ihre Mutter, und seine Worte spiegelten seine Traurigkeit wider. Er schrieb, dass er sich gewünscht hätte, Caroline wäre bis zu Estellas Geburt bei ihm geblieben, damit er sie zumindest einmal hätte sehen können. Doch er fügte hinzu, dass er es nicht ertragen hätte, wäre Caroline mit Estella abgereist, weil ihm das Mädchen dann sicher schon viel zu sehr ans Herz gewachsen wäre. Obwohl er Estella nie gesehen habe, liebe er sie sehr. Als Estella diese Worte las, konnte sie seinen Schmerz erst richtig ermessen und fühlte den gleichen Kummer. Sie hätte Ross jetzt gebraucht, so wie er damals sie gebraucht hatte, und sie kam sich vor, als fehle ihr ein Stück ihres eigenen Herzens.

Im Jahr 1946 schrieb Ross, die australische Regierung habe die *Quantas* gekauft, die Luftfahrtlinie für Queensland und das Nord-Territorium, und sie wolle diese Linie zum Aushängeschild des Landes machen. Im selben Jahr bot *Quantas* zum ersten Mal Flüge nach London auf einer Linie an, die »Känguru-Route« genannt wurde. Ross schrieb, er bete darum, dass Estella eines Tages die Reise nach Australien unternehmen werde, denn er träume von dem Tag, an dem sie sich endlich kennen lernen würden.

In den späten Vierzigern schrieb Ross mehr und mehr über die Aborigines, doch es schien, als habe besonders eine unter ihnen seine Aufmerksamkeit erregt: Mai. Sein wachsendes Interesse und seine zunehmende Bewunderung für die Aborigines waren deutlich zu spüren. Er erwähnte auch die Ankunft von Dr. Dan Dugan.

7. Januar 1948: Heute kam Dr. Dugan als Nachfolger für Steven Holland, der an einer seltenen Lungeninfektion erkrankt ist, nach Kangaroo Crossing.

10. März 1948: Armer Dan! Er ist ein sehr guter Arzt und kommt wunderbar mit den Aborigines zurecht, doch irgendetwas scheint ihn furchtbar zu quälen.

12. September 1948: Dan und ich sind sehr gute Freunde geworden. Ich tue mein Bestes, damit er nüchtern bleibt, aber ich fürchte, niemand kann ihn von seinen inneren Qualen befreien. Er hat mir im Vertrauen von einem Unfall erzählt, der die Ursache dieser Qualen ist. Ich habe versucht, ihn zu überzeugen, dass ihn keinerlei Schuld trifft, aber all meine tröstenden Worte stoßen auf taube Ohren. Dan ist noch ein junger Mann, aber wenn er sich weiter so zu Grunde richtet, wird er nicht alt. Und das wäre ein Jammer, denn er hat der Welt viel zu geben.

15. November 1948: Estellas Geburtstag. Ich habe eben einen Brief von Flo mit einem wunderbaren Geschenk erhalten: einem kleinen gemalten Porträt von Estella. Sie ist unglaublich schön! Jahrelang habe ich versucht, sie mir vorzustellen, aber keine meiner Vorstellungen reicht auch nur entfernt an die Wirklichkeit heran!

Estella erinnerte sich schwach, dass Caroline Flo hatte schwören lassen, ihrem Bruder keine Fotografie von ihr zu schicken. Doch wie es schien, hatte Flo einen Weg gefunden, damit Ross seine Tochter sehen konnte, ohne dass sie ihr Versprechen brechen musste. Sie erinnerte sich auch noch an Flos Bitte, einem Künstler Modell zu sitzen, der kurze Zeit im Haus ihrer Tante gewohnt hatte. Estella fragte sich, wo das Bild sich jetzt befinden mochte, denn unter den Sachen ihres Vaters hatte sie es nicht entdeckt.

... Flo schreibt, dass Estella ihre Sache an der Universität sehr gut macht. Ich könnte stolzer nicht sein! Ich sehne mich danach, sie zu sehen, fürchte jedoch, ich würde bloß ihr Leben durcheinander bringen, und ich möchte sie nicht verwirren oder verletzen. Ich bin froh, dass sie eine schöne Jugend hatte, und obwohl ich Marcus Wordsworth aus tiefster Seele beneide, schulde ich ihm doch Dank dafür, dass er mein kleines Mädchen behütet und ihr das Leben ermöglicht, das ich mir für sie wünsche.

4. Januar 1949: Mai und ich sind heute durch eine Aborigine-Zeremonie getraut worden. Meine Frau ist ein sehr vielschichtiger Mensch und gibt mir viel. Sie hat mein Herz für das Land um mich her geöffnet und mich mit neuer und tiefer Achtung vor dieser weiten, großzügigen Landschaft erfüllt. Zum ersten Mal seit vielen Jahren fühle ich mich, soweit das ohne meine Estella möglich ist, zufrieden und ausgefüllt.

9. September 1949: Heute hat meine Frau mir eine kleine Tochter geschenkt. Es ist sehr schwer, meine Freude und meinen Stolz über dieses wunderhübsche kleine Geschöpf in Worte zu fassen, doch ihre Geburt hat auch ein wenig Trauer in mir aufkeimen lassen. Wenn ich sie in den Armen halte, erinnert sie mich an die Tochter, die ich nie halten durfte, und mein Glück ist überschattet von Kummer und Bedauern.

25. Dezember 1949: Heute habe ich mit meiner Frau und meinem Kind die weihnachtliche Freude erlebt. Allerdings war es eine bitter-süße Freude, denn Weihnachten bedeutet Mai nichts, weil die Aborigines glauben, dass jeder Tag ein Festtag ist. Doch dass ich Binnie verwöhnen durfte, war eine kleine Entschädigung für all die Weihnachtsfeste mit Estella, die ich verpasst habe.

Aus den folgenden Einträgen klang deutlich die Freude, die Ross an Binnie hatte. Estella musste lächeln, wenn er über ihre kleinen Triumphe und Niederlagen berichtete. Auch spürte man deutlich, dass er seiner Frau in tiefer und treuer Zuneigung verbunden war. Und obwohl sie schon damals oft auf Wanderschaft gegangen war und Binnie mitgenommen hatte, fand sich kein Wort darüber, dass sie jemals betrunken gewesen wäre.

Nachdem sie das Tagebuch durchgelesen hatte, ging Estella in Ross' Zimmer, legte das Buch weg und sah nach Binnie. Es war fast Mitternacht, und die Kleine schien friedlich zu schlafen. Estella schaute in der Dunkelheit auf sie hinab, und plötzlich fühlte sie sich ihrem Vater näher als je zuvor. Ross würde in ihr und Binnie weiterleben, und das Kind war für sie ein Bindeglied zu ihrem Vater. Estella tat es sehr Leid, dass sie nun wohl seine Arbeit nicht würde weiterführen können, denn es wäre ihr eine Ehre gewesen, sein Werk fortzusetzen.

Plötzlich sehnte sie sich nach frischer Luft. Als sie die Hintertür öffnete, sah sie Dan auf den Stufen davor sitzen. »Was tust du hier so spät in der Nacht?«, fragte Estella verblüfft.

»Ich wollte mich nur vergewissern, dass es dir gut geht.«

»Dann hast du also gehört ...«

»Dass du Ross Coopers Tochter bist? Ja, das habe ich.«

Estella fragte sich kurz, ob jemand es Murphy gesagt hatte. »Es tut mir Leid, dass ich es dir nicht selbst gesagt habe, Dan. Ich wollte es heute tun, fand aber keine Gelegenheit ...«

»Wir haben alle unsere Geheimnisse, Estella.« Dan wandte den Blick ab.

»Die anderen verstehen gar nichts. Sie konnten nur meiner Mutter nicht verzeihen, dass sie meinen Vater verlassen hat ...«

Dan sah sie wieder an. »Ich bin sicher, sie hatte ihre Gründe, aber dich trifft an alledem keine Schuld. Für mich ist es nicht wichtig, wer deine Eltern sind. Du bist du, und du bist ein besonderer Mensch.«

Estella lächelte ihn an. »Vielen Dank, Dan. Aber jetzt gehst du am besten und legst dich hin – du hast letzte Nacht kaum geschlafen und musst sehr müde sein.«

Dan fand es typisch für Estella: Sie machte sich Gedanken um ihn, nicht etwa um sich selbst! »Bist du sicher, dass ich nicht bleiben soll?«

»Es geht mir gut. Ich habe die letzten Stunden damit verbracht, das Tagebuch meines Vaters zu lesen. Jetzt kommt es mir so vor, als ob ich ihn kenne – und weißt du was?« Ihre

Stimme klang rau vor innerer Bewegung. »Ich habe ihn sehr gern.« Endlich kamen die Tränen. Dan breitete die Arme aus, und Estella schmiegte sich dankbar an ihn.

»Ich habe ihn auch gemocht«, flüsterte er.

Nach einer ganzen Weile löste Estella sich von Dan und wischte sich die Tränen ab. »Das hatte ich wirklich nötig«, sagte sie. »Danke.«

»Hab ich gern getan«, erwiderte Dan, der sich schon lange danach gesehnt hatte, sie zu umarmen. »Charlie wird froh sein, dass es dir gut geht. Er hat vor Sorge um dich fast den Verstand verloren.« Er erwähnte nicht, dass Murphy außer sich gewesen war und er ihn hatte ins Bett zurückschicken müssen.

»Er fühlt sich schuldig, aber das braucht er nicht.« Plötzlich hatte Estella das überwältigende Bedürfnis, etwas zu Ende zu bringen, das sie begonnen hatte. »Mir liegt noch etwas auf der Seele, Dan ...«

»Und was?«

»Ich muss unbedingt nach Yattalunga, um Ralph Talbots Hund zu behandeln.«

Dan blickte sie verwundert an.

»Kannst du mich dorthin fliegen?«

»Ich?«

»Ja.«

»Ich ... es überrascht mich, dass du es mir zutraust!«

»Natürlich. Ich denke doch, dass du jetzt, wo Murphy außer Gefecht ist, selbst fliegst, wenn du deine Patienten draußen auf den *stations* besuchen musst.«

Dan war noch immer verblüfft. »Ich habe zwar noch nicht darüber nachgedacht, aber ich nehme an, mir wird nichts anderes übrig bleiben.«

»Dann möchte ich dich um einen kleinen Gefallen bitten.«

Dan wurde schon wieder unsicher. »Und welchen?«

»Dass du ein bisschen langsamer fliegst. Der Lärm, den deine alte Maschine macht, erschreckt mich zu Tode.«

Dan lächelte. Er war sehr froh, dass sie ihm zutraute, zu den *stations* hinauszufliegen. Es tat seinem Selbstvertrauen unendlich gut. »Wann willst du aufbrechen?«

»Morgen in aller Frühe.«

31

Bevor Estella in die Bar ging, um mit ihrem Onkel zu reden, machte sie einen Umweg übers Krankenhaus, um endlich mit Murphy zu sprechen. Es war sehr früh am Morgen, und sie hatte diese Stunde inzwischen lieben gelernt. Der Himmel leuchtete in mattem Rosa, das Licht blendete noch nicht, die Luft war unbewegt und noch einigermaßen kühl. Die Stadt lag ruhig da – so schien es zumindest –, und man hörte kaum einen Laut bis auf das Summen der Fliegen und gelegentlich den Schrei einer einsamen Krähe in einem der wenigen Eukalyptusbäume.

Es überraschte Estella nicht, Murphy noch immer schlafend vorzufinden, doch sie war ein wenig enttäuscht. Sie konnte nicht ahnen, dass er gerade erst eingeschlummert war. Er hatte sich die ganze Nacht Sorgen darüber gemacht, wie sie mit der Feindseligkeit der anderen zurechtkommen würde. Einen Augenblick überlegte sie, ob sie ihn wecken sollte, entschied sich dann aber dagegen. Sein Bett war zerwühlt, und er wirkte vollkommen erschöpft. Estella vermutete, die Schmerzen in seinem Bein hätten ihn wach gehalten.

Als sie zum Hotel ging, sah sie Dan, der aus einem großen Fass Benzin in den Tank seiner Maschine pumpte. Sie rief ihm zu, dass sie kurz bei Charlie hereinschauen wollte, und er winkte zum Zeichen, dass er verstanden hatte. Die Tür des Hotels war niemals verschlossen, so ging Estella einfach hinein. Sie rief nach ihrem Onkel, während sie die Bar durchquerte, und stellte fest, dass es nicht wie sonst nach Bier und kaltem Zigarettenrauch roch. Charlie erschien, gähnend und noch ziemlich zerknittert, als wäre er gerade erst wach geworden. Auch er hatte in dieser Nacht nicht viel Ruhe gefunden.

»Estella!«, stieß er hervor, froh, sie zu sehen. Sie machte nicht den Eindruck, als hätte sie sich die Augen ausgeweint, wie er erleichtert feststellte. »Du bist ja früh aufgestanden! Hast du etwas vor?« Er befürchtete, sie könne wegen der zornigen Reaktionen der anderen einen übereilten Entschluss gefasst haben. Er brauchte nur ein wenig Zeit, die anderen dazu zu bringen, dass sie Estella akzeptierten.

»Ich fliege mit Dan nach Yattalunga«, sagte sie schlicht.

Charlie war plötzlich hellwach. »Das kannst du nicht ernst meinen!«

»Doch. Ich kann, und ich muss. Ralph Talbots Hund hat ein akutes Hautproblem. Ich kann das Tier nicht länger leiden lassen. Jetzt würde ich Ralph gern über Funk mitteilen, dass wir in ein paar Minuten losfliegen. Dan tankt schon die Maschine auf.«

Charlie überlegte, wie er möglichst taktvoll aussprechen könnte, was er davon hielt, doch nach längerem Nachdenken gab er es auf. »Ich glaube, du solltest nicht mit Dan fliegen.«

Estella runzelte die Stirn.

»Nicht in dieser uralten Kiste! Denk daran, was geschehen ist, als du in einem anständigen Flugzeug gesessen hast – dem von Murphy.«

Auch Estella war nicht wohl dabei, doch sie versuchte es zu verbergen. »Ich habe inzwischen gelernt, dass der Anblick täuschen kann, wenn es um Flugzeuge geht. Außerdem hat Dan mich in der alten Maschine sicher hierher zurückgebracht. Es wird schon gut gehen. Dan wird übrigens regelmäßig zu den *stations* hinausfliegen, bis Murphys gebrochenes Bein geheilt ist und er Ersatz für sein Flugzeug gefunden hat.«

Charlie wollte noch etwas sagen, überlegte es sich dann aber anders. Er wusste, dass seine Befürchtungen durchaus begründet waren, doch wenn er darauf beharrt hätte, wäre er sich Dan gegenüber unfair vorgekommen – nach allem, was der geleistet hatte.

»Eigentlich bin ich gekommen, um dich etwas zu fragen«, meinte Estella.

»Und was?«

»Hast du jemals ein kleines Porträt von mir gesehen, das Tante Flo meinem Vater geschickt hat? Es war nicht bei seinen Sachen.«

»Ja, ich habe es an dem Tag mitgenommen, als Ross starb. Ich wollte nicht, dass Mai es wegwarf. Sie ist nicht allzu sentimental.«

»Dann ist es gut. Ich hatte mich nur gefragt, wo es geblieben sein könnte.«

»Hat Flo dir erzählt, dass sie es Ross geschickt hat?«

Estella schüttelte den Kopf. »Nein. Ich habe gestern Abend in Vaters Tagebuch gelesen. Er hatte das Porträt darin erwähnt.«

Charlies Miene hellte sich auf. Er war froh, dass Estella Ross ihren Vater nannte, vor allem mit so viel Zuneigung in der Stimme. »Als das Porträt damals hier ankam, war er der glücklichste Mensch auf Erden. Er hatte mehr als zwanzig Jahre darauf gewartet, ein Bild von dir zu sehen, und er sagte mir, du seist viel schöner, als er es sich jemals vorgestellt hätte. Er konnte stundenlang dasitzen und das Bild anschauen.«

Estella fühlte, wie ihr Tränen in die Augen stiegen. »Ich bin froh, dass er ein Tagebuch hinterlassen hat.«

»Wo hast du es gefunden?«

»Mai hatte es genommen. Sie benutzte es als eine Art Schutztotem. Sie glaubte, Vaters Geist sei in Gestalt eines Dingo zurückgekehrt, der beim Haus herumlungerte.«

Charlie schüttelte den Kopf. »Die Aborigines glauben fest an solche Dinge«, sagte er. »Ich kenne einige, die gestorben sind, weil sie überzeugt waren, verflucht worden zu sein.«

Estella dachte an Mais abergläubische Vorstellungen. »Darüber würde ich später gern einmal mit Edna sprechen. Was das Tagebuch betrifft, hat es mir ein Fenster zu Vaters Welt geöffnet; es kommt mir so vor, als würde ich ihn endlich kennen lernen.«

»Vielleicht hat Ross das Tagebuch genau aus diesem Grund geschrieben«, meinte Charlie lächelnd, wurde aber rasch wieder ernst, als er an Estellas Plan dachte. »Könntest du Ralph nicht über Funk ein Hausmittel für seinen Hund empfehlen, Estella?«, bat er beinahe flehentlich.

»Nein, Charlie. Ich muss das Tier untersuchen.«

Er verzog das Gesicht, doch in seinen Augen blitzte es auf. »Du bist so stur wie dein Vater!«

»Das fasse ich als Kompliment auf«, gab Estella lachend zurück.

Kaum war sie gegangen, als Charlie schon über Funk in Longreach anrief, der Basis des Flugrettungsdienstes. Henry Phelps meldete sich.

»Wir brauchen hier so schnell wie möglich einen Ersatzpiloten und eine Maschine«, rief Charlie ins Mikrofon, ohne Zeit auf Formalitäten zu verschwenden. »Nur für ein paar Monate«, fügte er rasch hinzu. Er wusste, dass Murphys Maschine versichert war. Wenn sie nicht repariert werden konnte, würde er eine neue bekommen.

Henry erkannte Charlie sofort an dessen rauem Tonfall, doch er beschloss, ihn ein wenig zu ärgern. »Bist du das, Macca?«

»Du weißt verdammt gut, dass ich es bin, Charlie Cooper«, stieß Charlie verärgert hervor. Er war nicht in der Stimmung für alberne Späße.

Henry lachte leise auf. »Wie ich hörte, fliegt Dr. Dan wieder. Könnt ihr euch nicht mit ihm behelfen, bis Murphy wieder fit ist?«

»Gute Neuigkeiten verbreiten sich schnell«, murmelte Charlie. »Dan ist seit Jahren nicht mehr geflogen!«

»Seine Lizenz ist aber noch gültig«, erwiderte Henry, und Charlie hörte, dass er immer noch grinste.

»Er mag ja eine Lizenz haben, aber seine Maschine ist zu alt, und ich möchte nicht, dass er unsere neue Tierärztin, Estella Lawford, mit dieser Mühle durch die Gegend fliegt.«

»Mir hat man erzählt, die Maschine sei gut gepflegt. Und Murphy hat mehr als einmal Ersatzteile dafür gekauft.«

Charlie schnaubte. »Wenn jemand von der Flugsicherungsbehörde die alte Kiste sähe, würde er sie sofort in ein Museum stellen lassen.«

Henry wunderte sich über Charlies plötzlichen Sinneswandel. Normalerweise hasste er Regeln, und es war allgemein bekannt, dass er seine Schanklizenz mehr als einmal hatte auslaufen lassen. »Du bist nicht zufällig in die neue Tierärztin verliebt?«, zog er ihn auf.

»Red keinen Unsinn, Mann. Sie ist meine Nichte.«

Henry war perplex. »Deine Nichte?«

»Ja! Bist du taub?«

»Warum hast du das nicht gleich gesagt? Ich werde mit Sam Lloyd sprechen. Er kennt viele Leute in der Stadt und kann herausfinden, ob es Piloten mit eigenen Maschinen gibt, die Arbeit suchen.«

»Tu das. Ruf mich zurück, sobald du etwas herausgefunden hast.« Charlie schaltete das Gerät aus, ehe Henry antworten konnte.

Als Charlie in die Bar zurückkehrte, kam Dan herein, um das Formular für die Flugroute auszufüllen. Charlie fand, dass er nervös wirkte, und das ließ ihn selbst noch unruhiger werden. »Ist es wirklich nötig, dass ihr nach Yattalunga fliegt, Dan? Ich finde, Estella sollte sich erst mal erholen, nach allem, was geschehen ist ...«

»Es scheint ihr sehr wichtig zu sein«, erwiderte Dan, während er die Eintragung ins Logbuch vornahm.

»Läuft die Maschine ohne Probleme?«, konnte Charlie sich nicht enthalten zu fragen. »Hast du die Versiegelung am Tankdeckel überprüft?«

»Alles bestens«, erklärte Dan. Er war schon seit Stunden auf den Beinen und hatte jede Schraube und jeden Bolzen immer wieder geprüft. »Mach dir keine Sorgen, Charlie, ich passe gut auf Estella auf«, sagte er.

Charlie presste die Lippen zusammen. Er wusste, dass er ein nervliches Wrack sein würde, bis die beiden heil und gesund zurück waren. Wenn er nur ein Bier gehabt hätte, um sich ein wenig zu beruhigen!

»Ich rufe sofort an, wenn wir in Yattalunga gelandet sind«, meinte Dan im Hinausgehen.

Murphy erwachte vom Geräusch eines anspringenden Flugzeugmotors. Er setzte sich auf und versuchte, aus dem Fenster zu blicken, doch von seinem Bett aus konnte er nicht mehr erkennen als eine Flügelspitze. Er stand mühsam auf, nahm seine Krücken und humpelte zum Fenster. Er sah einen sich drehenden Propeller und Estella, die gerade in die Maschine stieg. »Du lieber Himmel, nein!«, stieß er alarmiert hervor. Rasch warf er sich einen Morgenmantel über, um dann so schnell er konnte ins Freie zu humpeln. »Dan!«, rief er, doch seine Worte wurden vom Motorengeräusch übertönt. Murphy duckte sich unter dem Flügel hindurch und humpelte zum Cockpit, ganz in heißen Staub eingehüllt. Wieder rief er nach Dan, und wieder hörte der ihn nicht, sodass Murphy schließlich eine Krücke hob und damit gegen das Fenster klopfte.

Dan stieß es auf und blickte hinaus. »Murphy! Was tust du denn hier?«

»Wohin fliegt ihr?«, rief Murphy statt einer Antwort und legte zum Schutz gegen den wirbelnden Staub eine Hand über die Augen. Er fragte sich, ob Dan Estella vielleicht zum Parafield-Flughafen in Südaustralien brachte. Er fürchtete, sie würde so schnell wie möglich die Rückreise nach England antreten.

»Nach Yattalunga«, rief Dan zurück.

Murphys Erleichterung war nur von kurzer Dauer. Der Gedanke, dass Estella so schnell wieder über die Simpson-Wüste flog, machte ihn krank vor Sorge. »Ich komme mit«, rief er.

Dan war nicht sicher, ob Murphy ihm traute. »Danke, ich komme schon zurecht. Ruh du dich aus!«

Murphy wollte protestieren, doch Dan schloss das Fenster und machte sich startbereit.

Flo hatte immerzu an James' Absicht denken müssen, nach Australien zu reisen. Sie war noch einmal ins Savoy Hotel gegangen und hatte herausgefunden, dass er dort Stammgast war. Jemand von den Bediensteten hatte ihr anvertraut, dass er jeden Tag einige Stunden dort verbrachte, was sie sehr eigenartig fand. Sie hinterließ eine Nachricht für ihn, in der sie ihn bat, sie am folgenden Freitag um vierzehn Uhr im Teesalon zu treffen; dann wollte sie ihn näher befragen. Flo traute ihm noch immer nicht ganz. Doch seit sie die Nachricht abgegeben hatte, hatte sich einiges verändert, und sie dachte nicht mehr so viel darüber nach, warum James im Teesalon saß, statt Davinia Gesellschaft zu leisten.

Flo hatte ihn eigentlich dafür loben wollen, dass er sich Estella gegenüber endlich wie ein Ehrenmann verhalten wollte. Dann aber hatte sie gegen ein Uhr morgens einen sehr eigenartigen Anruf von Charlie erhalten, der ihre Sicht der Dinge auf dramatische Weise veränderte. Offensichtlich machte Charlie sich Estellas wegen große Sorgen. Er hatte Flo von deren Beinahe-Fehlgeburt erzählt und berichtet, dass sie nach der Notlandung eines Flugzeugs in der Wüste gestrandet war. Außerdem hatte er gesagt, sie sei schon wieder dabei, diese

Wüste zu überfliegen, diesmal in einer Maschine, die schon vor Jahren hätte verschrottet werden müssen. Natürlich war nun auch Flo zutiefst besorgt und entschlossen, James über alles zu informieren, was geschehen war.

Seit James Flos Nachricht erhalten hatte, hatte er sich in ein Nervenbündel verwandelt. Er war fast sicher, dass sie ihm mitteilen würde, Estella habe das Baby verloren. Warum sonst sollte sie ihn sehen wollen? Er hatte es nicht über sich gebracht, Davinia von diesem Treffen zu erzählen, die ihn mit ihrer Besessenheit fast um den Verstand brachte. Jedes Mal, wenn er sie ansah, stellte sie ihm Fragen wie: Was würdest du dazu sagen, wenn wir unser Kind Winston nennen? Ein stattlicher Name, nicht wahr? Oder vielleicht etwas Exotisches, wenn es ein Mädchen wird ... zum Beispiel Isabelle? Sie weckte ihn sogar mitten in der Nacht, wenn sie nicht schlafen konnte: Der Name sollte Rasse und Klasse haben! Wie wäre es mit Philomena oder Charles Henry?

Es hörte einfach nicht auf. Obwohl James sich insgeheim vor der Reise nach Australien fürchtete, freute er sich doch, auf diese Weise Davinia für eine Weile zu entgehen.

Er kam zu früh ins Savoy, doch Flo war bereits da, was James' Überzeugung nährte, dass sie schlechte Nachrichten haben musste. Seiner Erfahrung nach kam eher derjenige zu früh, der schlechte Neuigkeiten überbrachte.

»Hallo, Florence«, begrüßte er sie und bemerkte gleich die leichte Besorgnis auf ihren Zügen.

»Hallo, James«, gab sie kühl zurück. Als er sich ihr gegenübersetzte, schenkte sie ihm aus ihrer Kanne eine Tasse Tee ein.

James vermochte keinen Augenblick länger zu warten. »Hast du Neuigkeiten von dem Baby?«, fragte er ganz direkt.

Flo stellte die Kanne wieder hin und reichte ihm das Milchkännchen. »Nein«, erwiderte sie. »Soweit ich weiß, ist alles in bester Ordnung. Hoffe ich zumindest.«

Flo dachte an das Gespräch mit ihrem Bruder. Sie war fast

sicher, das Wichtigste verstanden zu haben; andererseits war sie bei dem Anruf noch halb im Schlaf, und Charles außer sich vor Sorge gewesen. »Ich habe heute sehr früh einen seltsamen Anruf von Charlie erhalten, aber davon später. Es gibt etwas, das ich mit dir besprechen möchte ...«

»Einen Moment noch, Florence. Warum war der Anruf von Charlie so *seltsam*? Was hat er denn gesagt?«

Flo seufzte. »Ziemlich viel. Reg dich jetzt bitte nicht auf, aber es scheint, als hätte Estella vor ein paar Wochen beinahe das Kind verloren.« Sie sah, wie James aschfahl wurde, und mit einem Mal glaubte sie ihm, dass er aufrichtig am Wohl des Kindes interessiert war. »Jetzt geht es ihr wieder gut, und dem Kind anscheinend auch – dank irgendeines Aufgusses einer Aborigine-Frau. Aber wie es scheint, hat sie in letzter Zeit einige Male großes Glück gehabt ...«

James glaubte seinen Ohren nicht trauen zu können. Er mochte gar nicht daran denken, was dieser »Aufguss« alles enthalten hatte. »Wie meinst du das?«

»Charlie sagte, auf dem Flug zu einer der Farmen, wo sie ihre Tierpatienten besuchen wollte, habe der Pilot in der Wüste eine ziemlich missglückte Notlandung machen müssen.«

James erschrak.

»Zum Glück hat Estella nur ein paar Schürfwunden davongetragen, aber der Pilot wäre beinahe ums Leben gekommen. Jedenfalls wurden beide gerettet ...«

»Mein Gott!«, stieß James hervor und dachte daran, dass damit sein Traum von einem sorgenfreien Leben beinahe gestorben wäre.

»Und jetzt komme ich zum eigentlichen Grund dieses Treffens, James«, meinte Flo. »Hast du immer noch vor, im März nach Australien zu reisen?«

»Ganz sicher! Nach dem, was du mir gerade erzählt hast, werde ich vielleicht sogar schon früher fliegen.« James war plötzlich fest davon überzeugt, dass er seinem Kind einen Gefallen tat, wenn er es nach England holte, um es dort aufzuziehen. Und dieser Gedanke ließ sein schlechtes Gewissen um einiges schwinden. Er trank seinen Tee und fühlte sich schon viel besser.

»Gut«, stellte Flo zufrieden fest. James entdeckte ein übermütiges Zwinkern in ihrem Blick. »Ich komme nämlich mit dir«, meinte sie lächelnd.

Er verschluckte sich fast an seinem Tee. »Wie bitte?«

Flo zuckte mit den Schultern. »Mein Rheuma quält mich sehr in dieser Kälte, und das warme, trockene Klima in Australien wird mir gut tun. Ich wollte schon lange fort von hier, aber der Gedanke, eine so weite Reise allein zu unternehmen, hat mich bisher abgeschreckt. Mit dir zu reisen wäre ideal.«

Flo strahlte, doch James war für einen Augenblick sprachlos. »Aber was ist mit deinen ... Untermietern?«, brachte er mühsam hervor.

»Darüber werde ich mir später noch Gedanken machen. Vielleicht verkaufe ich das Haus und komme gar nicht wieder, wenn es mir da drüben gefällt. Das würde mir ein sorgenfreies Leben ermöglichen, und ich bin sicher, Estella ist dankbar, wenn ich ihr mit dem Baby ein wenig zur Hand gehe.« Flo trank ihren Tee und strahlte noch immer vor Aufregung. »Und nun lass uns die Reise planen.«

Marty betrat genau in dem Moment die Bar, als Charlie den Hörer auflegte.

»Wohin will Dan schon so früh?«, erkundigte er sich.

»Nach Yattalunga, mit Estella.«

Marty konnte Charlie ansehen, dass diesen etwas sehr beschäftigte. »Machst du dir Sorgen wegen Dans Flugkünsten?«

»Natürlich. Die alte Mühle hätte schon vor Jahren verschrottet werden müssen!«

Marty schüttelte den Kopf. »Dan würde bestimmt nicht mit der Maschine fliegen, wenn sie nicht sicher wäre. Er wäre nicht damit bis nach Wilson's Creek geflogen, um Murphy und Estella zu retten, hätte er daran gezweifelt, dass er heil zurückkommt!«

»Das bedeutet noch lange nicht, dass nicht *dieses Mal* etwas passieren kann. Für mich war es ein Wunder, dass sie es bis hierher geschafft haben!«

Marty sah ein, dass er Charlie mit Worten nicht würde aufmuntern können. »Du kannst dir nicht den ganzen Tag Sorgen machen.«

»Ich hab aber nichts anderes zu tun!«

»O doch, hast du. Du wirst Wags und mir helfen, und das wird dich ablenken.«

»Was habt ihr denn vor?«

Marty lächelte geheimnisvoll. »Etwas sehr Aufbauendes!«

»Und Rusty ist also Ihr bester Hütehund, Ralph?«, fragte Estella, als sie das Tier auf der vorderen Veranda des Farmhauses untersuchte, während Dan mit Ralphs Frau im Innern verschwand, um Charlie anzurufen. Estella hatte in den Aufzeichnungen ihres Vaters Notizen über Rusty gefunden und wusste deshalb, wie wichtig er für Ralph war.

»Ja, er ist mein bester Hund«, sagte Ralph. »Und er hat sicher noch fünf, sechs gute Jahre vor sich, wenn Sie ihn heilen können. Ein so guter Hütehund ersetzt mehrere berittene Treiber!«

»Tatsächlich? Ich habe gelesen, dass australische Kelpies auf Rinderfarmen eine sehr wichtige Rolle spielen, aber ich wusste nicht, dass sie *so* wertvoll sind.«

»Ohne gute Hunde könnten wir diesen Besitz nicht bewirtschaften. Rusty hat außerdem mehr als hundert Welpen gezeugt, und deren Verkauf an Farmer im Osten hält uns während der Dürre am Leben.«

Estella war überrascht. »Jetzt weiß ich auch, woher der Ausdruck ›hundemüde‹ stammt.«

»Was ist der Grund für seinen Haarausfall und diesen Ausschlag?«

»Ich fürchte, er hat eine schwere Allergie gegen Flohstiche und Flöhe«, meinte Estella.

Ralph sah sie erstaunt an. »Er hat aber früher schon Flöhe gehabt. Warum reagiert er jetzt so heftig darauf?«

»Das weiß ich nicht. Manchmal verschlimmern solche Reaktionen sich plötzlich.«

»Was können Sie für ihn tun?«

»Ich werde ihm eine Spritze gegen die Entzündung der Haut geben. Wenn sämtliche geröteten Stellen abgeheilt sind, können Sie Flohpuder benutzen. Normalerweise wäre ein Naturprodukt am besten, in dem sie ihn baden könnten, aber ich weiß nicht, was Sie hier draußen in solchen Fällen machen.«

»Martha schwört auf Teebaumöl, aber ich wollte, dass Sie ihn sich ansehen, bevor sie es ausprobiert.«

»Es könnte helfen«, meinte Estella, während sie die Spritze aufzog.

Ralph sah sie erstaunt an. »Sie werden doch wiederkommen, um nach ihm zu sehen, nicht wahr?«

Estella blickte in die braunen Augen in dem von der Sonne gegerbten Gesicht. Ralph, ein stattlicher Mann, konnte noch nicht alt sein, doch wie bei den meisten Bewohnern des Outback hatte das harte Leben Spuren auf seinen Zügen hinterlassen. Seine Haut hatte dieselbe Farbe angenommen wie der Wüstenstaub, ein rötliches Braun, genau wie seine Kleidung und sein Haus. Auch seine Frau, die rote Haare hatte, war sonnenverbrannt. Estella hatte Ralph auf Anhieb gemocht. »Ich weiß nicht genau, wie meine Zukunft aussieht«, sagte sie. »Deshalb kann ich nichts versprechen.«

Ralph war sichtlich verwirrt.

»Vielleicht sollte ich Ihnen sagen, dass ich Ross Coopers Tochter bin.«

»Tatsächlich!« Zu ihrer Überraschung lächelte Ralph. »Da soll mich doch der Teufel holen ...«

»Ich habe es bis gestern keinem erzählt. Die Leute in Kangaroo Crossing sind deshalb verständlicherweise enttäuscht von mir, und ich bin ziemlich sicher, dass sie mich fortschicken.«

Ralph hatte gehört, dass ein Transport mit Tierfutter auf dem Weg zu seiner Farm war und dass Charlie und Estella dafür gesorgt hatten, dass das Futter aus dem Süden heraufgebracht wurde. Er begriff nicht, wie jemand auf eine so tüchtige junge Frau wütend sein konnte, die ihren Beruf offensichtlich liebte.

»Man darf Sie nicht fortschicken! Die Leute bezahlen Ihnen doch kein Gehalt, oder?«

Estella blickte ihn verblüfft an. »Nein.« Sie hatte bisher kaum etwas eingenommen.

»Sie wohnen wahrscheinlich in Ross' Haus?«

»Ja.«

»Nun, wenn er Ihr Vater war, ist das Ihr gutes Recht. Charlie Cooper wäre dann Ihr Onkel, nicht wahr?«

»Stimmt.«

»Will er auch, dass Sie fortgehen?«

»Nein.«

»Worüber machen Sie sich dann noch Sorgen?«

Estella wusste, dass es nicht ganz so einfach war. »Wenn ich nicht erwünscht bin, wer gibt mir dann Arbeit?«

»Ich, zum Beispiel. Und ich weiß, dass die anderen Farmer es genauso halten werden. Sie sind unendlich dankbar für das Futter, das Sie organisiert haben.«

»Ich weiß nicht, Ralph. Ich danke Ihnen für Ihre Unterstützung, aber ich glaube nicht, dass ich in einer so feindseligen Atmosphäre leben kann, wie sie mir im Moment entgegenschlägt.«

»Das müssen Sie natürlich selbst entscheiden. Aber ich finde, Sie sollten den Leuten Zeit geben, sich an den Gedanken zu gewöhnen.«

Estella nickte, aber sie glaubte nicht recht daran, dass die Zeit etwas änderte.

»Wie wäre es jetzt mit einer Tasse Tee und ein paar von Marthas Keksen?«

»Das klingt verlockend. Ich würde Martha auch gern nach dem Teebaumöl fragen. Stellt sie es selbst her?«

»Ja, und Sie wird Ihnen sicher gern zeigen, wie sie es macht.«

32

Vielen Dank, dass du mich zu Ralph geflogen hast, Dan!«, meinte Estella. Sie blickte aus dem Fenster und sah den Schatten der Maschine tief unter ihnen lautlos auf dem roten Wüstenboden dahingleiten.

Im Innern des Flugzeugs hingegen war es alles andere als still. Der Rumpf der Maschine ächzte und quietschte und übertönte fast noch das monotone Brummen des Motors. Estella fragte sich, ob es immer schon so beunruhigend laut gewesen war, wagte aber nicht, etwas zu sagen, aus Furcht, Dan an das schreckliche Unglück zu erinnern.

»Es war mir ein Vergnügen«, erklärte er, doch Estella hatte das Gefühl, dass dieser Flug alles andere als ein Vergnügen für ihn war. Er hielt den Steuerknüppel so fest umklammert, als befürchtete er, er könne sich selbstständig machen. Seine Art zu fliegen war ganz anders als Murphys, der alles mit spielerischer Leichtigkeit zu beherrschen schien. Bei Murphy schien es beinahe so, als würde die Maschine von allein fliegen.

»Das wird wohl mein letzter Hausbesuch gewesen sein, aber ich hätte kein gutes Gefühl dabei gehabt, wäre ich nicht geflogen, denn der arme Rusty hat wirklich gelitten.«

Dans Blick ließ sie ahnen, was er jetzt sagen würde: »Du bist deinem Vater sehr ähnlich, Estella!«

Seine Worte freuten sie, stimmten sie aber gleichzeitig traurig.

»Ich bin sicher, es wäre Ross' Wunsch, dass du im Outback bleibst und seine Arbeit weiterführst.«

»Das würde ich ja gern, aber ich kann nicht unter Menschen leben und arbeiten, von denen einige mir vorwerfen, meinem Vater das Herz gebrochen zu haben.«

»Aber du denkst doch nicht ernsthaft daran, nach England zurückzugehen?«

»Ich weiß es nicht. Ich hätte nie gedacht, dass ich es einmal tun würde ...« Am wenigsten hatte sie damit gerechnet, dass sie dazu *gezwungen* sein könnte. Aber zum Glück gab es Tante Flo, die sie mit offenen Armen empfangen würde, falls es so weit kam.

»Ich hoffe, du bleibst«, meinte Dan.

»Dann bist du wahrscheinlich der Einzige – abgesehen von Charlie, natürlich.«

»Und Murphy?«

Estella seufzte. »Ich hatte noch keine Gelegenheit, mit ihm zu reden. Aber ich glaube nicht, dass er gut auf mich zu sprechen ist. Als wir in der Wüste festsaßen, haben wir uns gegenseitig vieles erzählt, und jetzt wird er sich wundern, warum ich ihm nicht gesagt habe, wer ich bin, obwohl ich die Möglichkeit hatte.«

Dan ergriff die Gelegenheit, mehr über ihre Beziehung zu erfahren. »In einer solchen Situation kommt man sich doch sicher sehr nahe.«

Estella nickte. »Ja. Ich wollte nicht akzeptieren, dass wir sterben mussten. Murphy dagegen war sicher, dass man uns nicht findet ...«

»Das sieht ihm gar nicht ähnlich.«

»Unter anderen Umständen wäre er wohl nicht so pessimistisch gewesen, aber ich hatte ihm in dem Moment von meiner Schwangerschaft erzählt, als er die Notlandung vorbereitete. Er war so erschrocken, dass er vergaß, Charlie unsere Position durchzugeben. Und ich sehe erst jetzt, wie riesig die Simpson-Wüste ist. Nun kann ich verstehen, warum Murphy nicht an eine Rettung glaubte.«

Dan blickte aus dem Fenster. Es war einfacher, ein Salzkorn in einem Eimer voller Sand zu finden, als einen Verschollenen in der Simpson-Wüste.

»Das Funkgerät ist bei unserer Bruchlandung schwer beschädigt worden«, meinte Estella. »Es war ein Wunder, dass Murphy es wieder halbwegs reparieren konnte, sonst wären wir wahrscheinlich wirklich dort draußen umgekommen.«

Dan sah sie an. »Aber letztendlich hat doch alles ein gutes Ende genommen. Du musst versuchen, es auch innerlich zu überwinden.«

»Das wird noch ein wenig dauern. Als Murphys Knochen sich bei dem Sturz wieder verschob und ich die Blutung nicht stillen konnte, dachte ich, er würde vor meinen Augen sterben. Ich wollte es nicht wahrhaben und habe dagegen angekämpft wie ein Feigling, weil ich schreckliche Angst hatte, allein zurückzubleiben. Ich wollte nicht daran denken, ihn zu verlieren. In einer solchen Situation rückt man sehr eng zusammen. Es ist schwer zu erklären, aber ich werde von jetzt an immer eine besondere Beziehung zu Murphy haben. Vielleicht könnte man unsere Situation mit der von Soldaten in einem Krieg vergleichen, die Seite an Seite kämpfen und damit rechnen müssen, zu sterben. Zwischen diesen Männern entwickelt sich ein Band, das nicht zerrissen werden kann.«

»So ist es wohl«, meinte Dan, erleichtert, dass dieses Band sich offensichtlich aus der Situation ergeben hatte und keine tieferen Gefühle eine Rolle zu spielen schienen.

»Estella, wenn du hier bleibst – und ich hoffe sehr, das tust du –, kannst du auf meine volle Unterstützung zählen.«

Sie sah ihn verwundert an, und er wusste, dass sie an seine eigenen Probleme dachte. Deshalb fuhr er fort: »Ich bin an einem Wendepunkt in meinem Leben angelangt. Ich muss mich ändern, und das bedeutet vor allem, ich muss aufhören zu trinken. Ich weiß, dass es nicht einfach sein wird, aber mit Disziplin und Unterstützung durch meine Freunde kann ich es schaffen.«

Estella war glücklich, das zu hören. »Das wäre wundervoll, Dan!«

Doch er hatte noch mehr zu sagen. »Ich mag Babys, musst du wissen, und kann ziemlich gut mit ihnen umgehen.«

Sie fragte sich, was er damit sagen wollte.

»Ich weiß, dass ich nicht perfekt bin, aber jedes Kind braucht einen Vater ...«

Ein Schatten huschte über Estellas Züge. »Ich habe vor, meinem Kind alles zu geben, was es braucht.«

»Und du wirst sicher eine wunderbare Mutter sein«, beeilte sich Dan zu versichern. »Ich meinte nur, falls du einen Jungen bekommst, wird es Dinge geben, über die er nur mit einem Mann reden kann. Ich weiß, dass das Kind deinen Onkel Charlie hat, aber ich würde gern so etwas wie ein Ersatzonkel sein.« Zwar dachte er im Grunde mehr an die Vaterrolle, doch er wollte nicht zu deutlich werden. »Wenn du jemanden zum Reden brauchst, oder eine Schulter zum Anlehnen ... ich bin immer für dich da.«

Estella war erstaunt, doch sie erwiderte: »Vielen Dank, Dan, das ist nett von dir.« Die nächsten Wochen würden besonders schwierig für ihn sein, wie sie wusste; deshalb fügte sie hinzu: »Ich weiß nicht, wie meine Zukunft aussieht, aber wenn ich dir irgendwie helfen kann, vom Trinken loszukommen, solange ich noch hier bin, werde ich es tun.«

Dan lächelte ihr dankbar zu, doch Estella meinte, auch so etwas wie Verlegenheit in seinem Blick zu erkennen. Sie ahnte nicht, dass er froh war, ihr endlich gesagt zu haben, was er ihr schon lange hatte sagen wollen. Er hatte seine Karten ausgespielt. Alles Weitere lag jetzt bei Estella.

»Ach, übrigens – bist du über Funk zu Charlie durchgekommen?«, fragte sie etwas später.

»Ja, aber Edna hat das Gespräch angenommen.«

»Oh. Ich dachte, Charlie hätte den ganzen Tag am Funkgerät gewacht.«

Dan lächelte amüsiert. »Das hätte ich auch erwartet, aber Edna sagte, er sei mit Marty fortgegangen. Ich habe nicht weiter nachgefragt, weil Edna mit dem Gerät nicht zurechtkommt. Aber ich habe keine Ahnung, was sie vorhaben könnten.«

Estella war kaum aus der Maschine gestiegen und hatte sich von Dan verabschiedet, als ihr an ihrem Haus die Veränderung auffiel. Auf der vorderen Veranda kniete ein Mann, der ihr den Rücken zuwandte. Er schien ein Brett auszumessen. Außerdem entdeckte sie einen Haufen Wellblechschindeln an einer Seite des Hauses, und in der Nähe der Haustür standen mehrere Dosen Farbe und ein ganzes Sortiment verschiedener Werkzeuge. Als Estella näher kam, hörte sie auch jemanden auf dem Dach herumwerkeln.

Der Mann auf der Veranda war Marty. Als er Estella kommen hörte, stand er auf und drehte sich um. Seine Miene war ernst.

»Was hat das zu bedeuten?«, fragte Estella nervös. Ihr kam der Gedanke, dass die Einwohner von Kangaroo Crossing während ihrer Abwesenheit beschlossen hatten, sie aus dem Haus zu vertreiben, und dass sie es nun für den Verkauf herrichteten.

»Das ist nur der Rest der Baumaterialien, die du bestellt hattest«, erklärte Marty kühl. »Wir müssen noch über die Rechnung sprechen.«

»Die Rechnung?«

»Genau«, gab Marty zurück. »Baumaterial ist teuer.«

Estella blickte ihn sprachlos an. Sein noch immer stählerner Blick verunsicherte sie. Sie hätte ihn gern an ihre Vereinbarung erinnert, fürchtete jedoch, dadurch seinen Zorn weiter zu entfachen. Trotzdem konnte sie nicht fassen, dass er sein Wort brach. Allerdings war es jetzt wohl auch nicht mehr wichtig, denn wenn sie in Kangaroo Crossing nicht mehr erwünscht war, benötigte sie auch keine Baumaterialien mehr.

Sie war sicher, dass für Marty ihre Lüge schwerer wog als all ihre Arbeit mit Stargazer, und da sie nichts schriftlich vereinbart hatten, stand ihr Wort gegen seines.

»Wie viel schulde ich dir?«, fragte sie leise.

»Das werden wir gleich sehen«, erklärte Marty und studierte die Rechnung, die ziemlich umfangreich aussah. Er schien einige sehr lange Zahlen zu addieren, dann aber riss er die Rechnung in kleine Stücke. »Nichts«, sagte er strahlend. »Du hast alle Schulden mehr als beglichen!«

Estella stieß erleichtert den Atem aus, verstand aber nicht, warum Marty sie so in Angst versetzt hatte.

»Ich hab dir einen ordentlichen Schrecken eingejagt, was?«, meinte er und schien sehr zufrieden mit sich.

»Allerdings«, gab sie zu. »Und jetzt sag mir, was hier vor sich geht! Wer macht diesen schrecklichen Lärm?« Sie hörte laute Hammerschläge vom hinteren Teil des Daches.

»Charlie wird es nicht sein«, meinte Marty augenzwinkernd. »Wenn er Arbeit sieht, macht er normalerweise einen Bogen darum.«

Estella musste ihm zustimmen, denn ihre Bitten an Charlie, einige kleinere Reparaturen vorzunehmen, waren bisher unerfüllt geblieben.

Als Estella das Haus betrat, roch es drinnen nach frischer Farbe. Marty folgte ihr in die Küche, wo sie Charlie mit einer Farbbürste in der Hand vorfanden. Sein Gesicht und seine Kleidung waren voller Farbspritzer, doch er betrachtete sein Werk mit zufriedener Miene; es war tatsächlich sehr gelungen.

Marty starrte offenen Mundes auf die frisch gestrichenen Wände. »Hast du das etwa ganz allein gemacht?«

»Natürlich«, gab Charlie stolz zurück. »Ich bin nicht so nutzlos, wie du offenbar glaubst!« Er wandte sich seiner Nichte zu. »Wie gefällt es dir, Estella? Marty hatte keine allzu große Auswahl an Farben ...«

Der hübsche Violettton an den Wänden ließ die Küche größer und heller wirken; die Verwandlung war erstaunlich. »Es ist sehr schön, aber ...«

Kev kam durch die Hintertür herein, gefolgt von Frances und Marjorie. »Oh, Sie sind ja schon zurück!«, rief Kev, offensichtlich gar nicht froh darüber, Estella zu sehen. Sofort kehrte ihre Unsicherheit zurück. Verwirrt blickte sie von einem zum anderen und hoffte, jemand würde ihr erklären, was hier vor sich ging.

»Ich habe neue Vorhänge für die Küche genäht«, erklärte Marjorie, die selbst ein wenig unruhig wirkte. »Ich hatte noch ein bisschen Stoff übrig ... Er passt farblich zwar nicht genau, aber es ist eine Spur Lila in dem Muster, deshalb müssten sie recht gut aussehen.« Sie hielt die Vorhänge hoch, mied jedoch Estellas Blick. Estella sah sofort, dass der Stoff am Küchenfenster traumhaft aussehen würde. »Ich verstehe nur nicht, warum Sie die Vorhänge genäht haben ...«, sagte sie, bemüht, keine vorschnellen Schlüsse zu ziehen – nicht nach den Erfahrungen des vergangenen Abends.

Marjorie ergriff das Wort. »Wir wollten das Haus ein bisschen wohnlicher machen.«

Estella blickte Marty an, der den Kopf senkte. Kev, Frances und Marjorie wirkten ebenfalls verlegen.

»Wir möchten, dass du bleibst«, erklärte Marty schließlich. »Natürlich nur, wenn du willst. Murphy meinte, dein Vater wäre stolz und froh, wenn du seine Nachfolge antrittst – und er hat Recht.«

»Das hat Murphy gesagt?«

»Ja, und noch einiges mehr«, erklärte Marjorie. »Wir haben Ross alle sehr gemocht, also sollten wir sein Andenken ehren, indem wir seine Tochter und sein Enkelkind willkommen heißen.«

»Aber wenn ihr nicht wirklich so fühlt, wäre es nicht richtig!«, wandte Estella ein.

»Ihr Bekenntnis kam in der Tat ein wenig überraschend«, sagte Marjorie. »Aber Murphy hat uns zur Vernunft gebracht, bevor es zu spät war. Es ist doch noch nicht zu spät, nicht wahr? Sie werden doch bei uns bleiben?«

Estella fand diesen plötzlichen Sinneswandel überwältigend. »Seid ihr *alle* dieser Meinung?«

Estella war tief gerührt, als sie sah, dass alle nickten. »Ich habe gestern Abend das Tagebuch meines Vaters gelesen«, sagte sie mit Tränen in den Augen. »Dabei habe ich erfahren, wie er über diese Stadt und den Busch gedacht hat, und wie viel ihr alle ihm bedeutet habt. Ihr wart seine Familie. Ich glaube, jetzt verstehe ich, warum meine Mutter hier draußen nicht leben konnte. An diesen Ort muss man sich gewöhnen. Und meine Mutter war immer eine Frau aus der Großstadt und wird es immer bleiben. Sie brauchte Menschen um sich herum und die festliche Atmosphäre von Partys und offiziellen Veranstaltungen. Ich brauche das nicht. Es war nicht recht von meiner Mutter, mich von Vater fern zu halten, aber sie hat nur getan, was sie damals für richtig hielt. Ich glaube nicht, dass sie wusste, wie sehr mein Vater gelitten hat ... und ich wusste es auch nicht, bis ich sein Tagebuch gelesen habe. Ich kann versuchen, seinen Traum wahr zu machen, indem ich mich um all die Tiere kümmere, die von seiner Liebe profitiert hätten.«

Sie blickte in erleichterte Mienen; fast alle lächelten – nur in Charlies Augen meinte Estella Tränen schimmern zu sehen, als er sich umwandte und vorgab, die frisch gestrichene Wand zu inspizieren.

»Ich bin in der Hoffnung nach Kangaroo Crossing gekommen, durch euch alle meinen Vater kennen zu lernen«, fügte Estella hinzu.

»Wir würden Ihnen gern ein paar Geschichten erzählen«, meinte Kev lachend.

»Sie würden nicht glauben, auf was für Ideen Ross manchmal kam«, erklärte Frances.

Plötzlich hörten sie alle einen lauten Knall und einen Schmerzensschrei auf dem Dach.

»Das wird Wags sein«, meinte Frances. »Er nagelt neue Wellblechschindeln an. Ich habe noch nie einen Mann gesehen, der so ungeschickt mit einem Hammer umgeht.« Er streckte den Kopf zur Hintertür hinaus. »Geht es nicht ein bisschen leiser, Wags? Wir versuchen hier gerade, ein Gespräch zu führen.«

»Wo bleibt die Hilfe, die ihr mir versprochen habt?«, beklagte sich Wags.

Frances verdrehte die Augen. »Wo bleibt die Hilfe, die ihr mir versprochen habt?«, äffte er den Postboten nach, um dann leise hinzuzufügen: »Er ist ein großes Kind!«

Estella fand diese Beschreibung seltsam, denn Wags war ein Hüne – noch größer als Charlie, mit einem Rücken so breit wie ein Schrank. Die Muskeln an seinen Oberarmen waren so gewaltig, dass die Arme nicht am Körper anlagen, sondern wie Flossen abstanden, und seine Hände waren groß wie Schaufeln. Das Be- und Entladen seines Lastwagens wirkte bei Wags kinderleicht, doch Estella konnte sich vorstellen, dass er bei allem, das Feinarbeit und Präzision erforderte, mit seiner unbändigen Kraft Schwierigkeiten hatte.

»Du weißt doch, dass er unter Höhenangst leidet«, meinte Charlie.

Plötzlich wirkte Marty schuldbewusst. »Ich bin gleich wieder da«, rief er Wags durch die Hintertür zu.

»Wie wäre es mit der Geschichte, als Ross abends in der Bar war und nach draußen ins Toilettenhäuschen ging ...«, begann Kev eifrig zu erzählen.

»Meinst du den Abend, als ein grabender Wombat ein Stück Holz gegen die Tür gestoßen hat?«, fragte Marty lachend.

»Ja, und Ross konnte nicht wieder raus.« Auch Kev lachte

herzlich. »Er war die ganze Nacht da drin, und keiner hat's gemerkt.«

»Am nächsten Morgen hat er mich mit sämtlichen Schimpfwörtern bedacht, die man sich vorstellen kann«, erzählte Charlie und lächelte bei der Erinnerung. »In dem Häuschen riecht es wirklich nicht besonders gut, aber woher sollte ich wissen, dass er da drin war? Ich dachte, er sei nach Hause gegangen. Er behauptete, er hätte die ganze Nacht nach mir gerufen, aber ich höre nun einmal nichts, wenn ich schlafe.«

»Wie wahr!«, zog Marty ihn auf, und Estella musste lächeln.

»Wisst ihr noch, wie er die Goanna-Eidechse durch die ganze Wüste gejagt hat?«, fragte Marjorie und nahm einen Lappen, um Farbspritzer vom Küchenfenster zu wischen.

»Aber weshalb denn?«, wollte Estella wissen.

»Sie hatte sich ein Stück Zaundraht ums Bein gewickelt«, erklärte Marty. »Und weil Ross nun mal Ross war, hat er sich Sorgen um den Goanna gemacht, weil das Bein schon angeschwollen war.«

»Wir haben stundenlang in der Hitze nach ihm gesucht«, meinte Kev kopfschüttelnd. »Ich schwöre euch, wir haben die Simpson-Wüste zweimal umrundet!«

»Habt ihr den Goanna denn gefangen?«, erkundigte sich Estella.

»Ja«, sagte Frances. »War ein ziemlich unfreundliches Geschöpf – und undankbar dazu!«

»Ich bin froh, dass ihr ihn gefunden habt«, sagte Estella, die nachempfinden konnte, wie erleichtert ihr Vater gewesen sein musste. »Er wäre wahrscheinlich an Blutvergiftung gestorben, wenn der Draht ihm ins Fleisch geschnitten hätte.«

»Genau das hat Ihr Vater auch gesagt«, meinte Kev und zwinkerte den anderen zu. Estella war verwirrt, denn sie konnte seinen Blick nicht deuten.

»Ein paar Tage später haben die Abos die Echse gefangen

und gebraten.« Charlie lachte herzlich, ohne Estellas entsetzte Miene zu bemerken.

»Vielleicht war es ja gar nicht derselbe Goanna«, sagte Frances rasch und versetzte Charlie einen Rippenstoß.

»Du weißt genau, dass er es war«, beharrte Charlie und wunderte sich, dass er auch dafür einen finsteren Blick von Marjorie erntete.

»Um wieder zur Sache zu kommen«, fuhr Kev fort, der es für klüger hielt, das Thema zu wechseln, »welcher Raum soll das Kinderzimmer werden?«

»Marty hatte nur gelbe, weiße und violette Farbe vorrätig, und wir dachten, Gelb würde fürs Kinderzimmer am besten passen«, erklärte Marjorie. »Wir wissen ja nicht, ob es ein Junge oder ein Mädchen wird. Was meinen Sie? Ich habe noch zitronengelben Stoff, der sich gut für Vorhänge eignen würde.«

Wieder stiegen Estella Tränen in die Augen. »Vielen Dank euch allen!«, sagte sie gerührt.

»Wir müssen uns bei dir für alles bedanken, was du für uns getan hast«, gab Marty zurück. »Wir sind nämlich inzwischen zur Vernunft gekommen und wissen genau, was wir an dir haben!«

»Murphy hatte gleich begriffen, was für ein Gewinn Sie für diese Stadt sind!«, sagte Kev.

»Wo wir gerade von Murphy sprechen«, meinte Estella, »... ich würde ihn gern besuchen.«

Im Flur des Krankenhauses traf Estella vor Murphys Zimmertür Kylie, die lächelnd erklärte: »Ich dachte mir doch gleich, dass ich das alte Flugzeug von Dr. Dan gehört habe!«

»Ja, wir sind vorhin erst gelandet.«

»Murphy wird froh sein, Sie zu sehen, Missus«, meinte Kylie. »Er hat sich große Sorgen gemacht.« Sie warf einen Blick in sein Zimmer, und Estella tat es ihr nach. Murphy schien schon wieder eingeschlafen zu sein.

»Er hat auch geschlafen, als ich heute Morgen hier war«, sagte Estella enttäuscht.

»Betty meinte, er wäre die ganze Nacht wach gewesen, Missus.«

»Hatte er Schmerzen?«

»Ja, das auch. Aber ich glaube, er hat sich Sorgen um Sie gemacht, Missus. Ich habe gehört, Sie sind Ross Coopers Tochter.«

»Ja, Kylie. Ich habe ein schlechtes Gewissen, weil ich es auch dir nicht erzählt habe, obwohl du mir eine gute Freundin geworden bist.«

»Ist schon gut, Missus. Ich verstehe, warum Sie es den Leuten nicht erzählt haben.«

Wahrscheinlich, überlegte Estella, versteht Kylie es besser als irgendjemand sonst. Als Aborigine hatte sie während ihrer Ausbildung in der Stadt auch mit Vorurteilen zu kämpfen gehabt, und bei ihrer Arbeit im Krankenhaus musste sie noch immer Widerstände überwinden. »Vielen Dank, Kylie. Ich werde Murphy lieber nicht wecken – er muss sehr müde sein.« Sie wandte sich zum Gehen.

In diesem Moment schlug Murphy die Augen auf. »Estella!«, rief er.

»Ich dachte, du schläfst noch«, sagte sie und betrat sein Zimmer.

»Ich muss eingeschlummert sein, aber ich habe deine Stimme gehört.« Er glaubte noch immer zu träumen. »Wie war der Flug?«

»Zum Glück gab's keine Zwischenfälle.«

Murphy runzelte die Stirn. »Und Ralphs Hund?«

»Dem ging es wirklich schlecht.« Estella setzte sich auf den Stuhl neben Murphys Bett. »Ich bin froh, dass ich hingeflogen bin, um das Tier zu behandeln. Übrigens sind wir zufällig genau über unsere Landepiste geflogen. Sie war aus der Luft gut zu erkennen.«

Murphy lächelte. »Du hast die ganze Arbeit gemacht, also ist es *deine* Landepiste!« Durch das offene Fenster betrachtete er Dans Maschine. »Ich kann nicht glauben, dass ich diese alte Blechkiste nicht landen gehört habe!« Genauso unglaublich fand er, dass er eingeschlafen war, während er auf Dan und Estella gewartet hatte – aber jede Sekunde ihrer Abwesenheit war ihm wie eine Stunde erschienen.

»Du musst sehr müde gewesen sein. Hoffentlich hast du dir nicht meinetwegen Sorgen gemacht.«

Murphy verzog das Gesicht. »Du hättest mir ein wenig Zeit geben können, mich an den Gedanken zu gewöhnen, dass du mit Dan fliegst.«

Seine Sorge rührte sie, doch sie glaubte eine Spur von Eifersucht in seiner Stimme zu hören. »Es tut mir Leid, Murphy, aber es musste sein.«

Er verstand, dass Estellas Hingabe an ihren Beruf ihr keine Ruhe gelassen hatte – eine der vielen Eigenschaften, die er so sehr an ihr bewunderte. »Hattest du denn keine Angst, so schnell wieder zu fliegen?«

»O doch, sogar schreckliche Angst. Aber wenn ich länger gewartet hätte, hätte ich vielleicht nie mehr den Mut aufgebracht.« Estella fand, dass Murphy sehr erschöpft aussah, und sie fühlte sich schuldig, weil er sich ihretwegen Sorgen gemacht hatte. »Ich war gerade zu Hause. Die Einwohner von Kangaroo Crossing sind dort fast vollzählig versammelt und setzen das Haus in Stand. Wags repariert das Dach, Marjorie hat neue Vorhänge genäht, Charlie hat die Küche gestrichen ...«

»Was sagst du da?« Murphy blickte sie verblüfft an. »Charlie und Arbeit? Eine Weltpremiere!«

»Das habe ich schon gehört«, erwiderte Estella lächelnd.

»Ich hab gesehen, wie sie das Baumaterial zum Haus brachten, nachdem ihr fort wart, und mich gefragt, was sie vorhatten«, erklärte Murphy.

»Vielen Dank für deine Unterstützung, Murphy. Das war sehr großzügig von dir ...«

»Ich habe den Leuten nur einige Dinge vor Augen geführt, über die sie nachdenken sollten. Alles andere lag bei ihnen. Sie sind anständige Menschen und wären wahrscheinlich irgendwann auch ohne mich darauf gekommen. Aber vielleicht wäre es dann zu spät gewesen.«

»Ich wusste, dass sie über mein Geständnis nicht gerade erfreut sein würden. Aber auf eine so zornige Reaktion war ich nicht vorbereitet.«

»Sie haben eben nicht mit dem Eingeständnis gerechnet, dass du Ross Coopers Tochter bist.«

Estella senkte den Kopf. »Ich hätte es dir zuerst sagen sollen, und das wollte ich auch.«

»Und warum hast du es nicht getan?«

»Ich habe es ja versucht – in der Wüste. Zuerst war ich noch zu sehr mit unseren Problemen beschäftigt. Doch als ich glaubte, wir würden da draußen sterben, habe ich es dir gesagt. Aber du hattest wieder einmal das Bewusstsein verloren. Und gestern Abend vor der Versammlung war ich hier, um es dir zu sagen, aber da hast du tief und fest geschlafen. Es tut mir Leid, Murphy, dass du es von jemand anderem erfahren hast ...«

»Klatsch ist im Outback schneller als ein Schwarm Fliegen auf dem Weg zu einem Kadaver.«

Estella meinte, Enttäuschung in seiner Stimme zu hören. »Wer ... hat es dir erzählt?«

»Das tut nichts zur Sache.«

»Wer immer es war, muss direkt nach der Versammlung hergekommen sein.« Estella konnte nur Vermutungen anstellen, warum derjenige es so eilig gehabt hatte.

Murphy antwortete nicht, und Estella musste wieder an die Person denken, die Mai mit Alkohol versorgt hatte. Irgendetwas Seltsames ging vor sich, und Estella war entschlossen, herauszufinden, was es war.

»Jedenfalls bin ich erleichtert, dass jetzt alles heraus ist«, meinte sie. »Tut mir Leid, dass ich nicht von Anfang an ehrlich gewesen bin.«

Murphy sah sie ernst an. »Ich verstehe, warum du es geheim gehalten hast. Ich habe dir ja schon einmal gesagt, dass so kleine, abgelegene Städte wie Kangaroo Crossing Menschen mit Geheimnissen anziehen.«

Estella ahnte, dass er von sich selbst und von Dan sprach. »Wahrscheinlich weißt du es nicht mehr, aber du hast mir unter dem Einfluss des Morphiums von Tom und Laura erzählt.«

Er starrte sie entsetzt an, also wusste er es tatsächlich nicht mehr.

»Ich bin froh, dass du es getan hast«, fügte Estella hinzu. »Es war höchste Zeit, dich von diesen quälenden Schuldgefühlen zu befreien. Du hast diese Last schon viel zu lange getragen.«

»Vielleicht ist es Zeit, mir selbst zu verzeihen, was damals geschehen ist«, sagte Murphy.

»Da gibt es nichts zu verzeihen«, erwiderte Estella energisch. »Es war nicht deine Schuld, was Laura zugestoßen ist. Ich bin sicher, dass Tom es jetzt, wo er Zeit hatte, über ihren Tod hinwegzukommen, ebenso sieht.«

»Das tut er.«

Sie blickte Murphy verwundert an.

»Ich habe vor ungefähr sechs Monaten einen Brief von ihm bekommen. Er bat mich ...«, Murphy vermochte die Worte kaum auszusprechen, »ihm zu verzeihen, dass er mir die Schuld gab. Er schrieb, der Schock sei schuld daran gewesen.«

Estella drückte seine Hand, und er sah sie eindringlich an. »Stehst du mir jetzt ... anders gegenüber, Estella?«

»Wegen der Geschichte mit Laura? Natürlich nicht!«

Murphy schüttelte den Kopf. »Nein, ich meine, ob irgendetwas zwischen uns geschehen ist, als wir in der Wüste festsaßen, oder ob mein vom Morphium umnebeltes Hirn mir einen Streich gespielt hat ...«

»Darüber habe ich auch schon nachgedacht. Ich fühle mich dir näher, aber das ist nur natürlich, wenn man so viel miteinander durchgemacht hat, meinst du nicht auch?«

»Nein, das glaube ich nicht. Ich habe auch schon mit Wags in der Wüste festgesessen, hege aber deshalb keine tieferen Gefühle für ihn.« Er lächelte, und Estella tat es ihm gleich, doch ihr Herz schlug plötzlich schneller.

»Wie finden wir denn nun heraus, ob es nur an den besonderen Umständen lag?«, fragte Murphy leise.

»Ich nehme an, das wird sich im Lauf der Zeit herausstellen«, sagte Estella, doch Murphy schüttelte wieder den Kopf.

»Ich bin immer sehr direkt gewesen, und ich werde dir offen sagen, was ich denke: Ich fühle mich von dir angezogen, seit wir uns zum ersten Mal begegnet sind.«

Estella dachte daran, wie unhöflich er damals gewesen war, und erwiderte: »Mein Eindruck war aber ein ganz anderer.«

»Ich weiß – ich habe es hervorragend zu verbergen gewusst«, meinte er trocken. »Aber damals habe ich dagegen angekämpft. Ich war der Meinung, kein Glück zu verdienen, während Tom leiden muss. Außerdem dachte ich, du würdest es hier nicht länger als ein paar Tage aushalten. Obendrein hast du den Ehering getragen. Aber jetzt, nachdem ich dem Tod so nahe gewesen bin, ist mir eins klar geworden: Wenn man das Glück nicht beim Schopf packt, versäumt man seine vielleicht einzige Chance. Und ich möchte nicht die kleinste Chance auf ein Leben mit dir versäumen!«

Estella wusste nicht, was sie antworten sollte. Murphy ging ihrer Meinung nach alles zu schnell an. Er bemerkte ihre Verwirrung und fügte hinzu: »Wenn du nicht so fühlst wie ich, dann vergiss einfach, was ich gesagt habe. Als Entschuldigung kann ich den Schlag auf meinen Kopf geltend machen.« Sein schiefes Grinsen erinnerte sie fast schon wieder an den alten Michael Murphy.

Sie musste lächeln. »Sag jetzt nur nicht vorschnell etwas, das du später bereust, sobald es dir wieder besser geht!«

»Jedes Mal, wenn ich dich ansehe, schlägt mein Herz schneller, und ich empfinde etwas für dich, das ich noch nie zuvor gefühlt habe. Das sage ich hier und jetzt, und ich werde es niemals bereuen.«

Estella fühlte beinahe Panik in sich aufsteigen. Sie hatte Angst, noch einmal so tief verletzt zu werden, wenn sie es wagte, einem Mann aus tiefstem Herzen zu vertrauen. Außerdem musste sie jetzt auch an ihr Kind denken. »Es tut mir Leid, Murphy, aber ich kann noch keine Pläne für die Zukunft machen, solange ich meine Vergangenheit nicht ganz hinter mir gelassen habe«, sagte sie leise.

Murphy fragte sich, ob sie vielleicht noch etwas für ihren Mann empfand, oder ob sie um des Kindes willen auf eine Versöhnung mit ihm hoffte.

»Natürlich«, sagte er, obwohl es ihm sehr schwer fiel, »wir haben alle Zeit der Welt.«

33

Zum ersten Mal seit mehr als einer Woche hatte Estella das Haus für sich und fand es schrecklich. Es war zu ruhig, zu still. Als die anderen Einwohner von Kangaroo Crossing wie ein Heuschreckenschwarm in ihr Heim eingefallen waren, hatte Estella das anfangs als ein wenig störend empfunden, doch mit der Zeit hatte sie sich an das ständige Kommen und Gehen gewöhnt. Erst als die Leute nicht mehr kamen, wurde ihr klar, wie sehr sie ihre Gesellschaft genossen hatte. Murphy war fast jeden Tag zu Besuch gewesen, hatte in der Küche gesessen und mit Estella Tee getrunken. Sein gebrochenes Bein hatte er dabei auf einen Schemel hochgelegt und den arbeitenden Männern ungebetene Ratschläge erteilt. Estella musste über deren Reaktionen Tränen lachen.

Die Männer hatten sämtliche Räume gestrichen, das Dach und die Träger der Veranda repariert und Schranktüren und Fliegengitter erneuert, während Marjorie neue Vorhänge und Überwürfe für die Sofas nähte. Sie hatte Estella außerdem einige hübsche Tischtücher mit einem Pastellblumenmuster geschenkt, in dem lila Fliederblüten leuchteten. Sie hatte diese Tücher aus England mitgebracht; der Stoff verlieh der neu gestalteten Küche besonderen Glanz. Conny hatte praktisch gedacht und mit viel Sorgfalt hübsche Babykleidung gestrickt.

Estella war allen dankbar dafür, dass sie sie in ihrer Mitte aufgenommen hatten. Es bedeutete ihr unendlich viel, gemocht und akzeptiert zu werden.

Mai hatte darauf bestanden, dass Estella das Zimmer ihres Vaters bezog. Als Estella eingewandt hatte, dass die Winternächte bitterkalt werden konnten, hatte Mai erwidert, dass sie mit Binnie in deren Zimmer schlafen könne, dort sei genug Platz für sie beide. Estella schien es, als habe Mai das vor allem gesagt, um ihr eine Freude zu machen, denn sie saß oft lange da und starrte mit leerem Blick in unbekannte Fernen, als verspürte sie einen inneren Ruf, von hier fortzuziehen.

Als die Stille im Haus zu drückend wurde, ging Estella zum Hotel, um ihren Onkel zu besuchen. Charlie saß auf einem Hocker an der Theke; Marty und Wags saßen links und rechts neben ihm. Die drei wandten Estella den Rücken zu und bemerkten sie deshalb nicht.

»Beim nächsten Mal, wenn du nach Mungerannie oder Marree fährst, könntest du mir einen Vorrat an Bier mitbringen«, sagte Charlie gerade zu Wags. »Eine Dürre in der Natur ist schlimm genug, aber diese Bierdürre hat schon viel zu lange gedauert.«

Estella hielt mitten im Schritt inne, enttäuscht von ihrem Onkel. Er wusste genau, dass Dan verzweifelt darum kämpfte, vom Alkohol loszukommen.

»Du hast wohl vergessen, was vor ein paar Jahren passiert ist, als du Wags gebeten hast, Bier aus Marree mitzubringen?«, fragte Marty.

»Ach, richtig«, erwiderte Charlie mit einem finsteren Blick auf den Postboten. »Du hast fast alles ausgetrunken, bevor du wieder in der Stadt warst.«

Marty lachte herzlich, und Wags starrte die beiden anderen zornig an. »Fahrt ihr mal in dieser Hitze von Marree nach hier, ohne Durst zu kriegen«, stieß er hervor.

»Durst?« Charlie schnaubte. »Ich hatte hundert Flaschen bestellt, und du bist mit weniger als einem Dutzend hier angekommen!«

Jetzt wirkte Wags doch ein wenig schuldbewusst. »Der

Lastwagen hat wegen dem Gewicht der Flaschen immer wieder festgesessen.«

»Und da kam dir ein sehr praktischer Einfall, wie du die Last verringern konntest!«, meinte Charlie lachend.

Wags ignorierte ihn, und Charlie wandte sich Marty zu. »Meinst du, es wäre unverschämt von mir, wenn ich unseren neuen Piloten bitten würde, mir ein paar Kästen Bier mitzubringen?«

»Seit wann bist du so zartfühlend?«, fragte Marty statt einer Antwort.

»Unseren *neuen* Piloten?«, wiederholte Estella, und die Männer wandten sich überrascht um. »Welchen neuen Piloten?«

Charlie blickte sie verlegen an. »Ich ... habe gerade einen Anruf aus Longreach bekommen. Ein Dr. Jones wird uns für ein paar Wochen aushelfen, und er hat anscheinend eine eigene Maschine.«

»Hat Dan jemanden angefordert?«

»Nein, das war ich. Ich wollte nicht, dass Dan dich noch länger in dieser Klapperkiste herumfliegt, die er Flugzeug nennt.«

Seine Besorgnis rührte Estella. »Bist du sicher, dass es nicht eher Dan ist, um den du dir Gedanken machst?«

Charlie schob trotzig das Kinn vor. »Ein Blinder kann sehen, wie angespannt er ist.«

»Er bemüht sich sehr, Charlie«, meinte Estella lächelnd.

»Das bewundere ich ja auch. Ich glaube nur nicht, dass er in seinem Zustand fliegen sollte. Also habe ich um einen Piloten gebeten – nur für die Zeit, bis Murphy wieder in der Luft ist.«

»Hast du es Dan schon gesagt?«

»Nein, noch nicht.«

Estella war nicht sicher, wie Dan es aufnehmen würde. Die erste Woche ohne Alkohol war die Hölle für ihn gewesen. Seine körperlichen Entzugserscheinungen waren schlimm genug, doch der innere Kampf, den er jeden Tag aufs Neue ausfocht, war eine höllische Qual. Estella fand selbst, dass es für Dan nicht der günstigste Zeitpunkt war, am Steuer eines Flugzeugs zu sitzen. Zum Glück war sie seit dem Flug nach Yattalunga nicht mehr zu einer der *stations* oder Farmen gerufen worden, doch Dan hatte drei Patienten besuchen müssen und sich geweigert, Betty mitzunehmen – was deutlich zeigte, dass er sich selbst nicht über den Weg traute.

Draußen hörte man ein Flugzeug landen. »Ist das schon Dr. Jones?«, fragte Estella.

»Nein, das wird Murphy sein. Er ist mit einem Vertreter von der Versicherung zu der Stelle in der Simpson-Wüste geflogen, wo ihr notgelandet seid.«

Estella fühlte Mitleid in sich aufsteigen. Sie wusste, was Murphy seine Cessna bedeutet hatte. »Wann wird Dr. Jones denn erwartet?«

»In zehn bis zwölf Tagen. Anscheinend holt er sich noch eine brandneue Maschine ab, bevor er herkommt – also muss er entweder steinreich sein oder einen reichen Vater haben.«

Es wunderte Estella, dass so jemand ausgerechnet in Kangaroo Crossing arbeiten wollte. »Bitte bestell jetzt noch kein Bier, Onkel Charlie«, bat sie flehentlich. »Das würde es Dan viel schwerer machen. Wir alle müssen ihn nach Kräften unterstützen.«

Charlie runzelte die Stirn. »Ich würde für ein kaltes Bier weiß Gott was geben«, brummte er.

»Du weißt genau, dass die Versuchung für Dan zu groß wäre.«

»Ich könnte mich ja weigern, ihm Bier zu verkaufen.«

»Das wäre demütigend. Ich weiß ja, dass es euch allen schwer fällt, aber versucht euch doch mal Dans Qualen vorzustellen. Wenn er während der nächsten zehn Tage nichts trinkt, müsste er seine schlimmsten Entzugserscheinungen überwunden haben, wenn der neue Arzt kommt. Und er will bestimmt einen guten Eindruck machen!«

Charlie wusste, dass Estella Recht hatte. Doch der Gedanke an weitere zehn Tage ohne ein einziges kaltes Bier erschien ihm unerträglich.

Murphy kam in die Bar. Noch immer ging er mithilfe zweier Krücken. Im Hintergrund hörte man das Flugzeug des Versicherungsvertreters starten.

»Der hat es aber eilig, wieder wegzukommen!«, stellte Charlie fest.

»Ich habe ihm erzählt, dass die Bar trockengelegt ist«, erwiderte Murphy.

Charlie verdrehte verzweifelt die Augen. Es war das Schlimmste, was ihm passieren konnte, wenn diese Nachricht sich verbreitete. »Und – wie lautet sein Urteil über deine Maschine?« Im Grunde brauchte er nicht zu fragen, denn Murphys deprimierte Miene sprach für sich selbst.

»Die Cessna ist nicht zu reparieren«, sagte er niedergeschlagen.

»Und wann geben sie dir das Geld für eine neue?«

»Ich bekommen keine ganz neue Maschine. Die Versicherung zahlt mir nur das Geld für ein Flugzeug, das ungefähr so alt ist wie die abgestürzte Maschine. Es wird schwierig sein, eine zu finden, aber bevor ich nicht ohne diese verdammten Krücken laufen kann, kann ich nicht mal anfangen, nach einer gebrauchten Maschine zu suchen!«

In den vier Wochen seit Murphys und Estellas Rettung hatte Dan sich krampfhaft beschäftigt, damit seine Gedanken nicht ständig um den Alkohol kreisten. Er war nicht sonderlich erfreut darüber, dass ein neuer Arzt in die Stadt kam. Für die Hilfe allein wäre er dankbar gewesen, doch er schämte sich für den Zustand des Krankenhauses. Da er wusste, dass der neue Arzt jetzt bald eintreffen würde, hatte er es mit den Augen eines Außenstehenden zu sehen versucht. Und was er sah, hatte ihm ganz und gar nicht gefallen.

»Weißt du, Betty«, meinte er eines Abends, als er die Bücher durchging, »eigentlich müssten wir das Krankenhaus mit sofortiger Wirkung schließen.«

»Steht es so schlimm?« Betty wusste, dass es nicht gut aussah, aber bisher waren sie immer irgendwie zurechtgekommen.

»Sehr schlimm. Was von unseren Geräten nicht defekt ist, ist hoffnungslos veraltet, und es fehlt an einem vernünftigen Vorrat an Mullbinden, Antiseptika und allem anderen.«

»Können wir denn nicht irgendwo noch Mittel bekommen?«

In Dans Blick lag Bitterkeit. »Ich glaube, wenn es um Mittel geht, haben die Bürokraten vergessen, dass Kangaroo Crossing überhaupt existiert. Als ich unsere letzte Bestellung von sehr wichtigen Vorräten einreichen wollte, sagte man mir, wir hätten unseren Kredit vollkommen ausgeschöpft. Es sieht so aus, als müssten wir bald schließen.«

Betty sah ihn traurig an. »Und das Geld, das wir bei den Picknick-Rennen gesammelt haben?«

»Es hat in diesem Jahr gerade gereicht, um unseren Wasservorrat aufzufüllen.«

»O je! Hätte es zur üblichen Zeit geregnet, hätten wir letzten Monat kein Wasser kaufen müssen. Im vergangenen Jahr waren unsere Tanks um diese Jahreszeit gut gefüllt!«

Plötzlich hörten beide das sonore Brummen eines Flugzeugmotors und blickten einander verblüfft an.

»Das muss der neue Arzt sein!«, meinte Betty. »Wir erwarten sonst niemanden.«

Dan seufzte tief. »Ich wollte gerade über Funk in Longreach anrufen und ihm ausrichten lassen, dass er nicht zu kommen braucht.« Er blickte an sich hinunter. »Tja, jetzt ist er nun mal da. Ich ziehe mich besser um. Habe ich noch einen sauberen weißen Kittel?«

»Ja, im Büro.«

Als Dan die Maschine erreichte, eine funkelnde neue Cessna, hatte der Pilot den Motor bereits abgestellt und stand vor dem Flugzeug an der geöffneten Tür. Er hatte Dan den Rücken zugewandt und suchte auf dem Rücksitz nach seinem Instrumentenkoffer. Dan fiel auf, dass er ein kariertes Hemd trug, das seinem eigenen sehr ähnlich sah, darunter eine helle Lederhose und einen Hut. Dan hatte nicht recht gewusst, was er erwarten sollte, doch immerhin schien es, als wäre der »Neue« ein Mann nach seinem Geschmack. Sicher war er keiner von diesen steifen, großspurigen Chirurgensöhnen, die frisch von der Universität kamen.

»Willkommen, Dr. Jones«, sagte Dan.

Als Dr. Jones sich umwandte, weiteten Dans Augen sich vor Überraschung.

»Hallo, Dan. Es ist lange her, aber ich habe gehört, dass es hier im Busch nicht so förmlich zugeht, also sag bitte Kate zu mir.«

»Kate Jones!«, stieß Dan hervor und musterte sie von Kopf bis Fuß.

Die Ärztin errötete. »Ich dachte mir, dass Ärzte im Busch sich ungefähr so kleiden. Wie ich sehe, hatte ich Recht.«

Dan musste lächeln. Kate hatte an derselben Universität in Sydney studiert wie er. Sie waren keine engen Freunde gewesen, denn beide lebten eher still und zurückgezogen. Sie teilten das Schicksal, begnadete und sehr erfolgreiche Chirurgen als Väter zu haben.

»Dass du dich noch an mich erinnerst, hätte ich nicht gedacht«, meinte Kate lächelnd und nahm für einen Augenblick den Hut ab, um ihre Haare zu ordnen.

Dan öffnete den Mund, um etwas zu sagen, doch ihm fehlten die Worte. Kate hatte sich kaum verändert, sah man einmal von ihrer Kleidung ab. Sie hatte die Haare immer kurz getragen, und er hatte nie auch nur eine Spur von Make-up auf ihren Zügen gesehen. Jetzt fiel ihm zum ersten Mal auf, dass sie recht attraktiv war – entweder das, oder er hatte seit zu vielen Jahren außer Estella kein hübsches Gesicht mehr gesehen. Kate besaß freundliche, hellbraune Augen, die perfekt zu den goldenen Strähnen ihres kastanienbraunen Haars passten. Doch ihr Anblick erinnerte Dan auch an seine Studienjahre, und er hatte keine guten Erinnerungen an diese Zeit. Die meisten Studenten hatten den brennenden Ehrgeiz gehabt, entweder Top-Chirurgen, Oberärzte oder Direktoren von Krankenhäusern zu werden, genau wie ihre erfolgreichen Väter. Dans Ziel hingegen hatte immer darin bestanden, denen zu helfen, die Hilfe am nötigsten hatten: den Armen und Unterprivilegierten. Und seine Einstellung hatte ihn unbeliebt gemacht.

»Es ist wirklich lange her, aber es hat mich nicht überrascht, dass du im Outback arbeitest. Wenn ich mich recht erinnere, war das ja immer schon dein Ziel«, meinte Kate.

»Das stimmt. Ich hätte nicht gedacht, dass du dich daran erinnerst«, erwiderte Dan erstaunt.

»Ich bewundere sehr, was du für die Menschen im Outback getan hast – und da bin ich nicht die Einzige«, fuhr Kate fort.

»Wie meinst du das?«

»Dass dein Vater sehr stolz auf dich ist!«

Ungläubig starrte Dan sie an. »Warum sollte er? Er ist ein sehr erfolgreicher Chirurg ...« Dan konnte sich nicht vorstellen, dass ein solch bedeutender Arzt seinen bescheidenen Beitrag zum medizinischen Leben bewunderte.

»Ja, er ist erfolgreich, aber er hat auch einen großen Stab an fähigen Mitarbeitern. Du arbeitest unter sehr schwierigen Bedingungen und hast mit begrenzten Mitteln, Personalmangel und allen möglichen anderen Problemen zu kämpfen. Im Grunde bist *du* der bewundernswerte Arzt, und dein Vater sieht es auch so.«

Dan konnte Kate nur sprachlos anstarren. »Dein Vater und mein Vater«, fuhr sie fort, »sind sehr beeindruckt von deiner

Hingabe an die Menschen hier draußen – und ich ebenfalls. Ich habe bisher in Städten wie Tamworth und Toowoomba gearbeitet, aber es hat mich stets in abgelegenere Gegenden gezogen, wo eine medizinische Versorgung der Menschen kaum gewährleistet ist.«

Dan war um Worte verlegen. Er konnte nicht glauben, dass Kate wirklich mit ihm in Kangaroo Crossing arbeiten wollte. Und von seinem Vater hörte er nur sehr selten. Devlin Dugan arbeitete an Sydneys Vorzeigekrankenhaus, dem North Shore Hospital, und Dan hatte niemals den Eindruck gehabt, sein Vater wisse das, was sein Sohn tat, in irgendeiner Weise zu würdigen.

»Du wirkst sehr überrascht«, meinte Kate – was maßlos untertrieben war.

»Das bin ich auch«, sagte Dan. »Ich habe seit mehr als zwei Jahren keinen Kontakt mehr zu meinem Vater gehabt und wusste nicht, dass er überhaupt Interesse an dem hat, was hier draußen geschieht.«

Dans Mutter war vor acht Jahren gestorben; seitdem war der Kontakt zwischen Vater und Sohn begrenzt und eher gezwungen. Sie waren einfach zu verschieden; Devlin war gesellig, Dan dagegen sehr ruhig, so wie seine Mutter es gewesen war. Und nach seinem Absturz mit William Abernathy hatte er sich noch mehr in sich selbst zurückgezogen.

»Aber es überrascht dich doch sicher nicht, dass dein Vater in einflussreichen Behörden wie der Ärztekammer Freunde hat? Sie haben ihn über deine Arbeit hier informiert. Er sagt, er habe einige Male angerufen, sei aber jedes Mal an den Inhaber des Hotels geraten, der anscheinend ein ziemlicher Poltergeist ist.« Devlin hatte ihn einen »unverschämten Grobian« genannt.

Dan musste trotz seiner wachsenden Verblüffung lächeln. »Charlie ist ein echter Busch-Typ, vor allem, wenn er ein paar Bier intus hat.«

Kate blickte sich um. »Die Stadt ist wohl nicht sehr groß?«, fragte sie.

»Nein, nur ein paar Häuser, viel Staub und Millionen Fliegen.«

»Ist dort das Krankenhaus?« Das Gebäude, das sie meinte, sah nicht aus wie ein Krankenhaus, doch es war das Einzige, das in Frage kam.

»Ja. Aber ich fürchte, Kate, du hast den ganzen weiten Weg hierher umsonst gemacht. Ich habe es in den letzten Jahren immer nur mit Mühe geschafft, unsere Türen offen zu halten, und es sieht nicht so aus, als bekämen wir die nötigen Mittel zusammen, um weiterzuarbeiten. Die Bürokraten in der Stadt sehen nur die Zahlen. Ich glaube nicht, dass sie meine Aborigine-Patienten mitrechnen. Dabei behandeln wir viel mehr Aborigines als Weiße. Offen gesagt ... die Dinge stehen so ernst, dass ich das Krankenhaus wahrscheinlich schließen muss.« Er war sicher, dass Kate eine Bezahlung erwartete, aber das war unmöglich.

»Dann komme ich wohl genau zum richtigen Zeitpunkt«, meinte sie lächelnd.

»Was willst du damit sagen?«

»Liest du keine Zeitung?« Sie griff hinter sich ins Flugzeug.

»Zeitungen sind mehr als eine Woche alt, wenn sie hier ankommen. Warum fragst du?«

»Weil unsere Väter vor zwei Tagen gemeinsam eine Wohltätigkeitsparty für euer Krankenhaus gegeben haben. Den Scheck habe ich bei mir. Die Summe dürfte reichen, um eure Räume und die Geräte zu erneuern und neue Betten zu kaufen, oder was ihr sonst noch braucht. Allerdings hat dein Vater eine Bedingung gestellt.«

»Und die wäre?«

»Dass du im Krankenhaus ein Telefon installieren lässt. Er würde gern mit dir reden, ohne vorher an diesen Hotelbesitzer zu geraten.«

Dan war beinahe sprachlos vor Freude. »Ich ... ich kann es nicht glauben.«

»Aber es ist wahr!« Kate schlug die Zeitung auf und zeigte auf den Artikel, unter dem ein Bild seines Vaters und von Dr. Jones abgebildet war. Dan überflog die ersten Zeilen:

... fand gestern Abend im Hilton Hotel eine Wohltätigkeitsparty statt. Veranstaltet wurde sie von Australiens führenden Chirurgen, darunter Dr. Martin Jones und Dr. Devlin Dugan, die eine beträchtliche Geldsumme für die Modernisierung medizinischer Einrichtungen im Outback sammelten, vor allem in Kangaroo Crossing, dem Anlaufpunkt vieler abgelegener Farmen und stations ...

Kate holte den Scheck hervor, und Dan wurde beinahe ohnmächtig, als er die Summe las. Er umarmte Kate, hob sie hoch, wirbelte sie herum und rief begeistert: »Du bist unsere Rettung!«

Als Estella Charlie von ihrem Plan erzählte, mit dem *kadaicha* über Mai zu sprechen, pflichtete er ihr bei, dass es einen Versuch wert sei. Doch er weigerte sich, sie zu begleiten und für sie zu dolmetschen.

»Edna kann mit dir gehen«, sagte er. »Sie weiß, wo der *kadaicha* zu finden ist.«

»Aber sie spricht selbst kaum Englisch, Onkel Charlie!«

»Ich kann mich sehr gut mit ihr verständigen«, gab er zurück.

Estella zog einen Schmollmund. »Bitte, komm doch mit!«

Doch er schüttelte den Kopf. »Tut mir Leid, aber ich habe vorläufig genug von Ausflügen in den Busch. Ich habe jetzt noch Blasen vom letzten Abenteuer.«

So machten Edna und Estella sich allein auf den Weg zum *kadaicha.* Estella war ganz und gar nicht sicher, ob die Verständigung klappen würde, doch sie wollte unbedingt wissen, was Mai zu ihrem seltsamen Verhalten trieb – nicht nur Mais wegen, auch zu Binnies Wohl.

Als sie schließlich zu einem Lager am völlig ausgetrockneten Diamantina River gelangten, kam es Estella so vor, als wären sie schon Stunden unterwegs gewesen. Das Lager befand sich mehrere Meilen flussaufwärts am gegenüberliegenden Ufer. Sie trafen mehrere Männer, Frauen und Kinder an sowie einen Mann, der ein wenig abseits von den anderen saß. Er war der Einzige, der nicht mit irgendetwas beschäftigt zu sein schien. Die anderen Männer gruben ein Feuerloch und bedeckten einen Emu mit Holzglut, um ihn zu braten, während die Frauen exotische Früchte, die aussahen wie eine Kreuzung zwischen Nüssen und Beeren, von ihren Schalen befreiten. Die Kinder sammelten in der Umgebung des Lagers riesige Larven in einem Rindenkorb, um sie später zu kochen.

Edna stellte Estella den *kadaicha* vor, der den Namen Birum-Birra trug. Er saß im Schatten einer Akazie und stand nicht auf, um sie zu begrüßen. Er hatte die Beine übereinander geschlagen und trug nur ein um die Hüften geschlungenes Lendentuch. Estella fielen mehrere große Narben an seinem mageren Körper auf, die aussahen, als stammten sie von Wunden, die ihm absichtlich zugefügt worden waren, oder die er sich selbst beigebracht hatte. Birum-Birra hatte einen grauen Vollbart, und seine Stirn – vielmehr das, was unter dem farbenprächtigen Kopfschmuck davon zu sehen war –, war von tiefen Falten durchzogen. Estella hatte nicht erwartet, einen jungen Mann zu sehen, doch der *kadaicha* war kein Greis, wie sie angenommen hatte.

Birum-Birra bedeutete Estella und Edna durch Zeichen, sich ihm gegenüberzusetzen. Im Staub unter der Akazie kauernd fühlte Estella sich wie bei einer königlichen Audienz. Tatsächlich besaß der Medizinmann höchstes Ansehen beim Stamm.

Edna erklärte ihm in ihrer Sprache, dass jemand Mai mit Alkohol versorgte und dass Mai Estella nicht sagen wollte, wer es war, weil sie fürchtete, dass dann ihrer Tochter etwas Schlimmes zustoßen würde. Als Edna geendet hatte, starrte Birum-Birra Estella eindringlich an, ohne ein Wort zu sagen. Sie bemühte sich, unter seinem Blick so ruhig wie möglich zu bleiben. Die breite Nase und die dunklen, wissenden Augen verliehen dem *kadaicha* etwas Düsteres, doch Estella spürte, dass er eher neugierig war.

Schließlich schloss Birum-Birra die Augen und wiegte sich leicht hin und her. Dann öffnete er sie wieder und starrte auf einen Punkt zwischen Estella und Edna. Schließlich sagte er etwas zu Edna, die Estella seine Worte zu übersetzen versuchte. »Birum-Birra sagt, nicht *wad-yeo-deo* ...«, erklärte sie kopfschüttelnd.

»Was bedeutet das?«

Edna und der *kadaicha* wechselten noch einige weitere Worte; dieses Mal schien er ihr Fragen zu stellen. Doch Estella bemerkte, dass Edna ihm auswich. Estella barg das Gesicht in den Händen und schüttelte verzweifelt den Kopf. Wenn sie doch nur selbst mit dem *kadaicha* hätte sprechen können!

In diesem Moment erschien ein jüngerer Mann, der ebenfalls nur ein Lendentuch trug und barfuß ging. Nachdem er einige Worte mit dem Medizinmann gewechselt hatte, wandte er sich in gebrochenem Englisch an Estella.

»*Wad-yeo-deo* bedeutet ›nicht krank‹ oder ›nicht schlecht‹.«

Estella fiel ein Stein vom Herzen. »Sprechen Sie Englisch?«

»Ja, Missus. Ich haben auf Schaffarm im Norden gearbeitet.«

»Gott sei Dank! Bitte, erklären Sie mir alles, was der *kadaicha* gesagt hat!«

Der Mann nickte. »Jemand hat Mai etwas erzählt, was nicht stimmt. Aber es war kein schwarzer Mann.« Er schlug sich auf die Brust. »Der *kadaicha* sagt, kein schwarzer Mann hat verflucht die Frau, die du Mai nennst.« Er wandte sich an Edna, wohl um zu fragen, wer Mai war, und diese schien es ihm zu erklären, denn der junge Mann nickte und lachte, was Estella nicht verstand.

»Hat Mai wieder weißen Freund?«, fragte er dann.

»Nein«, erwiderte Estella. »Aber sie will mir nicht sagen, wer ihr Wein gibt.«

»Jemand, der Ärger macht«, meinte der junge Mann.

»Sie hat Angst, mir zu sagen, wer es ist. Sie glaubt, dass ihrem Kind dann etwas zustößt.«

»Vielleicht weißer Mann ihr Angst macht.«

Jetzt begann auch Birum-Birra wieder zu sprechen und schien jemandem mit dem Finger zu drohen.

»Was hat er gesagt?«, wollte Estella wissen.

»Er sagt, wenn der *wi-la* kommt ...«

»Was ist das?«

»*Wi-la* ist schwarzer Kakadu. Wenn er erscheint, kommt Wahrheit ans Licht.«

»Das muss der neue Arzt sein«, sagte Charlie zu Wags. »Meinst du, Dan bringt ihn hierher, damit wir ihn begrüßen?«

Die Männer blickten aus dem Fenster der Bar, das nicht besonders sauber war, sodass sie nicht allzu viel sehen konnten.

»Ich weiß nicht«, meinte Marty zweifelnd. »Vielleicht sollten wir hinausgehen.«

»Ja, kommt«, sagte Wags. »Ich hab noch nie ein nagelneues Flugzeug gesehen.«

Als die Männer auf die Veranda kamen, sahen sie Dan und den neuen Arzt gerade im Krankenhaus verschwinden.

Charlie sah Marty an. »Die beiden scheinen ziemlich aufgeregt zu sein«, meinte er.

Wags runzelte die Stirn und kratzte sich am Kopf. »Habe ich es mir nur eingebildet, oder hat Dan den neuen Arzt tatsächlich umarmt?«

Marty zuckte mit den Schultern, und Charlie blickte nachdenklich vor sich hin. »Ich hatte eigentlich den Eindruck, dass Dan gar keinen neuen Arzt in der Stadt haben wollte ...«

Als Estella und Edna nach der Rückkehr aus dem Lager der Aborigines die Bar betraten, trafen sie dort Charlie, Marty und Wags. Auch Phyllis war bei ihnen.

»Ist der neue Arzt schon angekommen?«, fragte Estella, die das blitzsaubere Flugzeug bemerkt hatte, das aber nicht mehr lange so sauber bleiben würde.

»Eine schöne Maschine, nicht wahr?«, meinte Phyllis. »Ich würde alles darum geben, ein solches Flugzeug zu fliegen.«

»Vielleicht gibt der neue Arzt dir ja ein paar Flugstunden«, sagte Marty lächelnd.

Phyllis' Augen leuchteten bei diesem Gedanken, und sie fragte sich, ob er wohl gut aussah.

»Wie bist du mit dem *kadaicha* zurechtgekommen?«, erkundigte Charlie sich bei Estella.

Phyllis wirkte überrascht. »Was wolltest du denn vom *kadaicha*?«

»Ich habe ihm Fragen wegen eines Problems mit Mai gestellt.«

»Ach? Und was hat er gesagt?«

Als Estella mit Phyllis über Mai gesprochen hatte, hatte diese nur mit der Schulter gezuckt und gemeint, Mai sei immer schon seltsam gewesen. Deshalb wunderte Estella sich jetzt ein wenig über Phyllis' plötzliches Interesse an der Aborigine-Frau.

»Ihr werdet es sicher seltsam finden. Der *kadaicha* hat gesagt, wenn ein schwarzer Kakadu erscheint, wird die Wahrheit ans Licht kommen.«

Die Männer und Phyllis waren sichtlich verblüfft.

Edna redete in ihrer Muttersprache auf Charlie ein, und dieser übersetzte es den anderen: »Der *kadaicha* hat gesagt, jemand versucht Mai Angst einzujagen, und es ist kein Aborigine ...«

»Ihr versteht sicher, dass ich dieses Problem gern gelöst hätte, bevor mein Kind geboren wird«, erklärte Estella. »Mai wirkt manchmal geradezu bedrohlich, wenn sie getrunken hat. Dann weiß ich nie, was sie als Nächstes tut. Außerdem versetzt sie die arme Binnie in Furcht und Schrecken.«

»Hier in der Gegend sieht man sehr selten schwarze Kakadus«, meinte Phyllis nachdenklich.

»Es fällt einem schwer, diese Medizinmänner ernst zu nehmen«, murmelte Marty. »Trotzdem scheinen sie geistige Kräfte zu besitzen, die wir nicht erklären können.«

»Ich gehe ins Krankenhaus und rede mit Kylie«, sagte Estella in der Hoffnung, sie könne ihr vielleicht weiterhelfen. Sie hatte Kylie nicht gebeten, sie zu begleiten, da diese einem anderen Clan angehörte und den *kadaicha* ebenso wenig verstanden hätte wie sie selbst.

»Komm dann bitte wieder her und sag uns, wie der neue Arzt ist, ja?«, sagte Charlie.

»Hast du ihn denn noch nicht kennen gelernt?« Da sie seine Neugier kannte, wunderte sich Estella, dass Charlie nach der Landung des Flugzeugs nicht als Erster draußen gewesen war.

»Nein, ich kenne ihn noch nicht. Dan hat ihn gleich mit ins Krankenhaus genommen«, erwiderte er.

»Warum gehen wir dann nicht alle hinüber und heißen ihn in Kangaroo Crossing willkommen?«

»Ja, das sollten wir tun«, meinte Charlie, zog seine kurze Hose hoch und knöpfte sein Hemd zu.

»Warum nicht?«, meinte auch Marty und stand auf.

Estella lächelte in sich hinein. Sie spürte, dass die anderen vor Neugier beinahe platzten, doch alle bemühten sich, es nicht zu zeigen.

34

Darf ich es Murphy sagen, Kate?«, fragte Estella die neue Ärztin, mit der sie rasch Freundschaft geschlossen hatte, ein paar Tage später. »Ich weiß, es war nicht meine Schuld, dass er notlanden musste und dass die Landung missglückte. Aber er wollte mich zu einer der *stations* fliegen, und deshalb fühle ich mich irgendwie verantwortlich.«

»Natürlich können Sie es ihm sagen. Und nach dem, was ich gehört habe, haben Sie ihm wahrscheinlich das Leben gerettet«, meinte Kate.

»Nein, das war Dan. Murphy hätte die Nacht nicht überlebt, hätte Dan uns nicht gefunden. Und ich weiß nicht, was dann mit mir geschehen wäre ...« Estella mochte gar nicht daran denken.

Kate spürte, dass die Erinnerung Estella noch immer quälte. »Aber wenn Sie diese Piste nicht gebaut hätten, hätte Dan nicht landen können, also steht Ihnen zumindest ein Teil des Verdienstes zu.«

Estella seufzte. »Ach, ich bin einfach nur froh, dass es Murphy wieder gut geht.«

Kate war sicher, dass Murphy Estella liebte. Sie hatte es schon in dem Augenblick gespürt, als sie ihm zum ersten Mal begegnet war. Doch bisher hatte sie nicht gewusst, ob seine Gefühle von Estella erwidert wurden – bis jetzt. Kate lächelte, denn Estella war sich der Tiefe ihrer Gefühle für Murphy offenbar gar nicht bewusst.

Estella und Kate befanden sich gerade auf dem Rückflug

von Langana Downs, wo Estella zu einer fohlenden Stute gerufen worden war. Das Fohlen hatte quer gelegen, doch nach langer, schweißtreibender Arbeit hatte Estella es geschafft, das Fohlen im Mutterleib zu drehen, und Annie hatte ihr geholfen, es aus dem Leib der Stute zu ziehen. Als es endlich geschafft war, jubelten beide Frauen vor Freude. Ein neues Leben auf die Welt kommen zu sehen, war immer unvergesslich, doch für Estella war es dieses Mal eine besondere Erfahrung. Mit Tränen in den Augen hatten die beiden Frauen zugesehen, wie die Stute das Fohlen sauber leckte und wie es kurz darauf zum ersten Mal auf wackeligen Beinen stand. Es hatte tiefschwarzes Fell und vier weiße »Socken«, und der Kopf war sehr hübsch.

»Es ist wunderschön!«, stieß Annie überglücklich hervor und legte Estella einen Arm um die Schultern. Teddy und die aufgeregten Kinder gesellten sich ebenfalls zu ihnen.

»Diese Kleine wird nicht verkauft«, sagte Teddy zu seiner Frau. »Sie gehört dir!«

Annie strahlte vor Freude.

Da sie schon einmal auf der *station* war, nutzte Kate die Gelegenheit, Teddy zu untersuchen. Er hatte kürzlich noch einen schwachen Fieberanfall gehabt, eine Folge der Brucellose.

»Ich habe vor ein paar Wochen einen ausführlichen Bericht über Brucellose gelesen«, erklärte Kate. »Danach ist die Krankheit so gut wie überstanden, wenn die Fieberschübe so harmlos sind.«

»Gott sei Dank!«, meinte Teddy und legte seiner Frau den Arm um die Schultern. Ihm war klar, wie viel sie für ihn getan hatte, und Worte konnten nicht ausdrücken, wie dankbar er für ihre Liebe und Unterstützung war.

Estella erkundigte sich, wie viel Stück Vieh sie durch die Brucellose verloren hatten.

»Nicht so viele, wie ich verloren hätte, wenn Sie nicht zu

uns herausgekommen wären«, erwiderte Teddy. »Insgesamt waren es wohl dreißig Kühe und fünfzig Kälber. Aber bei den Kühen, die überlebt haben, sind die Symptome verschwunden, und die meisten sind wieder trächtig. Zum ersten Mal seit langer Zeit sieht die Zukunft von Langana Downs wieder heller aus.«

»Ich kann immer noch nicht glauben, dass Sie Ross Coopers Tochter sind«, meinte Annie. »Er wäre sehr stolz auf Sie gewesen!«

»Danke, Annie«, sagte Estella.

Die Farmersfrau blickte auf die Wölbung ihres Leibes. »Das Kind wächst jetzt sehr schnell«, sagte sie lächelnd.

»Und es tritt wie ein Maultier«, erwiderte Estella.

»Ich habe ein paar kleine Nachthemden für Ihr Kleines genäht«, sagte Annie. »Sie sind bald fertig.«

»Das ist sehr nett von Ihnen, Annie.« Estella war gerührt. »Ich habe noch nicht viel für das Kind, aber Conny strickt fleißig Babysachen.«

»Teddy hat ein Laufställchen gebaut – für die Zeit, wenn Sie wieder in der Praxis sind. Er ist in solchen Dingen ziemlich begabt.«

Teddy bekam rote Wangen vor Verlegenheit und scharrte mit den Füßen im Staub. »Es ist nicht gerade perfekt, aber das Kleine ist darin sicher«, sagte er.

Estella war gerührt. Sie erkannte, dass Teddy sich damit indirekt für sein grobes Verhalten ihr gegenüber entschuldigen wollte.

Auf dem Heimflug sprachen Kate und Estella über Kates neues Flugzeug. Die Ärztin erwähnte, dass sie ihre alte Maschine verkaufen wollte.

»Murphy ist auf der Suche nach einem Flugzeug«, sagte Estella.

»Wissen Sie, wonach er sucht?«, wollte Kate wissen.

»Nein, aber er hatte eine Cessna 195.«

»Meine alte Maschine ist auch eine 195«, erklärte Kate. »Und ich hatte nie Probleme damit.«

»Wirklich nicht?« Estella wusste, dass Murphy gern wieder eine Cessna haben würde. »Aber warum haben Sie dann eine neue gekauft?«

Estella kam sich wie in einem fliegenden Rolls-Royce vor, nachdem sie in Dans lärmender alter Kiste mitgeflogen war. Außerdem schien Kate eine sehr sichere und fähige Pilotin zu sein.

»Mein Vater hat darauf bestanden, obwohl die 195 noch sehr gut erhalten war. Und da er die neue Maschine bezahlt hat, hatte ich keine Einwände.«

»Sie Glückliche«, meinte Estella.

»Meine Mutter ist während eines Urlaubs in Bondi Beach ertrunken. Seitdem ist Vater sehr um mich besorgt«, erklärte Kate.

Estella verstand Kates Vater sehr gut. »Waren Sie dabei, als Ihre Mutter verunglückte?«

»Ja. Dad sah mir zu, wie ich Sandburgen baute, während Mom schwimmen ging. Ich war noch keine fünf Jahre alt, aber ich erinnere mich noch an die Panik um mich herum und sah Dad in die Brandung springen, als er erkannte, dass Mom in Schwierigkeiten war. Es war eine besonders schlimme Tragödie, weil meine Mutter gerade ein Kind erwartete. Sie muss einen Krampf im Bein gehabt haben und wurde dann von der Strömung in die Tiefe gezogen. Dad wäre selbst beinahe ertrunken, als er versuchte, Mom zu retten. Seitdem hat er mich nie mehr in die Nähe von Wasser gelassen. Allerdings braucht er sich keine Sorgen zu machen, was das angeht – ich habe ohnehin panische Angst vor tiefen Gewässern.«

»Es muss schwer für ihn gewesen sein, Sie allein großzuziehen. Hat er nie daran gedacht, wieder zu heiraten?«

»Nein, er ist mit seiner Arbeit verheiratet. Ich hatte ein Kindermädchen und habe mich oft beklagt, weil ich Dad so selten sah. Aber er hat mir die gleichen Möglichkeiten eröffnet wie einem Sohn, und obwohl ich nicht immer einer Meinung mit ihm bin, gebe ich oft nach, um ihn glücklich zu sehen.«

Kate war seit zwei Wochen in Kangaroo Crossing und hatte sich schnell in der kleinen Gemeinschaft eingelebt. Die Frauen in der Stadt und auf den Farmen waren froh, eine Frau als Ärztin zu Rate ziehen zu können, und die Männer beschwerten sich nicht, denn sie hatten immer noch Dan. Kate war warmherzig, offen und stand mit beiden Beinen fest auf dem Boden, doch was die meisten besonders für sie einnahm, war ihr positiver Einfluss auf Dan. Er hatte immer schon Pläne für das Krankenhaus gehabt, und Kate sorgte nun dafür, dass Dans Träume von der Wirklichkeit noch übertroffen wurden. Als er vorschlug, moderne Geräte zur Behandlung einheimischer Patienten mit grünem Star anzuschaffen, hatte Kate erwidert: »Warum richten wir nicht eine Station für Augenkrankheiten ein und lassen alle drei, vier Wochen einen Spezialisten aus der Stadt herkommen?«

Als Dan erkannte, dass so etwas tatsächlich möglich schien, war er überglücklich.

Gemeinsam stellten sie eine Übersicht der Dinge auf, die für das Krankenhaus dringend benötigt wurden, doch als Dan schließlich die Bestellung ausfüllte, musste er sich selbst in den Arm kneifen: Er konnte kaum glauben, dass bald eine riesige Hercules-Frachtmaschine mit einer Ladung neuer Ausrüstung und Medikamente landen würde. Er war wieder so aufgeregt wie an dem Tag, als er sein Examen als Arzt gemacht hatte.

Bald nach Kates Ankunft hatte Dan seinen Vater angerufen, um ihm für alles zu danken. Es war ihm schwer gefallen, denn er fürchtete, das Gespräch würde ähnlich steif und gezwungen verlaufen wie die vorangegangenen. Anfangs war es tatsächlich so gewesen. Erst als die Unterhaltung sich um die neuesten Fortschritte der Medizin gedreht hatte, waren Vater und Sohn lockerer geworden. Dan hatte erkannt, dass sein Vater aufrichtig an seinen Plänen interessiert war: Er hatte sich genauestens nach Dans Plänen für die Modernisierung des Krankenhauses erkundigt und seinem Sohn gesagt, wie sehr er dessen Arbeit bewunderte. Am meisten hatte Dan seine Bemerkung beeindruckt, dass Prestige und Bekanntheit im Arztberuf nicht das Wichtigste seien: Wahre Hingabe an diesen Beruf bestehe darin, auch jenen zu helfen, die nicht die Mittel besaßen, die Behandlung zu bezahlen. Dan hatte sogar das Gefühl gehabt, dass sein Vater ihm gern dabei geholfen hätte, doch er musste sich der Ausbildung neuer Chirurgen zuwenden.

Nachdem Dan den Hörer aufgelegt hatte, war seine Selbstachtung um das Tausendfache gestiegen. In seinen Augen schimmerten Tränen, und er fühlte einen Kloß in der Kehle. Es dauerte ein paar Minuten, bis er wieder ein Wort herausbrachte.

»Dad will nach der Modernisierung herkommen und unser Krankenhaus besichtigen«, sagte er zu Kate. »Und er will weiterhin Geld sammeln, um uns zu unterstützen!«

Kate freute sich sehr mit ihm, doch für Dan bedeutete der Rückhalt durch seinen Vater viel mehr, als er mit Worten ausdrücken konnte. Kate wusste, wie sehr der Respekt eines so angesehenen Mannes einen Menschen beflügeln konnte. Sie selbst hatte lange gebraucht, um zu erkennen, dass auch sie die Achtung ihres Vaters besaß.

»Dan sagt, er nimmt Murphy heute den Gipsverband ab«, sagte Kate zu Estella. »Murphy wird glücklich sein, endlich die Krücken loszuwerden.«

»Und er wird Sie mit Sicherheit sofort darum bitten, ihn nach Longreach zu fliegen, damit er sich dort nach einer neuen Maschine umsehen kann«, sagte Estella.

»Wenn er an meiner alten Cessna interessiert ist, bringe ich ihn gern nach Moorabin. Dort habe ich sie am Flughafen in einem Hangar untergestellt.«

»Er wird begeistert sein«, meinte Estella, die sich schon darauf freute, Murphy die gute Nachricht zu überbringen. So sehr er sich auch bemühte, es nicht zu zeigen: Estella wusste, wie sehr er seine alte Maschine vermisste. Während der vergangenen Wochen hatten sie viel Zeit miteinander verbracht. Estella war ihm dankbar dafür, dass er nicht mehr über seine Gefühle gesprochen hatte, obwohl sie in jedem seiner Blicke las, was er für sie empfand. Sie brauchte Zeit, über alles nachzudenken. Schon einmal war sie sich wie eine Närrin vorgekommen, und sie wollte nicht wieder den gleichen Fehler machen. Ihre Gefühle für Murphy wurden zunehmend tiefer, doch zugleich wuchs ihre Angst, noch einmal so tief verletzt zu werden.

Als sie etwas später den Untersuchungsraum betrat, machte Murphy erste Gehversuche. Sein Gipsverband lag auf dem Bett, in zwei Teile geschnitten.

»Dein Bein wird noch eine Weile etwas steif sein, aber wenn du fleißig übst, ist es bald wieder so gut wie neu«, meinte Dan.

Murphy blickte an sich hinunter. »Es sieht aus, als ob es gar nicht zu mir gehört«, stellte er fest. Er trug eine kurze Hose, und ein Bein war muskulös und tief gebräunt, das andere blass und viel dünner. Zwei große rote Narben erinnerten daran, wie nah er dem Tod gewesen war.

»Ich finde, es sieht sehr gut aus«, sagte Estella von der Tür her.

Murphy blickte auf und lächelte ihr zu, doch in seinen dunklen Augen spiegelte sich noch einmal die gemeinsam durchlebte Qual wider.

»Ich muss dir etwas erzählen«, stieß Estella aufgeregt hervor. »Es wird dich sehr interessieren.«

»Und was?«

»Kate hat ein Flugzeug zu verkaufen – eine Cessna 195!«

Murphy starrte sie offenen Mundes an, und ein Leuchten erschien in seinen Augen.

»Ich wusste, dass es dich interessiert«, meinte Estella mit zufriedenem Lächeln.

»Wo ist das Flugzeug jetzt?«

»Auf dem Moorabin Airport, einem Flughafen in Victoria. Kate fliegt dich gern hinunter, falls du dir die Maschine ansehen willst.«

»*Falls* ich sie mir ansehen will? Natürlich will ich! Ist sie in gutem Zustand und regelmäßig gewartet?«

»Da musst du schon Kate fragen.«

»Das sind ja großartige Neuigkeiten!«, rief Murphy. »Wo ist Kate?«

»Im Büro an der Eingangstür«, sagte Estella.

Murphy eilte hinkend aus dem Raum.

»Gut, dass ich dich treffe, Marjorie«, rief Murphy, als er am folgenden Morgen das Hotel betrat.

»Wo willst denn du hin?«, fragte Marjorie, weil Murphy gute Kleidung trug.

»Mit Kate nach Melbourne. Wenn ich Glück habe, komme ich mit einem eigenen Flugzeug zurück.«

»Das ist ja wunderbar! Findest du nicht, dass wir es feiern sollten, sobald du wieder da bist?«

»Genau das habe ich vor. Ich werde morgen Abend im Jockey-Club eine Party geben, wenn ihr einverstanden seid.«

»Warum denn nicht in der Bar?«, beschwerte sich Charlie. »Was gefällt dir hier nicht, außer dass wir kein Bier haben?«

»Es soll auch getanzt werden, und dafür brauchen wir Platz.«

»Also gut, Frances und ich können alles vorbereiten«, erklärte Marjorie. »Wen willst du einladen?«

»Ganz Kangaroo Crossing. Ich weiß, dass es sehr kurzfristig ist, Marjorie – bist du sicher, dass du es bis morgen organisieren kannst?«

Marjorie war ganz in ihrem Element, wenn es etwas zu organisieren gab.

»Natürlich«, erwiderte sie. »Du kannst dich darauf verlassen.«

»Könntest du auf dem Rückflug Bier mitbringen?«, bat Charlie.

Murphy schüttelte den Kopf. »Das würde ich gern tun, aber Dan ist auf einem guten Weg. Ich möchte, dass auch er zu der Party kommt, und er soll nicht in Versuchung geraten.«

»Murphy hat Recht«, warf Marjorie ein, die sehr froh war, dass die Männer nicht tranken. Marty und Charlie hatten ihrer Meinung nach einen schlechten Einfluss auf Frances, der kaum Bier getrunken hatte, bevor sie nach Kangaroo Crossing gekommen waren. Doch sie hatten ihn schnell auf den Geschmack gebracht.

Charlie ließ bedrückt den Kopf auf die Arme sinken. »Ich hab schon fast vergessen, wie Bier überhaupt schmeckt!«, brummte er. Marty und er hatten sogar versucht, in einem Raum hinter dem Gemischtwarenladen eigenes Bier zu brauen. Doch es war eine totale Katastrophe gewesen. Nach den Anweisungen eines alten Buschkochbuchs hatten sie das Malz und den Hopfen in Wasser aufgekocht und eine Flüssigkeit namens »Würze« gewonnen. Doch es war ihnen nicht gelungen, sie bis auf die vorgeschriebene Temperatur zu kühlen, und als sie die Hefe dazugaben, die den Zucker in Alkohol umwandeln sollte, war alles gründlich schief gegangen.

Sie hatten die Flüssigkeit stehen lassen, in der Hoffnung, dass sie gärte und dann zumindest trinkbar wäre, doch nach fünf Tagen hatte sich alles in eine Brühe verwandelt, die wie Schweinefutter aussah und von Schimmel überzogen war.

Kurz bevor Murphy mit Kate abflog, kam Dan zu ihnen. Kate saß schon in der Maschine und checkte die Instrumente.

Dan nahm Murphy beiseite. »Ich möchte, dass du ein paar Kästen Bier mitbringst«, sagte er und steckte Murphy einen zusammengerollten Geldschein in die Hemdtasche. »Du kannst ruhig alles ausgeben.«

Murphy erschrak und nahm das Geld wieder heraus.

»Das Bier ist nicht für mich«, versicherte Dan, als habe er Murphys Gedanken gelesen. »Es ist für die Party.«

Murphy sah den Schatten in seinem Blick. »Wir brauchen kein Bier zum Feiern ...«, protestierte er, doch Dan unterbrach ihn energisch. »Es gibt keinen Grund, warum ihr euch nicht amüsieren solltet.«

»Bist du sicher, Dan?«

»Ja. Ohne Bier ist eine Party in Kangaroo Crossing keine richtige Party. Ich weiß, wie sehr Charlie und die anderen einen guten Schluck vermisst haben.«

Murphy war klar, dass Dan sich ohnehin früher oder später dem Problem würde stellen müssen, und vielleicht war dieser Zeitpunkt genau der richtige. Alles entwickelte sich günstig für ihn, und er schien glücklich, dass seine Träume für das Krankenhaus sich erfüllen würden.

»Also gut«, sagte Murphy. »Ich komme bei dir vorbei, wenn ich zurück bin.«

Als Dan und Kate am nächsten Abend gemeinsam zum Jockey-Club gingen, sagte er ihr, dass die Frachtmaschine mit der neuen medizinischen Ausrüstung am nächsten Tag eintreffen würde.

»Himmel, dann werden wir morgen alle Hände voll zu tun haben«, meinte Kate aufgeregt. »Wir sollten nicht so lange bleiben.«

Sie war in einen kleinen Raum im Krankenhaus direkt neben Kylies Zimmer gezogen, weil sie damit gerechnet hatten, dass es im Hotel zu laut zuging. Allerdings war es dort in der letzten Zeit durch den Mangel an Bier eher leise gewesen.

Dan konnte den Blick kaum von Kate nehmen. Sie trug ein weißes Kleid mit Blumenmuster und weit schwingendem Rock. Das Oberteil war ärmellos und weit ausgeschnitten. Es war das erste Mal seit ihrem Studium, dass Dan sie in einem Kleid sah, und er konnte sich nicht erinnern, dass sie jemals so gut ausgesehen hatte. Seit Kates Ankunft hatten sie jeden Tag und jeden Abend gemeinsam verbracht, und obwohl Kate noch nicht lange in Kangaroo Crossing war, erschienen Dan diese Wochen wie Monate.

Jetzt blieb er plötzlich stehen. »Kate, hast du etwas dagegen, wenn wir noch einen kleinen Spaziergang machen, bevor wir zur Party gehen? Ich muss dir etwas sagen, und das würde ich lieber unter vier Augen tun.«

»Ja, sicher.« Sie war neugierig, denn er hatte sehr ernst gesprochen und wirkte unruhig. Schweigend gingen sie Seite an Seite zu den Sanddünen hinaus.

»Weißt du, Kate«, begann Dan zögernd, »die letzten Wochen waren sehr schwierig für mich.«

»Ich hatte eigentlich gehofft, es dir durch meine Anwesenheit ein bisschen leichter zu machen.«

»Oh, das hast du! Du warst wie vom Himmel geschickt! Um ehrlich zu sein, weiß ich nicht, ob ich diese Zeit ohne dich überhaupt durchgestanden hätte!«

Kate warf ihm einen verwunderten Blick zu. Obwohl er ihr inzwischen viel aus seinem Leben erzählt hatte, hatte sie immer das Gefühl gehabt, dass Dan etwas zurückhielt. Kurz nach ihrer Ankunft hatte sie zu spüren gemeint, dass er Estella liebte. Dann aber hatte er sich so sehr auf die Pläne für das Krankenhaus konzentriert, dass sie inzwischen glaubte, sie habe es sich nur eingebildet.

»Ich habe viele Jahre gewissermaßen im Ausnahmezustand verbracht«, fuhr Dan nun fort. »Ich bin Alkoholiker, Kate. Seit ich Murphy und Estella aus der Wüste holte, habe ich kein einziges Glas mehr getrunken. Davor aber war ich jeden Abend betrunken, wenn keine Patienten zu behandeln waren.«

Kate strich ihm sanft über den Arm. »Meinst du, du erzählst mir damit etwas Neues? Ich bin Ärztin, Dan.«

Dan blickte sie einen Moment lang erstaunt an. Dann wurde ihm klar, dass sie tatsächlich hätte blind sein müssen, um die Symptome zu übersehen. Verlegenheit stieg in ihm auf. »Willst du trotzdem noch mit mir arbeiten?«

»Natürlich will ich das. Du bist ein begnadeter Arzt.« Sie hielt kurz inne. »Aber während unserer Zeit an der Universität hast du nie viel getrunken. Willst du mir erzählen, wie es dazu gekommen ist?«

Dan zögerte nur kurz. Seit er und Kate so eng zusammenarbeiteten, hatte er das Gefühl, ihr einfach alles sagen zu können. Und er war ganz sicher, dass er nicht wieder in seinen alten Fehler zurückfallen würde. »Dass ich ein paar Jahre in Sydney gearbeitet habe, während ich meine Fluglizenz erwarb und für eine eigene Maschine sparte, habe ich dir ja schon gesagt ...«

Kate nickte. »Ja, und dann bist du als Flugarzt in Cloncurry stationiert gewesen.«

»Genau. Ich habe ein Gebiet von mehreren hundert Quadratmeilen versorgt. An den meisten Tagen war ich zwölf bis sechzehn Stunden unterwegs und wurde manchmal auch nachts noch zu dringenden Fällen gerufen. Es verging kaum ein Tag, an dem ich nicht vollkommen erschöpft gewesen wäre, aber das kennst du ja selbst. Sogar Krankenhäuser in größeren Städten wie Toowoomba und Tamworth haben nicht genügend ausgebildetes Personal.«

Kate nickte. Sie wusste aus eigener Erfahrung, dass dieser Druck nur schwer zu ertragen war.

»Einer meiner Patienten war ein kleiner Junge mit einem angeborenen Herzfehler«, fuhr Dan fort. »Er hatte einen Defekt an der Herzscheidewand, zwischen Vorhof und Herzklappe.«

»Einen Septaldefekt?«

»Ja. Es gab in Australien niemanden, der ihn hätte operieren können, doch ein Herzchirurg aus England war zu einem Kongress nach Melbourne gekommen und bereit, sich den kleinen William anzusehen. Wie du dir vorstellen kannst, waren die Chancen für eine erfolgreiche Operation sehr gering, doch ich habe William in Mount Isa abgeholt, um ihn nach Melbourne zu fliegen. Sein Vater begleitete uns, weil seine Mutter zu der Zeit noch zwei andere kleine Kinder hatte, eins davon ein Säugling.« Dan hielt inne, denn es fiel ihm unendlich schwer, das Folgende in Worte zu fassen.

»Was ist dann geschehen? Konnte der Herzspezialist dem Jungen nicht helfen?«, fragte Kate.

Dan schüttelte den Kopf. »Wir sind nie in Melbourne angekommen. Ich flog von Mount Isa nach Longreach, um aufzutanken, und bis dahin ging alles gut. Doch beim Start in Longreach versagte der Motor der Maschine, und wir stürzten ab. Williams Herz war zu schwach, um diesen Schock zu überstehen, und er starb. Sein Vater und ich waren verletzt, aber nicht allzu schwer.«

»Oh, Dan, wie schrecklich!«, stieß Kate hervor und legte ihm tröstend eine Hand auf den Arm.

Dan fuhr fort: »Ich gab mir die Schuld, auch wenn ich offiziell entlastet wurde. William war ein so tapferer kleiner Kerl! Ich hatte das Gefühl, ich hätte ihn umgebracht. Danach bin ich nie wieder geflogen – bis ich Murphy und Estella gesucht habe.«

Kate sah ihn eindringlich an. »Du musst dir endlich selbst verzeihen, Dan. Solche Unfälle geschehen. Aber ich verstehe gut, wie du dich fühlst. Auch ich war ein nervliches Wrack, als ich meinen ersten Patienten verloren habe. Ich dachte, ich könnte nie mehr als Ärztin arbeiten. Doch alle sagten mir, ich soll an all die Menschen denken, die ich gerettet habe, und an die, die ich in der Zukunft noch retten kann.«

Dan nickte. »Mir haben die Leute dasselbe gesagt, aber es macht nichts ungeschehen.«

»Natürlich nicht, aber genau deshalb müssen wir nach vorn blicken. Was haben wir für eine andere Wahl?«

Seufzend erwiderte Dan: »Ich bin hierher nach Kangaroo Crossing gekommen, weil es hier damals nur sechs Einwohner gab. Ich hielt es für den idealen Ort, um vor der Welt zu fliehen. Die Entfremdung zwischen meinem Vater und mir ist zum großen Teil meine Schuld, weil ich mich von ihm zurückgezogen habe.«

»Weiß er von dem kleinen William?«

»Ja. Es stand in der Zeitung. Und ich weiß, dass er durch einen Anruf in Longreach erfahren hat, dass ich hier bin. Er hat ein paar Mal angerufen, ist aber immer an Charlie geraten. Ich hätte ihn zurückrufen können, habe es aber nicht getan ...«

Kate strich ihm sanft über den Rücken, während er fortfuhr: »Bevor ich es recht begriff, waren mir die Familien draußen auf den *stations* ans Herz gewachsen, und sie vertrauten auf mich. Ich habe jahrelang mit dem Gedanken gespielt, fortzugehen. Andererseits hatte ich das Bedürfnis, mich um die Menschen da draußen zu kümmern.«

»Wir Ärzte können keine Wunder vollbringen. Aber wir müssen unsere Arbeit mit ganzem Herzen tun und so gut wir können.« Kate beschloss, Dan eines Tages zu erzählen, wie ihr Vater reagiert hatte, nachdem er ihre Mutter nicht hatte retten können. Eine Zeit lang hatte es so ausgesehen, als wäre seine Karriere zu Ende, und als würde auch er sich in den Alkohol flüchten. Dann aber hatte seine Liebe zu ihr ihm geholfen, seine Krise zu überwinden.

»Du bist ein besonderer Mensch«, stellte Dan fest, und er meinte es genau so, wie er es gesagt hatte. Ihm wurde klar, dass Kate ganz anders war als Estella, in deren Gesellschaft er sich immer wie ein Bittender gefühlt hatte – doch sie traf keine Schuld, weil sie seine Gefühle nicht auf dieselbe Art erwidern konnte, wie ihm jetzt klar wurde. Kate dagegen gab ihm das Gefühl, etwas Besonderes zu sein, und das tat ihm unglaublich gut. Er war noch nie einer Frau begegnet, die ihm so viel Selbstvertrauen gegeben hatte.

»Es kommt mir vor, als würde ich dich schon seit Jahren kennen.«

»Das tust du ja auch«, gab Kate lächelnd zurück.

»Du weißt, wie ich es meine.«

»Ja. Wir leben und arbeiten Seite an Seite und sehen uns öfter als manches Ehepaar.«

»Und wir verstehen uns gut.«

»Und haben sehr viel gemeinsam. Wir sind einander auch als Menschen ähnlich.« Kate lächelte spitzbübisch. »Ich muss dir etwas gestehen: Im Studium war ich in dich verliebt.«

Dan blickte sie verwundert an. »Wirklich? Wenn ich das gewusst hätte!«, gab er scherzhaft zurück.

»Ich wäre gestorben, hättest du's herausgefunden. Aber *wenn* du es gewusst hättest – was hättest du getan?«

»Ich war nicht gerade ein Ausbund an Selbstbewusstsein, also hätte ich wohl nicht den Mut aufgebracht, dich anzusprechen und mich mit dir zu verabreden.«

Kate lachte. »Da hast du's. Zwei Menschen, die füreinander bestimmt waren, haben ihre Chance auf das Glück verpasst.«

Dan schüttelte den Kopf. »Seltsam, wie das Schicksal manchmal spielt. Ich frage mich nur, warum dich nicht längst einer von den angehenden Chirurgen eingefangen hat, Kate Jones.«

Kate lächelte. »Sie haben mich kaum wahrgenommen. Die Karriere ging vor. Aber ich hoffe, dass ein Arzt, der mit beiden Beinen fest im Staub steht, mich ein wenig mag!« Sie blickte viel sagend auf den Boden und hob dann den Kopf und schaute Dan an. Er erwiderte ihren Blick, bevor er sie an sich zog und sie leidenschaftlich küsste.

Als sie sich voneinander lösten, lächelte Dan. »Wo haben Sie so gut küssen gelernt, Dr. Jones?«

»Ich war inspiriert durch den gut aussehenden Dr. Dugan und den Mondschein in der Wüste!« Sie blickte hinauf zum silbrig leuchtenden Mond.

»Hmmm – dann muss ich dich wohl öfter hierher bringen!«

»Tu das«, erwiderte Kate übermütig. »Und wie wäre es jetzt mit einem Tanz?«

Dan bot ihr seinen Arm an, und sie machten sich auf den Rückweg in die Stadt.

»Ich bin zwar ein wenig eingerostet, aber darf ich trotzdem um diesen Tanz bitten?«, fragte Murphy.

»Ich bin wahrscheinlich nicht so beweglich, wie ich sein sollte«, gab Estella mit einem Blick auf ihren gewölbten Leib zurück, doch sie ergriff die Hand, die Murphy ihr hinstreckte. Als er mit seiner neuen Maschine und reichlich Bier zurückgekehrt war, hatten die Männer in der Stadt ihre Begeisterung kaum zügeln können. Jetzt saßen sie um einen Tisch herum und genossen das Ende ihrer »Enthaltsamkeit«.

»Wo ist Dan?«, wollte Marty wissen.

»Murphy sagte, er kommt«, erwiderte Charlie, der beobachtete, wie Murphy immer wieder zur Tür blickte. Sie alle wussten, dass diese Party für Dan eine wichtige Probe sein würde.

Kev war für die Musik zuständig. »Du hast die Aufgabe, mein Glas immer wieder neu zu füllen!«, rief er Charlie zu.

»Ich werde vor allem meins immer wieder neu füllen«, gab Charlie zufrieden und mit Gerstenschaum auf der Oberlippe zurück.

Marjorie hatte Conny und Phyllis eingeteilt, ihr beim Auftragen der Teller fürs Abendessen zu helfen, doch Phyllis war mehr mit dem Paar auf der Tanzfläche beschäftigt. Es gefiel ihr gar nicht, dass Murphy und Estella seit ihrem »Wüstenabenteuer« praktisch unzertrennlich waren, und sie schien enttäuscht darüber, dass »Dr. Jones« sich als Frau entpuppt hatte. Immerhin hatte Kate versprochen, ihr Flugstunden zu geben, wenn sie die Zeit dazu fand – doch im Moment gab es im Krankenhaus viel zu organisieren. Kate war im Grunde froh darüber, denn sie empfand Phyllis gegenüber ein leises Unbehagen. Sie fand sie nicht unsympathisch, doch sie war sicher, dass Phyllis in Murphy verliebt war, und Kate befürchtete, sie könne Estella Schwierigkeiten bereiten. Als Kate zusammen mit Dan den Saal betrat, sah sie als Erstes Phyllis, die Murphy und Estella auf der Tanzfläche beobachtete und dabei sehr unglücklich wirkte. Kate folgte ihrem Blick zu dem tanzenden Paar, das nichts von der Welt um sich her wahrzunehmen schien. Die beiden sahen einander tief in die Augen und sprachen leise. Sie waren offenbar sehr glücklich.

Als die Männer Dan bemerkten, fühlten sie sich unbehaglich und starrten nervös auf ihre Gläser. Dan spürte ihre Verlegenheit, und es stimmte ihn traurig. Als eine Schallplatte endete, bat er Kev, mit dem Auflegen einer neuen noch ein bisschen zu warten.

»Ich will es kurz machen«, erklärte er, »und ich will keinen in Verlegenheit bringen. Aber ich finde, ihr seid wunderbare Menschen. Es ist kein Geheimnis, dass ich ein Problem habe.« Er suchte Kates Blick, und sie lächelte ihm ermutigend zu. »Aber das ist meine Sache und nicht eure«, fuhr er fort. »Ich möchte nicht, dass ihr ein schlechtes Gefühl habt, wenn ihr in meiner Gegenwart Bier trinkt. Aber ihr sollt wissen, wie froh ich bin, Freunde wie euch zu haben. Nicht viele Männer würden in dieser Hitze wochenlang auf ein kühles Bier verzichten, nur um es einem Freund leichter zu machen, der sich das Trinken abgewöhnen will.« Dans Blick wanderte zu Charlie hinüber. »Und nur sehr wenige würden freiwillig auf Einkünfte verzichten, nur weil einer ihrer Gäste seine Sucht besiegen will. Ich kann nur sagen: Charlie Cooper, du bist der Größte!«

»Das war es wert, Junge«, gab Charlie verlegen zurück.

Hochrufe ertönten, und die Männer hoben ihre Gläser.

»Du siehst erstaunlich gut aus«, meinte Charlie. »Vielleicht gebe ich das Trinken auch noch auf!«

Peinliches Schweigen breitete sich aus, bis Marty laut auflachte.

»Wir können aber keinen Wirt gebrauchen, der nicht trinkt«, gab Frances zu bedenken.

»Da hast du auch wieder Recht«, stieß Charlie erleichtert hervor. »Komm, stoß mit mir an!«

»Soll das heißen, du gibst keine Runde mehr aus?«, wollte Marty von Dan wissen.

»Genau. Heute Abend seid ihr zum letzten Mal eingeladen, also macht das Beste daraus.«

Die Männer starrten Murphy überrascht an. Er hatte ihnen nicht gesagt, dass Dan das Bier gekauft hatte, und sie waren davon ausgegangen, dass sie später alle ihren Teil würden bezahlen müssen. Auch Charlie sah Dan überrascht an. »Nett von dir!«, meinte er.

»Wir brauchen Musik!«, rief Murphy, und Kev legte eine andere Platte auf.

»Tanzt du mit mir?«, fragte Phyllis Murphy, der nicht bemerkt hatte, dass sie neben ihm erschienen war. »Ja, natürlich, Phyllis«, gab er enttäuscht zurück, weil er eigentlich wieder Estella hatte bitten wollen.

Während Dan sich mit Wags unterhielt, ging Kate zu Estella hinüber. »Ich sollte es vielleicht besser für mich behalten, aber ... ich mache mir Sorgen um Sie, Estella!«

»Sorgen? Wovon sprechen Sie, Kate?«

Kate blickte zur Tanzfläche, wo Phyllis Murphy regelrecht anhimmelte. »Ich hatte schon immer eine gute Menschenkenntnis – und in einer kleinen Stadt lernt man die Leute noch schneller einzuschätzen.«

»Sie meinen, durch Gerüchte, Gespräche ...«

»Ja. Und die Frauen vertrauen einer Ärztin mehr an als einem Mann. Eins kann ich Ihnen sagen, ohne meine Schweigepflicht zu verletzen: Phyllis ist heftig in Murphy verliebt, nicht wahr?«

Estellas Blick schweifte zu dem tanzenden Paar hinüber. »Ja, das stimmt.«

Kate hätte ihr gern gesagt, dass Phyllis schrecklich eifersüchtig auf sie war, doch sie brachte es nicht über sich, die Worte auszusprechen. Stattdessen warnte sie: »Bitte, seien Sie vorsichtig, Estella.«

»Murphy und ich sind nur gute Freunde«, erwiderte Estella ruhig.

Kate schüttelte den Kopf. »Aber er liebt Sie. Und wenn Sie Ihr Herz befragen, werden Sie dieselben Gefühle entdecken.«

Estella erschrak. »Ich mag Murphy, aber es wird noch lange dauern, bis ich einem Mann wieder ganz vertrauen kann.« Sie hatte Kate von James erzählt, und deshalb verzichtete diese darauf, weiter auf sie einzureden. Murphy würde geduldig warten, bis Estella bereit war, sich wieder zu binden.

Im weiteren Verlauf des Abends trank Phyllis mehr und mehr und wurde immer redseliger. Außerdem belegte sie Murphy mit Beschlag. Irgendwann hatte Estella ihr aufdringliches Benehmen satt und ging hinaus an die frische Luft. Sie sah einige Aborigines an der Hinterseite des Hauses stehen, darunter auch Mai. Estella lud sie ein, sie in den Saal zu begleiten, doch Mai wollte nicht. Im früheren Jockey-Club gab es eine Küche, und Estella vermutete, die Aborigines warteten in der Hoffnung an der Hintertür, etwas zu essen zu bekommen. Deshalb brachte sie ihnen ein Tablett mit Leckerbissen hinaus und ging dann wieder hinein.

Im Laufe des Abends hatte sie bemerkt, dass Phyllis immer wieder in der Küche verschwand. Estella beschloss, Nachforschungen darüber anzustellen, was Phyllis dort tat, doch Murphy zog sie auf die Tanzfläche.

»Wo bist du gewesen?«, fragte er. »Ich hab dich schon gesucht.«

»Ich war an der frischen Luft«, erwiderte Estella. Sie bemerkte, dass seine Augen glasig wirkten.

»Ich habe diese Party nur organisiert, um dich einmal im Arm zu halten – so wie jetzt«, flüsterte er ihr ins Ohr.

»Ich glaube, du hast etwas zu viel getrunken«, meinte Estella und wandte verlegen den Blick ab.

»Glaubst du mir etwa nicht?«

Estella seufzte. »Genau das war mein Problem. Früher habe ich zu viel geglaubt und wurde deshalb tief verletzt.«

Murphy wurde so blass, als hätte sie ihn geschlagen. »Und wenn du sonst nie wieder etwas glaubst, Estella, bitte vertrau mir, wenn ich dir sage, dass *ich* dich nie verletzen würde.«

Es klang so aufrichtig, dass Estella es ihm beinahe abnahm – sie wollte ihm glauben. Ausgerechnet jetzt sah sie Phyllis wieder in der Küche verschwinden; dieses Mal schien sie irgendetwas in der Hand zu halten.

»Entschuldige mich einen Moment, Murphy«, stieß Estella hervor. »Ich bin gleich zurück.« Sie beschloss, durch den vorderen Eingang und dann seitlich am Gebäude entlangzugehen, um festzustellen, was genau Phyllis vorhatte.

Draußen war es dunkel, eine Wolke hatte sich vor den Mond geschoben. Estella konnte weder Phyllis noch Mai entdecken, und die anderen Aborigines schienen fortgegangen zu sein. Sie sog in tiefen Atemzügen die kühle Luft ein und dachte über Murphy und Kates Worte nach. Sie wusste, dass sie einen anderen Mann nicht für James' Fehler bestrafen durfte, ja, dass sie vielleicht die Chance auf ihr Glück vergab. Es musste wunderbar sein, ihr Baby mit einem Mann zu teilen, der sie und das Kind liebte – aber war Michael Murphy dieser Mann ...?

Als Estella wieder in den Saal zurückkam, ärgerte sie sich, als sie sah, dass Murphy schon wieder mit Phyllis tanzte. Sie blieb im Eingang stehen und beobachtete die beiden. Auch

Dan und Kate tanzten. Sie schienen sich prächtig zu amüsieren. Estella freute sich für Dan, denn sie fand Kate wundervoll, und die beiden hatten viel gemeinsam.

Phyllis war unübersehbar betrunken; es sah aus, als hielte Murphy sie aufrecht. Estella wandte sich ab, als Phyllis die Arme um Murphys Hals legte.

»Was tust du da, Phyllis?«, fragte Murphy und versuchte, sich von ihr zu lösen. Bevor er wusste, wie ihm geschah, küsste sie ihn auf den Mund.

Als Estella sich wieder umwandte, weiteten sich ihre Augen vor Schrecken. Es sah aus, als würde Murphy sich prächtig amüsieren. Hatte er ihr nicht gerade eben versichert, er werde sie nie verletzen? Estella verstand nicht mehr, wie sie ihm beinahe hatte glauben können.

Es gelang Murphy gerade noch rechtzeitig, sich von Phyllis zu lösen, um Estella davoneilen zu sehen. Gleich darauf rief jemand: »Feuer!«

Als Estella ins Freie trat, sah sie hinter ihrem Haus helle Flammen zum Himmel steigen.

»Binnie!«, rief sie entsetzt, denn die Kleine hatte dort geschlafen, als sie aufgebrochen war. »Hilfe! Zu Hilfe!«, rief sie und eilte zur Brandstelle, so schnell sie konnte. Als sie dorthin kam, sah sie, dass der Stall und die Zwinger lichterloh brannten. Flammen schlugen daraus hervor, glühende Funken stoben zum Himmel empor. Estella befürchtete, dass auch das Haus Feuer fing, und eilte hinein.

Binnie war fort – und Mai ebenso.

35

Als Estella das Haus durch die Hintertür verließ, stellte sie fest, dass sich draußen inzwischen ganz Kangaroo Crossing versammelt hatte. Alle beobachteten, wie der Stall und die Zwinger in Schutt und Asche versanken, doch niemand machte einen Versuch, die Flammen zu löschen.

»Warum holt denn keiner Wasser?«, rief Estella atemlos und fragte sich, weshalb einige Männer statt Eimer Schaufeln in der Hand hielten.

Sie bedachten Estella mit mitfühlenden Blicken. Charlie schüttelte den Kopf. »Es gibt nicht genug Wasser in der Stadt, um den Brand zu löschen«, erklärte er.

»Was sagst du da? Ihr werdet doch nicht einfach alles niederbrennen lassen!«

»Wir haben keine Wahl. Wenn es das Hotel oder sogar das Krankenhaus getroffen hätte, wäre es dasselbe. Wir haben einfach nicht genug Wasser, um einen Brand zu löschen, und das Wenige, was wir besitzen, ist zu kostbar, um es zu verschwenden.«

Estella starrte ihn sprachlos an.

»Wo ist Binnie?«, fragte Murphy ängstlich. Der Schrecken hatte ihn offensichtlich ernüchtert, doch Estellas Stimme klang kühl, als sie erwiderte: »Binnie und Mai sind verschwunden.«

Zuerst hatte sie gedacht, ein Funke aus Mais Feuer habe vielleicht das Stroh im Stall entzündet, dann aber bemerkte sie eine leere Bierdose. Damit wusste sie zwar noch immer nicht, was genau zu dem Brand geführt hatte, doch sie war sicher, dass jemand Mai Bier gegeben hatte – und sie hatte einen Verdacht, wer es gewesen sein könnte.

»Und wenn das Haus Feuer fängt?« Sie schluchzte. Der Gedanke, das Haus ihres Vaters könne in Flammen aufgehen, war ihr unerträglich. Es war jetzt ihr Heim – und das ihres Kindes.

»Ich werde aufs Dach steigen«, erklärte Murphy.

»Das ist viel zu gefährlich«, gab Marty zu bedenken. »Der Wind weht in diese Richtung. Außerdem kannst du mit deinem Bein nicht klettern.«

Ohne auf Martys Worte zu achten, nahm Murphy sich eine Decke von der Wäscheleine und ging um das Haus herum zur Vorderseite, wo eine Leiter stand, die nach der Renovierung vergessen worden war. Sein noch ein wenig steifes Bein schmerzte, doch als er das obere Ende der Leiter erreicht hatte, schwang er sich auf den Balkon und stieg von dort aufs Dach. Oben angekommen hielt er nach Funken Ausschau, die auf der gewellten Fläche landeten, und erstickte sie mit Hilfe der Decke oder trat sie aus. Rauch trieb ihm ins Gesicht und ließ ihn husten, und seine Augen begannen zu tränen – doch er war entschlossen, wenigstens zu versuchen, das Haus zu retten.

Die anderen machten sich daran, Sand auf die brennenden Holzstücke zu schaufeln, die im trockenen Gras um das Haus herum lagen. Die Frauen traten die Funken aus, die auf dem Boden landeten. Estella sah, dass auch einige der Aborigines zurückgekommen waren, vom Feuerschein alarmiert, und auch sie löschten mit ihren nackten Füßen die Funken im Gras. Doch Mai war nicht unter ihnen.

In kurzer Zeit war vom Stall und den Zwingern nur noch glühende Asche übrig, die die Männer mit Sand bedeckten. Da Estella den Anblick der Ruinen nicht ertragen konnte, ging sie ins Haus. Einige Zeit später klopfte Murphy an die Vordertür. Estella öffnete und bedankte sich für das, was er getan hatte, bestand aber darauf, in Ruhe gelassen zu werden. Murphy versuchte sie zu überreden, mit ihm zum Krankenhaus zu gehen und sich von Dan oder Kate untersuchen zu lassen, denn er machte sich Sorgen um sie. Doch sie behauptete hartnäckig, mit ihr sei alles in Ordnung, sie wolle nur schlafen. In Wahrheit sehnte sie sich nach Trost, doch ertrug sie es kaum, Murphy anzusehen, und mit ihm zu sprechen war eine Qual für sie.

Die Nacht erschien Estella unendlich lang, zumal sie kaum Schlaf fand. Sie war aufgewühlt und furchtbar enttäuscht von Murphy. Bei Tagesanbruch trat sie aus der Hintertür und starrte auf den Hügel aus rotem Sand, der an jener Stelle stand, wo der Stall und die Zwinger gewesen waren. Der Gedanke an ihren Vater und all die harte Arbeit, die nun verloren war, trieb Estella die Tränen in die Augen. Ihr fiel ein, dass sie den Leuten nicht einmal für ihre Anstrengungen gedankt hatte, das Haus zu schützen, doch sie hoffte, sie würden es verstehen.

Sie setzte sich auf die Veranda und beobachtete, wie eine verschlafene Eidechse langsam unter dem Haus hervorkroch, um sich in den ersten Sonnenstrahlen zu wärmen. Die Geschehnisse des vergangenen Abends spulten sich wieder und wieder in ihrem Kopf ab, als sie plötzlich im Augenwinkel eine Bewegung wahrnahm. Es war Murphy, der zu ihr kam. Sein Besuch überraschte sie nicht allzu sehr.

»Guten Morgen«, meinte er und musterte sie forschend, während er sich neben sie setzte.

Es tröstete Estella ein wenig, dass er aussah, als habe er ebenfalls kaum geschlafen.

Murphy seinerseits war nicht überrascht, dass Estella seinen Gruß nicht erwiderte. Er hatte schon vermutet, dass sie enttäuscht von ihm war. »Estella, ich schwöre, dass ich für Phyllis nie etwas anderes als Freundschaft empfunden habe«, sagte er leise.

Estella sah ihn nicht an, noch antwortete sie ihm. Auch

Phyllis hatte behauptet, nicht an ihm als Mann interessiert zu sein, doch ihr Verhalten widersprach dem völlig. Estella fragte sich, ob Murphy und Phyllis nicht doch irgendwann mehr als Freunde gewesen waren. Sie wirkten sehr vertraut miteinander, so wie James und Davinia.

Murphy hob einen Stock auf und malte damit in den Sand. Seine Haltung wirkte angespannt. »Ich weiß schon länger, dass Phyllis in mich verliebt ist«, sagte er. »Aber ich habe es einfach nicht beachtet. Ich dachte, sie würde sich mit der Zeit jemand anderem zuwenden – auch wenn es hier nicht viele Männer gibt. Es war dumm und naiv von mir, das ist mir jetzt klar. Aber ich weiß nicht, was gestern Abend in sie gefahren ist ...« Wieder sah er Estella an, doch deren Aufmerksamkeit wurde von etwas anderem in Anspruch genommen. Er folgte ihrem Blick zu einem Baum in der Nähe, auf dem ein schwarzer Kakadu hockte ...

Estella musste an die Worte des *kadaicha* denken: Die Wahrheit darüber, wer Mai einschüchterte, würde ans Licht kommen, wenn ein schwarzer Kakadu erschien. Sie hatte nicht erwartet, dass es tatsächlich geschehen würde, doch jetzt war er da. Der Vogel würde ihr nicht die Antworten geben, die sie suchte – die musste sie selbst finden –, aber vielleicht war die Zeit jetzt reif, und sie brauchte nur noch die Teile zusammenzufügen, um das Rätsel zu lösen.

»Ist dir aufgefallen, dass Phyllis gestern Abend immer wieder in der Küche verschwunden ist?«, fragte sie.

Murphy sah sie verwirrt an. »Ehrlich gesagt, nein.«

»So war es aber, und ich bin sicher, dass sie Bierdosen an die Hintertür gebracht hat.«

»Wozu hätte sie das tun sollen?«

»Jemand hat Mai Alkohol gegeben. Bisher waren es immer Weinflaschen, aber gestern Abend habe ich in der Nähe des Stalles eine Bierdose gefunden, und heute Morgen noch drei weitere nicht weit vom Haus entfernt.«

»Willst du damit sagen, Phyllis hat es getan?«

»Je länger ich darüber nachdenke, desto offensichtlicher scheint es mir.«

»Das sähe ihr aber nicht ähnlich. Sie hat sich immer liebevoll um die Aborigine-Frauen gekümmert.«

»Ich glaube, es hat etwas mit dir und mir zu tun.« Estella dachte daran, was Kate gesagt hatte.

Murphy seufzte. »Hör zu, Estella, ich möchte eines klarstellen: Ich habe Phyllis nicht geküsst. Sie hat *mich* geküsst, ich habe sie weggestoßen. Sie hat noch nie so viel getrunken wie gestern Abend.«

»Schon gut, Murphy«, erwiderte Estella. »Ich werde jetzt zu ihr gehen ... Mais wegen.« Ihr war jetzt erst aufgefallen, dass Phyllis nicht geholfen hatte, den Brand zu löschen, und dass sie auch nicht bei der Renovierung ihres Hauses geholfen hatte. Damals hatte Estella angenommen, sie habe zu viel Arbeit im Geschäft – doch es war immerhin Phyllis gewesen, die um ihre Freundschaft gebeten hatte, und Freunde halfen einander oder interessierten sich zumindest für das, was den anderen betraf.

»Ich kann es aber nicht vergessen. Ich hatte dir gerade gesagt, dass ich dich nie verletzen würde, und doch habe ich es getan. Ich hätte gar nicht erst mit Phyllis tanzen sollen!«

Estella war nicht bereit, ihm zu vergeben. »Was geschehen ist, ist nicht zu ändern«, erklärte sie kühl, stand auf und schlug den Weg zum Gemischtwarenladen ein.

»Estella, können wir nicht noch einmal darüber reden? Ich will nicht, dass ein dummes Missverständnis zwischen uns steht.« Murphy ahnte, dass er im Grunde für das bezahlte, was ihr Mann ihr angetan hatte.

Estella hasste es, sich so verletzlich zu fühlen – doch daran waren ihre Gefühle für Murphy schuld. Sie wandte sich um und sah ihn an. »Ich wollte dir vertrauen«, sagte sie mit verdächtig zitternder Stimme. »Aber jetzt kann ich es nicht mehr.« Sie war überzeugt, dass sie nie wieder einem Mann vertrauen konnte. »Ich bin dir dankbar dafür, was du gestern Abend auf dem Dach für mich getan hast, aber ich möchte nicht über uns reden, weil es kein *uns* gibt.«

Murphy erkannte, dass er jede Chance auf ein Glück mit ihr verspielt hatte. Er verfluchte sich selbst für seine Dummheit und wünschte James zur Hölle, dass er Estella das Herz gebrochen hatte. »Kann ich mitkommen? Ich wüsste gern, was in Phyllis vorgeht, besonders, wenn es etwas mit mir zu tun hat.«

Estella zögerte. »Ich glaube nicht ...«

»Falls Phyllis sich irgendwelchen Illusionen hingibt, werde ich sie ihr gründlich austreiben«, stieß Murphy grimmig hervor. Estella sah ihm an, dass er es ernst meinte, und schließlich nickte sie. »Gut.«

Während sie zum Gemischtwarenladen gingen, flog der Kakadu auf. Zu Estellas Verwunderung landete er auf einem Ast des Baumes, der Stargazers Stall Schatten spendete. Sie wertete es als Zeichen dafür, dass sie sich auf dem richtigen Weg befand.

Der Laden war geschlossen, und Estella und Murphy gingen um das Gebäude herum. Marty war schon draußen und mischte Stargazers Futter zusammen. Der Hengst schnaubte, als er Estella erkannte, die ihn auch nach den Picknick-Rennen oft besucht hatte.

»Guten Morgen«, rief Marty ihnen zu. »Ich seid ja schon früh auf den Beinen.« Ihm fiel auf, dass beide müde aussahen.

»Guten Morgen, Marty«, sagte Estella. »Vielen Dank für deine Hilfe gestern Abend. Ich wollte mich bei allen bedanken, aber ich war so durcheinander.«

»Das ist verständlich – aber mach dir keine Gedanken. Wir bauen dir einen neuen Stall und neue Zwinger.«

Estella fühlte sich augenblicklich von einer großen Last befreit.

»Ist Phyllis schon auf?«, fragte Murphy.

Marty wirkte befremdet, nicht von der Frage an sich, sondern durch Murphys seltsamen Tonfall.

»Ja. Ich glaube nicht, dass sie heute Nacht allzu gut geschlafen hat.«

»Können wir zu ihr?«

»Natürlich.« Marty runzelte die Stirn, denn er verstand nicht, warum Murphy und Estella so ernst wirkten.

Phyllis saß im Morgenmantel am Küchentisch und trank Tee. Sie erschrak, als sie Murphy und Estella so früh – und zusammen – hereinkommen sah.

»Möchtet ihr Tee?«, fragte Marty, der sah, dass seine Tochter nervös wirkte. Wie alle anderen fragte auch er sich noch immer, warum Estellas Stall in Brand geraten war. Er hoffte inständig, dass Phyllis nichts damit zu tun hatte.

»Nein, danke, Marty«, erklärte Estella. »Wir sind nicht hier, um Tee zu trinken.«

Marty musterte seine Tochter noch eingehender. »Um was geht es, Estella? Ihr seht so ernst aus.«

»Ich komme am besten gleich zur Sache«, sagte Estella. »Wie ihr wisst, habe ich mir Sorgen um Mai gemacht. Sie hat in letzter Zeit viel getrunken, und da Charlie ihr keinen Tropfen Alkohol gegeben hat, habe ich versucht, herauszufinden, woher sie ihn hatte.«

»Und was hat das mit mir zu tun?«, wollte Phyllis wissen.

Alle bemerkten ihre Verlegenheit.

Murphy beobachtete Marty, der immer unruhiger zu werden schien.

»Vielleicht sollte ich dir sagen, dass im Baum neben Stargazers Stall ein schwarzer Kakadu sitzt«, fuhr Estella fort. Dabei musterte sie Phyllis scharf und sah in deren dunklen Augen so etwas wie Angst aufflackern.

»Na und? Schwarze Kakadus sieht man oft in der Stadt.«

»Neulich hast du gesagt, dass schwarze Kakadus sehr selten sind.«

Phyllis zuckte mit den Schultern und starrte auf die Teeblätter am Boden ihrer Tasse.

»Erinnerst du dich noch, was der *kadaicha* mir gesagt hat?«, fuhr Estella fort.

Phyllis blickte auf. »Das ist Unsinn, und du weißt es!«

»Seltsam, dass ausgerechnet du so redest. Ich hatte bisher den Eindruck, dass du den Glauben der Aborigines sehr ernst nimmst.«

»Entschuldigt mich bitte«, erklärte Marty plötzlich. »Ich muss Stargazer füttern.« Damit ging er durch die Hintertür hinaus. Murphy, der sich über Martys Reaktion wunderte, folgte ihm.

Estella ließ Phyllis nicht aus den Augen. »Dein Vater ist ein guter Mensch, und du brichst ihm das Herz!«

»Das ist Unsinn! Du hast kein Recht, so etwas zu sagen«, stieß Phyllis wütend hervor und stand auf. »Ich muss jetzt den Laden aufschließen. Wenn du mich entschuldigst, ich gehe mich anziehen.«

Estella schüttelte den Kopf. »Tut mir Leid, Phyllis, aber ich gehe nicht, bevor ich Antworten auf meine Fragen bekommen habe.«

Phyllis starrte sie feindselig an.

»Was hast du gestern Abend getan?«, fuhr Estella ungerührt fort.

»Ich habe mich amüsiert. Ist das schlimm?«

»Du hast dich nicht nur amüsiert, nicht wahr?«

»Wovon sprichst du?«

»Du hast mir einmal gesagt, du seist nicht an Murphy interessiert, und doch hast du dich ihm an den Hals geworfen, als wäre er der einzige Mann im Umkreis von tausend Meilen.«

Phyllis' Augen wurden schmal, und sie stieß verächtlich hervor: »Ich habe nichts dergleichen getan. Aber ich bin frei, während du noch nicht einmal geschieden bist. Du trägst das Kind eines anderen Mannes unter dem Herzen, und doch hast du dich auf der Tanzfläche an ihn geschmiegt wie eine Hure.«

Zu Phyllis' großem Erstaunen wirkte Estella nicht im Mindesten gekränkt.

»Das ist es also«, meinte sie stattdessen mit einem Beiklang tiefer Genugtuung. »Du bist tatsächlich eifersüchtig. Du hast so getan, als wolltest du dich mit mir anfreunden, nur um herauszufinden, ob ich in Murphy verliebt bin, nicht wahr?« Estella erwartete weitere Proteste, doch dieses Mal wurde sie enttäuscht.

Murphy holte Marty kurz vor dem Stall ein. »Stimmt was nicht?«, fragte er.

»Ich wollte nicht glauben, dass mein eigenes Fleisch und Blut etwas so Widerwärtiges tun könnte«, gab Marty zurück. »Aber jetzt springt es mir förmlich ins Gesicht.«

»Also war es Phyllis, die Mai Alkohol gegeben hat?«

»Ich nehme es an. Aber ich habe etwas ganz anderes gemeint ...«

»Und was?«

Mit schmerzerfüllter Miene schaute Marty auf Stargazer. Murphys Blick ging zwischen dem Hengst und Marty hin und her. »Du willst doch nicht etwa sagen, Marty, dass Phyllis ... dass sie Stargazer außer Gefecht gesetzt hat?«

Marty seufzte. »Stargazer hat immer gern Obst gemocht. Einmal, er war noch ein Fohlen, hat Myrtle ihm ein paar Pflaumen gegeben. Sie haben seinen Dung rötlich gefärbt, und er hat schwere Koliken bekommen. Als ich am Tag der Picknick-Rennen sah, dass sein Dung rötlich war, wusste ich, was geschehen war, aber ich wollte es nicht glauben. Ich habe Phyllis damals zur Rede gestellt, aber sie sagte, sie erinnere sich nicht mehr, dass Stargazer von Pflaumen Koliken bekommen hätte – und ich wollte ihr glauben.«

»Das ist doch ganz normal«, meinte Murphy.

»Und vor nicht allzu langer Zeit sah ich Phyllis drüben bei Estellas Haus mit Mai sprechen. Es sah nicht wie eine freundliche Unterhaltung aus, aber wieder hatte sie eine Erklärung, die ich nur zu gern glauben wollte. Es tut mir Leid, Murphy. Ich weiß, dass du Estella sehr gern hast, deswegen hoffe ich, dass Phyllis nicht zu viel zerstört hat.«

Murphy brachte es nicht über sich, ihm die Wahrheit zu sagen. »Keine Sorge, alter Junge«, erwiderte er und legte Marty eine Hand auf den Rücken. »Es kommt schon alles wieder in Ordnung.«

»Ja, ich war eifersüchtig!«, stieß Phyllis hasserfüllt hervor. »Murphy und ich haben uns immer gut verstanden, und es war nur eine Frage der Zeit, wann er mir einen Heiratsantrag machen würde.«

»Das ist nicht wahr, Phyllis«, warf Murphy ein.

Die beiden Frauen wandten sich um und sahen ihn und Marty an der Tür stehen.

»Wir beide sind immer nur Freunde gewesen, Phyllis«, sagte Murphy, während er die Küche betrat. »Ich hab dir nie einen Grund gegeben, auf den Gedanken zu kommen, ich würde romantische Gefühle für dich hegen. Tut mir Leid, wenn es dich verletzt, aber das ist die Wahrheit, und wir wissen es beide.«

Phyllis wirkte tief betroffen, und ihre Augen füllten sich mit Tränen. »Wenn Estella nicht hierher gezogen wäre, wäre alles anders gekommen ...«

»Nichts wäre anders gekommen«, beharrte Murphy sanft. »Wenn ich nicht in der Wüste notgelandet und dem Tod so nahe gewesen wäre, würde ich noch heute in der Vergangenheit leben. Ich habe über vieles nachgedacht und mein Leben neu geordnet. Aber an meinen Gefühlen für dich hätte sich nie etwas geändert. Für mich bist du eine gute Freundin, aber mehr nicht.«

»Ich bin sicher, dass meine Gefühle nicht einseitig waren«,

meinte Phyllis trotzig. Sie spürte, dass sie an Boden verlor. »Du willst es nur nicht zugeben.«

»Gib es auf, Phyllis«, sagte Marty. »Mach nicht alles noch schlimmer, als es schon ist!«

»Dad!« Phyllis barg das Gesicht in den Händen und brach in Tränen aus. Nach einer Weile hob sie den Kopf und sagte: »Wenn ich ehrlich sein soll, Murphy, bin ich gar nicht richtig in dich verliebt. Ich wollte nur etwas Aufregendes erleben ... wollte mich lebendig fühlen. Diese Stadt erstickt mich, und ich fühle mich mit jedem Tag leerer.«

Marty wirkte erschrocken und verletzt zugleich. »Warum hast du nie etwas davon gesagt? Du brauchst nicht meinetwegen hier zu bleiben!«

»Du kannst dieses Geschäft doch nicht allein führen, Dad!«

»O doch. Aber selbst wenn ich es nicht könnte, hätte ich lieber dieses Problem, als dich unglücklich zu sehen.«

Nach kurzem Schweigen ergriff Estella noch einmal das Wort. »Ich muss wissen, ob du diejenige warst, die Mai Wein und Bier gegeben hat.«

Phyllis blickte verlegen zu ihrem Vater hinüber. »Ja, das war ich«, stieß sie schluchzend hervor. »Ich wollte, dass Mais Verhalten dich in die Flucht treibt.«

»Das wäre nie geschehen. Alle hier waren sehr freundlich zu mir, und Mai ist ein ganz besonderer Mensch. Es ist nicht schwer zu verstehen, warum mein Vater sie geliebt hat.«

Phyllis nickte.

»Hast du sie dazu angestiftet, den Stall in Brand zu setzen?«, fragte Estella. Sie wollte wissen, in welcher Verfassung Mai gewesen war, als sie davonlief. Sie machte sich Sorgen um sie, und vor allem um Binnie. Das Kind musste völlig verängstigt und verwirrt sein.

»Nein – das schwöre ich. Ich mag eine Närrin sein, aber nie würde ich die Stadt auf diese Weise in Gefahr bringen.« Irgendwie fühlte Estella sich nach Phyllis' Worten schlechter, denn nun wusste sie nicht, ob es Absicht oder ein unglücklicher Zufall gewesen war und ob Mai sich verletzt hatte.

Phyllis sah ihren Vater an. Er hielt den Kopf gesenkt und stand mit hängenden Schultern da, als wäre für ihn soeben eine Welt eingestürzt. Sie konnte das Geschehene nicht mehr ändern, doch sie konnte ihre Fehler eingestehen und vielleicht den Rest ihrer Selbstachtung retten.

»Es tut mir Leid, dass ich dich angelogen habe, Dad. Ich habe Stargazer die Pflaumen gegeben. Ich habe dich abgelenkt, indem ich einen der Arbeiter dazu brachte, Mai zu erzählen, ein Viehtreiber habe Binnie mitgenommen. Ich wusste, dass du ihr helfen würdest, nach der Kleinen zu suchen. Während du fort warst, habe ich Stargazer die Pflaumen gegeben. Ich dachte, wenn alle von Estella enttäuscht wären, würde sie abreisen. Ich weiß, dass das boshaft war und ich sie sehr verletzt habe ...«

Marty starrte stumm zu Boden. Ohne Phyllis anzusehen, nahm er ihre Hand und drückte sie, doch er fand keine Worte, die es ihr leichter gemacht hätten. Er konnte nur daran denken, wie enttäuscht Myrtle von ihrer Tochter gewesen wäre. Doch vielleicht wäre Phyllis anders gewesen, hätte ihre Mutter noch gelebt, sodass sie sich bei dieser hätte aussprechen können. Myrtle hatte immer die richtigen Worte gefunden.

Marty wandte sich um und ging wieder hinaus. Phyllis sah ihm nach, und seine Verzweiflung brach ihr fast das Herz. Sie hätte jede Strafe auf sich genommen, hätte ihr Vater sich dann besser gefühlt.

»Als ich Binnie fragte, wer ihrer Mutter Alkohol gab, sagte sie, sie dürfe es mir nicht sagen, weil ihr dann etwas zustoßen würde«, erklärte Estella. »Wovor hatte sie Angst?«

Phyllis seufzte. »Mai ist sehr abergläubisch, und das habe ich genutzt, um ihr Angst einzujagen. Sie wusste nicht, warum ich ihr Alkohol gab – aber ich wusste, dass sie ihn wie die meisten Aborigines nicht verträgt. Sie gerät völlig außer sich, wenn sie etwas trinkt, und darauf hatte ich gesetzt. Ich ... war gemein und kann kaum glauben, was ich ... getan habe. Es wäre vielleicht für alle das Beste, wenn ich diese Stadt verlasse ... auch für mich selbst.«

»Mach dir keine Sorgen wegen deines Vaters«, meinte Murphy erleichtert. »Wir werden jemanden suchen, der ihm im Laden helfen kann.«

36

»Und?«, fragte Estella und blickte über ihren gewölbten Leib hinweg Kate an, die gerade dabei war, sie zu untersuchen. »Bitte sagen Sie mir ... wird mein Baby bald zur Welt kommen?«

»Es kann jede Minute losgehen«, erwiderte Kate lächelnd. »Der Kopf ist schon ganz in den Geburtskanal eingetreten, und alles scheint bereit.«

Estella sah sie so erschrocken an, dass Kate lachen musste. »Nehmen Sie es nicht so wörtlich. Es muss nicht jetzt sofort sein, aber es wird sehr bald geschehen. Ich würde sagen, im Laufe der nächsten Tage.«

Estella setzte sich auf. »Gott sei Dank. In dieser Hitze so schwerfällig zu sein, ist alles andere als angenehm. Und sehen Sie nur, wie geschwollen meine Füße sind!«

Kate sah sich ihre Füße an und betastete ihre Knöchel. »Machen Sie sich deswegen keine Sorgen. Die Hitze und die in Ihrem Körper eingelagerte Flüssigkeit verursachen diese Schwellungen. Aber sie werden nach der Geburt wieder ganz zurückgehen. Bis dahin müssen Sie die Beine hochlegen, so oft es geht.«

»Ich konnte seit Wochen meine eigenen Schuhe nicht mehr anziehen und bin in Onkel Charlies Sandalen herumgelaufen, bis Murphy mir aus Alice Springs bequeme Slipper mitgebracht hat.«

Kate lächelte viel sagend. »Murphy ist sehr um Sie besorgt, nicht wahr?«

»Ja, das ist er«, erwiderte Estella ein wenig traurig.

»Er wird nicht aufgeben, das wissen Sie doch?«

Estella meinte einen leisen Vorwurf in Kates Worten zu hören. Murphy hatte seine Gefühle für sie mehr als deutlich gezeigt, und sie hielt ihn in der Hoffnung auf Armeslänge von sich fern, dass er irgendwann resignieren würde. »Hat er etwas in dieser Richtung gesagt?« Estella gegenüber hatte er seine Gefühle nicht mehr erwähnt, seit sie ihm erklärt hatte, dass sie keine gemeinsame Zukunft für sie beide sah. Doch er war nach wie vor sehr hilfsbereit und rücksichtsvoll. Wenn sie zu einer der *stations* gerufen wurde, flog er sie nicht nur dorthin, sondern half ihr auch sonst auf jede erdenkliche Weise. Er trug ihren Arztkoffer und alle Instrumente, die sie benötigte. Er hob und schob die Tiere in eine Position, die es ihr leichter machte, sie zu untersuchen, und er nahm sogar einen kleinen klappbaren Stuhl mit auf die Viehkoppeln, damit sie sich setzen konnte, wenn es nötig war. Was Estella am meisten beeindruckte war, dass er die Spötteleien der Männer auf den Farmen ignorierte, die jeden anderen in seinem männlichen Stolz verletzt hätten. Sie war sicher, dass der alte Murphy sich niemals diesen Sticheleien ausgesetzt hätte.

»Nein, er hat nichts gesagt«, gab Kate jetzt zurück. »Aber das war auch nicht nötig. Sie haben doch sicher bemerkt, wie er Sie ansieht. Und er ist sehr besorgt um Sie. Dass er Sie nach Mungerannie geflogen hat, damit Sie in den warmen Quellen baden konnten, war sehr fürsorglich von ihm.«

»Ja, das stimmt.« Estella hatte tagelang Rückenschmerzen gehabt; nachdem sie in *Etadunna Station* gewesen waren, hatte Murphy auf dem Rückweg kurzerhand einen Zwischenstopp in Mungerannie eingelegt und sie zu den Quellen geführt. Es war himmlisch wohltuend gewesen, umgeben von Palmen in dem warmen Wasser zu liegen.

Der Gedanke an Murphys Großzügigkeit erinnerte sie auch an das Weihnachtsfest. Die Einwohner von Kangaroo Crossing hatten gemeinsam in der Bar gefeiert, doch kurz bevor Estella hinübergehen wollte, war Murphy erschienen und hatte ihr eine Kette aus Perlen geschenkt, die aus den Seen hinter Broome in Westaustralien stammten. Bevor sie protestieren konnte, hatte er ihr von seinem Freund erzählt, dem Perlentaucher. Der Mann war Marinetaucher gewesen, einer der besten, hatte dann aber bei einem Unfall einen Teil seines Beines verloren.

»Die Navy hat ihm einen Schreibtischjob angeboten, aber er hat abgelehnt«, hatte Murphy gesagt. »Er wollte weiter tauchen, weil er seinen Beruf liebte und nicht der Typ war, der in Selbstmitleid versank. Doch sie erlaubten es nicht und haben ihn entlassen. Er fühlte sich eine Zeit lang völlig nutzlos. Es war sehr bitter für ihn. Er hat nur mit viel Mühe wieder Arbeit gefunden, aber schließlich hat ein Perlenhändler in Broome ihn als Taucher eingestellt. Dort war man der Ansicht, dass die Haie weniger zu fressen hätten, wenn sie ihn erwischten, und da er willig war und sein Handwerk verstand, haben sie ihn mit Freuden genommen.«

»Die Kette ist wunderschön, Murphy, aber sie ist ein sehr kostbares Geschenk ...«, hatte Estella erwidert.

Murphy hatte sofort gewusst, was sie meinte. »Du erinnerst mich an Frankie, Estella. Ich bewundere ihn für seinen Kampfgeist. Manche Menschen machen schlapp, wenn es hart für sie wird – aber das gilt weder für Frankie noch für dich. Ich möchte, dass du diese Kette bekommst, denn du kannst am besten ermessen, was es ihn gekostet hat, diese Perlen zu finden.«

Estella hatte nicht mehr ablehnen können.

An Kate gewandt, meinte sie jetzt: »Ich mag Murphy sehr, aber ich habe Angst, ihm ganz und gar zu vertrauen.« Außerdem musste sie an Phyllis' Worte denken, dass sie das Kind eines anderen Mannes unter dem Herzen trug.

Kate schüttelte den Kopf. »Manchmal muss man Risiken

eingehen, Estella. Vielleicht wird man verletzt – vielleicht aber findet man etwas sehr Wertvolles, so wie ich, als ich herkam.«

Estella wusste, dass Dan und Kate glücklich miteinander waren. Sie arbeiteten nicht nur sehr gut zusammen – aus Dan war wieder ein nüchterner, selbstsicherer Mensch geworden. Es kam ihm vor, als habe er in Kate einen fehlenden Teil seiner selbst gefunden. Mit ihr an seiner Seite schien ihm nichts mehr unmöglich.

Murphy hatte Estella dazu gebracht, ihrer Mutter zu Weihnachten zu schreiben. Er hatte darauf bestanden, und sie fühlte sich seitdem tatsächlich besser. Es wunderte sie nur, dass ihre Mutter ihr nicht antwortete. Flo schrieb, Caroline sei nach Rhodesien gereist und werde sich bald melden, doch bisher war noch keine Zeile gekommen. Estella ahnte nicht, dass Charlie und Marjorie fast alle Korrespondenz von ihr fern hielten und dass ihr Onkel entschlossen war, auch Carolines Anrufe zu verschweigen, bis das Kind geboren war. Estella hatte ihre Tante in einem Brief gebeten, herauszufinden, ob ihre Scheidung von James bereits amtlich war, denn sie wollte ihre Vergangenheit endgültig hinter sich lassen.

Während sie sich noch mit Kate unterhielt, hörten sie draußen ein Flugzeug landen. Da Murphy die Stadt nicht verlassen hatte, fragten sie sich verwundert, wer da gekommen sein könnte.

Auch Charlie hatte das Flugzeug gehört und trat auf die Veranda des Hotels hinaus. Mit einem Glas Bier in der Hand wartete er, bis der Propeller zum Stillstand gekommen war und der Staub sich gelegt hatte. Als der Pilot die Tür der Maschine geöffnet hatte, stiegen eine Frau und ein Mann aus.

Estella und Kate standen an einem der Krankenhausfenster.

»Das ist eine Piper *Tri-Pacer* aus den Vereinigten Staaten«, stellte Kate fest. »Sie dürfte ungefähr fünf Jahre alt sein.«

»Wirklich?« Beeindruckt von Kates Wissen blickte Estella hinaus, um sich die Passagiere anzusehen. Gerade stieg eine Frau die Stufen hinunter, gefolgt von einem Mann.

Charlie traute seinen Augen nicht, als er in der Frau seine Schwester erkannte. Sie hatten sich seit vielen Jahren nicht gesehen, doch Flo war unverwechselbar.

»Flo!«, rief er und eilte auf sie zu. Ihre Miene verwirrte ihn, denn sie sah wütend aus und schien eher erleichtert als glücklich, ihn zu sehen.

»Ich glaube es nicht!«, stieß Estella verblüfft hervor. »Das ist doch ... Tante Flo!«

»Sind Sie sicher?« Estella hatte Kate viel über ihre Tante erzählt.

Sie beobachtete, wie ihr Onkel zu der Frau eilte. »Ja, ganz sicher.«

»Und wer ist der Mann?« Kate fand ihn selbst aus dieser Entfernung sehr attraktiv.

»Das ... das ist unglaublich!«

»Was denn?«

»Es ist James, mein Ehemann.«

»Charlie!« Flo umarmte ihren Bruder stürmisch.

»Teufel noch eins«, stieß Charlie hervor. »Ich wusste gar nicht, dass du kommst!«

»Ich wollte dich und Estella überraschen«, stieß Flo hervor und brach in Tränen aus.

Charlies Verwirrung wuchs, denn es sah nicht so aus, als wären es Freudentränen. Auch die Miene von Flos Begleiter wirkte sehr ernst.

»Wo ... ist Estella?«, fragte Flo schluchzend.

»Im Krankenhaus. Aber was ist eigentlich los, Flo? Ist Caroline oder Marcus etwas zugestoßen? Geht es Barnaby gut?«

Flo sah ihren Bruder verzweifelt an. »Ist das Kind schon geboren?«

»Nein, noch nicht.« Charlie musterte den jungen Mann. »Und wer sind Sie?«, fragte er.

»Mein Name ist James Lawford«, gab er zurück.

»Lawford? So heißt Estella doch auch ...« Hilfe suchend sah Charlie seine Schwester an, die seine schlimmsten Befürchtungen bestätigte. »Ja, er ist Estellas Mann.«

»Exmann«, korrigierte James. »Unsere Scheidung ist jetzt offiziell.« Er war entschlossen, keinerlei Gefühle zuzulassen, sonst würde er es nicht übers Herz bringen, das zu tun, wozu er gekommen war.

»Was, zum Teufel, wollen Sie hier?«, fuhr Charlie ihn wütend an.

James musterte ihn angewidert. Er hatte das Schild am Hotel gesehen, auf dem Charlie als Besitzer genannt wurde; es erschien ihm unglaublich, dass ein Hotelchef in einem schmutzigen Unterhemd, schlecht sitzenden kurzen Hosen und nackten Füßen herumlief. Außerdem trank der Mann schon am Vormittag Bier!

»Ich habe etwas mit Estella zu regeln«, erklärte James. »Ist das da drüben das Krankenhaus?« Er ging auf das größte Gebäude des Ortes zu.

»Warten Sie«, rief Charlie ihm nach. »Estella wird ihre Tante sehen wollen, bevor sie mit Ihnen spricht.«

Estella traf Charlie und Flo am Eingang des Krankenhauses.

Flo umarmte ihre Nichte. »Estella!«

Diese hörte die Verzweiflung in der Stimme ihrer Tante. »Was ist geschehen, Tante Flo?«, fragte sie ahnungsvoll.

»Es tut mir so Leid!«, schluchzte Flo, die Estella noch immer fest in den Armen hielt.

Estella spürte, wie ihr flau wurde. »Was ist denn passiert? Geht es Mutter gut? Ist etwas mit Barnaby?«

Flo konnte nur stumm den Kopf schütteln.

Estella blickte zur Tür. Dort stand James, attraktiv wie eh und je trotz seiner ernsten Miene. Unwillkürlich legte Estella eine Hand auf ihren Leib, doch James wirkte nicht überrascht, dass sie hochschwanger war. Wahrscheinlich hatte Flo Gewissensbisse, weil sie ihm von dem Baby erzählt hatte. Doch Estella konnte sich nicht erklären, warum James in Kangaroo Crossing war.

Nur in einem war sie sich ganz sicher: James hatte seine Meinung nicht geändert. In seinem Blick lag keine Spur von Wärme.

Flo sah eine Tür, die vom Korridor abging, und zog Estella mit sich in den Raum dahinter. »Entschuldige uns bitte«, sagte sie zu James und schloss die Tür.

»Was geht hier vor, Tante Flo?«, wollte Estella wissen. »Du machst mir Angst!«

Flo ließ sich auf einen der Stühle in Dans Büro sinken. Sie hatte vorgehabt, erst einmal dafür zu sorgen, dass Estella sich setzte, doch die Hitze und ihre Verzweiflung waren zu viel für sie. Seufzend zog sie ein Taschentuch aus der Handtasche und wischte sich damit die Tränen ab.

»Ich habe nichts davon gewusst, das schwöre ich!«, stieß sie hervor und fing schon wieder an zu schluchzen.

»Was hast du nicht gewusst, Tante Flo?«, flüsterte Estella, der es kalt über den Rücken lief.

Flo sah ihre Nichte an, und ihr Blick schweifte zu der Wölbung ihres Leibes. Estella war wunderschön, und es hätte eine der glücklichsten Zeiten in ihrem Leben sein sollen. Flo musste die Lippen fest zusammenpressen, um nicht wieder laut zu schluchzen. »Ich wollte gern herkommen, um dir mit dem Baby zu helfen«, murmelte sie.

Estella schenkte ihr ein strahlendes Lächeln. »Das ist eine wundervolle Idee, Tante Flo. Ich habe dich schrecklich vermisst.«

Flo erwiderte ihr Lächeln nicht, was Estella mehr als alles andere erschreckte. »Was will James hier?«, fragte sie. »Hast du ihn gebeten, herzukommen?«

Flo schüttelte den Kopf. »Er wollte ohnehin herfliegen, und ich habe ihn gefragt, ob ich ihn begleiten könne. Ich dachte, er wollte sich dir gegenüber endlich wie ein Ehrenmann benehmen, aber ...« Flo barg das Gesicht in den Händen und fing wieder an zu weinen.

Estella sah sie mitfühlend an. »Wenn die Scheidung durch ist und er Davinia heiraten will, macht es mir überhaupt nichts aus, Tante Flo. Bitte, reg dich nicht auf. Ich habe eine Zeit lang gebraucht, aber nun habe ich das alles hinter mir. Die Menschen hier haben mich dabei nach Kräften unterstützt. Mir geht es gut, und das Baby wird es auch gut haben, jetzt, wo du gekommen bist ...«

Flo schüttelte wieder heftig den Kopf und griff nach Estellas Hand, die sie fest umklammerte. »Diese alte Schlampe steckt dahinter, da bin ich ganz sicher. James leugnet es, aber ich weiß, dass sie ihn drängt ...«

Estella hatte ihre Tante noch nie solche Ausdrücke benutzen hören, und nun geriet sie wirklich in Panik. Ihr Herz begann rasend schnell zu pochen, und ihre Kehle war wie zugeschnürt. »Wozu drängt, Tante Flo?«

Als Flo wieder nicht antwortete, ging Estella zur Tür, entschlossen, James selbst zu fragen.

»Warte«, sagte Flo tonlos. »Ich möchte nicht, dass du es von ihm erfährst.«

Estella wandte sich um und sah sie an. Die Furcht griff mit kalten Fingern nach ihrem Herzen.

Flo schluckte schwer. »Er ist hier, um ... das Baby mitzunehmen«, erklärte sie leise und stockend. »Es tut mir Leid ...«

Estella starrte ihre Tante an. Sie war sicher, sich verhört zu haben. »Das Baby mitnehmen? Nein!«, stieß sie hervor. »Das kann er nicht tun!«

Flo schloss für einen Moment die Augen. »Er hat eine gerichtliche Verfügung. Ich wusste nichts davon, bis wir im Flugzeug saßen. Ich habe versucht, es ihm auszureden und ihn zur Vernunft zu bringen, aber er hat sich auf nichts eingelassen ... Ich habe ihn beschworen und angeschrien ...« Die Stewardessen hatten sie schließlich mit sanfter Gewalt von James weggesetzt, doch sie hatte stundenlang geweint, bis es ihnen schließlich gelungen war, sie zu beruhigen.

Estella konnte nicht mehr klar denken. Sie fühlte sich wie betäubt. Das konnte nicht sein! Flo musste irgendetwas missverstanden haben! James hatte nie ein Kind gewollt!

Dann aber dachte sie an Davinia, und heiße Wut stieg in ihr auf. »Das werden wir erst einmal sehen!«, stieß sie hervor und öffnete die Tür zum Flur.

Draußen standen James und Charlie, der herauszufinden versucht hatte, was vor sich ging. Doch James hatte es ihm nicht sagen wollen.

»Wie ich sehe, hat Florence dir schon erklärt, warum ich hier bin«, meinte er mit kalter Stimme. Jetzt wanderte sein Blick auch zu ihrem gewölbten Leib, und ein angewiderter Ausdruck erschien auf seinen Zügen.

Estella fühlte sich abgestoßen von seiner Gefühlskälte, sein Blick auf ihren Leib war ihr nicht entgangen. Er war ein Fremder geworden; den Mann, den sie einst geheiratet hatte, schien es nicht mehr zu geben. »Ich werde dir niemals mein Kind überlassen!«, stieß sie zornig hervor. »Und jetzt geh! Auf der Stelle!«

Charlie erschrak und legte ihr den Arm um die Schultern.

»Das Kind wird alles haben, was es sich nur wünschen kann, Estella«, sagte James ungerührt. »Die beste Pflege, Kindermädchen, hübsche Kleidung, eine gute Ausbildung ...«

»Und was ist mit einer *Mutter*? Wenn du mir das Kind nimmst, muss es ohne Mutter aufwachsen. Wie kannst du auch nur daran denken, mir mein Kind wegzunehmen? Was für ein Ungeheuer bist du geworden?«

James schien unbeeindruckt. »Sieh es doch nicht so persönlich.« Er konnte ihr schlecht sagen, dass das Kind sein Schlüssel zu Reichtum und Luxus war.

»Nicht persönlich? Dieses Kind ist alles, was du mir gelassen hast, James! Wenn du mich je geliebt hättest, würdest du nicht einmal daran *denken,* so etwas zu tun.«

James verzog keine Miene. »Ich habe eine gerichtliche Verfügung bei mir, Estella.« Er langte in die Innentasche seines Jacketts, das er über dem Arm trug, und zog ein mehrseitiges Schriftstück hervor.

Estella schlug es ihm aus der Hand. »Es interessiert mich nicht. Selbst wenn du die Zustimmung der Königin von England hättest, würde ich dir das Kind nicht geben. Du hast mir gesagt, Kinder würden nicht in dein Leben passen. Warum hast du plötzlich deine Meinung geändert?«

James wich ihrem Blick aus. Er wollte den Schmerz darin nicht sehen, aus Angst, dieser könne seine Entschlossenheit ins Wanken bringen. Er dachte krampfhaft daran, warum er das Baby mitnehmen wollte, und dass es ein gutes Leben haben würde. Schließlich nahm er sich zusammen und sah Estella an. »Dieser Ort ist nicht geeignet, ein Kind großzuziehen.«

»Einen Moment, mein Freund ...«, stieß Charlie hervor, doch James beachtete ihn gar nicht.

»Außerdem habe ich gehört, dass du dich in Situationen begeben hast, die das Leben meines Kindes mehrfach in Gefahr gebracht haben.«

Estella starrte ihn offenen Mundes an. »Woher willst du das wissen?«

»Das tut nichts zur Sache. Du wirst noch mehr Kinder haben, Estella. Meines jedenfalls wird bei mir aufwachsen, in England.«

»Wenn du plötzlich den dringenden Wunsch nach einem Kind verspürst, warum zeugst du nicht eines mit Davinia, deiner Geliebten?«

James antwortete nicht, doch Estella hatte auch so begriffen. »Kann sie keine Kinder bekommen?«

»Davinia wünscht sich nichts sehnlicher, als Mutter zu sein.«

»Das ist es also!«, rief Estella. »Du bist hier, weil *sie* mein Baby will! Ihr könnt beide zur Hölle fahren!«

James starrte sie trotzig an. »Sobald das Kind geboren ist, nehme ich es mit.«

»Den Teufel werden Sie tun!«, grollte Charlie.

Estella kam es vor, als würde ihr jemand das Herz aus dem Leib reißen. »Was hat Davinia dir versprochen, James? Geld? Eine Luxusvilla? Sag mir, was du als Gegenleistung für mein Kind bekommst!«

James gab keine Antwort.

Estella legte eine Hand auf ihren Leib und fühlte, wie das Baby sich bewegte ... ihr Kind, das neun Monate unter ihrem Herzen gewachsen war. Der Gedanke, es weggeben zu müssen, war ihr unerträglich. Lieber wäre sie gestorben. Sie fühlte, wie die Beine unter ihr nachgaben und wie sie zu Boden sank. »Nein«, schluchzte sie. »Nein ...«

Ganz schwach nahm sie wahr, wie Charlie versuchte, sie hochzuheben, und sie hörte Flos angstvollen Aufschrei. Als ihr Kopf zurücksank, sah sie Kate über den Korridor auf sie zueilen. In ihrem Leib wühlte ein unvorstellbarer Schmerz ...

»Die Wehen haben eingesetzt«, meinte Kate. »Das Kind kommt!«

Estella stöhnte auf. Sie befand sich mit Kate, Kylie und Flo in einem Zimmer im Krankenhaus, das sie nicht kannte. So lange hatte sie sich auf die Geburt ihres Babys gefreut, doch jetzt war sie verzweifelt. »Nein, es darf nicht sein!«, schluchzte sie.

Flo nahm ihre Hand und drückte sie fest. »Schon gut, Estella. Charlie versucht telefonisch herauszufinden, ob man James nicht durch einen anderen Gerichtsbeschluss daran hindern kann, das Baby mitzunehmen. Es wird schon alles gut, keine Sorge!«

Flo fürchtete vor allem, Charlie könne James umbringen, wenn sich eine Gelegenheit dazu bot. Wenn Dan ihn nicht gerade noch rechtzeitig zurückgehalten hätte, hätte er es schon getan.

Kate zog Flo beiseite. »Wie will Estellas Mann denn überhaupt ein Neugeborenes allein nach England bringen?«, fragte sie flüsternd.

»Er hat an alles gedacht«, gab Flo zurück. »Er hat eine Krankenschwester engagiert, die ihn von Melbourne aus begleitet, außerdem eine Amme für den Fall, dass das Kind keine Flasche nimmt.«

Estella hörte die Worte ihrer Tante wie durch einen Nebel aus Schmerz, und ihre Augen weiteten sich vor Entsetzen. Gleich darauf überfiel eine neue Wehe sie mit aller Macht, und sie schrie laut auf.

»Wenn wir ihn nicht anders aufhalten können«, flüsterte Kate, »werde ich bescheinigen, dass das Baby nicht reisefähig ist.«

Dann wandte sie sich wieder Estella zu. »So, und jetzt pressen und atmen. Pressen, Estella!«

Kev und Wags saßen in der Bar, als Charlie dorthin zurückkehrte. Sie hatten ihn noch nie so wütend gesehen. Sein Gesicht hatte die Farbe einer reifen Tomate angenommen, und die Venen an seinen Schläfen traten dunkelblau hervor. Es brauchte lange, bis die beiden Männer aus ihm herausbrachten, was ihn in diesen Zustand versetzt hatte. Kev versuchte, ihn zu trösten, während Wags nach Hause ging, um Conny zu erzählen, was geschehen war. Die wiederum gab es an Betty, Frances und Marjorie weiter, doch Wags konnte Murphy nicht finden.

Die Wilsons und die Waitmans gingen zur Bar, um zu erfahren, ob Charlie beim Richter irgendetwas erreicht hatte. Auch der Pilot, der James und Flo von Melbourne herübergeflogen hatte, war gekommen und trank zufrieden sein Bier, bis die Einwohner von Kangaroo Crossing hereinstürmten. James hatte dem Piloten versprochen, ihm die Wartezeit zu bezahlen, bis sie mit dem Baby wieder starten konnten, doch Freddy Ellis – so hieß der Mann – hatte nicht damit gerechnet, wie ein Aussätziger behandelt zu werden.

Alle schrien wütend durcheinander, als Murphy hereinkam. Er hatte Marty geholfen, das Dach von Stargazers Stall zu erneuern, doch als Marty schließlich von Wags die schlechten Neuigkeiten erfahren hatte, hatte er alles stehen und liegen lassen. Murphy war die landende Maschine nicht entgangen, doch er wollte die losen Blechstücke nicht auf dem Dach liegen lassen, weil der Wind stärker wurde. Deshalb hatte er sie noch zu Ende angenagelt. Als er fertig war, machte er sich auf die Suche nach Marty.

Im Geschäft war Cassie mit dem Aufräumen der Regale beschäftigt. Marty hatte sie als Aushilfe eingestellt, nachdem Phyllis nach Sydney gegangen war, um dort Arbeit zu finden, und Cassie machte ihre Sache sehr gut. Phyllis hatte sie Lesen und Schreiben gelehrt, und Marty zeigte ihr, wie man die Bücher führte und Bestellungen ausfüllte.

»Wo ist Marty?«, fragte Murphy sie.

»Mit Wags in der Bar«, erklärte Cassie.

»Jetzt schon? Ist es nicht ein wenig früh dafür?«

»Wags sagt, Missus Estellas Mann ist in der Stadt, und Charlie ist sehr wütend.«

Murphy starrte sie verwirrt an. Sein erster Gedanke war, dass James gekommen sein könnte, um Estella mit nach Hause zu nehmen, und Verzweiflung überkam ihn. Plötzlich verspürte auch er den dringenden Wunsch nach einem Bier. »Charlie wird Estella schrecklich vermissen«, sagte er laut und verschwieg, dass er selbst nicht wusste, was er ohne sie tun sollte.

»Wags meinte, der Mann ist gekommen, um das Baby mitzunehmen«, fügte Cassie traurig hinzu.

»Wie bitte?«

Cassie zuckte nur ratlos mit den Schultern.

Murphy eilte zum Hotel und stürmte in die Bar. Er hoffte und betete, dass Cassie etwas missverstanden hatte. »Ist es wahr?«, stieß er atemlos hervor. »Will Estellas Exmann wirklich ihr Kind mitnehmen?«

»Ja«, erwiderte Marjorie. Sie war den Tränen nahe. »Und diese Nachricht hat sie so erschreckt, dass die Wehen eingesetzt haben.«

Murphy wurde blass.

»Ich habe mit einigen Rechtsanwälten gesprochen. Alle sagen, dass Estella nichts tun kann«, meinte Charlie verzweifelt. »Sie müsste nach England reisen und dort einen Prozess gegen James anstrengen. Aber das würde viel Geld kosten.« Charlie hatte Flo für ein paar Minuten sprechen können, sodass er nun die ganze Geschichte kannte. »Estella hat keine Chance gegen James, denn hinter ihm steht diese reiche Frau. Außerdem kennt er als Anwalt alle Tricks und Schliche.«

»Wo ist der Schweinehund?«, stieß Murphy wild hervor. Er sah den Piloten an, der allein in einer Ecke saß. Dieser befürchtete, Murphy würde ihn bei lebendigem Leib in Stücke reißen, und zuckte zusammen.

»Nein, nein, das ist nicht der Kerl«, erklärte Charlie. »Er würde es nicht wagen, auch nur einen Fuß in die Bar zu setzen.«

Murphy stürmte hinaus. Marjorie sah Conny an. »Ich möchte jetzt nicht in James Lawfords Haut stecken«, sagte sie trocken.

James hatte Estellas Schreie nicht mehr ertragen. Er war hinausgeflüchtet und ging jetzt langsam auf die Sanddünen zu.

James war entsetzt über den Anblick der winzigen, öden Stadt, doch Estella schien hier inmitten von Menschen zu leben, die sie aufrichtig schätzten und ihr helfen würden, über den Verlust des Kindes hinwegzukommen. Diese Gewissheit minderte James' Schuldgefühle ein wenig. Er verstand allerdings sehr gut, dass Caroline es in Kangaroo Crossing nicht ausgehalten hatte – ein so heißer, staubiger, schrecklich primitiver Ort ...

Während er dahinstapfte, versuchte er die Erinnerung an Estellas Verzweiflung zu verdrängen. In einiger Entfernung entdeckte er Eingeborene und deren nackte Kinder. Als sie näher kamen, sah er, dass den Kindern Fliegen übers Gesicht liefen, und ihn schauderte. Er versuchte sich vorzustellen, wie sein Sohn oder seine Tochter mit diesen Kindern im Staub spielte, doch der Gedanke war zu schrecklich. Dann sah er sein Kind vor sich, wie es in Davinias gepflegtem Heim spielte, umgeben von allem denkbaren Luxus.

»Ich tue das Richtige«, murmelte er vor sich hin, während er die Eingeborenen über die Dünen davonziehen sah.

Er stand noch immer dort, beeindruckt von der Stille der Wüste um ihn herum, und blickte auf die Dünen, als er plötzlich schwere Schritte hinter sich hörte. Als er sich umwandte, sah er einen Mann, der ihn mit so viel Hass anstarrte, dass er unwillkürlich zurücktrat.

»Da hier keine andere gelbbäuchige Schlange herumkriecht, nehme ich an, dass Sie James Lawford sind«, fuhr Murphy ihn an und musterte ihn verächtlich.

»Darf ich fragen, wer Sie sind?«, fragte James nervös. Immerhin schien sein Gegenüber nicht bewaffnet zu sein.

»Ich bin Michael Murphy. Merken Sie sich diesen Namen gut, denn ich werde im traurigen Rest Ihres Lebens eine sehr wichtige Rolle spielen.«

James war nicht sicher, ob er richtig gehört hatte, doch das Blut gefror ihm in den Adern.

37

Und jetzt noch einmal, Estella – streng dich an!«, drängte Kate, die ohne Umschweife zum vertraulichen Du übergegangen war.

»Ich kann nicht«, stieß Estella hervor. »Ich ... bin so müde ...« Es kam ihr so vor, als presse sie schon seit Stunden, und sie hatte kaum noch Kraft.

»O doch, du kannst. Ich sehe schon den Kopf! Wenn du noch ein paar Mal kräftig presst, kannst du dein Baby im Arm halten!«

Estella richtete sich mit Mühe so weit auf, dass sie sich auf die Ellbogen stützen konnte. Kylie nahm das feuchte Kissen unter ihrem Kopf fort und tauschte es gegen ein trockenes aus. Trotz des Ventilators, der sich an der Decke drehte, war Estella in Schweiß gebadet. Kylie hatte ihr schon zwei Mal ein neues Nachthemd angezogen, sogar ihre Haare waren nass. »Ist der Kopf wirklich schon da?« Sie blickte Flo an, die neben ihr saß und vor Rührung nicht sprechen konnte, doch sie nickte.

Flo, die selbst keine Kinder besaß und niemals eine Geburt miterlebt hatte, war entsetzt und freudig erregt zugleich. Auch Stolz erfüllte sie, weil sie dabei sein konnte, wie Estella ihr erstes Kind zur Welt brachte. Flo wusste, dass auch Caroline alles dafür gegeben hätte, ihr erstes Enkelkind auf die Welt kommen zu sehen.

Wieder kam eine Wehe, und Estella zog die Knie an und hielt ihre Fersen fest, um besser pressen zu können. Kate wurde nicht müde, sie zu ermutigen. »Ja, pressen, Estella – stärker!«

Wieder holte Estella tief Luft und drückte mit aller Macht. Ihr Gesicht lief von der Anstrengung rot an. Flo tupfte ihr den Schweiß von der Stirn. Sie litt so sehr mit ihrer Nichte, dass sie sich selbst körperlich vollkommen erschöpft fühlte.

»Der Kopf ist da«, verkündete Kate. »Noch einmal, dann sind auch die Schultern heraus.«

Estella umklammerte Flos Hand und presste noch einmal, so kräftig sie konnte. Kate sorgte dafür, dass zuerst die eine, dann die andere Schulter kam, und dann glitt der kleine Babykörper auf die Welt.

»Ein Junge!«, rief Kate voller Freude. »Estella, du hast einen Sohn!«

Estella fiel in die Kissen zurück und begann vor Erschöpfung und Erleichterung zu schluchzen. Ihre Freudentränen mischten sich mit dem Schweiß auf ihrem Gesicht. »Ein Sohn ...« Sie konnte es nicht glauben.

Kate hielt das Baby hoch, und es stieß einen kräftigen Schrei aus. Es war das schönste Geräusch, das Estella je gehört hatte, und sie lachte und weinte zugleich. »Ist alles in Ordnung mit ihm?« Durch einen Tränenschleier hindurch betrachtete sie den kleinen Körper, um sich zu vergewissern, dass ihr Sohn sämtliche Glieder, Finger und Zehen besaß.

»Alles perfekt, und er scheint eine gesunde und kräftige Lunge zu haben«, meinte Kate. Sie legte Estella das Baby auf die Brust. »Bitte helfen sie mir, ihn festzuhalten, während ich die Nabelschnur durchtrenne«, bat sie Flo. Sie fürchtete, Estella könne zu geschwächt sein. Ihr Sohn war kein Leichtgewicht, und es war auch keine leichte Geburt gewesen.

Flo stand mit zitternden Beinen auf und griff nach dem Baby, während Kate zur Tat schritt.

Das Gesicht des Kindes war Estella zugewandt, und es hatte die Augen geöffnet. Seine dunklen Haare lockten sich um das kleine, noch feuchte Köpfchen, und seine Unterlippe zitterte. Mutter und Sohn sahen einander an, und der Blick des Kindes schien über Estellas Züge zu wandern. Sie fragte sich, was der Kleine wohl denken mochte. Für sie jedenfalls war es das schönste und niedlichste Baby, das sie je gesehen hatte.

Sie wischte sich die Tränen ab und lächelte ihrem Sohn zu. »Hallo«, flüsterte sie beinahe ungläubig, während sie seinen Kopf streichelte. »Du bist so hübsch ...« Dann nahm sie seine winzige Hand und bewunderte die kleinen Finger. »Ist es nicht das schönste Baby, das du je gesehen hast, Tante Flo?«

Flo liefen die Tränen über die Wangen, doch sie wagte nicht, das Kind loszulassen, um sie abzuwischen. »Und ob«, sagte sie mit halb erstickter Stimme. »Allerdings kann ich mich noch an dich erinnern, als du gerade geboren warst, und du warst genauso hübsch.« Sie hatte Caroline nur ein paar Stunden nach Estellas Geburt besucht und kaum fassen können, was für ein niedliches Baby Estella gewesen war. Jetzt kam eine neue Generation auf die Welt – eine Welt voller Probleme.

Kylie kam mit frischen Handtüchern und einer Wanne heißen Wassers. Behutsam nahm sie das Kind, um es zu waschen, während Kate sich um Estella kümmerte.

Nachdem das Baby sauber, gewogen und in Windeln gewickelt war, reichte Kylie es lächelnd seiner Mutter. »Herzlichen Glückwunsch, Missus. Er wiegt stolze dreitausendvierhundert Gramm!«

Estella nahm ihren Sohn in die Arme und lächelte ihn an. Alles, auch ihre Probleme, versank um sie herum, als sie ihn ansah. Sie küsste ihn, streichelte seine Wange und versicherte ihm leise, wie sehr sie ihn liebte.

Kate zog die Vorhänge auf und ließ die Nachmittagssonne ins Zimmer. Sie sah die Einwohner von Kangaroo Crossing fast vollzählig versammelt auf der Veranda des Hotels stehen und begriff, dass die Menschen ungeduldig auf eine gute Nachricht warteten. Lächelnd sah sie Charlie an, der nervös auf und ab ging, wie man es von einem Großonkel in spe erwarten durfte.

»Es ist ein Junge!«, rief sie aus dem Fenster.

Jubel und Freudenschreie waren die Antwort.

James wanderte durch die Zimmer von Estellas Haus, als er die Freudenschreie hörte, und hielt abrupt inne. Er nahm an, dass das Kind geboren war – doch er fühlte nichts, so sehr er auch in sich hineinhorchte. Er wusste auch nicht recht, was er hätte fühlen sollen, denn die Situation hatte mittlerweile unwirkliche Züge angenommen. Er war Vater geworden, doch tief in seinem Innern war ihm klar geworden, dass er dieser Rolle nicht würdig war.

Nach dem Gespräch mit Murphy war er erschüttert zum Krankenhaus zurückgekehrt und hatte gefragt, wo er sich Gesicht und Hände waschen konnte. Mit Estellas Zustimmung hatte Kylie ihm den Weg zu ihrem Haus gezeigt. Erstaunt hatte James festgestellt, dass es nicht abgeschlossen war, und noch mehr hatte ihn gewundert, wie klein und einfach möbliert Estellas Heim wirkte.

Auf seinem Rundgang durch die frisch gestrichenen Räume erkannte er Estellas Versuch, allem eine persönliche Note zu geben: Einige gerahmte Fotografien ihrer Familie und die Tierbilder an den Wänden. Das Haus war der krasse Gegensatz zu Davinias luxuriöser Villa und sogar zu dem Haus, das er und Estella in Mayfair bewohnt hatten. Hier gab es keine teuren Gemälde, keine eleganten Vasen auf antiken Beistelltischchen neben barocken Sofas. An der Tür zum Kinderzimmer blieb James kurz stehen und sah die kleine Wiege und einen Stapel Babykleidung. Sogar aus der Entfernung sah er deutlich, dass alles selbst gemacht war. Er versuchte sich Estella vorzustellen, wie sie kleine Nachthemden nähte, und die Nachbarn, die ihr dabei halfen.

Dann dachte er an das Kinderzimmer in Davinias Villa, an

die teure Wiege und die modischen Kindersachen. Der Raum war voll gestopft mit allen nur erdenklichen Spielzeugen. Die beiden Zimmer hätten unterschiedlicher nicht sein können – doch das galt auch für Estella und Davinia.

James fielen Murphys Worte wieder ein, die ihn bis ins Innerste getroffen hatten ...

Als Kate und Kylie den Raum verlassen hatten, betrachteten Flo und Estella schweigend das Baby.

»Wie wirst du ihn nennen?«, erkundigte sich Flo irgendwann, bevor ihr einfiel, wie dumm diese Frage war.

Estellas Augen füllten sich mit Tränen.

»Es tut mir Leid, Estella«, stieß Flo hervor, die sich eine Närrin schimpfte. »Das war dumm von mir.«

»Wie kann James erwarten, dass ich ihm meinen Sohn gebe und ihn nie wiedersehe?«, sagte Estella weinend. »Das bringe ich nicht über mich. Eher ziehe ich mit den Aborigines in die Wüste.«

Flo hörte die Verzweiflung in ihrer Stimme. Das Leben konnte so ungerecht sein! »Es macht zwar jetzt keinen Unterschied mehr«, sagte sie, »aber du sollst wissen, dass ich James nicht von dem Kind erzählt habe. Ich möchte nicht, dass du glaubst, ich hätte dich hintergangen.«

Estella legte ihre Hand über die ihrer Tante. »Weißt du denn, wie er es herausgefunden hat?«

Flo zögerte einen Moment. Caroline war noch immer ihre beste Freundin, doch diese Angelegenheit war zu wichtig, um irgendetwas zurückzuhalten. »Deine Mutter hat es ihm gesagt. Aber bevor du sie verurteilst ... Sie hat es gut gemeint, glaub mir. Sie kam vor ein paar Monaten zu mir und hat dich gesucht. Vorher war sie bei eurem alten Haus gewesen. Ich musste ihr sagen, wo du bist.«

»Warum habe ich dann nichts von ihr gehört?«

»Sie hat angerufen und geschrieben, aber Charlie wollte dir

ihre Briefe nicht geben und dich nicht mit ihr sprechen lassen. Sie wollte, dass du nach England zurückkommst. Charlie dagegen meinte, du solltest zumindest so lange hier bleiben, bis das Kind geboren ist. Er wollte nicht, dass deine Mutter dich aufregt.«

Estella lächelte gerührt. »Onkel Charlie hat seinen Beschützerinstinkt entdeckt.«

Flo fuhr fort: »Deine Mutter verstand nicht, warum du hier warst, und deswegen habe ich ihr von dem Kind erzählt ... und von James und Davinia.«

»Du hast das Richtige getan, Tante Flo. Mutter hatte ein Recht darauf, es zu erfahren. Eigentlich hätte *ich* es ihr sagen müssen.«

Flo seufzte tief. »Ich hatte ihr gesagt, dass James nichts von dem Baby erfahren sollte. Ich habe sie sogar schwören lassen, dass sie es ihm nicht verrät.«

»Ich weiß, wie sie ist. Sie glaubt immer, alles am besten zu wissen.«

»Aber sie meinte es wirklich gut. Sie wollte James an seine Verantwortung erinnern. Dass du allein warst, mittellos und dazu noch schwanger, hat sie tief erschüttert. Sie hat sich große Sorgen um dich gemacht.«

Estella lächelte. »Weil sie mir nicht zugetraut hat, allein zurechtzukommen. Nun, das kann ich ihr nicht einmal zum Vorwurf machen, denn ich hatte selbst meine Zweifel. James muss furchtbar erschrocken gewesen sein, als er von meiner Schwangerschaft erfuhr.«

Flo fand, dass Estella nun endlich die ganze Wahrheit erfahren musste. »Ja, das war er«, sagte sie. »Aber eher wegen der Ironie des Schicksals. Anscheinend war Davinia ebenfalls schwanger, als du abgereist bist.«

Estella blickte ihre Tante ungläubig an.

»James hat es erst herausgefunden, als Davinia von einem Auto angefahren wurde und das Kind verlor. Ich bin sicher, dass er insgeheim erleichtert war; aber Davinia hatte schwere innere Verletzungen davongetragen und kann nun keine eigenen Kinder mehr bekommen.«

Trotz allem, was geschehen war, tat Davinia Estella Leid, besonders jetzt, da sie ihr Kind im Arm hielt. »Das ist tragisch ...«

»Ich vermute schon seit einiger Zeit, dass James nicht so glücklich ist, wie er es sich erhofft hatte«, sagte Flo. »Vor ein paar Monaten habe ich zufällig herausgefunden, dass er täglich mehrere Stunden im Teesalon des Savoy verbringt, und zwar allein.«

Estella fand das sehr aufschlussreich. Das hörte sich so an, als würde James Davinia aus dem Weg gehen. Aber sie fragte sich, warum er nicht mit den vielen neuen Mandanten arbeitete, die er sich durch Davinias Verbindungen erhofft hatte.

»Ich glaube, dass Davinia hinter seiner Forderung nach dem Baby steckt«, meinte Flo. »James ist manchmal selbstsüchtig, aber grausam war er nie.«

»Wahrscheinlich hast du Recht. James war hoch verschuldet, als ich England verließ. Er kann sich einen Flug hierher sicher nicht leisten, geschweige denn eine Privatmaschine und die Anstellung einer Krankenschwester ...«

»Huhu! Dürfen wir reinkommen?« Marjorie streckte den Kopf ins Zimmer.

»Ja, kommt nur«, erwiderte Estella leise. Das Baby schlief in ihren Armen, und sie wollte es nicht wecken. Sie lächelte tapfer, als die Frauen aufgeregt nacheinander ins Zimmer kamen. »Bitte entschuldigt mein Aussehen, aber ich habe mich noch nicht gewaschen.« Sie hatte sich nicht von ihrem Sohn trennen wollen.

»Das macht doch nichts«, meinte Marjorie und beugte sich über das Bett. »Oh, seht ihn euch an! Er ist wirklich süß!«, stieß sie begeistert hervor.

»Ein Bild von einem Jungen«, fügte Betty hinzu und ging auf die andere Seite des Bettes, um den schlafenden kleinen Kerl zu betrachten.

»Er sieht ihr sehr ähnlich, findet ihr nicht auch?«, fragte sie die anderen Frauen, die ihr eifrig zustimmten. Sie hätten alle gern das Kind für einen Augenblick gehalten, doch sie dachten daran, dass Estella das Baby vielleicht bald schon hergeben musste, sodass jeder Moment kostbar für sie war.

Marjorie blickte sie an, und ihre Augen füllten sich mit Tränen. »Will Ihr Mann ihn wirklich mitnehmen?« Als sie den Schmerz in Estellas Blick sah, wünschte sie, sie hätte nichts gesagt.

»Wo ist James eigentlich?«, fragte Estella mit unsicherer Stimme.

»Das weiß ich nicht. Die Männer kommen später her. Sie sind in der Bar und trinken auf das Baby, aber soweit ich weiß, hat Murphy diesen James als Letzter gesehen hat.«

»Murphy?« Estella fühlte Panik in sich aufsteigen. Sie sah ihre Tante an. »Ich finde, James sollte seinen Sohn jetzt sehen«, sagte sie.

Marjorie starrte sie fassungslos an. »Also, ich finde, man dürfte ihn nicht in Ihre Nähe lassen – und die des Babys.«

Die Frauen verabschiedeten sich bald darauf. Estella stand auf, um sich zu waschen, während Flo das Baby hielt.

Als sie zurückkam, bemerkte sie, wie erschöpft ihre Tante aussah. »Du bist müde, Tante Flo. Du solltest dich ausruhen.«

»Ich bin wirklich müde«, gab Flo zu. »Ich habe im Flugzeug kaum geschlafen. Soll ich deine Mutter anrufen und ihr die freudige Nachricht überbringen?«

»Nein, noch nicht. Es würde sie nur aufregen, wenn sie wüsste, dass James den Kleinen mitnehmen will. Lass dir von Onkel Charly ein Zimmer geben, und leg dich im Hotel ein Weilchen hin.«

Nachdem ihre Tante gegangen war, bat Estella Kylie, James zu holen.

Als James erschien, war Estella gerade dabei, das Kind zu stillen. Sie blickte auf das süße Gesicht ihres Sohnes und lächelte wie verzaubert, während der Kleine friedlich nuckelte. James bemühte sich, von diesem Bild unbeeindruckt zu bleiben. Er versuchte, sich Davinia dabei vorzustellen, wie diese ein Kind stillte, doch es war unmöglich.

Nach einer Weile blickte Estella auf und sah ihn an der Tür stehen.

»Ich komme später wieder«, meinte er.

»Nein, James, komm ruhig herein.« Estella wollte, dass er mit eigenen Augen sah, wie eng die Bindung zwischen ihr und dem Kind war. Nach kurzem Zögern betrat James das Zimmer.

Estella fiel auf, dass er es vermied, das Baby anzuschauen. Sie fand es seltsam – schließlich wollte er den Kleinen mitnehmen. In Estella wuchs die Überzeugung, dass es nicht James' Idee gewesen war ...

»Hast du in meinem Haus alles gefunden, was du gebraucht hast?«, fragte Estella schließlich.

»Es gab kein fließendes Wasser«, sagte James. »Ist das Haus nicht an die Wasserleitung angeschlossen?«

Estella lächelte. »Hier in der Stadt benutzen wir alle Regenwasser, das in Tanks aufgefangen wird. Meiner steht hinter dem Haus.«

James blickte fassungslos drein.

»Mein Haus ist schlicht und bescheiden, aber es ist mir ein richtiges Heim geworden«, erklärte Estella.

James gab keine Antwort, doch sie wusste auch so, was er dachte. »Du siehst nur Staub und Fliegen und wenig Komfort, nicht wahr?«

James nickte schwach. »Ich könnte hier nicht leben.«

»Als ich herkam, dachte ich zuerst auch so. Diese Stadt und

das Leben der Menschen hier sind von dem in London so verschieden, wie man sich nur vorstellen kann. Während der ersten Wochen hier habe ich England schrecklich vermisst – es war eine schwere Zeit. Ich musste die Leute dazu bringen, mich zu akzeptieren und mir ihre Tiere anzuvertrauen. Ich musste mich an die Hitze und die Trockenheit gewöhnen und daran, im Haus kein fließendes Wasser zu haben – überhaupt kein fließendes Wasser, um genau zu sein.«

»Es gibt nicht mal ein Geschäft, in dem man Kleidung kaufen kann, und keinen Friseursalon«, meinte James und schüttelte den Kopf.

»Wir haben einen Gemischtwarenladen. Und schicke neue Kleidung braucht man hier kaum, weil es keine Gelegenheiten gibt, sie zu tragen.«

James konnte nur den Kopf schütteln.

Estella fuhr fort: »Mit der Zeit habe ich gelernt, viele Dinge zu akzeptieren, sogar zu schätzen – zum Beispiel die herrlichsten Sonnenuntergänge, die man sich vorstellen kann, und wilde Tiere, die bis an die Schwelle des Hauses kommen, und einen überwältigend schönen Nachthimmel. Und ich liebe den Frieden und die Ruhe hier.«

James blickte Estella an, als habe er sie nie zuvor gesehen, und ihm wurde klar, wie sehr sie sich verändert hatte.

»Die Menschen in dieser Stadt haben mich und das Baby herzlich aufgenommen. Die Frauen haben Babykleidung gestrickt und genäht, die Männer haben das Haus gestrichen und das Dach repariert, ohne dass ich etwas dafür zu bezahlen brauchte. Jeder hilft jedem.«

»Aber das sind Almosen, Estella! Wie kannst du von Almosen leben?«

»Es sind keine Almosen, James. Es ist Freundlichkeit. Die Menschen hier sind wie eine große Familie. Ich weiß, dass es schwer für dich ist, das zu verstehen, weil Kleinstädte so ganz anders sind als große Metropolen. Aber an einem so abgelegenen Ort sind die Leute aufeinander angewiesen. Einer verlässt sich auf den anderen.«

James schien noch immer verwirrt. Estella wusste, dass es schwer für ihn sein musste, ihre Einstellung zu verstehen. »Bist du glücklich mit Davinia, James?«

Ihm fiel auf, dass keinerlei Bitterkeit in ihrer Stimme mitschwang, nur aufrichtiges Interesse.

Er sah sie an, und sie begriff, dass er die Wahrheit nicht zugeben wollte, wie immer diese aussah. Entweder war er verlegen, oder er schämte sich.

»Sie ist meine Cousine, und ich weiß genau, wie sie sein kann, James«, fuhr Estella fort, ohne auf einer Antwort zu bestehen. »Ich würde jetzt gern sagen, dass es nicht ihre Schuld ist, aber das stimmt nicht. Sie ist oft egoistisch – und sie war immer gierig. Aber kein Geld der Welt wird sie glücklich machen, und mein Kind kann nicht die Leere ausfüllen, die ihr eigenes Baby hinterlassen hat. Es tut mir Leid, dass sie keine Kinder mehr bekommen kann, aber mein Sohn gehört zu mir. Das musst du sehen, James – du *musst* einfach!«

James gab auf. Er wusste, dass Estella Recht hatte, und er konnte sich nicht vorstellen, ihr das Kind zu entreißen, so sehr er es versuchte. Er konnte nicht länger etwas vortäuschen, das ihm nicht eigen war, und wollte nicht länger eine Rolle spielen, die ihm aufgedrängt wurde. Er setzte sich auf den Stuhl neben dem Bett und barg das Gesicht in den Händen. »Du hast Recht, Estella. Ich bin schwach und oberflächlich. Und ich habe alles falsch gemacht.«

Estella wusste nicht, was sie sagen sollte. Sie betete nur, dass er endlich einmal das Richtige tat.

James blickte auf. »Du verdienst die Liebe eines Mannes wie Michael Murphy«, sagte er und fügte dann leiser hinzu: »Und ich verdiene eine Frau wie Davinia.«

Es verwunderte Estella, dass er Murphy erwähnte. »Hast du ... mit Murphy gesprochen?«

James schüttelte den Kopf. »Er hat geredet, ich habe nur zugehört.«

Estella wagte kaum zu fragen. »Und was hat er gesagt?«

»Er hat mir damit gedroht, mich in sein Flugzeug zu werfen, mit mir über die Wüste zu fliegen und die Maschine dann abstürzen zu lassen. Es war sein voller Ernst.«

Estella erschrak.

»Er wollte sein Leben opfern, damit du dein Kind behalten kannst«, sagte James leise. »Wenn ich diese Hingabe mit dem vergleiche, was Davinia von mir verlangt hat, kann ich dich nur beneiden.« Er legte seine Hand über ihre, die auf dem Kind ruhte, und fügte hinzu: »Aber du hast es verdient.«

Tränen strömten Estella über die Wangen.

»Tut mir Leid, dass ich dich so verletzt habe«, fügte James hinzu. »Aber jetzt werde ich gehen. Ich hoffe, dass du mir eines Tages verzeihen kannst.« Er stand auf.

»Warte, James«, sagte Estella noch immer unter Tränen. »Willst du deinen Sohn nicht wenigstens einmal halten?«

James blickte ein wenig ängstlich auf das Kind. »Meinen Sohn ...«, sagte er mit rauer Stimme.

Estella hielt ihm das Baby entgegen, und er nahm es mit zitternden Händen. »Halte ihn fest, aber sanft.«

In diesem Augenblick erschien Murphy an der Tür. Er sah James mit dem Baby auf dem Arm und starrte ihn erschreckt an. Dann aber bemerkte er Estellas zufriedenen Blick und sah das leise Lächeln, das um ihre Mundwinkel spielte. Als sie zufällig in seine Richtung blickte, strahlte sie, und er stieß einen Seufzer der Erleichterung aus.

James sah seinen Sohn an, und seine Augen füllten sich mit Tränen. Dass das Baby sein Inneres so rührte, machte Estella sehr froh. Was für Fehler er auch haben mochte – der James, den sie einst geliebt hatte, war noch irgendwo in ihm verborgen.

»Er ist so winzig«, meinte James. »Und seiner Mutter so ähnlich!«

Estella blickte zur Tür, doch Murphy war fort. Sie dachte daran, was James über Michael Murphy gesagt hatte, und erkannte, dass es stimmte: Eine so selbstlose Liebe war sehr selten.

»Estella, versprichst du mir etwas?«, meinte James, dem die Stimme nicht ganz gehorchen wollte.

»Wenn ich kann ...«

»Wirst du unserem Sohn den Vater geben, den er verdient? Den Vater, der ich nicht sein konnte?«

Wieder füllten sich Estellas Augen mit Tränen, und sie nickte und presste die Lippen fest zusammen, um nicht zu weinen.

Die überschäumende Stimmung in der Bar verflog, als James erschien. Sofort wurde die Atmosphäre feindselig.

»Ich reise ab«, sagte er und blieb an der Tür stehen.

Er bemerkte sofort, dass Murphy sich nicht unter den Anwesenden befand – und sein Pilot ebenso wenig.

Charlie stellte sein Glas ab und kam auf ihn zu. In seinen Augen blitzte Angriffslust.

»Bitte kümmern Sie sich weiter um Estella und das Baby«, fügte James hinzu.

Charlie blieb verwundert stehen. »Das Baby? Sie reisen ohne das Baby ab?«

»Ja. Es ist die einzige anständige Lösung. Und es wird Zeit, dass ich mich Estella gegenüber anständig benehme. Wo ist mein Pilot?«

Charlie wirkte plötzlich besorgt. »Er ... er ist hinausgegangen, zur Toilette.« Charlie wandte sich Marty zu, der ebenfalls sichtlich nervös war. »Gehst du ihn holen, Marty?«

»Na klar. Ich bin gleich zurück.« Marty eilte zur Hintertür hinaus.

»Er wird Sie am Flugzeug treffen«, sagte Charlie zu James.

Dieser fragte sich, was sie mit Freddy angestellt haben mochten, doch er machte sich auf den Weg zur Maschine. Ein paar Minuten später erschien Freddy. Er sah ziemlich erschüttert aus.

»Was ist passiert?«, erkundigte sich James.

»Ich ... ging ins Toilettenhäuschen, und dabei hat sich offenbar ein Holzbalken an der Tür verklemmt, sodass ich nicht mehr herauskam. Einer der Männer sagte mir, dass Wombats um das Häuschen herum Gänge graben, und manchmal unterwühlen sie dabei den Stapel Feuerholz, der dort lag. Ich war stundenlang eingesperrt. Zum Glück kam jemand, der das Häuschen benutzen wollte, sonst hätte ich vielleicht noch mehr Zeit darin verbracht.«

»Ja, zum Glück«, wiederholte James. Um seine Mundwinkel zuckte es. Sie stiegen in die Maschine und bereiteten alles für den Start vor.

James blickte aus dem Fenster auf die staubbedeckte kleine Stadt und das Krankenhaus. Plötzlich entdeckte er Estella, die mit dem Baby auf dem Arm an einem der Fenster stand und ihm zum Abschied winkte.

»Ich wünsche dir ein schönes Leben, Estella«, murmelte James. »Pass gut auf unseren Sohn auf.«

Der anspringende Motor hüllte das Flugzeug in eine riesige Staubwolke. Dann rollte es über die Startbahn, hob ab und verschwand in der Ferne.

»Ist das nicht großartig?«, meinte Charlie überglücklich, als das Geräusch der Maschine über der Wüste verklang. »Estella wird ihr Kind behalten!« Marty und er hatten den Balken vor die Tür des Toilettenhäuschens geklemmt, nur um sicherzugehen, dass James nicht heimlich mit dem Baby verschwand.

»Du lieber Himmel, ich muss Flo Bescheid sagen!«, rief Charlie und eilte zu dem Zimmer, in dem sie sich schlafen gelegt hatte.

Flo hatte das Flugzeug tatsächlich starten gehört. Sie war sicher, dass James mit dem Baby fort war, und befand sich in heller Aufregung. Gerade war sie aufgestanden, um zu Estella zu eilen, als Charlie an die Tür klopfte. Nachdem er ihr gesagt hatte, dass James ohne das Kind abgereist war, fiel sie in einen ohnmachtsartigen Schlaf der Erschöpfung, der jedoch voller süßer Träume von Estella und dem Baby war.

»Lasst uns Estella und meinem Großneffen einen Besuch abstatten«, schlug Charlie vor und leerte sein Glas. Sie waren gerade bis auf die Veranda gekommen, als Charlie sah, wie Murphy das Krankenhaus betrat.

»Ich glaube, wir sollten vorher doch lieber noch etwas trinken«, meinte er.

»Ich dachte, wir gehen jetzt das Baby anschauen!«, beschwerte sich der riesig Wags, und auch Marty war verwirrt.

»Ein Glas mehr kann nicht schaden«, erwiderte Charlie. »Außerdem sollten wir über Funk alle informieren, dass Kangaroo Crossing um einen Einwohner reicher geworden ist. Ich muss unbedingt Bier bestellen«, fügte er hinzu. »Wir werden das größte Fest feiern, das ihr je erlebt habt, wenn alle Farmer in die Stadt kommen!«

»Du bist ja noch wach«, stellte Murphy fest.

Estella blickte auf und sah ihn an der Tür stehen. »Ich bin viel zu glücklich, um zu schlafen«, erwiderte sie. Das Kind schlummerte friedlich in der Wiege neben dem Bett.

»Und ich bin froh, dass sich für dich alles zum Guten gewendet hat«, sagte Murphy voller Wärme.

»Ich glaube, du hast bei dieser Wendung der Dinge eine wichtige Rolle gespielt, nicht wahr?«

Murphy antwortete nicht, doch sein Blick war voller Zuneigung.

»Hättest du James wirklich in deine Maschine gepackt und sie über der Wüste abstürzen lassen?« Estella musste diese Frage einfach stellen, denn sie wusste nie genau, wann Murphy bluffte. Sie rechnete damit, dass er einen Mundwinkel hochziehen würde, wie er es immer tat, wenn er sie aufzog, doch nichts geschah.

»Wenn es nötig gewesen wäre, damit du deinen Sohn behalten konntest, hätte ich's getan.« Er wandte den Blick ab, damit sie nicht sah, wie viel Liebe daraus sprach.

»Du bist ein erstaunlicher Mann«, sagte sie leise.

Es drängte Murphy, ihr endlich zu sagen, was er empfand, doch er hielt sich zurück. Stattdessen lächelte er beim Anblick des Babys in der Wiege. »Ich habe gerade Mai und Binnie gesehen«, erklärte er dann. Murphy war am Diamantina River spazieren gegangen, um seine Gedanken zu ordnen, als die beiden plötzlich aufgetaucht waren.

Estella freute sich, dass Mai und Binnie wieder in der Stadt waren; sie hatte die beiden sehr vermisst.

»Ich habe Mai wegen des Brandes gefragt«, meinte Murphy.

»Und was hat sie gesagt?«

»Sie hat zugegeben, dass sie betrunken war und ihr Feuer nicht ausgemacht hat, als sie aufbrachen. Sie kann sich noch erinnern, dass sie einen Windwirbel gesehen hat.«

»Also müssen Funken von ihrem Feuer in den Stall geweht worden sein.«

Murphy nickte. »Mai weiß, dass es falsch war, das Feuer nicht zu löschen. Der Alkohol macht sie leichtsinnig und dumm. Sie sagte, dass es ihr Leid täte und dass sie nie wieder einen Tropfen anrühre. Ich habe ihr erzählt, dass wir wissen, von wem sie den Alkohol hatte, und dass Phyllis fortgegangen ist. Ich glaube, sie war sehr erleichtert.«

»So etwas wird hoffentlich nie wieder geschehen!«, meinte Estella mit einem Seufzer.

»Mai und Binnie hatten übrigens einen jungen Hund bei sich, ungefähr zwei Monate alt. Mai sagte, er sei von der Hündin, um die du dich eine Zeit lang gekümmert hast.«

»Wirklich?« Estella schätzte, dass die Welpen jetzt tatsächlich etwa zwei Monate alt sein mussten.

Plötzlich horchte sie auf. »Was ist das für ein Geräusch?« Es klang, als würde jemand Steine aufs Dach werfen.

Murphy strahlte. »Du hast es hier noch nicht gehört – das ist Regen!«

»Regen?« Estella blickte aus dem Fenster, doch es wurde bereits dunkel, und man konnte nicht viel erkennen.

»Wenn es stark regnet, machen die Tropfen auf den Wellblechdächern einen ohrenbetäubenden Lärm!«

Estella dachte an die Farmer und das Vieh und die Wassertanks, die gefüllt werden mussten. »Ist die Dürre jetzt zu Ende?«

»Ich hoffe es«, gab Murphy lächelnd zurück.

Estella wurde verlegen. »Ich weiß, dass es seltsam klingt, aber als ich hierher kam, fand ich es unglaublich heiß.«

Murphy blickte sie verwundert an. »Du bist im englischen Winter angekommen!«

»Ich weiß, aber nach englischen Maßstäben sind Temperaturen über zwanzig Grad schon recht warm. Ich konnte kaum glauben, dass es noch heißer wurde.«

»Im Winter können die Nächte ziemlich kalt werden«, stellte Murphy fest.

Estella lachte. »Kalt? Wenn du deine Finger und Zehen nicht mehr spürst und dein Atem in der Luft gefriert – *dann* ist es kalt. Ich dachte schon, ich würde nie mehr Regen sehen! Jetzt würde ich gern hinausgehen und draußen stehen bleiben, bis ich völlig durchnässt bin.«

Auch Murphy musste lächeln. Er hatte nach der ersten Dürre, die er erlebt hatte, den gleichen Wunsch gehabt.

Wieder blickte er auf das schlafende Kind. »Mai hat sich sehr gefreut, dass du dein Baby hast, und Binnie war vor Aufregung völlig aus dem Häuschen.«

Estella seufzte müde, aber glücklich. Es war ein langer und ereignisreicher Tag gewesen.

Murphy sah ihr die Erschöpfung an. »Ich gehe jetzt besser«,

sagte er, obwohl er am liebsten für immer bei Estella und dem Baby geblieben wäre. »Du willst bestimmt schlafen.«

»Um ehrlich zu sein – ich bin froh, dass du da bist.« Estella nahm seine Hand, und diese Geste überraschte ihn. »Ich brauche nämlich in einer dringenden Angelegenheit deinen Rat.«

»Und die wäre?«, fragte er.

»Was würdest du dazu sagen, wenn ich meinen Sohn William Ross Murphy nennen würde?«

Murphy starrte sie verblüfft an. Er öffnete den Mund, brachte jedoch keinen Ton heraus.

»Ich weiß, dass so etwas normalerweise etwas anders abläuft«, fuhr Estella fort, »aber hier draußen darf man doch wohl ein wenig unkonventionell sein, nicht wahr?«

Um Murphys Mundwinkel zuckte es. »Wie unkonventionell willst du denn werden?«

Estella strahlte. »Ziemlich unkonventionell. Ich wollte dich nämlich bitten, mich zu heiraten, Michael Murphy, und Williams Vater zu werden!«

Murphy tat einen tiefen Atemzug.

»James hat gesagt, dass ich einen guten Vater für William suchen soll«, sagte Estella, »und da ist mir nur ein Mann eingefallen, den ich zufällig auch noch sehr liebe. Und wenn du sogar bereit bist, dein Leben für mich zu geben, ist es das Mindeste, dass ich dir mein Herz schenke. Willst du mich heiraten, Murphy?«

»Worauf du wetten kannst!«, rief er überglücklich, zog Estella in seine Arme und küsste sie voller Leidenschaft.

Etwas später hörten sie ein leises Räuspern und fuhren auseinander. Dan stand lächelnd an der Tür.

»Tut mir Leid, wenn ich störe«, sagte er und bemerkte, dass Murphy niemals glücklicher ausgesehen hatte. »Ich bin gerade dabei, die Geburtsurkunde für das Baby auszufüllen und brauche einen Namen.«

Estella sah Murphy an, und der nickte ihr zu. »William ... Ross ... Murphy«, sagte sie, jedes Wort betonend.

Dan schaute sie einen Augenblick überrascht an. Die Kehle wurde ihm eng, doch er brachte ein Lächeln zu Stande. »Wunderbar«, meinte er. »Einfach wunderbar!«

»Eine mitreißende und spannende Lektüre. Ein Page-Turner in der Tradition großer Familiensagas.«
Herald Sun

1945 kehren zwei Männer aus dem Krieg nach Zululand, Südafrika, zurück. Sie haben nichts gemeinsam: Joe King ist ein Farmbesitzer britischer Abstammung, Wilson Mpande ist ein Zulu-Stammesmann, aber ihre Lebenswege sind untrennbar miteinander verbunden – ebenso wie die Zukunft ihrer Kinder.
Liebe und Hass, Freundschaft und Vertrauen, Feindschaft und Argwohn bestimmen das Schicksal der zwei Familien von der Nachkriegszeit bis in die Gegenwart. Ein fesselnder Afrika-Schmöker.

ISBN 3-404-15079-1

Ein abenteuerliches und fesselndes Schicksal vor der farbenprächtigen Kulisse Australiens

Irland, 1920: Tara bricht nach Australien auf, wo ihre Tante eine Farm besitzt. Doch ein Feuer an Bord des Überseedampfers kostet viele Auswanderer das Leben. Tara nimmt sich der so zu Waisen gewordenen Geschwister Hannah und Jack an. Als sie endlich die Farm erreichen, finden sie diese am Rande des Ruins. Mit aller Kraft versucht Tara, die Farm vor dem Untergang zu bewahren, wobei ihr Ethan, ein geheimnisvoller Einzelgänger aus dem Outback, zur Seite steht.

ISBN 3-404-14727-8

Der neue fesselnde Australienschmöker mit Bestseller-Potenzial

Australien 1903: Jordan Hale kehrt zurück nach Eden, der Zuckerrohrplantage seiner Eltern, die er nach deren Tod verlassen hat. Er will aus Eden wieder das blühende Paradies von einst machen – und den Konkurrenten Max Courtland in die Knie zwingen. Ihm gibt Jordan die Schuld am Tod seiner Eltern. Doch Max ist ein mächtiger Mann geworden – und kaum jemand wagt es, Jordan beim Wiederaufbau von Eden zu helfen. Unterstützung findet er schließlich bei einer Hand voll mutiger, unabhängiger Männer und der ebenso eigensinnigen wie geheimnisvollen Eve. Doch nach einer unerwarteten Begegnung bei einem Tanzfest überstürzen sich die Ereignisse: Jordan erfährt die unfassbare Wahrheit über Eve, und Max' Frau Letitia offenbart ein Geheimnis, das ihr Leben in Gefahr bringt ...

ISBN 3-404-14928-9